ullstein

Das Buch

Belle Craine will endlich ihre große Liebe Kieran heiraten. Mitten in die Hochzeitsvorbereitungen platzt jedoch das australische Model Mona. Sie behauptet, die uneheliche Tochter von Pfarrer Craine zu sein, und damit Belles Halbschwester. Vorbei ist es mit der allgemeinen Vorfreude auf das Hochzeitsfest, Familie Craine stürzt in eine tiefe Krise. Belle kann die stets gut gelaunte und atemberaubend attraktive Mona auf den Tod nicht ausstehen. Leider muss sie mit ansehen, wie ihr treuloser Verlobter immer mehr Zeit mit ihrer Halbschwester verbringt. Liebt Kieran sie überhaupt noch? Als Belle erfährt, dass Mona schwanger ist und sich weigert, den Namen des Vaters zu nennen, ist für sie das Maß voll: Sie trennt sich von Kieran. Seinen Unschuldsbeteuerungen schenkt sie keine Beachtung. Auf dem alljährlichen Erntedankfest der Gemeinde überschlagen sich dann die Ereignisse. Werden Belle und Kieran doch noch zusammenfinden?

Die Autorin

Zoë Barnes hatte in ihrem Leben schon viele Jobs, doch seit über zehn Jahren ist sie vor allem eins: Bestsellerautorin. Der internationale Durchbruch gelang ihr gleich mit ihrem ersten Roman. Neben dem Schreiben singt Zoë Barnes in einer Band und übersetzt Romane aus dem Französischen. Sie lebt mit ihrem Ehemann und ihrem Vater in Cheltenham.

Von Zoë Barnes sind in unserem Hause bereits erschienen:

Ehe für Anfänger
Haarscharf

Zoë Barnes

Die Braut, die sich was traut

Roman

Aus dem Englischen
von Sybille Klose

Ullstein

Besuchen Sie uns im Internet:
www.ullstein-taschenbuch.de

Umwelthinweis:
Dieses Buch wurde auf chlor- und säurefreiem Papier gedruckt.

Ungekürzte Ausgabe im Ullstein Taschenbuch
1. Auflage Juli 2009

Die HC-Ausgabe erschien unter dem Titel *Unter Pfarrerstöchtern*

Titel der englischen Originalausgabe: *Wedding Belles* (Piatkus, London)
Umschlaggestaltung: HildenDesign, München
(unter Verwendung einer Vorlage von bürosüd° GmbH, München)
Titelabbildung: Uwe Schmid/buchcover.com
Satz: LVD GmbH, Berlin
Gesetzt aus der Sabon
Druck und Bindearbeiten: CPI – Ebner & Spiegel, Ulm
Printed in Germany
ISBN 978-3-548-28063-9

Für Dawn Clark, die allerbeste Freundin, die man sich nur wünschen kann.
Und mit besonderem Dank an The Falcon's Nest in Port Erin auf der Isle of Man – meinen Lieblingsort auf der ganzen weiten Welt.

Prolog

Cheltenham, wenige Tage vor Weihnachten

Annabelle Craine blieb im Türrahmen zum Arbeitszimmer ihres Vaters stehen und beobachtete das Treiben ihrer Mutter mit wachsender Verwunderung.

»Mum – was machst du da eigentlich?«

Brenda Craine – ihres Zeichens Pastorengattin, Organisationsgenie und sicherster Stützpfeiler der Kirchengemeinde St. Jude in Cheltenham – hatte bereits seit den frühen Morgenstunden das Bürotelefon ihres Ehemannes mit Beschlag belegt. Als sie die Stimme ihrer Tochter hörte, blickte sie sich kurz um, lächelte flüchtig, bedeutete ihr mit einem »Pst!«, leise zu sein, und fuhr fort, auf ihren Gesprächspartner am anderen Ende der Leitung einzureden. »Ja, genau so habe ich es mir vorgestellt! In einem hübschen kleinen Kästchen mit einer dieser reizenden Bordüren darum herum, und bitte denken Sie daran, den Namen ›Craine‹ korrekt zu schreiben, ja? Soll ich es buchstabieren? C, R, A … ja, ist recht. Ein alter Name. Manx, wissen Sie? Ich danke Ihnen vielmals für Ihre Hilfe. Ja. Auf Wiederhören!«

Belle konnte ihre Neugier nicht länger zügeln. Behutsam stellte sie die Pappschachtel mit Christbaumschmuck, die sie in den Händen hielt, auf einem schwankenden Stapel alter Bücher direkt neben der Tür ab. »Mum …«

Brenda, die es sich auf dem Lieblingsplatz ihres Mannes, einem an der Decke befestigten Bootsmannsstuhl, bequem gemacht hatte, wandte sich abermals um. Ihre blauen Augen blitzten, und mitten auf ihren Wangen glühten vor Eifer und Erregung zwei rosige Flecken, was ihrem von blonden Haaren umrahmten Gesicht mehr denn je das Aussehen einer alten Porzellanpuppe verlieh. Verglich man ihre zarte Erscheinung mit der von Belle – schwarze Haare und eine ziemlich kurvenreiche Figur –, so wäre man gewiss niemals auf den Gedanken gekommen, dass es sich bei den beiden Frauen um Mutter und Tochter handelte.

»Ich habe die Zeitungen angerufen, Liebes«, sagte Brenda leichthin, ganz so, als täte sie derlei Dinge jeden Tag.

»Aber wieso denn? Steht irgendetwas an?« Vermutlich eine Wohltätigkeitsveranstaltung zum neuen Jahr, dachte Belle. Aber ist es nicht ein wenig übertrieben, für einen Gemeindebasar sämtliche Zeitungen im Umkreis in Alarmbereitschaft zu versetzen?

Brenda ließ ein glockenhelles Lachen hören. »Ob *etwas* ansteht? Also, wirklich, Annabelle! Du heiratest bald – schon vergessen?«

»Aber die Hochzeit findet doch erst nächsten Sommer statt«, versetzte Belle. »Es ist gerade mal eine Woche her, dass Kieran mir den Antrag gemacht hat!«

Der Blick ihrer Mutter verschleierte sich, und ein träumerischer Ausdruck trat in ihr Gesicht. »Ich wünschte, dein Vater hätte während einer Schlittenfahrt durch das verschneite Prag um meine Hand angehalten«, seufzte sie wehmütig. »Stattdessen hat er sich das Jugendzeltlager in Wales ausgesucht. Ich war gerade dabei, die Würstchen für das Frühstück zu braten.«

»Es war wirklich eine zauberhafte Überraschung und sehr romantisch«, sagte Belle und dachte an den Schauer der Erregung zurück, der sie durchrieselt hatte, als ihr Freund Kieran, mit dem sie seit nunmehr drei Jahren zusammen war, ihr den wunderschönen Diamantring an den Finger gesteckt hatte. »Aber was hat unsere Hochzeit mit den Zeitungen zu tun?«

Brenda schüttelte den Kopf, dass ihre Locken wippten – auch im Alter von fünfundvierzig Jahren waren ihre Haare noch naturblond –, und ließ ein ungehaltenes Schnauben hören. »Schätzchen, eine Hochzeit zu planen dauert Monate! Du wirst dich wundern, wie schnell die Zeit dahinfliegt. Bevor du weißt, wie dir geschieht, ist das Aufgebot bestellt, und schwupps! – stehst du auch schon vor dem Altar. Dein Vater und ich möchten, dass alle Welt weiß, wie stolz wir sind, dass ihr beide euch endlich verlobt habt. Schließlich haben wir lange genug drauf warten müssen«, fügte sie mit einem leichten Vorwurf in der Stimme hinzu. »Drei Jahre sind eine schrecklich lange Zeit für die Brautwerbung, findest du nicht?«

Brautwerbung! Normalerweise hätte Belles Antwort nicht lange auf sich warten lassen: Nicht jedermann wolle heutzutage im Alter von fünfundzwanzig verliebt, verlobt, verheiratet und wieder geschieden sein! In diesem Fall allerdings wurde jeder Gedanke an eine schlagfertige Erwiderung durch das Unbehagen verdrängt, das das Vorhaben ihrer Mutter in ihr ausgelöst hatte. Nichts hasste sie mehr, als im Rampenlicht zu stehen.

»Damit ich es richtig verstehe«, sagte sie gedehnt, »du willst unsere Verlobungsanzeige in den *Cheltenham Courant* setzen?«

»Aber Kind, nicht nur in den *Courant,* vor allem in die überregionalen Zeitungen! Nun ja, zumindest in die wichtigsten. Die Klatschblätter habe ich selbstverständlich außen vor gelassen.«

»Aber das ist doch albern. Und vollkommen unnötig.« Belle wand sich. »Warum sollte es irgendjemanden außerhalb von Cheltenham – oder auch nur außerhalb unserer Familie – interessieren, dass Kieran und ich uns verlobt haben? Ich bin nicht Paris Hilton. Ich bin Verkäuferin in einem Seifenladen!«

Ihre Mutter jedoch schüttelte milde lächelnd den Kopf. Sie machte ein Gesicht wie jemand, der von sich glaubt, genug Lebenserfahrung gesammelt zu haben, um in derlei Angelegenheiten bestens Bescheid zu wissen. »Stell dein Licht nicht unter den Scheffel, Annabelle. Du bist die Assistentin des Verkaufsleiters. Und bestimmt möchtest du auch, dass alles seine Ordnung hat.« Ohne Belle die Gelegenheit zu geben, ein »Nein, das möchte ich durchaus nicht!« dazwischenzuschieben, fuhr Brenda fort: »Denk nur daran, wie aufregend es sein wird, deinen Namen in der *Times* zu lesen!« Den entsetzten Gesichtsausdruck ihrer Tochter ignorierte sie geflissentlich und fügte hinzu: »Ich bin mir sicher, dass sich sehr viele Leute dafür interessieren werden, wenn sie erst einmal die Anzeige gelesen haben. Warte es nur ab.«

Weit weg, auf der anderen Seite der Erdkugel, hackten Finger mit scharlachrot lackierten Nägeln emsig auf eine Computertastatur ein und bildeten mit ihrem klappernden Staccato die rhythmische Begleitung zu dem Liedchen, das die Besitzerin der Finger vor sich hin summte. Es war keine besonders wohlklingende Melodie, aber den einzigen Zuhörer der musikalischen Darbietung – einen leuchtend bunten Sittich, der sich mit aufgeplustertem Gefieder in seinem Käfig sonnte – schienen die gelegentlichen Misstöne nicht im Mindesten zu stören.

Die rechte Hand der Frau schloss sich um eine optische Maus, bewegte sie hierhin und dorthin und klickte eifrig. Auf dem Bildschirm erschien die Online-Ausgabe einer Tageszeitung.

»Nichts ist los in der Welt, Rita, rein gar nichts. Derselbe langweilige Kram wie immer.« Der Sittich legte den Kopf schief. »Zeit für die Mittagspause, was meinst du?«

Dennoch konnte sie sich nicht vom Bildschirm losreißen. »Hm ... Vielleicht schaue ich noch rasch in der alten Heimat vorbei? Mal sehen, wie es der Sippe geht? Das heitert mich ja meistens auf.«

Wenige Klicks später war sie auf der Website des *Cheltenham Courant* gelandet. Sofort fiel ihr der Aufmacher auf dem Titel ins Auge: DIESER LUMP FRASS MEINEN GOLDFISCH!

»Was für ein Land, Rita. Und uns halten sie für unzivilisiert! Hör dir diesen Unsinn an: Ein Wettbewerb im Käserollen! Eine Schönheitskonkurrenz für Nacktschnecken! Eine ...« Urplötzlich sog sie scharf den Atem ein. »Himmel! Das ist ja ... *er!*«

Sie hatte die Seite mit den Geburts-, Todes- und Heiratsanzeigen aufgerufen. Ganz oben prangte, umrahmt von einem Fries aus Blumen, ein großes Foto. Darauf war ein Mann mittleren Alters zu sehen – der Kleidung nach zu urteilen ein Priester –, der einen Arm um eine junge Frau und den anderen um einen ausgesprochen gut gebauten, sportlich wirkenden jungen Mann gelegt hatte. Das Mädchen strahlte wie ein Honigkuchenpferd und reckte stolz die linke Hand in die Höhe, an der ein Verlobungsring steckte. Der Text unter dem Foto lautete: »Hochzeit im Pfarrhaus: Annabelle Craine, Tochter von Brenda Craine und Hochwürden Gerry Craine, dem Gemeindevorstand von St. Jude in Cheltenham, gibt ihre Verlobung mit dem Journalisten Kieran Sawyer bekannt ...«

Ach.

Rita, der Sittich, brach das angespannte Schweigen mit einem fragenden »Krah?«, erhielt aber keine Antwort.

»Gerry, Gerry, Gerry.« Eine rote Kralle tippte wiederholt auf das Glas des Bildschirms, genau an der Stelle, wo das strahlende Gesicht des Brautvaters zu sehen war. »Ein großes Familienfest.

Ich hoffe doch sehr, dass du nicht vergisst, mir eine Einladung zu schicken. Andernfalls sehe ich mich gezwungen, dir einen Besuch abzustatten und dich persönlich daran zu erinnern!«

Kapitel 1

Pfarrhaus von St. Jude, an einem bitterkalten Januarabend

Wahrscheinlich haltet ihr mich für eine Nervensäge«, sagte Gerry Craine, »weil ich euch schon tausendmal gefragt habe, aber … seid ihr zwei euch eurer Sache auch ganz sicher?«

Belle Craine blickte in die Augen ihres Vaters und sah darin überbordende Liebe und eine Spur Besorgnis. »Eine Nervensäge? Dad, wie kommst du denn darauf?«, entgegnete sie ehrlich überrascht. »Aber langsam müsstest du wissen, dass wir es wirklich wollen.«

Sie und Kieran tauschten einen verliebten Blick.

»Wir sind füreinander bestimmt, Gerry«, erklärte Kieran fest. »Daran wird sich nie etwas ändern.«

Belle und Kieran saßen auf weichen Kissen im Wohnzimmer des Pfarrhauses auf dem Boden, tranken heiße Schokolade und taten so, als würden sie Brenda helfen, die Gästeliste für die bevorstehende Hochzeit zusammenzustellen. Draußen vor dem Fenster schwebten träge einige dicke Schneeflocken zur Erde.

»Gerry, Liebling! Hör auf, dir Sorgen zu machen«, meldete sich Brenda zu Wort, die eifrig in verschiedenen Adressbüchlein blätterte und die Einträge miteinander verglich. Schließlich galt es sicherzustellen, dass kein noch so entfernter Verwandter oder Freund durch die Maschen schlüpfte. »Du machst unser armes Mädchen nur nervös. Und dir selbst bescherst du ein Magengeschwür.«

Mit Ende vierzig war Gerry Craine noch immer der bestaussehende Pfarrer in ganz Cheltenham: groß und breitschultrig, mit warmherzigen dunklen Augen und dichtem schwarzen Haar, in das sich vor Kurzem die ersten grauen Strähnchen geschlichen hatten. Darüber hinaus war er ein Mann, in dessen Natur es lag, sich über alles Sorgen zu machen.

»Ich möchte nur die Gewissheit haben, dass ihre Entscheidung von Herzen kommt«, verteidigte er sich. »Sie sind noch sehr jung.

Die Ehe ist eine lebenslange Verpflichtung. Man darf sie nicht auf die leichte Schulter nehmen.«

»Hör auf zu predigen, Schatz, wir sind hier nicht in einem deiner Vorbereitungskurse für Brautleute. Du redest mit Annabelle und Kieran, nicht mit irgendwelchen dummen Teenagern!« Stirnrunzelnd fügte Brenda die Namen zweier entfernter Cousins aus Perth zu ihrer Liste hinzu. Dann sah sie auf. »Uns hat es auch nicht geschadet, dass wir jung geheiratet haben«, sagte sie. »Oder bereust du es inzwischen etwa?«

»Nein, nein, natürlich nicht. Es ist …« Gerry machte eine hilflose Handbewegung. »Ach, ich tue einfach nur meine Arbeit«, sagte er mit einem entschuldigenden Lächeln.

»Wir haben lange und gründlich darüber nachgedacht«, bemerkte Kieran mit ernster Stimme. »Obwohl wir eigentlich vom ersten Tag an wussten, dass unsere Beziehung für immer sein würde. Nicht wahr, Belle?«

Belles Antwort auf dieses ungewöhnlich leidenschaftliche Geständnis ihres Zukünftigen war ein spitzbübisches Lächeln. »Nun ja, vielleicht vom *zweiten* Tag an. Am ersten Tag habe ich nur gedacht: So ein Trottel! Er muss der miserabelste Zeitungsreporter der ganzen Welt sein. Alle halbe Stunde kommt er zurück in den Laden, weil er eine weitere unsinnige Frage zu stellen vergessen hat!« Alle lachten. Selbst Kieran musste schmunzeln. Als er damals vom Ressortleiter den Auftrag erhalten hatte, in dem Geschäft, in dem Belle arbeitete, für einen Artikel über Herrenkosmetika zu recherchieren, hatte er nur einen einzigen Blick auf die hübsche junge Verkäuferin geworfen, und es war sofort um ihn geschehen gewesen. Den ganzen restlichen Tag hatte er damit zugebracht, sich Vorwände auszudenken, die es ihm erlaubten, immer wieder in den Laden zurückzukehren, um mit ihr reden zu können. Vier verschiedene Arten Feuchtigkeitscreme waren über den Tresen gewandert, bevor er sich endlich ein Herz gefasst und sie zum Essen eingeladen hatte.

»Ein Mann hat es nicht leicht«, protestierte er gutmütig. »Sobald er seine Traumfrau trifft, bringt er kein vernünftiges Wort mehr über die Lippen, denn alles, was er eigentlich sagen will, ist: ›Heirate mich‹!« Liebevoll blickte er seine Verlobte an. »Jetzt habe ich mich endlich getraut. Und zu meinem großen Glück hat sie ja gesagt!« Dann wandte er sich wieder an Gerry. »Ich verspreche, dass ich mein Leben lang gut auf sie achtgeben werde.«

»Das weiß Dad doch. Nicht wahr, Dad?« Belle, die zu Füßen ihres Vaters saß, tastete nach seiner Hand. Sein Griff war warm und kräftig, ein Zeichen für das feste Band zwischen ihnen. »Er will mich nur beschützen. Manchmal vergisst er darüber, dass wir keine Kinder mehr sind.« Schmunzelnd blickte sie zu Gerry auf. »Kieran und ich kennen uns seit fast drei Jahren. Außerdem ist Kieran nicht mein erster Freund. Und vergiss nicht, dass er ein paar Jahre älter ist als ich.«

»Wozu soll man warten, wenn man weiß, dass man den Menschen gefunden hat, mit dem man den Rest seines Lebens verbringen möchte?«, fügte Kieran hinzu.

Gerry ließ seinen Blick über die glücklichen Gesichter der anderen schweifen und zögerte noch für einen Moment. Dann erschien ein Lächeln auf seinem Gesicht. »Ich weiß, ich weiß. Ich bin ein typischer überbesorgter Vater. Aber wen wundert es? In meinem Beruf sehe ich viel zu viele Ehen, die scheitern.«

Belles Versprechen kam fest und ohne Zögern. »Unsere Ehe wird nicht scheitern. Das werden wir nicht zulassen.«

Erneut schenkte Gerry dem jungen Paar ein Lächeln. »Ich wünsche dir nur das Beste. Euch beiden.«

»Das wissen wir.« Wieder drückte Belle die Hand ihres Vaters. Wie ähnlich wir uns sind!, dachte sie. Dasselbe Haar, dieselben Züge, derselbe Charakter. Es war kein Wunder, dass sie sich so gut verstanden – und immer schon verstanden hatten. »Aber Kieran ist der beste Mann auf der ganzen Welt, also ist es völlig überflüssig, dass du dir weiterhin den Kopf darüber zerbrichst. Stimmt's?«

»Genau«, bekräftigte Brenda amüsiert.

Gerry lachte leise. »Nun ja, wenn die Dinge sich so verhalten …«

Ruhe kehrte ein, und Brenda wandte sich nun endgültig ihrer Arbeit zu. Aufgeregt murmelte sie vor sich hin, während sie die Bücher und Papiere, die sie vor sich auf dem Beistelltisch ausgebreitet hatte, eifrig hin- und herschob. »Großtante Margot, Cyril … o nein, nicht Cyril! Hm, *nicht* einladen können wir ihn auch nicht, er ist immerhin ein Cousin. Emma und John … einen

Moment, ist John nicht mit dem Au-pair-Mädchen durchgebrannt, oder war das Andy von Andy und Jane?«

Belle erhob sich von ihrem Platz am Boden und trat zu ihrer Mutter. »Brauchst du Hilfe?«

»Und ob!« Brenda fuhr sich verzweifelt mit den Fingern durch die Haare, sodass ihre Ponyfransen in alle Richtungen abstanden. »Irgendjemand muss Ordnung in dieses Chaos bringen! Bestimmt habe ich einige Verwandte zweimal aufgeschrieben. Und woher weiß ich, dass überhaupt noch alle am Leben sind?«

Brenda schwenkte die mehrere Seiten lange handgeschriebene Liste in der Luft, und Kieran riss vor Erstaunen die Augen auf. »Du grüne Neune – so viele Gäste? Ich weiß ja, dass meine Familie nicht als Maßstab gelten kann, aber die Craines haben sich wirklich ins Zeug gelegt. Mein lieber Schwan.«

Belles Herz krampfte sich zusammen. Sie wusste, dass Kierans flapsige Bemerkung eine tiefe Wunde verbergen sollte. Kieran hatte im Laufe seines Lebens zahlreiche gute Freunde gefunden, aber eine Familie hatte er nicht. Sein Vater war verschwunden, noch bevor Kieran geboren wurde, und seine Mutter – unfähig, sich allein um die Kinder zu kümmern – hatte ihn und seine Schwester in Pflege gegeben. Ihre Kindheit und Jugend hatten sie, manchmal zusammen, aber öfter getrennt voneinander in wechselnden Pflegefamilien verbracht. Inzwischen lebte seine Schwester am anderen Ende des Landes, und die Geschwister sahen sich nur selten. Belle war stolz auf Kieran, weil er allen Widrigkeiten getrotzt und ganz allein, ohne die Liebe und Unterstützung einer Familie im Rücken, so viel erreicht hatte. Dennoch wusste sie, dass er sich manchmal einsam fühlte. Zu Beginn ihrer Beziehung hatte er ihr anvertraut, dass er stets das Gefühl gehabt habe, etwas Wichtiges würde in seinem Leben fehlen – bis er sie kennengelernt hatte. Belle hatte sein Leben endlich vollständig gemacht.

»Ich dachte, wir wären übereingekommen, uns auf Familie und enge Freunde zu beschränken«, bemerkte Gerry.

»Aber das hier *sind* doch Familie und enge Freunde! Und ein gutes Drittel steht noch gar nicht auf der Liste. Die Gäste, die nur zum Empfang am Abend kommen, habe ich weggelassen.«

Belle schluckte. »Mum …«

Aber Brenda ließ sich nicht beirren. »Man kann schlecht jemanden einladen und sagen: ›Aber sei so gut und lass Frau und Kinder zu Hause!‹ Was macht das für einen Eindruck? Belle hat überall Verwandte, nicht wahr, Schatz? Und Kieran, deine vielen Freunde …«

In Belles Kopf begann sich alles zu drehen. So viele Gäste! Hunderte von Leuten werden kommen, um mich und Kieran in der Kirche anzugaffen! Bei der Vorstellung wurde ihr ganz mulmig zumute. Als Brenda kurz innehielt, um nach Luft zu schnappen, hakte Belle daher beherzt ein: »Mum, müssen wir wirklich die *ganze* Verwandtschaft einladen?«

»Aber natürlich, wo denkst du hin?« Brenda lachte, als sei das, was ihre Tochter soeben von sich gegeben hatte, das Ulkigste, was sie je gehört hatte.

»Aber warum denn?«

»Na, eben *deswegen,* Schatz: weil sie unsere Verwandten sind. Sie gehören zur Familie!« Brenda schlug einen Tonfall an, als spräche sie zu einer Vorschulklasse. »Und wir möchten doch nicht, dass sich jemand ausgeschlossen fühlt.«

»Wenn du meinst.« Belle überflog die Liste. »Aber einige dieser Namen sagen mir gar nichts! Wer um alles in der Welt ist Gregory Ansell-Smith? Und wehe, du lädst Marion ein, die dumme Kuh! Hat sie Jax nicht bei ihrer Taufe ins Taufbecken fallen lassen? Die Arme hätte sich beinahe den Schädel gebrochen!«

Brenda seufzte. »Wenn du älter bist, wirst du es verstehen. Man muss diplomatisch sein und darf niemanden vor den Kopf stoßen. Dein Vetter Les zum Beispiel – niemand kann ihn ausstehen, aber wir haben keine Wahl. Er ist ein Vetter ersten Grades, wir *müssen* ihn einladen. Und wenn er kommt, wird wohl auch die ganze restliche Bagage aus Liverpool anrücken.«

»Doch nicht dieser widerliche Schleimer Sebastian?« Belle schüttelte sich.

Brenda lachte hölzern auf. »Keine Sorge, Liebes, ich werde ihn von den Brautjungfern fernhalten. Und von den … Pagen. Hm. Dann sind da noch die Kollegen deines Vaters. Den Bischof dürfen wir auf keinen Fall unberücksichtigt l…«

»Aber können wir nicht einfach …« Belle stockte, und Kieran sah sie ermunternd an. Auch er schien von Brendas ehrgeizigen Plänen ein wenig überfordert.

Sie holte tief Luft. »Ich würde viel lieber im kleinen Kreis feiern, so wie ursprünglich geplant«, stieß sie hervor und kam sich fast ein wenig schäbig dabei vor.

Moment mal! Wieso eigentlich? Schließlich war es ihre eigene Hochzeit, nicht die ihrer Mutter.

»Dies hier *ist* …«

»Nein, Mum, ich meine *wirklich* klein. Und … bezahlbar. Ihr beide seid keine Millionäre, und Kieran und ich schon gar nicht. Warum laden wir nicht einfach nur einige wenige ausgewählte Freunde ein – Menschen, die uns wirklich etwas bedeuten?«

»Das wäre schön«, sinnierte Gerry. »Eine bescheidene und persönliche Feier.«

»Nein, das wäre *nicht* schön!«, gab Brenda voller Empörung und mit scharfer Stimme zurück. »Wir reden hier von deiner Hochzeit, Belle, von einem einmaligen Ereignis, an das du dich dein ganzes Leben lang erinnern wirst. Wir werden keine halben Sachen machen!«

»Oje.« Belle seufzte schicksalsergeben. »Das hatte ich fast befürchtet.«

Es war bereits spät am Abend, als Belles Schwester Jax zur Haustür hereingepoltert kam. Ihre schwarzen Stiefel hatten Sohlen so dick wie Autoreifen, und dazu trug sie ihr Lieblingskleidungsstück, eine kunstvoll zerfetzte Armeehose – ebenfalls schwarz –, die sie sich tief über die Hüften gezerrt hatte, damit alle Welt den silbernen Totenschädel bewundern konnte, der ihr am Bauchnabel baumelte.

In ihrem Kielwasser folgte ein hünenhafter junger Mann, der so viele Piercings im Gesicht trug, dass sie bei jeder seiner Bewegungen wie ein bizarres Glockenspiel anschlugen.

»Sieh mal.« Kieran knuffte Belle in die Seite. »Doktoressa Frankenstein und ihr Monster.«

»Sei nicht so gemein!« Belle versuchte, ein Kichern zu unterdrücken, erreichte aber nichts weiter, als dass ihr der Glühwein, an dem sie gerade nippte, beißend in die Nase schoss. »Au! Jetzt sieh nur, was du angerichtet hast«, nuschelte sie und hustete laut.

Jax bedachte ihre ältere Schwester mit einem Blick voller Argwohn. »Wenn ihr mich schon wieder verarscht, seid ihr dran, ihr Pissnelken«, verkündete sie sachlich.

»Solche Wörter möchte ich in diesem Haus nicht hören, Schatz!«, rief Brenda aus dem Flur, wo sie gerade mit Razors knöchellangem ledernen Trenchcoat kämpfte, den sie auf einen Haken hängen wollte. Ihre Ermahnung war mehr Reflex als ein ernst gemeinter Versuch, auf das Verhalten ihrer Tochter einzuwirken. Selbst Brendas Optimismus kannte seine Grenzen.

»Wo ist Dad?«, fragte Jax in die Runde. Eigentlich war sie naturblond wie ihre Mutter, hatte ihre kurzgeschorenen Haare jedoch leuchtend blau gefärbt und zu einer Frisur zurechtgezupft, die in Form und Farbe unverkennbare Ähnlichkeit mit der Auslegware im Wartezimmer des Craine'schen Hausarztes hatte.

»Er macht Krankenbesuche«, gab Belle bereitwillig Auskunft. »Warum?«

Die Nachricht kam nicht gut an. »*Was?* Er ist unterwegs? Schon wieder? Aber er muss mich und Razor nach Circencester fahren!« Sie senkte ihre Stimme zu einem verschwörerischen Flüstern. »In der alten Zehntscheune wird gefeiert. Mit Übernachtung. Wir müssen nur unsere Schlafsäcke mitbringen.«

Normalerweise hütete sich Belle, zu den Freizeitaktivitäten ihrer Schwester Stellung zu nehmen. Aber irgendwo war Schluss. »Wo hast du deinen Verstand gelassen?«, sagte sie. »Du weißt genau, dass Dad dir niemals erlauben würde, auf eine Scheunenparty zu gehen!«

Jax verschränkte die Arme vor der Brust und legte die Stirn in tiefe Falten. »Wenn er glaubt, dass wir die Nacht bei Razors Tante Jen verbringen, schon«, gab sie zurück.

»Du willst Dad eiskalt belügen?«

»Als hättest du das noch nie getan!«

»Habe ich auch nicht!«

»Pah. Heuchlerin!«

Die beiden Schwestern funkelten sich an. Schließlich war es Razor, Jax' breitschultriger Freund, der das zornige Schweigen brach. Zu seinem furchteinflößenden Äußeren hätte das raue Organ eines Menschen gepasst, der Rollsplitt oder rostige Nägel zum Frühstück verspeiste. Tatsächlich aber war seine Stimme nicht nur ausnehmend sanft, sondern er sprach auch noch in einem vollendeten Privatschulakzent, den er seit Jahren vergeblich loszuwerden versuchte. Reiche Eltern und eine gute Kinderstube konnten einem wirklich das ganze Leben versauen.

»Hallo, Mrs Craine«, sagte er und räusperte sich, als Brenda – vom Kampf mit dem tonnenschweren Mantel noch leicht erhitzt – ins Wohnzimmer kam. »Gut sehen Sie heute wieder aus.«

»Danke, Marcus.« Brenda schenkte ihm ein freundliches Lächeln. Sie weigerte sich standhaft, ihn Razor zu nennen. Dann musterte sie ihn eingehender. »Ist mit deiner Augenbraue alles in Ordnung? Das sieht mir ganz nach einer Entzündung aus.«

Razor errötete und betastete die Stelle vorsichtig mit dem Finger. »Ja, ich glaube, die Stelle ist ein wenig vereitert«, räumte er verlegen ein. »Hm. Hätte die Nadel vorher wohl lieber sterilisieren sollen.«

»Ach, Marcus, du dummer Junge! Ich hoffe nur, du hast regelmäßig Tetanusspritzen bekommen. Komm her, ich kümmere mich darum.« Brenda legte den Stapel Adressbücher beiseite und zog Razor in Richtung Bad und Erste-Hilfe-Kasten davon.

Belle, Kieran und eine erboste Jax blieben zurück.

»Der arme Razor«, sagte Kieran schließlich, weil er nicht wusste, was er sonst sagen sollte.

Jax verzog verächtlich das Gesicht. »Razor ist ein Milchbrötchen.«

»Du sprichst aber nicht besonders nett von deinem Freund«, stellte Belle fest.

»Halt's Maul. Du bist auch ein Milchbrötchen. Ihr seid alle Milchbrötchen.«

»Keine Sorge, Jax, das wächst sich aus«, sagte Kieran mit einem schelmischen Grinsen. »Du wirst nicht dein Leben lang so unausstehlich bleiben. Das sind nur die Hormone.«

Erstaunlicherweise wurde Jax puterrot und wusste nichts zu erwidern. Wann immer Kieran das Wort an sie richtete, wurde ihr ganz heiß und kalt, und ihr sonst so tatkräftiges Gehirn schien sich in Pudding aufzulösen. Natürlich wäre sie lieber tausend grausame Tode gestorben, als es irgendjemandem gegenüber zuzugeben – am allerwenigsten gegenüber Kieran selbst.

Belle rammte ihrem Verlobten den Ellbogen in die Rippen. Sie hatte sich – und ihrer Mutter – geschworen, sich die nächsten sechs Monate mit ihrer Schwester zu vertragen. Bis zur Hochzeit sollte Frieden herrschen, und wenn es sie umbrächte.

O ja, dachte sie. Wenn es so weitergeht, wird bestimmt einer der Beteiligten sein Leben lassen müssen.

»Wir haben heute Abend Pläne für die Hochzeitsfeier geschmiedet«, begann sie, um einen versöhnlichen Tonfall bemüht.

Jax hatte sich mittlerweile in den Ohrensessel ihres Vaters gelümmelt. »Na und?«, sagte sie verächtlich. »Was habe ich damit zu tun?«

»Wir haben uns gefragt, ob du vielleicht auch jemanden einladen möchtest. Nicht wahr, Kieran?«

Wieder war ein Rippenstoß nötig, um Kieran die passende Antwort zu entlocken.

»Haben wir das? Ach so, ja, selbstverständlich. Bestimmt gibt es jemanden, den du gern dabeihättest. Razor vielleicht?«

»Nein. Sonst noch was?«

»Wir möchten, dass es auch für dich ein schöner Tag wird«, fuhr Belle todesmutig fort.

»Sicher. Ich werde mich glänzend mit euren strunzdummen Spackofreunden verstehen.«

»Und wir würden uns freuen, dich in die Feier einzubeziehen. Ehrlich gesagt hatte ich sogar gehofft …« Belle rief sich die entsprechenden Worte ihrer Mutter ins Gedächtnis – *Es wäre so schön, Liebes! Es würde den Tag für mich perfekt machen!* – und zwang sich dazu, aufrichtig und begeisternd zu klingen. »Kieran und ich haben gehofft, dich als unsere Brautjungfer gewinnen zu können.«

Einen Augenblick lang starrte Jax ihre Schwester mit offenem Mund an. Dann warf sie den Kopf zurück und brach in schallendes Gelächter aus. Sie brüllte und brüllte vor Lachen, bis ihr die sorgfältig in mehreren Schichten aufgetragene Mascara die Wangen hinabrann.

Anders als der sportbegeisterte Kieran hatte Belle körperlicher Ertüchtigung nie viel abgewinnen können. Ganz im Gegenteil: Sie hasste Sport. Freiwillig bei Wind und Wetter draußen herumzuhopsen oder sich zwecks Muskelaufbau in komplizierte Foltermaschinen einzuspannen, hatte sie stets als Gipfel der Sinnlosigkeit empfunden. Schon früh hatte sie gegen jede Form von Sport eine glühende Abneigung entwickelt. An ihrem letzten Schultag hatte sie ihr gesamtes Turnzeug noch auf dem Schulhof feierlich verbrannt und sich geschworen, nie wieder einen Fuß in eine Sporthalle zu setzen.

Trotz aller guten Vorsätze jedoch traf man Belle Craine zurzeit regelmäßig im Fitnessclub an, wo sie eine Stunde ihrer kostbaren Freizeit damit verbrachte, Gewichte zu stemmen und auf dem Laufband zu schwitzen. So auch heute. Schuld daran war der Spezialkurs »Braut in Bestform«, den das Fitnessstudio anbot. Der zweimonatige Kurs bestand aus einer Reihe einstündiger Trainingseinheiten, vollgepackt mit grausamsten Martern, über deren korrekte Ausführung ein strenger Trainer mit Argusaugen wachte. Und damit nicht genug: Außer dem rigorosen Sportprogramm bekam man auch noch einen Diätplan aufgebrummt! Nicht, dass Belle sich daran gehalten hätte. Im Gegenteil: Sie scheute sich nicht, während einer kurzen Verschnaufpause verstohlen an einem Schokoriegel zu knabbern, den sie mit in den Fitnessraum geschmuggelt hatte.

Wie gut, dass sie ihre beste Freundin Ros bei sich hatte, die eine wahre Sportskanone war. Sie konnte ihr ein klein wenig moralische Unterstützung zuteilwerden lassen. Ohne Ros' tatkräftige Ermunterung hätte sie es höchstwahrscheinlich nicht einmal über sich gebracht, die Schwelle des Studios zu überschreiten.

»Ich glaube, langsam beginnt es Wirkung zu zeigen«, sagte Ros fröhlich und strich sich ihr glänzendes braunes Haar aus dem Gesicht. »Deine Oberschenkelmuskeln sind bereits deutlich straffer geworden. Richtig schön definiert.«

Mit kritischem Blick musterte Belle die angesprochenen Körperteile, die nach einer zwanzigminütigen Höllenfahrt auf einem Spinningbike unkontrolliert bebten wie zwei Portionen Götterspeise. »Du musst mir nichts vormachen«, sagte sie tapfer. »Ich bin nun einmal ein Fettklops. Daran lässt sich nichts ändern.«

»Du bist nicht fett und ein Klops bist du schon gar nicht!«, widersprach Ros und lachte auf. »Du bist einfach nur … kurvig.«

»Das nennt man fett«, beharrte Belle.

»Wohlgeformt.«

»Ein Moppelchen.«

»Angenehm gerundet.«

»Seht alle her! Der erste lebende Marshmallow.«

»Red keinen Unsinn! Du hast wenigstens eine frauliche Figur.« Ros ließ die Karotte sinken, an der sie verhalten genagt hatte, und wackelte mit den Brüsten. Zumindest versuchte sie es. »Schau dir meinen Busen an. Das heißt – wenn du zufällig gerade ein Elektronenmikroskop zur Hand hast. Er sieht aus wie zwei Erbsen, die jemand versehentlich auf einem Bügelbrett hat liegen lassen!«

Sie kicherten, und Belle teilte den Rest der verbotenen Schokolade auf. »Also schön, ich habe verstanden: Niemand ist perfekt. Aber wenn ich so weitermache, schaffe ich es nicht einmal bis in die Mittelmäßigkeit. Und jetzt packst du auch noch deine Siebensachen und verschwindest einfach ans andere Ende der Welt. Wer oder was soll mich dann noch motivieren?«

»Du selbst natürlich! Denk einfach nur daran, was Kieran für Augen machen wird, wenn er dich am Tag eurer Hochzeit sieht. Wenn ich schon extra für dich zurückgeflogen komme, um deine Brautjungfer zu spielen, erwarte ich, dass du absolut umwerfend aussiehst!«

Belle zuckte mit den Schultern. »Im Hochzeitskleid sieht jede Frau gut aus.«

Ros zwinkerte ihr verschwörerisch zu. »Ohne auch?«

Ach, Ros, ich werde dich vermissen, dachte Belle wehmütig, während sie sich weiter unterhielten. Seit ihrem letzten Schuljahr waren sie eng befreundet, und beide hatten sie den Abschluss mit der gleichen brennenden Sehnsucht erwartet: Endlich raus aus der Schuluniform und rein ins wahre Leben! Bei Ros jedoch hatte sich schon bald die Ernüchterung eingestellt. Den Büroalltag empfand sie bereits nach kurzer Zeit als öde und stumpfsinnig, und als ihr das Schicksal ein Geschenk in Form einer kleinen Erbschaft machte, hatte sie die Gelegenheit beim Schopf gepackt und beschlossen, ein Jahr Urlaub zu nehmen, um die Welt zu bereisen.

Belle konnte sie gut verstehen. Aber warum musste Ros ausgerechnet *jetzt* fortgehen?

»Ich bin zu einem Entschluss gekommen«, eröffnete sie ihrer Freundin. »Du darfst nicht fliegen. Du musst die Reise abblasen und hierbleiben. Andernfalls werde ich niemals durchhalten. Ich werde alles hinschmeißen, mich tagein, tagaus mit Kuchen vollstopfen und am Tag der Trauung so fett sein, dass man mich zum Altar rollen muss.«

»Tut mir leid, die Tickets sind bereits gebucht.« Ros wurde nachdenklich, dann platzte sie heraus: »Warum kommst du nicht einfach mit?«

»Was? Ich?« Belle hustete, weil ihr eine Erdnuss in die Luftröhre geraten war.

Ros klopfte ihr auf den Rücken. »Wenn dir der ganze Trubel auf die Nerven geht, lass alles stehen und liegen, wirf ein paar Klamotten in deinen Rucksack und verschwinde. Es ist leichter, als du denkst. Dein Leben gehört dir, Belle. Nicht Kieran oder deiner Mutter. Dir ganz allein.«

Eine flüchtige Sekunde lang schien die Aussicht unsagbar verlockend. Kein Druck, keine Verwandtenschwemme, keine peinlichen Anzeigen in der *Times*. Stattdessen Abenteuer, fremde Länder, aufregende Begegnungen, neue Herausforderungen ... Aber noch bevor diese Sekunde ganz verstrichen war, wusste Belle, dass die Vorstellung nichts war als ein albernes Hirngespinst. Sie als Weltreisende? Völlig undenkbar! Viel zu gefährlich und aufregend. »Das ist lieb gemeint, Ros, aber ich verzichte.«

»Du bist ein Feigling!«

»Das ist unfair. Darum geht es doch gar nicht«, widersprach Belle leicht verletzt. »Ich bin glücklich mit Kieran. In sechs Monaten werden wir heiraten und zusammen ein neues Leben anfangen. Das ist es, was ich will und was ich immer gewollt habe. Du solltest das am allerbesten wissen.« Halb forschend, halb verunsichert blickte sie Ros in die Augen. Ihre Freundin würde sie doch verstehen? »Ich bin keine Draufgängerin so wie du. Mir liegt nichts an Abenteuern. Ich bin einfach nur ... ich weiß nicht ... ein ganz stinknormales Mädchen.«

Ros schüttelte den Kopf und schnalzte missbilligend mit der Zunge. »Stinknormal gibt es nicht.«

»Wenn du ich wärst, würdest du das nicht behaupten.«

»Also gut!« Ros hob in einer übertriebenen Geste der Verzweiflung die Hände gen Himmel. »Ich habe mein Bestes versucht. Du wolltest nicht hören. Aber eins sage ich dir: Nächste Woche um diese Zeit werde ich im Flugzeug sitzen, komme, was da wolle, und dir wird nichts anderes übrig bleiben, als ohne mich weiterzuschwitzen. Aber ich weiß genau, dass du es schaffen kannst!«

»Könntest du nicht wenigstens ein oder zwei Wochen länger bleiben? Ich brauche dringend jemanden, der mich daran hindert, dem Wahnsinn zu verfallen. Oder meine Schwester umzubringen«, fügte sie halblaut hinzu.

»Was hat Jax denn jetzt schon wieder angestellt?«

»Ich habe sie gefragt, ob sie sich vorstellen könnte, meine Brautjungfer zu sein – Mum wollte es so. Ich habe sie wirklich ganz nett und höflich gefragt, ich schwöre es! Erst hat sie laut gelacht – ungefähr eine halbe Stunde lang. Und dann hat sie gesagt, sie würde sich lieber eine lebende Wespe in die Nase stecken.«

»Sie hat also keine Lust.« Ros zuckte mit den Schultern. »Na und? Das ist ihr Pech, nicht deins. Ich wette, du hast Tausende von Cousinen, die alles dafür geben würden, deine Brautjungfer zu sein. Und eins musst du zugeben: Die Rolle ist Jax nicht gerade … auf den Leib geschrieben.«

Belle seufzte. »Ich habe aber nur eine Schwester. Manchmal ist sie eine wahre Pest, aber es würde Mum unheimlich viel bedeuten zu sehen, wie sie mir voran in einem hübschen Kleid zum Altar schreitet.«

»Jax? *Schreiten?* In einem *Kleid*?« Ros verdrehte die Augen. »Tut mir leid. Das kann ich mir einfach nicht vorstellen.«

»Ich mir auch nicht«, sagte Belle achselzuckend. »Also, was soll ich tun?«

»Eine halbe Stunde an den Gewichten!«, befahl Ros heiter. »Und dann ab auf das Laufband. Schließlich willst du deinem Zukünftigen Ehre machen, oder nicht?«

Kapitel 2

Bei Green Goddess ging es an diesem Montagmorgen im Januar recht beschaulich zu. Die Angestellten hatten nicht viel zu tun, aber Waylon Smith war nicht umsonst der Verkaufsleiter mehrerer Filialen geworden: Er fand immer etwas, um seine Untergebenen zu beschäftigen – und sei es nur, dass er sie Seifenstücke und Badekugeln zählen ließ. Als Antwort darauf hatte Belle früh gelernt, immer einen möglichst betriebsamen Eindruck zu erwecken.

»Warum beschwerst du dich überhaupt?«, fragte Lily Broome, die gerade damit befasst war, eine Pyramide aus Badekugeln neu aufzuschichten, nachdem eine Kundin mit Zwillingskinderwagen sie zum Einsturz gebracht hatte. »Sei doch froh! Ich wünschte, Rick würde zu mir kommen und sagen: ›Schatz, ich möchte gern richtig viel Geld für dich ausgeben!‹ Andererseits«, räumte sie nachdenklich ein, während sie sich den langen braunen Zopf über die Schulter warf, »würde ich nicht wollen, dass er es ausgerechnet für eine *Hochzeit* ausgibt. Einen hübschen kleinen Sportwagen vielleicht ... ach, na ja, sobald wir Kinder haben, müssen wir ohnehin jeden Pfennig sparen. Heutzutage muss man Millionär sein, um sich Nachwuchs leisten zu können.«

»Oder um eine Hochzeitsfeier auszurichten«, hakte Belle ein. »Und glaub mir, meine Eltern sind keine. Also gut, die Schneiderin ist eine Freundin meiner Mutter, deswegen nimmt sie kein Geld für das Kleid, und der Caterer hat versprochen, uns einen Sonderpreis für das Buffet zu machen, weil mein Vater Pfarrer ist. Aber zweihundertfünfzig Gäste! Die nächsten zwanzig Jahre werden Mum und Dad keinen Urlaub mehr machen.«

Sie seufzte, schüttelte den Kopf und fuhr damit fort, die Verkaufszahlen des vergangenen Wochenendes in die dafür vorgesehenen Buchungsformulare einzutragen. Was Naturkosmetika anging, befand sich Green Goddess in der Branche an vorderster Front, aber auf andere Unternehmensbereiche schien sich dieser Innovationsgeist nicht zu erstrecken: Die Buchhaltung jedenfalls steckte noch mit beiden Beinen im neunzehnten Jahrhundert fest.

Belle holte den Taschenrechner heraus. Haargel hatte leicht zugelegt, Fußbalsam wurde weniger nachgefragt als üblich, und die Verkäufe der neuen schwarzen Gesichtsmaske mit echtem Süßholzextrakt stagnierten immer noch, und das, obwohl der Preis um dreißig Prozent gesenkt worden war.

Assistentin der Verkaufsleitung in einem Geschäft für Naturkosmetik zu sein war vielleicht nicht gerade der Gipfel der beruflichen Erfüllung, aber Belle machte ihre Arbeit nicht nur Spaß, sie nahm sie auch sehr ernst. In Wahrheit nahm sie die meisten Dinge sehr ernst, was sicherlich zum Teil damit zusammenhing, dass sie einen Geistlichen als Vater hatte.

»Ich verstehe dich trotzdem nicht«, beharrte Lily. »Ich dachte, du willst unbedingt heiraten. Seit Monaten redest du von nichts anderem!«

»Natürlich will ich das.« Belle warf den Kugelschreiber hin und fuhr sich durch ihre schulterlangen schwarzen Locken, die danach noch zerzauster aussahen. »Ich mache mir nur Sorgen. So viel Geld, das ist doch Irrsinn! Mum und Dad können es sich eigentlich nicht leisten, Unsummen für meine Hochzeitsfeier auszugeben. Und ich will es auch gar nicht.«

»Für manche Eltern ist das Ehrensache. Sie lassen sich solche Dinge gern etwas kosten. Willst du denn alles selbst bezahlen? Du und Kieran, ihr schwimmt doch auch nicht gerade im Geld.«

»Nein«, sagte Belle trübsinnig. »Dazu kommt, dass wir uns gerade nach einem Haus umsehen. Und jetzt hat sich Mum auch noch in den Kopf gesetzt, dass die ganze Welt erfahren soll, dass ihre Tochter heiratet – als sei ich eine Berühmtheit! Sie hat sogar eine Anzeige in der *Times* geschaltet, kannst du dir das vorstellen? Ich wäre fast gestorben vor Scham.«

Lily rümpfte ihre sommersprossige Nase. »Jeder nach seiner Fasson, wie es so schön heißt. Aber wenn dir das alles nicht gefällt, warum sprichst du nicht ein Machtwort? Sag ihr, dass du dir die Sache ganz anders vorgestellt hast.«

»Dafür ist es jetzt wohl zu spät.« Belle fummelte an ihrem Kugelschreiber herum. »Ich hatte mir ja fest vorgenommen, ihr ins Gewissen zu reden, ehrlich, aber dann hat sie angefangen, mir vorzuschwärmen, wie wunderbar es sei, endlich die Hochzeit ihrer ältesten Tochter planen zu dürfen – die schönste, erfüllendste Erfahrung ihres ganzen Lebens! O Gott, ich habe es einfach nicht übers Herz gebracht, ihr die Wahrheit zu sagen.« Resigniert hob sie die Schultern. »Ich hoffe nur, dass wir beim Catering wirklich einen Rabatt bekommen.«

»Es gibt doch noch Jax. Warum bittest du deine Mutter nicht, dass sie dich einfach überspringt? Sie könnte ihre Pläne für eine Weile auf Eis legen und in ein paar Jahren die Hochzeit deiner Schwester organisieren.«

Fast hätte sich Belle vor Lachen verschluckt. »Jax? Heiraten? Leib und Seele an eine niedere Lebensform wie einen Mann verkaufen? Ich bitte dich, Lily! Mein kleines Fräulein Schwester fühlt sich schon geknechtet, wenn man sie bittet, eine Pizza in die Mikrowelle zu schieben!«

Lily hatte die letzte Badekugel auf der Spitze der Pyramide platziert. Vorsichtig trat sie einen Schritt zurück und begutachtete ihr Werk. »Tja, dann bleibt dir wohl nichts anderes übrig, als brav die Klappe zu halten und dich in der Aufmerksamkeit zu sonnen, die deine bewundernden Verwandten dir zuteilwerden lassen«, sagte sie.

»Das ist es ja gerade. Ich hasse es, im Mittelpunkt zu stehen! Jax ist die Diva in der Familie. Ich sitze lieber irgendwo still in der hintersten Reihe und sehe mir alles aus sicherer Entfernung an.«

»Hm.« Lily schritt ihre Pyramide ab und nickte befriedigt. »Wow! Wer würde noch behaupten wollen, das Dasein einer Verkäuferin sei trist und ohne Erfüllung? Schau sie dir an! Sie steht wie eine Eins.«

»Sehr hübsch. Aber wenn die dritte Schicht weiß sein soll, was hat dann die eine rosafarbene Kugel dazwischen zu suchen?« Belle zeigte mit dem Finger auf die Stelle. »Hier, siehst du?«

»Wo? O nein! Ach, verflixt. Konntest du das nicht für dich behalten?«, schimpfte Lily. Zögernd streckte sie die Hand nach der Kugel aus. »Vielleicht wenn ich sie ganz vorsichtig herausnehme ...«

»Bist du verrückt? Willst du, dass alles gleich wieder in sich zusammenkracht? Lass sie einfach, wo sie ist.«

»Ich werde aber immer hinschauen müssen!«

»Dann stell irgendetwas davor! Eine Preistafel oder so.«

Beide blickten sie sich suchend im Laden um. Plötzlich rief Lily: »Ha! Genau das Richtige!« Sie zerrte eine große, aus Sperrholz ausgesägte und bunt bemalte Braut hinter dem Aufsteller für Make-up hervor, entstaubte sie flüchtig mit dem Ärmel und baute sie direkt vor der Pyramide auf. »Na, was sagst du? Jedes Mal, wenn du von der Kasse aufsiehst, wird sie dich an deinen großen Tag erinnern!«

»Herzlichen Dank.« Belle war drauf und dran, etwas ausgesprochen Unfeines zu sagen, als Waylon die Eingangstür aufstieß und mit dem Hintern zuerst, eine schwerbeladene Sackkarre hinter sich herziehend, in den Laden gestolpert kam.

»Ein wenig Hilfe käme nicht ungelegen!« Er wandte sich um und beäugte misstrauisch seine Angestellten. »Ich hoffe, Sie beide haben nicht einfach nur herumgestanden und Maulaffen feilgehalten, während ich weg war.«

»Natürlich nicht, Chef. Wir haben … absatzfördernde Maßnahmen implementiert. Stimmt's, Lily?«

»Genau. Ganz genau. Bis zum Umfallen und in jeder Ecke.«

Waylon erspähte die hölzerne Braut und nickte befriedigt. »Aha. Nun, immerhin können Sie Anweisungen umsetzen, das freut mich«, räumte er, wenn auch mit spürbarem Widerwillen, ein.

Lily und Belle sahen ihn verständnislos an.

»Die Zentrale in Gloucester hat schon durchgeklingelt? Natürlich – woher hätten Sie sonst wissen sollen, dass ich Sie bitten wollte, die Braut deutlich sichtbar aufzustellen?«

»Äh …«

»Die neue Themendekoration, ganz hervorragend. Und jetzt können Sie mir gleich helfen, das Zeug ins Lager zu schaffen, bevor noch ein Kunde darüber fällt. Der Fahrer hat schon wieder ins Büro der Verwaltung geliefert statt direkt an unsere Adresse, dieser Armleuchter!«

»Was für eine neue Themendekoration?«, erkundigte sich Belle, während sich die drei mit vereinten Kräften daranmachten, die Kisten fortzuschleppen.

»Brautfrühling«, gab Waylon zurück und klopfte sich das nach Pfirsich duftende talkumfreie Körperpuder vom schwarzen Hemd. »Kosmetik und Accessoires für die Jahreszeit der Liebe. Man wird uns sogar eine Kosmetikerin herschicken, die direkt im Laden Gesichtsbehandlungen durchführt und die Kundinnen ganz nach ihren Wünschen schminkt.«

Belle stöhnte hörbar. Gab es denn gar kein Entkommen? »Aber es ist doch erst Januar!«, protestierte sie schwach.

Lily kicherte und tätschelte Belle freundschaftlich die Schulter. »Wenn man verliebt ist, herrscht ewiger Lenz!«, flötete sie. »Das solltest du doch am besten wissen.«

Jacqueline Craine hatte nicht mehr auf ihren vollen Namen gehört, seit sie sich im Alter von zwölf Jahren mithilfe von zwei Eiswürfeln und einer Stecknadel die Ohren durchstochen, die Haare mit der Gartenschere ihres Vaters gestutzt und dem sprachlosen Rest der Familie verkündet hatte, dass sie fortan ausschließlich als »Jax« anzusprechen sei.

Es war wie verhext: Brenda Craine hatte sich sehr viel Mühe gegeben, hübsche, wohlklingende, anständige Namen für ihre Töchter auszusuchen, die ihnen den Weg in die feine Gesellschaft ebnen würden, so wie es ihr eigener proletarischer Vorname, Brenda, nie vermocht hatte. Und was hatten die beiden damit gemacht? Sie, sobald sie sprechen konnten, bis zur Unkenntlichkeit zu »Belle« und »Jax« verstümmelt.

Bei Belle war dies ausschließlich aus praktischen Gründen erfolgt – sie hatte nichts Aufsässiges an sich. Aber für Jax stand hinter der Verunstaltung ihres spießbürgerlichen Namens eine politische Aussage. Hätte Jax jemals ihr Alter Ego Jacqueline auf der Straße getroffen, wären beide, so schnell ihre Füße sie trugen, in entgegengesetzte Richtungen davongerannt.

Es war Mittagspause am St. Jude's Institute – eine der angesehensten Privatschulen der Stadt –, und die älteren Schüler drängten sich im Aufenthaltsraum, um dort ihre Müsliriegel und Joghurts zu verspeisen. Keine zehn Pferde hätten sie, die Aufgeklärten, noch dazu gebracht, sich den Fraß einzuverleiben, der in der Schulmensa angeboten wurde. Gerüchte gingen um, dass bereits auf den Genuss einer einzigen Mahlzeit unweigerlich der sofortige Arterienverschluss folge. Schlechte Ernährung war – neben Sport im Freien bei Regen, Schnee und Hagelstürmen – nur einer der zahlreichen hehren Grundsätze, denen sich eine traditionsreiche private Bildungsinstitution wie St. Jude's verschrieben hatte.

Stipendiatin Jax plumpste auf einen Stuhl, schwang die Beine hoch und ließ ihre bestiefelten Füße auf die Tischplatte krachen, bevor sie lauthals verkündete: »Ich hasse meine Schwester.«

Ihr Freund Razor, alias Marcus Stamford-Jones, biss zaghaft in sein Baguette. Auf keinen Fall wollte er riskieren, dass sein nagelneues Lippenpiercing in Mitleidenschaft gezogen wurde. Wer den perfekten Anti-Establishment-Look erzielen wollte, musste – so viel hatte er inzwischen gelernt – in Bezug auf Bequemlichkeit und körperliches Wohlbefinden entscheidende Abstriche machen. »Hat sie dich wieder herumgeschubst?«, erkundigte er sich mitfühlend.

Jax bedachte ihn mit einem Blick, der selbst in Medusa persönlich glühenden Neid geweckt hätte. »Herumgeschubst? Mein Gott, Razor, brennst du? Glaubst du allen Ernstes, ich würde mich von irgendjemandem *herumschubsen* lassen? Und ausgerechnet von einer albernen Anziehpuppe wie ihr?«

»'tschuldige«, sagte er betreten. »Habe wohl nicht nachgedacht …«

»Das ist ja nichts Neues.« Jax beugte sich vor und nahm ungestüm einen großen Bissen von seinem Baguette. »Sie geht mir nur ständig mit ihrem Gequatsche über diese dämliche Hochzeit auf die Nerven.« Jax kaute schmatzend. »Sie meint, die ganze Welt dreht sich nur um sie!«

Razor zuckte mit den Schultern. »Typisch Frau, oder?«

»Was ist typisch Frau?«

Razor stammelte weiter. »Na ja, sie … stehen auf Rüschenkleider und so.«

»*Ich* stehe nicht auf Rüschenkleider!«, fuhr Jax auf.

»Nein, natürlich nicht, aber … ich meine, du bist ja auch keine …«

»Keine *was*? Keine Frau?« Sie warf ihm einen vernichtenden Blick zu. »Danke für das Kompliment, Klapsrat!«

Razor seufzte. Er liebte Jax mit jeder Faser seines jungen Herzens, aber manchmal hatte er es wahrlich schwer. Wenn seine Freundin zum Streiten aufgelegt war, hätte sie ihm selbst eine harmlose Behauptung wie die, dass Wasser nass sei, mit wilden Flüchen um die Ohren gehauen. »Ich meine … du bist ja erst siebzehn. Wenn du älter wirst – so alt wie deine Schwester –, dann änderst du deine Meinung vielleicht noch.«

»Vierundzwanzig?« Jax erschauerte. »Scheiße, daran möchte ich nicht einmal denken. Das ist fast schon *dreißig!* Außerdem ist meine Schwester bereits als Alte mit Hut auf die Welt gekommen. Ihr macht es vielleicht nichts aus, sich in die Sklaverei zu verkaufen, aber *ich* werde niemals heiraten. Überhaupt – die Ehe sollte verboten werden«, fügte sie mit der selbstgerechten Unbekümmertheit eines gänzlich lebensunerfahrenen Menschen hinzu.

»Aha«, machte Razor.

»Was, aha?«, verlangte Jax zu wissen.

»Einfach nur ... aha. Dann ist wohl Boykott angesagt?«

Jax grinste verschlagen. »Dreimal darfst du raten.«

In der Redaktion des *Cheltenham Courant* ging es wie immer hoch her. Wie bei jedem anderen Lokalblatt in jeder anderen Kleinstadt regierten auch hier Personalknappheit, Geldmangel und Zeitnot. Und für einen jungen aufstrebenden Journalisten wie Kieran Sawyer, der danach dürstete, preisverdächtige Artikel über große weltpolitische Fragen zu Papier zu bringen, war die Erkenntnis, dass die Verkaufszahlen seiner Zeitung nur dann in die Höhe schnellten, wenn auf der Titelseite ein pausbäckiges Baby oder ein flauschiges Kleintier abgebildet war, zutiefst deprimierend. So viel zur »Intellektuellenhochburg« Cheltenham – einer Stadt, die berühmt war für ihre Literaturfestivals und in der es mehr Schriftsteller pro Quadratzentimeter gab als Flöhe auf einem Straßenköter.

An diesem Montag brütete Kieran lustlos über seinem neuesten Auftrag: ein mitreißendes Porträt über eine Frau, die es sich zur Gewohnheit gemacht hatte, sämtliche Weihnachtsgeschenke für das kommende Jahr bereits am zweiten Feiertag einzukaufen. Natürlich war das Thema durch und durch nichtswürdig, aber es war Januar, ein Monat, in dem – ein offenes Geheimnis in Journalistenkreisen – nie etwas geschah. Besagte Dame würde am Samstag in Farbe auf dem Titelblatt erscheinen, ihren struppigen kleinen Shi-Tzu auf dem Arm, ein Elchgeweih im Haar und umringt von liebevoll verpackten Präsenten für das nächste Fest.

Kierans Vorgesetzte Sandra, die Chefredakteurin der Feature-Redaktion, kam an seinem Schreibtisch vorbeigeschlendert, blieb direkt hinter ihm stehen und tippte zweimal mit dem Finger auf den Bildschirm seines Rechners, um seine Aufmerksamkeit zu erregen.

Kieran schrak auf. »Was? Oh, entschuldige. Ich war ganz woanders.«

»Wo bleibt der Beitrag?«

»Fast fertig. Alles, was fehlt, sind ein paar Zitate. Hätten Sie übrigens etwas dagegen, wenn ich mir heute Nachmittag für ein Stündchen freinehme?«

Ein wissendes Lächeln zog Sandras furchteinflößend geschminkte Lippen in die Breite. Sie bevorzugte dunkle Rottöne, die ihren Mund wie eine blutig klaffende Wunde aussehen ließen und die signalisierten, dass man nicht gut daran tat, sich ihrem Willen zu widersetzen. In der Tat schlugen andere Menschen ihr nur selten etwas ab.

»Was ist es diesmal? Hat Ihnen jemand Freikarten für das neue Striplokal in Gloucester zugesteckt?«

»Nein! Das heißt – ja«, gab Kieran zu und errötete leicht. »Aber ich habe sie gleich an Colin weitergegeben, der hat sie nötiger als ich.« Er grinste kurz, dann fuhr er fort: »Es ist wegen Belle. Oder vielmehr: wegen ihrer Mutter. Ich habe mir das Versprechen abnehmen lassen, ihr heute Nachmittag bei einer etwas heiklen Angelegenheit zu helfen. Sie braucht gewissermaßen moralische Unterstützung.«

»Moralische Unterstützung? Was hat sie vor, will sie sich als Animierdame bewerben?«

Wenn es nur das wäre!, dachte Kieran unbehaglich. »Nein«, gab er mit einer Spur echter Furcht in der Stimme zurück. »Viel schlimmer: Belle und ihre kleine Schwester wollen ein Brautjungfernkleid aussuchen.«

Belle bog auf den St. Jude's Square ein und parkte ihren Wagen vor dem Pfarrhaus. Es war das einzige Heim, das sie je gekannt hatte – wenn man ihre winzige Einzimmerwohnung in der Stadt nicht mitzählte –, und ihr wurde ganz mulmig bei dem Gedanken daran, dass ihre Eltern nach der Pensionierung ihres Vaters notgedrungen würden ausziehen müssen.

Genau wie ihr Vater war auch Belle kein großer Freund von Veränderungen. Warum an den Dingen rütteln, wenn sie in geordneten Bahnen verliefen? Veränderung bedeutete nicht selten Verschlechterung. Dies war eines der wenigen Gebiete, auf denen sie und Kieran sich nicht einig werden konnten: Er war risikofreudig und sehr strebsam und hatte keinerlei Angst davor, Neues auszuprobieren, auch wenn die Gefahr bestand, damit auf die Nase zu fallen. Belle hingegen war ganz und gar kein ehrgeiziger Mensch – und es gefiel ihr so.

Das Pfarrhaus der Gemeinde St. Jude besaß drei geräumige Stockwerke. Es war 1850 erbaut worden, zu einer Zeit, als Pfarrer oft noch große Familien unterbringen mussten. Für Belle, Jax und ihre Eltern war es beinahe schon zu groß, aber dafür wunderschön gelegen: direkt gegenüber der Kirche und den mächtigen Rosskastanien, die sie umstanden und in denen man allmorgendlich vom Fenster aus das muntere Treiben der Eichhörnchen beobachten konnte, die die Stämme auf und ab huschten.

Mit einem unguten Gefühl im Magen klinkte Belle das schmiedeeiserne Gartentor auf und ging den Gartenpfad zum Haus entlang. Oje, dachte sie, während sie den Schlüssel im Schloss umdrehte. Hoffentlich hat sie heute bessere Laune. Ihre Godzilla-Nummer ist auf die Dauer wirklich ermüdend.

Ob nun guter Laune oder nicht – daheim war Jax jedenfalls. Das bewies die scheppernde Musik, die aus ihrem Zimmer bis nach unten in die Diele dröhnte. Ihre klobigen Stiefel lagen mitten im Flur, wo ihre Mutter sie forträumen oder ihr Vater darüber stolpern konnte. Belle beförderte sie mit einem Fußtritt zur Seite. Hinter ihrer Schwester herräumen würde sie gewiss nicht – selbst dann nicht, wenn der Familienfrieden davon abhing, ob Jax ihr tatsächlich den Gefallen gewährte, um den sie sie gleich bitten würde.

Brenda und Kieran befanden sich in der Küche. Brenda war damit beschäftigt, mehrere Bleche Scones für das nächste Gemeindefest zu backen, und auch Kieran saß nicht untätig herum, sondern versuchte – nicht minder fleißig –, eine möglichst große Menge des frischen Backwerks zu vertilgen.

»Kieran! Gott sei Dank, du hast es geschafft.«

»Sei gegrüßt, holde Maid. Habe ich dir nicht mein Wort gegeben?« Kieran stand auf, schlang seine Arme um Belle und gab ihr einen langen, krümeligen, buttrigen Kuss. Belles Herz begann wie ein kleiner Schmetterling zu flattern.

»Hallo, Liebling.« Sie leckte sich die Butter von den Lippen. »Ich hoffe, du erwartest nicht, dass *ich* dir jeden Tag Scones backe, wenn wir verheiratet sind.«

Kierans haselnussbraune Augen funkelten. »Aber natürlich! Und dazu gibt es selbstgemachte Erdbeermarmelade. Aber ohne Stückchen. Die mag ich nicht.«

Belle stemmte in gespielter Empörung die Arme in die Hüften. »Ist das alles?«

»Wo denkst du hin? Selbstverständlich sollte meine Zukünftige die Kunst des Butterstampfens beherrschen und lernen, Fässer mit … wieso siehst du mich so an? Belle!« Hastig sprang er zur Seite, aber vergebens: Ihr Angriff kam zu schnell. »Au. Au, hör sofort auf! Nicht kitzeln!«

Er riss sich los und wich vor ihr zurück, aber Belle setzte ihm nach und jagte ihn lachend mehrmals um den Küchentisch. »Ich höre auf, dich zu kitzeln, wenn du aufhörst, dich wie Heinrich VIII zu benehmen!«

»Und als Allererstes nimmst du deine Ellbogen aus meinem Teig!«, schalt Brenda mit einem breiten Schmunzeln und riss die Rührschüssel an sich, bevor Kierans Pulloverärmel darin versinken konnte. »Ich dachte, ihr wärt hier, um gemeinsam Jacquelines Kleid auszusuchen, nicht um mir im Weg zu stehen.«

Abrupt hielt Kieran an. Sein Gesicht fiel in sich zusammen. »Ach, Brenda, hab Erbarmen.«

»Papperlapapp! Ich weiß wirklich nicht, warum ihr um ein einfaches Gespräch mit einem siebzehnjährigen Mädchen ein solches Aufheben macht«, sagte Brenda obenhin. »Gut, hin und wieder ist sie ein wenig … schwierig – aber sie hat doch praktisch schon eingewilligt. Ach, ich kann es gar nicht erwarten, sie hübsch zurechtgemacht in einem wunderschönen Kleid zu sehen! Das wäre eine Freude …«

Keine Freude, sondern ein Wunder, dachte Belle verdrossen, die dem mit verdächtiger Plötzlichkeit erfolgten Sinneswandel ihrer Schwester noch immer nicht recht trauen wollte. »Na, dann komm, Tiger«, sagte sie und griff Kieran resolut bei der Hand. »Bringen wir es hinter uns. Ihre Unausstehlichkeit wartet sicher schon.«

»Strenggenommen ist sie ja deine Brautjungfer, nicht meine«, sagte Kieran ausweichend. »Vielleicht würde ich bei eurem Gespräch nur stören.«

»Wie rührend«, entgegnete Belle. »Und jetzt Abmarsch, bevor ich dir den Hintern versohle!«

Einen Augenblick lang spielte Kieran mit dem Gedanken, es darauf ankommen zu lassen. Eine Tracht Prügel von der Frau seiner Träume wäre eine überaus verlockende Art und Weise, den Tag ausklingen zu lassen.

Belle stand im Flur vor Jax' Zimmertür und lauschte den dissonanten Klängen der Band mit dem vielsagenden Namen Machine Head. Es war wie eine Art brachiale Reflexzonenmassage. Sie musste zweimal ansetzen, bevor Kieran verstand, was sie ihm zu sagen versuchte.

»Ich glaube, es ist das Beste, wenn du zuerst reingehst!«, schrie sie und lächelte gleich darauf zuckersüß. »Schließlich hat sie betont, dass sie es nur dir zuliebe tut!«

»Ich?« Kieran war wie vor den Kopf geschlagen. »Was habe ich mit der Sache zu schaffen?«

»Stell dich nicht so an, du weißt genau, dass sie ganz verrückt nach dir ist. Weshalb sollte sie sonst so gemein zu mir sein?«

»Ich dachte, das ist ganz normales Verhalten unter Schwestern!«

»Nein, nein, hier haben wir es definitiv mit einem besonders schweren Fall pubertärer Eifersucht zu tun. Es tut mir leid, Kieran, aber du wirst dich damit abfinden müssen, dass du auf siebzehnjährige Heavy-Metal-Rotzgören mit einem Faible für ausgefallene Haarfarben eine unwiderstehliche Anziehungskraft ausübst.«

»Ich ... fühle mich geehrt.«

Belle hämmerte mit der Faust gegen die Tür, wartete etwa zehn Sekunden ab und trat dann ein.

Jax saß an ihrem Computer und war damit beschäftigt, einen Aufsatz für den Geschichtsunterricht zu verfassen. Stumm bewegte sie den Kopf im Takt der Musik auf und ab. Als ihr klar wurde, dass sie nicht länger allein war, wirbelte sie wütend herum, wurde bei Kierans Anblick sofort feuerrot und hackte auf die Stopptaste des CD-Spielers ein. »Was macht ihr hier? Habe ich gesagt, dass ihr reinkommen könnt?«

»Da bin ich überfragt«, erwiderte Belle gelassen. »Bei dem Krach konnte ich nichts hören.«

Jax runzelte drohend die Stirn.

»Aber nun sind wir hier«, fügte Kieran überflüssigerweise hinzu. »Du hast gesagt, wir können jederzeit kommen und über dein Kleid für die Hochzeit reden.«

Der kaum wahrnehmbare Anflug eines diabolischen Grinsens ließ Jax' Mundwinkel nach oben zucken. »Stimmt. Das habe ich gesagt.«

Belle schwante Schlimmes. »Jax! Sag jetzt bloß nicht, du hast es dir anders überlegt! Ich habe keine Lust, mir von dir auf der Nase herumtanzen zu lassen. Du weißt genau, wie wichtig Mum die Sache ist.«

»Schon gut, schon gut. Ich mache es ja«, sagte Jax beschwichtigend.

Kierans Miene entspannte sich sichtlich. Er setzte sogar ein zaghaftes Lächeln auf. Auch Belle hätte eigentlich erleichtert sein müssen, wurde aber das dumpfe Gefühl nicht los, dass der sprichwörtliche Haken an der Sache bald zutage treten würde.

Sie sollte recht behalten.

»Aber nur unter einer Bedingung!«, sagte Jax triumphierend.

Ich wusste es!, dachte Belle verärgert. »Was für eine Bedingung?«, fragte sie unwirsch.

Jax schwieg, um den Moment voll auszukosten. Endlich hatte sie die beiden in der Hand. Gab es etwas Herrlicheres?

»Jax«, drängte Kieran angstvoll.

Sie erbarmte sich seiner. »Ich möchte mir selbst aussuchen, was ich anziehe«, verkündete sie.

»Ach so.« Ein Seufzer der Erleichterung entfuhr Belle, und sie tauschte einen raschen Blick mit Kieran. Sie hatte viel, viel Schlimmeres befürchtet – etwa, dass Jax darauf bestehen würde, mit einem Motorrad in der Kirche vorgefahren zu kommen oder das Lied »Heil'ge Liebe, überstrahlend alle Lieb« durch »Bring your daughter to the slaughter« zu ersetzen.

»Wenn es weiter nichts ist.« Eifrig kramte sie in ihrer Schultertasche. »Wir haben jede Menge Fotos mitgebracht, die wir dir zeigen wollten – aus verschiedenen Katalogen. Du kannst dir das aussuchen, was dir am besten gefällt. Wir hatten an eine Kombination aus Aubergine und Creme gedacht, aber wenn du …«

»Schläfst du auf dem Baum, oder was?«, schnitt Jax ihr das Wort ab. »Ich möchte es *allein* aussuchen. Ganz allein, nicht aus einem Haufen Scheußlichkeiten, den ihr zusammengestellt habt.«

»Aha«, sagten Belle und Kieran im Chor.

Jax schlug die Beine über Kreuz, lächelte und lehnte sich in ihrem Stuhl zurück. »Und ich werde keinesfalls, niemals und unter gar keinen Umständen ein Kleid tragen. Ganz egal, was kommt.«

Kapitel 3

Blechern plärrte der Radiowecker. Belle öffnete ein Auge, gähnte und streckte sich.

Hmmm, irgendetwas war merkwürdig ... Genau: Sie war in ihrem eigenen Bett aufgewacht. Allein.

Mit den Füßen tastete sie nach ihren flauschigen Pantoffeln, schlüpfte hinein und schlurfte ins Bad. Wann hatte sie das letzte Mal eine Nacht in ihrer Wohnung verbracht, noch dazu ohne Kieran? Vermutlich war es erst wenige Wochen her, aber ihr kam es vor, als seien es Jahre. Unter normalen Umständen wären sie längst zusammengezogen – aber was war schon normal, wenn man einen Pfarrer zum Vater hatte? Belle wusste, dass Gerry sie nie im Leben dafür verurteilen würde, sollten sie sich entschließen, »in Sünde« zu leben, aber ihr war ebenso klar, dass die Eskapaden seiner Familienmitglieder beruflich unangenehme Folgen für ihn haben konnten. Und dem Lamento ihrer ehrbarkeitsversessenen Mutter, sie könne sich nie wieder hocherhobenen Hauptes in der Öffentlichkeit sehen lassen, wollte sie sich erst recht nicht aussetzen. Nein – alles in allem war es bedeutend einfacher für alle Beteiligten, wenn Belle und Kieran bis zur Hochzeit den äußeren Anschein wahrten und so taten, als lebten sie in getrennten Wohnungen.

Seit dem Beginn ihrer drei gemeinsamen Jahre hatte Belle ihre Beziehung stets als etwas Dauerhaftes empfunden. Nichtsdestotrotz war sie sprachlos gewesen, als Kieran ihr während jenes zauberhaften Wochenendes in Prag einen Heiratsantrag gemacht hatte. Mit einem Mal hatten sich die Dinge rasant beschleunigt und die Ehe war nicht länger eine nebulöse Vorstellung, ein entferntes Wunschziel, das sie irgendwann in ihrem Leben einmal erreichen wollte, sondern etwas, das unmittelbar bevorstand. Das Gefühl, das diese Aussicht in ihr auslöste, war wunderbar und beängstigend zugleich.

Auch wenn sie keine Wohnung teilten, hatte sich in ihrem Zusammenleben rasch eine gewisse Regelmäßigkeit eingestellt. Meistens verbrachte Belle die Nacht bei Kieran – nicht zuletzt weil Kierans Wohnung viel schöner und vor allem deutlich größer war als Belles Mauseloch. Sie lag im noblen Stadtteil Montpellier in unmittelbarer Nähe eines großen Parks. Auch bis zum Haus ihrer Eltern in St. Jude war es von dort aus nicht weit.

Belles verklärend als »Studio-Apartment« bezeichnete Wohnung war strenggenommen nichts weiter als eine Abstellkammer mit Fenster. Der Rest war pure Anmaßung. Wie der Architekt es fertiggebracht hatte, eine Dusche und eine Küchenzeile in dem Kabuff unterzubringen, würde ihr auf ewig ein Rätsel bleiben. Die Wohnung war so klein, dass sie sogar ein ausklappbares Schrankbett besaß, welches allerdings tagsüber seinen Dienst als Sofa verrichten musste, weil schlicht und ergreifend kein Platz für ein zusätzliches Möbelstück vorhanden war. Darüber hinaus lag die Wohnung in einer Straße, die von den Anwohnern scherzhaft als »Knüppelgasse« bezeichnet wurde. So war es nicht weiter verwunderlich, dass Belle und Kieran die meisten Abende – und Nächte – in seinem Domizil verbrachten. Oder dass Kieran sie beständig drängte, endlich ihren Mietvertrag zu kündigen und bei ihm einzuziehen – egal was ihr Vater, ihre Mutter oder der Bischof dazu sagen mochten.

Belle hüpfte aus der Duschkabine, wickelte sich in den Bademantel und blickte sich in ihrem Reich um. Natürlich hatte er recht. Ihre Miete war rausgeworfenes Geld. Warum sollte sie weiterhin hier hausen – weit fort von ihrer Arbeitsstelle, von Kieran und ihren Eltern –, wenn sie es auch anders haben konnte?

Sie zwirbelte eine Ecke des Handtuchs zusammen und trocknete damit ihre Ohren. Wenn sie heute die Kündigung einreichte, konnte sie innerhalb eines Monats ausgezogen sein. Sie müsste ihr sauer verdientes Geld nicht mehr für die Miete ausgeben oder sich mit dem Verwalter wegen überfälliger Reparaturen herumstreiten.

Aber ganz gleich, wie viele Vernunftgründe ihr und anderen auch einfielen – irgendwie konnte sie sich nicht dazu durchringen, die Wohnung aufzugeben. Und wenn sie ganz ehrlich zu sich war, musste sie zugeben, dass ihr Zögern nicht nur mit den moralischen Bedenken ihrer Eltern zu tun hatte.

Aber was nutzte es, sich über derlei Dinge den Kopf zu zerbrechen? Spätestens in einem halben Jahr hätte sich die ganze Frage von selbst erledigt. Sobald sie verheiratet war, würde sie ihrer Streichholzschachtel endgültig Adieu sagen.

Nicht wahr?

Begleitet von den Geräuschen eines lautstarken Streits in der Wohnung über ihr kleidete sie sich an. Noch einmal zählte sie im Geiste die tausend und abertausend guten Gründe für einen baldigen Auszug aus ihrer schäbigen Höhle auf. Aber selbst nachdem sie jeden einzelnen formuliert und als absolut vernünftig eingesehen hatte, blieb ein seltsamer, unerklärlicher Widerwille in ihr zurück. Ich hege doch nicht etwa Gefühle für dieses Loch?, dachte sie verdutzt. Was ist mit mir los? Woran klammere ich mich? Etwa an meine ... *Unabhängigkeit*?

Bei diesem Gedanken musste Belle laut auflachen. Seit ihrer Kindheit hatte sie nichts anderes gewollt, als eines Tages zu heiraten, Kinder zu bekommen und ein glückliches Familienleben zu führen – genau so, wie ihre Eltern es ihr vorgemacht hatten. Vielleicht waren ihre Ansichten ein wenig altmodisch, und Jax mochte sie für ihren schändlichen Verrat an ihren Geschlechtsgenossinnen verdammen, aber so war sie nun einmal gestrickt. Deshalb war auch die Arbeit für sie nie mehr als eine Art Zeitvertreib gewesen. Stolz? Ehrgeiz? Beruflicher Erfolg? Das alles war ihr gleichgültig. Es war schön zu wissen, dass man etwas gut konnte, aber mehr steckte für sie nicht dahinter. Sie war nicht der Typ Mensch, der sich durch die Aussicht auf eine Gehaltserhöhung oder einen neuen Titel hätte locken lassen. Und was ihre Unabhängigkeit anging ... um die hatte sie sich nie geschert. Zumindest bis jetzt nicht – bis sie begonnen hatte, darüber nachzugrübeln, wie es sein würde, sie aufzugeben.

Reiß dich zusammen, Belle! Du wirst bald heiraten. Eine Ehe mit Kieran ist das Beste, was dir in deinem Leben passieren konnte. Überwinde deinen inneren Schweinehund, ruf die Hausverwaltung an und kündige endlich den Mietvertrag! Nimm deine Zukunft in Angriff! Oder willst du etwa mit Kieran hier einziehen und einen Hochzeitsempfang mit zweihundert Gästen in deiner schuhkartongroßen Küche ausrichten?

Anders als ihre Schwester wusste Jax ihre Unabhängigkeit sehr wohl zu verteidigen. »Ich bin ein freier Mensch!«, war einer derjenigen Sätze, die sie am häufigsten äußerte – dicht gefolgt von »Das ist ungerecht!«, »Hau ab, du nervst!«, »Ihr könnt mich mal!« und »Ich brauche Geld. Sofort!«.

An diesem Morgen jedoch war das Schicksal – in Gestalt ihrer Mutter Brenda – fest entschlossen, keine Rücksicht auf ihre Freiheitsliebe zu nehmen.

»Wieso muss *ich* das machen?«, stöhnte Jax, als sie einen Wischmopp und eine Plastikflasche mit Neutralreiniger in die Hand gedrückt bekam.

»Weil du für den Dreck verantwortlich bist«, erwiderte Brenda ruhig und wandte sich wieder dem Abwasch zu.

»Aber …«

»Du hast die Fliesen mit blauer Haarfarbe vollgespritzt, also wirst du sie auch wieder saubermachen.«

Jax' Mundwinkel senkten sich nach unten. Mordlustig funkelte sie den Rücken ihrer Mutter an.

»Und mach nicht so ein Gesicht, Schatz. Du siehst aus wie ein Frosch mit Verstopfung.«

Naturgemäß trug diese Bemerkung lediglich dazu bei, die Fratze des Zorns auf dem Gesicht des Mädchens noch zu verschlimmern. »Das ist ungerecht!«, empörte es sich. »Ich muss zur Schule, in vierzehn Tagen sind meine ersten Prüfungen! Das weißt du genau!«

Und ob Brenda das wusste. In ihren bevorstehenden Examen hatte Jax nämlich die perfekte Ausrede gefunden, sich sämtlichen unliebsamen Arbeiten zu entziehen. Zu ihrem Leidwesen war ihr Vater allerdings der Einzige, auf den das Argument Eindruck machte. Die übrigen Familienmitglieder wiesen sie zu der Gelegenheit nur immer darauf hin, dass sie ungleich mehr Zeit damit verbrachte, sich Muster in ihre Augenbrauen zu rasieren oder Songtexte gespickt mit Blut und dampfenden Eingeweiden für die Goth-Metal-Band ihres Freundes zu schreiben, als für irgendeine Prüfung zu lernen. Jeder wusste, dass sie es nicht nötig hatte: Jax war nicht nur ungenießbar, sondern auch noch blitzgescheit.

»Du hast die erste Stunde frei«, sagte ihre Mutter, während sie energisch eine eingetrocknete Haferflocke am Boden einer Müslischale mit dem Topfschrubber bearbeitete. »Und somit alle Zeit der Welt, das Bad zu putzen.« Sie wandte sich zu ihrer Tochter um. »Jacqueline, stell dich bitte nicht so an.«

Jax bewegte sich keinen Millimeter von der Stelle.

»Je eher du anfängst, desto schneller bist du fertig.«

Stinkwütend trat Jax schließlich den Rückzug an und stapfte nach oben. Falls sie jedoch gehofft hatte, sie würde damit davonkommen, einmal flüchtig mit dem Schwammtuch zu winken, wurde sie bitter enttäuscht, denn zwei Minuten später folgte ihre Mutter ihr ins Bad, um die Reinigungsarbeiten zu überwachen. Jax machte sich mit einem Maß an mühsam zurückgehaltener Aggression daran, die nur pubertierende Jugendliche aufzubringen imstande sind.

»Gestern habe ich mit deiner Cousine Trixie telefoniert«, erzählte Brenda irgendwann.

Schlagartig versteifte sich Jax. Fast konnte man sehen, wie sich ihre Nackenhaare aufstellten, als sei sie ein Rottweiler, den ein Ahnungsloser gereizt hatte. »Mit dieser blöden Kuh? Was wollte sie?«

»Na, na, Jacqueline, sie ist keine blöde Kuh, sie ist deine Cousine! Ich weiß, dass sie ein wenig ... dass sie andere Interessen hat als du, aber ihr seid fast im gleichen Alter. Ich kann nicht begreifen, warum du ihr gegenüber immer so gehässig bist.«

»Pah! Sie ist ein hinterhältiges Miststück. Ich traue ihr so weit über den Weg, wie ich sie werfen kann.« Mit unverhohlener Wut attackierte Jax die Badezimmerfliesen. Eine blaue Schaumwolke bildete sich. »Und das sind höchstens zehn Zentimeter, bei günstigem Wind«, knurrte sie. »Fette Kuh.«

Ihre Mutter seufzte und neigte den Kopf zur Seite. »Du bist ihr doch nicht immer noch böse wegen der Geschichte mit deinem Freund damals? Ich bin sicher, es war nichts weiter als ein Missverständnis.«

Jax schleuderte ihren Wischlappen in den Putzeimer, dass das Wasser aufspritzte. »Warum musst du eigentlich von allen Leuten immer nur das Beste denken? Wie viele Freunde hatte ich in den letzten zwei Jahren? Drei. Und wie viele davon hat sie mir ausgespannt? *Zwei*!«

Brenda runzelte die Stirn. »Meinst du nicht, du siehst die Sache etwas zu dramatisch? Und wenn Liebe im Spiel ist ...«

»Liebe? Wo lebst du? Es gibt nur einen einzigen Grund, warum sie mir die Freunde ausspannt: Sie will mich fertigmachen. Schon nach einem Tag hat sie die Nase voll von ihnen und schickt sie mit einem Arschtritt in die Wüste!« Jax erhob sich und begutachtete das Ergebnis ihrer Bemühungen. Vom Zorn beflügelt, hatte sie ganze Arbeit geleistet. »Scheißegal. Jetzt habe ich Razor, und den wird sie mir nicht wegnehmen! Soll sie nur kommen und es versuchen, diese besch...«

»Aber Schätzchen, sie würde *niemals* ...«

»O doch, genau das würde sie.« Urplötzlich wandelte sich Jax' Gesichtsausdruck. Feindseligkeit und Empörung verschwanden und machten einem argwöhnischen Stirnrunzeln Platz. »Was wollte sie überhaupt?«

»Ach, nichts Besonderes«, wiegelte Brenda ab. »Sie hat sich nur ganz herzlich für die Einladung zur Hochzeit bedankt. Sie freut sich riesig auf die Feier.«

»Das glaube ich gern«, knurrte Jax grimmig. »Schließlich laufen auf Hochzeiten jede Menge Männer herum, an denen sie sich vergreifen kann.«

»Und sie lässt dich schön grüßen. Sie hat gesagt, sie ... äh ... sie kann es kaum erwarten, dich im Brautjungfernkleid zu sehen.«

Jax' Antwort war kaum mehr als ein Grunzen. »Da kann sie lange warten.«

Brenda Craine blickte ihre Tochter mit unglücklicher Miene an und hockte sich auf den Rand der Badewanne. »Jacqueline, Liebes – du wirst doch nicht ewig darauf beharren, nicht wahr?«

»Worauf?«

»Auf diesem Unfug, dass du zur Hochzeit deiner Schwester kein Kleid tragen willst.«

Trotzig presste Jax die Lippen zu einer dünnen Linie zusammen. »Das ist kein Unfug. Das sind meine Prinzipien! Und die werde ich nicht über Bord werfen, nur damit Trixie, die Schlure, sich auf meine Kosten amüsieren kann!«

»Prinzipien?« Brenda kratzte sich verdattert am Kopf. »Aber welche Prinzipien denn?«

Ihre Tochter ergriff den Eimer, richtete sich zu ihrer vollen Größe auf (ein Meter fünfundsechzig plus die zehn Zentimeter ihrer Plateaustiefel) und verkündete energisch: »Prinzipien halt. Kapiert?«

Damit war sie zur Tür hinausgeschlüpft, noch bevor ihre Mutter weitere Fragen stellen konnte. Gut so – schließlich sollte niemand erfahren, dass Jacqueline Craine in Wirklichkeit gar keine Prinzipien besaß.

Es herrschte reger Betrieb im Everyman Theatre Café. Auch Kieran hatte sich für eine halbe Stunde von seinem Schreibtisch beim *Courant* losgeeist, um hier zusammen mit seinem alten Freund Oz die Mittagspause zu verbringen.

Kieran kannte Oswald Hepplewhite seit der Schule, wo beide eine äußerst nutzbringende Beziehung eingegangen waren: Oswald hatte Kieran bei den Mathematik-Hausaufgaben unter die Arme gegriffen und ihm falls nötig im Unterricht die richtigen Antworten eingeflüstert, und Kieran hatte im Gegenzug jedem eins auf die Nase gegeben, der »Oswald« für einen bescheuerten Namen hielt, der seinen Träger allenfalls dazu berechtigte, sich in der großen Pause hinter den Fahrradständern eine Tracht Prügel abzuholen.

Kieran war auch derjenige gewesen, der seinem Freund zu Beginn ihres Studiums vorgeschlagen hatte, sich fortan Oz zu nennen. Der Name Oswald, hatte er gemeint, bedeute auf kurz oder lang nur eins: den gesellschaftlichen Tod. Unglücklicherweise erstreckte sich Oswalds Verwandlung jedoch nicht auf den Rest seiner Person, und so war Oz auch zehn Jahre später noch immer haargenau derselbe Mensch wie früher, nur dass er – wie seine handgestrickten Jacken und die ausgewaschenen, knapp unter dem Bauchnabel sitzenden Jeans – noch ein wenig ältlicher und unzeitgemäßer geworden war.

»Oz – ein Anblick für die Götter!«, rief Kieran überschwänglich, als er mit zwei Tassen Cappuccino, zwei Schokoladenmuffins und einem riesigen Teller, auf dem sich mit Käse überbackene Nachos türmten, an den Tisch trat.

»Stimmt.« Oz angelte sich einen Nacho und ließ ihn in seinem Mund verschwinden. »Einfach köstlich.«

»*Du* warst gemeint, altes Haus, nicht das Essen«, gab Kieran zurück und setzte sich.

»Wie geistreich.«

»Oh, ich meine es ernst! Dein Hemd – genau solche Muster trägt man jetzt wieder. Schon mal den Begriff ›Retro‹ gehört? Dachte ich mir. Und erst die Brille: John Lennon in Reinform! Du bist richtig heiß, mein Lieber – und du merkst es nicht einmal.«

Oz verzog das Gesicht. »Ich hasse es, wenn du dich über mich lustig machst. Die passende Antwort fällt mir immer erst Stunden später ein. Wieso bist du überhaupt so gut gelaunt? Es ist Montag.«

Nachdenklich schlürfte Kieran seinen Kaffee. »Ich weiß auch nicht. Das Leben meint es einfach gut mit mir.« Sein Blick wanderte durch das Café und blieb an einem Ecktisch hängen, wo ein kleines Kind mit blauer Mütze zufrieden vor sich hin brabbelte. Seine Mutter fütterte es mit Hüttenkäse und ließ dabei den Löffel wie ein Propellerflugzeug mit lautem »Brrrrrrr!« wilde Schleifen und Loopings drehen. »Oh, sieh nur. Das Baby dort drüben!«

Oz folgte seinem Blick, zuckte angewidert zusammen, als das Kind ausgelassen kiekste, und sah sofort wieder weg. »Allmächtiger! Babys sollten nur noch mit eingebauten Schalldämpfern geliefert werden.«

»Sei nicht so biestig. Es freut sich doch nur.« Kierans Gesichtsausdruck wurde weich. »Ist es nicht drollig? Schau mal, wie es mit seinen kleinen Beinchen strampelt! Einfach schnuckelig.«

»Faszinierend«, murmelte Oz in seine Kaffeetasse.

»Denk nur, in einem Jahr könnte ich auch so ein süßes kleines Ding haben!«, sagte Kieran verzückt. »Zum Reinbeißen!«

»Du meinst den Muffin?«

»Das Baby, du Nuss!«

»Oh. Hmpf.«

»Sieh nur, die putzigen Grübchen! Vielleicht einen kleinen Jungen … dann könnte ich ihn zum Fußball mitnehmen. Oder ein Mädchen, das ist mir eigentlich egal«, fügte er eifrig hinzu. »Solange ich nur schleunigst Vater werde. Meinst du, in einem Jahr ist es schon so weit?«

»Mich musst du nicht fragen, ich bin Entomologe. Ich kenne mich nur mit Käfern aus. Was sagt denn Belle zu deinen Fortpflanzungsplänen?«

Kierans seliges Lächeln wurde etwas unsicher. »Keine Ahnung«, gestand er. »Ich weiß, dass sie Kinder über alles liebt. Und sie hat mir gesagt, dass sie eine Familie haben möchte.«

»Na also.«

»Aber wann immer ich konkrete Pläne machen will, wiegelt sie ab. Sagt, sie will noch eine Weile warten. Warum nur?«

»Hm.«

»Eben! Schließlich strebt sie keine Karriere an, die sie wegen der Kinder für eine Weile unterbrechen müsste, nicht wahr?«

Oz zuckte mit den Schultern. »Vielleicht gibt es noch andere Dinge, die sie gern tun möchte, bevor sie Mutter wird.«

»Was denn?«

»Keine Ahnung. Selbstverwirklichung. Was Frauen halt so machen. Außerdem ist sie ein paar Jahre jünger als du.«

Kieran kratzte sich verständnislos am Kopf. »Na und?«

»Vielleicht tickt ihre biologische Uhr noch nicht laut genug. Was weiß ich!« Oz machte eine ungeduldige Handbewegung. »Kieran, ich bin Wissenschaftler. Meine Studienobjekte haben sechs Beine, die Mehrzahl meiner weiblichen Kollegen hat einen Damenbart, und alle anderen Frauen nehmen kreischend Reißaus, wenn ich ihnen sage, womit ich mein Geld verdiene. Und als wäre das nicht schon genug, lebe ich noch bei meiner Mutter. Warum um alles in der Welt fragst du *mich,* wenn du einen guten Rat für deine Beziehung brauchst?«

»Weil … weil du mein bester Freund bist!«

Auf Oz' gutmütigem Gesicht breitete sich ein Schmunzeln aus. »Da kannst du von Glück reden! Wer sonst wollte sich den lieben langen Tag mit jemandem wie dir herumschlagen? Wie Belle es mit dir aushält, ist mir ein Rätsel.«

»Mir auch.« Kieran grinste schief.

»Also …« Oz lehnte sich über den Tisch und senkte die Stimme. »Als dein bester Freund … darf ich dich um den üblichen Gefallen bitten?«

Kierans Antwort bestand aus einem anzüglichen Blick. »Du alter Weiberheld! Das ist bereits das zweite Mal in sechs Wochen. Wann?«

»Donnerstag, wenn es dir nichts ausmacht.«

Kieran zwinkerte seinem Freund zu. »Das lässt sich einrichten. Ich kann bei Belle übernachten. Du brauchst die Wohnung wohl die ganze Nacht?«

Oz errötete bis an die Wurzeln seiner zerzausten Locken. »Quatsch! Ich habe Eve erst vorige Woche kennengelernt. Ich möchte mich nur irgendwo mit ihr treffen, wo wir uns ungestört … näherkommen können.«

Kieran wackelte mit den Augenbrauen. »Du Tier, du!«

»Ach, halt den Mund. Du bräuchtest auch ein Versteck für Notfälle, wenn du mit meiner Mutter zusammenleben würdest.«

»Warum ziehst du nicht endlich aus?«

Unbehaglich rutschte Oz auf seinem Stuhl hin und her. »Ich ... na ja ... ach, der ganze Aufwand. Und wenn du wüsstest, wie gut ihr Gulasch ist.« Er seufzte. »Du hast wirklich mehr Glück als Verstand, weißt du das? Einen aufregenden Beruf, eine wunderschöne Verlobte, du siehst blendend aus, bist ein toller Typ ... eigentlich sollte ich dich hassen.«

»Mach dir keine Umstände, das besorgt meine Chefredakteurin für dich.«

»Ich würde mit Freuden meine komplette Sammlung afrikanischer Lepidoptera hergeben, wenn ich dafür nur einen Tag lang du sein könnte.«

Kieran dachte für einen Moment nach, dann nickte er. »Das kann ich gut verstehen.« Er grinste breit. »Es ist wirklich wundervoll. Ich kann es nur empfehlen.«

Es war ein friedlicher, romantischer Donnerstagabend. Belles Wohnung war in gedämpftes Licht getaucht, auf der Straße gab es ausnahmsweise keine Randale, und auf dem liebevoll gedeckten Küchentisch stand, frisch entkorkt, eine Flasche Rioja.

Belle jedoch war nicht gerade in Schmusestimmung, im Gegenteil: Am liebsten hätte sie den Topf mit kochend heißem Eintopf vom Herd gerissen und ihn über Kierans Kopf ausgeschüttet.

»Kieran! Du hast *versprochen,* diese Woche noch mit Jax zu reden. Ich will, dass die Sache ein für alle Mal vom Tisch ist!«

»Die Woche ist ja noch nicht um«, wandte Kieran lahm ein.

»Du hattest zigmal Gelegenheit, sie dir vorzuknöpfen!«

»Du weißt doch, wie sie ist ...«

Belle ließ sich auf das eine Ende des ausgeklappten Schrankbetts sinken, dessen Federkern ein gequältes Kreischen von sich gab. Mit Schrecken erwartete sie den Tag, an dem der Mechanismus seinen Geist aushauchen und sie mitsamt Kissen und Decken gegen die Innenwand des Bettschranks katapultieren würde. »Wir haben es lang und breit diskutiert. Wenn ich mich recht erinnere, waren wir übereingekommen, dass es der beste Weg ist, wenn *du* mit ihr redest. Du hast bei ihr einen Stein im Brett.«

»Ach … also – *so* würde ich es nicht unbedingt formulieren«, widersprach Kieran und nahm vorsichtig neben Belle auf der Tagesdecke Platz.

»Red dich bloß nicht raus! Du weißt ganz genau, wie unsere Abmachung lautete, verdammt noch mal!« Ihr Zorn überraschte sie selbst. O Gott, war sie etwa eifersüchtig auf ihre kleine Schwester? War sie sich der Gefühle ihres Verlobten wirklich so unsicher, dass sie sich darum Sorgen machte, Jax könne ihn ihr ausspannen? Ausgerechnet Jax?

»Tut mir leid«, murmelte sie beschämt. »Ich bin einfach nur ein wenig erschöpft und …«

Kieran drückte ihre Hand. »Schon gut, du hast ja recht. Ich habe mich wirklich darum gedrückt. Jedes Mal, wenn ich ihr Zimmer betrete, beschleicht mich das Gefühl, ich sei eine Fliege, die bei der Spinne zum Abendbrot eingeladen ist.«

Belle lachte leise auf. Der Vergleich war durchaus treffend. Dann schüttelte sie resigniert den Kopf. »Ach, Kieran, warum lasse ich mich von ihr immer wieder aus der Fassung bringen? Ich weiß doch, dass sie es nur darauf anlegt, mich zu reizen.«

Kieran zuckte mit den Schultern. »Die Menschen sind, wie sie sind. In der Schule hatte ich einen Klassenkameraden, der nichts Besseres zu tun hatte, als mich ständig zu provozieren. Einmal waren wir auf Klassenfahrt im Lake District. Wir mussten in Hochbetten schlafen, und Gary, dieser Idiot, hatte extra seine verschwitzten Fußballstrümpfe von zu Hause mitgenommen, damit er sie mir nachts aufs Gesicht legen konnte.«

»Igitt.«

»Keine Sorge, ich habe mich gerächt. Sekundenkleber auf der Klobrille – unsichtbar und äußerst effektiv.«

»Du Monster! Wenn du hinterhältig genug bist, so etwas anzustellen, dann sollte ein Vieraugengespräch mit einem harmlosen Mädchen eine Kleinigkeit für dich sein.«

»Sagtest du harmlos?«

»Mehr oder weniger harmlos.«

»Und du hast keine Angst, dass sie mich in ihr Versteck schleifen, in Stücke reißen und meine zuckenden Überreste zum Frühstück verspeisen könnte?«

Belle lachte schallend. »Das Risiko muss ich eingehen.«

Gerade wollten sie sich zum Abendessen hinsetzen, als es klingelte. Unwillig erhob sich Belle und schlurfte zur Tür.

Draußen stand ihre Mutter.

»Mum, nanu! Was machst du denn hier?«

»Ja, Liebes, ich …« Zaghaft trat Brenda über die Schwelle. »Ist Kieran bei dir? Ich möchte euch auf keinen Fall … bei irgendetwas stören. Ich weiß zu gut, wie es ist, jung und verliebt zu sein«, fügte sie in einem Tonfall hinzu, bei dem man annehmen musste, dass sie sich nur mit äußerster Mühe an diese weit zurückliegende Zeit ihres Lebens erinnern konnte.

Kieran lachte laut auf. »Hallo, Brenda. Tut mir leid, dich enttäuschen zu müssen. Das Einzige, was hier brodelt, ist der Eintopf. Nimm nur Platz. Möchtest du mitessen? Wir haben mehr als genug für drei.«

»Es riecht köstlich.« Brenda schnupperte. »Aber ich kann nicht lange bleiben. Ich habe noch einen Rest Pastete zu Hause, den ich aufwärmen wollte, und ich habe Jax gebeten, Karotten zu schälen. Ich weiß genau, dass sie keinen Finger rühren wird, wenn ich nicht danebenstehe.«

Belle schwieg und tauschte einen vielsagenden Blick mit Kieran.

»Wie dem auch sei. Ich wollte nur kurz vorbeischauen, um zu fragen, ob ihr bei Jax inzwischen irgendwelche Fortschritte gemacht habt. Wegen des Kleides.«

Belle sah Kieran an. Dieser wurde prompt rot. »Ich … ich habe noch … nein, eigentlich nicht«, gestand er schließlich kleinlaut.

»Das trifft sich gut«, sagte Brenda zu ihrer beider Überraschung. Ein schelmisches Lächeln erschien auf ihrem Gesicht. »Ich hatte nämlich einen Geistesblitz …«

Als Brenda nach Hause kam, räkelte sich Jax auf der Couch im Wohnzimmer und sah fern. Die Möhren lagen unangetastet auf dem Küchentresen.

»Die Karotten hast du wohl nicht geschält?«, erkundigte sich Brenda überflüssigerweise.

»Keine Zeit«, gab Jax lapidar zurück, ohne sich zu ihrer Mutter umzudrehen. »Hausaufgaben.«

»Verstehe.« Brenda stieß einen dramatischen Seufzer aus.

»Nun ja, dann wird es dich bestimmt freuen zu hören, dass ich dir immerhin eine deiner schweren Lasten abnehmen konnte.«

Jax sah auf. »Ach ja? Welche denn?«

»Ich habe gerade mit Trixie telefoniert. Sie hat angeboten, für dich einzuspringen, wenn du keine Brautjungfer sein möchtest. Und gegen ein Kleid hat sie auch nichts einzuwenden. Das sind doch tolle Neuigkeiten, nicht wahr?«

Jax' Mund klappte auf und wieder zu. Eine Weile lang war sie vollkommen sprachlos. Dann stieß sie mühsam hervor: »Trixie!«

»Sie war ganz aus dem Häuschen vor Freude. Sagt, es sei ihr eine große Ehre. Was meinst du, soll ich sie gleich zurückrufen und ihr zusagen?«

Belle und Kieran lagen eng aneinandergekuschelt im Bett und sahen fern, als das Telefon klingelte. Geistesabwesend tastete Belle nach dem Hörer.

»Belle, ich bin es!«

»Mum. Was gibt es denn?«

Brenda lachte leise. »Lass es mich so sagen: Jacqueline ist mit einem Mal ganz erpicht darauf, deine Brautjungfer zu sein. Oh – und sie lässt fragen, wann die Anprobe für das Kleid stattfinden soll.«

Kapitel 4

Vielen Dank. Der Rest ist für Sie, mein Hübscher.«

Das Taxi entfernte sich. Seine Passagierin blieb, umringt von mehreren Gepäckstücken, auf dem Gehsteig zurück. Entschlossen schulterte sie ihren Rucksack, verteilte die übrigen Taschen auf beide Arme und überquerte schließlich die Straße in Richtung St. Jude's Square.

»Kalt wie eine Hundenase«, murmelte sie und schüttelte sich. »Scheint hier eigentlich nie die Sonne?«

Es war früher Abend, und die Gegend lag in friedlicher Ruhe da. Nur das Klack-klack der hochhackigen Pumps hallte wie Pistolenschüsse durch die Stille. Die Frau strebte unbeirrt auf ihr Ziel zu.

Sie musste keinen zweiten Blick auf die Adresse werfen, die sie sich auf einem Zettelchen notiert hatte: Das Pfarrhaus von St. Jude war nicht zu verfehlen, denn es war das imposanteste der zahlreichen viktorianischen Häuser, die die Straße säumten. Vom schwefeligen Schein der Straßenlaternen dramatisch beleuchtet und mit einer von Bäumen gesäumten Einfahrt, die nur darauf zu warten schien, dass jemand in einer Kutsche vorfuhr, hatte es beinahe etwas Majestätisches.

Nun, in ihrem Fall musste ein Auftritt auf Schusters Rappen genügen.

»Gerry, Gerry, Gerry«, murmelte sie. »Hier hat es sich aber jemand hübsch gemütlich gemacht. Eine Stütze der Gesellschaft, möchte ich wetten.«

Sie warf ihr glänzendes blondes Haar zurück, durchschritt das Gartentor, ging den Pfad zur Haustür entlang, erklomm die drei Treppenstufen, betätigte den Glockenzug und wartete.

Üblicherweise verbrachte Belle die Abende nicht bei ihren Eltern, aber an diesem Tag war sie gekommen, um einige der alten Sachen auszusortieren, die seit ihrem Auszug auf dem Dachboden Staub ansetzten. Viel zu lange schon hatte sie die lästige Aufgabe vor sich hergeschoben. Doch nun, da ihre Hochzeit unmittelbar bevorstand, hatte ihre Mutter befunden, dass es an der Zeit sei, endgültig zu entscheiden, welche Überbleibsel ihres alten Lebens sie behalten und von welchen sie sich trennen wollte.

Belle saß im Wohnzimmer auf dem Fußboden. Um sie herum verstreut lag der Inhalt eines Kartons mit der Aufschrift »Schule«. Auf dem Speicher war es düster und muffig gewesen, und nachdem Belle mehr als eine Stunde dort inmitten von Staub und Motten verbracht hatte, war sie nach unten umgezogen. Sie hatte Spinnweben im Haar und einen großen schwarzen Fleck auf der Nase, aber darüber hinaus noch nicht allzu viel erreicht. Nur einige leere Chipstüten und die Geburtstagskarte von einer Grundschulfreundin, an die sie sich nicht mehr erinnern konnte, waren bislang in den Müll gewandert. Das Stöbern in alten Habseligkeiten machte einfach zu viel Spaß. Jedes Foto, jeder vergilbte Zeitungsausschnitt, jedes Zeugnis hatte seine eigene Geschichte zu erzählen.

Ein altes Foto, das sie soeben zutage gefördert hatte, zeigte sie einige Monate vor ihrem Schulabschluss: eine schlaksige Sechzehnjährige mit Zahnspange und einem dichten Pony, der ihr bis in die Augen hing. Breit grinste sie in die Kamera, und sie wusste noch genau, warum: Kurz zuvor hatte sie erfahren, dass sie ihre allererste Anstellung als Verkäuferin bekommen hatte. Nie wieder Schule! Nie wieder Prüfungen! An jenem Tag war sie beinahe so glücklich gewesen wie nach Kierans Heiratsantrag.

Ein Lächeln huschte über Belles Gesicht, als sie sich daran erinnerte, dass es ihr während des Schulballs am Vorabend endlich gelungen war, die Aufmerksamkeit von Max Levenshulme zu erregen, dem klügsten und bestaussehenden Schüler ihres Jahrgangs. Max war Belles erster richtiger Freund gewesen, aber was sie für ihn empfunden hatte, war nichts im Vergleich zu ihren Gefühlen für Kieran.

Ihre Eltern hatten gehofft, sie würde studieren, und wenn sie sich auf den Hosenboden gesetzt und fleißig gelernt hätte, hätte sie sich bestimmt wacker geschlagen. Aber sie hatte nicht die geringste Lust gehabt, länger als unbedingt nötig die Schulbank zu drücken, und die Vorstellung, danach noch mehrere Jahre auf der Universität zu verbringen, hatte blankes Entsetzen in ihr ausgelöst. Jax war die angehende Akademikerin, und jedermann wusste, dass es in jeder Familie pro Generation stets nur ein Superhirn geben konnte – nicht dass Jax ihres besonders sinnvoll einsetzte.

Lächelnd ließ Belle das Foto zurück in den Umschlag gleiten.

Da schellte es an der Tür.

»Mum! Es hat geklingelt!«

Belle lauschte für eine Weile in die Stille hinein. Sie erwartete, jeden Augenblick die Schritte ihrer Mutter zu hören, die die Treppe herabgeeilt kam, aber nichts geschah. Belle zögerte. Dann erklang die Türglocke erneut, diesmal länger und eine Spur ungeduldig.

Sie erhob sich, klopfte sich den Staub von den Knien, trat in die Halle hinaus und sah zur Treppe hinauf. In ihrem zerzausten Zustand wollte sie nur ungern einem Fremden gegenübertreten.

»Mum?«

Nichts. Wahrscheinlich war sie im Bad. Nach ihrem Vater zu suchen hatte keinen Sinn. Der war unterwegs und mit geheimnisvollen Dingen beschäftigt, wie sie Pfarrer an Wochentagen oft abends zu erledigen pflegten.

Also wischte sie sich die staubigen Hände notdürftig an der Hose ab und ging zur Tür. Vermutlich war es nur der Küster, der den Schlüssel zur Kirche holen wollte, oder einer der Obdachlosen, die hin und wieder bei der Pfarrersfamilie um eine kleine Spende oder eine warme Mahlzeit baten.

Die junge Frau, die draußen auf den Stufen wartete, war Belle gänzlich unbekannt. Sie trug einen Designer-Rucksack auf den Schultern und mehrere Taschen und Tüten in den Händen. Sie war groß, schlank, auffallend blond und wohlgeformt und besaß eine natürliche, gesunde Schönheit, so als habe man sie sorgsam in Sonnenschein mariniert und danach ganz leicht getoastet.

»Hi!« Ein strahlendes Lächeln erschien auf ihrem Gesicht.

»Hallo«, sagte Belle gedehnt.

»Guten Abend! Du bist bestimmt Jacqueline.« Die Stimme der Frau war glockenhell und klar. Nur der leichte Akzent verriet ihre Herkunft jedem, der im Fernsehen schon einmal eine australische Seifenoper verfolgt hatte. »Jacqueline Craine! Wie geht es dir?«

»W…? O nein, das ist meine Schwester. Ich bin …«

»Annabelle – natürlich! Du bist Annabelle. Ich freue mich so, dich endlich kennenzulernen.« Die Frau bot ihre schlanke Hand dar und zermalmte beinahe Belles Mittelhandknochen in einem stahlharten Griff. Zwar wirkte die Fremde äußerst feminin, ja sogar zart, aber spätestens jetzt wusste Belle, dass sie es mit der Sorte Frau zu tun hatte, der sogar auf den Zehennägeln Muskeln wuchsen. »Könntest du bitte deinen Vater holen? Ich würde mich schrecklich gern mit ihm unterhalten.«

»Haben Sie einen Termin?«

»Nicht … direkt, nein. Aber ich bin sicher, wenn er weiß, dass ich da bin, wird er bestimmt ein wenig Zeit für mich erübrigen können.«

»Er ist leider gerade unterwegs.«

»Wann kommt er denn wieder?«

Belle zauderte. »Wenn es wirklich wichtig ist, können Sie gern hereinkommen und warten. Er ist auf dem Handy erreichbar. Ich werde ihn anrufen …«

»Oh, es ist sehr wichtig. Außerordentlich wichtig sogar.«

»Also gut … was soll ich ihm ausrichten?«

Das Lächeln der Frau erschien Belle plötzlich eine Spur kokett – oder gar gerissen? Sie antwortete mit schnurrender Stimme: »Mein Name ist Mona Starr, aber sag ihm einfach, seine älteste Tochter möchte ihn sprechen.«

Gerrys Mittwochabend war bislang recht ereignislos verlaufen: eine Stunde Krankenbesuche gefolgt von einer nicht enden wollenden Gemeinderatssitzung, auf der wie üblich viel gestritten und wenig erreicht wurde. Diese Woche forderte Mrs Armitage den Bau einer öffentlichen Toilette hinter der Kirche. Es sei gottlos, sagte sie, seinem Harndrang auf geweihtem Boden an der Außenmauer der Sakristei freien Lauf zu lassen, wie einige Gottesdienst- oder Friedhofsbesucher es taten. Len, der Hausmeister, beklagte das zerstörerische Treiben der Maulwürfe auf »seinem« Rasen, und ein halbes Dutzend der anwesenden Ratsmitglieder hatte voller Unmut die Drohung ausgestoßen, in die Nachbargemeinde Allerheiligen überzulaufen, sollte tatsächlich eine Frau zum neuen Vikar ernannt werden.

Es war nicht gerade die erfüllendste Art, seinen Feierabend zu verbringen, aber Gerry war die wöchentlichen Scharmützel gewöhnt und hatte sogar seine Freude daran. Er war schon lange in St. Jude tätig, und ihm gefiel die Geborgenheit, die die Gemeinde ihm gab. Die Anerkennung seiner Schäfchen war ihm das Wichtigste – auch wenn das nur einen Schluss zuließ: dass er nunmehr im gesetzten Alter angekommen und damit bequem und langweilig geworden war.

Man hatte sich um den Tisch in der Sakristei versammelt, trank Pulverkaffee und diskutierte darüber, welche Erfrischungen man anlässlich des bevorstehenden Besuchs des Bischofs reichen solle. Plötzlich ließ das Klingeln von Gerrys Mobiltelefon die Streitenden innehalten.

Mrs Armitage bedachte ihn mit einem Blick, der Lava zum Erstarren gebracht hätte. »Ich muss doch sehr bitten, Herr Pfarrer. Ausgerechnet Sie. Und noch dazu während einer wichtigen Sitzung!«

»Oh, Jean, es tut mir wirklich unsagbar leid. Ich weiß, wie sehr Sie es hassen, unterbrochen zu werden.« Gerry bemühte sich, seine Würde zu wahren, während die Frau ihn missbilligend anstarrte wie einen ungezogenen Schuljungen, und kramte in den Tiefen seines Aktenkoffers nach dem Handy. »Aber Sie wissen, dass ich es nicht einfach abschalten kann – was, wenn ich zu einem Notfall gerufen werde?« Vorsichtig hob er das Telefon ans Ohr. »Hallo? Annabelle! Ich habe dir doch gesagt, Schatz, ich möchte nicht gestört werden, wenn ich mitten in ... Was? *Wer*? O du meine Güte, nein! Vielleicht sollte ich besser ... ja, du hast recht. Ich komme sofort.«

Keinem der Anwesenden entging die Tatsache, dass seine Hand zitterte, als er das Handy sinken ließ und wieder in seiner Tasche verstaute.

»Ist alles in Ordnung, Herr Pfarrer?«

»Sie sehen so blass aus. Gibt es schlechte Neuigkeiten?«

»Herrje, ich wette, die alte Dame aus dem Wohnheim ist gestorben. Dorothy sagte bereits, dass es ihr gar nicht gut geht ...«

Gerry fuhr hoch und räusperte sich. »Ich bedaure es zutiefst«, verkündete er der verdutzten Runde, griff nach seiner Aktentasche und hetzte zur Tür, ohne sich nochmals umzusehen. »Wir werden unsere Sitzung auf morgen Abend vertagen müssen. Es ist etwas gänzlich ... Unerwartetes passiert.«

Kieran saß noch an seinem Schreibtisch in der Redaktion, als er den Anruf von Belle bekam. Ihre in abgehackten Sätzen hervorgestoßene Nachricht war ein solcher Schock für ihn, dass er aus Versehen den Radiergummi von seinem Bleistift, auf dem er nachdenklich herumgekaut hatte, abbiss und verschluckte.

»Sie hat gesagt, sie sei seine *was*? Ist diese Frau aus einer Anstalt ausgebrochen?«

Belle schnitt eine Grimasse. »Ich kann jetzt nicht darüber reden. Sie ist im Nebenzimmer.«

»Aber sie kann unmöglich seine Tochter sein! Das ist vollkommen idiotisch. Außerdem hast du gesagt, sie sei Australierin.«

»Na und?«

»Da hast du es, ein Riesenschwindel, das Ganze! Wie um alles in der Welt soll dein Vater eine Tochter in Australien haben? Ich wette, sie ist aus einer Anstalt ausgebrochen. Wie sieht sie aus? Ungepflegt? Trägt sie einen Mülleimer auf dem Kopf?«

»Dad war schon einmal in Australien«, war alles, was Belle sagte.

»Oh.«

»Es ist ewig her. Er war drüben, bevor er Mum kennengelernt hat. Gleich nach seinem Schulabschluss. Er hat mir Fotos gezeigt.«

Kieran hatte sich wieder etwas gefangen. »Trotzdem. Wenn man irgendwo ein Kind hätte … das wüsste man doch. Oder?«

Belles Stimme war kaum mehr als ein Flüstern, als sie das Unaussprechliche aussprach: »Vielleicht wusste er es ja.«

»Wie – und er hat es euch all die Jahre verschwiegen? Was redest du, Belle? So etwas würde dein Vater niemals tun!«

Wirklich nicht?, fragte sich Belle verzweifelt. Kann jemand, den man sein ganzes Leben geliebt und bewundert hat, sich plötzlich als ein vollkommen anderer Mensch entpuppen?

»Alles, was ich weiß, ist, dass er bereits zehn Minuten, nachdem ich ihn angerufen hatte, vor der Haustür stand. Er war leichenblass und hat sich sofort mit dieser Mona und meiner Mutter im Arbeitszimmer eingeschlossen. Das ist schon fast eine Stunde her.«

Sie glaubte, hören zu können, wie Kieran am anderen Ende der Leitung angestrengt nachdachte.

»Was ist mit Jax?«, fragte er schließlich. »Was sagt sie dazu?«

»Sie ist nicht hier, der Herrgott sei gepriesen. Du kennst ihre Devise ja – erst Blut vergießen, dann Fragen stellen. Was ist nur los, Kieran? Irgendjemand soll mir sagen, was das zu bedeuten hat!«

Belle wartete.

Dann wartete sie noch ein Weilchen.

Kurz bevor sie aufgelegt hatte, hatte Kieran ihr noch gesagt: »Ganz ruhig, Liebling. Halt die Ohren steif. Ich bin bei dir, so schnell ich kann. Wir werden der Sache gemeinsam auf den Grund gehen.«

Also tat sie wie geheißen – sie versuchte es zumindest. Wenn er doch nur endlich käme! Es kam ihr vor, als wartete sie bereits seit Stunden, dabei konnten höchstens zwanzig Minuten verstrichen sein. Als die große alte Standuhr in der Eingangshalle schließlich die halbe Stunde schlug und Kieran immer noch nicht da war, hielt sie es nicht länger aus.

Leise schlich sie durch die Halle zum Arbeitszimmer ihres Vaters. Die Tür war aus massiver Eiche und sehr dick. Selbst als sie ihr Ohr dagegenpresste, konnte sie nichts weiter als unverständliches Gemurmel hören.

Sie hob die Hand, zur Faust geformt, um zu klopfen. Dann überlegte sie es sich anders und ließ sie wieder sinken. Sie holte tief Luft. Beherzt schloss sie die Finger um den Türknauf, drehte ihn rasch herum, um sich nur ja keine Zeit zum Nachdenken zu geben, und öffnete die Tür.

Knarrend ging sie nach innen auf und gab den Blick auf ein seltsames Tableau frei: ihr Vater, das Gesicht ernst und sorgenvoll. Ihre Mutter, starr vor Schreck. Und zwischen ihnen Mona Starr, die immer noch unerbittlich ihr Lächeln im Gesicht trug, als würde es an dieser grässlichen Situation irgendetwas geben, über das man sich freuen konnte!

Entschlossen trat Belle einen Schritt vor. »Entschuldigt, dass ich einfach so hereinplatze, aber ich habe mir Sorgen gemacht. Ihr sitzt schon so lange hier …« Sie machte eine Pause, bevor sie in bestimmterem Tonfall fortfuhr: »Ich möchte endlich wissen, was los ist.«

Gerry und Brenda wechselten einen Blick, und Gerry öffnete den Mund, um etwas zu sagen.

Mona kam ihm zuvor. »Warum setzt du dich nicht zu uns, Annabelle? Deine Eltern und ich haben nur ein wenig geplaudert. Über Familienangelegenheiten.« Sie streckte den Arm aus und … tätschelte allen Ernstes Gerrys Hand! Als habe sie ihn – Belles eigenen Vater! – bereits für sich reklamiert. Belle fühlte ein beängstigendes Gemisch aus Wut und Panik in sich hochsteigen.

»Nun, da wir endlich wieder vereint sind, möchte ich, dass wir uns richtig kennenlernen. Wir werden uns bestimmt großartig verstehen, da bin ich mir ganz sicher!«

Etwas Kaltes, Nasses rann Belles Rücken hinab. Es fühlte sich an, als hätte ihr jemand hinterrücks einen Schneeball in den Kragen gestopft. Sie erschauerte. Das konnte alles nicht wahr sein. Es war falsch, ganz und gar falsch. Es ging nicht an, dass eine wildfremde Frau auftauchte und sich wie selbstverständlich in ihre Familie drängte.

Vielleicht log sie? Aber warum? Was versprach sich Mona Starr von dieser Scharade?

Nichts ergab einen Sinn.

»Dad«, sagte Belle langsam.

Seine Augen waren müde und er wirkte beschämt. »Ja, Schatz?«

»Ist … sie …« – unmerklich zuckte Belles Kopf in Monas Richtung – »wirklich deine Tochter?«

Gerry sah zu seiner Frau hinüber, wie um sie zu zwingen, ihn anzublicken. Aber Brendas Augen waren starr geradeaus gerichtet.

Er zwang sich zu einem Lächeln. »Ja, Liebes. Mona ist meine Tochter und deine … Halbschwester. Aber ich wusste bis zum heutigen Tag nichts von ihrer Existenz. Das ist die Wahrheit.«

»Aber Mum hat dir doch geschrieben, nachdem du zurück nach England geflogen bist«, warf Mona ein, die inzwischen nicht mehr ganz so strahlend lächelte. »Sie hat dir geschrieben, dass sie ein Baby erwartet!«

Gerry schüttelte den Kopf. »Ich habe nie einen Brief von ihr bekommen. Ich habe deiner Mutter auch geschrieben, aber ebensowenig eine Antwort erhalten.«

Mona runzelte die Stirn und schwieg. Belle konnte es ihr nicht verübeln. Das alles klang vollkommen hanebüchen – verschollene Briefe, uneheliche Kinder, die nach Jahrzehnten plötzlich aus dem Nichts auftauchten. Wie in einer billigen Telenovela. Irgendetwas in ihrem normalerweise so ruhigen, fügsamen Inneren rebellierte. »Ich bitte dich!«, rief sie erbost. »Das ist doch kompletter Schwachsinn! Wie kann man nicht wissen, dass man eine Tochter hat?«

»Ich habe es gerade gesagt, Schatz. Ich habe nie eine Nachricht aus Australien erhalten und …« Gerry schlug die Augen nieder. »Wäre es nicht besser, wenn wir morgen weiterreden? Vielleicht brauchen wir alle ein wenig Zeit, um den Schock zu verdauen.«

Aber Belle weigerte sich, die Angelegenheit auf sich beruhen zu lassen. »Du bist Pfarrer, Dad! Auch damals wusstest du schon, dass du Priester werden würdest. Wie hast du … wie konntest du einfach … ausgerechnet *du*! In der Kirche predigst du in einem fort darüber!«

»Ich weiß, Schatz, ich weiß.« Man sah Gerrys gequältem Gesicht an, wie entsetzlich peinlich ihm die Sache war. »Ich … Monas Mutter … wir haben uns kaum gekannt. Das ist alles furchtbar lange her …«

Belle sehnte sich danach, ihn verstehen, ihm verzeihen zu können, aber sie spürte nichts in sich als Wut und bodenlose Enttäuschung. Und Eifersucht auf diese blonde Barbiepuppe, die wie eine Bombe mitten in ihr Leben gefallen war und alles in Stücke gehauen hatte. Mona Starr, ich hasse dich!, schrie sie im Stillen. Und wenn wir tausendmal miteinander verwandt sind!

»Wie kannst du dir überhaupt sicher sein, dass sie deine Tochter ist?«, fragte sie gleich darauf mit einem vielsagenden Blick auf Mona. »Vielleicht lügt sie. Vielleicht ist das Ganze ein … ich weiß auch nicht – irgendein gemeiner Trick. Ein Schwindel.«

»Ich kann mir vorstellen, wie schwer es für dich sein muss«, sagte Mona mit einer Stimme, die vor aufrichtigem Mitgefühl troff. »Vielleicht verschafft dir das hier Gewissheit.« Sie zog ein Blatt Papier aus dem Dokumentenstapel hervor, der auf Gerrys Schreibtisch lag, und reichte es Belle. Es war eine Geburtsurkunde. Unter »Name des Vaters« stand dort deutlich lesbar: »Gerald Craine, Student der Theologie, Cheltenham, GB«.

»Sie ist echt«, fügte Mona überflüssigerweise hinzu.

Brenda strich sich mit einer müden Geste die Haare aus der Stirn. Noch immer konnte – oder wollte – sie ihrem Mann nicht in die Augen schauen. »Der Schlag trifft einen erst, wenn man es schwarz auf weiß sieht, nicht wahr, Schatz?«, murmelte sie.

Mit einem Mal war Belles Kehle staubtrocken. Vergeblich bemühte sie sich zu schlucken. »Dad … Dad, sag mir, dass es nicht wahr ist! Das ist alles ein schrecklicher Irrtum oder ein schlechter Scherz oder … *Dad*!«

Ihre Blicke trafen sich. »Es tut mir so leid, Belle. Ich habe mich lange mit Mona unterhalten und mir alle Papiere angesehen, die sie mitgebracht hat. Ich bin überzeugt, dass sie die Wahrheit sagt.«

»Mach deiner Wut ruhig Luft, ich verstehe das.« Zu Belles Entsetzen ergriff Mona ihre Hand und drückte sie tröstend. Langsam kam Belle der Verdacht, dass diese Natter jede Sekunde der Posse genoss. »Sicherlich wird es noch eine Weile dauern, bis du dich daran gewöhnt hast – für mich war es auch ein Riesenschock, als Mum mir eines Tages eröffnete, ich hätte eine Familie in England!«

»Und wann war das?«, fragte Belle eisig.

»Vor ein paar Jahren. Ich brauchte meine Geburtsurkunde, um einen Reisepass zu beantragen.«

Belle starrte sie an. »Sie wussten seit mehreren Jahren davon? Und Sie haben bis *jetzt* gewartet, um damit herauszurücken? Wieso?«

Zum ersten Mal an diesem Abend sah sich Mona in die Defensive gedrängt. »Nicht so hastig, für mich war es auch nicht ganz einfach! Ich wusste lange nicht, was ich tun sollte. Kontakt zu euch aufnehmen oder die Angelegenheit lieber auf sich beruhen lassen ... ich habe lange gebraucht, um mir darüber klar zu werden.«

Wut und Scham brodelten in Belles Innerem. »Also haben Sie zu Hause gesessen, fleißig hin und her überlegt, und als Sie schließlich eine Entscheidung getroffen hatten, kam es Ihnen nicht in den Sinn, sich durch einen Brief oder einen Anruf bei uns anzukündigen?«, schnappte sie.

Ein unbehagliches Schweigen folgte, verstärkt durch das Gurgeln und Ächzen der uralten Heizungsrohre. Dann war Monas Strahlen wieder da. »Sieh es von der positiven Seite: Wir haben beide eine neue Schwester gefunden, ist das nicht wundervoll? Ich jedenfalls freue mich riesig, dass ich endlich mit meiner Familie vereint bin!«

»Eine Schwester?«, ertönte eine schneidende Stimme aus dem Flur. »Was soll der Mist? Und wer ist die Tussi?«

Belle fuhr herum. Im Türrahmen stand Jax, in Begleitung ihres Getreuen Razor. Der Blick ihrer schwarz umrandeten Augen, die die unnatürliche Blässe ihres Gesichts noch verstärkten, wanderte von einem zum anderen, blieb ein paar Sekunden an Mona hängen und huschte dann zu ihrem Vater, der ihr als der passendste Kandidat für eine Antwort erschien.

»Was ist? Kriege ich eine Erklärung, oder ist das hier ein Ratequiz?«

Wenig später bezog Mona Quartier im Gästezimmer. Brenda hatte – zähneknirschend, aber nach außen hin mit größtmöglicher Würde – verkündet, dass kein Mitglied der Familie, wie unerwünscht es auch sein mochte, in einem Gästehaus Unterschlupf würde suchen müssen. Darüber hinaus galt es zu vermeiden, dass der Skandal, der die Familie Craine erschüttert hatte, vor der Zeit an die Öffentlichkeit drang.

Belle hockte sich auf die Treppenstufen in der Diele, zog die Knie an, stützte das Kinn darauf und ließ endlich die mühsam zurückgehaltene Flutwelle des Entsetzens über sich hinwegspülen. Sie war zu Tode erschöpft und fühlte sich wie eine Schiffbrüchige, die tagelang gegen hohe Wellen angeschwommen war. Es war ein ganz normaler Abend gewesen … doch dann war Mona Starr aus dem Nichts aufgetaucht und hatte mit einer einzigen beiläufigen Drehung ihres schlanken Handgelenks – wie ein Kind, das eine Schneekugel schüttelte – Belles heile Welt auf den Kopf gestellt. Und nun war all das, was ihr zuvor so bekannt, so beständig erschienen war, eingehüllt in einen undurchdringlichen Wirbel aus grellem, blendendem Weiß.

Du musst die Nerven behalten, Belle!, ermahnte sie sich. Beruhige dich gefälligst! Aber sie war noch nie gut darin gewesen, ihre eigenen Ratschläge zu befolgen.

Was war das überhaupt für ein Name – Mona Starr? Bestimmt ein Alias. Und wenn schon der Name falsch klang, waren dann die übrigen Behauptungen dieser durch und durch dubiosen Person nicht ebenfalls als Lügen zu entlarven? Oder doch so gut wie?

Ach, Belle wünschte sich nichts sehnlicher, als dieser Schlussfolgerung glauben zu können. Leider wollte es ihr nicht recht gelingen.

»Na, meine Schöne? Was sitzt du hier so mutterseelenallein?« Kieran tauchte vor ihr auf. »Entschuldige die Verspätung. Gerade als ich los wollte, kam eine große Geschichte herein.«

Sie sah auf und zuckte matt mit den Schultern. »Ach, ich vegetiere hier so vor mich hin.«

»Darf ich mitmachen?«, fragte er höflich.

»Weißt du überhaupt, wie das geht?«

»Vielleicht zeigst du es mir ja.«

Der Schatten eines Lächelns huschte über Belles Gesicht. »Na schön … aber nur, weil du es bist.«

»Dann rück mal ein Stück.«

Er ließ sich neben ihr auf den Stufen nieder. Es tat gut, ihn an ihrer Seite zu spüren, so warm und wirklich und beruhigend. Er würde sie niemals im Stich lassen, und wenn die ganze Welt um sie herum in Scherben fiel.

»Es war bestimmt ein anstrengender Abend«, sagte er.

»Einen weiteren von der Sorte will ich jedenfalls nicht erleben, so viel steht fest.« Belle richtete sich auf und blickte ihn an. »Glaubst du, sie sagt die Wahrheit? Ist sie wirklich meine Schwester?«

»Deine Halbschwester, meinst du.«

»Halb oder ganz – welchen Unterschied macht das schon? Mein Vater hat sich mit irgendeiner australischen Frau im … O Gott.« Sie schüttelte sich. »Ich mag gar nicht daran denken!«

»Niemand stellt sich gern vor, wie die eigenen Eltern Sex haben, das ist ganz normal. Es ist irgendwie … eklig.«

»Es geht doch dabei gar nicht um meine Eltern!« Belle verzog angewidert das Gesicht. »Mein eigener Vater – ein Priester, falls dir diese Kleinigkeit entfallen sein sollte – hat sich mit irgendeinem Flittchen im Bett gewälzt und dabei auch noch ein Kind gezeugt! Denk nur, wie Mum sich jetzt fühlen muss! Die Arme.« Belle fuhr sich mit der Hand über die Stirn. »Wenn ich daran denke, was für ein Donnerwetter es gab, als er erfuhr, dass ich Sex habe – und erst bei Jax! Dabei hatte *er* die ganze Zeit … ist es denn zu fassen?«

»Schhh«, mahnte Kieran sanft. »Mona ist oben, sie könnte dich hören.«

»Wenn schon! Und muss sie den ganzen Zirkus auch noch so *genießen*? Du hättest sie hören sollen, ihre widerlichen Heucheleien: ›Ich habe euch alle von Herzen lieb!‹ und ›Ist es nicht wundervoll, endlich eine Familie zu haben?‹ Das macht mich ganz krank. Das ist doch nicht … normal!«

Kieran lachte leise. »Na, hör mal.«

»Na, hör mal – was?«

»Du bist doch nicht etwa eifersüchtig auf deine neue große Schwester?« Ein süffisantes Grinsen breitete sich auf seinen Zügen aus. »Oje, Belle – da liegt der Hase im Pfeffer.«

»Warum sollte ich auf jemanden wie *sie* eifersüchtig sein?«

Kieran rieb sich das Kinn. »Hmmmm. Man bekommt nicht jeden Tag ein großes blondes Supermodel vor die Nase gesetzt, mit großen blauen Augen und Beinen bis zum …«

»Danke, Kieran!« Belle schnitt ihm unwirsch das Wort ab. Er fand an der Sache eindeutig zu viel Gefallen. »Du hast sie doch noch nicht einmal gesehen! Und nein, ich bin nicht eifersüchtig auf sie. Ich bin auf niemanden eifersüchtig«, fügte sie nachdrücklich hinzu. »Ich bin durchaus zufrieden damit, ich zu sein.«

»Dann ist ja alles in bester Ordnung«, sagte Kieran.

»Wieso klingst du so erstaunt? Überrascht es dich etwa? Ich bin gern ich! Schließlich ist es keine Strafe!«

»Es freut mich außerordentlich, das zu hören.«

»Also versuch gar nicht erst, mich eifersüchtig zu machen. Es wird dir nicht gelingen, ganz egal, wie oft du mir vorschwärmst, dass sie umwerfend aussieht. Kapiert?«

»Selbstverständlich.« Kieran zwinkerte ihr zu. »Aber der Hintern!«

»Kieran, du ...«

»Nicht ihrer – *deiner* natürlich.« Er versuchte, sie in besagten Körperteil zu zwicken, und Belle lachte zum ersten Mal an diesem Abend.

»Du lässt dich viel zu leicht ärgern.«

»Bist du ganz sicher, dass dir ihr Hintern nicht lieber wäre? Er ist berühmt und war bereits auf diversen Magazinen abgebildet.«

Kieran nahm Belle in die Arme und zog sie fest an sich. »Sei nicht albern. Dein Hintern ist ungleich aufregender. Ich bin ihm mit Haut und Haar verfallen und werde nie einen anderen in meiner Nähe dulden.«

Nach einem langen, anstrengenden Abend machte sich Belle schließlich zusammen mit Kieran auf den Weg in dessen Wohnung. Mona schlummerte selig zwischen den gestärkten weißen Laken des Gästebetts. Jax hatte sich unter ihrer schwarzen Steppdecke zusammengerollt, und auch Gerry war irgendwann ins Reich der Träume hinübergeglitten. Sein Gesicht, im Schlaf entspannt und friedlich, sah so unschuldig aus wie das eines Heiligen.

Nur Brenda war noch wach. Sie stand im Morgenmantel am Schlafzimmerfenster, hielt mit einer Hand die Gardine beiseite und starrte in die Nacht hinaus.

Es war schon sehr spät. Von der Kirchturmuhr gegenüber ertönte ein einzelner klagender Glockenschlag, der in der kalten, nebligen Nachtluft ewig nachzuhallen schien.

Alles dort draußen erschien Brenda seltsam unwirklich, als sei das, was sie auf dem menschenleeren Platz vor dem Schlafzimmerfenster sehen konnte – was sie schon seit Jahren dort sah –, heimlich, still und leise mit täuschend echten Kulissen vertauscht worden.

Mona ist eine nette junge Frau, dachte sie bei sich. Freundlich, aufgeschlossen. Groß und blond, mit dunklen Augen, die genauso aussehen wie Gerrys. Ja, ausgesprochen nett.

Wie in Zeitlupe fuhr ein Auto vorbei. Die Lichtkegel der Frontscheinwerfer tasteten die Fassade des Pfarrhauses ab, bevor sie weiterglitten und um eine Ecke herum in der Dunkelheit verschwanden.

Brendas Finger verkrampften sich um die Gardine. Regungslos stand sie da, während eine einzige Träne unter ihrem Lid hervorquoll und langsam ihre Wange hinabrollte.

»Wie konntest du mir das antun, Gerry?«, flüsterte sie heiser in die nächtliche Stille hinein. »Wie konntest du nur?«

Kapitel 5

Da der gesamte Ort Cheltenham bequem in einer winzigen Ecke von New York City Platz gehabt hätte, konnte man sich vorstellen, dass in dem Stadtteil St. Jude nicht gerade das Herz einer brodelnden Metropole schlug.

Im Gegenteil: Obwohl er nur fünf Gehminuten vom Stadtzentrum entfernt lag, besaß er alle Eigenschaften eines kleinen Dorfes: Jeder kannte jeden, alle kauften im gleichen Eckladen ein ... und war man einer jener Bewohner dieser beschaulichen Idylle, die ein Geheimnis hüteten, durfte man sich glücklich schätzen, es länger als fünf Minuten für sich zu behalten. Niemand konnte geboren werden, sterben, heiraten oder sich auch nur am Allerwertesten kratzen, ohne dass die anderen es mitbekamen. Und da in einer grundanständigen Gegend wie St. Jude nie etwas wirklich Aufsehenerregendes geschah, wurden auch die kleinsten Mücken durch liebevolle Pflege zu tonnenschweren Elefanten herangezüchtet: Not macht bekanntlich erfinderisch.

Selbstverständlich bot eine solche Ausgangssituation den idealen Nährboden für Gerüchte. Und wenn dann noch ein Briefträger wie Welsh Dave auf den Straßen des Stadtteils unterwegs war, brauchte es nicht viel, bis aus einem Funken ein Buschfeuer geworden war …

Welsh Dave – der seinen Spitznamen trug, damit man ihn von den anderen sechs Daves im Hauptpostamt unterscheiden konnte – summte stets fröhlich vor sich hin, während er seine Runde machte. Sein Repertoire bestand größtenteils aus Klassikern der Countrymusik und den unvergessenen Hits der Achtzigerjahre. Er liebte seinen Beruf, der es ihm erlaubte, zwei Dinge zu befriedigen, die für ihn lebenswichtig waren: sein Bedürfnis nach Bewegung an der frischen Luft (sehr gesund) und seine unersättliche Neugier (manchmal eher ungesund). Aber Welsh Dave steckte seine Nase nicht aus purem Egoismus in anderer Leute Angelegenheiten – o nein. Er hatte es sich zur Aufgabe gemacht, alle wichtigen Neuigkeiten mit seinen Mitmenschen zu teilen – und zwar mit möglichst vielen. Das war sein Dienst an der Gemeinschaft. Und er nahm ihn überaus ernst.

An diesem kalten Februarmorgen war er gerade bei der zweiten Strophe von »Wake me up before you go-go« angelangt, als er beschwingten Schrittes auf die Haustür von St. Jude's Place Nummer achtundzwanzig zutrat. Über jeder Schulter trug er eine bis zum Bersten vollgepackte Posttasche. Welsh Dave sah mit Verachtung auf diejenigen Kollegen herab, die sich eines Fahrrads oder Wägelchens bedienten, um die Post zu befördern. Vermutlich war er auch der einzige Briefträger in ganz Gloucestershire, der sich auf die Vorweihnachtszeit und die mit ihr einhergehende Schwemme an Karten und Paketen freute.

In der einen Hand hielt er jetzt einen Stapel Briefe, mit der anderen betätigte er die Türklingel. Wenige Sekunden später erschien eine der Bewohnerinnen des Hauses – insgesamt waren es vier, allesamt Krankenschwestern und allesamt sehr appetitlich anzusehen. Sie hatte einen Becher Kaffee in der Hand, und ihr hastig zugeknoteter Bademantel klaffte vorn auf einladende Art und Weise auseinander.

»Ach, Sie sind es.« Verschlafen rieb sie sich die Augen. »Morgen, Dave.«

Dave taxierte die junge Frau anerkennend. »Morgen, Miss Sadie – und was für ein schöner noch dazu, wenn auch lange nicht so schön wie Sie, falls ich mir die Bemerkung erlauben darf. Wenn ich Sie bitten dürfte, hier zu unterschreiben.«

Sie nahm den ihr angebotenen Kugelschreiber entgegen, und Dave beugte sich noch ein Stückchen weiter vor. »Geht es um das Testament Ihres armen Herrn Vaters, Gott hab ihn selig? Ich konnte nicht umhin, den schottischen Poststempel zu bemerken ...«

Sadie schenkte ihm ein flüchtiges Lächeln. »Wahrscheinlich.« Sie gähnte. »Ich werde nie begreifen, wie man als Postbeamter jeden Morgen um vier Uhr aufstehen kann. Wenn ich auch nur eine Nacht nicht durchschlafe, bin ich den ganzen nächsten Tag nicht zu gebrauchen. Sieht man ja.«

Dave horchte auf. »Sie hatten eine unruhige Nacht? Sie Ärmste, woran lag es denn? Lärm in der Nachbarschaft?«

»Nicht direkt. Ich habe erst vor Kurzem von der Nacht- zur Tagschicht gewechselt. Das hat meinen Schlafrhythmus ziemlich durcheinandergebracht. Und dann noch das Hin und Her gegenüber ...«

»Ah, in der Siebenundzwanzig. Tja, die kleinen Racker sind ganz schön lebhaft.«

»Ich meinte das Pfarrhaus.«

Daves Augenbrauen schossen so abrupt in die Höhe, als wollten sie in seinem Haaransatz Schutz suchen. »Was Sie nicht sagen!«

»Jawohl. Eine Frau war zu Besuch. Sehr hübsch. Bis spät in die Nacht hinein habe ich Licht brennen sehen.«

Mit dieser äußerst interessanten Information – plus einem geistigen Bild von Schwester Sadies Dekolleté – ausgestattet, setzte Dave seinen Weg fort. Bei Nummer zweiunddreißig erfuhr er, dass tatsächlich eine »ausnehmend attraktive« Blondine am Vorabend das Pfarrhaus betreten hatte, und zwar gegen zwanzig Uhr dreißig. Kurz danach sei auch schon der Pfarrer über den Platz gefegt gekommen, als sei der Leibhaftige hinter ihm her. Das ältere Ehepaar zwei Türen weiter behauptete ebenso steif und fest wie alle zuvor Befragten, die junge Frau noch nie zuvor gesehen zu haben. Eine solche Erscheinung vergesse man nicht so schnell, sagten sie. Wahrscheinlich sei sie Filmschauspielerin.

Welsh Dave leckte sich aufgeregt die Lippen. Eine unbekannte Schöne im Pfarrhaus! Die halbe Nachbarschaft hatte sie hineingehen sehen – und was noch viel, viel interessanter war: Niemandem war bisher aufgefallen, dass sie wieder herausgekommen war!

Er eilte weiter zur nächsten Adresse: das Domizil von Mrs Armitage um die Ecke. Wenn es einen Menschen gab, der noch besser über die Geschehnisse in der Gemeinde Bescheid wusste als er, Welsh Dave, dann war es diese Frau.

Bei Green Goddess hatte der Arbeitstag soeben erst begonnen, aber schon machte sich Lily große Sorgen um den Geisteszustand ihrer Kollegin Belle.

Auch die junge Kundin, die Belle gerade bediente, sah ein wenig perplex dabei zu, wie Belle mechanisch ein Seifenstück nach dem anderen in einen kleinen goldenen Geschenkbeutel steckte.

Vermutlich hätte sie damit weitergemacht, bis das zarte Chiffonsäckchen aus den Nähten geplatzt wäre, hätte Lily ihr nicht den Ellbogen in die Seite gestoßen und gezischt: »Was machst du da? *Neun* Seifen pro Beutel, nicht *neunzig*! Und du hast das Porzellanseepferdchen vergessen!«

Belle blinzelte, als würde sie aus einem tiefen Schlaf erwachen, und schüttelte sich. »Was? Oh.« Die Kundin machte ein langes Gesicht, als zwei Drittel der duftenden Seifenstücke wieder aus dem Beutel wanderten und durch ein tönernes Seepferdchen ersetzt wurden. »Tut mir leid, ich war mit den Gedanken woanders.« Belle griff unter den Kassentresen und fischte in dem Karton mit den Pröbchen herum. »Hier, nehmen Sie noch eine kleine Tube Green Goddess Fußbalsam und ein ... Döschen Haarwachs.«

Einigermaßen zufriedengestellt zog die Kundin von dannen und tauchte im Strom der Einkäufer in der Passage unter. Lily warf Belle einen forschenden Blick zu. »Ist irgendetwas mit dir?«, wollte sie wissen, wobei sie ihre Stimme zu einem verschwörerischen »Flüstern« senkte, das man bis Kanada hätte hören können. »Hast du Drogen genommen?«

»Was?«, quietschte Belle, halb schockiert, halb belustigt. »Spinnst du? Natürlich nicht!« Zu spät wurde ihr klar, dass sie beide ein wenig zu laut gesprochen hatten. Eine ältere Dame im braunen Samtcordkostüm drehte sich zu ihr um und bedachte sie mit einem Blick voller Abscheu. Sie konterte mit einem Lächeln, das, wie sie hoffte, unschuldig und heiter wirkte, und senkte ihre Stimme. »Was soll das heißen?«

»Ich habe dich noch nie so erlebt«, beharrte Lily. »Du bist so … ich weiß nicht … weggetreten. Wie unser Hund, nachdem er einmal versehentlich eine halbe Flasche Bailey's ausgesoffen hatte.«

»Wie charmant«, brummte Belle. »Mit einem alkoholisierten Vierbeiner verglichen zu werden – ich muss schon sagen.«

Lily ließ sich durch Belles ruppiges Verhalten nicht beirren. »Du bist den ganzen Morgen so komisch!«

»Du übertreibst maßlos«, sagte Belle scharf, während sie in höchster Konzentration Dinge hin- und herschob, die eigentlich genau am richtigen Platz standen. »Lass mich in Ruhe und … räum lieber das Regal da hinten auf!«

Aber Lily ließ sich nicht abwimmeln, sondern folgte ihrer Kollegin wie ein Schatten quer durch den Laden. »Ich *habe* es bereits zweimal aufgeräumt, Belle! Gib es zu, du bist völlig durch den Wind! Denk nur an deinen letzten Kunden.«

Verärgert wirbelte Belle herum. »Was war mit ihm?«

»Wenn ich nicht dazwischengegangen wäre, hättest du ihm Aloe-Vera-Zahnpasta statt Haargel angedreht. Eine solche Zerstreutheit ist sehr, sehr untypisch für dich.«

»Mit mir ist alles in Ordnung«, sagte Belle so wenig überzeugend, dass nicht einmal sie selbst sich geglaubt hätte.

»Aha! Und warum hast du dann deinen Pullover falsch herum an?«

»Verfl…« Belle sah an sich hinab. »Hm … das bringt Glück, weiß doch jeder.«

»Ich habe übrigens mehrfach versucht, dich darauf aufmerksam zu machen.« Während Lily sprach, zerrte Belle sich den Pullover über den Kopf, krempelte ihn um und zog ihn richtig herum wieder an. »Aber du hörst einfach nicht zu. Was ist los? Hast du deine Periode?«, erkundigte sie sich in demselben lauten Flüsterton wie zuvor. »Ich habe Paracetamol-Tabletten in meiner Handtasche.«

Belle blieb mit dem Ärmel an der sperrhölzernen Braut hängen, warf einen Blick auf das verzückte Lächeln der Figur und seufzte matt. »Nein, ich habe *nicht* meine Periode, nein, ich nehme *keine* Drogen, und *ja,* mir geht etwas im Kopf herum, aber es ist nicht weiter wichtig. Können wir jetzt bitte das Thema wechseln?«

Lily verschränkte die Arme vor der Brust und lehnte sich gegen den Tresen. »Sei froh, dass Waylon nicht hier ist. Du kennst ihn ja. Er hätte dich schon längst in sein Büro zitiert, um dir eine Standpauke zu halten, jawohl!«

»So wie du?«, gab Belle entnervt zurück. »Lass es gut sein, Lil, in Ordnung?«

»O nein!«

»Nicht einmal, wenn ich dich besteche?«

»Auf keinen Fall. Komm, schütte Tante Lily dein Herz aus, danach wird es dir gleich besser gehen. Ich brauche Übung, in ein paar Jahren werde ich Mutter und muss mit unleidigen Teenagern fertig werden.«

»Mein Gott, was ist nur aus blindem Gehorsam geworden und aus Untergebenen, die wissen, wo ihr Platz ist?« Belle spürte, dass ihr Widerstand in sich zusammenfiel wie ein misslungenes Soufflé. »Also schön, du hast gewonnen.« Sie hielt Lily einen warnenden Finger unter die Nase. »Aber wenn du irgendeiner Menschenseele auch nur ein Sterbenswörtchen verrätst, dann schwöre ich, breche ich dir mit einer dieser wohlriechenden Lavendel-Badekugeln dort drüben dein süßes kleines Stupsnäschen!«

Nach ihrer Unterredung mit Briefträger Dave platzte Jean Armitage nicht nur fast vor Neugier – sie sprühte zugleich vor Tatendrang: Was auch immer im Pfarrhaus im Schwange war, sie würde es ergründen! Nicht umsonst war Mrs Jean Armitage die ungekrönte Königin des Buschfunks in der ganzen Gemeinde – wenn nicht gar in der ganzen Stadt!

Eine Telefonumfrage bei Nachbarn und Bekannten brachte ausgesprochen interessante Ergebnisse. Bekannte Nummer eins, eine pensionierte Hebamme, war felsenfest davon überzeugt, dass der wahre Grund dafür, dass die Pfarrersgattin in den letzten Wochen merklich um die Hüften herum zugelegt hatte, keineswegs in übermäßigem Verzehr von Süßigkeiten, sondern vielmehr in einer Schwangerschaft zu suchen sei, die um jeden Preis geheim gehalten werden solle. Wie die junge Fremde ins Bild passte?

Ganz einfach: Sie sei das zukünftige Kindermädchen. Jean fand diese These recht weit hergeholt, vor allem, da sie wusste, dass sich Brenda Craine zwei Jahre zuvor einer Hysterektomie unterzogen hatte. Sie beschloss jedoch, stattdessen in den kommenden Wochen die Figur der jungen Annabelle zu beobachten und Rücksprache mit der Brautmodenschneiderin zu halten – nur für den Fall der Fälle.

Greta aus der Bridge-Runde wiederum war überzeugt, es gehe um Geld. Angesichts seines mickrigen Gehalts, der Studiengebühren für Jacqueline und der großen Hochzeit seiner Tochter Annabelle sei Gerry schlicht und einfach knapp bei Kasse. Und dies wiederum sei der Grund, weshalb er beschlossen habe, sich einen Untermieter für Annabelles altes Zimmer ins Haus zu holen.

»Du meinst, sie ist eine Mieterin? Aber wieso tut er dann so geheimnisvoll?«, grübelte Jean laut.

Greta war nicht um eine Antwort verlegen. »Weil es ihm peinlich ist, natürlich!«, erwiderte sie. »Ginge es dir nicht genauso?«

Jean musste zugeben, dass die These ihrer Freundin nicht von der Hand zu weisen war. Jammerschade – denn leider war sie nicht mal halb so interessant wie diejenige, mit der ihr Ehemann George aufwartete. Seiner Meinung nach konnte selbst ein Blinder sehen, dass die schöne Blonde in Wirklichkeit Kierans heimliche Geliebte sei, die – da sie von der bevorstehenden Hochzeit erfahren hatte – bei den Eltern seiner Verlobten erschienen war, um alle Beteiligten zur Rede zu stellen und ihr Recht zu fordern.

»Sei nicht albern, George«, schnaubte Jean. »Wenn die junge Frau gestern Abend ins Pfarrhaus gegangen ist, um eine Szene zu machen – wieso ist sie dann seitdem nicht wieder aufgetaucht?«

George antwortete mit Grabesstimme. »Das wirst du noch früh genug erfahren. Wenn die Polizei aufkreuzt und den Garten umgräbt, um nach der Leiche zu suchen.«

»George, das ist abscheulich! Wie kannst du so etwas über unseren Pfarrer sagen?« Trotzdem konnte sie sich ein meckerndes Lachen nicht verkneifen. Das wäre wirklich ein Ding! Sagen zu können, man habe Tür an Tür mit dem Pfarrhausmörder gewohnt!

Während sie das Frühstücksgeschirr abspülte, überließ sie sich ganz ihren Träumen, in denen sie für eine niveauvolle, aber nichts beschönigende Dokumentation des BBC interviewt wurde – »Ja, eigentlich hatte ich immer schon den Verdacht, dass nebenan etwas nicht mit rechten Dingen zugeht« –, als George sie unterbrach und alles verdarb.

»Natürlich weißt du, wer sie in Wirklichkeit ist, nicht wahr?«

»Hm?«, machte Jean geistesabwesend. »Wer wer ist?«

»Das junge Mädchen nebenan.« Gelangweilt stocherte er mit einem Streichholz zwischen seinen Zähnen herum. »Sie ist der neue Vikar.«

Schlagartig wurde seine Gattin blass. Eine *Frau* in St. Jude? In einer Gemeinde, die seit Jahren erfolgreich gegen die schier überwältigenden Mächte der Moderne ankämpfte? Nicht auszudenken.

»Nein!«, ächzte sie.

George feixte. »Ein sehr gut aussehendes Mädchen, das muss man ihr lassen.«

»Aber ... eine Frau als Vikar? Hier? Bei uns? Der Bischof weiß doch ganz genau, dass wir ihm so etwas niemals durchgehen lassen würden. Und Gerry weiß es auch. Er würde es nicht wagen, uns in den Rücken zu fallen.« Ihr Gesicht verfinsterte sich unheilvoll. »Oder doch?«

George machte es sich in seinem Sessel bequem und schlug unter lautem Geraschel die Zeitung auf. »So käme wenigstens etwas Leben in die Bude«, lautete sein lapidarer Kommentar.

Mona stand vor dem Redaktionsgebäude des *Courant* und wartete, bis Kieran die Eingangsstufen herabgeeilt war. »Das ist wirklich schrecklich nett von dir«, schnurrte sie, als sie sich inmitten eines wogenden Stroms von Angestellten, die sich auf dem Weg in die Pause aus den benachbarten Bürogebäuden ergossen, in Bewegung setzten. »Ich finde mich noch gar nicht zurecht. Schließlich kenne ich sonst niemanden in der Stadt.«

Kieran zuckte bescheiden mit den Schultern und versenkte seine Hände tief in den Taschen seines Pullovers. »Keine Ursache. Irgendjemand muss dir ja helfen. Warum nicht ich?« Dass Brenda ihm das Versprechen abgerungen hatte, Mona so lange wie möglich von ihr – und allen anderen Menschen – fernzuhalten, behielt er wohlweislich für sich.

»Nein, nein. Du bist mein furchtloser Ritter!«

»Ich finde nur, dass sich die anderen ein wenig … entgegenkommender hätten zeigen können. Sie waren ziemlich reserviert.«

Mona lächelte traurig, und zum ersten Mal fielen Kieran die Grübchen in ihren Wangen auf. »Ach, du untertreibst. Wenn Blicke töten könnten, hätte ich es nie lebend aus dem Pfarrhaus geschafft.« Sie riss die Augen auf wie ein waidwundes Reh und seufzte tief. »Aber wo soll ich denn sonst hin?«

»Sie meinen es nicht böse«, versuchte er, sie zu beschwichtigen. »Sie sind einfach nur … durcheinander. Das alles kam ziemlich plötzlich.«

»Du hast recht«, räumte Mona ein. »Das ist absolut typisch für mich.« Sie schmunzelte spitzbübisch. »Ich war schon immer sehr impulsiv. Ich kann eine halbe Ewigkeit über etwas nachdenken, ohne zu einem Entschluss zu kommen, und dann – zack! – ehe ich weiß, wie mir geschieht, habe ich es plötzlich getan!«

Sie verstummten und blieben für eine Weile auf dem Gehweg stehen, wo sie immer wieder vorbeihastenden Leuten ausweichen mussten. Kieran nutzte die Gelegenheit, Mona eingehend zu mustern. Es gab keinen Zweifel, sie war umwerfend attraktiv. Und keineswegs so ausgemergelt wie andere Models. Diese Frau besaß Kurven an genau den richtigen Stellen, o ja.

Irgendwann brach er das Schweigen. »Also schön – wo wollen wir hingehen?«

Wieder erschien dieses sanfte, leicht spöttische Lächeln auf Monas Gesicht. »Ich kenne mich nicht aus, schon vergessen? Eigentlich ist es mir egal – aber in Gottes Namen nichts Frittiertes!«

»Ah – du hast bereits Bekanntschaft mit unserem Kneipenfraß gemacht.«

Mona verzog das Gesicht. »Und ich dachte immer, wir Australier hätten keine Esskultur – Steaks und Barbecues und Barbecues und Steaks. Aber ihr Engländer seid noch viel schlimmer. Ihr würdet sogar Pudding in die Fritteuse werfen, wenn er dabei nicht auseinanderfiele! Ich mag fettiges Essen nicht besonders. Außerdem muss ich auf meine Linie achten.« Sie wackelte kokett mit ihrem Hinterteil, sodass ein vorbeifahrender Radler, durch den Anblick kurzzeitig abgelenkt, beinahe gegen einen Laternenpfahl gerauscht wäre. »Schließlich möchte niemand auf dem Titel der australischen *Cosmo* einen Schwabbelhintern sehen!«

Selbst unter gemeinster Folter hätte Kieran Monas Gesäß niemals als schwabbelig bezeichnet, im Gegenteil: Ein knackigeres hatte er noch n…

Sein Gespräch mit Belle schoss ihm durch den Kopf. Voller Scham rief er seine Gedanken zur Ordnung und wechselte sofort das Thema. »Versuchen wir es mit den Vaults«, schlug er vor und wies auf eine ehemalige Kirche auf der anderen Straßenseite. »Eine Weinbar, aber nicht zu schick. Und das Essen ist gar nicht schlecht. Leichte Küche.«

Mona war nur wenige Zentimeter kürzer als Kieran und hatte keine Mühe, mit ihm Schritt zu halten. »Tust du das nur für mich, oder ernährst du dich sonst auch gesund?«, fragte sie, als sie durch die Tür in ein großes Gewölbe traten, dessen Wände mit dunkler Eiche vertäfelt waren. Als Sitzgelegenheiten dienten alte Kirchenbänke.

»Ich achte durchaus auf meine Ernährung. Nach dem Schwimmen oder Joggen komme ich manchmal hierher.« Sie ließen sich an einem freien Tisch nieder, und Kieran reichte Mona die Speisekarte.

»Du gehst joggen?« Mona strahlte. »Ich auch! Was ist deine Zeit über eine Meile?«

»Immer langsam! Ich bin kein Leistungssportler. Ich möchte bloß in Form bleiben.« Er tätschelte seinen Bauch. »Und den hier in Schach halten.«

»Geht Annabelle mit dir laufen? Allein ist es manchmal ziemlich langweilig.«

Kieran prustete los. »Belle und *laufen gehen*?«

»Das soll wohl ›nein‹ bedeuten.«

»Belle ist der Ansicht, dass Menschen, die freiwillig Sport treiben, auf die Couch eines Psychiaters gehören.«

»Schade«, sagte Mona mitfühlend. Dann erhellte sich ihre Miene wieder. »Und was ist mit anderen Sportarten? Surfst du?«

»Nein«, antwortete Kieran und schmunzelte. »Die Gegend um Cheltenham ist nicht gerade berühmt für ihre Küsten.«

»Oh. Du hast recht. Wie dumm von mir.«

»Ich fürchte, du musst noch eine Menge über die Gegend lernen.« Kieran nickte bedächtig mit dem Kopf.

Monas Augen, blau wie wilde Stiefmütterchen, funkelten. »Immerhin habe ich schon einen Mentor gefunden.«

Sie sahen sich an. Sie tauschten ein Lächeln …

Wenige Sekunden später zerriss eine männliche Stimme das verschämte Schweigen zwischen ihnen. »Kieran! Was machst du denn hier? Ich dachte, dienstags gehst du immer ins Swan and Anchor – oh!« Oz' Blick fiel auf Mona und er zuckte verstört zurück. »Tut mir leid, ich wusste nicht, dass du Gesellschaft hast. Ich … hm … dann bis später, ja?«

Oz' Gesichtsausdruck sprach Bände: Er hatte seinen besten Freund, der in Kürze heiraten würde, in einer kompromittierenden Situation mit einer atemberaubenden Blondine ertappt und tat nun sein Bestes, sich sein Entsetzen nicht anmerken zu lassen – vergeblich natürlich.

Schon wollte der Unglücksrabe den Rückzug antreten, wurde jedoch von Kierans beherztem Griff – und einem aus dem Nichts auftauchenden Stuhlbein – an der Flucht gehindert.

»Bleib hier, du Hornochse, und sag Mona guten Tag. Mona Starr, das hier ist Oswald Hepplewhite, aber schließlich sind wir keine Sadisten, also nennen wir ihn Oz. Oz, das ist Mona. Sie kommt aus Australien und … ähm … wohnt zurzeit im Pfarrhaus. Ich zeige ihr die Sehenswürdigkeiten der Stadt.«

»Oh«, machte Oz und kämpfte gegen die leuchtende Röte an, die ihm ins Gesicht geschossen war. »Tut mir leid, ich dachte … ich meine, eigentlich habe ich gar nichts gedacht, aber wenn, dann …«

Mona warf ihre blonde Mähne zurück und lachte schallend. »Sei brav und setz dich, Oz. Was darf es sein?«

Zögernd nahm Oz Platz. Sobald sein Hosenboden den Stuhl berührt hatte, begann er, unbehaglich darauf herumzurutschen. »Also, ich muss gleich wieder zurück ins Labor, da nehme ich am besten nur ein Tonicwater. Mit Eis, ohne Zitrone, bitte.«

Kieran erhob sich und fischte einen Zehnpfundschein aus seiner Jeanstasche. »Du wirst artig sein und ein Bier bestellen, mein Lieber. Australier trinken kein Tonicwater, habe ich recht, Mona?«

»Unter gar keinen Umständen. Ich nehme ein großes Helles.«

»Alles klar.«

»Wenn es unbedingt sein muss«, gab Oz nach und begann, kaum dass seine Schamesröte ein wenig abgeklungen war, nun erneut zu glühen, diesmal vor Panik, da Kieran sich auf den Weg zur Bar machte und ihn mit der schönen Fremden allein ließ. »Aber bleib nicht zu lange weg, hörst du?«, rief er seinem Freund flehentlich hinterher.

Mona lehnte sich auf ihrer Bank zurück und musterte Oz. »Du hast doch nicht etwa Angst vor mir?«

Oz schluckte. »Natürlich nicht.«

»Sind deine Lügen immer so durchsichtig?«

Er ließ den Kopf hängen. »Ich fürchte, schon. Tut mir leid, ich bin eher ein Einzelgänger. Kieran ist der Partylöwe von uns zweien.«

Sie neigte den Kopf zur Seite. »Und woran liegt das?«

»Es gibt nichts, worüber ich mich unterhalten könnte. Es sei denn, du magst Insekten.«

»Mögen ist vielleicht nicht das richtige Wort. Aber ich könnte dir ein paar haarsträubende Geschichten erzählen«, raunte sie. »Glaub mir, bei uns daheim gibt es einige richtig bizarre Biester – riesige, haarige Spinnen und Schlimmeres. Bist du Kammerjäger?«

»Äh … nicht ganz. Ich bin Entomologiedozent an der Universität.«

Jetzt blickte Mona beschämt drein. »Oje, tut mir leid, Oz. Von Wissenschaft habe ich keine Ahnung – und von Wissenschaftlern auch nicht.«

»Genauso geht es ihm mit Models!«, rief Kieran, als er mit drei Gläsern an den Tisch trat.

»Du bist *Model*?« Oz hatte nicht mehr so ehrfürchtig ausgesehen, seit er erfahren hatte, dass einer seiner Kollegen in einem kühnen Selbstexperiment eigene Kopfläuse gezüchtet hatte. »Wow!«

Mona winkte ab. »Das ist wirklich nichts Besonderes. Nicht, wenn man so lange im Geschäft ist wie ich. An einer Universität zu arbeiten ist bestimmt viel interessanter – oder für eine Zeitung«, fügte sie hinzu und lächelte Kieran an. »Es war immer schon mein Traum zu schreiben.«

»Da bist du bei Kieran genau richtig«, sagte Oz. »Ich kann dich nicht zufällig für die Physiologie der Madagaskar Fauchschabe begeistern? Oder für Termiten? Die sind mein Spezialgebiet.«

Mona fuhr sich auf eine Art und Weise mit der Zunge über die Lippen, die dazu gemacht schien, einen Mann um den Verstand zu bringen. »Wer weiß, Oz? Sag niemals nie – das ist mein Motto.«

Mrs Armitage hielt es nicht länger aus.

Es war früher Nachmittag, und noch immer hatte sie nicht herausbekommen, was im Pfarrhaus vor sich ging. Sie hatte sogar versucht, beim Bischof anzurufen, um Genaueres über den neuen Vikar zu erfragen, war dort allerdings von einem zugeknöpften Sekretär abgewimmelt worden, der nicht einmal hatte zugeben wollen, dass es Dienstag war. Auch ein Anruf bei der Nachrichtenredaktion des *Courant* hatte keine neuen Ergebnisse gebracht. Dort scherte sich niemand um die Bedrohung für Anstand und Tradition, die von der Ernennung einer Frau zum Vikar – oder gar zur Vikarin? – ausging, solange man von fünfbeinigen Schafen berichten konnte oder von Menschen, die den Globus in einer Badewanne umsegelten!

Die Zeit für drastische Maßnahmen war gekommen.

Fünf Minuten nachdem sie ihren Entschluss gefasst hatte stand Mrs Armitage auch schon auf den Stufen vor der Eingangstür des Pfarrhauses, die Hand am Glockenzug.

Zu ihrer großen Enttäuschung war es nicht Gerry Craine selbst, der öffnete, sondern Brenda. Die gewünschten Informationen aus dem Pfarrer herauszuquetschen wäre für eine Frau von Jeans Format ein Leichtes gewesen. Seine Gattin war eine ungleich härtere Gegnerin.

»Hallo, Jean.«

Jean entblößte ihre zwei Reihen makellos geweißter dritter Zähne in einem gewinnenden Lächeln. »Brenda, meine Liebe! Wie geht es Ihnen? Herrje, Sie sehen aber müde aus.«

Das entsprach sogar der Wahrheit. Brendas Gesicht war blasser als sonst, und die feinen Linien um ihre Augen, unter denen graue Schatten zu sehen waren, schienen über Nacht tiefer geworden zu sein.

»Mir geht es ausgezeichnet, Jean, danke. Gerry und ich haben letzte Nacht bloß nicht allzu gut geschlafen, das ist alles.«

Jean spitzte die Ohren. »Tatsächlich? Warum denn nicht?«

Falls sie darauf gehofft hatte, Brenda würde sie ins Wohnzimmer bitten und dort bei Tee und Keksen bereitwillig alles gestehen, so hatte sie sich getäuscht. »Wollten Sie etwas Bestimmtes? Ich bin im Moment sehr beschäftigt.«

»Es geht nur um die Gemeinderatssitzung gestern Abend«, sagte Jean. »Gerry ist so schnell verschwunden, dass wir gar keine Zeit hatten, einen neuen Termin auszumachen. Es geht ihm doch gut, oder? Wir haben uns solche Sorgen gemacht! Es sieht ihm gar nicht ähnlich, uns einfach sitzenzulassen.«

»Stimmt«, sagte Brenda mit einem fast unhörbaren Seufzer, und einen Sekundenbruchteil lang glomm wieder Hoffnung in Jean auf. Sie war auf der richtigen Spur! Jetzt musste sie nur noch …

»Aber ihm geht es gut, danke der Nachfrage. Ich werde Gerry Ihr Anliegen ausrichten, damit er Sie anruft, sobald er heimkommt. Wäre das dann alles?«

Sie wollte schon die Tür schließen, als Jean in einem letzten verzweifelten Versuch herausplatzte: »Der Briefträger erwähnte heute Morgen, dass Sie einen Hausgast haben!«

Brendas Miene blieb verschlossen. »Ach ja?«

»Eine überaus attraktive junge Frau, wie es den Anschein hat.«

»Soso.«

Es war zum Mäusemelken! »Wir – die Mitglieder des Gemeinderats und ich – haben uns gefragt, ob sie wohl länger bleiben wird. Vielleicht besteht die Möglichkeit, sie kennenzulernen?«

»Dazu kann ich Ihnen leider nichts sagen.«

»Ah, verstehe. Dann wird sie also nicht dauerhaft hier wohnen? Als unsere … neue Vikarin zum Beispiel?«

Eine spannungsgeladene Pause entstand, bevor Brenda ihrer Besucherin ein kühles Lächeln schenkte und sagte: »Nicht, dass es Sie etwas angeht, *liebe* Mrs Armitage. Aber sagen wir einfach … sie ist eine Freundin der Familie. Wenn Sie mich jetzt bitte entschuldigen würden? Ich muss zurück an die Arbeit.«

An seinem Schreibtisch in der Redaktion schob sich Kieran zwei Pfefferminzbonbons in den Mund, um den Geruch von Bier und Knoblauch zu übertünchen, den er aus der Mittagspause mitgebracht hatte. Dann machte er sich wieder an die Arbeit: einen langen Artikel über »Historische Sitzbänke im Cotswold Park«

für die Wochenendbeilage. Nach dem Alkohol, dem guten Essen und den einschläfernden fachlichen Monologen seines Freundes Oz hatte Kieran seine liebe Mühe, sich zu konzentrieren, und erst recht, Begeisterung für das Thema des Artikels aufzubringen.

Gerade als er sich ein wenig warmgeschrieben hatte, kam Sandra um die Ecke gebogen. In ihren geschnürten hochhackigen Stiefeln, dem engen schwarzen Rock und mit ihrem pflaumenblauen Lippenstift, bei dessen Anblick Kierans Augen zu tränen begannen, sah sie aus wie eine Domina auf der Suche nach ihrem nächsten Sklaven.

»Fremdling!« Wie zu erwarten, fand sie ihn in Kieran. »Nun? Hatten wir eine gemütliche Mittagspause?«

Er sah auf. »Keine Sorge, ich bleibe heute länger.« Wie jeden Abend, dachte er bei sich. Er konnte sich gar nicht mehr daran erinnern, wann er zum letzten Mal die in seinem Vertrag vereinbarte Wochenstundenzahl eingehalten hatte. Das war der Preis, den man zahlen musste, wenn man davon träumte, eines Tages ein gefeierter Journalist zu sein.

»Braver Junge.« Sandra hockte sich auf die Kante seines Schreibtischs.

»Sonst noch etwas? Ich habe zu tun.«

»Ach ja, die Parkbänke.« Sandras Mund verzog sich zu einem spöttischen Lächeln. »Faszinierendes Thema. Wie ich Sie beneide! Eine Kleinigkeit wäre da noch.«

»Und zwar?«

»Rosie aus der Nachrichtenredaktion hat heute Morgen einen sehr absonderlichen Anruf von einer Frau aus St. Jude bekommen. Es war nicht ganz klar, was sie wollte, aber sie schien davon überzeugt, dass im Pfarrhaus irgendetwas nicht mit rechten Dingen zugeht. Ein Hirngespinst, nehme ich an?«

Auf einmal entwickelte Kieran ein ungeahntes Interesse an seiner Computertastatur. »Wieso fragen Sie mich?«

»Sie heiraten die Tochter des Hauses«, erwiderte Sandra mit einem liebenswürdigen Lächeln. »Sie wüssten doch Bescheid, wenn irgendetwas im Busch wäre, nicht wahr?«

»Warum sollte ich?«, gab er zurück. »Außerdem haben Sie es selbst gesagt – irgendeine verwirrte alte Schachtel. Wir bekommen jeden Tag Dutzende solcher Anrufe.«

Kieran versuchte, sich seinen inneren Aufruhr nicht anmerken zu lassen. Auf keinen Fall durfte Sandra etwas vom Familienskandal der Craines erfahren. Er konnte sich lebhaft vorstellen, wie Belle darauf reagieren würde, sollte sie herausbekommen, dass er versehentlich etwas ausgeplaudert hatte. Und zu Recht.

Er durfte sie nicht enttäuschen. Er musste um jeden Preis dichthalten.

Leider war seine Chefin eine Frau von außerordentlicher Auffassungsgabe und noch außerordentlicherer Überzeugungskraft.

Sandra legte den Kopf schief und sah ihm direkt in die Augen. Es war ihm unmöglich, ihrem stechenden Blick auszuweichen. »Strecken Sie die Waffen, Kieran. Ich kann in Ihnen lesen wie in einem offenen Buch.«

»*Bitte,* Sandra. Ich möchte nicht darüber sprechen.«

»Aha! Rosie hatte also recht. Es ist tatsächlich etwas im Busch!« Erwartungsvoll rieb sie sich die Hände. »Heraus damit, mein Junge. Ich will alles hören. Bis ins kleinste, schmutzigste Detail.«

Kapitel 6

Es war Frühstückszeit, und wie üblich war Belle damit beschäftigt, Toastscheiben in Asche zu verwandeln, während Kieran sich im Bad zu rasieren versuchte. Ein Schwall derber Flüche drang durch die angelehnte Badezimmertür und zeigte an, dass er sich wieder einmal geschnitten hatte.

Nur selten verbrachte Kieran die Nacht bei Belle, vor allem weil ihre Wohnung für einen Mann von seiner Statur eigentlich zu klein war. Unweigerlich stieß er sich den Ellbogen am Badezimmerschrank, erlitt einen Wadenkrampf, wenn er auf einem der winzigen Hocker am Frühstückstisch Platz nehmen musste, oder schlug sich beim Aufklappen des Betts den Kopf an.

»Hoffentlich finden wir bald ein Haus!«, rief er aus dem Bad. »Wie es aussieht, ist mir ganz egal – solange es nur groß genug ist. In diesem Rattenloch kann man sich nicht einmal die Zehennägel lang wachsen lassen!«

»Mir wäre es ohnehin lieber, du würdest sie kurz halten«, erwiderte Belle und blies sich auf die schmerzenden Finger, mit denen sie eine Scheibe Brot aus dem Toaster zu fischen versuchte. »Nur Einsiedler haben lange Nägel.«

»Du weißt genau, was ich meine.« Ein halber Schritt, und Kieran war aus dem winzigen Bad in die Küche getreten. Sein markantes Gesicht zierten mehrere blutgetränkte Fetzchen Toilettenpapier. »Bitte erinnere mich das nächste Mal daran, dass ich unter keinen Umständen hier übernachten möchte. Diese Wohnung macht mich zum Krüppel.«

»Das hast du das letzte Mal auch schon gesagt«, warf Belle gleichmütig ein, während sie Butter und Marmelade aus dem Kühlschrank holte. »Und die vierzehn Male davor. Oder waren es schon fünfzehn? Doch nachdem ich dir meine neue Unterwäsche von Agent Provocateur gezeigt hatte, schienst du nicht mehr sonderlich erpicht darauf, nach Hause zu fahren und die Nacht in deiner schönen, *geräumigen* Wohnung zu verbringen.«

Kieran streckte ihr die Zunge heraus. »Ist es meine Schuld, wenn du mit unlauteren Mitteln arbeitest? Du bist eine schamlose Verführerin und ich bin nichts weiter als ein schwacher Mann. Was habe ich dir schon entgegenzusetzen?« Er schlang einen Arm um ihre Taille und zog sie in eine Umarmung. Ein Schauer der Erregung durchrieselte sie. »Siehst du?«, raunte er. »Selbst wenn du diesen alten Schlafanzug trägst, kann ich meine Finger nicht von dir lassen.«

Belle sah kritisch an sich hinab. »Was hast du gegen meinen Schlafanzug?«

»Nichts. Außer der Tatsache, dass du ihn anhast.« Er grinste lüstern. »Aber das lässt sich ändern.«

Belle kicherte atemlos und wand sich in seinen Armen, während er die Knöpfe an ihrem Pyjamaoberteil mit den Zähnen attackierte.

»Immer mit der Ruhe, Tiger. Im Gegensatz zu dir kann ich nicht mit Verspätung bei der Arbeit aufkreuzen. Jedenfalls nicht mehr, seit Waylon auf Geheiß der Zentrale dieses blöde Zeitkartensystem eingeführt hat.«

»Waylon«, nuschelte Kieran, den Mund voll Flanell. »Der kann mir mal im Mondschein begegnen. Ich werde ihm sagen, wohin er sich sein Zeitkartensystem stecken soll. Am besten, du kündigst. Ich stelle dich ein, damit du mich von morgens bis abends verwöhnen kannst.«

»Nur wenn du dasselbe tust«, erwiderte Belle gelassen. »Schatz, ich glaube, dein Toast wird kalt.«

Natürlich hätte sich Kieran nicht allein durch die Aussicht auf eine harte Scheibe Brot von seinem Vorhaben abbringen lassen. Das Quietschen der Briefkastenklappe jedoch ließ ihn aufhorchen. Im Nu setzte er sich kerzengerade auf. »Ah, hervorragend! Vielleicht sind ein paar neue Angebote dabei!«

Belle stöhnte leise. Seit Kieran beschlossen hatte, dass es viel praktischer sei, auch seine gesamte Post an ihre Adresse schicken zu lassen, da sie ohnehin mehr Zeit habe, alles durchzusehen, ertrank sie beinahe in einer stetig anschwellenden Flut von Werbe- und Katalogsendungen – von den Schreiben diverser Maklerbüros ganz zu schweigen. Nun, was nutzte es? Sie mussten sich ein neues Haus kaufen. Andernfalls würden sie zusammen in Kierans Wohnung ziehen müssen, und daran wollte Belle nicht einmal denken. Keine zehn Pferde würden sie dazu bringen, ihr Eheleben als Wurmfortsatz von Kierans Junggesellendasein zu beginnen. Sie brauchten einen Ort, an dem sie gemeinsam neu anfangen konnten, einen Ort, der ihnen beiden zu gleichen Teilen gehörte und den sie gemeinsam gestalten konnten.

»Wunderbar!«, rief Belle Kieran nach, als er sich auf den – sehr kurzen – Weg zur Wohnungstür machte. »Erst lästerst du über meine Kleider, und jetzt muss ich mir auch noch gefallen lassen, dass du mich für den Briefträger sitzenlässt! Wolltest du mich nicht auf dem Küchentisch vernaschen?«

Er warf ihr eine flüchtige Kusshand zu. »Aufgeschoben ist nicht aufgehoben. Ich bin gleich wieder für dich da.«

»Irgendetwas Wichtiges dabei?«, fragte Belle, während sie einen Klecks Butter auf ihre verkohlte Scheibe Toast kratzte. Sie streckte die Hand nach dem Briefstapel aus, aber Kieran hörte nicht hin, sondern ging an ihr vorbei und riss bereits die ersten Umschläge auf. Typisch.

»Mal sehen ... Kontoauszüge ...« Er warf ihr einen Brief zu, den sie geschickt auffing. »Werbung, noch mehr Werbung.« Die Umschläge wanderten direkt in den Mülleimer. »Gasrechnung,

Telefonrechnung, wieder Werbung – ah! Dicke Umschläge, Poststempel aus Gloucester: Die müssen vom Makler sein!« Er ließ den Rest der Post an Ort und Stelle zu Boden fallen, presste seinen Schatz an die Brust und zog sich damit aufs Bett zurück.

»Vielen Dank«, sagte Belle spitz, während sie sich bückte, um alles aufzusammeln, aber natürlich war Kieran zu sehr in seine Lektüre vertieft, um sie zu hören. »He! Eine Postkarte von Ros!« Sie hielt sie in die Luft. »Oh, schau mal, sie ist auf Hawaii. Ist das nicht aufregend?«

Kieran brummte und befasste sich weiter mit den Hausangeboten.

»Hawaii …« Das Wort entschlüpfte Belles Mund wie ein wehmütiger Seufzer. Einen sicheren Arbeitsplatz aufzugeben und mit dem Rucksack auf dem Rücken die Welt zu bereisen war gewiss nicht ihre Sache, aber ein ausgedehnter Hawaiiurlaub erschien ihr – nachdem sie das Bild auf der Vorderseite der Ansichtskarte betrachtet hatte – außerordentlich verlockend: Palmen wiegten sich dort vor einem flammenden Sonnenuntergang im sanften Abendwind. Sie versuchte sich vorzustellen, wie sie genüsslich ihre Zehen in den feinen, warmen, goldenen Sand grub und die mit einem Baströckchen umkränzten Hüften zur Hulamusik schwang, aber es wollte ihr nicht recht gelingen. Hm. Wahrscheinlich besaß sie zu wenig Erfahrung im Reisen, um sich an ferne Orte zu träumen. Da half nur eins: Sobald Ros zurückgekehrt war, würde Belle sie bitten, ihr alles haarklein zu erzählen.

Aber *würde* sie je zurückkehren? Hochzeit der besten Freundin hin oder her – Belle hatte ihre Zweifel, ob Ros es jemals über sich bringen würde, ihr neues freies Leben voller Abenteuer aufzugeben und ins beschauliche, verregnete Cheltenham zurückzukehren, wo der Diebstahl eines Betonpollers aus der verkehrsberuhigten Zone Schlagzeilen machte.

Nein, Belle war gewiss kein abenteuerlustiger Mensch. Als sie noch klein war, hatten die Erwachsenen stets gesagt, sie sei »ungewöhnlich reif für ihr Alter« – und in Wahrheit damit gemeint: »Was für ein zurückhaltendes, langweiliges Mädchen«. Sie erinnerte sich noch an einen Kindergeburtstag, an dem sie einen Ausflug in den Pittville Park unternommen hatten und sie sechs Anläufe gebraucht hatte, bis sie sich endlich traute, die lange Rutsche herunterzurutschen. Zu allem Überfluss war sie auf halbem Weg in der Bahn hängen geblieben und hatte sich ein Loch in ihre Hose gerissen.

Aber nun, da der Himmel ihres Lebens voller grauer Wolken hing, die sich immer dichter und dichter zusammenzogen, vermochte sie nachzuvollziehen, welche Vorteile es hatte, frei zu sein, seine gesamte Habe auf dem Rücken zu tragen und nie lange genug an einem Ort zu verweilen, um der Bequemlichkeit anheimzufallen. Fast ein bisschen wie Mona – hin und wieder ein Fotoshooting, und dazwischen hatte man viel Zeit, die Welt zu entdecken …

Aber für Belle war ein Vagabundenleben nichts. Sie würde sich die ganze Zeit den Kopf darüber zerbrechen, ob sie den Herd angelassen hatte oder wie das Geschäft ohne sie lief.

Sie drehte die Karte um. Die Nachricht auf der Rückseite war kurz, aber aussagekräftig:

Es ist toll hier, aber du fehlst mir so!
Bist du schon neidisch???
Möchte wetten! Küsse, Ros

Belle schmunzelte. Sie konnte genau vor sich sehen, wie Ros an einer Strandbar saß, mit den nackten Beinen baumelte, aus einer halben Kokosnuss einen Cocktail schlürfte und sich überlegte, wie sie ihrer daheimgebliebenen besten Freundin die Nase lang machen konnte.

»Gut zu wissen, dass es noch Menschen gibt, die das Leben genießen«, sagte sie, während sie sich in ihre Arbeitskleidung zwängte – weißes T-Shirt, grüne Hosen – und die passende Schürze in ihre Umhängetasche stopfte.

Flüchtig sah Kieran von seinen Unterlagen auf. »Hm?«

»Ros hat geschrieben. Sie ist auf Hawaii. Es gefällt ihr sehr gut.«

»Wunderbar.« Kieran las weiter. Auch er war meilenweit weg, wenn auch nur im Geiste.

»Und wir? Wir sitzen hier und dürfen Trübsal blasen. Und das haben wir du-weißt-schon-wem zu verdanken.« Belle spürte, wie ihre Haut vor Wut zu kribbeln begann, als Mona Starrs lächelndes Engelsgesicht vor ihrem geistigen Auge auftauchte. Wäre ich eine Katze, dachte sie, würden sich mir alle Nackenhaare sträuben. Stattdessen biss sie so heftig die Zähne zusammen, dass ihre Kiefer schmerzten, und wartete darauf, einige wohlgewählte, tröstende Worte aus dem Munde ihres Verlobten zu hören. Ein wenig Mitleid war doch wohl am Platze, nicht wahr? Leider wurde schnell deutlich, dass sie vergeblich darauf hoffte. »Hörst du mir überhaupt zu?«, fragte sie und knuffte ihn, damit er auf dem Bett ein Stück zur Seite rutschte.

Wieder blickte Kieran auf. »Was hast du gesagt? Natürlich siehst du hübsch aus. Du siehst immer hübsch aus.« Bevor sich Belle eine passende Erwiderung zurechtlegen konnte, fuhr er fort: »Verflixt, wieder nichts Passendes für uns dabei – es sei denn, man möchte monatelang renovieren oder hinter vergitterten Fenstern in sozialen Brennpunkten leben.« Freundschaftlich legte er Belle den Arm um die Schultern. »Aber Kopf hoch, Kleines, wir finden schon etwas. Mach dir keine Sorgen.«

Die Umarmung tat gut, also beschloss Belle, ihm zu verzeihen. Außerdem hatte Kieran sie auf andere Gedanken gebracht. »Etwas Besseres können wir uns nicht leisten?«, fragte sie.

»Ich habe ein wenig übertrieben«, sagte er beschwichtigend. »Aber bei den augenblicklichen Immobilienpreisen werden wir unsere Ansprüche wohl etwas herunterschrauben müssen. Vielleicht sollten wir doch in meine Wohnung ziehen ...«

»Wir heiraten doch erst in ein paar Monaten. Bis dahin finden wir sicher etwas.« Belle spürte leichte Panik in sich aufsteigen. »Meinst du nicht?«

»Wenn es uns nichts ausmacht, fürs Erste mit einem Apartment vorliebzunehmen ... Besonders praktisch wäre es allerdings nicht. Sobald wir Kinder haben, müssten wir schon wieder umziehen.«

»Na ja.« Belle behagte die Wendung, die das Gespräch genommen hatte, nicht recht. »Damit hat es ja doch keine Eile.«

»Aber eins sage ich dir ...« Kieran ließ seinen Blick durch Belles Wohnung wandern – was rasch erledigt war. »In diesem Loch zur Miete zu wohnen ist wirklich das Dümmste, was du tun kannst. Du hättest die Wohnung wenigstens kaufen sollen, so wie ich es mit meiner gemacht habe. Du lebst hier schon seit Ewigkeiten, und die Mietpreise sind in den letzten Jahren drastisch gestiegen. Denk nur an das zusätzliche Geld, das uns der Verkauf eingebracht hätte! Aber statt auf meine vernünftigen Vorschläge zu hören, bestehst du darauf, der Hausverwaltung Monat für Monat horrende Summen in den Rachen zu werfen.«

Solche Gespräche waren Belle immer sehr unangenehm. Vielleicht lag es daran, dass sie einen Pfarrer zum Vater hatte – Geld bedeutete ihr einfach nichts. In ihrer Welt lief alles in relativ bescheidenem Rahmen ab: Wenn sie länger als zwei Monate hintereinander ihr Konto nicht überziehen musste und sich die Dinge kaufen konnte, die sie benötigte, wertete sie das als finanziellen Erfolg. Mehr wollte sie nicht.

Was war daran so falsch?

Darüber hinaus ärgerte sie Kierans überheblicher Tonfall. Sie war vielleicht nachgiebig, aber gewiss kein Fußabtreter. »Nun, mein Schatz«, antwortete sie süßlich, »manche Menschen verschleudern ihr Geld für die Miete und andere für eine Mitgliedschaft im teuersten Fitnessstudio der Stadt.«

»Sport ist wichtig für die Gesundheit«, verteidigte er sich. »Außerdem geht es um etwas ganz anderes. Mit dem Kauf der Wohnung hättest du nicht mir, sondern dir selbst einen Gefallen getan. Eine Investition in deine Zukunft. Jedes Kind weiß, dass man sein Geld für sich arbeiten lassen muss. Miete zu zahlen ist ungefähr so sinnvoll wie ... die Scheine bündelweise aus einem Flugzeugfenster zu werfen.«

Langsam hatte Belle genug. Was bildete er sich ein, sie wie ein dummes, ungezogenes Schulmädchen zu maßregeln? »Kieran, nicht jeder denkt und handelt so, wie du es für richtig hältst. Menschen haben unterschiedliche Prioritäten. Du als Journalist solltest das eigentlich wissen.« Sie warf einen flüchtigen Blick auf die Postkarte mit den strahlenden, braungebrannten und blumenbekränzten Menschen unter den sich wiegenden Palmen. Beinahe konnte sie den Salzgeruch des Meeres in der Luft spüren. »Jeder hat seinen eigenen Lebensstil. Ich verstehe nicht, warum du andere immer verurteilen musst.«

Eine kurze Pause entstand, dann sagte Kieran zerknirscht: »Oje. Ich habe wieder gepredigt. Gehe ich dir damit sehr auf die Nerven?«

»Ein bisschen. Diese Oberlehrernummer wird allmählich langweilig.«

»Es tut mir leid, Süße. Ich mache mir nur Gedanken um unsere gemeinsame Zukunft, das ist alles.«

»Das weiß ich doch. Mir geht es genauso. Aber mir sind eben andere Dinge wichtiger.« Was du nach all der Zeit langsam begriffen haben solltest, fügte sie im Stillen hinzu. Nun gut. Sie hatte ihren Standpunkt deutlich gemacht. Was nutzte es, sich länger darüber zu streiten?

Kieran schob die Unterlagen zur Seite. »Am Donnerstag werfen wir noch einen Blick in den Immobilienteil der Zeitung. Wir suchen einfach so lange weiter, bis wir unser Traumhaus gefunden haben.« Er gähnte herzhaft. »Hat Mona dir übrigens von ihrem Haus in Melbourne erzählt? Eine richtige Villa!«

Belle spürte, wie sich eine eisige Spannung von ihrem Nacken abwärts ausbreitete. »Nein«, sagte sie gepresst. »Das hat sie nicht.«

»Sie hat einen Bungalow mit sechs Zimmern, einem großen Garten, einer Garage mit automatischem Tor ... und das Ganze kostet weniger als die Hälfte von dem, was man hier bezahlen würde. Stell dir vor, sie hat sogar einen Pool im Garten!«

»Tatsächlich.« Belle konnte es kaum fassen. Ihr eigener Verlobter – der Mann, den sie schon bald heiraten würde! – redete über Mona, als sei sie ein Mitglied der Familie und nicht eine hinterhältige Schlange, die es darauf angelegt hatte, sie alle in den Abgrund zu stürzen! Verflucht, warum hatte ausgerechnet er sich bereit erklären müssen, ihr die Stadt zu zeigen? Wieso musste überhaupt jemand diese Aufgabe übernehmen? Und wieso machte ihm die Sache auch noch so unverschämt viel Spaß?

Belle schnaubte abfällig. »*Jeder* in Australien hat einen Pool im Garten. Hast du nie *Neighbours* gesehen?«

»Sie ist wirklich eine kluge Frau«, fuhr Kieran unbeirrt fort. »Sobald sie durch ihre Modeljobs genug verdient hatte, hat sie ihr gesamtes Vermögen in Eigentum investiert. Tja, sie ist eben nicht nur hübsch, sondern hat auch Köpfchen!«

Belles Antwort war kaum zu verstehen, da sie sie zwischen zusammengebissenen Zähnen hervorzischte. »Im Gegensatz zu *mir*, was?«

Noch immer hatte Kieran nicht bemerkt, auf welch dünnem Eis

er sich bewegte. »Du besitzt eine Menge gesunden Menschenverstand. Aber Mona merkt man an, dass sie all ihre Entscheidungen gründlich abwägt. Sie kann analytisch denken.«

Das brachte das Fass zum Überlaufen. »Gründlich abwägt? *Analytisches Denken*? Aber ja doch, man braucht wirklich Grips in der Birne, um sicherzugehen, dass man zum ungünstigsten aller möglichen Zeitpunkte und ohne ein Wort der Warnung auf der anderen Seite der Welt auftaucht und einer nichts ahnenden Familie mitteilt, eine verlorene uneheliche Tochter zu sein! Oh – und dass man dabei rein zufällig die Hochzeitspläne der *ehelichen* Tochter durcheinanderbringt. Du hast recht, sie muss ein wahrer Einstein sein – ein solches Gespür für Timing hat nicht jeder!«

»Huch.« Kieran blinzelte Belle verdattert an. »Mir war nicht klar, dass du ihr gegenüber immer noch so feindselig eingestellt bist. Im Augenblick seid ihr vielleicht noch ein wenig überfordert von der neuen Situation, das verstehe ich. Ich weiß, dass Monas Auftauchen für euch alle ein Schock war, aber sobald ihr euch einmal an die Vorstellung gewöhnt habt …«

Mit einem Ruck wandte sich Belle zu ihm um. »Nein, Kieran, ganz offensichtlich weißt du es *nicht!* Du hast nicht den Schimmer einer Ahnung!«

»Das wird sich schon einrenken, da bin ich mir sicher. Mona ist sehr nett. Du musst sie nur richtig kennenlernen.«

Am liebsten hätte Belle ihren Frust laut herausgeschrien. Wie konnte es sein, dass im Hirn vernünftiger, gebildeter Männer urplötzlich ein blinder Fleck von der Größe des Atlantischen Ozeans entstand, sobald eine schöne Frau auf der Bildfläche erschien? Mona Starr hätte der Würger von Sydney oder die Wolfsfrau von Woomera sein können, und trotzdem hätte Kieran noch behauptet, sie sei die Liebenswürdigkeit in Person!

»Mir war klar, dass du so denkst!«, blaffte Belle. »In all der Zeit, die ihr in den letzten Tagen zusammen verbracht habt, hat sie dir inzwischen vermutlich ihre gesamte Lebensgeschichte erzählt!«

»Ich habe ihr nur ein bisschen die Stadt gezeigt, das weißt du ganz genau. Selbst dein Vater meinte, es sei keine schlechte Idee – damit sie deiner Mutter nicht im Weg ist, bis sich Brenda mit der Lage abgefunden hat … und überhaupt: *Ihr* habt schließlich keinen Finger gerührt! Ihr habt nichts getan, damit sie sich willkommen fühlt!«

Ein anhaltender gellender Schrei füllte Belles Schädel. »Weil sie nicht willkommen *ist*! Würdest *du* an meiner Stelle irgendein dahergelaufenes Flittchen in die Arme schließen, das nichts weiter vorhat, als das Leben, die Karriere und den guten Ruf deines Vaters zu zerstören?«

»Ich habe keinen Vater«, entgegnete Kieran ruhig. »Ich habe überhaupt keine richtige Familie.«

Spontan stiegen Schuldgefühle in Belle auf. »Tut mir leid«, murmelte sie kleinlaut. »Daran habe ich nicht gedacht.«

»Außerdem ist Mona kein *Flittchen*«, fuhr Kieran fort. »Also schön, vielleicht wäre ich an deiner Stelle auch nicht gerade begeistert«, räumte er ein. »Aber wie kommst du darauf, dass sie eure Familie zerstören will? Das ist vollkommen irrational. Sie kann schließlich nichts dafür, dass sie ist, wer sie ist.«

»Wer weiß, vielleicht ist sie eine Betrügerin? Und selbst wenn sie die Wahrheit sagt, ist das noch lange kein Grund, uns nicht einmal zu warnen! Sie ist einfach hereingerauscht, als sei sie der Erzengel Gabriel mit einer wichtigen Nachricht von ganz oben! *Dafür* kann sie etwas!«

Plötzlich bemerkte Belle, dass sie außer Atem war und am ganzen Körper schwitzte. Diese Frau machte sie krank!

»Du liebe Zeit«, sagte Kieran verblüfft. »Ich hatte ja keine Ahnung, dass du sie noch immer derartig hasst.«

»Und ich hatte keine Ahnung, dass du so unsensibel sein kannst.«

Auf ihrem Weg zur Wohnungstür warf Belle einen letzten flüchtigen Blick auf die Postkarte ihrer Freundin. *Bist du neidisch?* … O ja, Ros, dachte Belle. Und ob ich neidisch bin.

Nichts bot eine günstigere Gelegenheit, gepflegt einen Mutter-Tochter-Konflikt auszuleben, als ein gemeinsamer Einkaufsbummel am Samstagvormittag.

»Mona meinte, ein Empire-Schnitt würde mir gut stehen«, verkündete Jax, als sie zusammen mit ihrer Mutter die Brautjungfernkleider in der Hochzeitsmodenboutique durchsah. »Weil ich so groß und schlank bin«, fügte sie selbstgefällig hinzu.

»Sagt sie das?« Brenda murmelte einen halblauten Fluch. »Nun, ich bin sicher, Annabelle ist es herzlich egal, was du trägst, solange es nur ein Kleid ist. Was ist mit diesem hier?« Wahllos zerrte sie einen Bügel vom Ständer. »Ist es nicht ganz reizend? Ausgesprochen feminin.«

Voller Abscheu zog Jax ihre gepiercte Nase kraus. »Feminin? Hast du sie noch alle, Mum? Nie im Leben würde ich so einen schweinchenrosa Fummel anziehen.« Mit ungehaltenen ruckartigen Bewegungen schob sie ein Kleid nach dem anderen zur Seite, dass die metallenen Bügel kreischten. »Oder irgendeine andere dieser Abscheulichkeiten. Ich höre auf Mona. Punkt.«

Brenda zählte im Stillen bis zehn und versuchte, sich daran zu erinnern, dass Hochzeiten fröhliche, herzbeglückende Angelegenheiten waren. »Sei nicht albern, Jacqueline, du hast dir erst ein paar Kleider angesehen. Irgendwas hier wird dir bestimmt zusagen. Hier gibt es die beste Auswahl in ganz Gloucestershire!«, zitierte sie, was sie in der bunten Werbebroschüre des Geschäfts gelesen hatte. Sehr gut – sie würden es bitter nötig haben.

Wie aufs Stichwort kam eine Verkäuferin herangeschwebt. In ihrem Gesicht festgefroren war das strahlende, leicht verkrampfte Lächeln einer Dienstleisterin, die ihr halbes Leben in der Gesellschaft hysterischer, schwer zu befriedigender Bräute zugebracht hatte. Sofort erkannte Brenda in ihr eine Leidensgenossin. Zu unerträglichen Mitmenschen nett zu sein war eine der Hauptaufgaben einer Pfarrersfrau.

»Ich bin Amanda, kann ich Ihnen behilflich sein?«, fragte das arme Geschöpf.

»Nö«, erwiderte Jax schlicht.

»Ja, bitte«, sagte Brenda gleichzeitig mit einem strengen Seitenblick auf ihre Tochter. »Meine Jacqueline wird Brautjungfer sein, und wie Sie sehen, trägt sie nicht allzu oft Kleider, also suchen wir etwas, das …«

»Gut aussieht«, schnitt Jax ihrer Mutter das Wort ab. »Nicht wie diese beknackten …«

Gerade noch rechtzeitig konnte Brenda ihre Tochter mit einem scharfen »Jacqueline, bitte!« zum Schweigen bringen. Dann wandte sie sich mit einem einnehmenden Lächeln wieder der Verkäuferin zu. »Etwas Feminines, aber nicht zu verspielt, wenn Sie wissen, was ich meine.«

»Und auf keinen Fall in Rosa«, fügte Jax hinzu. Wie immer war sie darauf bedacht, das letzte Wort zu haben.

»Was wird die Braut tragen, wenn ich fragen darf?«

»Ein Sechserpack Sprühsahne vermutlich«, grunzte Jax abfällig. »Oder eins von diesen Dingern, in denen man aussieht wie ein gehäkelter Klorollenschoner.«

Brendas Blutdruck erklomm gefährliche Höhen. »Annabelle hat sich noch nicht endgültig entschieden«, sagte sie fest. »Aber es wird auf jeden Fall ein schlichtes, elegantes Kleid sein.«

»Und die Farbe?«

»Elfenbein.« Genau genommen hatte Belle ein Auge auf ein ausgefallenes, goldenes Kleid geworfen, aber solche Extravaganzen würde sie auf keinen Fall mitmachen. Wenn sie ihre Tochter schon nicht zu einem jungfräulichen Weiß überreden konnte, wäre Elfenbein die einzig mögliche Alternative. Eine Mutter musste bestimmte Prinzipien aufrechterhalten, vor allem wenn sie die Frau eines Geistlichen war.

Amanda geleitete sie zu einem anderen Ständer, an dem verschiedene bunte Kleider hingen. »Diese hier würden alle ausgesprochen gut mit Elfenbein harmonieren«, versicherte sie. »Und schauen Sie mal dieses hier! Die Corsage würde ein paar wunderschöne Kurven aus Ihrer etwas ... mädchenhaften Figur zaubern.«

»Soll das heißen, ich bin zu dünn?«, fragte Jax mit einem mordlustigen Funkeln in den Augen.

»Selbstverständlich nicht«, erwiderte Amanda und ließ das Kleid hastig wieder verschwinden. »Aber meiner Erfahrung nach möchte jede junge Dame das meiste aus ihren ... natürlichen Vorzügen machen. Und ich bin mir sicher, dass Sie Ihre wunderschöne schlanke Silhouette vorteilhaft betonen möchten.«

Ein wenig besänftigt machte sich Jax daran, die Kleider durchzusehen. »Langweilig – zu viele Rüschen – total fade – zum Kotzen – igitt, schon wieder pink – langweilig – auch langweilig – noch langweiliger – nein, nix dabei«, verkündete sie.

Brenda warf Amanda einen verzweifelten Blick zu. Amanda antwortete mit einem mitfühlenden Lächeln. Ob sie wohl für die ganz harten Fälle einen Baseballschläger unter dem Tresen aufbewahrte?

»Wir haben eine Reihe verschiedener Farben«, erklärte Amanda. »Falls Sie sich also, sagen wir, für diesen Schnitt hier entscheiden würden, könnten Sie ihn auch in Bordeaux oder in Gelb oder sogar in ... Neonblau bekommen, wenn Sie möchten.«

»Neonblau?« Jax' Miene hellte sich auf. »Schon besser.«

»Dann gibt es noch unseren Katalog mit Couture-Modellen.« Amanda zog ihn sogleich unter einem Stapel Diademe hervor. »Moderne Schnitte von jungen Designern. Natürlich ist das eine etwas exklusivere Preisklasse ...«

Brenda schob den Gedanken an ihre Finanzplanung resolut beiseite. Ihre jüngste Tochter würde Brautjungfer sein. Das war alles, was zählte. Nur dieses eine Mal würde Jacqueline Craine so wunderhübsch aussehen, wie die Natur sie erschaffen hatte.

»Also schön«, brummte Jax widerwillig. »Dann schauen wir mal.« Sie blätterte die ersten Seiten um. »Hmpf, modern – von wegen. Außerdem hat Mona gesagt, ich soll kein Grün tragen. Macht mich blass.«

»Ist Mona deine andere Schwester?«, erkundigte sich Amanda höflich.

»Ja«, sagte Jax im selben Moment, in dem Brenda ein entsetztes »Nein!« hervorstieß.

Jax reckte das Kinn vor. »Meine *Halbschwester*«, sagte sie herausfordernd.

»So oder so – sie spielt hier keine Rolle«, gab Brenda energisch zurück. Mit einem Mal stiegen allerlei beunruhigende Gedanken in ihr auf, die sie hinter einer Maske der Empörung zu verbergen suchte. Wie konnte ihre jüngste Tochter bloß diese schreckliche Person als Mitglied ihrer Familie akzeptieren? Wie konnte Gerry derartig gelassen bleiben? Merkte er nicht, dass die Geschichte sie, die seit einem Vierteljahrhundert unverbrüchlich an seiner Seite stand, im Innern schier zerriss? Jedes Mal, wenn sie an die Fremde dachte, wurde ihr kreuzelend zumute, und sie fragte sich immer nur eins: Wann würde diese Person endlich wieder aus ihrem Gästezimmer, ihrem Haus und ihrem Leben verschwinden?

»Mona ist Model«, sagte Jax schnippisch. »Sie weiß, wovon sie spricht.«

Allmächtiger!, dachte Brenda und schüttelte stumm den Kopf angesichts der Wankelmütigkeit ihrer jugendlichen Tochter: Im einen Augenblick eine militante Feministin, im nächsten voller bewundernder Ehrfurcht für eine aufgeblasene australische Barbiepuppe. Brenda wusste nicht recht, welche Version ihrer Tochter sie lieber mochte – aber eins stand fest: Jax musste zur Räson gebracht werden, und zwar schnell.

»Such dir jetzt irgendetwas aus, Jacqueline, hast du verstanden? Und beeil dich ein bisschen. Sonst fahre ich nach Hause und rufe Trixie an!«

Mehr Überredungskunst brauchte es nicht. Sofort ließ sich Jax auf eine in der Nähe stehende, mit Goldbrokat bezogene Chaiselongue fallen und vertiefte sich in den Katalog, wobei sie jede einzelne Seite eingehend und mit angestrengtem Stirnrunzeln studierte.

»Hmm. Das hier ginge zur Not, aber ... oh, Mum, *das* hier ist toll! Das will ich haben!«

Überrascht reckten Brenda und Amanda die Hälse. Das Foto, das Jax aufgeschlagen hatte, zeigte Braut, Bräutigam und Brautjungfern allesamt in tiefes Schwarz gekleidet, das nur hier und da durch Details in blutroter Spitze aufgelockert wurde. Der Bräutigam hatte sogar einen alten Totengräberhut mit Schleier aufgesetzt. Die Braut trug schwarzen Lippenstift, schwarzen Nagellack und ein rotes Samtband um den Hals, mit dem sie aussah, als habe man ihr die Kehle aufgeschlitzt.

Brendas Entschluss, sich der Wahl ihrer Tochter kommentarlos zu beugen, wankte, kippte ... und stürzte schließlich in einer riesigen Staubwolke in sich zusammen. Jax' hoffnungsvoller Blick traf auf eine Maske des Schreckens. Der Abscheu auf dem Gesicht ihrer Mutter war so offensichtlich, dass sie kein Wort sagen musste.

»So ein Mist!«, maulte sie. »Immer müssen mich alle rumkommandieren! Warum soll ich mir den Katalog überhaupt ansehen, wenn ich mich dann doch nicht selbst entscheiden darf?« Schmollend verschränkte sie die Arme vor der Brust.

»Wir ... äh ... haben die Erfahrung gemacht, dass der traditionelle Gothic-Look bei unseren modebewussteren Kundinnen momentan nicht mehr so gut ankommt«, sagte Amanda aus dem

Stegreif. Jax sah auf. »Um ganz ehrlich zu sein – er ist schon seit einigen Jahren passé. Aber wenn Sie einmal auf Seite siebenundachtzig nachschlagen möchten, dort finden Sie vielleicht ein Modell, das sowohl Ihnen als auch Ihrer Frau Mutter zusagen könnte.«

Jax tat wie geheißen, und Brenda linste ihr über die Schulter. Das Kleid, das die Verkäuferin vorgeschlagen hatte, war nicht gerade klassisch geschnitten, aber immerhin war es nicht schwarz. Zugegeben, der Schlitz vorne war so lang, dass er beinahe dem erschreckend tiefen Ausschnitt guten Tag sagen konnte, und der Besatz mit scharlachroten Pailletten entsprach sicher nicht jedermanns Vorstellung von Hochzeitsmode, aber immerhin war es ein Kleid. Und Jax hatte bei seinem Anblick nicht gleich den Finger in den Hals gesteckt.

»Das nehmen wir!«, verkündete Brenda.

»Ich habe Ihnen noch nicht gesagt, wie viel es kostet«, wandte die Verkäuferin vorsichtig ein.

»Der Preis spielt keine Rolle.«

»Und *ich* habe dir noch nicht gesagt, ob es mir überhaupt gefällt!«

Himmel!, dachte Brenda. »Also? *Gefällt* es dir?«

»Hab schon Schlimmeres gesehen ...«

»Also gut, das wäre entschieden. Wir gehen mittagessen, danach statten wir deiner Schwester bei der Arbeit einen Besuch ab, und wenn sie nichts dagegen hat, nehmen wir es.« Sie drehte sich zu ihrer Tochter um, die mit vor Staunen offenem Mund dastand. »So. Damit du deine Meinung nicht änderst, soll Amanda am besten gleich Maß nehmen. Und mach den Mund zu, Liebling. Es zieht.«

Einmal im Monat musste Belle samstags arbeiten. Diese Arbeitstage genoss sie besonders – nicht nur, weil sie dann einen Wochentag freihatte, sondern weil es samstags besonders viel zu tun gab. Denn Belle liebte nichts mehr als ein Geschäft voller Kunden, die ihr die Ware aus den Regalen rissen.

Nur einen Nachteil hatte die Samstagsarbeit – oder genauer gesagt: drei, und sie hießen Millie, Dan und Waylon. Millie und Dan waren die neusten in einer schier endlosen Reihe planloser Verkaufshilfen, die unweigerlich mehr Arbeit verursachten, als sie zu erledigen imstande waren. Das alles wäre halb so schlimm gewesen, wenn die beiden die üblichen begriffsstutzigen und stinkfaulen Schüler mit großer Klappe gewesen wären. Aber nein, diese beiden Exemplare waren fast krankhaft darauf bedacht, Belles Wohlwollen zu erregen, und ließen sich in ihrem fehlgeleiteten Übereifer kaum bremsen. Dazu kam, dass sie sich an ihrem ersten Arbeitstag unsterblich ineinander verliebt hatten. Manchmal fand Belle das Gebaren der zwei tollpatschigen Turteltäubchen schlicht drollig, manchmal süß und romantisch. Aber an einem Samstag mit einem Laden voller Kunden hätte sie ihre Zeit lieber darauf verwendet, Ladendiebe zu stellen, als das Chaos zu beseitigen, das die beiden überall dort hinterließen, wo sie auftauchten.

Dann war da noch Waylon. Aus irgendeinem unerfindlichen Grund machte sich der Filialleiter immer genau dort zu schaffen, wo Belle gerade arbeitete. Allmählich wurde sie regelrecht panisch. Hielt er sie wirklich für derartig inkompetent, dass er das Gefühl hatte, sie ständig überwachen zu müssen? Das ergab keinen Sinn, schließlich ließ er sie und Lily an Wochentagen oft genug allein im Laden, sodass Belle faktisch die Filialleitung übernahm. Es gab nur eine Antwort: Er war überzeugt, dass sie an Samstagen überfordert war. Er wartete nur darauf, dass sie einen Fehler machte, damit er sie feuern konnte.

Lily hatte natürlich eine ganz andere Theorie. Sie war fest davon überzeugt, dass Waylon heimlich in Belle verliebt war und samstags nur deswegen ins Geschäft kam, um Belle in aller Ruhe begucken zu können. Belle kam diese These reichlich unrealistisch vor, sie war aber nichtsdestotrotz ein wenig pikiert, als Kieran in schallendes Gelächter ausbrach, nachdem sie ihm davon berichtet hatte. Wieso sollte ein Mann sie nicht von ferne anhimmeln – selbst wenn es sich um einen kleinwüchsigen Glatzkopf handelte, der Gerüchten zufolge in Wirklichkeit Arnold hieß und jedes Wochenende zu irgendwelchen Paintball-Schlachten in die Provinz fuhr?

»Vielen Dank. Einen schönen Tag wünsche ich noch!« Belle händigte einem jungen Ehepaar die Tüte mit Pflegeprodukten für Babys aus und entschuldigte sich einen Augenblick von ihren Pflichten an der Kasse, um in den Lagerraum zu eilen und die liebeskranken vakuumverschweißten Aushilfen voneinander loszueisen.

»Habt ihr heute irgendwann noch vor zu arbeiten, oder wollt ihr den ganzen Tag damit verbringen, euch gegenseitig das Gesicht abzuschlecken?«, erkundigte sie sich.

Mit hochroten Gesichtern blickten sie auf. »'tschuldigung, Belle«, kicherte Millie atemlos. »Dan wollte mir gerade zeigen, was ich mit den Geschenksets hier machen soll, und dann sind wir – dann bin ich … irgendwie mit den Preisetiketten durcheinandergekommen …«

»Nicht nur damit«, bemerkte Belle trocken, während sie einen kritischen Blick über verknitterte Kleidung und offenstehende Knöpfe schweifen ließ. »Also, ihr beiden, steckt euch die Hemden in die Hose, und dann Marsch zurück an die Arbeit. Sonst bekommt ihr es mit Mr Smith zu tun.«

»Tut mir leid, Belle. Ich … ich mache mich gleich an die Seifen hier.« Dan trat einen Schritt zurück, zerquetschte dabei zwei Verpackungen mit seinem lastkahngroßen Schuh, verlor das Gleichgewicht und fiel hintenüber.

»Oh, Dan, hast du dich verletzt?« Sofort sprang Millie zu ihm, um ihm aufzuhelfen.

Belle stöhnte und zog sich wieder an ihren Posten hinter der Kasse zurück.

Waylon reichte dem letzten Kunden in der Schlange sein Wechselgeld und schloss die Schublade der Kasse mit einem lauten Pling.

»Also, jetzt, da es ein wenig ruhiger ist«, sagte er, an Belle gewandt, »würde ich gern unter vier Augen mit Ihnen sprechen.«

Schlagartig verwandelte sich Belles Herz in ein tonnenschweres Bleigewicht, das ihr bis in die Schuhspitzen rutschte. »Oh«, sagte sie. »Das habe ich bereits befürchtet.« Sie schluckte schwer. »Um ehrlich zu sein, zerbreche ich mir schon seit Wochen den Kopf darüber, was ich falsch mache, aber ich komme einfach nicht darauf!«

Waylon kratzte seinen sommersprossigen Schädel, auf dem noch hier und da einzelne Büschel karottenroten Haares sprossen. »Was meinen Sie?«, fragte er irritiert.

»Davon, dass Sie mich in den letzten Wochen ständig beobachtet haben. Sie wollten mir auf die Finger schauen, weil ich mich so ungeschickt anstelle und ständig Fehler mache …«

»Mir ist schleierhaft, wie Sie darauf kommen«, sagte Waylon. »Was für Fehler denn?«

Ein anderer Gedanke schoss Belle durch den Kopf. Lily hatte mit ihrer Vermutung, der Verkaufsleiter habe ein Auge auf sie geworfen, doch nicht etwa recht? Sie war so gut wie verheiratet, und sie hasste es, im Wald herumzurennen und andere Leute mit Farbbeuteln zu beschießen! Und falls er sich wirklich in sie verguckt hatte – nun, dann wusste sie nicht, ob sie geschmeichelt sein sollte, beschämt oder ganz einfach entsetzt. »Ah?«, machte sie. Vielleicht war es das Beste, nichts Konkreteres von sich zu geben – für den Fall, dass sie mit ihrer nächsten Antwort wieder vollkommen danebenlag.

»Also schön, ich gebe zu, ich habe Sie beobachtet«, räumte Waylon ein. »Aber nur, weil ich mir ganz sicher sein wollte.«

»Sicher? Sicher worüber?«

»Darüber, wie Sie mit dem Tagesgeschäft hier im Laden zurechtkommen – Anleitung der Mitarbeiter, Organisatorisches, Wareneinkauf, Papierkram … Wie dem auch sei, ich freue mich, Ihnen mitteilen zu können, dass Sie sich hervorragend geschlagen haben. Sie brauchen unbedingt eine Position, in der Sie stärker gefordert werden!«

»Oh!« Belle wusste, dass ihre ständigen »Ohs« und »Ahs« idiotisch klingen mussten, aber das gänzlich unerwartete Lob ihres Chefs hatte sie dermaßen kalt erwischt, dass sie nichts Gescheiteres zu sagen wusste.

Waylon stützte seine Ellbogen auf dem Tresen ab. »Die Sache ist so, Belle. Die Personalabteilung in Gloucester hat den Wunsch geäußert, dass einige der Verkaufsleiter« – er räusperte sich bescheiden – »ich zum Beispiel, mehr Zeit damit verbringen, die weniger erfolgreichen Filialen auf Vordermann zu bringen. Wahrscheinlich ist Ihnen aufgefallen, dass ich in letzter Zeit sehr oft unterwegs war. Das wird jetzt immer öfter der Fall sein. Und deswegen brauche ich hier im Laden jemanden, auf den ich mich zu einhundert Prozent verlassen kann. Jemanden, von dem ich weiß, dass das Geschäft bei ihm in guten Händen ist. Mit einem Wort: Sie.«

»Mich!«

»Machen Sie nicht so ein überraschtes Gesicht. Sie sind in den letzten Monaten oft für mich eingesprungen. Es wird höchste Zeit, dass Sie befördert werden, dann ist es endlich offiziell. Selbstverständlich gibt es eine entsprechende Gehaltserhöhung. Lassen Sie sich die Sache durch den Kopf gehen und sagen Sie mir Bescheid, wenn Sie zu einem Entschluss gekommen sind.«

Belle war derart vor den Kopf geschlagen, dass sie nicht wusste, was sie sagen sollte. Ob sie jemals eine halbwegs vernünftige Antwort zusammenbekommen hätte, sollte sie nie herausfinden – denn im nächsten Augenblick trat eine neue Kundin an den Tresen.

»Entschuldigung«, ertönte eine Stimme, die Belle nur allzu bekannt vorkam. Sie wandte sich um, und ihr Herz blieb stehen.

»M-mona!« Irgendwie hatte sie erhebliche Schwierigkeiten, den Namen über die Lippen zu bringen.

Mona hingegen war wie üblich heiter und vollkommen gelassen. »Hättest du ein paar Minütchen Zeit für mich?«, fragte sie mit einem strahlenden Lächeln. »Ich könnte einen fachmännischen Rat bei der Auswahl einer neuen Feuchtigkeitscreme gebrauchen.«

Normalerweise arbeitete Kieran an Samstagen nicht. Als Feature-Autor genoss er den Luxus geregelter Arbeitszeiten von Montag bis Freitag, auch wenn er gelegentlich so viel Zeit in der Redaktion zubrachte, dass die einzelnen Tage ineinander überzugehen schienen.

Dieser Samstag jedoch war eine Ausnahme. Man hatte ihn frühmorgens angerufen und nach Bassett Hall, einen Herrensitz mitten im tiefsten Gloucestershire, beordert, wo er ein Interview mit Mad Dog McKindrick führen sollte. Mad Dog, der altgediente Bassist der legendären Rockgruppe Afterlife, gab normalerweise keine Interviews. Wenn er nicht gerade mit seiner Band auf Tour war – was inzwischen nur noch selten vorkam –, lebte er extrem zurückgezogen, fast einsiedlerisch. Deshalb war Kieran, Sekunden nachdem er den Anruf erhalten hatte und obwohl es Samstag war, aus dem Bett gesprungen, in seine Hosen gestiegen und zu seinem Wagen gestürzt, um sich auf den Weg ins kleine, beschauliche Örtchen Ampney Bassett zu machen.

Er hatte nicht einmal Zeit gehabt, das Nötigste zu recherchieren, und so war ihm, als das riesige Tor von Bassett Hall lautlos aufschwang, um ihn einzulassen, ein wenig mulmig zumute. Sein Interviewpartner war bekannt dafür, dass er gewisse Dinge krummnahm. So hatte er zum Beispiel Schlagzeilen gemacht, als er sich, nachdem eine Zeitung seinen Namen falsch geschrieben hatte, beim Chefredakteur mit einer Kiste voller südamerikanischer Pfeilgiftfrösche revanchierte.

Auf die warmherzige Begrüßung, die ihm zuteilwurde, war Kieran demnach ganz und gar nicht vorbereitet.

»Einen wunderschönen guten Morgen! Sie sind Kieran, richtig?« Mad Dog, erkennbar an seinem von jahrelangem Drogenmissbrauch gezeichneten Gesicht, dem roten Halstuch, das er niemals ablegte, und dem gewöhnungsbedürftigen Dialekt (er stammte aus Wolverhampton), stand in der Eingangshalle, um ihn willkommen zu heißen. »Schön, dass Sie kommen konnten. Und – wie wäre es mit einem Schlückchen?«

»Äh … fantastisch.« Besser, ich sage nicht nein, dachte Kieran. Das bringt ihn nur gegen mich auf. »Aber vielleicht … nichts allzu Starkes. Ich muss ja noch fahren.«

Mad Dog lachte los – strenggenommen war es eher eine Art Wolfsheulen. »Mein Lieber!«, brüllte er. »Ich dachte an Tee! Dem Alkohol und den Drogen habe ich abgeschworen. Bin ein vollkommen neuer Mensch, jawohl!«

Kierans Augenbrauen schossen in die Höhe. »Tatsächlich? Aha. Das ist …« Ojemine. Wieso wusste ich nichts davon? So schaffe ich es nie zur *Times*! »Meine Glückwünsche, Mr McKindrick.«

»Nennen Sie mich Mad Dog.« Es war eher ein Befehl als eine Bitte. Sodann führte ihn sein Gastgeber in ein riesiges Wohnzimmer, opulent möbliert im marokkanischen Stil, der sich erstaunlich gut mit der Tudorarchitektur des Hauses vertrug.

»Nehmen Sie doch Platz«, brummte er und wies auf einen Berg Kissen, die auf dem Boden ausgebreitet waren.

Kieran tat wie geheißen und wurde fast von seinem weichen Lager verschluckt.

»Übrigens: Sie hätten nicht wissen können, dass ich clean bin«, sagte McKindrick freundlich. »Das weiß noch keiner. Sie sind der Erste, der es erfährt. Ich wollte nicht, dass die Wichser in London wieder darüber schreiben. Was haben die Pissnelken je für mich getan, hm? Mein Lebensmittelpunkt ist jetzt hier. Deshalb habe ich *Ihren* Chefredakteur angerufen.«

Im Geiste ballte Kieran eine siegreiche Faust. »Das freut mich sehr«, sagte er so verbindlich wie möglich.

»Natürlich hat er mir versprechen müssen, seinen besten Mann zu schicken.« Mad Dog machte eine gewichtige Pause. »Aber außer Ihnen war gerade niemand erreichbar.« Er wartete, bis Kierans strahlende Miene merklich in sich zusammengesunken war, bevor er erneut in dröhnendes Gelächter ausbrach. »Tut mir leid, ich konnte einfach nicht widerstehen! Ich weiß, ich bin manchmal etwas … bissig.«

»Überaus bissig«, stimmte Kieran zu, während sich Mad Dog noch eine Weile wie ein Kind über seinen köstlichen Scherz freute.

Als er sich beruhigt hatte, klatschte er erwartungsvoll in die Hände. »Also schön, wo wollen wir anfangen?«

»Erzählen Sie mir von dem Tag, an dem Sie … aufgewacht sind«, schlug Kieran vor. »Wann wurde Ihnen zum ersten Mal wirklich bewusst, dass Sie ein Drogenproblem haben?«

»Ach ja.« Mad Dog nickte bedächtig, ganz in seinen Erinnerungen versunken. »Das war ein Tag! Ich habe versucht, meine Stiefel zu flicken, und ich war so high, dass ich versehentlich meinen Fuß am Boden festgenagelt habe, können Sie sich das vorstellen?« Er schüttelte den Kopf. »Möchten Sie ein paar Plätzchen zum Tee?«

Zwei Stunden später, bis obenhin voll mit Tee, Gebäck und kostbaren Informationen, machte sich Kieran auf den Rückweg nach Cheltenham. Während der Fahrt pfiff er ausgelassen vor sich hin. Das Interview war hervorragend gelaufen. Mad Dog hatte Kieran sogar drei Einladungen zu seiner großen Endlich-clean-Party in die Hand gedrückt, die er in wenigen Wochen feiern würde. Belle wird ganz aus dem Häuschen sein!, freute sich Kieran, als er an all die Stars und Sternchen dachte, die sich dort tummeln würden. Und mit ein bisschen Glück darf ich vielleicht auch darüber exklusiv berichten …

Jedoch dauerte es nicht lange, bis sein Tag eine deutliche Wendung zum Schlechteren nahm. Als er auf die Straße abbog, die ins Zentrum von Cheltenham führte, fiel sein Blick auf die Zeitungsverkäufer mit ihren mobilen Ständen, die die druckfrische Samstagsausgabe des *Courant* anboten.

Na, was ist wohl heute die Schlagzeile auf Seite eins?, fragte er sich belustigt. KILLERPILZ BEFÄLLT BÜRGERMEISTERS ROSENKOHL? Oder: SENIORINNENVEREIN SAGT HUNDEKOT DEN KAMPF AN?

Schmunzelnd schüttelte er den Kopf – bis sein Blick auf die fetten schwarzen Lettern auf der Titelseite fiel. Sie waren so groß, dass er sie sogar aus dem Wagen heraus lesen konnte. Im Nu rutschte ihm das selbstzufriedene Lächeln vom Gesicht wie ein Butterflöckchen von einer heißen Kartoffel.

Sekunden später hatte er das Gaspedal durchgetreten und jagte mit quietschenden Reifen durch die Straßen der Stadt zur Redaktion. Sandra! Na warte …

Natürlich wusste er, dass er nichts mehr würde ausrichten können. Es war zu spät. Sie haben absichtlich gewartet, bis ich das Büro verlassen hatte! Vor lauter Frust und Ärger hieb er auf das Lenkrad ein. Sie wussten genau, dass ich nie zugelassen hätte, dass sie es drucken. Diese miesen, hinterhältigen Kameradenschweine!

Aber selbst während er schreckliche Flüche über seine ehrlosen Kollegen ausstieß, die ihm auf so schändliche Weise in den Rücken gefallen waren, konnte er eins nicht umhin einzugestehen: An ihrer Stelle hätte er genau dasselbe getan.

Mona und Belle standen vor dem Regal mit den Gesichtspflegeprodukten.

»Trocken? Fettig? Sensibel?«, fragte Belle betont höflich. Sie war entschlossen, die Angelegenheit so professionell wie möglich zu handhaben. Mona war eine Kundin wie jede andere. Punkt.

Einen Augenblick lang sah Mona sie verdutzt an, dann lachte sie. »Ach so, du meinst meine Haut! Weißt du – eigentlich will ich gar keine Creme kaufen. Ich wollte unbedingt mit dir sprechen, weil ich mir um unser Verhältnis Sorgen mache. Irgendwie werde ich das Gefühl nicht los, dass wir uns noch nicht wirklich nahegekommen sind.«

»Könnte man sagen«, bestätigte Belle trocken.

»Nun ja, und deshalb habe ich mir gedacht, wenn ich bei dir

vorbeischaue und wir ein wenig plaudern – weißt du, ganz freundschaftlich –, könnte ich dir vielleicht zeigen, dass ich es aufrichtig gut meine. Ich will nichts anderes, als dass wir alle glücklich sind. Die ganze Familie.«

Mit größter Mühe hielt Belle ihre Wut im Zaum. »Mona, wenn dir unser *Glück* am Herzen läge, wärst du nicht einfach unangemeldet bei uns hereingeplatzt.«

Mona seufzte. »Ich weiß, das war ein bisschen gedankenlos«, räumte sie ein. »Aber du musst mir glauben … auch für mich war die Sache ein Riesenschock! Jahrelang hat sich meine Mutter geweigert, mir irgendetwas über meinen Vater zu sagen. Ich dachte immer, Eddie – mein Stiefvater – sei mein leiblicher Vater. Und als sie endlich mit der Wahrheit herausgerückt ist und mir gebeichtet hat, dass mein leiblicher Vater in England lebt und vermutlich Pfarrer ist, da musste ich ihn einfach ausfindig machen! Das ist doch verständlich, oder?«

»So weit, so gut. Aber warum hast du uns nicht vorgewarnt? Hast du auch nur eine Sekunde lang daran gedacht, wie es meinen Eltern jetzt geht? Weißt du, wie egoistisch es von dir war, dich hier hinzustellen und in aller Seelenruhe zu verkünden: Seht her, ich bin die verlorene Tochter – gekommen, um euer Leben ins Chaos zu stürzen?«

»Wenn du es so formulierst, klingt es wirklich schlimm … Aber mir schien es das Natürlichste von der Welt. Ich war so durcheinander! Seit dem Tod meines Stiefvaters hatte ich niemanden mehr, mit dem ich darüber hätte sprechen können … Und ich war schrecklich aufgeregt: Ich hatte eine zweite Familie! Eine richtige Familie am anderen Ende der Welt! Ich wollte euch unbedingt kennenlernen. Das kannst du doch verstehen, oder?« Gerade als Belle kurz davor war, mit einem fast unmerklichen Nicken ihre Zustimmung zu signalisieren, beging Mona den schweren Fehler hinzuzufügen: »Kieran versteht mich. Er hat auch nie eine richtige Familie gehabt.«

»O ja«, brauste Belle auf. »Ich bin mir sicher, dass Kieran dich *bestens* versteht! Und du ihn bestimmt auch, nicht wahr? Wie schön für euch!«

»Ach, Belle, du nimmst ihm doch nicht übel, dass er sich ein bisschen um mich kümmert? Er zeigt mir die Stadt und …«

»Vielleicht auch noch gewisse andere Sehenswürdigkeiten?«

Gleich darauf wurde Belle bewusst, dass sie mit dieser Bemerkung ein wenig übers Ziel hinausgeschossen war. Sie holte tief Luft. »Hör zu«, sagte sie resigniert. »Es macht mir nichts aus, wenn Kieran für dich den Stadtführer spielt. Aber glaub bloß nicht, dass wir alle über Nacht beste Freunde werden können. Wie stellst du dir das vor? Mum und Dad werden lange brauchen, sich mit dem Gedanken anzufreunden, dass sie – dass du ... mein Gott, ich kann nur beten, dass die Gemeinde nichts davon erfährt ...«

»*Ich* plaudere bestimmt nichts aus«, erwiderte Mona ein wenig verschnupft. Dann fuhr sie fort: »Ein Vorschlag zur Güte: Warum fangen wir beide nicht noch einmal ganz von vorn an? Diesmal werde ich mir auch Mühe geben, alles richtig zu machen. Versprochen.«

Argwöhnisch beäugte Belle die ihr dargebotene Hand, zögerte kurz und ergriff sie schließlich, um sie flüchtig zu schütteln. »Meinetwegen. Versuchen können wir es ja.«

»Mit Kieran hast du einen erstklassigen Fang gemacht. Ein toller Mann.«

»Ich weiß«, gab Belle zurück. »Deswegen heirate ich ihn auch.«

Vergiss das bloß nicht, Mona Starr!, fügte sie im Stillen hinzu.

Ungefähr zur gleichen Zeit schlenderten Brenda und Jax nach einem gemeinsamen Mittagessen, gefolgt von einer entspannenden Gesichtsmassage im Kosmetiksalon, in gemächlichem Tempo durch die Einkaufspassage. Auch wenn nicht alle Wolken, die den Familienhimmel verdunkelten, verflogen waren, so waren die Wetteraussichten doch wesentlich besser als noch vor wenigen Stunden. Jax benahm sich annähernd wie ein Mensch, und Brenda war frohen Mutes, dass sie Annabelle davon würde überzeugen können, dem Kleid, auf das die Wahl ihrer Schwester gefallen war, ihren Segen zu geben. Schließlich musste sie es nicht selbst anziehen. Kompromissbereitschaft – das war der Schlüssel zu einem harmonischen Zusammenleben. Niemand wusste das so gut wie sie.

Als sie sich dem Ladengeschäft von Green Goddess näherten, zog Brenda erneut den Katalog aus ihrer Handtasche. »Bist du dir auch ganz sicher?«

Jax stieß einen leidgeprüften Seufzer aus. »Ja, Mum! Ganz sicher. Glaube ich zumindest.«

»Ich dulde nämlich ab jetzt kein Theater mehr. Haben wir uns verstanden?«

Jax grunzte. Brenda deutete dies als Zustimmung und beschloss, es dabei zu belassen.

Ein berauschendes Potpourri an Düften schlug ihnen entgegen, als sie das Geschäft betraten. Jax schossen die Tränen in die Augen, und das, obwohl sie regelmäßig in ihrem Zimmer Räucherstäbchen abbrannte. »Bäh!«, hustete sie. »Wie kann man hier nur arbeiten? Mir wird jetzt schon ganz übel.«

Brenda sah sich nach Belle um, konnte sie aber inmitten der zahlreichen Kunden zunächst nicht entdecken. »Hoffentlich macht sie nicht gerade Pause. Ah, da ist sie ja, dort drüben in der Ecke mit ...« Abrupt verstummte sie und blieb wie angenagelt stehen. »Oh. Ich glaube, es ist besser, wenn wir später wiederkommen.«

»Wieso?« Jax war dem Blick ihrer Mutter gefolgt. »Ach, Mum, das ist doch nur Mona. Da stören wir bestimmt nicht! Hi, Mona! Hallo!«

Mona wirbelte herum und winkte. Brenda blieb nichts anderes übrig, als ihrer Tochter zu folgen, die bereits auf ihre Schwestern zustrebte.

Jax und Brenda blieben vor den beiden stehen.

»Hi!«, hauchte Mona begeistert und schenkte den Neuankömmlingen ihr strahlendstes Lächeln. »Ist das nicht toll? Fast die ganze Familie trifft sich hier!«

Wahrscheinlich wäre Brenda im nächsten Moment eine sarkastische Bemerkung über die Zunge geschlüpft, hätte nicht jemand ungestüm die Ladentür aufgerissen. Dieser Jemand, der sich mit wirren Haaren, hochrotem, schweißglänzendem Gesicht und einer Miene, die nichts Gutes verhieß, einen Weg zu den Frauen bahnte, war kein Geringerer als Kieran. Unter dem Arm trug er die Samstagsausgabe des *Cheltenham Courant*.

»Kieran!« Belle lächelte erleichtert. Endlich jemand, der sie vor Mona retten konnte! »Wir haben uns doch erst um ... Was ist los?«

Kieran schluckte schwer. »Ich musste sofort herkommen und

dir das hier zeigen«, sagte er und entfaltete mit zitternden Händen die Zeitung. »Bevor du es von jemand anderem erfährst.«

»Mir was zeigen? Wovon redest du?«

»Da. Lies.«

Was der Schlagzeile als Feinsinn fehlte, machte sie an Größe mehr als wett. In riesigen schwarzen Buchstaben stand geschrieben: HEILIGER STROHSACK! BLONDES KUCKUCKSEI IN PFARRERS NEST.

Niemand machte sich die Mühe, den Rest des Artikels zu lesen.

Jax stand – zum zweiten Mal an diesem Tag – der Mund offen. Sie war leichenblass geworden. Brenda presste krampfhaft die Lider aufeinander, um ihre Tränen zurückzuhalten. Belle wurde schwindlig, als sei soeben ein gewaltiger Ruck durch die Erdachse gegangen. Langsam, ganz langsam hob sie den Blick, bis sie Kieran in die Augen sehen konnte. »Du … hattest es doch versprochen«, flüsterte sie. »Du hast mir dein Wort gegeben, so etwas würde nicht passieren!«

Kieran raufte sich die Haare. »Ich weiß! Und ich habe ihr auch gesagt – Sandra –, dass sie es auf keinen Fall verwenden darf. Es war ein vertrauliches Gespräch.«

Belle spürte, wie eine eiskalte Hand ihr Herz ergriff. »Du hast *was?* Du hast deiner Chefredakteurin alles erzählt?«

»Oh, Kieran.« Brenda schluchzte. »Wie konntest du nur?«

Voll panischer Verzweiflung sah er von einer zu anderen. »Sie wusste es bereits! Ich habe keine Ahnung, von wem. Irgendjemand hatte ihr bereits einen Tipp gegeben, ich habe ihre Vermutungen bloß bestätigt. Aber sie hat mir hoch und heilig geschworen, es nicht in der Zeitung zu bringen!«

»Ich bin sicher, dass du nur das Beste wolltest«, hakte Mona ein. Ihre Stimme bebte förmlich vor Verständnis und Mitgefühl, als sie sich Kieran zuwandte. »Du konntest nicht ahnen, dass sie dich so hintergehen würde.«

Aber Belle hörte nicht zu. Sie stand einfach nur da und starrte Kieran fassungslos an. Verzweifelt versuchte sie, an dem Glauben festzuhalten, dass der Mann, den sie so sehr liebte, niemals einen solchen Verrat begehen würde. »Du hast es mir versprochen«, wiederholte sie immer wieder. Und mit einem Mal begannen die Tränen zu fließen. Sie tat nichts, um sie aufzuhalten. Stattdessen wirbelte sie herum und floh. Sie stieß die Ladentür auf, rannte aus dem Geschäft in die Passage hinaus und immer weiter. Nur fort, in der Hoffnung, dass der schreckliche Schmerz in ihrem Innern endlich nachließ.

Kapitel 7

»Pass doch auf, wo du hinläufst, Mädchen ... Herrschaftszeiten, diese Jugendlichen – keine Manieren!«

Belle sah und hörte nichts, sondern rannte immer weiter. Sie wusste nicht, wohin sie lief, wollte nur weg, weit weg. Dem Lärm und den erdrückenden Menschenmassen entkommen. In panischer Hast bahnte sie sich einen Weg durch das Gedränge in der Passage. Nach einer Ewigkeit erspähte sie den Ausgang und stürzte durch die Türen hinaus auf den kalten winterlichen Platz.

»Ist Ihnen nicht gut?«, erkundigte sich besorgt eine junge Mutter, die zwei quirlige Kleinkinder hinter sich herzog. Belle, die Wangen noch immer tränennass, war keuchend und taumelnd stehen geblieben.

»Ich ... es ist alles in Ordnung, danke. Mir geht es bestens.« Wenn ihr in diesem Augenblick etwas noch unerträglicher erschien als das, was Kieran ihnen angetan hatte, dann war es das Mitgefühl von Fremden, die nichts von ihrem Unglück wussten – *noch* nicht, dachte sie. Denn als sie den Blick hob, sah sie, dass auf der gegenüberliegenden Seite des Platzes ein Zeitungsstand aufgebaut war, dessen Auslage aller Welt unmissverständlich verkündete, dass Gerry Craine, der Pfarrer von St. Jude, ein uneheliches Kind in seinem Haus versteckt hielt.

Belles Wangen brannten. Wieder und wieder las sie die vernichtende Schlagzeile, und jedes Mal krampfte sich ihr Magen erneut zusammen. Dennoch konnte sie ihre Augen nicht losreißen. Mit jeder Sekunde, die verstrich, wurde das Gefühl in ihr stärker, dass die Passanten sie unverhohlen anstarrten. Immer mehr neugierige Augenpaare spürte sie auf sich. Selbst diejenigen, die in eine ganz andere Richtung blickten oder Zeitung lasen, schienen ihr immer wieder heimliche Seitenblicke zuzuwerfen, und sie glaubte zu hören, wie Menschen, die in eine Unterhaltung vertieft waren, das Gesprächsthema wechselten, um sich über sie die Mäuler zu zerreißen.

Belle lehnte sich gegen einen der Pfeiler, die das Vordach der Passage stützten, spürte den rauen kalten Beton an ihrer Wange, schloss die Augen und versuchte, wieder zu Atem zu kommen. Beruhige dich, Belle! Es ist schlimm, aber nicht das Ende der Welt. Du musst stark sein, allein um deiner Eltern willen!

Eine Hand berührte sie federleicht an der Schulter, und sie fuhr vor Schreck zusammen.

»Belle – Gott sei Dank, ich dachte schon, du wärst mir abhandengekommen.« Kaum waren Kieran die Worte über die Lippen gekommen, wurde er sich ihrer Doppeldeutigkeit bewusst. »Es tut mir so unendlich leid, Belle. Komm her, mein Schatz, du siehst zum Gotterbarmen aus.«

Kaum hatte sie sich zu ihm umgewandt, begannen die Tränen erneut zu fließen. Oh, wie sie sich für ihre Schwäche hasste!

»Geh weg«, sagte sie dumpf.

»Das meinst du doch nicht ernst. Du bist nur wütend und durcheinander.«

»Bitte geh einfach und lass mich in Ruhe.«

»Sie haben die junge Dame gehört«, mischte sich ein stämmiger Mann, der in der Nähe gestanden hatte, ins Gespräch. »Sie will nichts von Ihnen, also sehen Sie zu, dass Sie Land gewinnen, und zwar pronto.«

Eine Sekunde lang war Kieran versucht, genau das zu tun. Aber so schnell wollte er sich nicht geschlagen geben. Und wie hätte er seine arme, verwirrte Belle mutterseelenallein zurücklassen können? Belle, die trauriger und einsamer aussah, als er sie je erlebt hatte? Todesmutig fuhr er herum und blitzte den Fremden an. »Kümmern Sie sich um Ihren eigenen Kram. Meine Verlobte hat gerade eine sehr schlimme Nachricht bekommen!«

Mit einem Knurren zog der Mann von dannen. Auch die übrigen Passanten, die neugierig in einigem Abstand stehen geblieben waren, verloren allmählich das Interesse an dem kleinen Drama, das sich vor ihren Augen abspielte, und setzten sich wieder in Bewegung.

Belle wandte den Blick von ihren Schuhspitzen ab, auf die sie während der letzten Sekunden beharrlich gestarrt hatte, schniefte laut und sah zu Kieran auf. »Du bist ja immer noch da.«

»Wenn du willst, verschwinde ich.«

Sie dachte lange darüber nach. Einerseits hätte sie ihn liebend gern grün und blau geschlagen, doch gleichzeitig sehnte sie sich nach der Wärme und Liebe, die niemand anders als er ihr geben konnte. »Wenn das hier eine Szene in einer Telenovela wäre«, sagte sie schließlich betont sachlich, »dann hätte ich dir längst eine schallende Ohrfeige verpasst.«

»Bitte. Vielleicht fühlst du dich danach besser.«

»Wenn der andere einen dazu einlädt, ist es nicht dasselbe.« Sie löste sich von ihrem Betonpfeiler und steuerte auf eine der Bänke zu, die vor dem Gebäude von Marks & Spencer standen und erschöpfte Einkäufer zum Verschnaufen einluden.

»Hätten Sie vielleicht Interesse an einer Obdachlosenzeitung?« Der ältere Mann, der dort bei jedem Wetter stand, trat hoffnungsvoll einen Schritt auf sie zu.

»Heute nicht, John.« Sie schaffte es, ihren Mund zu einem schwachen Lächeln zu verziehen, bevor sie sich von ihm abwandte und sich auf der äußersten Kante einer Bank niederließ. Ihr Gesicht fühlte sich heiß und verquollen an. Wie peinlich! Warum mussten Frauen immer in Tränen ausbrechen? Warum konnten sie sich nicht mit furchterregendem Gebrüll auf ihre Widersacher stürzen und sie vermöbeln, so wie Männer es taten? Nun ja, *manche* Frauen meisterten diese hohe Kunst bestimmt. Mona Starr ist vermutlich eine von ihnen, dachte Belle missmutig.

»Darf ich?« Kieran wies fragend auf den Platz neben ihr. Sie antwortete nicht, also setzte er sich. »Es tut mir wirklich leid, Belle«, sagte er ernst. Dennoch merkte er selbst, wie unzureichend, wie hohl seine Worte klangen. »Ich war den ganzen Tag unterwegs – ich habe den Artikel selbst erst gelesen, als ich vorhin zurückkam. Glaub mir, sonst hätte ich alles getan, um zu verhindern, dass er gedruckt wird.«

»Von wegen!« Belles Zorn brach sich Bahn, und zwar mit solcher Macht, dass es sie selbst überraschte. »Du hattest doch nichts Besseres zu tun, als deiner Busenfreundin Sandra die ganze Geschichte brühwarm zu erzählen, nur um dich bei ihr lieb Kind zu machen! Ich wette, du hattest die ganze Zeit nur das Arbeitszeugnis im Kopf, das sie dir schreiben soll, wenn du dich irgendwann einmal auf eine andere Stelle bewirbst!«

Kierans Unterkiefer klappte herunter. »*Das* glaubst du? Mein Gott, Belle, was denkst du denn von mir?«

»Dass du sehr … *ehrgeizig* bist.«

»Das mag sein, aber glaubst du wirklich – ganz tief in deinem Herzen –, dass ich zu solch einem miesen Verrat fähig wäre?«

Belles Wut ließ etwas nach, und die Vernunft setzte wieder ein. »Früher hätte ich es niemals geglaubt«, räumte sie ein und fügte dann leise hinzu: »Aber du hast es trotzdem getan.«

Kieran holte tief Luft. Er hätte eine wütende Szene machen und davonstürmen können, aber das war nicht seine Art. Außerdem wünschte er sich nichts mehr, als Belle begreiflich zu machen, wie die ganze Sache wirklich passiert war, damit zwischen ihnen alles wieder ins Lot kam. »Darf ich es dir erklären?«

Belle nickte würdevoll.

»Es war so: Ich kam zur Arbeit, und Sandra erzählte mir, eine Kollegin aus der Nachrichtenredaktion habe einen Anruf von einer unbekannten Frau erhalten …«

»Lass mich raten«, spuckte Belle verächtlich. »Mona Starr!«

»Nein, Belle, es war *nicht* Mona. Irgendeine alte Schachtel aus St. Jude, die nichts Besseres zu tun hat, als ihren Nachbarn hinterherzuspionieren. Sie hat ihren Namen nicht genannt, aber ich möchte wetten, es war diese unausstehliche Mrs Armitage. Sie berichtete, sie habe erfahren, eine wunderschöne Blondine sei im Pfarrhaus eingezogen, und sie frage sich, ob es sich bei der Unbekannten – und jetzt pass auf – eventuell um die neue Vikarin handeln könnte!«

»Was? Mona eine Vikarin?«

»Total verrückt, nicht wahr? Sandra ist sofort zu mir gekommen und hat angefangen, mich zu grillen. Irgendwann hat sie die Wahrheit dann aus mir herausgequetscht.«

»Warum hast du nicht einfach gelogen?«

»Ich habe es ja versucht, aber … was hätte ich ihr denn erzählen sollen? Mir ist so schnell nichts eingefallen! Ich weiß, es wäre das Beste gewesen, ich hätte ihr klipp und klar gesagt, dass die Sache sie nichts angeht …«

»Diese Einsicht kommt reichlich spät!«

»Ja.« Fest drückte Kieran Belles Hand. »Und es tut mir unaussprechlich leid, Belle. Aber es wird sich schon wieder einrenken. Der *Courant* ist nur eine Lokalzeitung, und Priester, die vom Pfad der Tugend abweichen, findet man heutzutage doch an jeder Straßenecke.« Belles versteinerte Miene ließ ihn wissen, dass er etwas Falsches gesagt hatte, und er fuhr hastig fort: »Damit will ich nicht sagen, dass die Sache mit deinem Vater nicht … schlimm ist. Eine dumme … ich meine, eine furchtbare Tragödie. Aber glaub mir, in ein paar Tagen wird Gras über die Sache gewachsen sein. Die Leute werden mit der heutigen Ausgabe der Zeitung ihre Vogelkäfige auslegen und sich auf einen anderen armen Schlucker stürzen, der auf der Titelseite auseinandergenommen wird.«

Belle grübelte. Sie wollte ihm so gern glauben! Vielleicht hatte er ja recht. In den vergangenen Jahren waren alle möglichen und unmöglichen Skandale im *Courant* ausgebreitet worden, aber konnte sie sich noch einen einzigen ins Gedächtnis rufen? Die Zeit verging, die Erinnerung verblasste …

Die Frage aller Fragen war nur: Wie viel Zeit würde vergehen müssen?

Ihr Schweigen beunruhigte Kieran. »Früher oder später wäre es ohnehin herausgekommen«, sagte er. »Solange es Frauen wie Mrs Armitage gibt.«

Belle rieb sich die brennenden Augen. »Mag sein.« Dann straffte sie die Schultern und richtete sich auf. »Ich muss sofort zu Dad. Er ist den ganzen Morgen mit Trauungen beschäftigt, vielleicht erwische ich ihn noch, bevor er die Zeitung sieht.«

»Ich komme mit«, sagte Kieran sofort.

»Du hast für einen Tag genug Schaden angerichtet.«

»Aber …«

»Geh zurück in den Laden und denk dir eine Ausrede für Waylon aus.« Ein krächzendes Lachen entschlüpfte ihrer Kehle. »Kaum zu fassen – vor Kurzem dachte ich noch, heute wird ein herrlicher Tag! Und jetzt? Weiß der Himmel, was noch alles über uns hereinbricht.«

Die zweite Trauung des Vormittags neigte sich ihrem Ende zu, und die Hochzeitsgäste schoben sich durch die Kirchentür nach draußen, um sich auf dem Vorplatz, das strahlende Brautpaar in der Mitte, fotografieren zu lassen. Alle hatten ihre schönsten oder – und das war nicht notwendigerweise dasselbe – zumindest ihre teuersten Kleider angezogen. So bot der aufsehenerregende pinkfarbene Minidress aus Kunstfell, den die sechzigjährige Mrs Farrington-Thynne trug, Anlass zu abfälligem Getuschel unter den restlichen Damen, ebenso wie der Hut der Brautmutter, der, besonders gehässigen Zungen zufolge, aussah, als habe ein Schwarm tropischer Vögel darauf eine tödliche Bruchlandung hingelegt.

Die Hochzeit war einer der gesellschaftlichen Höhepunkte des Winters. Der Vater der Braut bekleidete einen hohen Posten in der Armee, der des Bräutigams war ein Golfpartner des Bischofs. Gerry Craine allerdings liebte alle Hochzeiten gleichermaßen, egal ob groß oder klein, reich oder arm. Wie auch Taufen gehörten sie zu den freudigsten Aspekten seines Berufs.

An diesem Morgen jedoch war er mit seinen Gedanken nicht ganz bei der Sache. Immer wieder wanderten sie zu den Ereignissen der vergangenen Tage zurück, und ein unangenehmes Gefühl der Schwere ergriff von ihm Besitz, während er dachte: Nicht alle Kinder haben wie die beiden zu Vermählenden das Glück, in eine intakte Ehe hineingeboren worden zu sein …

Nach außen hin ließ er sich nichts anmerken. Gutmütig lächelte er, als Mrs Farrington-Thynne darauf bestand, er müsse unbedingt mit auf das Hochzeitsfoto.

»Nur wenn es nicht zu lange dauert«, protestierte er schwach. »Ich habe gleich im Anschluss noch eine weitere Trauung …«

Am Ende wandten sich die Dinge fast immer zum Besten. Daran glaubte er, und an diesem Glauben würde er festhalten. Nein, um sich selbst sorgte Gerry Craine sich nicht – aber um seine Frau. Brenda tat ihr Möglichstes, um gute Miene zum bösen Spiel zu machen, aber jedes Mal, wenn er sie in einem Moment überraschte, in dem sie sich unbeobachtet fühlte, sah er, wie sie mit leerem Blick vor sich hin starrte. Auch wusste er, dass sie seit Monas Ankunft kaum einen Bissen zu sich genommen hatte. Sie mussten reden, und zwar bald. Er wollte keine Tochter gewinnen, nur um darüber seine Frau zu verlieren.

Der Fotograf, ein rotgesichtiger Mann im braunkarierten Anzug, der trotz der eisigen Temperaturen über die Maßen schwitzte, dirigierte die Menge. »Noch ein Stückchen nach rechts, Herr Pfarrer. Hervorragend, genau so! Ja, wo sind denn unsere lieben Schwiegermamas? So ist es brav, Sie bitte auf die eine Seite und die junge Dame mit den Papageien im Haar auf die andere – oh, und ich sehe gerade, uns fehlt noch die Großmama. Sie wird doch wohl nicht ausgerissen sein? Soll denn ihr Rollator ganz allein aufs Bild?«

Während der Fotograf umständlich die ältere Verwandtschaft in Reih und Glied brachte, wurden die jüngeren Hochzeitsgäste allmählich unruhig.

»Wie lange dauert das denn noch, Wills?«, wollte ein junger Mann mit muskulösem Körperbau wissen, der aussah, als habe man ihn in flüssigem Zustand in seinen Cut gegossen und vor dem Aushärten sämtliche Öffnungen mit Sekundenkleber versiegelt. »Ich will endlich zum Empfang. Kohldampf!«

Der Angesprochene, Wills, zuckte mit den Achseln. »Was fragst du mich, Giles? Wir könnten schnell ein Bierchen trinken gehen. Gleich um die Ecke ist ein Pub.«

»Ich möchte mir lieber nicht vorstellen, was passiert, wenn meine Alten feststellen, dass ich nicht mit auf dem Foto bin. Aber vielleicht springe ich schnell in den Kiosk da drüben. Ich brauche dringend Zigaretten. Und einen Schokoriegel.«

»Ausgezeichnet. Bring Pfefferminzbonbons mit!«

Wenige Minuten später war Giles wieder da. In der Zwischenzeit hatte man die Großmutter gefunden und sie trotz ihrer lautstarken Proteste direkt neben ihrem Exgatten aufgestellt, der sie vor vierzig Jahren verlassen hatte und mit dem Chauffeur durchgebrannt war. Die Aufmerksamkeit des jungen Mannes allerdings vermochte ihr erregtes Gezeter nicht zu wecken, denn dieser hatte während seiner kurzen Abwesenheit eine Entdeckung gemacht, die ihn selbst seinen knurrenden Magen hatte vergessen lassen. Und so verschlang er statt seines Schokoriegels nun die Titelseite des *Cheltenham Courant,* wobei er hin und wieder aufsah, um einen verstohlenen Blick auf den Pfarrer zu werfen.

»Was hast du denn da angeschleppt? Du sollst doch nicht immer Frauenzeitschriften lesen«, versuchte Wills ihn aufzuziehen. Vergeblich. Mit den knappen Worten »Schau dir das an!« reichte Giles seinem Freund die Zeitung.

»Himmel, Arsch und Wolkenbruch, ich fasse es nicht! Nigel, komm mal her! Du wirst nicht glauben, was ein gewisser Jemand angestellt hat!«

Es ist erstaunlich, wie schnell sich eine Nachricht, sofern sie ausreichend pikant oder scheußlich ist, in einer Gruppe von Menschen herumspricht, selbst wenn diese Menschen zuvor jahrelang kein Wort miteinander gewechselt haben.

So begab es sich, dass der *Courant* innerhalb weniger Minuten unter sämtlichen Hochzeitsgästen – und den Chorknaben, die auf den Stufen herumlungerten und auf ihren Einsatz bei der folgenden Trauung warteten – die Runde machte. Der arme Fotograf wusste gar nicht, wie ihm geschah: Unruhe ging durch die Gruppe, die er eben erst unter viel Schweiß und guten Worten in Aufstellung gebracht hatte, und sie begann sich zu zerstreuen, noch bevor er Gelegenheit bekam, auch nur einmal auf den Auslöser zu drücken. Was war los? Interessierte es denn niemanden, für die Ewigkeit festgehalten zu werden?

»Kommt schon, ihr Lieben! Brautjungfern, Trauzeugen, Pagen – wo wollt ihr denn hin?«

Niemand schenkte ihm Beachtung. Alle schnatterten aufgeregt und glotzten, statt in Richtung seines Objektivs, nach links.

Alle, bis auf Gerry Craine, dem zu seinem übergroßen Entsetzen mit einem Schlag bewusst wurde, was es war, das die Hochzeitsgäste so in seinem Bann hielt: Er selbst!

Für den Weg von der Einkaufspassage zur Kirche brauchte man zu Fuß nur zehn Minuten, aber Belle kam es wie eine Stunde vor. Immer wieder sah sie auf die Uhr, während sie mit großen Schritten die Straße entlanghetzte. Gleich halb eins, das heißt, die Trauung ist gerade vorbei. Mit ein bisschen Glück sind sie noch mit den Fotos beschäftigt und Dad weiß noch nichts. Bitte, bitte, ich brauche nur ein kleines bisschen Glück …!

Doch als sich Belle der Kirche näherte, sah sie, wie die Hochzeitsgäste über irgendetwas eifrig diskutierten, sowie einen verzweifelten Fotografen, der händeringend versuchte, sie zur Ordnung zu rufen … Ihr Vater war weit und breit nicht zu entdecken.

Belles Herz setzte für einen Schlag aus. Mit jedem Schritt, der sie weiter auf die Kirche zuführte, wuchsen ihre Ängste. Eine

Ausgabe des *Courant* lag achtlos hingeworfen in der Nähe der Stufen, sodass alle Welt die vernichtende Schlagzeile lesen konnte.

»Ich finde es einfach abscheulich!«, hörte sie eine Frau mit Pferdegebiss keifen. »Er hat die Hochzeit meiner armen Nichte ruiniert! Uns alle in den Schmutz gezogen!«

»Red keinen Unsinn, Weib!«, schnaubte ein übergewichtiger Mann in Tweed, der ihr Gatte zu sein schien. »Ein Pfarrer ist auch nur ein Mann. Wir haben eben gewisse Bedürfnisse.«

»Ich hätte mir denken können, dass du es so siehst«, kam die schnippische Antwort.

Belle drängte sich durch die Menge und versuchte, ihre Ohren gegen die Stimmen zu verschließen. Als sie den Fotografen erblickte, der eingesehen hatte, dass er nichts mehr würde ausrichten können, und nun dabei war, seine Ausrüstung zu verstauen, trat sie auf ihn zu. »Entschuldigen Sie, wo finde ich den Pfarrer?«

Er musterte sie eingehend, zwinkerte und lachte dann anzüglich. »Sind Sie etwa diejenige welche? Sie wissen schon – die aus der Zeitung?«

Belle starrte ihn an, mit Augen, die so kalt waren, dass ihm der Schweiß unter den Achseln zu Eis zu gefrieren schien. »Der Pfarrer«, sagte sie. »*Wo ist er?*«

Der Mann hob abwehrend die Hände. »In der Kirche, nehme ich an. Sobald die Meute den Artikel gelesen hatte, ist das Chaos ausgebrochen. Danach habe ich ihn nicht mehr gesehen. Herzliches Beileid. Und viel Glück«, fügte er noch hinzu, während er seine Taschen schulterte und sich auf den Weg zu seinem Wagen machte.

Das Innere der Kirche sah aus wie ein zum Leben erwachtes präraffaelitisches Gemälde: Durch leuchtende Buntglasfenster fiel funkelnd der Sonnenschein, und die Wände schmückten reich verzierte Kacheln und alte Fresken aus dem Leben der Heiligen. Es war ein Ort, der wie geschaffen schien für fröhliche Feste und feierliche Messen. Ein Ort, an dem der einsame Mann, der ganz allein in der vorderen Bankreihe saß, die Augen geschlossen, das fahle Gesicht regungslos, völlig fehl am Platz wirkte.

Belle lief zu ihm. »Oh, Dad, es tut mir so leid!«

Gerry schlug die Augen auf und sah seine Tochter fragend an. »Was tut dir leid, mein Schatz?«

Sie schlüpfte neben ihn. »Ich dachte, ich schaffe es noch, dich rechtzeitig zu warnen. Wenn *ich* es dir gesagt hätte, wäre es vielleicht nicht ganz so schlimm gewesen. Und du hättest jemanden gehabt, der dir zur Seite steht.«

Er lächelte und legte seiner Tochter den Arm um die Schultern. »Du machst dir viel zu viele Sorgen, Kind. Das ist nicht gut für jemanden in deinem Alter.« Er strubbelte ihr durchs Haar. »Du bekommst noch graue Haare! Was wird Kieran dazu sagen?«

Belle schürzte die Lippen. »Kieran! Wer ist denn an dem Schlamassel schuld? Er hat seiner Chefredakteurin alles erzählt! Und natürlich war er so naiv zu glauben, dass sie ihr Versprechen halten und die Geschichte nicht veröffentlichen würde.«

»Stünde es nicht schlimm um uns, wenn wir anderen Menschen immerzu mit Misstrauen begegnen würden?«, fragte Gerry sanft. »Vielleicht war es ein Wink des Schicksals.«

»Nein, Dad!«, rief Belle empört. »Fang nicht schon wieder damit an!«

»Womit?«

»Mit deiner ewigen Leier, dass alles gut wird!«

Er hob eine Braue. »Und? Habe ich etwa nicht recht?«

»Woher soll ich das wissen?«, erwiderte sie ungehalten. »Ich kann schließlich nicht in die Zukunft sehen. Und außerdem«, fuhr sie zerknirscht fort, »kann ich mir beim besten Willen nicht vorstellen, was aus dieser Angelegenheit Gutes erwachsen soll.«

Das Knarren der Tür, die zur Sakristei führte, gefolgt von einem gekünstelten Hüsteln, ließ die beiden aufblicken. Jean Armitage war gekommen, um zu melden, dass sie die Konfettireste auf der Kirchentreppe aufgefegt, die Kollekte gezählt und die Utensilien des Gottesdienstes wieder an ihrem Platz verstaut habe. »Die nächste Trauung fängt bald an, Herr Pfarrer.«

»Sie sind noch hier, Jean? Ich dachte, Sie wären längst gegangen.«

Natürlich ist sie noch hier, dachte Belle bitter. Dies ist der Tag ihres Lebens! Hier schwirren genug Gerüchte durch die Luft, um sie für die nächsten zehn Jahre satt zu machen.

»Es gab noch einiges … zu tun.« Sie bewegte sich keinen Zentimeter von der Stelle. »Kann ich vielleicht noch etwas für Sie erledigen?«

»Nein, nein, gehen Sie nur. Danke für Ihre Hilfe.«

»Ich könnte rasch die Kerzenleuchter wienern? Und das Geländer der Kanzel sieht aus, als könnte es ein wenig Politur vertragen …«

»Nein, danke«, wiederholte Gerry, diesmal fester. »Auf Wiedersehen, Jean, und vergessen Sie bitte nicht, die Tür hinter sich zu schließen. Wir sehen uns morgen beim Gottesdienst.«

Sekundenlang zögerte Jean, und ein zweifelnder Ausdruck huschte über ihre Züge. Dann sagte sie: »Ja … wenn Sie meinen«, und war verschwunden.

»Giftige alte Hexe«, murmelte Belle angewidert.

»Du übertreibst.«

»Im Gegenteil!«

Ihr Vater lachte. »Lass gut sein, Belle. Du musst mich nicht vor dem Urteil der Welt in Schutz nehmen, sosehr ich deine Fürsorge auch zu schätzen weiß. Ich bin erwachsen. Ich muss die Verantwortung für mein Handeln selbst tragen. Vermutlich wird die nächste Zeit nicht ganz einfach werden. Aber das ist allein meine Schuld. Du solltest dich nicht damit belasten. Das ist meine gerechte Strafe. Ich habe es nicht anders verdient.«

Belle wollte widersprechen – wollte ihm sagen, dass er nichts dergleichen verdient habe und dass von Gerechtigkeit nicht die Rede sein könne –, aber sie wusste genau, dass es an seinen Gefühlen nichts ändern, seinen Glauben nicht erschüttern würde. Bis jetzt war es immer dieser felsenfeste Glaube an seine eigenen Prinzipien gewesen, den sie so an ihm liebte – genau wie sie Kieran für seine Stärke, seinen Optimismus und sein Selbstbewusstsein bewunderte. Nur war jetzt ein winziger Haarriss im goldenen Kuppeldom ihrer Liebe aufgetaucht, und sie hatte Angst, ihn nicht wieder kitten zu können.

Wie albern! In jeder Beziehung gab es mal Streit, und kein Mensch war ohne Fehler. Ich schon gar nicht, dachte Belle. Woher nehme ich das Recht, andere zu verurteilen?

»Du bist auf einmal so still«, bemerkte ihr Vater.

»Dad«, sagte sie zögerlich. »Du hast uns noch nicht erzählt, was damals in Australien wirklich passiert ist. Ganz genau, meine ich. Es ist alles ein bisschen … vage geblieben.«

»Da gibt es nicht viel zu erzählen.« Er seufzte tief. »Ich war noch jung, gerade mit der Schule fertig, und arbeitete bei einem Projekt zur Jugendmission in der Nähe von Melbourne. Rena – Monas Mutter – und ich haben uns angefreundet. Sie wohnte in der Nähe, zusammen mit ihrer Mutter, und ich glaube, ihr Leben verlief ziemlich ereignislos. Ihr war langweilig, sie suchte nach Abwechslung und … Wir waren uns auf Anhieb sympathisch und haben viel Zeit zusammen verbracht.«

»Ja«, sagte Belle säuerlich. »So viel ist offensichtlich.«

»Es war nicht so, wie du denkst«, sagte Gerry und räusperte sich beschämt. »Wir haben nur ein einziges Mal, ich meine … hm. Am letzten Abend gab es ein großes Grillfest zum Abschied, und irgendjemand muss die alkoholfreie Bowle etwas … frisiert haben. Als wir am nächsten Morgen aufwachten, hatten wir alle einen mordsmäßigen Kater und konnten uns an nichts mehr erinnern.«

Belle runzelte die Stirn. »Und was war zwischen Monas Mum und dir? Habt ihr wirklich … du weißt schon?«

»Wir waren beide ein wenig beschwipst und … ja, wir haben die Nacht zusammen verbracht.«

»Oh«, sagte Belle, der die Schamesröte ins Gesicht stieg. Sich die eigenen Eltern beim Geschlechtsverkehr vorzustellen war schon schlimm genug. Aber sich auszumalen, wie ihr Vater als Jugendlicher sturzbetrunken an einer fremden Frau herumfummelte …

»Am Morgen danach war es uns beiden ziemlich peinlich. Ich habe mich in Grund und Boden geschämt. Aber wir sind im Guten auseinandergegangen und haben uns vorgenommen, auf jeden Fall in Kontakt zu bleiben.«

»Und dann?«

»Ich habe mein Versprechen gehalten. Wochenlang habe ich ihr regelmäßig geschrieben, aber es kam nie eine Antwort. Irgendwann habe ich es aufgegeben. Ich dachte, sie interessiert sich nicht mehr für mich. Nie hatte ich auch nur die leiseste Ahnung, dass sie schwanger war.«

Belle kratzte sich am Kopf. »Aber Mona behauptet, ihre Mutter hätte *dir* mehrmals geschrieben. Sie sagt, *du* hättest nie geantwortet.« Irgendjemand lügt hier. Und ich bin mir hundertprozentig sicher, dass es nicht mein Vater ist!, dachte sie.

Sie wollte gerade weiter nachhaken, als die hölzerne Tür zur Kirche aufschwang und erneut Jean Armitage im Türspalt erschien. Ein unverkennbar schadenfrohes Lächeln hatte sich auf ihren Zügen breitgemacht. »Da wäre noch eine Kleinigkeit. Ich wollte gerade gehen, als …«

Gerry seufzte schicksalsergeben. »Ja?«

»Als ich zufällig am Tor zum Friedhof mit einem Herrn zusammenstieß. Er sagte, er sei von der *Cotswold Mail* und wolle unbedingt mit Ihnen sprechen. Ich habe ihm gesagt, Sie würden ihn bestimmt gern empfangen.«

Wenige Tage später saß Brenda allein in der riesigen Pfarrhausküche, eine verlorene Gestalt umgeben von leeren Teetassen und Zeitungen, die sie nicht aufzuschlagen wagte. Zugegeben, bis jetzt waren es nur einige unbedeutende Lokalblätter, die über den Skandal berichtet hatten. Und immer wieder hatten Bekannte ihr tröstend beteuert, die Sache würde schon bald vergessen sein. Diesen einen Satz – »Bald ist es vergessen« – hatte Brenda in den letzten Tagen wie ein Mantra im Geiste wiederholt, aber bisher war es ihr nicht gelungen, sich von seiner Richtigkeit zu überzeugen. Ihr kam es vor, als sei ihre Welt mit einem Mal in tiefster Finsternis versunken.

Ziellos wanderte ihr Blick im Raum umher, bis er an den alten Familienfotos hängen blieb, die auf dem Regal über der alten Kochmaschine aufgereiht waren. Da stand sie auf der Gartenparty des Bischofs, festlich gekleidet und mit einem strahlenden Lächeln im Gesicht, den Arm stolz bei ihrem Ehemann untergehakt. Wie viele Einladungen zu Gartenpartys werden wir jetzt noch bekommen?, fragte sie sich düster. Ich kann mich nicht einmal mehr dazu durchringen, im Laden an der Ecke einkaufen zu gehen, aus Sorge, dass ich jemandem aus der Gemeinde begegne.

Im Laufe ihrer Jahre als Pfarrersfrau hatte Brenda es sich zur Aufgabe gemacht, sich mit sämtlichen Gemeindemitgliedern bekannt zu machen. Da sie selbst aus sozial schwachen Verhältnissen stammte, hatte sie hart an sich arbeiten müssen, um sich den Weg in die Bürgerlichkeit zu erkämpfen. Als sie Gerry zum ersten Mal begegnet war, hatte sie kaum fassen können, dass ein gut aussehender, höflicher, gebildeter und zuvorkommender Mann wie er an einer Frau Interesse haben könnte, deren männliche Verwandte ebenso viele falsche Namen wie Zahnlücken vorzuweisen hatten – von ellenlangen Vorstrafenregistern ganz zu schweigen. Gerry war anders als alle Männer, die sie bis dahin gekannt hatte. Wie hätte sie sich nicht in ihn verlieben sollen? Er ermunterte sie dazu, sich mit dem christlichen Glauben zu beschäftigen, der sein Leben bestimmte, und ganz allmählich wurde er ihr so vertraut, bis er zu einem Teil ihres Daseins geworden war, den sie daraus nicht mehr wegzudenken vermochte.

In all den Jahren, die sie mit ihrem Mann verbracht hatte, war dieser Glaube nie bedroht gewesen. Aber nun kämpfte Brenda mit bitteren Zweifeln – Zweifel, derer sie sich zutiefst schämte, die sie jedoch nicht verdrängen konnte. Was, wenn sie Gerry nicht geheiratet hätte? Wenn sie nicht ihr gesamtes Leben für ihn und seinen Beruf geopfert hätte? Dann befände sie sich jetzt nicht in dieser demütigenden, unerträglichen Situation. Vielleicht wäre sie ärmer, wie einige der Mädchen, mit denen sie zur Schule gegangen war – aber was machte das schon, wenn man dafür seinen Mitmenschen noch ins Gesicht blicken konnte …

Sie seufzte in ihre Teetasse. Letzten Endes, so schien es, waren doch alle Männer aus demselben Holz geschnitzt. Alles, was es brauchte, damit das Tier der Triebhaftigkeit selbst im Gebildetsten, Schöngeistigsten unter ihnen den Kopf emporreckte, waren ein wenig Alkohol und ein Schuss Testosteron. Und womöglich ging es ihr ähnlich: Vielleicht konnte sie ihrem Schicksal ebenfalls nicht entrinnen.

Polternde Schritte auf der Treppe kündigten die Ankunft ihrer Jüngsten an. Brenda war erleichtert. Wenigstens war es nicht Mona, das ewig strahlende Phantom, das ihr auf Schritt und Tritt zu folgen und in jeder Ecke des Hauses gleichzeitig zu lauern schien. Bevor Jax die Küche betrat, richtete sich Brenda auf und versuchte so zu tun, als lese sie ihr Horoskop. »Jacqueline, mein Schatz, musst du nicht längst auf dem Weg in die Schule sein?«

Jax trat von einem klobig beschuhten Fuß auf den anderen und vermied es, ihre Mutter anzusehen. »Ich … hab ein bisschen Angst, Mum«, nuschelte sie schließlich.

Schockiert ließ Brenda die Zeitung sinken. Sie konnte sich nicht mehr daran erinnern, wann sich ihre Tochter zum letzten Mal vor etwas gefürchtet hatte. Schon als kleines Kind war sie diejenige gewesen, die ihre größere Schwester dazu hatte überreden müssen, im Schwimmbad die Wasserrutsche herunterzurutschen. Ohne zu zögern war sie kopfüber ins Becken gesprungen, bevor ihr aufging, dass sie noch gar nicht schwimmen konnte.

»Angst? Aber wovor denn?« Als ob ich das nicht wüsste …

»Alle starren mich immer so an …«

»Das hat dir bisher nie etwas ausgemacht«, bemerkte Brenda und musterte die aus PVC und schwarzer Spitze bestehende Garderobe ihrer Tochter.

»Da ging es auch nicht um Dad.« Jax ließ sich auf der anderen Seite des Küchentischs auf einen Stuhl plumpsen. »Oder nur darum, dass er Pfarrer ist. Das war blöder Kinderkram. Jetzt ist es … anders.«

Dass ihr Vater ein Mann Gottes war, hatte in Jax' Leben nie eine Rolle gespielt. Sie war nie das stille Pfarrerstöchterchen gewesen – so wie Belle –, sondern hatte überall Aufsehen erregt. Nun aber ließ ihre Kaltschnäuzigkeit sie im Stich. Sie fühlte sich plötzlich verwundbar – und hatte keine Ahnung, wie sie damit umgehen sollte.

»Dein Tee ist kalt«, murmelte sie.

»Ja, Schatz, ich weiß.«

Forschend musterte Jax das bleiche, angespannte Gesicht ihrer Mutter. Feine Linien um Augen und Mund fielen ihr auf, die vor ein paar Tagen noch nicht da gewesen waren. »Du hast genauso Angst wie ich«, stellte sie fest.

»Sei nicht albern, wovor sollte ich Angst haben?« Ich darf das nicht zulassen! Ich darf nicht zulassen, dass diese Familie auseinanderbricht, weil mein Mann vor Jahren einen leichtfertigen Fehler begangen hat! Brenda sammelte all die eiserne Entschlossenheit, mit der sie sich vor Jahren aus der Gosse befreit hatte, und blickte ihre Tochter unverwandt an. »Und du hast auch keine Angst.«

Jax blinzelte verdutzt. »Äh … *doch*. Das habe ich doch gerade gesagt.«

»Nein! Auf keinen Fall wirst du dich von dem Gerede der Leute einschüchtern lassen, hörst du? Annabelle und dein Vater sind beide wie jeden Morgen zur Arbeit gegangen. Sie haben keine Angst!«

»Wer's glaubt.«

»Vielleicht tief in ihrem Innern«, räumte Brenda ein. »Aber sie lassen nicht zu, dass andere ihnen diese Angst ansehen.« Sie atmete tief ein. »Und ich auch nicht. Es gibt nichts, absolut *nichts,* weswegen diese Familie sich schämen müsste, und wenn die Leute uns angaffen wollen, dann sollen sie es nur tun. Wir gaffen geradewegs zurück!« Sie schob ihren Stuhl zurück, stand auf und ergriff ihre Tasche. »Komm jetzt. Ich gehe einkaufen, und du gehst in die Schule!« Ihre Stimme wurde immer energischer, je mehr die alte Brenda in ihr die Oberhand gewann. »Und wenn irgendjemand es wagen sollte, dir dumm zu kommen, dann wird er sein blaues Wunder erleben!«

Erneut erklangen Schritte auf der Treppe. Wenige Sekunden später schwebte eine langbeinige blonde Göttin zur Küchentür herein. Brenda, gerade noch ein Bild der Entschlossenheit, sackte merklich in sich zusammen.

»Hallo, ihr beiden!«, zwitscherte Mona mit einem Lächeln, das all ihre blendend weißen Zähne entblößte. »Geht ihr aus? Dann lasst mich schnell meinen Mantel holen. Ich komme mit!«

Belle hatte mit ihren ganz eigenen Sorgen zu kämpfen. Sie mochte Kieran verziehen haben – aber verzeihen war nicht dasselbe wie vergessen, und sein Verrat vergaß sich nicht so leicht, wenn die Öffentlichkeit den eigenen Vater inzwischen »Schlawiner im Schwarzrock« oder den »geilen Gottesmann« getauft hatte und unablässig die geschmacklosesten Witze über ihn und seine ungebändigte Libido riss.

»Wie Gerry das bloß aushält«, sagte Kieran, als er und Belle gemeinsam durch die Stadt zum Haus ihrer Eltern schlenderten, wo sie zum Abendessen verabredet waren.

»Die Telefonanrufe, die ständigen Sticheleien ... Und wie sich einige seiner eigenen Gemeindemitglieder über ihn auslassen! Sie haben nichts Besseres zu tun, als die widerlichsten, schmutzigsten Lügen zu verbreiten. Menschen, die ihn schon seit Jahren kennen!«

»Dad scheint zu glauben, dass er es nicht anders verdient hat«, antwortete Belle, die mit gesenktem Kopf, die Hände tief in die Taschen ihres Anoraks vergraben, neben ihm herstapfte.

»So ein Schwachsinn.«

»Ich glaube, es hilft ihm, damit zurechtzukommen. Wenn er es als eine Art Strafe für seine Sünden betrachtet, kann er das Leid besser ertragen. Stell dir vor, er müsste einsehen, dass Gott ihn völlig ohne Grund, sozusagen aus einer puren Laune heraus in die Sch… – in diese Sache hineingeritten hat. Wie sollte er damit umgehen?«

»Hm«, machte Kieran zweifelnd. »Aber diese angebliche Strafe Gottes trifft nicht nur ihn allein, sondern seine gesamte Familie. Wie erklärt er sich das?«

»Keine Ahnung.« Belle zuckte mit den Schultern. »Er ist völlig durcheinander. Vor ein paar Tagen habe ich ihn zum ersten Mal in meinem Leben weinen sehen.« Sie blieb stehen, und ihre Hände ballten sich zu Fäusten. »Aber eigentlich wissen wir ja alle, wem wir diesen Mist zu verdanken haben!«

Kieran legte ihr mahnend die Hand auf den Arm. »Hack nicht immer auf Mona herum. Du weißt ganz genau, dass deine Verdächtigungen albern sind. Sie war es nicht, die in der Redaktion angerufen hat. Sie hat der Presse gegenüber kein Wort gesagt.«

»Jaja, ich weiß.« Belle setzte sich wieder in Bewegung. Ihr Atem hing in weißen Wolken in der frostklaren Luft. »Vielleicht bin ich ein *kleines* bisschen ungerecht zu ihr. Aber das ändert nichts an der Tatsache, dass das alles nicht passiert wäre, wenn sie in Australien geblieben wäre!«

»Dann hättest du nie deine zweite Schwester kennengelernt.«

Belle lachte bitter auf. »Eine Erfahrung, auf die ich gut hätte verzichten können.«

Kieran ließ seine Hand in Belles Jackentasche gleiten und umschloss ihre Finger. »Du bist ja ganz kalt«, stellte er fest. »Komm her, ich wärme dich.«

Die Wärme seiner rauen, starken Hand gab Belle Sicherheit, und zum ersten Mal seit Tagen fiel ein Teil der Anspannung von ihr ab. »Vielleicht sollte ich mir wirklich Mühe geben, Mona etwas besser kennenzulernen«, räumte sie schließlich ein.

»Immerhin ist sie deine Schwester.«

»Nur zur Hälfte. Ach, ich kann mir nicht helfen: Ich würde sie viel lieber mögen, wenn sie wieder in Australien wäre.« Sie bemerkte Kierans tadelnden Seitenblick. »Schon gut, sieh mich nicht so an. Ich werde mich zusammenreißen.«

Trotzdem kann ich es nicht erwarten, bis sie endlich wieder verschwunden ist, dachte sie bei sich. Und das ist die nackte Wahrheit.

»Vielleicht sollten wir einfach den Telefonstecker ziehen?«, schlug Brenda beim Abendessen vor.

»Du weißt genau, dass das nicht geht, Liebling«, sagte Gerry. »Ich muss im Notfall erreichbar sein.«

»Was ist mit Rufnummernerkennung?«, fragte Belle. »Es könnte nicht schaden, wenigstens zu wissen, wer anruft, bevor wir abnehmen.«

»Mag sein.« Gerry rieb sich die müden Augen. »Wir werden sehen.«

Mona häufte sich einen großzügigen Nachschlag Kartoffelpüree auf den Teller. Für ein Model haut sie ganz schön rein, dachte Belle, empfand dies allerdings als einen der sympathischeren Züge an ihrer neuen Halbschwester. »Das wird nicht lange so bleiben«, versicherte sie. »Die Wogen haben sich bald wieder geglättet, wartet nur ab.«

»Ich hoffe, du hast recht«, sagte Brenda und zwang sich mit schier übermenschlicher Kraft dazu hinzuzufügen: »Liebes, noch Möhrchen?«

»Danke, sehr gern.« Den Servierlöffel hoch erhoben, fuhr Mona fort: »Solche Geschichten sind heutzutage ruckzuck wieder vergessen. Ich weiß noch genau, wie es damals mit meiner Freundin Arlene war ...« Sie kicherte und brach ab. »Nun ja, vielleicht erzähle ich die Geschichte ein andermal. Sie ist ein wenig pikant. Wie dem auch sei, am Ende wurde alles gut – auch wenn der Koala in die Therapie musste.« Plötzlich machte sie ein ernsthaftes, geradezu feierliches Gesicht. »Trotzdem tut es mir unendlich weh zu wissen, dass ich solches Leid über euch gebracht habe.«

Belle knirschte mit den Zähnen. Brenda starrte angestrengt auf ihre Karotten. Kieran öffnete den Mund, um etwas zu sagen, überlegte es sich dann aber anders und schwieg. Nur Jax brach sofort eine Lanze für ihr neues Idol. »Ach Quatsch, das war nicht deine Schuld. Stimmt's, Dad?«

»Es war niemandes Schuld«, versicherte Gerry. »Und wir sind

sehr froh, in dir ein neues Familienmitglied gefunden zu haben, nicht wahr?«

Dass niemand darauf etwas sagte, schien Mona nicht zu stören. Unbeirrt fuhr sie fort: »Da fällt mir wirklich ein Stein vom Herzen. Ich habe euch nämlich eine Mitteilung zu machen.« Auf ihren Wangen lag ein rosiger Hauch, was ihre vollendeten Wangenknochen noch besser als sonst zur Geltung brachte. Sie genoss es, die erwartungsvolle Spannung am Tisch so lange wie möglich auszukosten.

»Fliegst du wieder nach Hause?«, fragte Brenda schließlich in die Stille hinein. Sie bemühte sich, nicht allzu hoffnungsfroh zu klingen.

Mona lächelte milde. »Das hatte ich ursprünglich vor, ganz recht ... aber da wir uns alle so gut verstehen, finde ich, dass ich euch unmöglich schon wieder verlassen kann – schon gar nicht, wenn ihr gerade eine so schwierige Zeit durchmacht. Euch beizustehen ist das Mindeste, was ich tun kann!«

Verflixt, dachte Belle. Ich weiß genau, was als Nächstes kommt.

Und richtig, da kam es:

»Deswegen habe ich beschlossen, mein Visum verlängern zu lassen.« Mona strahlte in die Runde. »So kann ich mir einen Job suchen und noch für eine Weile bei euch bleiben. Ist das nicht fantastisch? Dann haben wir Zeit, uns richtig kennenzulernen. Und rate mal, was das Beste ist, Belle. Ich kann sogar bei deiner Hochzeit dabei sein!«

Kapitel 8

Belle Craine zu sein war im Moment eine einsame, durch und durch undankbare Angelegenheit. Ihre Eltern hatten – verständlicherweise – andere Dinge im Kopf als das seelische Gleichgewicht ihrer ältesten Tochter, Jax scherte sich einen feuchten Kehricht um irgendetwas, es sei denn, es kam von Mona, Kieran überschlug sich immer noch vor Hilfsbereitschaft ihrer neuen

Halbschwester gegenüber, und ihre beste Freundin war Tausende Meilen weit weg.

Wenigstens die sporadischen Nachrichten von ihr waren ein kleiner Lichtblick. Gott sei Dank gab es Instant Messaging.

Eines Abends saß sie an Kierans Laptop und tippte emsig: »Hi, Ros, wie geht's? Wie gefällt dir NY?«

»Fantastisch, danke! Was gibt's Neues an der Heimatfront? Hab online den *Courant* gelesen – dein armer Dad!«

Mithilfe des Zwei-Finger-Such-Systems machte sich Belle daran, die ganze unselige Geschichte von ihrem Vater, seiner Affäre mit Rena und dem umwerfend attraktiven australischen Kuckucksei, das aus dem Techtelmechtel hervorgegangen war und nunmehr im Craine'schen Gästezimmer logierte, vor Ros auszubreiten. »Viele Gemeindemitglieder behandeln ihn wie Luft. Gott sei Dank, wenigstens (fast) keine Drohanrufe mehr ...«

Eine kurze Pause entstand, in der Ros die Information verdaute, dann: »Armer Gerry, arme Belle! Wie geht es den anderen?«

»Mum ist am Boden zerstört, lässt sich aber nichts anmerken. Jax betet Mona an! Kieran meint, ich soll netter zu ihr sein!!«

»Zu Jax???«

»Zu Mona, du Nudel! Ich versuche es, aber sie ist unausstehlich. Macht nix. Kieran ist sowieso nett genug für uns beide ...«

Als hätte er gespürt, dass von ihm die Rede war, trat Kieran von hinten an Belle heran. »Schlafenszeit, Prinzessin. Morgen ist ein Arbeitstag.« Er beugte sich vor und linste ihr über die Schulter, um zu lesen, was sie geschrieben hatte. »Was steht da über mich?«

»Nichts«, erwiderte Belle und löschte hastig das Geschriebene. »Und überhaupt – es ist unhöflich, anderer Leute E-Mails zu lesen!«

»Das ist doch gar keine E-Mail. Rutsch rüber, ich will auch mal.«

»Das hättest du wohl gern! Hau ab.«

»Ich sehe schon, Weib, da hilft nur eins: Ich werde dich nach allen Regeln der Kunst durchkitzeln müssen!«

Eine Zeitlang kabbelten und schubsten, kniffen und zwickten sie sich, um den winzigen Holzstuhl vor dem Computer zu erobern, bis sie schließlich Waffenstillstand schlossen und sich das Sitzmöbel brüderlich teilten, eine Pobacke pro Person.

»Belle … noch da?«

Kieran riss den Computer zu sich heran. »Und wie! Glaub kein Wort von dem, was sie über mich gesagt hat. Hundsgemeine Lügen! K.«

»Wie? Dann bist du doch nicht die Reinkarnation von Apoll???«

Er fluchte leise. »Miese Biester, ihr!«, tippte er.

Kurz darauf hatte Belle das Laptop zurückerobert. »Was machst du in NY?«, wollte sie von ihrer Freundin wissen.

»Hab einen Job gefunden!«, schrieb Ros zurück. »In einem Café. Hundert Prozent illegal, Geld bar auf die Hand. Ansonsten genieße ich das Leben – auch wenn es nicht so interessant ist wie das in Cheltenham!!«

Belle lehnte sich zurück und sah zu, wie sich das Textfenster auf dem Monitor mit Buchstabenkolonnen füllte. Es tat gut, mit Ros Neuigkeiten auszutauschen, aber manchmal kam ihr diese Form der Kommunikation noch schlimmer vor als gar kein Kontakt. Jedes ihrer »Gespräche« war so oberflächlich! Hätten sie zusammen in einem Raum gesessen, mit einer Flasche Wein und einer Rolle Pringles ausgerüstet, so hätten sie in einer halben Stunde alle Probleme dieser Welt lösen können.

Belles Schultern sackten merklich nach unten. »Vermisse dich, Ros.«

»Ich dich auch.«

»Muss jetzt Schluss machen. Kieran hat seinen Schlafzimmerblick aufgesetzt.«

»Du Glückliche! Nacht!«

»Nacht.«

Kieran sah seine Chance gekommen. Mit einem gezielten Hüftstoß schubste er Belle vom Stuhl und plumpste mit ihr auf den Küchenfußboden. Dort setzte er sich rittlings auf sie und strich ihr sanft die Haare aus dem Gesicht.

Er ist so unglaublich attraktiv, dachte Belle, und mit einem Mal wallte eine Welle der Lust und des Sehnens in ihr auf, die sie einmal mehr daran erinnerte, warum sie mit diesem Mann auf ewig zusammenleben wollte, bis dass der Tod sie schied, Amen. Genüsslich gab sie sich der Wärme seines starken Körpers hin. Dann ergriff sie sein Gesicht, zog es zu ihrem herunter und schloss seine Lippen in einem Kuss.

Ewigkeiten später löste er sich von ihr und murmelte atemlos: »Wie ich schon sagte, Prinzessin Annabelle, Zeit, ins Bett zu gehen.«

»Ach was«, wisperte Belle. »Wer braucht dazu schon ein Bett?«

Einige Abende später frönten Jax, Razor und ein paar ihrer gemeinsamen Freunde einer bei Teenagern besonders beliebten Freizeitbeschäftigung: dem verbotenen Konsum alkoholischer Getränke.

Nicht dass sich das Personal des Pubs mit dem klangvollen Namen Hairy Newt, in dem sich die Jugendlichen versammelt hatten, je die Mühe gemacht hätte, das Alter seiner Gäste zu kontrollieren. Zum Erfolgsgeheimnis der Kneipe gehörten billiges Bier, krawalltaugliche Möbel und ein Barkeeper, der keine Fragen stellte. Dass sich Menschen hier um den Verstand soffen, war nichts Außergewöhnliches, sondern machte, seit der Laden vor Urzeiten als echter Irish Pub seine Pforten geöffnet hatte, den »guten« Ruf des Etablissements aus.

»Noch einen Cider, Snooker?«, fragte Razor. Snooker hatte sich seinen Spitznamen vor einigen Jahren eingehandelt, als ihm im Zuge seines Akneleidens mitten im Gesicht eine eitrige Fistel von solch enormem Ausmaß gesprossen war, dass sie aussah wie eine rote Billardkugel.

»Du holst.« Snooker rülpste. »Ich glaube, ich steige auf Snakebite um. Danke, Alter.«

»Dann schuldest du ihm noch ein Pfund«, mischte sich Jax ein. Sie würde es nicht zulassen, dass man ihren gutmütigen Freund über den Tisch zog.

Widerwillig fischte Snooker in seiner Jeanstasche nach Kleingeld und zog mit einiger Mühe eine mit Fusseln bedeckte, klebrige Pfundmünze daraus hervor.

»Wir zwei Hübschen nehmen noch ein Archers, was, Jax?«, sagte Demi, eine zierliche Rothaarige in Skater-Hosen, die trotz ihrer sechzehn Jahre allenfalls für dreizehn durchgegangen wäre – und das nur mit reichlich Make-up. »Einige in dieser Runde haben nämlich Stil!« Sie ließ sich gegen die Lehne der Bank sinken und begann, haltlos zu kichern.

»*Einige* in dieser Runde«, bemerkte Jax, »haben ein bisschen zu viel getankt.« Sie hob ihr Glas und stürzte den Inhalt in einem Zug hinunter. »Egal. Besorg Nachschub, Razor. Heute Abend lassen wir es uns mal richtig gut gehen!«

»Was ist mit deinen Eltern?«, wollte Snooker wissen, während sich Razor gehorsam auf den Weg zur Theke machte. »Kriegst du keinen Ärger, wenn du betrunken nach Hause kommst?«

Jax zog auf eine Art die Nase hoch, die bedeuten sollte: »Was schert es mich, was die Alten sagen?« Dann sagte sie: »Dad hat andere Sachen im Kopf, und Mum sitzt nur rum und schiebt Frust. Außerdem habe ich ihnen gesagt, dass ich heute bei dir übernachte, Demi.«

»Ach so. In Ordnung.« Demi tastete die zahlreichen Taschen ihrer Hose nach ihrem Handy ab. »Dann rufe ich schnell bei meiner Ma an, um ihr Bescheid zu sagen.«

»Lass das, du Blödian!«, rief Jax lachend, während Razor zurück an den Tisch trat und seine Last abstellte. »Ich übernachte doch nicht *wirklich* bei dir.« Sie tauschte einen Blick mit Razor. »Razors Eltern sind für ein paar Tage in Wales. Sein Bruder ist da auf der Uni. Und wenn die Katze aus dem Haus ist …«

Razor wirkte ein wenig unsicher. »Ich hoffe nur, dass sie nicht früher als geplant zurückkommen.«

Jax rammte ihm die Faust in die Seite. »Meine Güte, Razor, wenn man dich hört, könnte man glatt meinen, du willst mich gar nicht vögeln!«

Wieder kicherte Demi. Snooker ließ ein dreckiges Lachen hören, und Razors Ohren nahmen die Farbe sehr alten, sehr teuren Rotweins an. Aber unter dem Tisch tastete Jax nach Razors Hand und drückte sie. Ihre Finger zitterten, wie Razor verblüfft feststellte – nur ein winziges bisschen, aber er konnte es deutlich spüren. Jax hätte es niemals zugegeben, aber der Ärger um ihre Familie war auch an ihr, der Unerschütterlichen, nicht spurlos vorübergegangen.

»Meine Eltern würden es garantiert rausbekommen, wenn ich mich die ganze Nacht rumtreibe«, murrte Demi.

»Tja, man kann das Leben nur genießen, wenn man bereit ist, Risiken einzugehen«, entgegnete Jax großspurig. »Das sagt meine Schwester Mona auch.«

»Oho. Du hast sie also schon adoptiert?« Snooker nahm einen

Schluck aus seinem Glas und wischte sich mit dem Handrücken über den Mund. »Vor Kurzem hast du ihr noch die Pest an den Hals gewünscht, weil sie daran schuld ist, dass du ständig dumm angequatscht wirst.«

»In der Schule hat Jax es ganz schön schwer«, pflichtete Razor ihm bei. »Ihr könnt euch gar nicht vorstellen, was einige der Penner ihr an den Kopf werfen.«

»Die Lehrer sind auch kein Stück besser«, warf Demi ein.

»Damit werde ich schon fertig«, sagte Jax trotzig. »Außerdem hat das mit Mona nichts zu tun. Sie ist, wer sie ist, dafür kann sie schließlich nichts. Schuld trägt allein die kapitalistische Presse. Blutsauger!« Nachdenklich drehte sie ihre Bierflasche hin und her. »Mona ist total in Ordnung.«

»Wäre sie auch in Ordnung«, wagte Razor zu fragen, »wenn sie kein Model wäre?«

Jax schnaubte. »Sie ist meine *Schwester,* Schwachkopf! Wir sind *Seelenverwandte.*«

»Halbschwester«, korrigierte ihr Freund sie. »Belle ist deine richtige Schwester, und mit ihr hast du dich ständig in den Haaren.«

»Belle ... Belle trägt Strickjacken! Das sagt doch alles.«

Jax' Gewittermiene hätte für Razor das eindeutige Zeichen sein müssen, dass er gut daran täte, den Mund zu halten, aber er wollte sich nicht einschüchtern lassen. Er war alles andere als streitsüchtig – bei seiner Freundin hätte er ohnehin immer den Kürzeren gezogen –, verfügte aber über ein ausgeprägtes Rechtsempfinden. Irgendetwas an Jax' beinahe unterwürfiger Bewunderung für Mona Starr ging ihm gehörig gegen den Strich. »Ich dachte, du kannst Models nicht ausstehen«, sagte er. »Hast du nicht neulich erst behauptet, sie seien hohlköpfige Marionetten und Spielbälle eines weltweiten Schönheitsdiktats? Hast du nicht gesagt, die Scheinwelt der Mode sei nur ein weiteres Mittel, die Massen zu versklaven?«

»Nein, habe ich *nicht!*«, bellte Jax scharf.

»Ich kann mich aber noch genau daran erinnern.«

Mit einem Ruck wirbelte sie zu ihm herum. Ihre Augen sprühten förmlich Feuer. »Wenn du nicht sofort den Kopf zumachst, Razor, rede ich nie wieder ein Wort mit dir, das schwöre ich!«

Er seufzte und fügte sich. Ein kluger Krieger wusste, wann er die Schlacht verloren hatte. Seine geliebte Jax gegen sich aufzubringen war ein zu hoher Preis. »'tschuldige. Ist ja schon gut. Mag noch jemand Erdnüsse?«

Die Tüte machte die Runde, und schon bald war der Frieden wieder hergestellt. Alle kauten einträchtig.

»In Australien ist es bestimmt wundervoll«, schwärmte Demi. »Im Fernsehen sieht es immer richtig toll aus. Bis auf die Krokodile, die Menschen fressen, und diese Schauergeschichten über Rucksacktouristen, die im Busch ermordet werden. Aber ich würde zu gern einmal einen Koalabär auf dem Arm halten!«

»Koalas sind keine Bären«, sagte Jax im Tonfall eines Menschen, der sich mit derlei Dingen auskennt. »Sondern Beutelsäuger. Und Mona hat gesagt, sie sind gar nicht so knuddelig, wie sie aussehen. Richtig gemeine Biester – außerdem stinken sie.«

»Trotzdem würde ich gern mal nach Australien fliegen«, beharrte Demi.

»Ich auch«, meldete sich Snooker.

Jax blickte selbstgewiss in die Runde. »Wenn ich Glück habe, lädt Mona mich ein«, sagte sie. »Irgendwann will sie ja zurück in ihre Heimat. Ich muss sie nur noch dazu kriegen, mich mitzunehmen.«

Razor verschluckte sich an einer Erdnuss. Nach ein paar kräftigen Schlägen auf den Rücken konnte er wieder sprechen. »Du hast mir noch gar nicht gesagt, dass du nach Australien gehen willst! Willst du denn nicht hier studieren?«

»Schon mal davon gehört, dass man ein Jahr Pause machen kann, du Einzeller? Wer weiß, möglicherweise werde ich auch von einem von Monas Kontakten aus der Modelbranche entdeckt und bleibe für immer dort ... Sie meint, ich hätte einen ungewöhnlichen Look, der zurzeit sehr gefragt ist.«

Der üblicherweise so ruhige Razor spürte eine Welle des Zorns in sich aufsteigen. »Ach so, jetzt wird mir einiges klar. Zum Beispiel, warum du ständig um sie herumschleichst. Nicht weil sie deine Schwester ist, deine *Seelenverwandte*, sondern weil du sie bequatschen willst, dich mit nach Australien zu nehmen! Ich muss schon sagen: Hut ab vor so viel Cleverness!«

»Nicht wahr?« Der Sarkasmus ihres Freundes prallte an Jax einfach ab.

»Eine Frage hätte ich allerdings noch«, fuhr er fort. »Gibt es in deinem ausgeklügelten Plan auch irgendwo ein Plätzchen für mich?«

»Wer bist du – dem Doof sein Sohn? Selbstverständlich!«

Dennoch – so ganz sicher war sich Razor trotz dieser Beteuerung nicht.

Als Belle, Kieran und Mona auf der Suche nach einem »echten englischen Pub« im Nieselregen durch die finsteren Gassen von Cheltenham streiften, führte sie ihr Weg rein zufällig auch am Hairy Newt vorbei.

»Sieht doch ganz nett aus«, sagte Mona vergnügt. »Wenigstens ist richtig was los da drinnen.«

Kieran und Belle brachen in schallendes Gelächter aus.

»Was ist denn? Habe ich etwas Dummes gesagt?«

»Du kannst es ja nicht wissen«, japste Kieran. »Aber das letzte Mal, als mein Freund Oz hier war, hat er sich Flöhe eingefangen!«

»Richtige Monster waren das«, fügte Belle hinzu.

»Rrrgh.« Mona verzog das Gesicht. »Dann versuchen wir es vielleicht doch lieber woanders.«

Sie waren nur wenige Schritte weitergegangen, als Belle plötzlich wie angewurzelt stehen blieb.

»Was ist?«, fragte Kieran, drehte sich um und kam zu ihr zurück.

Belle presste ihr Gesicht gegen die Fensterscheibe. »Komisch. Ich könnte schwören, ich hätte Jax da drinnen gesehen.«

»Ach Quatsch.«

»Wie viele Mädchen in Cheltenham haben neonblaue Haare?«

»Bestimmt nicht nur eines«, beruhigte Mona sie.

»Jax wollte doch heute bei einer Freundin übernachten«, warf Kieran ein. »Außerdem ist sie noch nicht alt genug, um in Kneipen zu gehen.«

Belle warf ihm einen mitleidigen Blick zu. »Ach. Hat dich das etwa davon abgehalten, dich mit sechzehn hemmungslos zu betrinken?«

»Was hast du vor? Willst du reingehen, sie überwältigen und an den Haaren herauszerren?«

»Verdient hätte sie es.« Belle zögerte für einen Moment, während sie sich die unangenehmen Folgen einer solchen Wahnsinnstat ausmalte: das Gezeter, die Rangelei, den Regen von Kraftausdrücken, der auf sie niederprasseln würde. Nein danke.

Sie zuckte mit den Schultern. »Was soll's? Aber Unterstützung kriegt sie von mir nicht, wenn sie um vier Uhr morgens mit einer Fahne ins Haus getorkelt kommt!«

»Kluge Entscheidung«, sagte Mona zustimmend. »Jeder Mensch sollte die Möglichkeit erhalten, aus seinen Fehlern zu lernen.«

»Sprichst du aus Erfahrung?«, fragte Belle und fügte, noch bevor sie ihrer vorwitzigen Zunge Einhalt gebieten konnte, spitz hinzu: »Oder machen Supermodels keine Fehler?«

Dies schien das Komischste zu sein, was Mona je gehört hatte. »Keine *Fehler?*«, kiekste sie. »Du liebes Lieschen! Männer, Geld, Mode, Partys, Schampus, noch mehr Männer, noch mehr Partys ... glaub mir, ich habe jeden Fehler gleich mehrmals gemacht! Alles aufs Kreuz gelegt, was zwei Beine hatte. Und zwar in mehr als einer Hinsicht, wenn du verstehst, was ich meine.« Ihr perlendes Gelächter hallte in der schmalen Straße wider. Einige Passanten drehten sich zu ihr um. »Aber gelernt habe ich rein gar nichts«, fuhr sie vergnügt fort. »Ich bin einfach zu impulsiv. Erst handeln, dann nachdenken – so ist das bei mir!«

Na, wunderbar, dachte Belle. Eine Frau wie sie ist gerade richtig, anderen Leuten Erziehungstipps für ihre jüngeren Schwestern zu geben.

Sie gingen weiter, und allmählich wurden die Straßen immer schäbiger. Irgendwann wies Kieran auf ein heruntergekommenes Gebäude auf der gegenüberliegenden Straßenseite. Eine zerrissene britische Flagge schlackerte an einem Fahnenmast über der Tür, und auf dem handgemalten Schild, dessen Farbe bereits zu einem Gutteil abgeblättert war, stand kaum lesbar: »Royal Shakespeare Tavern« und darunter, etwas kleiner: »ehemals Ye Olde Dog and Duck«. Den Dunst von Bier und Zigaretten, der dem Lokal entströmte, konnte man selbst bei geschlossener Tür aus zehn Metern Entfernung riechen.

»Nun?«, fragte Kieran. »Authentischer geht es nicht.«

»Fabelhaft!« In kindlicher Begeisterung klatschte Mona in die

Hände. »Einfach wundervoll. Vielen, vielen Dank, ihr beiden. Allein hätte ich so was bestimmt niemals gefunden!«

Wundervoll?, dachte Belle und runzelte die Stirn. Warte nur, bis du weißt, wie es drinnen aussieht. Zögerlich folgte sie Kieran, der bereits im Lokal verschwunden war. Hoffentlich gelang es ihr, lange genug die Luft anzuhalten.

Sean, der Barkeeper, war ein Mann vieler Tattoos und weniger Worte. »Was soll's sein?«, bellte er grob, kaum dass das Trio die Schwelle überschritten hatte. Dass er diese Frage jedoch nicht aus Dienstfertigkeit, sondern einzig aus einer gewissen aggressiven Langeweile heraus gestellt hatte, wurde den Neuankömmlingen klar, noch bevor sie sich gesetzt hatten. Abgesehen von zwei alten Männern, die in der Ecke Domino spielten, und einem struppigen Terrier, der auf dem Billardtisch ein Nickerchen machte, war der Pub menschenleer. Die millimeterdicke Staubschicht auf Möbeln, Bildern und Aschenbechern ließ darauf schließen, dass dies häufiger der Fall war.

»Tolle Atmosphäre«, sagte Mona, ehrlich begeistert.

Belle und Kieran sahen sich an und unterdrückten heldenhaft ein ungläubiges Lachen – von dem sie vermuten mussten, dass es den mürrischen Barkeeper noch mehr gegen sie aufgebracht hätte.

»Sehr authentisch.« Belle nickte heftig.

»Ich übernehme die erste Runde«, verkündete Mona. »Für dich ein Lager, richtig, Kieran?« Er nickte. »Also gut, zwei eiskalte Lager und … was nimmst du, Belle?«

»Einen kleinen Weißwein – oder nein, ich glaube, ich brauche einen großen.«

»Lager ist aus, Wein haben wir nicht«, brummte der Mann hinter dem Tresen.

»Oh. Na gut. Was können Sie uns denn sonst empfehlen?«

»Helles oder Dunkles.«

Mona blickte Kieran ratsuchend an. »Drei Helle«, entschied dieser. »Könnten wir ein paar Sandwiches oder ein Stück Pie dazu bekommen?«, fügte er hoffnungsvoll hinzu. »Ich habe einen Bärenhunger.«

Sean machte eine ungehaltene Handbewegung in Richtung einiger Tüten mit Schweinekrusten, die – selbstverständlich ebenso verstaubt wie der Rest der Einrichtung – an einem alten Pappstreifen befestigt über der Bar hingen. »Küche gibt's nicht.«

»Hm. Hätte ich mir denken können.«

Die drei zogen sich an einen Ecktisch zurück. »Tut mir leid«, sagte Kieran an Mona gewandt. »Wir trinken schnell aus, und dann sehen wir uns nach einer etwas angenehmeren Örtlichkeit um.«

»O ja«, sagte Belle flehentlich. »Wir sind erst seit zwei Minuten hier, und schon juckt es mich überall!«

»Bitte nicht! Ich finde es ganz fantastisch. In einer Kneipe wie dieser war ich noch nie! Es ist so wahnsinnig – *echt* hier. Nicht besonders gut besucht, aber ansonsten einfach wundervoll.« Mona nahm einen Schluck von ihrem Bier. »Oh. Die Kühlung muss ausgefallen sein. Es ist ja ganz warm.«

Belle beschloss, sie aufzuklären. »Das muss so sein. Ja, ich weiß, es schmeckt ekelhaft, aber echte britische Männer wollen es nicht anders.« Sie hielt ihr eine Tüte unter die Nase. »Schweinekrusten?«

»Gern.« Mona knabberte eifrig. »Ihr kennt wirklich keine Tabus, was? Frittierte Schweinehaut – ziemlich eklig, wenn man darüber nachdenkt, oder? Seht mal, ich habe an meiner sogar noch eine Borste gefunden! Hmmm, aber irgendwie lecker.«

»Bestimmt bist du als Model wesentlich Feineres gewöhnt«, sagte Kieran.

Lächelnd stellte Mona ihr Glas ab. »Ja und nein«, erwiderte sie. »Ich war in den schicksten Bars und Clubs in Sydney, und am nächsten Tag ging es zum Fotoshooting ins tiefste australische Outback, wo wir einen Eimer als Klo benutzen mussten. Ehrlich gesagt mache ich mir gar nicht besonders viel aus Luxus und Glamour. Ich bin am liebsten draußen in der freien Natur: surfen, laufen, klettern, Beachvolleyball, Fußball ...« Sie warf ihre goldene Mähne zurück und straffte den Busen. Belle glaubte aus dem Augenwinkel wahrnehmen zu können, dass einer der halb komatösen Dominospieler angefangen hatte, in sein Bier zu sabbern.

»Nichts ist berauschender als das Gefühl, körperlich in Topform zu sein. Wisst ihr, was ich meine?«

Es war unschwer zu erkennen, dass Kieran es sehr genau wusste. Jedes ihrer Worte schleckte er begierig auf wie ein Hündchen, das sich mit vor Erwartung zitternden Flanken über sein Leckerchen hermachte. Als sich Belle über den Tisch lehnte, um eine neue Tüte Schweinekrusten zu öffnen, trat sie ihm beherzt auf den Fuß. Kieran ächzte.

»Oje, warst du das? Verzeih, Schatz.«

»Belle interessiert sich nicht für Sport, nicht wahr, Liebling?«, sagte Kieran mit einem nachsichtigen Lächeln und rieb sich den Spann.

»Ganz und gar nicht. Ich weiß Besseres mit meiner Zeit anzufangen.« Hoffentlich würde Mona niemals von ihrem »Braut in Bestform«-Fitnesskurs erfahren, sonst würde sie sich den Rest ihres Lebens über sie lustig machen. »Wozu soll es gut sein, in der Gegend herumzuhecheln? Reine Zeitverschwendung. Man kann währenddessen viel besser Dinge tun, die Spaß machen!«

»Aber Sport *macht* Spaß!« Mona lachte. »Man wird geradezu süchtig davon, stimmt's, Kieran?«

»O ja«, antwortete er mit einem seligen Lächeln. »Und wie. Noch ein Bierchen?«

»Für mich nicht, danke«, sagte Belle säuerlich. Sie hatte ihr erstes Glas noch nicht einmal zur Hälfte ausgetrunken – und überhaupt.

Mona ließ sich natürlich nicht lange bitten. »Ausgezeichnet. Her mit dem Glas, Kieran. Ich hole Nachschub!«

Während sie sich auf den Weg zum Tresen machte und dort wartete, knöpfte sich Belle ihren Verlobten vor. »Liebling?«

»Hm?«

»Mona hat es dir wirklich sehr angetan, nicht wahr?«

»Wie kommst du darauf?«

»Sagen wir es so, Schatz«, flötete Belle mit süßlicher Stimme. »Wenn deine Zunge dir noch weiter aus dem Rachen hängt, wirst du über sie fallen, wenn du das nächste Mal aufs Klo gehst.«

»Oh«, sagte Kieran wie ertappt. »Es tut mir leid, Liebes.« Er neigte sich zu ihr und gab ihr einen Kuss. »Du bist die Einzige für mich, das weißt du doch. Es ist nur … sie sieht einfach umwerfend aus, findest du nicht auch?«

Darauf erhielt er keine Antwort.

Als Mona mit den Getränken zurückgekehrt war, begann sie,

von ihrer Arbeit zu erzählen. Selbst Belle musste – wenn auch widerwillig – zugeben, dass ihre Geschichten schrecklich aufregend klangen: ein Leben voller Luxus und Abenteuer. Ein kleines Detail jedoch wunderte sie.

»Warum kennt dich hier in England eigentlich niemand?«, wollte sie wissen.

»Ach …« Mona zögerte für einen Sekundenbruchteil. »Das liegt daran, dass – also, der Großteil meiner Arbeit war für … den australischen und südostasiatischen Markt. Bis vor wenigen Jahren hatte ich nicht einmal einen Reisepass.«

Belle musterte Mona kritisch. Erschien da ein kleiner Riss in ihrer Fassade? Warum druckste sie so herum? »Und wenn … wenn ich professionell geschminkt bin, würde mich ohnehin niemand wiedererkennen. Außerdem habe ich mich inzwischen mehr oder weniger zur Ruhe gesetzt. Ja.«

»Ein beneidenswertes Leben«, sagte Kieran bewundernd.

»Es ist harte Arbeit. Aber das Reisen macht mir unheimlich viel Spaß. Im Herzen bin ich ein Nomade.«

»Ich auch«, stimmte Kieran zu. »Nur Belle nicht.« Er legte ihr kurz den Arm um die Schulter und drückte sie. »Belle ist eine richtige Stubenhockerin, nicht wahr, Liebling? Du magst keine Abenteuer.«

»Danke vielmals«, gab Belle zurück. Wieso musste er sie so von oben herab behandeln? »Du redest über mich, als sei ich geisteskrank. Und wer hat behauptet, dass ich keine Abenteuer mag?«

»Aber Schatz, du weißt es doch so gut wie ich«, sagte Kieran mit sanftem Tadel in der Stimme. »Du gehst jeder Form von Aufregung und Gefahr aus dem Weg. Du hasst Herausforderungen. So war es schon immer.«

»Willst du damit sagen, dass ich langweilig bin?« Eine gewisse Schärfe hatte sich in Belles Tonfall geschlichen, was Kieran jedoch nicht zu bemerken schien.

»Natürlich nicht. Aber du hast es eben am liebsten bequem. Du magst es, wenn alles seine Ordnung hat. Habe ich recht?«

»Wenn du mich dermaßen gut kennst«, fauchte sie, »wieso fragst du dann überhaupt noch?«

Mona ging dazwischen. »Ruhig Blut, ihr beiden. Streitet euch nicht wegen solcher Kleinigkeiten. Die Welt wäre doch schrecklich öde, wenn alle Menschen gleich wären.«

»Eben«, sagte Kieran. »Ich liebe Belle, gerade weil sie so häuslich und bescheiden ist. Sie wird eine großartige Ehefrau sein. Und eine wunderbare Mutter.«

Bilder blitzten vor Belles geistigem Auge auf, als werfe ihr jemand in rascher Folge Schnappschüsse von ihrer Zukunft hin. Was sie darauf sah, gefiel ihr ganz und gar nicht. »Ich bin keine Zuchtstute!«, widersprach sie hitzig.

»Sei doch nicht so empfindlich.«

Belle war aufgesprungen. Das erste Mal in ihrem Leben ließ sie die Zügel schießen und erlaubte ihren Gefühlen, mit ihr davonzugaloppieren. Es war, so stellte sie fest, eine überaus befreiende Erfahrung. »Was auch immer du von mir denkst – *einen* Menschen gibt es jedenfalls, der davon überzeugt ist, dass ich zu mehr imstande bin, als bloß das treudoofe Weibchen zu spielen«, sagte sie laut. »Waylon möchte mich zur stellvertretenden Filialleiterin befördern!«

»Gratulation!«, rief Mona.

»Ursprünglich wollte ich sein Angebot ausschlagen, weil ich mit den Hochzeitsvorbereitungen und der Wohnungssuche schon genug zu tun habe. Aber ich glaube, ich habe meine Meinung soeben geändert. Danke, Kieran.«

»Oh«, war alles, was dieser dazu sagte.

»Natürlich werde ich unter der Woche länger arbeiten müssen, und freie Samstage gibt es auch nicht mehr – aber was macht das schon?«

Kieran versuchte, ihre Hand zu nehmen, doch sie schüttelte sie ab.

»Lass gut sein, Liebling. Du musst mir nichts beweisen.«

Belle sah ihm direkt in die Augen. »O doch, Kieran. Es sieht ganz so aus, als müsste ich das.«

Zumindest nach außen hin hatte sich Brenda Craines Leben allmählich wieder normalisiert. Sie hatte zu ihren alten Gewohnheiten zurückgefunden: Hausarbeit am Morgen, dann der Papierkram für Gerry, und nachmittags hin und wieder etwas Ehrenamtliches. Früher hatte sie davon geträumt, eines Tages eine eigene Boutique zu besitzen, aber dann hatte sie jung geheiratet und nie eine Ausbildung gemacht. Jetzt war es dafür weiß Gott zu spät. Selbst wenn sie sich irgendwo um eine Teilzeitstelle bewarb, um endlich ein wenig Selbstständigkeit zu erlangen – wo sollte sie arbeiten? Die Frau eines Pfarrers konnte schließlich nicht im Kittel an der Supermarktkasse sitzen – das war entwürdigend. Und Brenda Craine gab, wenn sie zwischen Geld und Achtbarkeit entscheiden musste, stets Letzterem den Vorzug.

Dennoch hatten die vergangenen Wochen Wunden in ihrem Inneren aufgerissen, von denen sie nicht wusste, ob sie jemals heilen würden. Denn noch immer spürte sie, sobald sie das Haus verließ, die Augen aller auf sich. Noch immer druckte die Zeitung hasserfüllte Leserbriefe ab, in denen sich Gemeindemitglieder über Gerrys »beschämendes Gebaren« empörten. Einige von ihnen waren sogar in andere Gemeinden abgewandert. Mrs Armitage war selbstverständlich immer noch emsig dabei, ihr Netz aus Halbwahrheiten, Andeutungen und Gerüchten zu spinnen, und Mona Starr machte keinerlei Anstalten, wieder zu verschwinden.

Das Schlimmste aber war, dass Gerry beharrlich schwieg. Mit niemandem sprach er über das, was vorgefallen war. Nicht einmal mit seiner Frau. Und das verletzte Brenda mehr, als sie in Worte zu fassen vermochte.

Eins war sicher: So schnell würde sie nicht vergessen, was er ihr angetan hatte.

Brenda wischte gerade um die turmhohen Papierstapel auf Gerrys Schreibtisch herum Staub, als das Telefon klingelte. Früher hatte sie gern Gerrys Sekretärin gespielt, seine Termine verwaltet und Kirchenfeste geplant. Es hatte ihr das Gefühl gegeben, einen wichtigen Anteil an der Arbeit ihres Mannes zu leisten. Jetzt aber blieb ihr jedes Mal fast das Herz stehen, wenn sie das schrille Läuten hörte.

Sie stählte sich. »Pfarrhaus St. Jude. Wie kann ich Ihnen behilflich sein?«

Eine näselnde Männerstimme antwortete ihr. »Hier ist Tom Anthony, der Sekretär des Bischofs. Könnte ich bitte mit dem Pfarrer sprechen?«

»Es tut mir leid, aber Gerry ist im Augenblick unterwegs. Ich bin seine Frau – möglicherweise kann ich Ihnen weiterhelfen?«

Eine kurze Pause folgte. »Ich fürchte nicht, Mrs Craine. Wären Sie bitte so freundlich, Ihrem Gatten auszurichten, er möge sich schnellstmöglich mit dem Büro des Bischofs in Verbindung setzen? Der Bischof wünscht ihn in einer dringenden Angelegenheit zu sprechen.«

Kapitel 9

Nachdem Belle ihre für die Party bei Mad Dog McKindrick infrage kommenden Kleider gut sichtbar an sämtliche freie Haken, Schrank- und Türknäufe gehängt hatte, war in ihrer winzigen Einzimmerwohnung noch weniger Platz als sonst.

Inzwischen war es ihr egal, dass sie in einem Schuhkarton wohnte, im Gegenteil: Sie freute sich regelrecht darüber. So hatte sie wenigstens eine ausgezeichnete Ausrede, warum sie Mona auf keinen Fall anbieten konnte, bei ihr einzuziehen.

Nicht, dass Kieran mit ihr in diesem Punkt einer Meinung gewesen wäre.

»Ich sterbe«, stöhnte er dramatisch, als er sich – soeben von einem besonders strapaziösen Training im Fitnessstudio zurückgekehrt – voll bekleidet auf Belles Bett fallen ließ.

»Erwarte bloß kein Mitleid von mir«, entgegnete Belle ungerührt, die mit einer großen Schüssel Eiscreme in der Hand aus der Küche trat. »Selbst schuld. Warum musst du auch krampfhaft versuchen, ihr zu imponieren? Albern, wenn du mich fragst.«

Er stützte sich auf dem Ellbogen ab. »Ich will ihr überhaupt nicht imponieren!«

Lächelnd tauchte Belle den Löffel in die Eiscreme. »Was du nicht sagst. Und weshalb dann all die zusätzlichen Trainingsstunden? Typisch Mann. Du kannst es nicht ertragen, von einer Frau besiegt zu werden.«

»Niemand besiegt mich! Ich sage dir, wenn wir das nächste Mal zusammen laufen gehen, wird mein Körper topfit sein!« Er hielt Belle seinen Bizeps unter die Nase. »Hier. Fühl mal.«

Belle tat, wie ihr geheißen. »Oh, weich wie Pudding«, neckte sie ihn.

»Pass bloß auf!« Er packte sie und zog sie zu sich aufs Bett. »An mir ist gar nichts weich, mein Fräulein Naseweis. Ich werde es dir auf der Stelle beweisen!«

»Pff! Leere Versprechungen.«

Belle wand sich vor Behagen, als Kieran langsam die Knöpfe ihrer Bluse zu öffnen begann. Dann hielt er urplötzlich inne. Statt sein Gesicht zwischen ihren einladend freigelegten Brüsten zu vergraben, starrte er gebannt über ihre Schulter hinweg. »Ich habe nachgedacht«, verkündete er dann, drehte sich auf die Seite und setzte sich auf. Belle blieb auf dem Rücken liegen. »Und zwar über den Einbauschrank dort drüben.«

»Es tut gut zu wissen, dass du mich auch nach all der Zeit noch unwiderstehlich findest«, sagte Belle ärgerlich. Der schöne Moment war dahin. »Jedenfalls fast so unwiderstehlich wie meinen Schrank. Und – was hat er, was ich nicht habe?«

»Er ist groß genug, dass man eine faltbare Matratze darin unterbringen könnte.«

Nicht schon wieder! »Und diese Matratze – die wäre nicht zufällig dafür da, dass Mona des Nachts ihr blondes Häuptlein darauf betten kann?«

»So wäre die Matratze tagsüber nicht im Weg. Und wenn es dir nachts zu eng wird, könnte Mona notfalls in der Küche schlafen.«

Belle verdrehte die Augen gen Himmel. »Zum letzten Mal, Kieran: Ich werde meine Wohnung *nicht* mit Mona teilen. Und bevor du auf noch dümmere Gedanken kommst«, fügte sie hastig hinzu, »*du* wirst es auch nicht tun, mein Lieber. Haben wir uns verstanden?«

Er sah sie vorwurfsvoll an. »Du weißt genau, dass ich so etwas niemals vorschlagen würde.«

»Wer weiß, wo du doch so verrückt nach ihr bist. Langsam habe ich die Nase gestrichen voll.«

»Was hat Mona denn …«

»Nicht von Mona. Von *dir!*«

»Ich versuche doch nur, eine Bleibe für sie zu finden. Etwas, das nicht allzu viel kostet. Du willst doch auch, dass deine Mutter entlastet ist«, verteidigte sich Kieran, bevor Belle ihn mit versteinerter Miene und ausgestrecktem Zeigefinger in die Küche schickte, wo er als Strafe für seine Sünden Kaffee kochen sollte.

»Wenn Mona tatsächlich ein so erfolgreiches Model ist, wie sie immer wieder behauptet, wieso um alles in der Welt braucht sie dann eine *billige* Bleibe?«, rief Belle ihm nach. »Warum mietet sie sich nicht einfach ein schickes Penthouse? Oder einen Flügel von Liz Hurleys Landsitz?«

Kieran suchte im Kühlschrank nach der Milch. »Liebes, es gibt ›erfolgreich‹ und es gibt ›mega-erfolgreich‹. Sie hat doch selbst gesagt, dass sie nur in Australien bekannt ist. Außerdem hat sie den Großteil ihrer Ersparnisse für die Krebstherapie ihres Stiefvaters geopfert. Sie denkt eben nicht nur an sich.«

»Hm. Sie kann viel erzählen.«

»Meine Güte, bist du misstrauisch! Hör doch mal hin, wenn sie über ihren Stiefvater spricht, dann merkst du sofort, dass sie ihn über alles geliebt hat. Ich wette, du glaubst sogar, die Mondlandung war ein Schwindel und Michael Jackson ist ein Außerirdischer.«

»Du etwa nicht? Es würde einiges erklären.«

Statt zu antworten, lenkte Kieran die Unterhaltung auf sein Anliegen zurück. »Es wäre sehr anständig, Mona bei dir wohnen zu lassen. Außerdem seid ihr Schwestern. Denk nur, wie schnell ihr euch näherkommen könntet.«

»Sich näherkommen ist nicht dasselbe, wie sich jeden Morgen im Bad gegenseitig auf die Zehen zu treten.«

Einen Augenblick lang herrschte Schweigen, dann tauchte Kieran im Türrahmen zum Wohnzimmer auf. »Warte mal. Ich habe eine noch bessere Idee!«

Belle seufzte resigniert. »Also schön. Heraus damit.«

»Warum ziehst du nicht jetzt schon bei mir ein? Dann kann Mona deine Wohnung übernehmen!«

»Kieran! Wie oft soll ich es dir noch sagen? Ich werde auf keinen Fall mit dir in wilder Ehe leben. Und bevor du fragst: Nein, ich bin *nicht* hoffnungslos altmodisch. Ich möchte nur vermeiden, Mum und Dad noch mehr Kummer zu bereiten, als sie bereits haben.«

»Aber für Mona wäre es die perfekte Lösung«, beharrte er. »Eine preiswertere Wohnung würde sie hier in der Gegend niemals finden.«

Das mochte der Wahrheit entsprechen. Dennoch hätten keine

zehn Pferde Belle dazu gebracht, nachzugeben – ganz egal, wie sehr ihr Verlobter sie auch anflehte.

»Mona hin oder her – ich möchte die Wohnung in jedem Fall noch für eine Weile behalten«, sagte sie fest.

»Aber warum? Bald werden wir sowieso einen gemeinsamen Haushalt gründen. Warum nicht schon jetzt? Was machen vier oder fünf Monate für einen Unterschied?«

»Wenn es so weit ist, kann ich sie immer noch aufgeben.«

»Manchmal verstehe ich dich wirklich nicht. Benimmst du dich nur so, weil du Mona nicht leiden kannst?«

»Nein«, sagte Belle aufrichtig. »Ich bin einfach noch nicht bereit dazu. Außerdem lasse ich mich nicht gern gängeln. Auch nicht von dir.«

»Früher warst du nie so hart«, grummelte Kieran. Er verschwand wieder in der Küche. »Liegt das an deiner Beförderung? Dann kann ich nur hoffen, dass du niemals Filialleiterin wirst. Du würdest mich womöglich mit Handschellen ans Bett fesseln, die Peitsche schwingen und mich zwingen, dir die unaussprechlichsten Wünsche zu erfüllen.«

Belle lachte leise. Dann ließ sie sich zurück aufs Bett sinken und legte sich verführerisch zurecht. »Ich würde dich zu einem glücklichen Mann machen. Also, was ist jetzt mit dem Kaffee? Oder darf es etwas Heißeres sein?«

Jax war noch mieser gelaunt als üblich. Und sie sorgte dafür, dass diese Tatsache niemandem verborgen blieb.

»Das ist schweinemäßig ungerecht«, beschwerte sie sich lautstark in der Pause bei ihren Freunden. »Ich weiß genau, dass er drei Einladungen bekommen hat. Warum kriege ich keine ab?«

»Hast du ihn nicht gefragt?«, fragte Demi, die genüsslich den Hummus von einer Stange Bleichsellerie schleckte.

Die schmerzhafte Erinnerung an diesen demütigenden Moment ließ Jax für einen Moment die Augen schließen. »Er meinte: ›Deine Mutter hat gesagt, du bist noch zu jung‹«, grollte sie. »Sie wolle nicht, dass ich in Schwierigkeiten gerate. So ein Scheiß. Ich und Schwierigkeiten!«

»Mütter sind Spielverderber«, bestätigte Snooker weise. »Das ist ihr Job.«

»Vielleicht hat Mona die dritte Einladung bekommen«, warf Demi ein.

Missmutig zerpflückte Jax ihr Brötchen. »So war es ursprünglich geplant, bis meine teure Schwester Belle verkündete, falls Mona zu der Party ginge, würde sie nicht mitkommen. Sie wolle nicht das fünfte Rad am Wagen sein. Typisch! Egoistische Mistkröte …«

»Ich kann sie verstehen«, sagte Demi. »Egal, wie viel Mühe man sich gibt – mit einem Model kann man nie konkurrieren. Sie würde sich den ganzen Abend fühlen wie das dicke, hässliche Mauerblümchen, das von niemandem zum Tanzen aufgefordert wird.«

»Es ist nicht Monas Schuld, dass sie Stil hat! Aber es spielt ohnehin keine Rolle, ob sie die Einladung bekommt oder nicht. Mona hat mir erzählt, dass sie die Band bei ihrer letzten Tour in Australien kennengelernt hat. Wenn sie zu Mad Dogs Party gehen will, muss sie einfach nur da aufkreuzen. Hoffentlich tut sie es«, fügte sie mit einem hämischen Grinsen hinzu. »Geschähe Belle ganz recht. Dumme Kuh.«

»Und was ist dann mit der dritten Einladung?«, hakte Snooker nach. »Sie hat sie nicht, du hast sie nicht – wer hat sie dann?«

Jax verzog das Gesicht. »Oz! Ein alter Schulfreund von Kieran. Totaler Streber, er ist Ety … Entono … was weiß ich, jedenfalls hat er beruflich mit Ungeziefer zu tun. Angeblich braucht er dringend eine Ablenkung, weil ihm sein jüngstes Betthäschen den Laufpass gegeben hat. Erbärmlich!«

Snooker rieb sich das Kinn, an dem drei flaumige rote Härchen sprossen. »Ungeziefer? War der Gitarrist von Afterlife nicht mal vor Gericht, weil er auf der Bühne lebende Kakerlaken gegessen hat? Dann ist dieser Oz ja in bester Gesellschaft. Er wird sich wie zu Hause fühlen.«

»Weiber«, klagte eine düstere Stimme vom Rücksitz. »Wer braucht sie schon? Bei den Wirbellosen weiß man wenigstens, woran man ist.«

»Sei endlich still, Oz«, sagte Kieran ungeduldig. »Auf der Party heute Abend wird es massenweise schöne Frauen geben. Das ist deine Chance! Es wäre geradezu kriminell, sie nicht zu nutzen.«

»Hör nicht auf ihn«, mischte sich Belle ins Gespräch. »Er will dich nur ärgern. Niemand zwingt dich zu irgendetwas. Tu einfach, wonach dir der Sinn steht. Mein Plan für den heutigen Abend steht jedenfalls schon fest: Ich werde mir den Bauch am Buffet vollschlagen und schamlos die Prominenten beglotzen.«

»Und ihre privaten Unterhaltungen belauschen«, fügte Kieran grinsend hinzu. »Für den Fall, dass irgendwo eine Geschichte für mich herausspringt.«

»Denkst du irgendwann einmal *nicht* an deine Arbeit?«, maulte Oz, offenbar fest entschlossen, nur ja keine gute Laune aufkommen zu lassen.

»Das will ich doch schwer hoffen«, antwortete Belle an Kierans Stelle. »Sonst kann er sich jemand anderen suchen, der ihm im Bett zu Willen ist.«

»Autsch! Bist du des Wahnsinns, Frau? Hör auf, mich zu kitzeln!«, schrie Kieran auf, als Belle ihm beherzt den Finger in die Rippen bohrte. »Lass mich! Ich kann mich so nicht konzentrieren. Ah, ich glaube da vorn ist die richtige Abzweigung!«

Sie bogen von der Hauptstraße in Richtung Ampney Bassett ab und folgten einem immer schmaler werdenden Weg, der sich zwischen malerischen Cottages dahinschlängelte. Oz versuchte, beim trüben Licht einer kleinen Taschenlampe die Karte zu lesen, während der Wagen über Buckel und durch Schlaglöcher holperte.

»Wohin jetzt?«, fragte Kieran ungeduldig. »Hallo? Ist der Navigator eingeschlafen?«

Oz kratzte sich mit der Taschenlampe am Kopf. »Du müsstest den Weg doch kennen«, sagte er ausweichend. »Schließlich warst du schon mal hier.«

»Da war es helllichter Tag. Im Dunkeln sieht alles ganz anders aus.«

»Oh, warte mal.« Oz raschelte umständlich mit der riesigen Straßenkarte. »Ich glaube, ich habe das Ding die ganze Zeit falsch herum gehalten.«

Kieran stöhnte. Belle drehte sich auf ihrem Sitz um und warf einen Blick auf den Plan. »Halt die Lampe still, Oz … hm, der rote Fleck, den du eingekreist hast, ist das Bassett Hall?« Sie wandte sich wieder nach vorn und spähte angestrengt in die Dunkelheit hinaus. War da hinten nicht eine Abzweigung zu sehen?

»Die nächste rechts und dann über die Brücke«, befahl sie schließlich energisch. »Danach immer geradeaus. Ha! Wer wollte da noch behaupten, Frauen könnten keine Karten lesen?«

»Noch sind wir nicht angekommen«, gab Kieran zu bedenken.

»Ach, halt den Schnabel und gib Gas.«

Etwa zur selben Zeit, als Belle, Kieran und Oz die baumgesäumte Einfahrt von Bassett Hall erreichten, tauchte eine schattenhafte Gestalt aus einem Rhododendronbusch auf der Rückseite des imposanten Gebäudes auf.

»Gästeliste! Dass ich nicht lache«, schimpfte Mona halblaut.

Wie geplant hatte sie pünktlich zu Beginn der Party auf der Schwelle gestanden. In einem goldenen Paillettenkleid und schwindelerregend hohen Stöckelschuhen wirkte sie mindestens so majestätisch wie die Königin von Saba, und dementsprechend hatte sie fest damit gerechnet, ohne Umschweife in Mad Dogs heilige Hallen vorgelassen zu werden.

Einer der kahlrasierten Gorillas am Eingang zückte seine Kladde. »Name?«

»Mona Starr, aber sparen Sie sich die Mühe. Mein Name steht nicht auf der Liste«, schnurrte sie.

»Wer nicht auf der Liste steht, bleibt draußen«, entgegnete der Gorilla schlicht.

»Aber ich bin eine enge Freundin der Band. Sagen Sie McKindrick, dass ich hier bin.«

Argwöhnisch musterte der Gorilla sie von oben bis unten. Er grübelte einen Moment lang und beschloss schließlich, auf Nummer sicher zu gehen und ihren Wunsch zu erfüllen. »In Ordnung. Aber Sie warten so lange hier, verstanden? Rühren Sie sich nicht vom Fleck.«

Gehorsam blieb Mona zu Füßen der zwei Meter hohen steinernen Greife stehen, die das Portal zu beiden Seiten flankierten. Hin und wieder zeigte sie einem der männlichen Gäste, die von dem zweiten Türsteher ins Haus gelassen wurden, ein strahlendes Lächeln. Einige Exemplare waren wirklich ausgesprochen appetitlich anzusehen. Sobald sie drinnen war, würde sie sich daranmachen, den einen oder anderen von ihnen näher kennenzulernen. Eins wusste sie aus Erfahrung: Wenn sie ihre Aktivposten im rechten Licht darstellte, waren die meisten Menschen – zumindest die männlichen – einer Kontaktaufnahme keineswegs abgeneigt.

Der Gorilla kehrte mit finsterer Miene zurück. Seine schwarzen buschigen Brauen, die über der Nasenwurzel zusammengewachsen waren, wölbten sich über bedrohlich funkelnden Knopfaugen. »Hat nie von Ihnen gehört«, verkündete er knapp und knackte mit den Fingerknöcheln. »Also, meine Hübsche. Verschwinden Sie freiwillig, oder soll ich Sie persönlich vom Grundstück begleiten?«

Die Begegnung war reichlich erniedrigend gewesen, aber so leicht gab Mona Starr nicht auf. Zehn Minuten nachdem sie ihren Wagen die Einfahrt hinunter gelenkt hatte, fuhr sie heimlich um das Haus herum und parkte auf einem Pfad, der unmittelbar an der rückwärtigen Grundstücksgrenze von McKindricks Anwesen vorbeiführte.

Die Mauer dort war fast vier Meter hoch, aber für eine sportliche Person wie Mona stellte sie kein nennenswertes Hindernis dar. Zwar musste sie ihr Minikleid, damit es während der Klettertour nicht zu Schaden kam, um die Hüften raffen und in ihren Stringtanga stopfen und die Stilettos zwischen den Zähnen transportieren, aber nach zwei Anläufen hatte sie es geschafft. Sie war oben!

Wenige Sekunden später war sie auf der anderen Seite der Mauer hinuntergeklettert und schlich in Richtung des fröhlichen Lärms, der durch die geöffneten Fenster des Hauses in den Garten drang. Keine weiteren fünf Minuten waren vergangen, und sie stärkte sich nach den überstandenen Strapazen im großen Ballsaal an Champagner und Kanapees. Während sie die erotischen Deckengemälde bewunderte, plante sie ihr weiteres Vorgehen.

»Oh … wow!« Sobald Belle, Kieran und Oz die Türsteher passiert hatten, blieb Belle in der marmornen Eingangshalle stehen und drehte sich langsam einmal im Kreis. Vor Staunen gingen ihr fast die Augen über. »Schau dir diesen Palast an!«

Kieran trat neben sie. »Unglaublich, nicht wahr?« Er legte den Kopf in den Nacken und sah hinauf zum gläsernen Kuppeldach. »Aber die Fenster da oben möchte ich nicht putzen müssen.«

»Nur du kannst bei diesem Anblick an so etwas denken.«

Die drei folgten dem Klang der Musik und des fröhlichen Gelächters und traten in den riesigen, über und über mit Wandgemälden und vergoldetem Stuck verzierten Ballsaal. Das ist kein Haus, dachte Belle, sondern ein Kunstmuseum. Sie jauchzte übermütig.

»Was ist los?«, wollte Kieran wissen.

»Ich habe mir nur gerade versucht vorzustellen, wie ich in meinem Schlafanzug auf dem Diwan da vorn liege, Choco Crispies löffle und *Coronation Street* im Fernsehen anschaue.« Kieran sah sie stirnrunzelnd an. »Genau. Das habe ich auch gedacht. Ich fürchte, ich bin für das Leben einer Adligen nicht geschaffen. Schade.«

»O Mann«, sagte Oz, der mit einiger Verspätung hinter ihnen hergetrottet kam. Man sah ihm an, dass er sich sehr unwohl fühlte. »Habt ihr das stille Örtchen schon gesehen?«, flüsterte er. »Die Brillen sind vergoldet! Was, wenn man sich hinsetzt und etwas von dem Gold bleibt am Allerwertesten hängen – ist das dann Diebstahl?«

Kieran warf ihm einen mitleidigen Blick zu.

Belle lachte. »Das Haus ist einfach der Wahnsinn!« Sie packte Kieran und gab ihm einen dicken Schmatzer auf den Mund. »Und du bist der Held des Abends, weil du uns eine Einladung besorgt hast. Stimmt's, Oz?«

Doch dieser war wie betäubt weitergeschlendert, vorbei an zwei Mitgliedern der Sugababes und mehreren weiteren bemerkenswert wohlproportionierten und spärlich bekleideten Popsternchen, die er gar nicht wahrzunehmen schien. Nun presste er seine Nase wie hypnotisiert gegen eine Glasvitrine, in der einige sehr seltene Schmetterlinge aufgespießt waren, die ein Schulfreund von Charles Darwin vor langer, langer Zeit im Amazonasregenwald gefangen hatte.

»Für seine Abendunterhaltung wäre damit gesorgt«, stellte Belle lächelnd fest.

Kieran schüttelte den Kopf. »So weit kommt es noch! Ehrlich, langsam bringt mich der Junge zur Verzweiflung. Da serviert man ihm das Beste, was Gloucestershire an nacktem Fleisch und hemmungsloser Ausschweifung zu bieten hat – und was macht er? Er schaut sich tote Motten an!«

»Lass ihn. Es ist doch ganz egal, wen oder was er anschaut, solange er sich amüsiert.«

Belle jedenfalls amüsierte sich großartig. Resolut zerrte sie Kieran zum Buffet, um sich mit Häppchen und Champagner zu versorgen. »Ich dachte, Mad Dog will feiern, dass er vom Alkohol los ist«, sagte sie und starrte nachdenklich ihren Roséchampagner an, bevor sie ihn in einem Schluck hinunterstürzte.

»Das tut er auch. Siehst du den Mann dort hinten, mit dem Glas Orangensaft in der Hand? Das ist er.«

»Du grüne Neune, er ist ja ein Koloss! Und ganz schön behaart ...«

»Vermutlich hat er geglaubt, es würde niemand kommen, wenn er nichts Anständiges zu trinken anbietet – ganz zu schweigen von ... diversen anderen psychogenen Substanzen.«

»Wie kommt er denn darauf?« Belle lachte schallend. »Die meisten Menschen würden einen Mord begehen, um eine Einladung in die Finger zu bekommen. O mein Gott, sieh mal – da drüben! Ist das nicht ...?«

»Richtig. Also vergiss nicht zu knicksen, falls sie kommt und Hallo sagt.«

Genau in diesem Augenblick ertönte eine altbekannte Stimme direkt hinter ihnen – eine Stimme, die man unmöglich überhören konnte, sosehr man es vielleicht auch wollte.

»Unsinn, Kinder! Vor mir muss doch niemand knicksen!«

»Sch...«, knurrte Belle halblaut, hievte mühevoll ein etwas verunglücktes Lächeln auf ihr Gesicht und drehte sich langsam um.

»Mona, hallo! Du bist doch noch gekommen! Jax meinte, du hättest es dir anders überlegt.«

»Ach, weißt du ...«, Mona pulte sich mit einem Cocktailspießchen ein Stück Olive zwischen ihren Schneidezähnen hervor. Selbst dabei sah sie elegant aus. »Ich halte nicht viel von diesen Showbiz-Partys – immer dieselben Leute –, aber für meinen alten Freund Mad Dog mache ich selbstverständlich eine Ausnahme.« Sie winkte ihm quer durch den Saal und warf ihm eine Kusshand zu, die er mit einem Lächeln und einem in die Höhe gereckten Daumen quittierte. Na also. Seinen leicht irritierten Gesichtsausdruck beachtete sie nicht weiter. Wen kümmerte es, wenn er sich nicht mehr an sie erinnerte? Er würde sie schon noch kennenlernen. Mona wackelte mit ihrem hübsch verpackten Hinterteil und reckte ihre Oberweite vor. »Und? Was sagt ihr zu meinem Outfit?«

»Der Hammer«, sagte Kieran und nickte enthusiastisch.

»Sehr ... dezent«, bemerkte Belle schneidend und schloss die Lider. Es fehlte noch, dass sie durch die vielen aufdringlich glitzernden Pailletten ihr Augenlicht verlor.

Mona stutzte, dann schlug sie Belle die Hand auf den Rücken und brach in wieherndes Gelächter aus. »Du bist eine Wucht, Schwesterlein, weißt du das?« Aus dem Augenwinkel sah sie, wie zwei vollbusige Seriendarstellerinnen Kurs auf Mad Dog nahmen. »Und jetzt entschuldigt mich, ihr beiden. Ich muss euch leider verlassen. Ich glaube, Mad Dog möchte sich mit mir unter vier Augen unterhalten.«

Es war mit Abstand der merkwürdigste Abend, den Belle je erlebt hatte. Nicht, dass es in ihrem Leben bisher besonders viele Merkwürdigkeiten gegeben hätte, aber sie wusste genau, dass manche Dinge nur einmal im Leben passierten – wenn überhaupt. Wie oft hatte ein Normalsterblicher die Gelegenheit, nackte Feuerschlucker zu bewundern? Oder männliche Bauchtänzer? Oder Sting, der kurz vorbeischaute, um mit dem Gastgeber gemeinsam eine Karaokeeinlage zu geben? Der Schokoladenbrunnen war vielleicht ein wenig albern, aber der andere, aus einem einzigen Block Eis geschnitzt, aus dem munter Roséchampagner hervorsprudelte, kam ihr vor, als sei er direkt aus dem Schlaraffenland eingeflogen worden.

Kaum zu glauben, dass einige Menschen – so wie ihre Halbschwester Mona – immer so lebten. Belle schüttelte fassungslos den Kopf. Für mich wäre das nichts! Oder vielleicht doch? Schließlich konnte man sich an alles gewöhnen. Der eisgekühlte Champagner jedenfalls glitt bereits so selbstverständlich ihre Kehle hinab, als hätte sie nie etwas anderes getrunken.

»Kieran«, sagte Oz, während die beiden sich schwer gegen Mad Dogs silbernen Steinway-Konzertflügel sinken ließen.

Kieran blinzelte mühsam. »Was?«

»Sind wir vielleicht ein bisschen – blau?«

»Ach wo.«

»Ich dachte, du wolltest heute Abend nichts trinken.«

Kieran musterte das Glas in seiner Hand und rülpste. »War nur ein Schluck.«

»Wo sind Belle und Mona?«

Kieran drehte sich schwankend um. Mühsam bekam er den Zipfel einer vagen Erinnerung zu fassen. Mona und Mad Dog und … ein Wasserbett? »Keine Ahnung. Weiß nicht.«

»Kieran?«

»Was?«

»Ist das nicht Belle da drüben, mit dem Cowboy in den pinkfarbenen Hosen?«

»Hm.« Kieran nickte trübsinnig. Warum ist sie nicht hier, bei mir?, dachte er missmutig. Das stünde ihr besser an, als mit wildfremden Männern zu Diskomusik in der Gegend herumzuhopsen. Sie gehört mir! »Mir ist langweilig«, verkündete er und blickte in sein leeres Glas. »Lass uns noch etwas trinken.«

Gesagt, getan.

Als sich Belle eine Stunde später, vom Tanzen erschöpft, auf die Suche nach den beiden machte, fand sie sie in tiefem Schlummer unter dem Flügel vor. Sie waren sturzbetrunken und schnarchten, als gelte es, den tropischen Regenwald abzuholzen.

Vielen Dank, Kieran! So viel also zu deinem Versprechen, uns nach Hause zu fahren. Seufzend fischte sie das Handy aus ihrer Handtasche und wählte die Rufnummer der Taxizentrale. Du wirst dich noch wundern, mein Lieber, dachte sie grimmig. Rate mal, wer das bezahlen darf!

Kapitel 10

Das Leben ist bekanntlich nicht immer fair. Und so kam es, dass Belle am nächsten Morgen ein mörderischer Kater plagte, während Kieran lediglich mit einem unstillbaren Durst und Heißhunger auf Speck, Würstchen, Eier und buttertriefendes Toastbrot aufwachte.

Mit schmerzverzerrtem Gesicht und schwankenden Schrittes schlurfte Belle in der Küche seiner Wohnung umher. Nur keine raschen Bewegungen! Außerdem musste sie sich dazu zwingen, nicht durch die Nase einzuatmen. Ein zweites Mal wollte sie sich beim Geruch der in der Pfanne brutzelnden Würstchen nicht übergeben müssen.

»Tja, so ist das, wenn man keinen Alkohol verträgt«, sagte Kieran unbekümmert und machte sich mit Genuss über sein reichhaltiges Frühstück her. Er schlang und schaufelte, als habe er seit einer Woche nichts mehr gegessen.

»Ich habe höchstens drei Gläser Champagner getrunken! Und überhaupt – heißt es nicht, einen Kater bekommt man nur von dem billigem Zeug?«

Kieran kaute. »Das ist doch bloß ein Werbetrick, damit alle den teuren Champagner kaufen. Sieh es ein, Süße, du verträgst einfach keinen Alkohol. Deswegen« – nachdrücklich wedelte er mit seinem Messer in der Luft herum – »hast du dich gestern Abend auch so aufgeführt.«

»Aufgeführt!« Belle wirbelte herum, zuckte im nächsten Moment vor Schmerz zusammen und hielt sich den pochenden Schädel. »Ich habe mich noch nie in meinem Leben *aufgeführt*. Was ist das überhaupt für ein Wort? Wovon redest du?«

»Von deinem Benehmen auf der Party«, gab Kieran mit vollem Mund zurück. »An jeden Mann hast du dich herangeschmissen. Du bist herumgesprungen wie von der Tarantel gestochen.«

»Ich habe mich bloß amüsiert!«

»So kann man es auch nennen«, erwiderte er trocken. »Das hast du jedenfalls jetzt davon. Frauenkörper können Alkohol einfach nicht schnell genug abbauen. Bei Männern ist das anders. Alles eine Frage der Körpermasse. Sieh mich an! Mir geht es blendend!«

Er klang so selbstgefällig, dass Belle nur mit Mühe ein Lachen unterdrücken konnte. »Du hast wie immer recht. Ich verstehe vollkommen.« Sie nickte. »Und als ich dich und Oz schnarchend unter dem Flügel gefunden habe, da wart ihr einfach …«

»In kontemplative Stille versunken«, beendete Kieran den Satz für sie. »Sind noch Würstchen da?«

Belle hielt die Luft an, griff nach der Pfanne – die sie ihm am liebsten über den Schädel gezogen hätte – und legte ihm das letzte Würstchen auf den Teller. »Kontemplative Stille«, wiederholte sie. »Und ich Dummchen dachte tatsächlich, ihr wärt sturzbesoffen.«

Er grinste. »Dummchen. Du sagst es.«

»Freu dich nicht zu früh.« Belle lachte und kramte in der Tasche ihrer Jeans nach einem Stück Papier. »Ich habe noch ein Ass im Ärmel.«

Er sah auf. »Ach ja?«

»Und ob. Zweiunddreißig fünfzig!« Damit legte sie ihm die Taxiquittung neben den Teller, direkt in einen Klecks Tomatenketchup. »Deine Schulden bei mir. Für die Heimfahrt.«

Einige Stunden und zwei Aspirin später zogen sich Belle und Kieran an und machten sich auf den Weg nach St. Jude.

Kieran weidete sich noch immer an Belles Unwohlsein. Eine solche Gelegenheit musste man ausnutzen – schließlich waren die Rollen üblicherweise genau andersherum verteilt.

»Hmm, Yorkshire Pudding!«, rief er und schnupperte gierig in die Luft. »Außerdem bin ich sicher, dass ich schon den Braten rieche, den deine Mutter im Ofen hat.«

Belle sah ihn mitleidig an und versuchte gleichzeitig, nicht daran zu denken, was die Vorstellung eines fetten Essens mit ihrem geplagten Magen anrichtete. »Schatz, das bildest du dir ein. Wir sind erst im Park.«

»Ich habe eine sehr empfindsame Nase«, sagte Kieran und wackelte mit seinem Geruchsorgan, um seiner Aussage Nachdruck zu verleihen.

»Sicher.«

»Jawohl«, beharrte er. »Ich rieche Roast Beef und Bratensoße und Möhren und Pudding und …«

»Wie komisch«, bemerkte Belle trocken. »Meine Mutter hat gesagt, es gibt Fischpastete.«

Das brachte ihn zum Schweigen – allerdings nicht lange. Schon bald fing er an, von einer Fischpastete zu berichten, die er einst in Cornwall in einem Pub gegessen hatte. »Gerochen hat die! Ich habe mich gefragt, ob sie wohl ranzig war. Und oben schauten noch die ganzen Fischköpfe heraus, mit Augen und allem Drum und Dran.«

Belle blieb nichts anderes übrig, als ihm eins mit ihrer Handtasche überzuziehen.

»Au!«

»Geschieht dir ganz recht.«

»Hilfe!«, brüllte Kieran aus vollem Hals. »Zu Hilfe! Ich werde von einer Wahnsinnigen angegriffen! Warum hilft mir denn niemand?«

Aus dem Augenwinkel nahm Belle eine Bewegung hinter dem Vorhang von Mrs Armitages Flurfenster wahr. Oder hatte sie sich das bloß eingebildet? »Hör auf!«, zischte sie. »Was sollen die Leute denken?«

Dennoch knufften und stießen sie sich spielerisch noch eine Weile lang, bis schließlich das Pfarrhaus in Sicht kam.

»Jetzt benimm dich endlich!«, rief Kieran.

Belle streckte ihm die Zunge raus und machte Anstalten, ihn in den Allerwertesten zu kneifen. Dann jedoch erstarrte sie mitten in der Bewegung. Beide blieben stehen, gefesselt vom Anblick einer riesigen Limousine, die auf der Straße vor dem Haus parkte. Es handelte sich um einen vergoldeten Rolls-Royce – die Art von Wagen, die man in der Gegend eher selten zu Gesicht bekam, es sei denn im Rahmen einer ausgefallenen Mottohochzeit. Vorn auf der Motorhaube thronte eine glupschäugige – ebenfalls goldene – Bulldogge. Das Nummernschild lautete MAD 20 G.

»He«, sagte Kieran und wies auf das Gefährt. »Ist das nicht …«

Bevor Belle noch Gelegenheit hatte, ihm zu antworten, dass es in der Tat Mad Dog McKindrick sei, der hinter dem Steuer des gewaltigen Straßenkreuzers saß, kam eine Gestalt in einem engen pinkfarbenen Jogginganzug die Stufen vor der Haustür hinabgehüpft. Es war Mona. Sie trug eine bis obenhin vollgepackte Reisetasche.

Für den Bruchteil einer Sekunde jubelte Belle innerlich. Sie zieht aus! Mona zieht aus und nistet sich bei Mad Dog ein!

»Hallo, ihr beiden!«, rief Mona fröhlich und warf Mad Dog vom Gehweg aus eine Kusshand zu. »Na, Kieran? Den Rausch ausgeschlafen?«

Der Angesprochene errötete. »Ich weiß nicht, wovon du sprichst. Wohin soll es denn gehen? Wollt ihr durchbrennen und heimlich heiraten?«

Mona brach in schallendes Gelächter aus und boxte Kieran so heftig in den Magen, dass er ein paar Sekunden lang keine Luft mehr bekam. »Ach, ich liebe euren britischen Humor!«

»Also brennst du nicht durch?«, fragte Belle enttäuscht.

»Ach wo! Mad Dog hat mich bloß gebeten, ihm ein paar Tage Gesellschaft zu leisten, nichts weiter.« Sie musste Belles enttäuschtes Gesicht bemerkt haben, denn sofort fügte sie hinzu: »Keine Bange, Schwesterlein. Zu deiner Anprobe bin ich wieder zurück.«

»Meine … was?«, stammelte Belle.

»Deine Anprobe nächste Woche. Das Brautkleid! Ich habe gedacht, bestimmt möchtest du, dass ich dabei bin. Ich kann dir ein paar erstklassige Tipps geben! Außerdem ist es doch so Brauch, nicht wahr? Also hab ich Brenda gefragt, und sie hat mich genauestens über alle Termine informiert, ist das nicht toll? Außerdem habe ich keine Zeit, länger Urlaub zu machen. Ich muss mir schließlich noch einen Job suchen.«

»Und eine eigene Wohnung«, fügte Belle hoffnungsvoll hinzu.

»Ach was, deine Eltern haben mir erlaubt, im Pfarrhaus zu bleiben, solange ich will. Ist das nicht nett von ihnen? Ich bin so froh! Mir gefällt es so gut hier, dass ich am liebsten nie wieder weg möchte!«

In diesem Augenblick drückte Mad Dog auf die Hupe. Aus dem Maul der Bulldogge, in dem ein winziger Lautsprecher untergebracht sein musste, erscholl ein heiseres Bellen.

»Oje, ich glaube, er wird langsam ungeduldig. Ein Sekündchen, Baby, ich bin gleich bei dir!« Mona hob ihre Reisetasche vom Boden auf und schwang sie sich über die Schulter, als wöge sie nicht mehr als eine Feder. »Bis bald, ihr beiden. Und bleibt anständig, verstanden? Tut nichts, was ich nicht auch tun würde!«

Das schränkt uns nicht sehr ein, dachte Belle, während Mona gazellengleich in den Wagen sprang und der goldene Straßenkreuzer sich langsam entfernte.

Brenda war nicht gerade in Bestform. Ihre Pastete schmeckte wie Gummi, und ihr legendärer Brotpudding war so zäh, dass man ihn selbst unter Zuhilfenahme mehrerer Schaber und Löffel kaum dazu bringen konnte, sich aus der Form zu lösen. Während des Essens war sie schweigsam und in sich gekehrt und fragte lediglich einmal mechanisch in die Runde, ob Nachschlag gewünscht sei. Dies war – wen wunderte es? – nicht der Fall.

Das Schlimmste aber war ihre offensichtliche Resignation. Sie sah aus wie jemand, der sich und sein Leben aufgegeben hatte. Brenda, normalerweise eine Frau, die bereit war, bis zum letzten Blutstropfen für ihr Heim und ihre Familie zu kämpfen, war von den Ereignissen der letzten Wochen wie von einer Flutwelle überrollt worden, die ihre gesamte Energie und Tatkraft mit fortgespült hatte. Wäre sie bei Sinnen gewesen, hätte sie niemals zugelassen, dass sich Mona bei ihr häuslich einnistete, dessen war sich Belle sicher.

Gerry tat, was er konnte, um eine Fassade der Normalität und des Frohsinns aufrechtzuerhalten. Man konnte nicht über zwanzig Jahre als Gemeindepfarrer arbeiten, ohne zu lernen, um anderer Menschen willen stark zu sein, auch wenn es einem selbst miserabel ging. Aber Belle kannte ihren Vater genau. So ruhelos und verwirrt hatte sie ihn noch nie erlebt.

Verstohlen betrachtete sie sein eingefallenes, blasses Gesicht. Ihr Vater schien nicht nur niedergeschlagen, sondern irgendwie geschrumpft, als habe der Kummer der zurückliegenden Wochen ihn so schwer getroffen, dass sein Körper in sich zusammengefallen war.

Als er vom Tisch aufstand, um sich in sein Arbeitszimmer zurückzuziehen, folgte Belle ihm. »Dad?«

Gerry drehte sich zu ihr um. »Ja, mein Schatz?«

»Können wir uns unterhalten?«

»Aber sicher. Komm herein und sag mir, was dich bedrückt. Hat es etwas mit Kieran zu tun?«

Er schloss die Tür hinter ihr, ließ sich in seinen Bootsmannsstuhl sinken, faltete die Hände im Schoß und wartete geduldig darauf, dass sie anfing zu sprechen.

»Nein, Dad«, sagte sie. »Es hat mit *dir* zu tun.«

»Mit mir?«

»Ich mache mir schreckliche Sorgen um dich. Jedes Mal, wenn ich dich sehe, siehst du erschöpfter und unglücklicher aus. Und Mum geht es auch nicht besser.«

Gerry wählte seine Worte mit Bedacht. »Ich will gewiss nicht behaupten, dass alles in bester Ordnung ist«, gab er zu.

»Gut.«

»Deine Mutter und ich machen gerade eine schwierige Zeit durch. Es gibt ... gewisse Herausforderungen, denen wir uns nicht gewachsen sehen. *Noch* nicht.« Er rieb seine müden Augen. »Es fällt mir schwer, mir einzugestehen, wie tief ich deine Mutter verletzt habe. Für sie ist die gegenwärtige Situation besonders schwer. Die Gerüchte ... das Getuschel der Leute ...«

Belle ergriff die Hand ihres Vaters. »Dad, du hast Mum nie in deinem Leben absichtlich wehgetan. Und du würdest es auch niemals tun. Das weiß ich ganz genau. Und sie weiß es bestimmt auch.«

Er lächelte, vielleicht angesichts der Naivität, die in ihrer Antwort zum Ausdruck kam. »Ob absichtlich oder nicht – ich *habe* ihr wehgetan. Daran ist nicht zu rütteln.« Gerry seufzte und schwieg.

»Das ist aber noch nicht alles, oder?«, hakte Belle nach. »Irgendetwas ist vorgefallen, und du willst mir nicht sagen, was.«

»Es ist nicht weiter wichtig. Wir können sowieso nichts daran ändern.«

»*Woran?* Bitte sag es mir.«

Gerry sah sie durchdringend an. »Du bist eine ungemein hartnäckige junge Frau, Belle Craine.«

»Man sagt, ich schlage meinem Vater nach.«

»Also schön.« Gerry ließ seinen Blick über die Wand schweifen, an der unzählige Fotos hingen – eine Chronik seines Schaffens in St. Jude. All die Jahre, die er hier verbracht hatte ... Er war so stolz gewesen auf das, was er geleistet hatte – vielleicht zu stolz?

»Deine Mutter hat gestern einen Anruf aus dem Büro des Bischofs entgegengenommen. Er will mich sprechen.«

»Oh.« Belle schluckte. »Wann denn?«

»Nächste Woche. Sein Sekretär wird mich anrufen, um mir den genauen Termin mitzuteilen. Irgendwann musste es so weit kommen, Liebes. Ich bin überrascht, dass es nicht schon früher passiert ist.«

»Aber was will er von dir?«, fragte Belle, auch wenn ihr die Frage, gleich nachdem sie ihr entschlüpft war, ziemlich dumm erschien.

»Er will sich bestimmt nicht mit mir über das nächste Gemeindefest unterhalten«, antwortete Gerry mit einem schiefen Lächeln. »Aber wieso sich den Kopf darüber zerbrechen? Ich werde noch früh genug erfahren, was er mir zu sagen hat.« Er drückte die Hand seiner Tochter. »Wir können nur jeden Tag nehmen, wie er kommt. Und wir dürfen nie vergessen, füreinander da zu sein.«

Wenige Tage später war Mona, um ein paar kostbare Schmuckstücke und haarsträubende Geschichten reicher, wieder in den Schoß der Familie zurückgekehrt. Jedem, dem es nicht gelang, rechtzeitig das Weite zu suchen, berichtete sie in schillerndsten Farben, wie sie gemeinsam mit Duran Duran in der Sauna gesessen hatte oder spätnachts im Helikopter zum Candle-Light-Dinner ins französische Seebad Deauville geflogen war.

Belle ging ihr aus dem Weg. Ihren anfänglichen Hass auf Mona hatte sie einigermaßen überwunden, aber sobald sie in ihrer Nähe war, musste sie an ihren armen Vater denken und an all die Sorgen, die sie sich seinetwegen machte. Wie erwartet war Mona selbst nicht in der Lage zu begreifen, dass es eine todernste Angelegenheit war, ins Büro des Bischofs zitiert zu werden.

»Wieso lasst ihr euch verrückt machen?«, fragte sie, als sie eines Morgens mit Kieran durch die Straßen von Cheltenham trabte. »Er ist doch bloß ein alter Knacker im Umstandskleid.«

»Und er ist Gerrys Chef.«

Mona rümpfte ihre vollendet geformte Nase. »Quatsch, Priester haben keine Chefs. Sie stehen im Dienste Gottes.«

»Schön wär's«, sagte Kieran. »Heutzutage können auch Pfarrer gefeuert werden.«

Sie liefen weiter durch die dunstige Morgendämmerung, an der Knabenschule vorbei zur Flutwiese, dann zurück in Richtung London Road. Der feine Nieselregen, der in der Luft hing, verwandelte sich allmählich in starken Niederschlag, aber Kieran und Mona schienen nichts davon zu merken. Echte Sportler lassen sich von derlei Kleinigkeiten nicht abschrecken.

»Kieran«, begann Mona nach einer Weile.

»Ja?«

»Bist du dir sicher, dass Belle nichts dagegen hat, dass wir so viel Zeit miteinander verbringen?«

»Unsinn, es macht ihr überhaupt nichts aus! Anfangs war sie vielleicht ein bisschen eifersüchtig, aber inzwischen hat sie eingesehen, dass nichts weiter dahintersteckt. Außerdem hat sie im Augenblick ständig im Geschäft zu tun«, fügte er nicht ohne eine Spur Bitterkeit hinzu. »Keine Ahnung, was sie sich davon verspricht. Wieso schuftet sie sich für ein paar lumpige Pfund mehr beinahe tot? Es war schon schlimm genug, als sie einen Samstag im Monat arbeiten musste. Inzwischen verbringt sie *jeden* Samstag im Laden, sodass wir überhaupt keine gemeinsamen Wochenenden mehr haben. Und wenn ich sie sehe, ist sie hundemüde.«

»Belle möchte sich beweisen. Sich beruflich weiterentwickeln.«

»Aber wieso? Sie ist und bleibt eine Verkäuferin! Das kann man wohl kaum eine Traumkarriere nennen. Und wenn ich eines Tages befördert werde, wer soll dann ... ach, was soll's. Irgendwie kriegen wir das schon hin.«

Mona schwieg für einen Moment, dann hob sie erneut an: »Also ... wenn es Belle nichts ausmacht, dass wir zusammen laufen gehen, dann hätte sie vielleicht auch nichts dagegen, wenn du mir ein bisschen beim Schreiben hilfst?«

Kieran blickte sie verwundert an. »Du schreibst? Das wusste ich gar nicht.«

Zum allerersten Mal sah Kieran Mona erröten. »Na ja, nicht richtig«, gestand sie scheu. »Hin und wieder, in meiner Freizeit, weißt du? Ich glaube nicht, dass ich besonders viel Talent habe ... aber ich wollte schon immer Journalistin werden! Und deshalb habe ich gedacht ...«

Sie hielten an der Fußgängerampel an und liefen auf der Stelle weiter, während sie darauf warteten, dass die Ampel auf Grün sprang.

»Wenn du möchtest, sehe ich mir deine Texte mal an«, schlug Kieran vor. »Vielleicht kann ich dir ein paar Tipps geben.«

Monas Miene hellte sich auf. »Das wäre wirklich – darf ich dich noch etwas fragen?«

»Nur zu.«

»Könntest du mich vielleicht hin und wieder zu deinen Interviews mitnehmen? Ich störe auch bestimmt nicht!« Ihre langen, seidigen Wimpern flatterten, als sie ihn flehentlich von unten ansah. »Und du hast gesagt, Belle macht es nichts aus.«

Was Belle etwas ausmachte und was nicht, schien niemanden zu interessieren – zumindest hatte Belle selbst diesen Eindruck.

Ach, Kieran, murmelte sie zu sich selbst, als sie auf der Bank vor der Einkaufpassage saß und ihr Mittagessen mit einer einsamen Taube teilte. Du fehlst mir so. Wie gern würde ich jetzt wie früher neben dir sitzen, mein Sandwich essen und dir von meinem Morgen erzählen …

Benahm sie sich kindisch? Schließlich hatte sie den vergangenen Abend und die ganze Nacht mit Kieran verbracht und würde sich gleich nach Ladenschluss wieder mit ihm treffen. Wann hatten sie je vereinbart, dass es seine Pflicht und Schuldigkeit war, pünktlich jeden Mittag mit seinem Sandwich von der Redaktion hierherzukommen und sich neben sie auf die Bank zu setzen? Hatte es in der Vergangenheit nicht auch Tage gegeben, an denen sie allein zu Mittag gegessen hatte, weil er zu einem Interviewtermin gefahren war oder irgendwo weit weg für einen Artikel recherchierte?

Mag sein, meldete sich eine trotzige Stimme in Belles Innerem. Aber damals hat er diese Mittagspausen wenigstens *auch* allein verbracht – und nicht mit Mona Starr!

Belle seufzte tief und betrachtete ohne rechten Appetit ihr Sandwich. Schluss mit der Eifersucht! Schließlich haben die beiden keine Affäre.

Kieran hatte ihr von Monas Bitte erzählt, ihr bei ihren Schreibversuchen unter die Arme zu greifen, und Belle hatte nichts dagegen einwenden können. Mona hatte scheinbar ernsthaft die Absicht, sich als Journalistin zu versuchen, und Kieran – nun, er war einfach ein furchtbar netter Kerl. Wenn jemand seine Hilfe brauchte, ließ er sich nie lange bitten. Was also störte sie daran? Es war alles vollkommen harmlos.

Doch wie viele Vernunftgründe Belle auch für das Verhalten ihres Verlobten fand – sie fühlte sich kein bisschen besser. Da gab es nur eins: Drastische Maßnahmen waren gefragt. Nachdem sie also die letzten Krümel ihres Mittagessens der Taube hingeworfen hatte, kramte sie in ihrer Handtasche. Da war sie! Etwas verformt, weil sie zu lange auf der Heizung gelegen hatte, aber immerhin: ihre Notfallration Schokolade. Seit sie den Fitnesskurs begonnen hatte, trug sie die Tafel mit sich herum – für den Fall, dass ihre Willenskraft sie irgendwann im Stich ließ und sie dem unwiderstehlichen Drang auf ihre Lieblingsnahrung sofort nachgeben musste.

Dieser Fall war soeben eingetreten. Mit einem Mal schien Belle die Idee, sich extra für ihre Hochzeit schlank zu trainieren, vollkommen absurd. Würde Kieran etwa ihr zuliebe Kekse und Schmalzbrote in sich hineinstopfen, nur weil sie sich einen molligeren Mann wünschte? Natürlich nicht. Dazu war er viel zu eitel. Also!, dachte Belle. Warum sollte ich mich verbiegen? Ich mag meinen Hintern so, wie er ist!

Gerade als sie das erste Stück Schokolade abbeißen wollte, ließ eine Stimme sie innehalten.

»Belle? Bist du das? Du liebe Zeit, ich hätte dich fast gar nicht erkannt! Deine Haare sehen ganz anders aus als früher.«

Das Gesicht vor ihr war freundlich, übersät von Sommersprossen und eingerahmt von einer blonden Lockenmähne, die auch das teuerste Glätteisen der Welt nicht hätte bändigen können. Die Augen der jungen Frau waren grau und ihr Mund zum Lächeln wie geschaffen.

»Clare!«

Clare Levenshulme setzte sich neben sie auf die Bank und schlug ein wohlgeformtes Bein über das andere. »Meine Güte, wie lange haben wir uns nicht gesehen? Das muss mindestens drei Jahre her sein.«

»Fast vier«, korrigierte Belle. »Seit … du weißt schon.« Peinlich berührt sah sie zu Boden. Nicht jeden Tag lief man einer Frau über den Weg, dessen beste Freundin man gewesen war, bevor man Knall auf Fall mit ihrem Bruder Schluss gemacht hatte.

»Seit du dich von Max getrennt hast. Richtig.«

Eine kleine Pause trat ein.

»Wie geht es ihm?«, fragte Belle schließlich.

»Ach, na ja. Ganz gut. Er arbeitet bei einer Drogenberatungsstelle in London.« Wieder entstand eine Pause, bis Clare das Thema wechselte. »Damals hat mich meine Firma nach Straßburg geschickt, ich bin erst letzten Monat nach Cheltenham zurückgekehrt. Ich hatte mir fest vorgenommen, mit dir in Kontakt zu bleiben.«

»Ich auch, aber … du weißt ja, wie das ist. Tausend Dinge kommen einem dazwischen.«

»Wem sagst du das?«, Clare lächelte. »Und? Wie geht es dir?«

»Gut. Ich wurde gerade zur stellvertretenden Filialleiterin befördert.«

»Meinen Glückwunsch!«

»Und ich … hm, ich werde im Sommer heiraten.« Belle traute sich kaum, es auszusprechen. Die Trennung von Max war nicht einfach gewesen, und selbst jetzt noch gab es flüchtige Momente – wenn sie müde oder traurig oder besonders einsam war –, in denen sie sich fragte, ob sie damals wirklich die richtige Entscheidung getroffen hatte …

Moment mal, was waren das für Gedanken? Das alles lag Ewigkeiten zurück. Die Vergangenheit ließ sich nun einmal nicht ändern, und immer wieder darüber nachzugrübeln führte nirgendwohin außer in Teufels Küche! Aber andererseits war Clare früher eine wundervolle Freundin gewesen – und nun, da Ros außer Landes war, konnte Belle eine Vertraute wirklich gut gebrauchen.

Clare lächelte nach wie vor. »Das freut mich für dich«, sagte sie. »Wer ist der Glückliche?«

»Er heißt Kieran. Er arbeitet bei der Zeitung.«

»Alle Achtung. Du freust dich sicher riesig.«

»Hm.«

Clare neigte den Kopf. »Nicht?«

»Doch, doch, natürlich.« Belle brach die Schokoladentafel in zwei Hälften und bot Clare eine davon an. »Ich hoffe, dass du deiner Vorliebe für Schokolade nicht inzwischen entwachsen bist?«

Clare warf den Kopf zurück und lachte, dass sämtliche Tauben im Umkreis panisch aufstoben und auf die Bäume flüchteten. »Machst du Witze? Bei einer echten Frau wächst sich so etwas *niemals* aus! Her damit, ich bin am Verhungern!«

Belle streckte die Beine aus, lehnte sich zurück und nahm einen großen Bissen. »Das tut gut«, seufzte sie, mit vollen Backen kauend.

»Lange keine mehr gegessen, was? Oje, sag bloß nicht, du bist auf Diät!«

»Noch schlimmer: Ich gehe ins Fitnessstudio.«

»Du Wahnsinnige!«, rief Clare. »Liebe deine Kurven – das ist mein Motto. So, runterschlucken, und dann sollten wir umgehend das nächstgelegene Café ansteuern. Du musst mir alles von dir erzählen!«

Kapitel 11

Der Chef der Royal Shakespeare Tavern musterte Mona skeptisch von oben bis unten. »Ich suche eine erfahrene Thekenkraft. Schon einmal in einer Kneipe gearbeitet?«

»Natürlich!«, log sie mit einem strahlenden Lächeln. »In Australien. Mit englischen Pubs kenne ich mich natürlich nicht so gut aus – aber ich habe eine schnelle Auffassungsgabe, Mr … Crenshaw, richtig?«

Mr Crenshaw ließ seinen Blick kurz über die nikotinfleckigen Wände seines heruntergekommenen Etablissements schweifen. »Die Lage ist so: Ich habe ein halbes Jahr Zeit, den Laden auf Vordermann zu bringen, damit er endlich wieder Gewinn abwirft. Viel Geld darf das natürlich nicht kosten. Wenn ich es nicht schaffe, macht die Brauerei die Kneipe dicht, und wir stehen alle auf der Straße.«

Mona nickte teilnahmsvoll. Sie rutschte ein wenig auf ihrem Barhocker herum und setzte sich so zurecht, dass ihr Minirock ein appetitliches Stück ihrer Oberschenkel sehen ließ. »Machen Sie sich keine Sorgen, Mr Crenshaw. Harte Arbeit macht mir keine Angst. Im Gegenteil«, fügte sie in einem zweideutigen Tonfall hinzu. »Ich mag es sogar gern ein bisschen härter.«

Zu ihrer Befriedigung breitete sich eine sanfte Röte oberhalb seines Hemdkragens aus, und er räusperte sich ausführlich. »Ja, hm, ich bin sicher, Sie werden Ihr Bestes tun, um … hm, sich hier einzuarbeiten.«

»Darauf können Sie sich verlassen«, hauchte Mona. »Heißt das, ich habe den Job?«

David Crenshaw taxierte sie erneut mit forschendem Blick. In der Tat, sie sah aus wie die Fleischwerdung eines erotischen Traums – aber wem nutzte das? Wie um alles in der Welt würde diese unbedarfte Blondine auf Stilettos damit umzugehen wissen, wenn am Samstagabend in der vollbesetzten Kneipe eine Schlägerei ausbrach?

Andererseits ... welche Alternativen hatte er? Die Bewerber hatten ihm nicht gerade die Türen eingerannt. Während er nachdenklich von einem Fuß auf den anderen trat, merkte er, dass die Sohle seines linken Schuhs an einer undefinierbaren Substanz auf dem bierfleckigen Teppich kleben blieb. »Das heißt es wohl«, sagte er schließlich und kratzte sich am Ohr. Er würde das Wagnis eingehen. »Am besten stelle ich Sie gleich unserem Ersten Barkeeper vor. Mit ihm werden Sie die meiste Zeit zusammenarbeiten.« Er steckte den Kopf durch den Türspalt hinter der Theke und brüllte die Treppe hinunter: »Sean, können Sie bitte kurz kommen?«

Mehrere Sekunden verstrichen, bis die schwerfälligen Schritte von Sean, dem Barkeeper, auf den Kellerstufen erklangen und er schnaufend aus seinem Reich – wo er wieder einmal in einschlägigen Heften geblättert hatte, statt wie befohlen ein neues Fass anzusetzen – emporgeklettert kam. »Was ist?«, grunzte er.

»Das ist Mona, die neue Thekenkraft. Sie fängt am Samstag an.«

Mona und Sean blickten sich an. Mona strahlte. »Hallo, Sean! Wir kennen uns ja schon, nicht wahr?«

Seine angewiderte Grimasse sprach Bände. »Sie waren letzte Woche mit diesen feinen Pinkeln hier, die was zu essen haben wollten«, sagte er verächtlich. »Blöde Lackaffen.«

David Crenshaw blickte unbehaglich zwischen den beiden hin und her. »Ja, hm, wenn ich bitten darf ... vielleicht bemühen Sie sich in Zukunft um eine etwas positivere Einstellung zur Arbeit, Sean. Und zu Ihren Kollegen. Von jetzt an weht hier ein anderer Wind. Wir werden rund um die Uhr Snacks und kleine Köstlichkeiten servieren und die Gäste nicht länger wie Eindringlinge behandeln.« Obwohl er »wir« sagte, wurde nur allzu deutlich, dass seine Rede ausschließlich an Sean gerichtet war.

Dann wandte er seine Aufmerksamkeit wieder Mona zu. »Wissen Sie, es ist mir vorhin schon aufgefallen – Ihr Gesicht kommt mir irgendwie bekannt vor. Ich bin mir sicher, Sie schon einmal gesehen zu haben. Ihr Bild war nicht zufällig in der Zeitung?«

Voller Anmut neigte sie den Kopf. »Nun ja, es *könnte* sein, dass Sie vor einigen Wochen ein Paparazzifoto von mir im *Cou-*

rant gesehen haben. Ziemlich unscharf allerdings. Es ging um die Affäre des ... um den Pfarrer von St. Jude.«

Seans und Crenshaws Augen weiteten sich. »Oh«, sagte Letzterer mit wachsender Neugier. »*Sie* waren das?«

»Ich fürchte, so ist es.«

»Na, wie sagt man so schön: Jede Publicity ist gute Publicity. Wer weiß, vielleicht profitiert unsere bescheidene Hütte noch davon.« Ganz Geschäftsmann, streckte David Crenshaw Mona die Hand hin und schenkte ihr ein verbindliches Lächeln. »Also. Willkommen in der Royal Shakespeare Tavern, Mona. Sie sind eingestellt.«

Tapfer und ohne sich ihren Ekel anmerken zu lassen, blickte sich Mona in ihrer neuen Wirkungsstätte um. »Das macht gar nichts«, sagte sie bestimmt. »Wir Australier lieben die Herausforderung!«

Als Mona am Abend ins Pfarrhaus zurückkehrte, hatte sie nicht nur eine, sondern gleich zwei Überraschungen für die anderen parat.

»Du liebe Zeit, was ... *ist* das?«, stieß Brenda entsetzt hervor, als sie die Kreatur erblickte, die Mona an einem Strick hinter sich herzog. Brenda hätte um ein Haar das Brathähnchen auf den Küchenfußboden fallen lassen – was dem winselnden Ding sicher zupass gekommen wäre. Es war klapperdürr und sah aus, als habe es seit mindestens zwei Wochen keinen Bissen mehr zwischen die fauligen Zähne bekommen.

»Das ist ein Hund!«, klärte Mona sie bereitwillig auf.

Der Köter setzte sich auf seine knochigen Hinterbacken und fing an, sich das Ohr zu kratzen, dass Haare und Hautfetzen nur so flogen.

»Das geht nicht! Nicht in meiner Küche!«, rief Brenda schrill. »Sag ihm, er soll sofort damit aufhören! Hier werden Lebensmittel verarbeitet! Ich wette, das Vieh ist voller Flöhe. Warum um alles in der Welt schleppst du mir so etwas ins Haus?«

»Ich habe ihn gefunden«, sagte Mona und bückte sich, um den schorfigen Kopf des armen Hündchens zu streicheln. »Er saß einsam und verlassen hinter dem Discountmarkt. Ich glaube, er hat einen Ausschlag«, fügte sie nachdenklich hinzu.

Brenda zuckte heftig zusammen, hatte aber sogleich eine Lösung parat. »Ich suche die Nummer vom Tierheim heraus«, verkündete sie. »Und wenn er auch nur die geringsten Anstalten macht, sein Geschäft verrichten zu wollen, bringst du ihn sofort nach draußen!«

»Tierheim?« Mona folgte Brenda aus der Küche. Das Hündchen hielt sich dicht an seiner Retterin.

»Selbstverständlich.« Brenda bedachte sie mit einem Blick, als wolle sie sagen: »Ich weiß, dass du aus dem Ausland kommst, aber das ist kein Grund dafür, sich dermaßen dumm anzustellen.« Dann erklärte sie: »Das Tierheim ist ein Ort, an den man herrenlose Tiere bringt. Dort leben sie, bis sie von einer Familie aufgenommen werden.«

Mona bückte sich, hob das Tier auf die Arme und presste es schützend an ihre Brust. »Aber er hat doch schon eine Familie! Das dürfen wir ihm nicht antun!«, rief sie. »Bestimmt werden sie ihn einschläfern! Wer würde den armen Kleinen denn haben wollen?«

»Ganz genau«, sagte Brenda, befriedigt, dass Mona die Sachlage erkannt hatte.

Die zwei Frauen standen sich gegenüber und starrten auf den struppigen grauen Mischling, dessen lange Zunge schlaff aus seinem übelriechenden Maul hing und der unter Einsatz seiner letzten Kraftreserven mit dem Schwanz wedelte.

»Bitte, Brenda«, flehte Mona. »Tu es aus Nächstenliebe. Wir sind doch Christen!«

»Der Hund macht mir einen durch und durch heidnischen Eindruck.«

Als hätte der Hund gespürt, dass diese Frau sein Leben in der Hand hielt, streckte er sich so weit es ging vor und begann, Brendas Hand zu lecken.

»Siehst du? Er mag dich!«

Brenda war gerade dabei, sich zu sammeln, um der Diskussion mit einem endgültigen »Nein!« ein Ende zu bereiten, als Jax zur Tür hereinspaziert kam. Sobald Brenda den Ausdruck auf dem Gesicht ihrer Tochter sah, wusste sie: Die Schlacht war verloren.

»Mona, du hast einen Hund! Cool!« In weniger als zwei Sekunden hatte die Verzückung über das winzige Fellbündel Jax vom weltschmerzgeschwängerten Elternschreck in ein kleines Mädchen verwandelt. »Oh, der Süße, er ist ja ganz dürr! Darf ich ihn auf den Arm nehmen? Wie soll er denn heißen?«

Brenda stöhnte leise, fügte sich jedoch in ihr Schicksal. In grimmiger Entschlossenheit rollte sie die Ärmel ihrer Bluse hoch und marschierte ins Bad. Gab es hier irgendetwas, das man als Hundeshampoo benutzen konnte?

»Erwartet bloß nicht, dass ich die Tierarztrechnungen bezahle!«, rief sie über die Schulter zurück.

Wie so oft hörte ihr niemand zu.

Clare lachte so heftig, dass Belle nach einem Taschentuch kramen musste, um ihrer Freundin die schwarzen Mascaraschlieren von der Wange zu tupfen.

»Engelbert?«, stieß Clare erstickt hervor, als sie endlich wieder ein wenig zu Atem gekommen war. »Sie hat ihren Hund *Engelbert* getauft? Das kann nicht wahr sein!«

»Ist es aber«, erwiderte Belle, ließ sich tief in Clares weiches altes Ledersofa sinken und langte zum wiederholten Mal in die Schachtel mit den Schokoladentrüffeln. »Engelbert. So soll er heißen. Ich scherze nicht.«

Sie hatte ein wenig gezögert, Clares Einladung anzunehmen, weil sie sich so lange nicht gesehen hatten, und jetzt war sie überrascht, wie wohl sie sich in der Gesellschaft ihrer alten Freundin fühlte. Innerhalb kürzester Zeit, so schien es, hatten sie den Faden dort wieder aufgenommen, wo sie ihn einst verloren hatten.

Sogar in Clares Wohnung sah es noch genau so aus wie früher. Natürlich war sie nach ihrer Rückkehr in eine ganz andere, viel größere Wohnung in einem schöneren Stadtteil gezogen, aber jedes Möbelstück, jedes Detail der Inneneinrichtung war noch so, wie Belle es in Erinnerung hatte: der Stapel CDs auf dem marokkanischen Teetisch mit den feinen Intarsien. Der alte Perserteppich mit dem Brandloch darin, das von einem meterhohen Porzellanelefanten verdeckt wurde. Die weiß gestrichenen, mit unzähligen Drucken, Fotos, Postkarten und Gemälden geschmückten Wände. Wenn es einen maximalistischen Einrichtungsstil gab, dann war Clares Wohnung ein Musterbeispiel dafür. Vermutlich würde sie, ganz egal, wohin es ihre Besitzerin verschlagen würde, immer gleich aussehen.

In dieser Hinsicht sind Clare und ich uns ziemlich ähnlich, dachte Belle: Wir sind Gewohnheitstiere. Jemand wie wir fühlt sich nur dann wirklich wohl, wenn er sich mit all dem umgeben kann, was ihm das Leben wertvoll macht.

Bin ich deshalb ohne Kieran so unsicher? Vielleicht liegt es ja gar nicht daran, dass er den ganzen Tag mit Mona verbringt, sondern dass er nicht bei *mir* ist. Wenn wir öfter zusammen sein könnten, wäre mir vielleicht auch bei dem Gedanken an unsere gemeinsame Zukunft wohler. Na, das wird sich nach der Hochzeit alles einrenken. Dann wird er bestimmt wieder mehr Zeit für mich haben. Oder etwa nicht?

Clare schüttelte so wild den Kopf, dass ihre blonden Haare flogen. »Engelbert! Das glaubt dir doch kein Mensch.«

»Wenn ich es dir sage!«, beharrte Belle. »Diese Pralinen sind übrigens ganz köstlich. Darf ich mir noch eine nehmen?«

»Lang nur zu.« Clare beugte sich vor und betupfte sich erneut die Augen. »Engelbert. Heiliger Strohsack …«

»Mona behauptet, er fängt an zu singen, sobald man eine Schallplatte von Engelbert Humperdinck auflegt. Einmal habe ich es mit angehört – es war grauenerregend. Mit seinem Aussehen kann er auch nicht punkten. Schlimmer als Iggy Pop nach einer durchzechten Nacht. Es ist mir schleierhaft, wie sie Mum dazu überredet hat, ihr zu erlauben, das Vieh zu behalten. Seine Haut ist ganz schuppig, und man kann die Flöhe auf seinem Fell herumkrabbeln sehen.«

»Jetzt übertreibst du aber.«

»Du hättest die Farbe des Badewassers sehen sollen, nachdem er das erste Mal gewaschen wurde. Natürlich hat er dabei erst einmal die Plastikwanne umgekippt und in der Küche eine Überschwemmung verursacht. Meine arme Mum! Du weißt ja, wie stolz sie auf ihren tadellos geführten Haushalt ist.«

»Und ob«, nickte Clare nachdrücklich und schenkte die Weingläser voll. »Kannst du dich noch an den Tag erinnern, als Max in den Teich fiel? Sie hat darauf bestanden, dass er sich vor der Haustür auszieht.« Clare kicherte. »Ich habe ihn noch nie so verlegen gesehen.«

Ich aber, dachte Belle und lächelte still in sich hinein, während sich in einem verstaubten Winkel ihres Gedächtnisses knarrend ein Türchen öffnete und tausendundeine Erinnerungen herausgepurzelt kamen. Schöne und glückliche Erinnerungen aus der Zeit, bevor es zwischen ihnen zur Katastrophe gekommen war. »Das liegt nur daran, dass du nicht dabei warst, als meine Eltern eines Abends früher als erwartet aus dem Theater zurückkamen und Max so schnell in seine Hosen springen musste, dass er sie verkehrt herum angezogen hat. Ach«, fügte Belle hinzu, »das scheint Jahrzehnte her zu sein, dabei sind es nur ... fünf Jahre? Nein, sechs. Ich weiß es noch wie gestern.«

»Und jetzt bist du steinalt und so gut wie unter der Haube. Ach ja, die guten alten Tage, Grandma.«

Belle schnaubte empört. »Ich für meinen Teil bin froh, kein Teenager mehr zu sein«, verkündete sie mit Nachdruck. »Besonders amüsant ist es nicht, mit Pickeln im Gesicht herumzulaufen und sich zum Knutschen heimlich auf dem Friedhof zu treffen, weil das Wartehäuschen der Bushaltestelle schon besetzt ist.«

Clare unterdrückte ein ungläubiges Quietschen. »Du und Max – auf dem *Friedhof?* Und du als Pfarrerstochter? Niemals!«

Belle lachte leise. »Untersteh dich, es in die Welt hinauszuposaunen«, warnte sie. »Ich habe schließlich nicht vergessen, was du mit Sebastian im Lichtraum des Theaters angestellt hast – damals, als Max die Hauptrolle im Weihnachtsstück hatte.«

»Alles Lügen und böse Verleumdung!« Clare schüttelte sich vor Lachen. »Es war nicht unsere Schuld, dass die Scheinwerfer mittendrin durchgebrannt sind. Und du musst zugeben, dass es ziemlich schwer ist, im Stockdustern zu erkennen, wo man mit seinen Händen hinlangt.«

Belle steckte sich eine weitere Praline in den Mund. »Trotzdem hast du bis heute keine glaubwürdige Erklärung dafür liefern können, warum sich dein Slip in der Windmaschine verfangen hatte.«

»Und ich werde es auch niemals tun!«

Als sie genug gelacht hatten, verfielen sie in freundschaftliches Schweigen.

»Ich bin wirklich froh, dass du hier bist«, sagte Clare nach einer Weile, während sie den Korken aus einer zweiten Weinflasche zog. »Ich wusste gar nicht, wie sehr ich dich vermisst habe.«

»Mir geht es genauso. Warum sind wir eigentlich nicht in Kontakt geblieben?«

»Keine Ahnung. Die Arbeit. Die Umzüge. So ist das eben.«

»Hm.«

Eine kurze Pause trat ein. Dann wandten sie sich einander zu, sahen sich in die Augen, und Belle murmelte: »Eigentlich war es wegen Max, oder? Du warst wütend auf mich, und ich hatte ein schlechtes Gewissen.«

»Es war nicht deine Schuld«, sagte Clare sofort und schenkte Belle ein. Ihre Hand zitterte ein wenig.

Nachdenklich trank Belle einen Schluck. In ihrem Kopf drehte sich bereits alles, aber das kümmerte sie nicht. Nicht an diesem wunderschönen Abend. »Aber so fühlte es sich an«, beharrte sie. »Du hast mich dafür verantwortlich gemacht.«

Clare verzog das Gesicht. »Du hast recht, ich war wütend. Aber es ist egal, was ich damals gesagt habe: Du konntest nichts dafür.«

»Ich wusste, dass Max sehr sensibel ist«, widersprach Belle. Was tat sie da? Versuchte sie gerade, ihre eigene Schuld zu beweisen?

»Und wenn schon«, sagte Clare bestimmt. »Woher hättest du wissen sollen, dass er sich die Trennung so sehr zu Herzen nimmt, dass er sein Studium abbricht? Ehrlich gesagt«, fuhr sie fort, »glaube ich gar nicht, dass es irgendetwas mit seiner Verletzlichkeit zu tun hatte. Er hat dich einfach zu sehr geliebt.« Sie zuckte mit den Schultern. »Es ist schrecklich, jemanden zu verlieren, den man so gern hat. Jeder andere hätte genauso reagieren können.«

Etwas von dem Schmerz jener Tage keimte wieder in Belle auf, und sie erinnerte sich daran, warum sie so große Anstrengungen unternommen hatte, jeden Gedanken an Max und alles, was mit ihm zu tun hatte, aus ihrem Gedächtnis zu verbannen – sein hartnäckiges Werben, seine erdrückende Liebe, die Eifersucht, die sie irgendwann nicht mehr hatte ertragen können.

Sie dachte an Kieran, der so anders, so selbstständig war. Kieran, der ihr gründlich die Meinung gesagt hätte, wenn er gewusst hätte, mit wem sie sich heute Abend traf. In seinen Augen war Max ein Spinner und Clare eine gehässige, verkniffene Zicke. Kieran hätte nicht verstanden, wieso jemand über der Vergangenheit brütete oder sich wegen Vorfällen schuldig fühlte, die Jahre zurücklagen und nicht mehr zu ändern waren. Oft wünschte Belle, ein wenig von seinem Pragmatismus möge auf sie abfärben.

»Was meinst du?«, fragte Clare unvermittelt und riss Belle damit aus ihren Grübeleien.

»Was? Ich ... wegen Max?« Belle wusste nicht recht, was sie sagen sollte. »Ich kann mich gar nicht mehr genau daran erinnern«, log sie. »Es ist alles so lange her ...«

Clare leerte ihr Glas und setzte sich abrupt in ihrem Sessel auf, als sei sie soeben zu einem Entschluss gelangt. »Du hast völlig recht, Belle, und es tut mir leid. Ich habe dich nicht eingeladen, damit wir uns betrinken und der Vergangenheit nachweinen – oder um dir ein schlechtes Gewissen zu machen.«

Belle lächelte schief. »Nicht?«

»Nein! Ich wollte wissen, wie es dir geht und was es bei dir Neues gibt. Und ich will unbedingt alles über deine bevorstehende Hochzeit erfahren.«

Belle schnitt eine Grimasse. »Das ist nicht besonders interessant«, wiegelte sie ab. »Die Hochzeitsvorbereitungen anderer Leute ... außerdem habe ich selbst keinen Gedanken mehr daran verschwendet, seit die Regenbogenpresse ihr Lager vor Mums und Dads Haustür aufgeschlagen hat.«

»Das muss furchtbar für dich sein«, bemerkte Clare mitfühlend.

»Ach, ich komme damit zurecht. Schließlich habe ich Kieran. Aber um meine Eltern mache ich mir Sorgen.« Sie schwieg für einen Moment und blickte auf ihren Schoß hinab. »Lass uns über etwas anderes reden. Erzähl mir doch lieber von Straßburg! Hat es dir gefallen? Sag schon, hast du ein paar heißblütige Franzosen kennengelernt?«

»Nur einen«, gestand Clare. »Leider ist er bereits gebunden. Dumme Sache. Aber trotzdem«, fügte sie mit einem spitzbübischen Augenzwinkern hinzu, »wenn die Katze aus dem Haus ist ...«

»Clare!«

»Tu nicht so scheinheilig, so machen es doch alle. Ich mache dir einen Vorschlag: Ich erzähle dir alles über Pierre-Yves, wenn du mir alles über Kieran erzählst, einverstanden? Also gut, du zuerst: Was ist dein Zukünftiger für ein Mensch?«

Belle schwieg. Vor ihrem geistigen Auge erstand das Bild ihres Verlobten, wie er als rasender Reporter auf der Suche nach der ultimativen Story durch die Lande jagte. Oder wie er durch die Straßen von Cheltenham joggte – die treue Gefährtin Mona an seiner Seite. »Wenn ich ganz ehrlich sein soll«, sagte sie schließlich zaghaft, »weiß ich es selbst nicht mehr.«

»Dass man hin und wieder eigene Wege geht, ist eine Sache. Aber wenn er dich vernachlässigt, sollte dir das zu denken geben.«

Sosehr sie sich auch bemühte, Belle konnte Clares Abschiedsworte nicht vergessen. Jedes Mal, wenn sie Kieran und Mona dicht nebeneinander über ihre Interviewnotizen oder einen von Monas Texten gebeugt sah, klagte sie im Stillen: Warum verbringst du deine freie Zeit nicht mit *mir?* Warum muss ich dich mit ihr teilen, nur weil sie gern Sport treibt und so tut, als sei sie eine Journalistin?

Und verflixt – warum muss sie so viel hübscher sein als ich?

Merkwürdig an ihrer Bitterkeit und üblen Laune war nur, dass nicht Mona die Zielscheibe war, sondern Kieran selbst. *Ihm* machte sie im Stillen immer wieder Vorwürfe. *Sein* Verhalten war es, das sie als unzumutbar empfand. Woran lag es? Hatten sich ihre Gefühle ihm gegenüber etwa gewandelt?

Eines Abends saß sie mit Kieran an einem Ecktisch in der Royal Shakespeare Tavern und beobachtete Mona dabei, wie sie die Gäste bediente, Bier zapfte, kassierte, die Tische abwischte und geschäftig hierhin und dorthin eilte, während Sean nur gelegentlich hinter der Theke hervorgeschlurft kam, um auf einer kurzen Runde durch den Gastraum ein leeres Glas einzusammeln. Monas Elan imponierte Belle. Sie wusste, wie anstrengend es war, ganz allein ein Geschäft zu führen – selbst wenn man, wie sie selbst, über jede Menge Erfahrung verfügte. Aber Mona, die ihr vor ihrem ersten Arbeitstag lachend gestanden hatte, niemals zuvor in ihrem Leben ein Bier gezapft zu haben, schien sich in dieser heruntergekommenen, verdreckten Kneipe wie zu Hause zu fühlen und reagierte auf jede anzügliche Bemerkung, jeden Hinternklatscher und jeden Streit zwischen den Gästen mit solch souveräner Leichtigkeit, als wäre sie so etwas ihr Leben lang gewohnt.

Und die ganze Zeit trug sie ihr strahlendes Lächeln auf dem Gesicht.

»Warum macht sie das nur?«, grübelte Belle laut.

Kieran sah von seinem Stapel Papiere auf. Sie hatten sich einen Stoß Haus- und Wohnungsangebote mitgenommen und versuchten nun gemeinsam, diejenigen herauszusuchen, die eine Besichtigung wert waren. »Was meinst du?«

»Warum arbeitet Mona hier? Warum besorgt sie sich nicht einfach einen Job als Model? Sie macht sich absichtlich das Leben schwer.«

Kieran vergrub seinen Kopf wieder in den Unterlagen. »Sie hat ihre Karriere an den Nagel gehängt. Sie sucht nach neuen Herausforderungen.«

»Und hat sie gefunden.« Belle sah Mona nach, die mit einem Stapel leerer Teller in der Küche verschwand, während der ewig hungrige Engelbert um die Tische strich und darauf hoffte, es möge der eine oder andere Krümel für ihn herunterfallen.

»Hat ihr Chef nichts dagegen, dass sie den Hund mit zur Arbeit bringt?«

»Warum sollte er? Er ist sauberer als die meisten Gäste hier.« Kieran zog ein Blatt Papier aus dem Stapel hervor und legte es vor Belle auf den Tisch. »Was hältst du von dem hier? Drei Zimmer in einer ruhigen Seitenstraße. Die Wohnung hat eine schöne Einbauküche, und man kann sogar einen Tiefgaragenplatz mieten.«

Belle überflog die Angaben. Die abgebildeten Fotos zeigten einen renovierten Altbau, dessen weitläufige Wohnfläche mit Hilfe von Rigipsplatten in mehrere winzige Apartments verwandelt worden war, die alle haargenau gleich aussahen. »Hm. Ein bisschen … charakterlos.«

»Wandlungsfähig«, korrigierte Kieran und tippte mit dem Zeigefinger auf eins der Fotos. »Wir könnten sie ganz nach unserem Geschmack gestalten. Das würde dir Spaß machen«, fügte er bestimmt hinzu, als wolle er sie an eine Tatsache erinnern, die ihr selbst niemals in den Sinn gekommen wäre. »Und sieh dir nur die Küche an!«

Belle tat wie geheißen. Also gut, die Küche war schön, vor allem wenn man Größe und Preis der Wohnung bedachte. Sie konnte sich lebhaft vorstellen, wie sie darin kleine Dinnerpartys gab und an einem antiken Eichentisch Kochrezepte und Tipps zur Babypflege austauschte.

Aus unerfindlichen Gründen empfand sie diese Vorstellung als überaus bedrückend.

»Hm«, sagte sie, »sie ist ganz hübsch. Aber trotzdem – irgendwie nichtssagend.«

Kieran holte tief Luft. »Ich weiß, dass sie nicht *perfekt* ist, Liebling.« Er sprach wie zu einem unverständigen Kind – langsam und betont. »Aber sie ist großzügig geschnitten, die Lage ist gut, und – was am wichtigsten ist – wir können sie uns leisten. Also, soll ich sie auf die Liste setzen?«

Welche Antwort von ihr erwartet wurde, war klar, also nickte Belle zustimmend.

Mona kam vorbeigeflitzt, um den Gästen am nächsten Tisch Steaks und Pommes frites zu servieren. »Wie nett von euch, dass ihr vorbeigekommen seid, um mich anzufeuern!«, rief sie und wischte sich die Hände an der Schürze ab. »Ich kann ein bisschen moralische Unterstützung gut gebrauchen. Meine Füße bringen mich schier um!«

»Das wundert mich nicht«, sagte Belle und warf einen vielsagenden Blick auf Sean, der, die Ellbogen auf den Tresen gestützt, regungslos hinter der Bar hing. »Ist er nur zur Zierde hier, oder tut er hin und wieder einen Handschlag?«

Mona folgte ihrem Blick. »Nicht, wenn es sich vermeiden lässt. Und ganz unter uns: Ich habe den Verdacht, er verdünnt den Wodka mit Wasser. Ah, was habt ihr denn da Schönes?«

»Wohnungen.«

»Aha!« Mona trat näher, um die Angebote in Augenschein zu nehmen, und zeigte sofort angewidert auf Kierans Favoriten. »Huch. Da könnte man ebenso gut in eine Zahnarztpraxis einziehen.«

»Sie braucht nur ein bisschen Farbe«, widersprach Kieran verschnupft.

»Besonders groß ist sie auch nicht gerade.«

»Die Immobilienpreise in Cheltenham sind zurzeit sehr hoch.«

»Ich hoffe nur, dass er nicht eines Tages eine Stelle in London annimmt«, gestand Belle. »Da könnten wir uns vermutlich gerade die Miete für einen Geräteschuppen leisten!«

»Du übertreibst mal wieder maßlos. Falls wir je nach London ziehen sollten, dann deshalb, weil ich dort eine wesentlich besser bezahlte Stelle hätte, sodass wir uns folglich auch eine schöne, *geräumige* Wohnung leisten könnten. Aber für den Moment« – er deutete auf die auf dem Tisch verstreuten Zettel – »werden wir uns damit begnügen müssen. Und ich bin nach wie vor der Meinung, dass wir uns diese Wohnung hier unbedingt anschauen sollten. Sie hat Potenzial.«

»Hm«, machte Mona und ignorierte standhaft Seans zunehmend ungehaltene Signale, mit denen er ihr bedeutete, sie möge schleunigst zurück hinter den Tresen kommen. Demonstrativ kehrte sie ihm den Rücken zu und ließ sich auf dem Stuhl neben Belle nieder. »Wie läuft es im Geschäft?«, erkundigte sie sich.

»Sehr gut. Seit ich die Regale anders aufgestellt habe, konnten wir den Umsatz um fast zehn Prozent steigern.«

»Zehn Prozent! Clark Kent hier muss mächtig stolz auf dich sein.« Sie knuffte Kieran in die Rippen. »Das bist du doch, oder?«

»Was bin ich?«

»Stolz auf Belle! Weil sie mit ihrer Arbeit so erfolgreich ist.«

»Ach so, das meinst du. Sicher doch.« Schweigen. »Schau mal, Belle, was ist mit der hier? Sie hat eine große Abstellkammer, die man problemlos in ein Kinderzimmer umwandeln könnte.«

Oz nahm den Schlüssel zu Kierans Wohnung mit solcher Ehrfurcht entgegen, als könne er damit das Tor zum Garten Eden aufschließen. Nun, in seinen Augen traf es vielleicht sogar zu. Für einen Mann wie ihn reichten ein keuscher Schmatzer auf die Wange und der Blick auf einen nackten Frauenknöchel aus, ihn glauben zu machen, er sei ins Paradies eingekehrt.

»Ich will gar nicht wissen, wer sie ist«, sagte Kieran und spießte ein Stückchen Quiche auf seine Gabel. »Alles, was ich mir ausbitte, ist, dass ihr keine Unterwäsche herumliegen lasst. Und keine Schamhaare in der Wanne, verstanden?«

Oz verzog das Gesicht. »Du bist geschmacklos.«

»Ich kenne euch Entomologen ganz genau«, erwiderte Kieran

ungerührt, obgleich er nur mit Mühe ein Lachen unterdrücken konnte. »Casanovas, einer wie der andere. Oh, und da wir gerade davon sprechen: Ich will keine giftigen Spinnen oder Larven in meiner Wohnung vorfinden, wenn ich zurückkomme.« Eine Weile lang betrachtete er Oz, der ihn mit einer Mischung aus Entsetzen und Unverständnis anstarrte, dann sagte er: »Mein Gott, ich mache doch nur Spaß. Waidmanns Heil!«

Es war kurz nach eins, und die beiden Freunde waren auf ein schnelles Mittagessen in der Cafeteria des Stadttheaters zusammengekommen.

»Und? Wie läuft es bei dir so?«, fragte Oz.

»Hervorragend. Belle und ich wollen am Samstag einige Wohnungen besichtigen.« Kieran lachte auf. »Nicht ganz so aufregend wie Monas Pläne fürs Wochenende. Kannst du das glauben? Ihr neuer Freund, Mad Dog, nimmt sie mit auf eine Party auf der Isle of Wight. In seinem Privatjet! Wahnsinn, oder?«

»Wahnsinn«, wiederholte Oz mechanisch.

»Die Frau hat ihn um den kleinen Finger gewickelt, das sage ich dir. Sie konnte ihn sogar dazu überreden, hin und wieder mit seinen berühmten Freunden in der Royal Shakespeare Tavern einzukehren, um Kunden anzulocken. Angeblich will sie als Nächstes einen Mottoabend veranstalten.« Er schüttelte den Kopf. »Was für eine Frau! Und das ist noch nicht alles.«

»Wieso?«, fragte Oz pflichtschuldig.

»Sie hat angefangen zu schreiben! Zeitungsartikel. Ich soll ihr dabei helfen, ihre journalistischen Fähigkeiten etwas auf Vordermann zu bringen – nicht dass sie welche hat. Aber eins muss man ihr lassen, sie ist fest entschlossen. Und wenn es irgend jemanden gibt, der etwas durch schiere Willenskraft zum Erfolg führen kann, dann sie.« Kieran rieb sich das Kinn. »Ich habe überlegt, ob ich für die Wochenendbeilage vielleicht ein Porträt über sie schreiben soll.«

»Und wie geht es Belle?«, fragte Oz vielsagend. »Du weißt schon – die Frau, die du heiraten sollst. Die, die du über alles liebst.«

Kieran blickte Oz finster an. »Was soll das?«

»Du redest die ganze Zeit nur noch von Mona. Da könnte man leicht auf den Gedanken kommen, gewisse andere Aspekte deines Lebens seien dir … entfallen.«

»So ein Quatsch!«

»Ich denke nicht.«

»Hör zu, du hältst ständig Monologe über das Paarungsverhalten von Fruchtfliegen. Unterstellt dir deswegen jemand, du hättest eine Affäre mit ihnen?«

Oz kaute gelassen weiter. »Es war keine Anschuldigung, lediglich eine Beobachtung. Also? Wie geht es Belle?«

»Gut natürlich«, antwortete Kieran leicht irritiert. »Wie soll es ihr sonst gehen?«

»Sie ist *deine* Frau. Sag du es mir.«

Wie ging es Belle? Sie selbst war sich diesbezüglich nicht ganz sicher. Eine merkwürdige, beklemmende Unruhe hatte von ihr Besitz ergriffen.

Vielleicht war das nicht weiter verwunderlich: An der Situation in ihrem Elternhaus hatte sich nichts geändert. Dass sie ihrem Vater so nahestand, machte es in gewisser Hinsicht noch schlimmer, denn manchmal kam es ihr vor, als empfinde sie die Last des Geschehenen nicht minder erdrückend als er selbst. Und der Anblick ihrer Mutter, die wie ein Geist durch das Haus schlich, war fast mehr, als sie ertragen konnte. Jedes Mal, wenn sie in den Straßen der Gemeinde unterwegs war, musste sie an die gehässigen Briefe denken, die sie erhielten, und fragte sich, wie viele der lächelnden Gesichter, in die sie auf dem Weg zum Haus ihrer Eltern blickte, wohl einem dieser scheinheiligen Frömmler gehörten.

Zu allem Überfluss konnte sie nicht einmal mehr alle Schuld auf Mona abwälzen. Je besser sie ihre Halbschwester kennenlernte, desto mehr musste Belle – wenn auch widerwillig – eingestehen, dass sie viel Bewundernswertes an sich hatte: ihre Energie, ihre Entschlossenheit, ihren unerschütterlichen Frohsinn. Mist. Warum musste alles immer so kompliziert sein?

Und das hatte nicht nur mit Mona Starr zu tun …

»Nun mach schon, Belle«, drängte Kieran, warf die Fahrertür seines Wagens zu und überquerte eiligen Schrittes die Straße. »Wir haben vor dem Mittagessen noch fünf Termine!«

Belle warf einen sehnsüchtigen Blick ins Fenster eines nahe gelegenen Cafés. Die Gäste tranken heiße Schokolade, unterhielten sich angeregt und hatten es warm und gemütlich. Draußen fiel der Schneeregen vom bleigrauen Himmel und hatte Straßen und Bürgersteige in eisige Rutschbahnen verwandelt. Selbst die Tauben sahen bedrückt aus. Sie fröstelte.

»Ich komme ja schon.« Hastig gesellte sie sich zu Kieran, der vor dem Haus bereits ungeduldig auf sie wartete. »Es ist sehr ... urban hier«, befand sie, während sie die metallenen Gitter vor dem Fenster des Zeitungsladens musterte. Der Name »Bluebell Estate« mochte Visionen einer ländlichen Idylle heraufbeschwören. In Wirklichkeit jedoch waren das einzige Grün, das hier gedieh, die zahlreichen Cannabispflanzen, die die Bewohner auf ihren Fensterbänken zogen.

Kieran sah seine Verlobte mit einem leidgeprüften Blick an. »Die Gegend ist im Kommen«, versicherte er ihr.

»Vielleicht ist sie schon wieder gegangen.«

»Belle! Du kannst kein Urteil über eine Wohnung fällen, die du noch gar nicht gesehen hast.«

O doch, das kann ich, dachte Belle. Die aufgebockte Karosserie des radlosen Ford Fiesta, die an der nächsten Straßenecke vor sich hin rostete, sowie die Gruppe Jugendlicher, die sie aus dem mit obszönen Graffitis beschmierten Haltestellenhäuschen drohend anstarrten – mehr brauchte sie nicht, um sich eine Meinung zu bilden. Die Worte »Nur über meine Leiche« hatten sich auf ihren Lippen geformt, noch bevor sie die Schwelle der Wohnung übertreten hatte, die der Makler euphemistisch als »erstklassige Investitionsgelegenheit für ambitionierte Heimwerker« umschrieben hatte.

Das Schicksal – oder besser: Kieran – kam ihr zuvor. »Niemals«, verkündete er unmittelbar nach einer Besichtigungstour, die kaum zwei Minuten in Anspruch genommen hatte. Instinktiv kratzte er sich, während sie wieder hinaus ins Sonnenlicht traten, als befürchte er, er könne sich während seines kurzen Aufenthalts Parasiten einfangen haben.

»Also, ich fand sie wundervoll«, schwärmte Belle. »Einfach perfekt!«

»Du ... *wie bitte?*«

Kierans Miene war unbezahlbar. Belle genoss den Anblick seines vor Entsetzen wie versteinerten Gesichts einige Sekunden lang, bevor sie ihn erlöste: »War nur ein Scherz.«

»Das will ich auch hoffen«, sagte Kieran säuerlich. Offensichtlich war ihm nicht nach Scherzen zumute. »Ich dachte schon, du hättest den Verstand verloren. So ein Dreckloch!«

»Hast du die Küche gesehen?«, fragte Belle vergnügt. »Dieses grüne Zeug im Spülenunterschrank, das war mit Sicherheit eine Pilzkolonie. Und der Geruch im Wohnzimmer – was mag das wohl gewesen sein?«

»Darüber möchte ich nicht einmal nachdenken.« Kieran strebte auf sein Auto zu, das erfreulicherweise noch an seinem Platz stand.

»Aber bedenke nur den ›absolut konkurrenzfähigen Preis‹«, zog Belle ihn weiter auf.

»Niemals werde ich dort einziehen!«

»Mit ›ich‹ meinst du zweifellos ›wir‹?«

Er winkte ungeduldig ab, während er den ersten Gang einlegte. »Jaja. Und jetzt lass uns abhauen, bevor uns noch jemand den Motorblock unter dem Hintern wegklaut. Eins sage ich dir: Wir finden heute noch eine Wohnung, und wenn ich dabei draufgehe!«

Nach der vierten Besichtigung des Tages jedoch hatte sich sein Optimismus allmählich verflüchtigt.

»Was hast du bloß?«, ereiferte sich Kieran, als sie wieder im Wagen saßen. »Die Wohnung war vollkommen in Ordnung!«

»Sie war grauenhaft, das weißt du so gut wie ich.«

»Wie oft soll ich es noch wiederholen: Wir müssen bereit sein, Kompromisse einzugehen.«

»Mit anderen Worten: Wir haben die Wahl zwischen einem überteuerten Kleiderschrank in Montpellier oder einem ungezieferverseuchten Schweinestall?«

»Oder meiner Wohnung«, warf Kieran vielsagend ein.

»Ich habe dir bereits hundertmal gesagt, dass ich unser Eheleben nicht in deiner Junggesellenbude beginnen will! Ich möchte, dass wir gemeinsam neu anfangen.«

Kieran stieß ungehalten die Luft aus. »Warum musst du alles immer so negativ sehen?«

»Das tue ich gar nicht!«, empörte sich Belle. »Aber wieso um alles in der Welt sollen wir ein Vermögen ausgeben, um eine Wohnung zu kaufen, die keinem von uns wirklich gefällt? Da wohne ich lieber weiterhin zur Miete.«

Kieran verlor selten die Beherrschung, aber sobald Belle den

Mund zuklappte, stellte sie fest, dass sie ihn über die Maßen aufgebracht hatte. Es störte sie kein bisschen.

»Jetzt wird mir einiges klar!«, rief Kieran ärgerlich und drehte sich auf dem Fahrersitz zu ihr um. »Das ist alles nur eine Ausrede. In Wirklichkeit *willst* du gar keine Wohnung kaufen! Das hätte ich mir denken können. Du weigerst dich ja sogar, deine Wohnung aufzugeben und bei mir einzuziehen!«

»Was redest du denn für einen Unsinn? Was für eine Ausrede? Außerdem weißt du ganz genau, dass Dad es nicht gern sehen würde, wenn wir vor der Hochzeit zusammenziehen.«

»Fadenscheiniger geht es nicht! Dein Vater ist wohl kaum in der Position, sich zum Moralapostel aufzuspielen, nachdem seine sexuellen Ausschweifungen in sämtlichen Zeitungen breitgetreten wurden!«

»Jetzt gehst du zu weit!«

»Gib doch zu, dass du dich absichtlich querstellst. Jedes Mal, wenn ich dich bitte, zu einer Besichtigung mitzukommen, heißt es: ›Ach, ich habe keine Zeit‹ oder ›So ein Pech, gerade an dem Tag bin ich bei einer Freundin eingeladen‹!«

»Kann ich etwas dafür, wenn du Termine vereinbarst, ohne mich vorher zu fragen?«, gab Belle zurück. Sie hatte wahrlich keine Lust auf eine Gardinenpredigt. Der Tag hatte schon mies genug angefangen – und wurde immer noch schlimmer. Was für eine Verschwendung eines kostbaren freien Sonnabends! »Ich habe in der Sache doch auch ein Wörtchen mitzureden, meinst du nicht?«

Eine Sekunde lang machte Kieran ein betretenes Gesicht, dann sagte er: »Aber ich bin derjenige, der das meiste Geld verdient.«

»Du aufgeblasener Mistkerl!« Am liebsten hätte Belle ihm eine Ohrfeige verpasst. »Es geht dir also wieder einmal nur ums Geld, ja? Du verdienst mehr als ich, und deswegen darfst allein du entscheiden, wo wir wohnen werden. Habe ich das richtig verstanden?«

»So ein Schwachsinn, du dumme …« Er unterbrach sich. »Natürlich nicht! Und das weißt du auch.«

»Dumm bin ich also obendrein! Das wird ja immer schöner! Oder liegt es nur daran, dass ich nicht das fügsame kleine Frauchen bin, das du heiraten wolltest? Na los, gib es schon zu: Du bist sauer auf mich, weil ich befördert wurde.«

Kieran gab ein frustriertes Knurren von sich. »Ich bin sauer, weil du kaum noch Zeit für mich hast. Ja, verdammt noch mal. Und weil es ganz so aussieht, als wolltest du überhaupt nicht mehr mit mir zusammenziehen.«

»So etwas Idiotisches! Du gönnst mir meinen Erfolg nicht. Du greifst mich an, weil ich endlich eine Aufgabe gefunden habe – etwas, das mir Spaß macht. Und weil ich mir um die Gefühle meiner Eltern Sorgen mache und unser Geld nicht zum Fenster hinauswerfen will …«

Schweigen senkte sich auf sie herab wie der Vorhang nach dem letzten Akt einer Tragödie. Nur das Quietschen der Scheibenwischer war zu hören.

»Ich glaube, wir sind gerade beide ein wenig übers Ziel hinausgeschossen«, sagte Kieran schließlich sachlich.

»Ja.« Belle spürte, wie ihr Herz in ihrer Brust rasend schnell hämmerte.

»Ich … hm … es tut mir leid, falls ich dich verletzt habe.«

»Mir auch«, sagte Belle, auch wenn es eher ein Reflex als eine ernst gemeinte Entschuldigung war. Denn tief im Innern wusste sie, dass sie jedes Wort, das ihr im Streit über die Lippen gekommen war, ernst gemeint hatte. Was nutzte eine Beziehung, in der immer nur einer ehrlich sein durfte?

»Du hast recht wegen der Wohnungen«, fuhr Kieran fort. »Sie waren alle nichts für uns. Und was die hier angeht« – er wies auf die eselsohrigen Papiere, die aus dem offenen Handschuhfach hervorquollen – »die sind vollends unzumutbar.«

»Und was machen wir jetzt?«, wollte Belle wissen.

»Folgendes.« Er griff nach seinem Mobiltelefon. »Als Erstes rufe ich den Makler an und sage die restlichen Termine für heute ab. Und dann gehen wir beide in aller Ruhe zusammen mittagessen. Was meinst du?«

Belle erwiderte seinen Kuss mit ebenso viel Dankbarkeit wie Leidenschaft. »O ja«, murmelte sie. »Das ist der bisher vernünftigste Vorschlag, den ich heute von dir gehört habe.«

Es war Sonntagnacht, und Belle konnte nicht schlafen. Während sie im Bett lag und den schwachen Lichtschein betrachtete, den die fluoreszierenden Zeiger ihres Weckers an die Zimmerdecke warfen, hielt sie ihr Kissen fest umarmt und dachte voller Bangen an den kommenden Tag.

Früher hatte sie ihrer Zukunft immer zuversichtlich entgegengeblickt. Sie hatte gewusst, dass ihre Eltern da waren, um sie vor allem Bösen zu beschützen, bis sie eines Tages den Mann ihrer Träume heiraten und dieser die Aufgabe von ihnen übernehmen würde. Warum war sie auf einmal so unsicher? Woher kam all die Angst, die sie tief in ihrem Innern verspürte, wenn sie daran dachte, ihre Wohnung aufzugeben und mit Kieran zusammenzuziehen? Hatte Kieran recht gehabt? Hatte sie wirklich ihren Vater als Ausrede benutzt?

Doch es war nicht nur ihre eigene Zukunft, über die sie sich Sorgen machte. Sie rollte sich ganz klein zusammen und dachte an ihre Eltern. Ihr Vater musste morgen beim Bischof vorsprechen. Ihre Mutter, die so viel Kraft und Arbeit investiert hatte, um die Frau zu werden, die Gerry ebenbürtig und ihrer Rolle an seiner Seite gewachsen war, musste Angst haben, dass ihre jahrelangen Bemühungen umsonst gewesen waren.

Ob sie auch noch wach sind?, fragte sich Belle. Warum nur hatte sie sich nicht entschlossen, heute Nacht zu Hause zu schlafen, um ihrer Mutter Gesellschaft leisten zu können, falls diese einsam bis in die frühen Morgenstunden am Küchentisch saß, heiße Milch trank und Sudokus löste?

Vielleicht sollte ich aufstehen und einfach hinfahren?

Aber noch während sich dieser Gedanke in Belles Kopf formte, überkam sie die Müdigkeit. Wenige Sekunden später war sie eingeschlafen.

Kapitel 12

Mum! Die Cornflakes sind alle! Wir haben nur noch diesen ekligen Brei mit Kleie.« Angewidert ließ Jax die Tür des Küchenschranks zuknallen. »Du weißt genau, dass ich Kleie nicht ausstehen kann!«

Brenda, die an der Spüle stand und mit dem Abwasch beschäftigt war, fluchte halblaut, als ihr eine schaumige Tasse aus den zitternden Fingern glitt. »Ich hatte noch keine Zeit zum Einkaufen«, beschied sie ihre Tochter, ohne sich umzudrehen. »Wenn du nicht ohne Frühstück in die Schule gehen willst, wirst du dich mit dem begnügen müssen, was da ist.«

»Das ist ungerecht!«, heulte Jax auf. »Sonst kaufst du *immer* …«

»Nein, Jacqueline!« Brenda wandte sich zu ihrer Tochter um. Sie machte keine Anstalten, ihre Wut zu zügeln. »Ungerecht ist, dass ich hier stehen und mir dein Gemaule anhören muss. Ausgerechnet heute!«

»Meine Güte, warum flippst du immer gleich aus?« Missmutig schlurfte Jax zur Brotdose und kramte darin herum. Schließlich fand sie einen Rest Früchtebrot. Sie zog sich an den Tisch zurück und begann, die Rosinen aus dem Teig zu pulen. »Ich weiß gar nicht, weshalb ihr so ein Theater macht«, murrte sie. »Dad hat einen Termin beim Bischof – na und? Kein Grund zur Aufregung.«

»Du weißt genau, dass es diesmal anders ist!«

Jax zuckte mit den Achseln. »Und wenn. Was soll schon passieren? Mona ist derselben Meinung, nicht wahr, Mona? Sie hat mir gesagt, sie findet, dass du total übertreibst«, fügte sie hinzu.

»Soso, hat sie das?« Brenda trocknete ihre Hände an einem Geschirrtuch ab und warf es in hohem Bogen auf den Küchentresen. »Nun, dann sind wir alle Mona für diese Bemerkung unaussprechlich dankbar. Wie gut, dass wir endlich eine eigene Amateurpsychologin im Haus haben!«

Mona blitzte Jax verärgert an. »So habe ich es nicht ausgedrückt«, widersprach sie. »Ich habe nur gesagt, dass es keinen Sinn hat, sich verrückt machen zu lassen. In letzter Zeit waren alle hier im Haus ein wenig überspannt …« Ihre Augen quollen schier über vor aufrichtigem Mitgefühl.

Brenda lachte trocken. »Warum wohl?«

Die Pfeilspitze traf ihr Ziel, und Mona errötete. »Und ich möchte nochmals sagen, wie leid es mir tut, dass ich die Ursache für einen kleinen Teil der Misere bin.«

Bei den Worten »kleiner Teil« entwich Brenda ein undefinierbarer Laut. »Womöglich wäre ich nicht ganz so überspannt, hättest du zu allem Überfluss nicht auch noch darauf bestanden, mir einen räudigen Köter ins Haus zu schleppen, der regelmäßig den Flurteppich als Abort benutzt!«, sagte sie mit mühsam beherrschter Stimme.

»Entschuldigung.« Mona warf einen Blick auf den struppigen Mischling, der unter dem Küchentisch den Schlaf der Gerechten schlief. »Ihm ist doch nur ein paar Mal ein kleines Malheur passiert.«

»Darüber hinaus bellt er Tag und Nacht und verliert büschelweise Haare.« Brenda hatte sich warmgeredet und war dankbar, dass sie ein Ventil für ihren aufgestauten Frust gefunden hatte. »Hast du übrigens schon gesehen, was er mit der Tapete im Wohnzimmer angerichtet hat?«

»Er wird sich bestimmt bessern«, sagte Mona tröstend. »Wir müssen ihm nur ein wenig Zeit geben.«

Auch Jax sprang für Engelbert in die Bresche. »Er kann doch nichts dafür, dass er nicht stubenrein ist, Mum. Er hat es in seinem bisherigen Leben nicht leicht gehabt.«

Fast hätte Brenda gekontert: »So? Und was ist dann deine Entschuldigung für dein erbärmliches Benehmen?« Stattdessen sagte sie nur: »Seht bloß zu, dass er mir heute nicht unter die Augen kommt. Noch eine Pfütze, und ihr könnt eurem Liebling endgültig Adieu sagen.«

Schritte in der Halle kündigten Gerrys Ankunft an. In seinem besten grauen Anzug sah er nicht wie ein Pfarrer aus, sondern eher wie ein Angestellter des mittleren Managements. Das kalte, unbarmherzige Morgenlicht, das durch das Küchenfenster hereinfiel, ließ ihn älter erscheinen, und die schwarzen Schatten unter seinen freundlichen Augen waren noch dunkler als sonst.

»Weizenkleie, Liebling?«, fragte Brenda, die ihm zuliebe sogleich eine Maske geschäftiger Heiterkeit aufgesetzt hatte. »Oder möchtest du lieber Eier und Speck? Heute brauchst du ein anständiges Frühstück im Leib.«

Er schenkte sich aus der Kanne auf dem Tisch eine Tasse Kaffee ein und stürzte sie hinunter. »Danke, Schatz, aber ich möchte nichts essen. Ich glaube, ich mache mich gleich auf den Weg.«

»Du wirst viel zu früh da sein.«

»Das ist allemal besser, als hier herumzusitzen und zu warten«, gab er mit einem gezwungenen Lächeln zurück. Er küsste seine

Frau auf die Wange, ließ es zu, dass sie seine Krawatte zurechtrückte, nahm die Autoschlüssel und wandte sich zur Tür. »Dann bis später.«

Mona lächelte ihm ermutigend zu. »Viel Glück ... Dad«, sagte sie mit vollem Mund.

Brenda funkelte sie entrüstet an. Gerry hingegen war sichtlich gerührt.

Jax sah lediglich kurz auf und bemerkte gleichmütig: »Ach was, das braucht er nicht. Was soll schon groß passieren?«

Welsh Dave war ganz in seinem Element. Seit Jahren hatte St. Jude ihm nicht mehr so reichhaltigen Klatsch beschert – nicht seit das Freudenhaus an der Elmstone Avenue nach einer Razzia geschlossen worden war. Kein Detail des Gemeindelebens war vor ihm sicher. Ihm entging nichts.

Die Einzige, der es hin und wieder gelang, ihn auszustechen, war Jean Armitage. »Der Tag der Abrechnung ist gekommen«, verkündete sie, als er ihr auf den Treppenstufen die Post überreichte – natürlich erst, nachdem er einen diskreten, aber gründlichen Blick auf die Ansichtskarte aus Madeira geworfen hatte.

Er beugte sich vor, sah verstohlen nach links und rechts und flüsterte: »Der Pfarrer wurde zum Chef bestellt, ich weiß. Wie haben Sie es denn herausgefunden – hat er es dem Kirchenvorstand bekannt gegeben?«

Das selbsternannte Orakel von St. Jude sah sein Gegenüber indigniert an. »Wo denken Sie hin? Wir waren ihm nicht wichtig genug – absolut typisch für den Mann, wenn ich meine bescheidene Meinung äußern darf. Nein, nein, er hat die ganze Angelegenheit hübsch für sich behalten. Beschämend.« Ihre Miene wurde durch ein verschlagenes Lächeln erhellt. »Aber schließlich hat man seine Quellen.«

»Eine findige Frau wie Sie, Mrs Armitage ... Meinen Sie, der Bischof wird ihn vor die Tür setzen?«

»In jedem Fall wird er eins auf die Finger bekommen. Allerhöchste Zeit, wenn Sie mich fragen.«

Welsh Dave langte in seine Tasche und zog einen kleinen Notizblock nebst Bleistift hervor. »Ich könnte Sie nicht zufällig zu einer kleinen Wette überreden?«, fragte er. Als er den argwöhnischen Gesichtsausdruck von Mrs Armitage sah, fügte er hastig hinzu: »Die Erlöse gehen selbstverständlich an die Kirche.«

»Nun, in diesem Fall könnte ich mich *vielleicht* dazu hinreißen lassen, ein kleines Sümmchen zu setzen.« Mrs Armitage lächelte süßlich und ging, um ihre Handtasche zu holen.

»Ah, Reverend Craine.« Der Sekretär des Bischofs, unterkühlt wie immer, wies auf eine Tür zu seiner Rechten. »Gehen Sie durch. Der Bischof erwartet Sie bereits.«

Das Büro seiner Exzellenz, des Bischofs Thaddeus Grove, sah anders aus, als man sich die Wirkungsstätte eines hohen Kirchenbeamten vorgestellt hätte: keine vom Alter dunkel gewordene Eichenvertäfelung, keine viktorianischen Buntglasfenster oder antiken Polstermöbel. Kein wuchtiger Schreibtisch mit gedrechselten Beinen. Stattdessen regierte Schlichtheit: schnörkellose, zweckmäßige Möbel, ein Computer mit großem Flachbildschirm, Glas und Chrom. Sogar der Teppichboden des Amtsvorgängers war durch pflegeleichtes Laminat in Ahornnachbildung ersetzt worden.

In seiner kargen Funktionalität wirkte das Büro ein wenig kalt. All dies hätte Gerry nicht gestört, wäre ihm der Bischof mit seiner üblichen jovialen Herzlichkeit entgegengekommen. Als Bischof Grove jedoch beim Geräusch der sich öffnenden Tür von den Unterlagen aufsah, die auf seinem Schreibtisch vor ihm lagen, wusste Gerry sofort, dass er diesmal nicht mit ihm über sein Handicap beim Golf würde plaudern wollen. Und den Willkommenssherry konnte er auch vergessen. Vermutlich würde man ihm, dem in Ungnade Gefallenen, nicht einmal eine Tasse lauwarmen Beuteltee anbieten.

»Craine«, brummte der Bischof wie ein Braunbär, den man vor der Zeit aus dem Winterschlaf gerissen hatte.

Da der Bischof keine Anstalten machte, ihn mit Handschlag zu begrüßen, nickte Gerry lediglich respektvoll. »Eure Exzellenz.«

»Schließen Sie die Tür und setzen Sie sich. Sie haben mir eine ganze Menge zu erklären.«

David Crenshaw war bester Laune.

»Gut gemacht, Mona«, sagte er stolz und schlug seiner Angestellten so beherzt auf den Rücken, dass jede zartere Frau kopfüber durch die Schwingtür zum Damenklo gesegelt wäre. »Ich weiß gar nicht, wie ich jemals ohne Sie zurechtgekommen bin.« Sodann wandte er sich an Sean, der das Ganze mit mürrischer Miene verfolgt hatte. »Und Sie wollen mein Erster Barkeeper sein? Jahrelang arbeiten Sie schon hier, und trotzdem merken Sie nicht, dass jemand seine Finger in der Kasse hat?«

»Nicht meine Aufgabe«, grummelte der Angesprochene barsch. »Ich muss mich im Keller um die Braufässer kümmern. Kann schließlich nicht an zwei Orten gleichzeitig sein, oder?«

Crenshaw rümpfte spöttisch die Nase. »Wahrscheinlich haben Sie der Thekenkraft die ganze Zeit auf den Ausschnitt gestarrt, während sie mich in aller Seelenruhe beklaut hat!«

»Seien Sie doch nicht so streng mit ihm, Mr Crenshaw«, bat Mona. Sie hatte das Lob ihres Chefs in huldvoller Bescheidenheit entgegengenommen, während Engelbert hechelnd zu ihren Füßen gesessen und voller Bewunderung zu ihr aufgeblickt hatte. Nun war es an der Zeit, ein wenig Großmut zu zeigen.

Crenshaws Lächeln wurde immer breiter. »Bitte – nennen Sie mich David!«

Daraufhin blickte Sean noch verbiesterter drein. All die Jahre tat er nun schon ohne Murren seinen Dienst und musste immer noch »Sir« sagen!

»Also gut, David. Aber Sean hat nicht unrecht. Er ist meistens im Keller beschäftigt und hat keine Zeit, ständig ein Auge auf die Kasse zu haben. Außerdem hatte das Mädchen einen Komplizen. Die beiden sind wirklich äußerst geschickt vorgegangen«, fügte sie hinzu, ganz so, als sei sie eine Expertin in Sachen Diebstahl und habe nicht einfach nur Glück gehabt, die Hauptschuldige in flagranti zu erwischen und an Ort und Stelle ein umfangreiches Geständnis aus ihr herauszupressen.

»Halten Sie mich etwa für blöde?«, knurrte Sean zusammenhanglos. »Ich habe eine Ausbildung!«

»Aber, Sean, wie kommen Sie denn darauf?«, rief Mona entsetzt, als wäre der bloße Gedanke eine unvorstellbare Abscheulichkeit. »Das tut ganz gewiss niemand.«

»Ich schon«, warf Crenshaw ein. »Und ich glaube, es wird Zeit, dass sich hier einiges ändert. Von nun an«, verkündete er und zeigte auf Mona, »ist das Mädel hier der Erste Barkeeper – die Erste Barkeeperin. Verstanden?«

Seans Unterlippe tat etwas, was sie noch nie zuvor getan hatte: Sie bebte. »Aber … was bin ich dann?«

»Arbeitslos«, erwiderte Crenshaw knapp.

Bevor Sean die Gelegenheit bekam, sich jede Chance auf eine Rehabilitierung endgültig zu verderben, indem er seinen Arbeitgeber tätlich angriff, meldete sich Mona zu Wort. »Tun Sie das nicht, David«, flehte sie. »Wer soll dann unser Bier brauen? Sean hat wirklich ein Händchen für solche Dinge.«

»Hab ich das?« Seans Trübsinn lichtete sich ein wenig, während er darüber nachgrübelte, was er soeben gehört hatte. »Verdammt, sie hat recht: Ich bin gut. Ich bin wirklich gut!«

»Vielleicht könnten Sie ihn zum Braumeister ernennen«, schlug Mona vor. »Bei gleichem Gehalt, versteht sich.«

»Braumeister?« David Crenshaw kratzte sich den Kopf. »Wessen Meister denn? Außer ihm gibt es dort unten doch niemanden.«

»Wir könnten ihm einen Lehrling besorgen. Erst kürzlich sagten Sie, dass wir zu wenig Personal haben.«

Crenshaw schüttelte den Kopf und seufzte. »Ich weiß wirklich nicht, warum ich Ihnen überhaupt zuhöre, Mona. Vielleicht liegt es daran, dass Sie in diesem Laden die Einzige sind, die etwas in der Birne hat – mich ausgenommen, natürlich. Also schön, Sean, binden Sie sich Ihre Schürze wieder um, verziehen Sie sich in den Keller und danken Sie dem Herrgott, dass Sie noch einen Job haben.«

Einige Stunden später suchte Mona ihren Chef in seinem Büro auf, wo er über Abrechnungen brütete.

»Noch immer keine schwarzen Zahlen?«, fragte sie.

Er rieb sich die Augen und lehnte sich zurück. »Nicht einmal hellgrau. Wenn nicht bald ein Wunder geschieht … nun ja, wie dem auch sei – was kann ich denn für Sie tun?«

Mona schloss die Tür hinter sich und setzte sich Crenshaw gegenüber an den Tisch. »Sie haben uns doch gebeten, uns zu überlegen, wie wir mehr Gäste in den Pub locken könnten. Mir ist etwas eingefallen: ein Mottoabend!«

Er lachte. »Sagen Sie nichts: eine australische Nacht, bei der das Lager in Strömen fließt und alle Gäste lederne Cowboyhüte tragen müssen. Na ja«, grübelte er. »Vielleicht ist es gar keine schlechte Idee. Ein Bekannter von mir aus Worcester hat ein ausgestopftes Känguru, das könnte er uns vielleicht leihen.«

Mona verzog das Gesicht. Gleich würde er vorschlagen, Sean als Dame Edna zu verkleiden und ihn zu zwingen, den ganzen Abend mit Gladiolen um sich zu werfen und jeden Gast mit »mein süßes kleines Schnuckelpossum!« zu begrüßen.

»Nicht ganz«, sagte sie. »Ich hatte eher an ein Motto gedacht, das wirklich zum Pub passt.«

»Hm.« David zuckte mit den Schultern. »Und wie sollte das lauten? Unsere Gäste sind einfach gestrickt, Mona. Wenn man ihnen einen Trog Bier hinstellt, in dem sie sich ersäufen können, sind sie zufrieden.«

»Aber unser Ziel ist es doch, *neue* Gäste anzulocken. Deshalb müssen wir mehr bieten als das.« Sie sah sich um und musterte die alten schiefen Wände und die holzwurmzerfressenen Balken. »Ich weiß auch schon, was. Denken Sie nach, David: Was ist das Besondere an unserer Kneipe?«

»Wir sind die erste mit eigenem Pesterreger?«

»Wir haben *Geschichte,* David! Man kann sie förmlich riechen!« Sie sprang auf und begann, im Raum auf und ab zu gehen. »Wissen Sie überhaupt, wie alt dieser Pub ist? Mehrere Hundert Jahre! An dieser Stelle existierte bereits eine Kneipe, bevor der erste Europäer einen Fuß auf australischen Boden gesetzt hat. Dieses Haus ist älter als mein ganzes Land! Ist das nicht unglaublich?«

»Faszinierend. Aber was hat das mit Ihrem Mottoabend zu tun?«

Mona rang ungeduldig die Hände. »Wovon rede ich denn die ganze Zeit? Wir veranstalten einen *historischen* Mottoabend! Schließlich heißt der Pub nicht umsonst Royal Shakespeare Tavern! Ich war in der Stadtbücherei und habe mir erlaubt, ein wenig zu recherchieren. Es gibt eine Legende, die besagt, Shakespeare höchstselbst habe drei Tage hier verbracht, um sich nach dem Genuss von verdorbenem Bier von einer Darmkolik zu erholen.«

Crenshaw lachte. »Einmal Absteige, immer Absteige. Also schön, was schlagen Sie vor? Einen Abend zu Ehren Willy Shakespeares?«

»Ganz genau.«

Crenshaw blickte sie zweifelnd an. »Ihre Einsatzbereitschaft in allen Ehren, aber glauben Sie nicht, dass Sie ein bisschen zu hoch hinaus wollen? Die meisten unserer Gäste können kaum lesen und schreiben. Ich kann mir nicht recht vorstellen, dass sie Gefallen an Romeo und Julia finden würden – es sei denn, Julia kommt oben ohne.«

»So weit müssen wir vielleicht nicht gehen«, sagte Mona lachend und ließ sich neben ihrem Chef auf der Schreibtischkante nieder. »Ich dachte eher an ein zünftiges Gelage. Mit Kostümen! Wir könnten den Abend … jawohl, ›Dichter und Dirnen‹ nennen, wie wäre das? Männer in Strumpfhosen, jede Menge nackte Haut und eine spezielle Shakespeare-Abfüllung! Dazu fahren wir ein paar Pies auf, und schon haben wir ein Bankett. Na, was sagen Sie?«

David Crenshaw dachte einen Augenblick lang nach, kratzte sich am stoppeligen Kinn und verkündete schließlich: »Ich würde sagen, Ihnen sitzt ein überaus kluges Köpfchen auf den Schultern, Mona Starr.«

Das hörte sich gut an. Mona beschloss, ihre Trumpfkarte auszuspielen. »*Möglicherweise* könnte ich sogar meinen Freund Mad Dog McKindrick und seine Band dazu überreden, eine Showeinlage zu geben. Wenn ich ihn ganz lieb bitte, kommt er bestimmt.«

»Afterlife? In meiner Kneipe? Das wäre … ein Wunder«, murmelte David. Er hielt kurz inne und fragte dann: »Warum machen Sie sich eigentlich die ganze Mühe?«

»Ich liebe diesen Laden! Ich weiß, es ist eine dreckige alte Kaschemme, aber sie ist so unglaublich … britisch.« Mona betrachtete angestrengt ihre Fußspitzen. »Und außerdem«, fuhr sie leicht verlegen fort, »möchte ich einmal in meinem Leben etwas wirklich gut machen. Etwas Richtiges – nicht bloß in irgendeine Kamera schmollen.«

»Das machen Sie aber bestimmt auch ganz prächtig, wenn ich mir die Bemerkung erlauben darf. Hm. Werden Sie selbst auch ein Kostüm tragen?«

»Vermutlich.«

»In dem Fall gebe ich gern meine Zustimmung.«

Auf Monas Gesicht erschien ein zufriedenes Lächeln. »Dann

wäre alles geklärt. Jetzt müssen wir uns nur noch auf einen Termin einigen. Ach so – etwas wäre da noch, David.«

»Ja?«

»Wenn Sie noch einmal Ihre Hand auf mein Knie legen, werde ich sie Ihnen brechen müssen.«

Gerry hatte, als er nach seiner Unterredung mit Bischof Grove ins Pfarrhaus zurückkehrte, keine erfreulichen Nachrichten im Gepäck.

Belle saß gerade mit ihrer Mutter am Küchentisch, wo sie sich am helllichten Tag die Reste einer Flasche Rotwein teilten, als die Haustür auf- und kurz darauf wieder zuging. Dann lauschten sie auf Gerrys Schritte, die den Flur entlang in Richtung Küche geschlurft kamen. Das Geräusch klang so traurig, dass Mutter und Tochter unwillkürlich aufblickten und sich mit vor Entsetzen geweiteten Augen ansahen. Sie sprachen nicht, aber jede wusste genau, was die andere dachte.

Gerry betrat die Küche, warf sein Jackett über einen Stuhl und setzte sich. Er wirkte bestürzt und durcheinander. Kein Wort kam über seine Lippen.

Verzweifelt überlegte Belle, was sie sagen sollte, um das Schweigen zu brechen. Ihr Kopf war vollkommen leer. Alles, was ihr in den Sinn kam, waren hohle, austauschbare Floskeln. Wie würde er reagieren, wenn sie einfach zu ihm ginge und ihn in die Arme nahm? Er sah so weggetreten aus. Vielleicht hätte er es gar nicht gemerkt.

Nach einer Ewigkeit fragte Brenda betont unbekümmert: »Eine Tasse Tee, Gerry?«

»Danke, Schatz, das wäre sehr nett.« Noch immer saß er regungslos da. Er beobachtete seine Frau, die sich am Teekessel zu schaffen machte, und sagte schließlich mit einem kaum wahrnehmbaren Lächeln: »Wenigstens habe ich es jetzt hinter mir.«

Belle stieß erleichtert die Luft aus. Es war nichts Schlimmes passiert! Der Bischof hatte ihrem Vater eine Standpauke gehalten, von der er wohlbehalten zurückgekehrt war. Er hatte recht: Es war vorbei. Er würde auf sich nehmen, was auch immer ihm als Strafe auferlegt worden war, und danach konnten sie endlich ihr Leben in Ruhe und Frieden weiterleben.

Doch gerade als die Anspannung ganz allmählich von Belle abfiel, ließ Gerry die Bombe platzen.

»Es tut mir unendlich leid, aber ich fürchte, wir werden St. Jude verlassen müssen.«

Belles Herz hörte für einen Augenblick auf zu schlagen. Ihre Mutter ließ den Wasserkessel, mit dem sie hantiert hatte, scheppernd auf den Küchentresen fallen und öffnete den Mund. »St. Jude ver... wir müssen fort?«, hauchte sie. »Gerry, nein! Er hat dich entlassen! Der Bischof hat dich ...«

Gerry trat zu seiner Frau, die am ganzen Leib zu zittern begonnen hatte, und legte ihr tröstend einen Arm um die Schultern. »Nein, nein, ganz so schlimm ist es nicht. Er hat mich nicht gefeuert. Er hat mir lediglich nahegelegt, meine Versetzung in eine andere Gemeinde zu beantragen.«

»Oh«, sagte Brenda erleichtert. »Du hast selbstverständlich abgelehnt.«

Sein gequältes Lächeln war wieder da. »Das kam leider nicht infrage, Liebes. Es ist beschlossene Sache: Wir werden umziehen.«

»Aber wohin? Wann? In welche Gemeinde?« Brendas Hände flatterten vor ihrem Gesicht herum wie zwei aufgeregte Motten.

»Nach Prestbury?«, fragte Belle. »Ich habe gehört, dort ist die Stelle des Pfarrers im Moment unbesetzt.«

»Nein. Nicht nach Prestbury.«

»Wohin denn dann?«, fragte Brenda schrill. Entsetzen, Scham und allerlei böse Vorahnungen machten sie plötzlich ganz fahrig.

Gerry straffte die Schultern, zog ein Gesicht, wie Belle es noch nie an ihm gesehen hatte, und sagte: »Nach ... St. Mungo.«

Plötzlich war es ganz still im Raum. Schweigen breitete sich aus, dicht und kalt wie ein Jahrhundertwinter, der die ganze Welt in Eis und Schnee hüllt.

»St. Mungo?« Belle war es, als hätten sich diese zwei kleinen Worte wie ein fünftausend Volt starker Stromstoß durch ihr Gehirn gefressen. »Aber ist das nicht die Pfarrei im ...«

»Bluebell Estate. Ja, Schatz, genau die ist es«, gestand Gerry und ließ den Kopf hängen.

Brenda sackte auf dem nächstbesten Stuhl zusammen. »Der Bluebell Estate?« Normalerweise duldete sie es nicht, dass in ihrem Haus der Name des Herrn missbraucht wurde, aber angesichts dieser Nachricht konnte sie sich ein schwaches »Oh, mein Gott« nicht verkneifen.

»Der Bluebell Estate«, echote Belle und versuchte vergeblich, das Ganze zu verarbeiten. »Nein …«

»Ich weiß. So hübsch wie hier werden wir es dort nicht mehr haben«, räumte Gerry ein – eine vornehme Untertreibung, wie nur ein hoffnungsloser Optimist sie über die Lippen bringen konnte. »Ich gebe zu, die Gegend hat einen schlechten Ruf. Es wird für uns alle eine große Umstellung. Aber seht es einmal so«, fügte er in einem betont ermutigenden Tonfall hinzu, »was wäre das Leben ohne Herausforderungen?«

Kapitel 13

Mrs Armitage war eine Frau, die regelmäßige Gewohnheiten pflegte.

Heute war Donnerstag, und an Donnerstagabenden machte sie sich stets auf den kurzen Fußweg in die Stadt, um die langen Ladenöffnungszeiten für einen Einkaufsbummel zu nutzen. Eigentlich kaufte sie so gut wie nie etwas, aber die Möglichkeit, jemandem zu begegnen, der eine pikante Geschichte zu berichten hatte, oder gar eine solche Geschichte hautnah mitzuerleben, war ihr sehr wichtig.

Sie hatte soeben den Park durchquert und den Weg in Richtung High Street eingeschlagen, als jemand – oder vielmehr: etwas – im trüben Zwielicht ihre Aufmerksamkeit erregte: eine blonde Haarmähne. Nun wusste Jean Armitage natürlich, dass in Cheltenham kein Mangel an blondierten Schöpfen herrschte – offenbar hatte die vielzitierte Frau von heute jegliche Maßstäbe von Anstand und gutem Geschmack längst über Bord geworfen. Aber dies hier war ein Blond ohnegleichen: honiggolden, seidig schimmernd und sanft gewellt.

Ja – diese Haare hätte Mrs Armitage überall wiedererkannt. Sie gehörten zu Mona, der verführerischen Leiche in Gerry Craines Keller.

Ihre Neugier war geweckt.

Für einen Außenstehenden hätte es den Anschein haben können, als unternehme Mona lediglich einen kleinen Abendspaziergang, wie es viele Bewohner von Cheltenham taten. Er hätte auch vermuten können, sie befinde sich auf dem Heimweg von der Arbeit. Mrs Armitage allerdings wusste es besser. Durch jahrelange Übung hatte sie einen sechsten Sinn entwickelt, der sie nur selten trog. Diese Mona ging nicht spazieren – sie führte etwas im Schilde. Wie sie verstohlen um sich blickte wie ein Dieb in der Nacht, dann hastig in ihrer Handtasche kramte und etwas zutage förderte … was war das? Jean verfluchte ihre alte Gleitsichtbrille und schlich ein paar Schritte näher heran. Aha, ein Schlüssel!

Inzwischen hatte sich die Zielperson umgedreht und eilte die Einfahrt zu einem Apartmentkomplex hinauf. Mrs Armitage staunte nicht schlecht, als sie erkannte, dass es sich keineswegs um ein beliebiges Gebäude handelte, sondern um das, in dem Annabelle Craines Verlobter wohnte. Sie konnte sich noch genau daran erinnern, wie Brenda aller Welt erzählt hatte, was für eine schöne Wohnung sich ihr zukünftiger Schwiegersohn gekauft habe. »Eine großartige Investition in die Zukunft, finden Sie nicht auch?« Verflixt, wenn sie doch nur die Nummer seines Apartments wüsste!

Dass es sie nicht das Geringste anging, wo sich Mona Starr herumtrieb, kam ihr gar nicht erst in den Sinn. Was auch immer Mona vorhatte, sie ging dabei sehr heimlichtuerisch zu Werke. Das war für Jean allemal Rechtfertigung genug zum Spionieren.

Als sie Mona die Einfahrt hinauf verfolgte, kam Jean ihre Erfahrung zugute, denn sie benutzte geschickt die Rhododendronbüsche als Deckung. Ein leiser Fluch entfuhr ihr, als ihr linker Schuh im weichen Erdreich stecken blieb und sie auf einem Bein weiterhüpfen musste. Aber was machte es? Ein Abenteuer wie dieses war allemal eine schmutzige Feinstrumpfhose wert.

Wenige Augenblicke später hatte sie sich nahe genug herangeschlichen, um zu sehen, wie Mona Starr auf einen der Klingelknöpfe drückte. Sie prägte sich genau ein, welcher es gewesen war. Hätte sie nur ihr Fernglas dabei gehabt! Und dann, wie um ihre schlimmsten Befürchtungen zu bestätigen, hörte sie Mona vor sich hin murmeln: »Aha, Kieran ist nicht zu Hause.«

Kieran? Also …

Nachdem sie sich ein letztes Mal umgesehen hatte, schloss Mona die Haustür auf, schlüpfte in die Vorhalle und entschwand aus Jeans Blickfeld.

Jean wartete einige Sekunden, dann schlich sie zur Haustür und warf einen Blick auf die Klingelschilder. Tatsächlich: Neben dem Knopf, den Mona gedrückt hatte, stand ein Schild, auf dem deutlich lesbar geschrieben war: »Apt. 6 Sawyer«.

Was hätte sie dafür gegeben, der jungen Frau ins Innere des Hauses folgen zu können …

Im Pfarrhaus war man Stille nicht gewohnt. Man war Gelächter und Tränen und lautstarke Streitereien gewohnt, aber nicht diese furchtbar bleierne, unheimliche Ruhe. Selbst das Ticken der alten Standuhr in der Halle klang gedämpft, als wüsste sie über alles Bescheid.

Irgendwann öffnete Gerry den Mund, aber Brenda kam ihm zuvor. Ihre mit bebender Stimme hervorgepressten Worte hallten in der Stille der Küche wider. »Wage es ja nicht«, sagte sie. »Wage es ja nicht zu sagen, es könne auch sein Gutes haben.«

»Nun, wir … sollten das nicht von vorneherein ausschließen«, begann er zaghaft. »Dieser Umzug könnte sich als eine echte Chance erweisen – eine Möglichkeit, wertvolle neue Erfahrungen zu sammeln. Wir müssen uns nur mit der Vorstellung anfreunden.«

»Als ob wir das könnten«, gab Brenda höhnisch zurück. Fast war es, als spuckte sie ihrem Mann die Worte ins Gesicht.

So hatte Belle ihre Mutter noch nie erlebt. Erst jetzt wurde ihr klar, dass sich, obgleich jahrelange Übung in bürgerlichem Anstand und christlicher Demut die meisten ihrer Ecken und Kanten abgeschliffen haben mochten, hinter der Fassade der bescheidenen, eilfertigen Pfarrersgattin noch eine ganz andere Frau verbarg.

»Aber das ist typisch für dich, Gerry. Verdammt typisch.«

»Brenda –«, begann er, aber sie war noch nicht fertig.

»All die Jahre, die wir hier gelebt haben«, sagte sie bitter, »all die Freunde, die wir gewonnen haben, alles, wofür ich so hart gearbeitet habe, um deinetwillen und der Kinder wegen … das alles löst sich mit einem Mal in Wohlgefallen auf, und du erwartest von uns, dass wir uns einfach damit *anfreunden*? Dass wir so tun, als wäre nichts passiert? Als ginge alles so weiter wie bisher?«

»Es wird eine Zeitlang dauern, das weiß ich«, versuchte Gerry seine Frau zu beschwichtigen. »Aber vielleicht hat es das Schicksal so gewollt. Vielleicht haben wir es uns zu bequem gemacht und zu viel als selbstverständlich hingenommen.«

Brenda seufzte. Ihre Augen glänzten, als sei sie kurz davor, in Tränen auszubrechen. »Bequem? Weißt du nicht mehr, wie schwer es für uns war, hier Fuß zu fassen? *Ich* habe es *nicht* vergessen! Die Arroganz der Leute, die gemeinen Bemerkungen hinter meinem Rücken … *Die Pfarrersfrau ist ein bisschen gewöhnlich, findest du nicht? Ich frage mich, wo er die aufgelesen hat.*«

»Das war bestimmt nicht so –«

»O doch, Gerry Craine, es war genau so gemeint. Monatelang hatte ich mit dem Hass und der Ablehnung der Leute zu kämpfen, und ich habe sie genauso gehasst wie sie mich. Erinnerst du dich nicht mehr an diese widerliche hochnäsige Ziege, die einen Brief an den Bischof geschrieben hat, in dem sie ihre Sorge darüber ausdrückte, ich könnte ›den Anforderungen an das Leben im Umfeld einer etablierten bürgerlichen Gemeinde nicht gewachsen‹ sein?«

Gerry antwortete nicht, aber an seiner Miene wurde deutlich, dass er es nicht vergessen hatte.

»Wie lange habe ich um die Gunst der Leute hier gebuhlt? Wie viele Tombolas und Kirchenfeste habe ich organisiert? Wie viele stinklangweilige Kaffeekränzchen! Es hat Jahre gedauert, einige von ihnen zu überzeugen. Jetzt endlich mögen sie mich wirklich – und ich soll alles einfach aufgeben? Mit einem Lächeln im Gesicht meine Koffer packen und in den Bluebell Estate umziehen? Gehöre ich etwa dorthin? Ist es das, was du sagen willst?«

»Ich bin sicher, so hat Dad es nicht gemeint«, hakte Belle ein.

»Dein Vater kann für sich selbst sprechen, Annabelle!«

Gerry räusperte sich. »Brenda, mein Liebling, ohne dich wäre ich nichts. Ich habe nur deshalb so viel erreicht, weil du mir geholfen hast. Ich weiß genau, wie schwer es im Moment für dich ist, das schwöre ich dir, aber … ich brauche dich. Du musst weiterhin an meiner Seite stehen. Du gibst mir die Kraft weiterzumachen.«

Belle brach es fast das Herz mit anzusehen, welche Gräben die Verfügung des Bischofs in ihre Familie gerissen hatte. Hätte es in ihrer Macht gestanden, hätte sie ihn eigenhändig aus seinem Büro und ins Pfarrhaus geschleift, damit er sah, was er angerichtet hatte. Doch wahrscheinlich hätte es ihn gar nicht gekratzt. Menschen wie er standen über derlei Dingen.

»Mum«, sagte sie sanft. »Nicht nur Dad braucht dich. Wir alle brauchen dich. Du hältst die Familie zusammen.« Und obwohl der Gedanke, dass ihre Eltern ihr geliebtes St. Jude verlassen mussten, sie unvorstellbar traurig machte, fügte sie hinzu: »Spielt es wirklich eine Rolle, wo wir leben, solange wir füreinander da sind?«

Brenda sah ihre ältere Tochter an und schüttelte langsam den Kopf. »Genau wie dein Vater. Keinen Funken Verstand im Kopf. Natürlich spielt es eine Rolle.« Sie seufzte schwer. »Aber vielleicht keine so große, wie ich denke.«

»Na also, mein Mädchen.« Gerry schloss seine Frau in die Arme. »Wenn wir ganz fest zusammenhalten, kann uns niemand etwas anhaben«, sagte er beruhigend. »Und wenn es jemanden gibt, der eine schwierige Gemeinde auf Trab bringen kann, dann du.«

Sie verzog das Gesicht. »Begreif bitte eins, Gerry«, sagte sie ernst. »Diesen Kampf musst du allein ausfechten. Ich wollte nie die Frau eines Pfarrers sein – ich wollte immer nur *deine* Frau sein.«

»Das ist mehr, als ich mir wünschen kann.« Er lächelte.

Jax nahm die Nachricht nicht gut auf.

Sie war gerade lange genug geblieben, um die Hiobsbotschaft aus dem Mund ihres Vaters zu vernehmen, hatte sich dann auf dem Absatz umgedreht und war, ohne ein Wort zu sagen, davongestürmt.

Eine halbe Stunde später kam sie mit bleichem Gesicht und einer Bierfahne wieder zur Haustür hereingepoltert. »Ist das wahr?«, fragte sie ihre Eltern und Belle, die noch immer am Küchentisch saßen.

»Ja, es ist wahr«, antwortete ihr Vater. »Aber mach dir keine Sorgen, es ist alles halb so schlimm. Ich habe mir sagen lassen, in St. Mungo herrscht ein großartiger Gemeinschaftsgeist, und …«

»Halb so schlimm? *Halb so schlimm?*« Mit weit aufgerissenen Augen glitt Jax an der Küchenwand nach unten, bis sie, den Schulrucksack zu ihren Füßen, auf dem Boden zu einem kleinen Häufchen zusammensackte. »Wir müssen nach St. Mungo umziehen, und du sagst, das ist *halb so schlimm?*«

»Ich weiß, es kommt ein wenig unerwartet –«, begann ihr Vater.

»Es gibt keinen Grund überzureagieren«, schnitt Brenda ihm entschieden das Wort ab. »Wir werden nicht auf die Straße geworfen oder mit Schimpf und Schande davongejagt. Es ist nichts weiter als eine Versetzung. Damit muss ein Pfarrer immer rechnen. Daran ist nichts Besonderes.«

So leicht ließ sich Jax jedoch nicht besänftigen. »Aber nicht nach St. Mungo! Die Gemeinde ist der größte Müllhaufen von ganz Cheltenham. Da leben nur ... Asoziale und Verbrecher und ... das weiß doch jedes Kind!«

»Das sind doch nichts als Vorurteile. Ich bin sicher, auch dort gibt es wie überall normale, nette Leute«, beharrte Belle, obgleich die Erfahrungen, die sie erst kürzlich mit besagter Wohngegend gemacht hatte, sie etwas anderes gelehrt hatten.

»Du müsstest dich reden hören! Ach, Scheiße!«, rief Jax und raufte sich die blauen Haare. »Ich darf gar nicht daran denken, was sie in der Schule sagen werden, wenn sie Wind davon kriegen!«

»Tja, was das angeht ...«, sagte Gerry zaghaft. »Höchstwahrscheinlich wirst du ... die Schule wechseln müssen.«

Wie elektrifiziert sprang Jax auf die Füße. »Was?«

»Du hast für St. Jude ein Stipendium von der Diözese bekommen, weil ich der Gemeindepfarrer bin«, erläuterte er. »Aber wenn ich versetzt werde ...«

Ein undefinierbares Geräusch, das irgendwo zwischen Stöhnen und Knurren lag, drang aus der Kehle seiner Tochter. »Nein! Auf gar keinen Fall! Das könnte euch so passen, was? Langsam reicht es mir mit euch!«

Belle versuchte, sich daran zu erinnern, wie sie selbst sich mit sechzehn gefühlt hatte. War sie damals auch bei jeder Kleinigkeit an die Decke gegangen, weil sie gedacht hatte, der Weltuntergang stünde bevor? »Ist es denn so wichtig, was deine Klassenkameraden sagen?«, fragte sie. »Wenn das alles ist, was sie interessiert – sind sie dann wirklich deine Freunde?«

Jax erwiderte diesen halbgaren Tröstungsversuch mit einem Blick, der ihrer Schwester zu verstehen gab, dass ein nichtswürdiges Individuum wie sie besser die Klappe hielt. »Was weißt du schon, blöde Kuh?« Sie schniefte. »Dich interessiert es doch einen Scheißdreck, wie es mir geht.«

»Das stimmt nicht«, widersprach Belle, obschon sie nicht ganz sicher war, ob sie damit auch wirklich die Wahrheit gesagt hatte.

»Ach, hör doch auf. Dir geht es doch gut! *Du* hast doch alles, was du brauchst. Einen Mann mit Geld zum Heiraten und bald auch noch ein schönes Luxusapartment. Happy End!«

»In ein Luxusapartment ziehen wir bestimmt nicht«, sagte Belle und musste wider besseres Wissen lachen.

»Ist doch egal!«

»Und außerdem hast du erst vor einer Woche behauptet, du würdest dich lieber von einem Zug überfahren lassen, als zu heiraten.«

»Stimmt genau. Weil ich es im Gegensatz zu dir nicht nötig habe, mich selbst zu erniedrigen!« Jax reckte das Kinn vor. »Ich habe Grips. Ich werde Karriere machen!«

Belle biss sich auf die Zunge. »Wie schön für dich.«

»Und du? Du arbeitest in einem Seifenladen! Du bist so langweilig, dass du so viel Glück gar nicht verdient hast, und trotzdem ist für dich immer alles einfach. Nennst du das gerecht? Ich nämlich nicht!«

Armes kleines Ding, dachte Belle. Für wie viele Jahre kommt man wohl hinter Gitter, wenn man seine eigene Schwester erwürgt? Oder vielleicht wird man sogar geadelt! Schließlich ist es strenggenommen kein Verbrechen, sondern ein Dienst an der Allgemeinheit.

»Mit gerecht oder ungerecht hat das nichts zu tun«, sagte sie so ruhig sie es vermochte. »Das Leben ist, wie es ist. Wenn du älter bist, wirst du das verstehen.«

Jax fletschte die Zähne. »Behandle mich gefälligst nicht immer so von oben herab! Deine Arroganz kannst du dir in den Hintern schieben! Du hast doch selbst keine Ahnung!«

Die letzte dünne Faser, die Belles arg strapazierten Geduldsfaden bisher noch zusammengehalten hatte, riss. »Du solltest dich schämen! Werd endlich erwachsen und hör auf, dich selbst zu bemitleiden!«, herrschte sie ihre Schwester an. »Du benimmst dich wie ein kleines Kind!«

Jax klappte die Kinnlade herunter. »*Was* hast du da gerade gesagt?«

»Ich habe gesagt, du sollst endlich erwachsen werden! Ist es dir vollkommen egal, wie Dad sich fühlt? Oder Mum? Es gibt genug Schweinehunde da draußen – Leute, die alles Unglück der Welt verdient hätten, und vor wessen Tür wird es stattdessen abgeladen? Vor der unserer Eltern! Das Leben ist nun einmal nicht fair, und daran kann niemand etwas ändern. Also reiß dich gefälligst zusammen.«

»Aber was ist mit mir?«, beharrte Jax. »An meine Gefühle denkt wieder mal keiner!«

Entgeistert starrte Belle sie an. »*Deine* Gefühle?« Sie musste sich zügeln. Um ein Haar wäre ihr ein ungläubiges »Du hast Gefühle?« entschlüpft.

»Ganz genau – meine Gefühle!«, wiederholte Jax. »Hat irgendjemand auch nur eine Sekunde lang darüber nachgedacht, was das für mich bedeutet? Werde ich gefragt, was ich von all dem halte? Natürlich nicht! Und als ob es nicht schon schlimm genug wäre, einen Vater zu haben, der berufsmäßig auf einer Kanzel rumturnt, habe ich jetzt auch noch einen, der das im Bluebell Estate macht! Seid ihr wirklich alle so schwer von Begriff?« Jax schien vor selbstgerechtem Zorn geradezu überzulaufen. »Das ist mein gesellschaftlicher Ruin!«

An dieser Stelle hätte Belle zu gern etwas Geistreiches erwidert, das ihren vorlauten Mund ein für allemal zum Verstummen gebracht hätte, aber alles, was ihr einfiel, war ein beklagenswert einfallsloses: »Na dann.« Damit schien alles gesagt. Oder würden sie gleich anfangen, sich gegenseitig mit Sand zu bewerfen wie zwei Kinder, die sich auf dem Spielplatz zankten?

Sie funkelten sich gegenseitig an. Dann brach Jax das Schweigen. »Du kannst mich nicht leiden, gib es ruhig zu!« Ihre Lippe begann zu zittern. »Ihr alle – ich bin euch total egal. Ihr hasst mich!«

Nicht das auch noch! »Das stimmt nicht«, sagte Belle, »aber wenn du es gern glauben möchtest, tu dir keinen Zwang an.«

Die Stimme ihrer Schwester kippte. »Langsam habe ich die Schnauze voll von euch! Ich lasse mir das nicht länger bieten! Ich gehe in mein Zimmer!«

Nachdem das Poltern von Jax' Stiefeln auf der Treppe verklungen war, schlug die Kirchturmuhr von St. Jude gegenüber trauervoll die halbe Stunde.

»Meinst du nicht, dass du deiner Schwester gegenüber ein wenig zu hart warst?«, fragte Gerry ruhig.

»Ist mir doch egal!« Belle versetzte der Scheuerleiste einen frustrierten Tritt. »Kann schon sein. Was weiß ich ... Ach, verdammt, was für ein Scheißtag!«

Immer wieder wanderte ihr Blick zum Spalt zwischen den Vorhängen am Küchenfenster, in der Hoffnung, endlich Kieran auf dem Weg zur Haustür zu erspähen. Er hatte sich – wieder einmal – verspätet. Was trieb er nur? Und wo trieb er es? Und mit wem? Warum war er nicht hier bei ihr, wie er es versprochen hatte? Und warum hatte er den ganzen Nachmittag über das Handy ausgeschaltet?

»Jax setzt die Angelegenheit sehr zu«, murmelte Gerry, als ohrenbetäubende Trash-Metal-Klänge die Deckenbalken über ihnen zum Beben brachten.

»Das gilt für uns alle«, bemerkte seine Frau.

Gerry sah sie nicht an. Er saß einfach nur da, den Kopf in die Hände gestützt. Sein ganzer Körper drückte große Erschöpfung aus, jede Linie in seinem Gesicht schien durch Kummer und Schuld tiefer geworden zu sein, und zum ersten Mal in ihrem Leben betrachtete Belle ihn nicht mit Respekt, Bewunderung oder Liebe, sondern voller Mitleid und hilflosem, bitterem Zorn. Wie konnte jemand ihrem geliebten Vater so etwas antun?

Nun, da alle Kraft ihn verlassen zu haben schien, sah sie in ihm den alten Mann, der er eines Tages sein würde – und es zerriss ihr fast das Herz. Dieser Mann war nicht ihr Vater. Ihr Vater war stark und gütig und klug, und wie schlimm die Dinge auch aussehen mochten, am Ende würde alles gut werden, weil am Ende *immer* alles gut wurde.

»Alles wird gut.« Wieder und wieder hatte er das im Laufe der Jahre gesagt, ob es sich nun um eine vermasselte Prüfung oder ein aufgeschlagenes Knie handelte. Wie oft hatte er sie alle mit seinem Optimismus zur Verzweiflung getrieben? Und wie oft hatte er sie damit trotzdem dazu gebracht, die Schultern zu straffen und die Zähne zusammenzubeißen, weil sie ihm geglaubt hatten? Belle hätte sich selbst niemals als sonderlich fromm bezeichnet – aber der Glaube an ihren Vater war unerschütterlich gewesen. Bis jetzt.

Sie legte ihm eine Hand auf die Schulter und wünschte von ganzem Herzen, sie könne ihn trösten, so wie er es früher getan hatte. Wie viele kleine Wunden, Kränkungen und Niederlagen hatten ihre Eltern geheilt, mit nichts als einem Kuss und einem Lächeln? Sie wollte ihm genau die Worte sagen, die er ihr damals stets gesagt hatte – »Keine Sorge, es wird alles wieder gut« –, wusste aber, dass sie aus ihrem Mund nicht die gleiche Wirkung hätten. Schließlich glaubte sie selbst nicht daran.

»Ich setze mal Wasser auf. Möchte sonst noch jemand einen Tee?«

Sie hatte kaum zwei Schritte in Richtung des Teekessels gemacht, als die Haustür zugeschlagen wurde und der Klang von Gelächter und freundschaftlichen Neckereien zu ihnen drang.

»Wenn du nicht herumgeeiert wärst wie ein dreibeiniger Dingo …«

»Wie bitte? Du weißt ganz genau, dass *du* gemogelt hast!«

»Habe ich nicht!«

»Hast du wohl, du hast mich absichtlich in den Graben geschubst! Ich fordere Revanche!«

Kieran und Mona kamen lachend in die Küche gestolpert wie zwei Kinder am letzten Tag vor den Sommerferien. Engelbert wuselte hinterdrein. Im Maul hielt er stolz die zerfetzten Überreste eines Regenschirms.

»Hallo, alle zusammen! Hallo, Belle!« Kieran hauchte ihr einen flüchtigen Kuss auf die Lippen. »Ich habe Mona auf dem Weg hierher getroffen!«

»Schaut euch Engelbert an«, lachte Mona. »Ich glaube, ich werde ihn zum Meisterdieb ausbilden lassen.«

»Hallo«, sagte Belle gepresst.

Vielleicht war Kieran an diesem Tag besonders unaufmerksam oder mit seinen Gedanken woanders. Jedenfalls nahm er die gedrückte Stimmung in der Küche gar nicht wahr. »Na, Gerry, dann erzähl mal«, sagte er heiter. »Wie war das Treffen mit dem Bischof?« Er schälte sich aus seiner Jacke und warf sie schwungvoll über einen Stuhl.

Belle sah die beiden Neuankömmlinge halb verächtlich, halb ungläubig an. Selbst jemand wie die krankhaft gut gelaunte und egozentrische Mona hätte angesichts des gedrückten Schweigens Verdacht schöpfen müssen. Und Kieran doch erst recht. Oder nicht?

Und dann, tatsächlich: Ganz langsam begann Mona zu begreifen. Sie blickte von Belle zu Gerry, dann zu Brenda und wieder zu Belle. »He, was ist denn?«, fragte sie, und das Lächeln gefror auf ihrem Gesicht. »Wieso habe ich das Gefühl, ihr werdet mir gleich sagen, dass etwas Furchtbares geschehen ist?«

Am folgenden Morgen holperte Belles zerbeulter Peugeot durch einige der feinsten Schlaglöcher, die Cheltenhams Straßen zu bieten hatten. Sie war auf dem Weg zum Bluebell Estate.

»Es wäre wirklich nicht nötig gewesen, dass du dir den Morgen freinimmst, nur um mich durch die Gegend zu chauffieren«, sagte Gerry und zog zum wiederholten Male den Kopf ein, damit er sich nicht bei dem heftigen Auf und Ab am Wagendach stieß.

»Doch«, erwiderte Belle bestimmt. »Ich möchte es so. Außerdem sind wir in meinem Wagen unauffälliger. Wenn einige der Kids hier in der Gegend dein schickes Auto gesehen hätten, wären in null Komma nichts deine Reifen kaputt.«

»Hm«, sagte er nur. »Daran werden wir uns in Zukunft wohl gewöhnen müssen.«

Sie sah flüchtig zu ihm hinüber. »Ist das etwa auch gut für die Herzensbildung, Dad?«

Er lachte. »Gewiss. Nur nicht für den Schadensfreiheitsrabatt!«

Brenda hatte ursprünglich auch mitkommen wollen, allerdings in letzter Sekunde kalte Füße bekommen und einen mysteriösen Arzttermin aus dem Hut gezaubert. Belle – die genau wusste, dass es keinen solchen Termin gab – hatte sie gedrängt, es sich noch einmal zu überlegen, aber Gerry hatte seine Frau nicht unter Druck setzen wollen und Belles Überredungsversuchen Einhalt geboten. »Lass sie nur. Sie muss sich auf ihre Art an die Vorstellung gewöhnen.«

Kieran hatte natürlich keine Zeit, sondern wie üblich »furchtbar viel zu tun«. Belle hegte den Verdacht, dass es ihm durchaus möglich gewesen wäre, sich ein paar Stunden von der Arbeit loszueisen, hätte er wirklich gewollt. Aber er wollte eben nicht – und seltsamerweise war sie fast froh darüber.

Für die größte Überraschung jedoch hatte Mona gesorgt. »Bestimmt wollt ihr mich nicht dabeihaben«, hatte sie gesagt, als Belle sie über den geplanten Ausflug nach St. Mungo informierte. »Ich würde euch nur stören.«

Mona? *Stören?* Das hatte sie bislang noch nie davon abgehalten, sich irgendwo dazwischenzudrängen. Dass sie sich zu jeder Gelegenheit ungeniert selbst einlud, war gewissermaßen ihr Markenzeichen, und falls man sie loswerden wollte, musste man es ihr ganz deutlich sagen – vorzugsweise in Worten mit nicht mehr als vier Buchstaben und höchstens einer Silbe. Warum sie diesmal Einsicht gezeigt hatte, konnte sich Belle nicht erklären. Und warum war ihr aggressiver Charme auf einmal verflogen? Hatte sie schon genug von ihrer neuen Familie, nun, da sie aus ihrem gemütlichen Heim verjagt werden würde? War der Slum von St. Mungo für ein international bekanntes Topmodel etwa doch ein wenig zu schäbig?

Kurze Zeit später rumpelten sie den Bluebell Boulevard entlang und auf die Eierschachtel aus Beton zu, die der Gemeinde St. Mungo als Pfarrkirche diente.

»Nun, durchaus apart«, bemerkte Belle, als sie den Wagen auf dem Parkplatz vor der Kirche abstellte, der bis auf einen Haufen Schutt und einen umgekippten Einkaufswagen leer war.

Gerry stieg aus und streckte seine schmerzenden Glieder. »Ob du es glaubst oder nicht, sie hat damals sogar einen Preis gewonnen.«

»Ausgelobt von der *Vierteljahresschrift für Waschbetonbau*?«

»Irgendeine schwedische Architektenvereinigung. Die Jury meinte, hier sei die perfekte Vereinigung von Form und Funktion gelungen.« Er schnaubte. »Das bestätigt nur, was ich schon immer von Architekten gehalten habe.«

Die Kirche St. Mungo war ein echter Koloss. Ihre Erbauer mussten entweder sehr optimistisch oder sehr fromm gewesen sein, denn sie war groß genug, um dem kompletten Ensemble für die *Symphonie der Tausend* ein Dach über dem Kopf zu bieten. Die hohen Betonwände des Gotteshauses – einst blendend weiß, inzwischen deutlich ergraut und bis zu einer Höhe von drei Metern mit Graffiti überzogen – ragten drohend in den Himmel wie die Mauern eines alten russischen Gefängnisses. Das Dach des rechteckigen Gebäudes krönten sechs kleine Kuppeln, die in zwei parallelen Reihen angeordnet waren. Dieser architektonischen Besonderheit verdankte die Kirche auch ihren Spitznamen »Eierschachtel«. An einer Ecke befand sich ein hoher, spitz zulaufender Turm, der so dünn war, dass er eher wie ein Funkmast aussah. Das Kreuz, das früher einmal auf seinem Dach befestigt gewesen sein musste, fehlte. Vermutlich hatte ein tollkühner Dieb es gestohlen.

»Sie sind von der Versicherung?«, erkundigte sich ein alter Mann in speckiger Tweedjacke, ausgebeulten Jeans und Gummistiefeln.

»Versicherung?«, fragte Belle verdutzt.

Mit seinem Gehstock wies der Alte auf das Kirchendach. »Vorgestern Nacht haben sie das Kupfer gemopst. Kleine Scheißer«, fügte er mit einem nachdenklichen Kopfschütteln hinzu.

»Ach … Nein, da können wir Ihnen leider nicht weiterhelfen«, sagte Gerry und streckte dann mit einem freundlichen Lächeln seine Hand aus. »Ich bin Gerry Craine, der neue Pfarrer.«

Der Alte starrte ihn an, kratzte sich am Kopf und brach schließlich in grunzendes Gelächter aus. »Der neue Pfarrer? *Unser* neuer Pfarrer?« Es dauerte eine ganze Weile, bis er wieder zu Atem gekommen war. Dann schnäuzte er sich die Nase in ein fleckiges Taschentuch und sagte: »Also, Spaß beiseite. Wer sind Sie wirklich?«

»Sie müssen den alten Albert entschuldigen, Herr Pfarrer«, sagte Miss Edith Findlay, während sie im Innenraum der Kirche den Wischmopp schwang, den sie zwischendurch immer wieder in einen Eimer mit Putzwasser tauchte, das reichlich mit Desinfektionsmittel versetzt war. »Das ist für uns alle eine große Überraschung. Eine sehr angenehme Überraschung, versteht sich«, fügte sie hastig hinzu. »Ach, könnten Sie so lieb sein und kurz Ihren Fuß anheben, Herr Pfarrer? Sie sind in etwas hineingetreten …«

Belle schüttelte sich und versuchte, nicht hinzusehen, was genau die emsige Gemeindevorsteherin da entfernte. Genau wie die Außenfassade, so war auch der Innenraum des Gebäudes in einem beklagenswerten Zustand. Irgendjemand musste die Kirche regelmäßig als Schlafstatt – und Schlimmeres – benutzt haben. Sehnsüchtig dachte Belle an St. Jude.

Miss Findlay war Belles angewiderter Gesichtsausdruck nicht entgangen. »Wir haben hier ein kleines Problem mit der Sicherheit«, räumte sie ein. »Wir tun, was wir können, um Vandalen fernzuhalten, aber es wird immer wieder eingebrochen. Und die Diözese hilft uns nicht sonderlich dabei, Geld für anständige Schlösser und neue Fenstergitter aufzutreiben. Um ehrlich zu sein«, fuhr sie fort und schob sich die halb ergrauten kastanienbraunen Haare aus der Stirn, »haben wir alle damit gerechnet, dass der Bischof auf kurz oder lang beschließen würde, die Kirche zu entweihen.« Dann kicherte sie trotz ihrer mindestens fünfzig Jahre vergnügt wie ein Schulmädchen. »Wir haben nicht einmal im Traum daran gedacht, dass er uns einen so netten neuen Pfarrer schicken würde! Sie sind ein Geschenk des Himmels – im wahrsten Sinne des Wortes!«

Belle hatte sich dieselbe Frage gestellt – und ihr Vater vermutlich auch: Warum hatte der Bischof die Gemeinde drei Jahre lang völlig ignoriert, nur um jetzt plötzlich eine Kehrtwendung zu machen und einen neuen Pfarrer zu ernennen? Ging es ihm einzig und allein darum, einen Untergebenen zu demütigen, der sich etwas hatte zu Schulden kommen lassen? Zuzutrauen wäre es ihm, dachte Belle. Was für ein widerlicher, hinterhältiger Kerl!

»Ich freue mich, hier zu sein«, verkündete Gerry zu Belles Überraschung. Wenn es eins gab, das ihr Vater niemals tat, dann war es lügen. Hatte er sich am Abend zuvor noch mutlos und niedergeschlagen gezeigt, so schien er am heutigen Tag zwar nicht gerade überglücklich, aber doch voller Tatendrang. »Und ich verspreche Ihnen, dass ich mein Möglichstes tun werde, um den Erhalt von St. Mungo zu erreichen.«

Miss Findlay strahlte. »Selbstverständlich haben Sie die volle Unterstützung der Gemeinde. Wir sind zwar nicht viele, aber wir sind unserer Kirche sehr verbunden.«

»Wie viele Gläubige besuchen denn hier den Gottesdienst?«,

erkundigte sich Belle und ließ ihren Blick durch das riesige Kirchenschiff schweifen.

»Mehr, als man meinen möchte«, erwiderte Miss Findlay stolz. »Sonntags erreichen wir manchmal sogar zweistellige Besucherzahlen.«

Belle wagte es nicht, ihrem Vater in die Augen zu sehen. Sie wusste, dass er gerade daran dachte, wie viele Kirchgänger in St. Jude allwöchentlich in den Gottesdienst geströmt kamen: Jede Bankreihe war bis zum letzten Platz besetzt mit ordentlich herausgeputzten Frauen und ihren wohlbeleibten Gatten.

»Und nun, da Sie hier sind, Herr Pfarrer, wird es bestimmt noch aufwärts gehen!«

»Ich werde mein Bestes tun«, erwiderte Gerry diplomatisch, »mich dieser … anspruchsvollen Aufgabe gewachsen zu zeigen.«

Als Belle sich erneut umblickte, bemerkte sie eine Gestalt, die, einen großen schwarzen Gegenstand schleppend, hinter dem Chorgestühl entlangschlich. Ein junger Mann? Seine Bemühungen, sich möglichst unauffällig zu verhalten, waren mehr als dilettantisch. Er hätte ebenso gut ein riesiges Schild vor sich hertragen können, auf dem stand: »Ich führe Übles im Schilde!«

»Entschuldigen Sie«, wandte sich Belle flüsternd an Miss Findlay. »Ich glaube, jemand versucht gerade, Ihre elektrische Orgel zu stehlen.«

»Was?« Miss Findlay wirbelte herum, erblickte die Gestalt, stieß erleichtert die Luft aus und winkte. »Ach, das ist nur mein Neffe Jason. Hallo, Jason! Du kommst doch nachher zum Tee?« Sie wandte sich wieder ihren Gästen zu. »Er nimmt sie mit nach Hause, zur Sicherheit«, erläuterte sie. »Leider müssen wir das nach jedem Gottesdienst so machen – wenn wir wollen, dass sie am nächsten Morgen noch da ist.«

»Sie haben doch eine richtige Orgel«, sagte Gerry.

»Das stimmt«, erwiderte die Gemeindevorsteherin. »Vielmehr: Wir *hatten* eine. Leider hat sie einen Wasserschaden. Vor einigen Jahren gab es einen schlimmen Sturm, und es hat durchs Kirchendach durchgeregnet. Die Blasebalge sind auch zerfressen – Ratten, müssen Sie wissen …« Sie seufzte. »Wir haben Zuschüsse für die Reparaturarbeiten beantragt, aber der Bischof hat sich nicht sonderlich – wie soll ich es sagen? – entgegenkommend gezeigt.«

Was für eine Überraschung, dachte Belle.

»Er sagte, in seiner Diözese hätten andere Dinge Priorität.«

»Aha«, bemerkte Gerry. »Sehr interessant. Was denn zum Beispiel?«

Fast wäre Belle herausgeplatzt: »Golf und schnelle Autos!« Mit größter Mühe hielt sie sich zurück. Vermutlich hatte ihr Vater ohnehin dasselbe gedacht. Kaum eine Woche verstrich, ohne dass ein Foto von Bischof Grove auf der Gesellschaftsseite des *Courant* prangte, das ihn dabei zeigte, wie er sich, ein Glas Sekt in der Hand und umgeben von der Lokalprominenz, auf diversen Gartenpartys, Vernissagen oder Benefizveranstaltungen amüsierte.

»Nun ja. Das Rattenproblem wenigstens ist jetzt gelöst. Dafür hat Gladstone gesorgt«, sagte Miss Findlay und schüttete den Inhalt ihres Putzeimers in ein Abflussgitter am Boden. »Wir müssen nur noch hin und wieder ihre verstreuten Körperteile einsammeln.«

»Wer ist Gladstone?«, fragte Belle. »Der Küster?«

Miss Findlay lachte. »So ähnlich. Sehen Sie, dort drüben? Das ist er.«

Belle blickte sich um und entdeckte zwei Ohren und die Spitze eines buschigen roten Schwanzes, die gerade über dem Taufbecken auftauchten. »Eine Katze! Wie niedlich.«

»Niedlich würde ich ihn nicht nennen«, warnte Miss Findlay. »Versuchen Sie ja nicht, ihn zu streicheln – es sei denn, Sie können den einen oder anderen Ihrer Finger entbehren.«

Sie glitt mit ihrem Staubwedel über das Lesepult, dann steckte sie ihn in die Tasche ihrer Schürze. »So. Das wäre geschafft! Wenn Sie mir jetzt folgen wollen, Hochwürden. Ich bin sicher, dass Sie als Nächstes Ihr neues Heim besichtigen möchten.«

Während sich ihr Vater auf die Abendandacht in St. Jude vorbereitete, saß Belle neben ihrer Mutter auf dem Sofa und zeigte ihr in der Digitalkamera die Fotos, die sie während des Besuchs ihrer neuen Gemeinde gemacht hatte.

»Das ist Miss Findlay, die Gemeindevorsteherin. Du wirst sie bestimmt mögen, sie ist sehr nett. Und da hinten siehst du …«

Irgendwann gelangten sie zu den letzten Bildern. Der Augenblick war gekommen, vor dem Belle sich die ganze Zeit gefürchtet hatte. Sie murmelte nervös: »Das hier ist … äh – das Pfarrhaus.«

Sekundenlang schwieg Brenda fassungslos, dann stieß sie fast unhörbar hervor: »Aber das ist … eine Sozialwohnung!«

»Nicht mehr«, sagte Belle rasch. »Früher war es eine, aber dann hat die Kirche das Haus aufgekauft und umbauen lassen. Es ist ziemlich … geräumig.«

Wie sehr wünschte sie sich, etwas Positives vermelden zu können, zum Beispiel: »Warte, bis du die nagelneue Designerküche siehst!« oder »Die Wohnräume wurden wirklich äußerst geschmackvoll hergerichtet.« Leider ließ die traurige Realität dies nicht zu. In der Küche war immer noch eine uralte Emaillespüle installiert, und in allen anderen Räumen hatten die vorherigen Bewohner hemmungslos ihren Faible für schrille Mustertapeten im Stile der Siebzigerjahre ausgelebt. Dass das Haus »geräumig« war, war das einzig Gute, was sich darüber sagen ließ.

»Es ist eine Sozialwohnung«, wiederholte Brenda. »Ich weiß, wovon ich rede. Genau so sah unsere Wohnung aus, als ich klein war. Guter Gott, was für ein Albtraum.« Beschwörend ergriff sie den Arm ihrer Tochter. »Bitte, sag mir, dass ich in einer Minute aufwachen und feststellen werde, dass ich mir das alles nur eingebildet habe!«

Belle tat das Einzige, was sie tun konnte: Sie umarmte ihre Mutter fest. »Mach dir keine Sorgen, Mum. Es wird schon werden.«

»Jetzt fang du nicht auch noch damit an, Annabelle! Untersteh dich! *Nichts* wird werden. Gar nichts!«

Belle spürte, wie ihre zierliche Mutter in ihren Armen zitterte, und ahnte plötzlich, wie viel Angst sie vor der Zukunft haben musste – die ihr nichts versprach außer die Wiederholung all der schlimmsten Erlebnisse ihrer eigenen Vergangenheit. »Du bist nicht allein«, flüsterte sie. »Du hast Dad und mich und … äh … Jax – und Kieran. Du hast deine Familie.«

»Ich weiß«, sagte Brenda mit erstickter Stimme und unterdrückte mühsam ein Schluchzen. »Ich weiß, wie froh ich sein kann, dass ich euch alle habe. Aber wieso wir, Belle? Wieso ausgerechnet *wir*?«

»Ich weiß es nicht.«

»Wenn dein Vater doch niemals nach Australien geflogen wäre! Haben wir es wirklich verdient, für einen einzigen dummen Fehler so hart bestraft zu werden?«

»Natürlich nicht.«

Belle bemühte sich nach Kräften, Optimismus zu zeigen, auch wenn ihr nicht danach zumute war.

»Wenn du dich erst einmal in dem neuen Haus eingelebt hast, gefällt es dir bestimmt. Nach St. Mungo zu ziehen ist doch kein Weltuntergang. Von solchen Dingen hängt das Glück nicht ab.«

»Tatsächlich?« Ihre Mutter sah ihr scharf in die Augen. »Würdest du dorthin umziehen wollen? Möchtest *du* im Bluebell Estate leben?«

»Nein«, gestand Belle kleinlaut, als sie sich die grauenhafte Wohnungsbesichtigung mit Kieran einige Tage zuvor ins Gedächtnis rief.

»Dann hör bitte auf, mir einzureden, dass alles ganz wundervoll ist!«

»So war es nicht gemeint. Ich wollte nur ...«

»Ist schon gut, Annabelle. Ich weiß, dass du nur versuchst, mich aufzuheitern, und ich bin dir sehr dankbar dafür. Aber du kannst dir die Mühe sparen. Ich weiß, dass ich mich damit abfinden und das Beste aus der Situation machen muss. Welche Wahl habe ich? Ich bin Hausfrau und Mutter. Ich kann keinerlei Ausbildung vorweisen. Das Einzige, was ich gelernt habe, ist, die treusorgende Frau eines Pfarrers zu sein. So einfach ist das. Aber das heißt nicht, dass ich deinem Vater verziehen habe. Ehrlich gesagt weiß ich nicht, ob ich ihm jemals verzeihen kann.«

Später am Abend klingelte Kieran an Belles Wohnungstür, gerade als diese zu Bett gehen wollte.

»Warum bist du nicht ans Telefon gegangen? Ich habe den ganzen Abend auf dich gewartet«, beschwerte er sich. »Hast du vergessen, dass wir verabredet waren?«

»Nein«, erwiderte sie kühl. »Ich habe mich lediglich entschlossen, nicht zu kommen.«

Kieran trat über die Schwelle und schloss die Tür hinter sich. »Ich verstehe dich nicht.«

»Nun«, entgegnete Belle. »Das ist nichts Neues.« Sie trat an den Wohnzimmertisch, nahm die aktuelle Ausgabe des *Cheltenham Courant* auf und hielt sie ihm in einer müden Geste hin. »Vielleicht hilft dir das hier auf die Sprünge.«

Die Schlagzeile auf Seite drei lautete: HÖLLENSTRAFE FÜR SEXPRIESTER: MIT FAMILIE IN HORRORSLUM VERBANNT!

»Ach so«, sagte Kieran. »*Das* meinst du. Damit hatte ich nichts zu tun.«

»Natürlich nicht!«

»Ich schwöre es bei allem, was mir heilig ist! Die Nachrichtenredaktion hat einen Anruf von der Pressestelle des Bischofs bekommen. Ich habe vorgeschlagen, die Sache noch ein oder zwei Tage auf Eis zu legen, aber Sandra wollte auf keinen Fall warten. Und schließlich wäre es früher oder später sowieso herausgekommen, stimmt's?«

»Ich nehme an, es war zu viel verlangt, meine Eltern wenigstens zu warnen, dass sie heute schon wieder von deinem Käseblatt in den Dreck gezogen werden?«

Kieran seufzte verärgert. »Ich hatte den ganzen Tag auswärts zu tun.«

»Mit Mona?«

»Und wenn?«

»Ihr versteht euch wirklich prächtig, was?«

»So ist es. Aber was hat das damit zu tun? Ich bin hundemüde, und der Artikel erschien mir nicht weiter wichtig, in Ordnung? Meine Güte, Belle, er steht bloß auf Seite drei.«

Sie schleuderte die Zeitung beiseite und ließ sich auf die Bettkante fallen. »Nur auf Seite *drei*? Na wenn das so ist, dann ist ja alles in Butter! Ich weiß gar nicht, wieso du nicht im Pfarrhaus angerufen hast, um dir ein paar Nacktfotos geben zu lassen. Die hätten dem Ganzen noch die richtige Würze verliehen.«

»Werd bitte nicht sarkastisch. Das passt nicht zu dir.«

»Aber zu dir passt es hervorragend, was? Und Selbstgerechtigkeit auch.«

Kieran ließ sich neben ihr auf die Matratze sinken. »Was ist bloß los mit dir, Belle?«

Sie funkelte ihn an. Ihre Augen waren kurz davor überzuquellen. »Ich habe genug, Kieran. Ich hatte einen schrecklichen Tag und jetzt reicht es mir.«

Er rieb sich mit dem Handrücken die Stirn. »Langsam weiß ich wirklich nicht mehr, was du eigentlich von mir willst, Belle.«

»Ich auch nicht«, gab sie zurück und wandte sich brüsk ab. »Aber das hier – das ganz bestimmt nicht.«

Kapitel 14

Ostern lag spät in diesem Jahr, und so wartete der April nicht nur mit den üblichen Regenschauern auf, sondern auch mit Schokohasen, bunten Ostereiern und nagelneuen Bademodenkollektionen, die in ganz Cheltenham die Auslagen zuversichtlicher Einzelhändler schmückten.

Auch bei Green Goddess war man in Osterstimmung, wenngleich Waylon mit seinem Vorstoß, die – vornehmlich weiblichen – Angestellten sollten ihre Arbeitskleidung auf kurze Höschen und Bikinioberteile umstellen, auf einhellige Ablehnung gestoßen war. Also hatte er stattdessen tief in die Kaffeekasse gegriffen, um ein pinkfarbenes Hasenkostüm auszuleihen, in dem Dan in der Einkaufspassage herumspazieren und Werbezettel verteilen musste.

Die sperrhölzerne Braut war in eine Ecke des Ladens neben den Rasierschaum verbannt worden, und so war mehr als genug Platz, um die saisonalen Produkte angemessen in Szene zu setzen. Dieses Jahr hatten sich die kreativen Köpfe aus der Entwicklungsabteilung selbst übertroffen: Es gab Seifen in Häschenform, kleine Badekugeln, stilecht in Eierkartons verpackt, hübsch dekorierte Eier aus Pappmaché, in deren Innerem auf einem Nest aus rotem Samt schimmernde Badeperlen versteckt waren, Massageblöcke mit köstlichem Schokoladenaroma und sogar ein Shampoo, das nach Hefezopf duftete. Belle und Lily hatten alle Hände voll zu tun, die jüngere Kundschaft daran zu hindern, die Köstlichkeiten in den Mund zu stecken.

»Du siehst immer noch geschafft aus«, stellte Lily fest, nachdem sie einem Kunden mit einem fröhlichen »Auf Wiedersehen, beehren Sie uns bald wieder!« seine Tüte ausgehändigt hatte. »Bist du krank?«

»Nein, nur müde.« Belle gähnte mit vorgehaltener Hand und ließ sich hinter dem Kassentresen auf einen Hocker sinken. Sie war vollkommen erledigt – und schlechte Laune hatte sie außerdem. Wann hatte sie Kieran zum letzten Mal gesehen? Lebte er überhaupt noch? »Es geht schon«, versicherte sie Lily. »Ich habe in letzter Zeit nur zu viele Überstunden machen müssen. Was ich bräuchte, wären ein paar Tage Urlaub.«

Lily blieb skeptisch. Hinter den runden Brillengläsern zogen sich ihre Brauen zusammen. »Ich kenne dich. Wenn du Urlaub hättest, würdest du ihn nur dazu verwenden, deinen Eltern beim Möbelrücken zu helfen.«

»Sie könnten ein wenig Hilfe gut gebrauchen«, wandte Belle ein.

»Wozu gibt es Umzugshelfer?«

»Um unbezahlbare Erbstücke zu zerbrechen und Klaviere aus dem ersten Stock fallen zu lassen.«

»Du hast zu viele Sitcoms gesehen. Was ist mit Mona? Wenn sie unbedingt zur Familie gehören möchte, dann kann sie es jetzt beweisen. Warum packt sie nicht mit an?«

»Machst du Witze?«, sagte Belle mit einer Spur Bitterkeit in der Stimme. »Sie ist viel zu beschäftigt, um sich mit derart alltäglichen Dingen zu befassen. Sie muss den Mottoabend in ihrer Kneipe organisieren und das Ego eines alternden Rockstars pflegen.«

»Trotzdem solltest du besser auf dich aufpassen. Deine Eltern sind keine Invaliden. Sie kommen bestimmt auch allein zurecht.« Lily hob mahnend den Zeigefinger. »Du musst mehr schlafen. Weißt du nicht, wie käsig du aussiehst? Kieran gruselt sich bei deinem Anblick sicher zu Tode. Wer will schon Draculas Tochter ehelichen?«

Belle grunzte. »Als ob es ihm überhaupt auffallen würde.«

Lily horchte auf. »Sag bloß, der Himmel hängt nicht mehr voller Geigen?«

Wer weiß?, dachte Belle betrübt. Ich habe schon lange nicht mehr hingesehen. »Eins sage ich dir«, erwiderte sie schließlich. »Falls du irgendwann darüber nachdenkst, deinen Typen gegen einen neuen auszutauschen, kauf dir lieber einen Goldfisch. Der macht weniger Ärger und lässt nicht immer die Klobrille oben.«

»Also«, sagte Lily mit einem schüchternen Lächeln, »ich

glaube, ich werde ihn so schnell nicht umtauschen. Ich bin nämlich schwanger.«

»Wirklich?« Im Nu hatte Belle ihre Probleme vergessen und umarmte ihre Freundin stürmisch. »Oh Lily, ich freue mich so für dich! Herzlichen Glückwunsch!«

In diesem Augenblick öffnete sich die Ladentür, und eine kurvenreiche Blondine in einem exzellent geschneiderten violetten Hosenanzug betrat das Geschäft: Clare.

»Hallo, meine Lieben!«, rief sie überschwänglich. »Belle, sag mir sofort, wo die Herrenkosmetik ist! Es ist ein Notfall, ich habe einen Geburtstag verschwitzt.«

»W…?« Belle brauchte einige Sekunden, um sich zu sammeln, dann deutete sie in eine Ecke. »Äh, dort hinten, neben dem Make-up.«

Clare wirbelte an ihr vorbei und nahm vor dem Regal Aufstellung, die Hände in die Seiten gestemmt. »Die Rasiersets sind hübsch!«, rief sie, ohne sich umzudrehen. »Kommst du und hilfst mir bei der Auswahl? Dann kann ich dir gleichzeitig den neuesten Klatsch aus der Nase ziehen.«

Belle übergab die Umsatzlisten der vergangenen Woche an Lily, trat zu Clare und ließ ihren fachmännischen Blick über die verschiedenen Produkte schweifen. »Wie wäre es hiermit?«, schlug sie vor und nahm einen Karton aus dem Regal.

»Was ist das?«

»Ein Pediküreset für Männer, mit hautpflegenden Ölen und einem Fußreflexzonenschaubild.« Sie spürte, dass Clare kurz davor war loszuprusten. »Also schön, vielleicht etwas anderes. Ist es für deinen Vater?«

»Erraten. Ich habe komplett vergessen, dass er morgen Geburtstag hat. Es ist zum Verzweifeln – einer dieser Männer ohne Hobbys. Man weiß nie, was man ihm schenken soll.«

Belle erinnerte sich dunkel an Levenshulme Senior, einen untersetzten, etwas furchteinflößenden Mann, der sich mit Kernseife wusch und Aftershave als »Tuntenwässerchen« bezeichnete. »Ich kenne die Sorte. Was auch immer man für ihn aussucht: Entweder er hat es schon oder er will es gar nicht.«

»Du hast es erfasst. Also irgendetwas fürs Bad. Damit kann man doch nichts falsch machen, oder?«

»Solche Geschenke sind sehr beliebt. Und für viele der letzte Ausweg.«

»Das Problem ist nur, dass es für meinen alten Herrn unbedingt etwas richtig … Männliches sein muss. Du weißt, was ich meine. Habt ihr Seifen, in denen Stacheldraht oder Kies drin ist? Du siehst übrigens schrecklich blass aus«, sagte Clare streng. »Die Sache mit deinem Vater nimmt dich sehr mit, nicht wahr?«

Belle verdrehte die Augen. »Wenn ich diesen Satz noch einmal höre, vergesse ich mich! Mir geht es *prima*.«

»Ach ja? Seit wann? Als wir uns das letzte Mal getroffen haben, warst du am Boden zerstört. Ich kann gut nachempfinden, wie schrecklich es für dich sein muss mitzuerleben, wie deine Familie Knall auf Fall entwurzelt wird. All die Jahre habt ihr in St. Jude gelebt, und … ich möchte nicht unhöflich sein, aber St. Mungo ist nicht gerade die angenehmste Pfarrei in Cheltenham.«

»Sprich es ruhig aus: Wir sind im ersten Kreis der Hölle gelandet.«

»Also, na ja …«

»Stimmt doch«, sagte Belle. »Niemand würde freiwillig dorthin ziehen. Und das ist nicht das einzige Problem. Jax hat erfahren, dass sie die Schule wechseln muss. Meine Eltern werden sie auf der Gesamtschule im Bluebell Estate anmelden.«

Clare sah sie verdattert an. »Wirklich? Aber wieso denn?«

»Weil sie nur einen Platz in ihrer alten Schule bekommen hat, weil Dad der Pfarrer von St. Jude war.«

»Das ist bestimmt nicht leicht für sie.«

Belle nickte. »Sie tut mir echt leid – und das ist mir seit Ewigkeiten nicht mehr passiert. Noch dazu steht sie kurz vor ihren Abschlussprüfungen. Wie herzlos kann man sein? Typisch Thaddeus Grove.«

»Thaddeus?« Clare kicherte. »Wer um alles in der Welt hat einen Namen wie Thaddeus?«

»Der Bischof. Ein fetter, selbstgefälliger alter Kerl. Also, wie wäre es … damit?« Belle stellte sich auf die Zehenspitzen und holte einen stabilen Pappkarton aus dem Regal, der wie eine Seemannskiste gestaltet war. Sie klappte den Deckel auf. »Seife mit Schlamm aus dem Toten Meer, Peeling mit Bimsstein, desodorierendes Fußbalsam – alles für harte Jungs. Was ist männlicher als Staub und Dreck? Und dazu gibt es sogar noch einen Nasenhaarschneider!«

Clare riss ihr die Schachtel aus der Hand. »Gekauft.«

»Ich habe noch gar nicht gesagt, wie viel das Ganze kostet.«

»Geld spielt keine Rolle. Das ist genau das Richtige für Dad. Gott sei Dank! Du bist ein Genie.« Forschen Schrittes ging Clare zur Kasse, überreichte Lily den exakten Betrag in bar und steckte sogar ein Pfund in die Trinkgeldbüchse auf dem Tresen. Als Lily zu Einwickelpapier und Geschenkband greifen wollte, sagte sie: »Um Gottes willen, auf keinen Fall einpacken! Mein Vater findet, Geschenkpapier ist nur etwas für Mädchen.«

Triumphierend verstaute sie das Präsent in ihrer geräumigen Henkeltasche und wandte sich wieder an Belle. »Das hätten wir hinter uns. Und jetzt kannst du mir erzählen, was du in der letzten Zeit getrieben hast. Haarklein, wenn ich bitten darf.«

Als Gerry auf der Suche nach seiner Lesebrille ins Schlafzimmer trat, stieß er auf Brenda, die, umringt von halb gepackten Umzugskartons und Tüten, vor ihrem Frisiertisch stand und mit grimmiger Entschlossenheit Hüte aufprobierte.

Ihre Blicke trafen sich im Spiegel, und ohne sich umzudrehen, fragte sie: »Welcher ist besser? Der blaue oder der schwarzweiße?«

Da der Pfarrer in Gedanken ganz bei der letzten Ostersonntagspredigt war, die er jemals in St. Jude halten würde, dauerte es eine Weile, bis die Frage seiner Frau zu ihm durchdrang. »Was meinst du, Schatz?«

Brenda stieß einen jener kurzen, verärgerten Laute aus, die halb Seufzer, halb Knurren waren. »*Diesen* hier?«, fragte sie und stülpte sich einen blauen, mit Federn geschmückten Hut auf den Kopf. »Oder *diesen*?« Sie tauschte ihn gegen den schwarz-weiß gestreiften Glockenhut aus. »Jetzt sag schon, Liebling. So schwer kann die Entscheidung doch nicht sein.«

»Sie stehen dir beide ausgezeichnet«, erwiderte Gerry unschlüssig.

Brenda halfen nutzlose Komplimente nicht weiter. »Gerry, ich bitte dich!«

»Was willst du denn von mir? Schau, Liebes, falls das eine dieser furchtbaren Fragen ist, was gerade modern ist und was wozu passt, dann wartest du besser, bis Belle nach Hause kommt. Ich werde nur ins Fettnäpfchen treten. Du kennst mich doch.«

Brenda schüttelte hartnäckig den Kopf. »Ich möchte, dass *du* meinen Hut aussuchst«, beharrte sie, und klang einen Augenblick lang genauso wie Jax in einer ihrer Trotzphasen. »Alles, was ich von dir will, ist, dass du entscheidest, welchen Hut ich zu deinem letzten Gottesdienst in dieser Gemeinde tragen soll. Ist das wirklich zu viel verlangt?«

»Oh«, machte Gerry und begriff endlich, warum seine Frau dermaßen erregt war.

»Es geht nicht nur um den Hut … sondern um das ganze Drum und Dran!«

»Verstehe.«

Brenda ließ sich auf ihr altes Messingbett fallen, das sie vor Jahren auf dem Sperrmüll gefunden und in gemeinsamer Arbeit liebevoll instand gesetzt hatten. Damals, kurz nach Belles Geburt, war das Geld so knapp gewesen, dass ihr Baby die erste Zeit in einer ausrangierten Kommodenschublade hatte schlafen müssen. Schon seinerzeit hatte Brenda unermüdlich auf ihre Zukunft hingearbeitet – eine Zukunft, die nur besser werden konnte als ihr bisheriges Leben und die sie sich redlich verdient hatte. Eine Weile lang hatte sie geglaubt, es geschafft zu haben. Und jetzt? Jetzt würde sie bald wieder genau dort landen, wo sie angefangen hatte. Zurück auf Los.

»Vielleicht ist es nichts weiter als Stolz oder Eitelkeit«, sagte sie, »aber ich möchte so gut wie möglich aussehen. Ich möchte unseren sogenannten Freunden und allen Nachbarn zeigen, dass wir erhobenen Hauptes gehen.«

Brendas Entschlossenheit und ihr Stolz berührten Gerry zutiefst. »Du warst mir immer eine wundervolle Frau«, sagte er, setzte sich neben sie und schlang ihr den Arm um die Taille. »Aber bitte sei nicht so wütend und verbittert. Trag es mit Fassung.«

Ihre Antwort überraschte ihn. »Nein, Gerry, das ist deine Rolle. *Du* bist derjenige, der durchs Leben schreitet wie ein Heiliger, der keinen Hass kennt, niemandem je etwas übel nimmt und sich nie über seine Mitmenschen ärgert. Du bist derjenige, der keine normalen Gefühle haben darf. Ich hingegen bin nur eine gewöhnliche Sterbliche, ein ganz normaler Mensch, und ich werde so wütend und verbittert sein, wie es mir passt.«

Einen Moment lang fürchtete Brenda, Gerry würde mit einer Predigt über Nächstenliebe und Vergebung kontern, aber stattdessen musste er lachen. »Das ist meine Brenda! Du darfst dich niemals ändern, versprich mir das.«

Sie sah ihn wehmütig an. »Ich habe es versucht. Und nun sieh, wohin es mich gebracht hat. Zurück in den Bluebell Estate.« Missmutig zupfte sie an den Federn ihres blauen Hutes herum. »Es ist wie beim Leiterspiel. Man hat Glück, würfelt eine sechs nach der anderen, klettert jede Leiter hinauf, schneller, als man gucken kann, und plötzlich, wenn man fast schon oben ist, ganz kurz vor dem Ziel, landet man auf der allerlängsten – nur dass es diesmal in die andere Richtung geht. Man rutscht den ganzen Weg wieder nach unten, und alle Mühe war umsonst. Auf einmal hat man nichts mehr.«

Gerry schüttelte den Kopf. »Du irrst dich, Brenda. Du hast in deinem Leben viel erreicht. Und wenn wir nach St. Mungo geschickt werden, so geschieht das nicht ohne Grund. Da bin ich mir ganz sicher.«

»Ich nicht.«

Er küsste sie auf die Wange. »Bitte bemüh dich, nicht allzu pessimistisch zu sein. Was nutzt es, wenn du dich ärgerst? Negative Gefühle tun niemandem gut. Wir müssen das Beste daraus machen und nach vorn schauen.«

Brenda brummte etwas Unverständliches. »Sehr beeindruckend, Gerry, aber vergiss nicht: Ich bin kein Mitglied deiner Gemeinde. Bei mir stoßen deine Predigten auf taube Ohren. Ich werde auf meine Weise damit umgehen. Und dazu gehört, dass ich zur Ostermesse gut aussehen möchte. Also sag mir endlich, welcher Hut dir am besten gefällt!«

Es gab Gut und es gab Böse. Und Clare Levenshulme hatte noch nie im Leben Schwierigkeiten gehabt, beides auseinanderzuhalten.

»Das ist einfach nicht richtig«, sagte sie bestimmt, während sie und Belle am Schaufenster von Green Goddess standen, nach draußen schauten und die Passanten beobachteten, von deren durchnässten Kleidern nach dem Platzregen, der wenige Minuten zuvor niedergegangen war, in der Hitze der Passage der Dampf aufstieg.

»Wahrscheinlich merkt er es gar nicht.« Belle wusste, dass ihre Entschuldigung für Kierans Verhalten fadenscheinig klang. Sie war sich nicht einmal sicher, ob sie selbst daran glaubte. »Er verbringt nur deshalb so viel Zeit mit Mona, weil er … eben ein hilfsbereiter Mensch ist. Er hat sie gern.«

»Er hat sie gern.« Clares Stimme troff vor Ironie. »Ja, es hat ganz den Anschein, nicht wahr? Er verbringt mehr Zeit mit ihr als mit seiner eigenen Verlobten!«

»So schlimm ist es nun auch wieder nicht …«

»Es ist schlimm genug. Ich sehe dir doch an der Nasenspitze an, dass du todunglücklich bist. Willst du das wirklich – deinen Mann mit diesem dahergelaufenen Model teilen, das sich einfach so in dein Leben gedrängt hat? Was, wenn es nach eurer Hochzeit geradewegs so weitergeht?«

»Dazu wird es niemals kommen! Du siehst Kieran viel zu kritisch. Du kennst ihn nicht so, wie ich ihn kenne.«

Je länger sie Clare zuhörte, desto unbehaglicher fühlte sich Belle. Ein Teil von ihr wollte böse auf die Freundin sein, weil sie Kieran mit ihren Verdächtigungen in ein schlechtes Licht rückte. Andererseits jedoch dachte sie: Was, wenn sie recht hat? Vielleicht bist du einfach nur naiv, Belle. Hoffnungslos naiv.

»Ich habe jetzt keine Zeit mehr, darüber zu sprechen«, sagte sie und wandte sich ab. »Ich muss Lily an der Kasse helfen.«

Clare hielt sie am Arm zurück. »Ich bin die einzige Kundin im Laden. Belle, hör auf, mir auszuweichen. Irgendetwas stimmt nicht in deinem Leben, und du versuchst verzweifelt, es zu verdrängen. Das ist nicht gut!«

Belle wand sich. Warum musste Clare so beharrlich den Finger in ihre Wunde legen? »Du hast mich völlig falsch verstanden. Kieran und Mona sind … es ist alles ganz anders, als du denkst.«

»Findest du nicht, dass er dir zumindest eine Erklärung schuldig ist? Wenn er sich nichts vorzuwerfen hat, wird es ihm sicher nichts ausmachen, dir Rede und Antwort zu stehen, habe ich recht?« Clares Miene wurde weicher. Sie stellte ihre Tasche ab und nahm Belles Hände in ihre. »Lass deinen Ärger ruhig an mir aus, das macht mir nichts. Ich möchte dich nur vor noch mehr Unglück bewahren. Irgendjemand muss es ja tun.«

»Ich kann gut auf mich selbst aufpassen!«

»Das weiß ich doch. Es tut mir leid. Aber vergiss nicht: Wenn du jemanden zum Reden brauchst, bin ich immer für dich da.« Sie hauchte neben Belles rechter und linker Wange je einen Kuss in die Luft. »So, jetzt muss ich mich aber sputen. Wir sehen uns bald. Dann können wir uns ausführlich unterhalten. Versprochen.«

Nachdem Clare davongerauscht war, versuchte Belle energisch, die Tür zuzuschlagen, die sich während des vorangegangenen Gesprächs in ihrem Kopf geöffnet hatte. Doch es war bereits zu spät: Allerlei schreckliche, verstörende Gedanken waren daraus hervorgekrochen und bedrängten sie von allen Seiten. Kieran und Mona? Mona und Kieran? Eine vollkommen lächerliche Vorstellung!

Aber warum konnte sie dann nicht aufhören, darüber nachzugrübeln?

Es war Samstagabend, und in den Häusern von St. Jude gingen allmählich die Lichter an.

Belle zog die Tür des elterlichen Heims hinter sich zu. Drei Tage lang hatte sie ihren Eltern geholfen, ihre Habseligkeiten zusammenzupacken. Nun war alles in Kisten verstaut und die Möbelwagen waren bestellt. Endlich konnte sie nach Hause gehen.

Wo auch immer ihr Zuhause war.

Als sie schweren Schrittes und noch schwereren Herzens durch die Stadt zu ihrer Wohnung stapfte, unternahm sie im Geiste einen letzten Rundgang durch das Haus, in dem sie aufgewachsen war. Sie rief sich jede einzelne Stelle ins Gedächtnis, an der die Farbe des Treppengeländers abgeblättert war, und jeden Fleck auf dem Teppichboden. Die Delle in der Decke des Kinderzimmers, die entstanden war, als Jax vor Jahren mit ihrem Chemiebaukasten experimentiert und eine Explosion ausgelöst hatte. Die gemütliche Ecke, die sie sich auf dem Speicher eingerichtet hatte, mitten zwischen stockigen alten Kisten und Schachteln voller Weihnachtsschmuck. Der große Kamin, die alte Kochmaschine in der Küche, der Kastanienbaum im Garten, von dessen Ästen sie und Jax im Sommer an Seilen hin- und hergeschaukelt waren und mit dessen stacheligen Früchten sie sich im Herbst erbitterte Schlachten geliefert hatten.

Nun waren die Zimmer kahl, die Teppiche aufgerollt, die Seile am Baum längst durch Wind und Wetter verrottet. Ein Klappbett und ein elektrischer Wasserkocher – das war alles, was geblieben war. Das Heim ihrer Kindheit und Jugend gab es nicht mehr. Es existierte nur noch in ihrer Erinnerung. Das Haus war nichts als eine leere Hülle, die darauf wartete, dass die nächsten Bewohner ihr wieder Leben einhauchten.

Als sie die Stufen zu ihrer Wohnungstür emporstieg, fühlte sie sich unsagbar müde. Sollte sie sich noch rasch etwas zu essen kochen? Nein, sie war zu erschöpft. Nur noch eine heiße Schokolade und dann ins Bett.

Belle stieß die Tür auf und schob mit dem Fuß all die Postwurfsendungen und Zeitungen beiseite, die sich während ihrer Abwesenheit unter dem Briefschlitz im Flur angesammelt hatten. Wie war es möglich, dass man innerhalb von drei Tagen so viel Müll anhäufte, selbst wenn man gar nicht da war? Seufzend bückte sie sich, raffte alles zusammen und wollte es gerade in den Papierkorb werfen, als eine Ansichtskarte aus dem Stapel rutschte und direkt vor ihren Füßen landete.

Sie hob sie auf. Auf der Vorderseite waren glatzköpfige Mönche in safrangelben Gewändern zu sehen, die vor einer über und über mit Blumen geschmückten Pagode saßen. Jemand hatte einem der Mönche lockige Haare und eine Brille gemalt, einem anderen einen Pferdeschwanz verpasst. Über den beiden standen die Namen »Belle« und »Ros«.

Das wurde auch Zeit, dachte Belle voller Erleichterung. Ich habe schon befürchtet, du wärst vom Erdboden verschluckt.

Ros' krakelige Handschrift verlief kreuz und quer über die Rückseite der Karte.

Rate mal, wer gerade in Japan ist! Hatte die Nase voll davon, im Land der unbegrenzten Möglichkeiten Hamburger zu braten. Versuche es jetzt mit Sushi. Morgen probiere ich zum ersten Mal giftigen Pufferfisch – falls du also in Zukunft nichts mehr von mir hören solltest, weißt du, warum! Habe gehört, du hast dich wie-

der mit Clare angefreundet? Ich fand sie immer ein bisschen hochnäsig, aber vielleicht ist sie zu dir ja netter ... Schreibe ganz bald eine ausführliche E-Mail! Alles Liebe, Ros

Belle ließ sich aufs Bett sinken. Müde rieb sie sich die Augen. Sie spürte Ros' Abwesenheit und ihre eigene Einsamkeit stärker denn je. Hinter ihren geschlossenen Lidern brannten Tränen.

War Clare wirklich hochnäsig? Oder gar eine Zicke, wie Kieran behauptete? Nach ihrer Trennung von Max hatte sich ihre Beziehung merklich abgekühlt – aber das war Jahre her. Seit sie sich wiedergetroffen hatten, war Clare geradezu überschwänglich freundlich. Sollen die anderen sagen, was sie wollen – *sie* sorgt sich wenigstens um mich, dachte Belle. Und wo bist du, Ros, wenn ich dringend deinen Rat brauche, was ich mit meinem treulosen Verlobten anstellen soll?

Clare ist für mich da. Sie kriecht nicht irgendwo am anderen Ende der Welt herum. Sie passt auf mich auf.

Der Ostersonntag war gekommen, und trotz all der Bedenken, die Brenda gehegt hatte, trotz ihrer felsenfesten Überzeugung, der Abschied von der Gemeinde werde die demütigendste Erfahrung ihres Lebens werden, verlief der große Familiengottesdienst reibungslos und ohne Zwischenfälle.

Der Bischof hatte es sich nicht nehmen lassen, höchstpersönlich die Kanzel zu besteigen, von wo aus er Gerry für seine »unschätzbaren Verdienste an der Gemeinde« dankte und ihn lobte, weil er sich »in der für ihn typischen Selbstlosigkeit und Demut« bereit erklärt habe, die Herausforderung anzunehmen und fortan der Pfarrei St. Mungo vorzustehen. Belle wusste, dass jedes Wort, das dem Bischof über die wulstigen Lippen kam, eine Lüge war, aber andererseits war sie froh, dass sie nicht Zeugin werden musste, wie ihr Vater an seinem letzten Arbeitstag erneut öffentlich gegeißelt wurde.

Der erste wirklich unangenehme Moment kam erst gegen Ende der Feier, als ein rotgesichtiger, bebrillter junger Priester – offensichtlich frisch aus dem Seminar und vor frommer Inbrunst und Eifer fast platzend – die Szene betrat. Selbst Jean Armitage machte ein Gesicht, als habe man ihr eine Ohrfeige verpasst, als Grove ihn als »Damian Gregory – den neuen Pfarrer von St. Jude« vorstellte. Gerrys leichenblassem Gesicht und seiner versteinerten Miene war anzusehen, dass er nichts davon gewusst hatte. Genau so hatte es der Bischof zweifellos geplant.

Im Anschluss an den Gottesdienst fand bei Tee und Kuchen eine kleine Abschiedsfeier im Gemeindesaal statt. Eine Menge peinliche Reden wurden gehalten. Diverse Mitglieder des Gemeinderats fühlten sich berufen, wortreich zu verkünden, wie sehr sie Gerry und seine wundervolle Familie schätzten und wie schmerzlich man die Craines vermissen würde. Die meisten Gäste jedoch konnten Gerry nicht in die Augen sehen. Schließlich waren es dieselben Leute, die Brenda im Supermarkt geschnitten und Briefe voller Häme an den *Courant* geschrieben hatten.

Während Belle den verlogenen Lobreden und schlecht gereimten Knittelversen lauschte, stellte sie plötzlich fest, dass es ihr nicht länger leidtat, die Gemeinde verlassen zu müssen. Im Gegenteil: Sie konnte es kaum erwarten, all diesen Heuchlern endlich den Rücken zu kehren. Es war bitter, erkennen zu müssen, dass zahlreiche ihrer angeblichen Freunde so eifrig ihr Fähnchen nach dem Wind gehängt hatten, der ihnen aus des Bischofs Büro entgegenwehte, aber ihr Vater hatte recht: Sie mussten nach vorn schauen.

Ermutigend drückte sie den Arm ihrer Mutter. »Wie geht es dir? Hältst du tapfer durch?«

Brenda, die in ihrem brandneuen bordeauxfarbenen Hut mit goldenem Schmuckband geradezu königlich aussah, antwortete mit einem flüchtigen Kopfnicken, das bedeuten sollte: Ja, aber nicht mehr lange.

»Der Tee ist bitter«, verkündete sie und stellte mit angewiderter Miene ihre Tasse ab. »Und die Schnittchen fallen auseinander, sobald man sie auch nur schief ansieht. Tja, diese Armitage hat noch nie gewusst, wie man Gäste bewirtet.«

»Wenn du das hergerichtet hättest, wäre alles viel besser«, stimmte Belle ihr zu. Nicht einmal ein paar Flaschen Wein hatten die Geizhälse spendiert.

Jax' Gedanken gingen vermutlich in eine ganz ähnliche Richtung, während sie mit Razor in einer Ecke am gegenüberliegenden Ende des Raumes stand und alles und jeden mordlustig anblitzte. Gerry hingegen schien zufrieden, sich hier und da in eine

Unterhaltung einzuklinken und die übrigen Gäste anzulächeln, als sei er in Gedanken bereits ganz an seiner neuen Wirkungsstätte St. Mungo.

»Wo ist eigentlich Kieran?«, fragte Brenda unvermittelt, als sei ihr soeben erst aufgegangen, dass er fehlte. »Er arbeitet doch nicht etwa?«

Belle seufzte. »Doch, leider. Sandra wollte unbedingt, dass er für einen erkrankten Kollegen einspringt. Du kennst ihn ja – seiner Chefredakteurin kann er keinen Wunsch abschlagen.«

»Nun, ich finde, es gibt Wichtigeres im Leben als die Aussicht auf eine Beförderung«, sagte Brenda, sehr zu Belles Überraschung. Normalerweise wiederholte ihre Mutter stets, welches Glück ihre Tochter gehabt habe, einen Mann wie Kieran gefunden zu haben, der ein Auge unverwandt auf seine Karriere und das andere nicht minder fest auf seine private Rentenversicherung gerichtet hatte.

»Wem sagst du das?« Dieses eine Mal hättest du dir eine Ausrede einfallen lassen können, Kieran. Gerade heute hätte ich dich an meiner Seite gebraucht. Und selbst wenn du kurzfristig für jemanden eingesprungen bist – wieso musstest du dann Mona mitnehmen?

Über den Lärm der zahlreichen Gespräche hinweg konnte Belle hören, wie Jean Armitage dem neuen Pfarrer Honig ums Maul schmierte: Was für ein Gewinn er für die Gemeinde sein werde! Und sie – sie werde ihm unverbrüchlich die Treue halten, durch dick und dünn mit ihm gehen und ihm mit Rat und Tat zur Seite stehen.

Der Arme, dachte Belle. Wenn er wüsste.

»Annabelle, meine Liebe!« Eine Frau aus der Gemeinde, die sie lediglich vom Sehen kannte, kam auf sie zugeeilt und begrüßte sie überschwänglich. Belle hatte keine Ahnung, wie sie hieß.

»Oh ... hallo. Wie schön, dass Sie kommen konnten«, sagte sie höflich.

»Was für eine Tragödie!«, klagte die Frau und hob in einer dramatischen Geste die Hände. »Ich weiß wirklich nicht, wie die Gemeinde ohne Ihren Vater auskommen soll.« Sie blickte sich um. »Wo ist denn Ihr Zukünftiger? Nein, sagen Sie nichts – bestimmt sitzt er im Büro. Sie sparen schließlich auf die Anzahlung für Ihre erste gemeinsame Wohnung!«

»Ja, äh …«

»Es sind ja nur noch wenige Monate bis zu Ihrer Hochzeit, nicht wahr? Sie müssen schon schrecklich aufgeregt sein! Ich kann mich noch genau daran erinnern, wie es damals bei mir war. Ich war so nervös, dass ich Wochen vor meinem großen Tag nicht schlafen konnte.«

Belle antwortete nicht. Sie wollte etwas sagen – irgendetwas Nettes, Unverfängliches wie: »O ja, bei mir ist es ganz ähnlich«, brachte aber keinen Ton heraus.

Ihre Gesprächspartnerin schien das nicht zu stören. Sie plapperte einfach munter weiter. »Darüber müssen Sie sich wirklich Gedanken machen«, sagte sie und sah Belle erwartungsvoll an.

»Was?« Belle hatte gar nicht zugehört. »Worüber, sagten Sie?«

»Darüber, wo Ihre Hochzeit stattfinden soll. Sie ziehen schließlich um. Haben Sie vor, in St. Mungo zu heiraten? Oder wollen Sie am ursprünglichen Arrangement festhalten? St. Jude sieht auf Hochzeitsfotos im Hintergrund ja immer ganz entzückend aus. Andererseits –«

»Ich weiß es noch nicht«, schnitt Belle ihr das Wort ab. »Wir haben uns noch nicht endgültig entschieden.« Das war eine milde Untertreibung, wenn man bedachte, dass sie bis zu dieser Sekunde keinen Gedanken an die Fragestellung verschwendet, geschweige denn sie mit irgendjemandem diskutiert hatte. Sie konnte sich nicht einmal daran erinnern, wann sie und Kieran das letzte Mal über ihre Hochzeit gesprochen hatten. Fast war es, als habe sie sich verselbstständigt, als sei sie nicht mehr etwas, das sie beide wollten und gemeinsam planten, sondern ein Ereignis, das ganz unabhängig von ihrem Zutun irgendwann eintreten würde.

Sie hatte jedoch keine Zeit, diesen beunruhigenden Gedanken weiterzuverfolgen, denn in diesem Augenblick kam Kieran durch die Schwingtüren in den Saal geeilt. Nach wenigen Sekunden folgte – wie hätte es anders sein können? – Mona. Irgendetwas war allerdings anders an ihr als sonst. Richtig, sie lächelte nicht. Im Gegenteil: Sie sah regelrecht geknickt aus.

Kieran winkte und bahnte sich den Weg durch die Menge. »Tut mir leid, dass ich zu spät bin«, sagte er und gab seiner Verlobten den flüchtigsten aller Küsse auf die Wange.

Irgendein irrwitziger Impuls ließ Belle auffahren: »Ach, tatsächlich?«

»Was – tatsächlich?«

»Tut es dir tatsächlich leid? Oder ist dir das nur so herausgerutscht?«

Kieran musterte sie stirnrunzelnd. »Belle, langsam mache ich mir wirklich Sorgen um dich. Wir wären schon viel früher hier gewesen, aber der Chefredakteur des Nachrichtenressorts hat mich gebeten, die Massenkarambolage auf der A 419 zu übernehmen. Und danach« – er warf seiner Begleiterin einen verschwörerischen Blick zu – »brauchte Mona jemanden zum … äh … Reden.«

»Mona brauchte jemanden zum Reden?« Belle gab sich keinerlei Mühe, ihre Wut zu verbergen. »Na, wenn das so ist! Warum hast du das nicht gleich gesagt? Zweifellos ist es viel wichtiger, mit Mona ein gemütliches Pläuschchen zu halten, als meinem Vater an seinem letzten Tag in seiner Gemeinde zur Seite zu stehen. Und ich dumme Gans dachte schon, du würdest mir wieder einmal mit einer völlig absurden Ausrede daherkommen!«

»Was zum Teufel ist los mit dir, Belle?«, fragte Kieran scharf.

»Nichts. Rein gar nichts. Ich sehe die Dinge bloß so, wie sie sind. Und ich muss sagen, sie gefallen mir kein bisschen.«

Eine Weile lang funkelten sie sich gegenseitig an. Dann ging Mona dazwischen. »Bitte, ihr beiden. Streitet euch nicht meinetwegen. Das ist es nicht wert. Es tut mir leid, dass ich Kieran aufgehalten habe, Belle. Aber ich habe ein Problem, und ich brauchte jemanden, mit dem ich darüber sprechen konnte. Das ist die Wahrheit.«

»Was für ein Problem?«, fragte Belle ruppig. Pah! Wahrscheinlich war einer der Zwerge aus der Gauklertruppe krank geworden, die sie für den Mottoabend in der Kneipe engagiert hatte. Genauso waren Monas sogenannte »Probleme« doch alle: zwergenhaft.

Mona sah Kieran an. »Na, los«, drängte er. »Du kannst es Belle ruhig sagen.«

»Was kann sie mir sagen?«

Kieran antwortete nicht. »Komm schon, Mona. Früher oder später wird sie es ohnehin erfahren.«

»Ich kann nicht«, erwiderte Mona schwach.

Belle wurde immer ungeduldiger. »Was habt ihr beiden denn nur?«

»Sag du es ihr, Kieran«, bat Mona kleinlaut. »Ich traue mich nicht.«

Kieran zuckte mit den Schultern. »Wenn du meinst. Eigentlich ist es schnell erzählt«, fuhr er mit ruhiger Stimme fort. »Mona ist schwanger.«

Kapitel 15

Schwanger?«, wiederholte Belle gedehnt. »Oh.«

Mona ließ den Kopf hängen. »Genau: Oh.«

Für eine Weile wusste Belle nicht, was sie sagen sollte. Dann entschied sie sich für: »Na, das wird aber eine Überraschung für Mad Dog, was?«

»Oder auch nicht«, bemerkte Kieran. »Das Baby ist nämlich nicht von ihm.«

»Wie bitte?«

»Seit seinem Bühnenunfall 1994 ist Mad Dog impotent«, erläuterte Mona und verzog das Gesicht. »Er wurde von einem herabstürzenden Teil der Beleuchtungsanlage getroffen. Du solltest die Narben sehen ...«

Belle fühlte sich, als sei ein Wirbelsturm durch ihr Gehirn gefegt, so benommen und verwirrt war sie. Eine seltsame Übelkeit kroch in ihr hoch. »Moment mal«, sagte sie langsam. »Wenn Mad Dog nicht der Vater ist ... wer ist es dann?«

Belle Craine war keine Frau, die voreilige Schlüsse zog. Aber was sollte sie denken, wenn ihre uneheliche Halbschwester und ihr Verlobter, die die vergangenen Wochen über nahezu jede freie Minute miteinander verbracht hatten, sich immer wieder verstohlen anschielten, als wüssten sie von einem Geheimnis, das sie um keinen Preis mit dem Rest der Welt teilen wollten?

»Nun?«, sagte sie, diesmal noch ein wenig nachdrücklicher. Als niemand antwortete, tröpfelte ein schreckliches Gefühl wie Eiswasser an ihrem Rücken hinab. »O mein Gott, nein!«, wisperte sie fassungslos. »Nicht – *du,* Kieran?«

Es dauerte eine halbe Sekunde, bis der Groschen gefallen war, dann wurde Kieran feuerrot. »Wie bitte?« Sein entsetzter Aufschrei ließ die umstehenden Gäste zusammenfahren. Die Hälfte der Anwesenden hielt in ihren Gesprächen inne und drehte sich neugierig zu ihnen um. Rasch senkte er seine Stimme zu einem Flüstern. »Ich? Du glaubst, dass *ich* …?« Einen Augenblick lang sprachlos, würgte er etwas zwischen einem Lachen und einem Husten hervor. »Ich weiß wirklich nicht, wie du auf eine solche Ungeheuerlichkeit kommst, Belle, aber ich kann dir versichern, dass Monas Baby rein gar nichts mit mir zu tun hat.«

Belle starrte ihm direkt ins Gesicht, als warte sie darauf, dass er ihrem Blick auswich oder seine Lüge zugab. »Ach, wirklich?«

»Ja, wirklich! Und vielen Dank für dein Vertrauen«, fügte er mit deutlich hörbarem Vorwurf in der Stimme hinzu.

Der Wirbelsturm, so schien es, war zurückgekehrt. Belle hielt sich den Kopf. Dann wandte sie sich an Mona. »Also schön, wenn es nicht Kieran ist und Mad Dog auch nicht – wer ist es dann? Von wem ist das Baby?«

Mona wandte das Gesicht ab. Auf ihren Wangen brannten rote Flecken. »Das möchte ich lieber nicht sagen.«

»Aber ich möchte es hören!«

»Wir sind mitten auf einer Gemeindefeier«, versuchte sie zu argumentieren. »Und es ist mir furchtbar peinlich.«

»Dann flüstere es mir ins Ohr. Ganz leise.«

»Nimm es bitte nicht persönlich«, sagte Mona flehentlich. »Aber ich möchte den Namen des Vaters im Augenblick noch nicht preisgeben, in Ordnung?«

»Nein, das ist ganz und gar nicht in Ordnung!«

»Lass sie in Ruhe, Belle«, wies Kieran sie zurecht. »Wenn Mona es dir nicht erzählen will, dann musst du das respektieren. Schließlich kann niemand sie dazu zwingen.«

Ganz recht, dachte Belle, innerlich kochend. Zwingen kann sie niemand. Genauso wie *mich* niemand davon abhalten kann, mir meinen Teil zu denken!

Fünf Minuten später stand Belle im Vorraum der Damentoilette vor dem Spiegel. Wasser tropfte ihr vom Gesicht. Du musst dich beruhigen! Und Schluss mit diesen dummen Gedanken, um Himmels willen, bevor sich dein Verstand noch endgültig verabschiedet – dass er das kann, hat er nämlich eben zweifelsfrei bewiesen.

Was ist nur in dich gefahren?, fragte sie ihr Spiegelbild anklagend. Musstest du unbedingt eine derart kindische Szene machen? Was hast du dir nur dabei gedacht?

Sie tupfte sich das Gesicht mit Papierhandtüchern trocken, dann frischte sie Lippenstift und Wimperntusche auf. So. Jetzt bist du wieder bereit, der Welt gegenüberzutreten. Und diesmal, ermahnte sie sich, wirst du nicht zulassen, dass deine große Klappe mit dir durchgeht. Versuch einfach, dich hübsch im Hintergrund zu halten, so wie sonst auch. Sei einfach wie eine … ja, wie eine Tapete. Du hast dich für einen Tag schon genug blamiert.

Kaum war sie aus der Toilette in den Korridor getreten, als eine starke Hand sie am Arm packte. Eine andere reichte ihr den Mantel, und schon wurde sie energisch in Richtung Ausgang geschoben.

»Kieran, was …?«, stieß sie erschrocken hervor.

»Wir müssen reden.«

Dem konnte sie nicht widersprechen. Ohne Widerstand zu leisten, ließ sich Belle durch die versammelte Gästeschar lotsen, durch die Doppeltüren und schließlich auf den Parkplatz hinaus, wo eine einsame Möwe an einem zermatschten Donut herumpickte, den ein Passant achtlos auf dem Asphalt zertreten hatte.

Mitten zwischen den Autos standen sie sich gegenüber, und beide kamen sich ein wenig albern vor. Erst jetzt merkte Belle, dass sie ganz außer Atem war und keuchte, als hätte sie einen Fünfkilometerlauf hinter sich.

»Können wir eins bitte gleich zu Anfang klarstellen?«, sagte Kieran schneidend. »Ich bin nicht, ich wiederhole: *nicht* der Vater von Monas Baby!«

Belle nickte schwach. »Ist ja schon gut. Ich weiß …«

»Das sah vorhin aber anders aus.«

Belle ließ den Kopf hängen. »Es tut mir leid.«

Er seufzte ungehalten. »Wie bist du bloß auf einen derart absurden Gedanken gekommen?«

»Können wir ein Stück spazieren gehen?«, fragte Belle unvermittelt und warf sich den Mantel über. »Ich glaube, ich muss hier weg.«

Sie entfernten sich von der Kirche, gingen an Mrs Armitages Haus mit seinen sorgsam gefältelten Netzgardinen vorbei, bogen um die nächste Straßenecke und erreichten schließlich den üppig grünen Park, auf dessen frisch bepflanzten Beeten sich die ersten Blüten des Frühlings zeigten.

Belle hatte keinen Blick für die bunte Blumenpracht, war aber dankbar, dass Kieran ihre Hand ergriff. Für den Augenblick fühlte sie sich ein bisschen weniger einsam.

»Wollen wir uns hinsetzen?«, schlug Kieran vor. Ohne auf eine Antwort zu warten, führte er Belle zu einer der hölzernen Bänke, die einen Platz säumten. »Wenn dir kalt ist, kannst du meine Jacke haben.«

Sie ließ sich auf dem harten Holz nieder. »Danke, es geht schon.«

Kieran setzte sich neben sie. Er kam ihr nahe, aber nicht so nahe wie sonst, wenn er mit einem Arm um ihre Taille und seinem Kopf an ihrer Schulter dasaß, sodass er den Duft ihrer Haare einatmen konnte. Sie hätte näher an ihn heranrutschen können, traute sich aber nicht. Mit einem Mal schien es keine Selbstverständlichkeit mehr zu sein. So als hätten sie beide plötzlich verlernt, die Berührung des anderen zu suchen oder gar zu beanspruchen. Als hätten sie vergessen, wie wohl sie sich miteinander fühlten.

Wieder nahm er ihre Hand. »Du zitterst ja. Bist du sicher, dass du nicht frierst?«

Stumm schüttelte Belle den Kopf. Ihr Zittern hatte nichts mit dem Wetter zu tun, sondern nur mit dem seltsamen Gefühl, das sich ihrer bemächtigt hatte. Vielleicht war es der Schock, die verspätete Reaktion auf das, was mit ihrer Familie geschehen war und was heute in dieser Farce von einer Abschiedsfeier seinen Höhepunkt gefunden hatte. Oder vielleicht lag es daran, dass sie diese Unterhaltung, die sie gleich beginnen würden, schon lange erwartet hatte, halb sehnsüchtig, halb bange. Jetzt allerdings, da der Zeitpunkt gekommen war, war alle Sehnsucht verflogen. Nur noch eine schreckliche Angst war übrig geblieben.

»Belle«, begann Kieran, »hast du wirklich geglaubt – du weißt schon, dass ich und Mona …?«

Es hatte keinen Sinn zu lügen. »Im ersten Moment schon«, gestand sie. »Es war wie ein Reflex.«

Kieran wirkte verletzt, war aber nicht wütend. »Aber wie konntest du so etwas von mir denken? Wie konntest du allen Ernstes glauben, ich würde dich betrügen? Noch dazu mit deiner eigenen Schwester?«

Das Wort »Schwester« klang, wenn es um Mona ging, in Belles Ohren noch immer ein wenig falsch. »Was hätte ich denn denken sollen?«, fragte sie zurück. »Du hast in den letzten Wochen so viel Zeit mit Mona verbracht – es war richtiggehend peinlich! Und plötzlich ist sie schwanger – und ihr eigener Freund ist *nicht* der Vater. Meine Güte, Kieran, willst du mir vorwerfen, dass ich zwei und zwei zusammengezählt habe und vier dabei herausgekommen ist?«

»Das ist vollkommen lächerlich. Wir verstehen uns nun einmal sehr gut, das weißt du doch. Wir haben die gleichen Interessen.«

»Eben«, entgegnete Belle vielsagend. »Was das nur für Interessen sein mögen ...«

Kierans Miene verfinsterte sich. »Das war unter der Gürtellinie, Belle.«

»Seine Verlobte sträflich zu vernachlässigen und jede freie Minute mit einer anderen Frau zu verbringen ist auch nicht gerade die feine englische Art.«

»Ich vernachlässige dich nicht!«

»Wer sagt das? *Mona*?«

Kieran druckste eine Weile lang herum. »Also schön«, hob er schließlich wieder an. »In welcher Hinsicht habe ich dich vernachlässigt?«

»Letzte Woche warst du an drei Abenden bis zur Sperrstunde in der Royal Shakespeare Tavern ...«

»Du hast wegen der Inventur Überstunden gemacht«, verteidigte er sich. »Und Mona hatte Probleme mit Randalierern, also sind Oz und ich hingegangen, um die Sache für sie zu erledigen.«

Oz und Kieran. Belle konnte sich ein Schmunzeln nicht verkneifen. Schwarzenegger und van Damme waren sie nicht gerade, die beiden – eher Pat und Patachon.

»Und was ist mit Lilys Geburtstagsparty? Du hast fest zugesagt, und in letzter Minute überlegst du es dir anders, weil Mona will, dass du ihren Chauffeur spielst und sie nach Bassett Hall kutschierst.«

Kieran blickte seine Verlobte mit Leidensmiene an.

»Es war ganz anders! Mona hat mich angerufen, um mir mitzuteilen, dass sie Mad Dog endlich dazu überreden konnte, mir ein weiteres Exklusivinterview zu geben. Er wollte sie unbedingt dabeihaben. Es tut mir leid, dass ich deswegen die Party deiner Freundin verpasst habe«, fügte er hinzu, »aber schließlich war es nur eine Geburtstagsfeier. Nichts Weltbewegendes.«

»Kieran! Du wusstest ganz genau, dass es eine Dinnerparty war und sie den ganzen Tag dafür in der Küche gestanden hatte. Außerdem war ich die Einzige, die ohne Partner dastand. Das war Lily so unangenehm, dass sie sogar bei ihrem unausstehlichen Nachbarn geklingelt und ihn überredet hat zu kommen – nur damit ich einen Tischpartner hatte.«

»Oh«, sagte Kieran und machte ein betretenes Gesicht. »Stimmt. Das war mir entfallen.«

»Genau wie dir *entfallen* ist, wie wichtig es mir war, dass du heute bei Dads letztem Gottesdienst dabei bist?«, fragte sie.

Eigentlich hätte das der Todesstoß sein müssen. Aber Kieran bäumte sich noch ein letztes Mal auf. »Schatz«, sagte er besänftigend. »Ich bin gekommen, so schnell ich konnte, aber schließlich habe ich einen Beruf! Sandra hat mich persönlich darum –«

»Hast du jemals versucht, dieser Mistkuh zu sagen: ›Bedaure, aber ich kann nicht‹?«, unterbrach Belle ihn.

»Natürlich nicht, verdammt noch mal! Weil ich mir dann meine Beförderung abschminken könnte!«

Belle ließ sich gegen die harte, kalte Rückenlehne der Bank sinken. »Mein Gott, Kieran, denkst du jemals an etwas anderes als an deine Arbeit?«

»Aber selbstverständlich, schon vergessen? Ich bin der geile Lüstling, der jede freie Minute dazu nutzt, seine Verlobte zu hintergehen, indem er über ihre nicht minder geilen weiblichen Verwandten herfällt.«

»Das habe ich so nie gesagt.«

»Aber gedacht hast du es. Und jetzt behauptest du, ich sei ein karrieresüchtiger Ehrgeizling.«

»Etwa nicht?«

Seine Augenbrauen schossen in die Höhe. »Hört, hört! *Du* bist doch diejenige, die nur noch über ihre Arbeit redet. Seit du den

Posten als stellvertretende Filialleiterin angenommen hast, dreht sich bei dir alles ausschließlich um deinen Seifenladen. Waylon dies, Unternehmensrichtlinien jenes. So geht es die ganze Zeit.«

»Was willst du damit sagen? Dass *du* ehrgeizig sein darfst, aber ich mich gefälligst nicht so aufspielen soll?«

»Mach dich doch nicht lächerlich.«

»Und denk *du* bloß nicht, ich würde hier brav sitzen und mir diesen Mist anhören!« Mit hämmerndem Herzen wollte Belle aufstehen, aber Kieran hielt sie zurück.

»Belle. Geh nicht.« Er fuhr sich mit der Hand durch die Haare, und sie sah den Kummer in seinem Blick. »Verzeih mir, Liebling. So habe ich es nicht gemeint. Bleibst du hier und hörst mir zu? Bitte.«

Belle zögerte für einen Moment, dann ließ sie der Schwerkraft ihren Lauf und plumpste wieder auf die Bank. Ein langes Schweigen folgte, unterbrochen nur von dem ausgelassenen Gelächter der Kinder, die zwischen den Beeten Fußball spielten. »Ich glaube, wir sind beide ein bisschen zu weit gegangen«, sagte sie schließlich leise.

»Das scheint uns in letzter Zeit zur Gewohnheit zu werden.« Zaghaft schlang Kieran seinen Arm um sie. Belle versteifte sich unmerklich, stieß ihn aber nicht fort. »Belle … bitte, können wir nicht wenigstens versuchen, wieder nett zueinander zu sein? Das ist viel angenehmer.«

Belle brachte ein schiefes Lächeln zustande. »Aber ich habe dir noch gar keine Ohrfeige verpasst und dir ins Gesicht geschleudert, dass du ein chauvinistisches Schwein bist!«, protestierte sie.

»Gott sei Dank.« Sanft streichelte Kieran Belles Schulter. Es fühlte sich gut an. Irgendwie beruhigend. »Ich würde mich freuen, wenn wir den Teil überspringen könnten.«

Einige Sekunden lang starrte Belle auf ihre Schuhspitzen und grübelte. »Stimmt es wirklich?«, fragte sie dann. »Dass ich immer nur über die Arbeit rede?«

»Ich finde, ja«, gestand er. »Aber ich tue es ja auch. Vielleicht habe ich kein Recht, mich zu beklagen.«

»Aber du *hast* dich beklagt. Wieso?«

Er machte eine ungeduldige Handbewegung. »Jeder ist mal unvernünftig. Und du hattest recht«, fügte er hinzu. »Ich habe dich tatsächlich vernachlässigt. Es war nicht meine Absicht, das musst du mir glauben. Aber … in letzter Zeit ist so viel passiert, und ich – ich weiß auch nicht. Vielleicht habe ich die Prioritäten falsch gesetzt.«

Belle legte eine Hand auf seine. »Es hat sich vieles geändert …«

Als sie den Kopf hob und sich ihm zuwandte, trafen sich ihre Blicke.

»Aber wir sind doch noch dieselben, nicht wahr?«, fragte Kieran leise. »Du und ich?«

Ein Angstschauer ließ Belle erzittern, doch sie antwortete lächelnd: »Aber natürlich. Das sind bloß … die äußeren Umstände. Sobald Gras über die Sache gewachsen ist, wird alles wieder so sein wie früher …«

»Aber?«

»Ich habe nichts von ›aber‹ gesagt.«

»Es gibt immer ein Aber.«

»Also gut. Vielleicht wollten wir zu viel auf einmal, und die Zeit … für gewisse Dinge … ist einfach noch nicht reif.«

»Gewisse Dinge – du meinst die Hochzeit?«

Sie nickte und spürte, wie Erleichterung sie durchströmte. Endlich war es ausgesprochen. »Heute hat mich jemand gefragt, ob wir die Trauung jetzt in St. Mungo abhalten wollen, und ich wusste keine Antwort darauf. Die arme Mum hat mit dem Umzug alle Hände voll zu tun, ich bringe es einfach nicht übers Herz, sie auch noch mit den Vorbereitungen für die Hochzeit zu belasten. Verstehst du das?«

Kieran rieb sich das Kinn. »Wir könnten sie verschieben – natürlich nur für eine Weile …«

»Auf keinen Fall für lange«, bekräftigte Belle. »Allerhöchstens ein paar Monate.«

»Genau. Bis die ganze Aufregung vorbei ist und wir endlich wieder wissen, wo wir stehen.« Auch auf Kierans Gesicht spiegelte sich immense Erleichterung.

Sie lächelte ihn an. »Richtig.«

»Und du wärst nicht böse? Ich meine … du würdest nicht denken, dass ich dich nicht mehr liebe? Ich will dich nämlich trotzdem noch heiraten. Unbedingt sogar.«

»Quatsch!« Sie lachte. »Warum sollte ich dir böse sein?« Belle ließ ihre Hand in seine gleiten. Als Kieran sie sanft drückte, spürte sie ihren Verlobungsring am Finger.

»Die anderen werden es bestimmt auch verstehen. Schließlich wollen wir die Hochzeit ja nicht absagen. Glaub mir, so ist es das Beste.«

Aber trotz ihres aufmunternden Lächelns war Belle zum Heulen zumute.

An diesem Abend war Mona in ihrem nunmehr fast leeren Zimmer im Pfarrhaus damit beschäftigt, die letzten ihrer Habseligkeiten für den bevorstehenden Umzug nach St. Mungo zu packen.

Ich habe es geschafft, sagte sie sich. Ich habe es tatsächlich geschafft! Ich habe alles erreicht, weswegen ich hergekommen bin – und noch mehr: Ich habe Gerry Craines Karriere ruiniert, seine Familie gegen ihn aufgebracht, ich bin auf dem besten Weg, Kierans und Belles Beziehung zu zerstören ... und ich habe den stinkendsten, hässlichsten Köter der ganzen Welt ins Haus geschleppt. Sie bückte sich, um Engelberts Kopf zu streicheln, und er belohnte sie mit einem übelriechenden Gähnen. Dieser Mann hat meine Mutter im Stich gelassen. Es ist nur recht und billig, dass ich es ihm heimzahle. Er soll wissen, wie es ist, von anderen fallen gelassen und ausgelacht zu werden!

Also schön, Mum weiß nichts davon, und vielleicht ... Ach was, sobald sie es erfährt, wird sie mir dankbar sein. Und stolz auf mich. Und dann werden wir uns endlich wieder so nahestehen wie früher.

Seit Monas Mutter Rena ihren jugendlichen Lover Chas bei sich hatte einziehen lassen, herrschte dicke Luft zwischen Mutter und Tochter. Vor lauter Empörung war Mona ohne ein Wort des Abschieds nach England geflogen. Aber die Dinge würden sich bald ändern, das wusste sie genau. Was ihre Mutter wohl dazu sagen würde, dass sie in nicht allzu ferner Zukunft Großmutter wurde? Die Schwangerschaft war nicht geplant gewesen, aber vielleicht half sie, die Beziehung zwischen ihr und ihrer Mutter zu kitten – auch wenn der Kindsvater wohl kaum ein Teil der glücklichen Familie würde sein wollen.

Geistesabwesend strich Mona mit der Hand über ihren noch flachen Bauch. Ja, dachte sie. Ich habe alles erreicht, was ich wollte, und bin zudem schwanger geworden. Eigentlich sollte ich meine Sachen packen und nach Australien zurückfliegen, um mich mit Mum zu versöhnen, statt weiter hier herumzuhängen, mich in einer verdreckten Kneipe abzurackern und zuzusehen, wie sich die Geier an Gerry Craines Kadaver laben.

Ich sollte glücklich sein.

Warum bin ich es nicht?

Die traurige Wahrheit war, dass trotz ihrer triumphalen Erfolge jegliches Hochgefühl, jegliche Befriedigung darüber, dass der Gerechtigkeit nun endlich Genüge getan war, ausblieb. Es wollte Mona einfach nicht gelingen, die Craines zu hassen. Im Gegenteil: Es bestand sogar die akute Gefahr, dass sie ihr regelrecht ans Herz wuchsen. Warum sonst hätte sie beschließen sollen, gemeinsam mit ihnen in den Bluebell Estate, das schäbigste, heruntergekommenste Viertel der Stadt, umzuziehen?

Und warum sonst plagte sie Tag und Nacht das schlechte Gewissen?

Kapitel 16

Jax war clever, aber ihren Freund Razor konnte sie nicht hinters Licht führen. Ihr Gesicht war weißer als die Schminke, die sie anlässlich der Gothic-Abende in ihrer Lieblingsdiskothek aufzulegen pflegte.

»Warum willst du mir nicht sagen, was los ist?«, fragte er zum dritten Mal, während er sie quer durch den Barraum des Hairy Newt verfolgte. Razor besaß eine schier unerschöpfliche Geduld, aber wenn Jax sich vorgenommen hatte, bockig zu sein, konnte nichts außer einer Stange Dynamit die Wahrheit aus ihr heraussprengen.

Sie raunzte ihm ihre ungehaltene Antwort über die Schulter. »Weil es nichts zu sagen gibt, du Nassbirne! Bist du taub?«

»Nein«, entgegnete er gutmütig. »Aber ich glaube dir nicht.«

Jax drehte sich um und blitzte ihn an. »Wie oft soll ich es noch sagen, Razor? Mit mir *ist nichts los*! Warum lässt du mich nicht einfach in Ruhe? Kümmer dich um deinen eigenen Scheiß.«

Unsanft stieß sie Snooker zur Seite. Ihr Ellbogen traf derart heftig auf seine Rippen, dass er nur mit Mühe einen Schmerzensschrei unterdrückte und hastig auf der Bank weiterrutschte, um ihr Platz zu machen. Die zahlreichen Ketten und Schnallen an ihrer Hose klimperten, als sie sich setzte.

»Wie ist es an der neuen Schule?«, fragte Demi.

Jax' Miene wurde so finster, dass sich der ganze Raum zu verdunkeln schien. »Was geht es dich an?«, blaffte sie.

Demi blinzelte verdattert. »Also ... Schließlich ist es deine erste Woche ... ich wollte nur ...« Sie verstummte. »Hm, die Chips sind aber lecker! Möchte jemand?«

Jax knallte ihr Glas auf den zerkratzten, bierfeuchten Tisch. »Zum allerletzten Mal: Die Schule ist toll, mir geht es ausgezeichnet, es ist nichts vorgefallen, können wir jetzt über etwas anderes reden?«

Oje, dachte Razor. Es ist noch schlimmer, als ich befürchtet habe.

Das Pfarrhaus in St. Mungo roch komisch. Gewöhnungsbedürftig. Nicht wie ein Zuhause.

Nachdem Belle für jedes der zahlreichen Einsteckschlösser den passenden Schlüssel gefunden hatte, schwang die Haustür auf, und statt des altbekannten Duftgemischs aus Bienenwachspolitur und Holz, das sie aus St. Jude kannte, schlugen ihr gänzlich andere Gerüche entgegen: von frischer Farbe, stockigen Gesangsbüchern, von tausend Jahre alter Katzenpisse und einem Hauch Schimmel.

Gleich darauf jedoch drang ihr das köstliche Aroma frisch gebackener Kuchen in die Nase. Tief sog Belle den Duft ein: Hmm, Früchtebrot ... und was noch? Ein Zitronenkuchen? Vielleicht hat sich Mum doch schon eingelebt, dachte sie. Dass sie backt, ist jedenfalls ein gutes Zeichen.

»Hallo, Mum! Ich bin es!«

Sie eilte den kurzen Flur hinunter und bog links in die Küche ab. Für eine ehemalige Sozialwohnung war das »Pfarrhaus« tatsächlich sehr groß. Trotzdem kam es Belle, die an die Dimensionen von St. Jude gewöhnt war, beengend vor.

»Mum?«

Die Küche war leer – aber der Tisch in der Mitte war vollbeladen mit leckerem Backwerk, frisch aus dem Ofen und noch warm.

Was soll's, dachte Belle, stibitzte sich einen Muffin, schälte die Papiermanschette ab und biss genüsslich hinein. Bestimmt ist sie bald zurück.

Sie beschloss, sich die Zeit vor dem Fernseher zu vertreiben, und machte sich auf den Weg zum Wohnzimmer, vor dessen Fenstern noch die lachsfarbenen Raffrollos der Vorbewohner hingen. Auch die farblich passenden geschnitzten Zierleisten an der Wand waren noch da, und ebenso unverändert die gelben Tapeten mit blauem Blumenmuster. Dies war der einzige Raum, den Belle je gesehen hatte, in dem nicht nur die Wände, sondern auch die Decke mit Mustertapete tapeziert worden war. Nun ja – sobald ihre Eltern alles neu dekoriert und vollständig eingerichtet hatten, würde es bestimmt viel besser aussehen.

Sie kam an der geschlossenen Tür zur Gästetoilette vorbei, und wäre es im Haus nicht so still gewesen, hätte sie das Geräusch höchstwahrscheinlich gar nicht bemerkt.

Irgendjemand schluchzte.

Wer?

Wie angewurzelt blieb Belle stehen. Dann klopfte sie sachte an die Tür. »Alles klar da drinnen?«, fragte sie und machte sich im nächsten Augenblick bewusst, dass diese Frage jemandem, der sich auf dem Gästeklo verbarrikadiert hatte, um sich dort die Augen auszuheulen, reichlich dumm vorkommen musste.

Schlagartig wurde es still. Nur ab und zu war zu hören, wie jemand geräuschvoll die Nase hochzog. Zwischendurch erklang ein unterdrückter Schluckauf.

»Hallo?«, rief Belle erneut.

Endlich antwortete eine dumpfe Stimme aus dem Innern: »Verpiss dich!«

Belle war wie vor den Kopf geschlagen. Wann hatte Jax zum letzten Mal geweint – wenn man einmal von den Gelegenheiten absah, an denen sie zu Zwecken der emotionalen Erpressung absichtlich auf die Tränendrüsen drückte? Dieses Schluchzen aber war echt, und es beunruhigte Belle zutiefst.

»Jax? Ich bin es, Belle. Was ist los?«

»Hau« – schnief – »*ab*!«

»Komm schon, Jax«, sagte Belle sanft. »Sprich mit mir. Vielleicht kann ich dir helfen.«

»Nein! Lass mich in Ruhe.«

Belle kratzte sich am Kopf. Was konnte geschehen sein? Was war das Schlimmste, das im Leben eines Teenagers passieren konnte? »Hat Razor mit dir Schluss gemacht?«

»Quatsch!«

Prompt fiel Belle etwas noch Furchtbareres ein. »O Gott! Du bist schwanger!«

»Was?« Jax' Antwort war ein ersticktes Quieken. »Bin ich denn komplett bescheuert – so wie du? Oder wie ...« Urplötzlich verstummte sie.

»Wie wer? Wie Mona?«

»Mona *ist* nicht bescheuert«, beharrte Jax, wenn auch mit etwas weniger Inbrunst als üblich. »Und ich auch nicht. Kapiert?«

Belle versuchte, die Beleidigung nicht persönlich zu nehmen. Darin hatte sie ja Übung. »Wenn dir etwas auf dem Herzen liegt, solltest du darüber reden«, erwiderte sie und versuchte, die Klinke herunterzudrücken: abgeschlossen. »Mach bitte die Tür auf. Wir können uns bei einem Stück Kuchen über alles unterhalten.«

»Kuchen!« Jax' Stimme troff vor Verachtung. »Wenn du mir einen Liter Wodka anbietest, überlege ich es mir vielleicht noch mal. Am besten, ich saufe mich gleich ins Koma. Dann kriege ich wenigstens nicht mehr mit, was die Leute über mich sagen.«

Aha, ein Hinweis. Allmählich ahnte Belle, worum es ging. »War jemand gemein zu dir?« Sie dachte einen Moment lang nach. »In der Schule?«

»Die Kandidatin erhält hundert Punkte«, sagte Jax tonlos.

»Seit wann kümmert es dich, was andere von dir denken?«, fragte Belle. »So wie du herumläufst, ich meine ... du legst es doch darauf an, oder?«

»Das war früher«, schnappte Jax und schnäuzte sich lautstark die Nase. »Auf St. Jude wurde das Recht auf Individualität noch ernst genommen!«

»Soll das heißen, dass es dort Schüler gab, die noch verrückter aussahen als du?«

»Halt den Mund!«

Belle verpasste sich im Geiste einen mahnenden Klaps. »Entschuldige, das ist mir nur so herausgerutscht. Auf der Winston-Churchill-Gesamtschule ist es also anders?«

»Wenn du kein Burberry trägst und diese dämlichen Klimperohrringe so groß wie Hula-Hoop-Reifen, schaut dich niemand auch nur mit dem Hintern an.«

»So schlimm kann es doch nicht sein«, widersprach Belle zaghaft.

Daraufhin brach Jax erneut in Tränen aus. »Doch! S-sie n-nennen mich … M-missgeburt«, brachte sie mühsam hervor. »Sie sagen, meine Eltern hätten mich bestimmt auf dem Schr-rottplatz gefunden!«

»Das ist wirklich mies.« Eine kurze Pause entstand. Belle ahnte, dass dies noch nicht alles war, dass es noch etwas Schlimmeres gab – etwas, das selbst die hartgesottene Jax kaum über die Lippen brachte. »Was noch? Du kannst es mir ruhig sagen.«

Jax stieß einen lauten Seufzer aus. »Sie zerreißen sich das Maul über Dad. Anfangs konnte ich es nicht glauben … ich dachte, der ganze Mist wäre endlich vorbei. Ich dachte, ich hätte endlich wieder meine Ruhe!«

Belles Mund war mit einem Mal staubtrocken. »Was sagen sie denn?«

»Es ist so widerlich. Sie machen Witze und … erzählen Lügen. Sie schließen sogar Wetten ab: Was meint ihr, wie viele andere uneheliche Kinder hat er wohl noch? Vielleicht ist er überhaupt nicht der Vater der Missgeburt. Wer weiß, für wen ihre Mutter die Beine breitgemacht hat!«

Belle kniff die Augen ganz fest zusammen, als könne das den schrecklichen Bildern Einhalt gebieten, die sich in ihrem Kopf zu formen begannen. Sie stellte sich vor, wie sie sich anstelle ihrer Schwester fühlen würde. Arme Jax, dachte sie. Armer Dad, arme Mum. Hört das denn nie auf?

»Tja, offenbar haben die meisten deiner neuen Klassenkameraden einen besonders subtilen Sinn für Humor«, sagte sie ruhig. »Was nur beweist, dass der liebe Gott die Gabe der Intelligenz nicht gleichmäßig auf alle Menschen verteilt hat.«

Ganz kurz meldete sich Jax' alter Zynismus zurück. »Das kann man wohl sagen.«

»Aber mach dir keine Sorgen. Sobald wir Mum und Dad alles

erzählt haben, werden sie sich mit dem Schulleiter darüber unterhalten.« Belle tat ihr Bestes, zuversichtlich zu klingen. »Ich bin sicher, die Lehrer werden unseren Standpunkt verstehen und …«

Jax schnitt ihr das Wort ab, die Stimme scharf wie ein nagelneues Skalpell. »Niemand wird Mum und Dad etwas sagen. *Niemand*, kapiert?«

»Aber wie sollen sie dir dann helfen?«

»Sie müssen mir nicht helfen. Ich kann auf mich selbst aufpassen.«

»Ach, so ist das«, gab Belle trocken zurück. »Deswegen sitzt du jetzt auch auf dem Gästeklo und weinst dir die Augen aus.«

Einmal mehr richtete sich Jax' hilflose Wut gegen ihre Schwester. »Mag sein, dass jemand wie *du* sofort zu seinen Eltern rennt, sobald es Probleme gibt …«

Belle runzelte die Stirn. »Wie bitte?«

»Aber *ich* bin erwachsen. Ich nehme mein Leben selbst in die Hand.«

Belle war hin- und hergerissen. Sollte sie ihrer Schwester helfen oder doch lieber die Toilettentür eintreten, sie gewaltsam herauszerren und ihr gehörig den Hintern versohlen? »Jetzt nimm doch Vernunft an!«, rief sie durch das Schlüsselloch. »Hör mir zu, Jax: Wenn du in der Schule terrorisiert wirst, müssen Mum und Dad davon erfahren.«

»Nein – *du* hörst mir zu«, fauchte Jax dermaßen heftig, dass Belle unwillkürlich einen Schritt zurückwich. »Es ist nicht nötig, dass ihnen jemand mit seinem Gejammer das Leben noch schwerer macht. Sie haben genug Ärger am Hals. Ich werde ihnen nichts sagen. Ende der Durchsage.«

Knirschend drehte sich der Schlüssel im Schloss. Die Tür schwang auf und heraus trat Jax, mit roten Augen und einer Miene grimmiger Entschlossenheit.

»Und wenn«, sagte sie und unterstrich jedes ihrer Worte, indem sie ihren Zeigefinger gegen Belles Brust stieß, »auch nur ein Sterbenswörtchen über deine Lippen kommt, dann gnade dir Gott. Haben wir uns verstanden?«

»Natürlich hast du das Richtige getan«, sagte Clare beruhigend und goss Kräutertee in zwei große Tassen. »Hör auf, dir darüber das Hirn zu zermartern. So, und jetzt brav austrinken. Kamillentee beruhigt die Nerven.«

Belle rümpfte die Nase. Igitt. Na ja, bestimmt hilft es, dachte sie, während sie zaghaft an ihrem Becher nippte. Es schmeckte nämlich ganz grauenhaft. »Danke«, sagte sie mit einem schwachen Lächeln. »Das tut gut.«

»Wenn du möchtest, kannst du einen Löffel Honig hineinrühren.« Clare schob das Glas über den Küchentisch. »Honig unterstützt das Immunsystem, wusstest du das? Das kannst du gut gebrauchen – bei all dem Stress, den du in der letzten Zeit hattest.«

»Vermutlich.« Belle ließ einen großzügigen Löffel Honig in ihren Tee tröpfeln und beobachtete, wie er in trägen Wirbeln auf den Boden ihrer Tasse sank, wo er sich langsam auflöste. »Du meinst wirklich, dass es klug war, die Hochzeit zu verschieben? Sei ganz ehrlich.«

»Aber ja! Ich habe schon lange hin und her überlegt, ob ich es dir selbst vorschlage. Ich wollte bloß nicht, dass du denkst, ich mische mich in eure Angelegenheiten ein …«

Verdutzt blickte Belle ihre Freundin über den Tisch hinweg an. Clare seufzte geduldig wie ein Erwachsener, der einem kleinen Kind erklären muss, wieso der Schneeball, den es im Winter in seine Schreibtischschublade gelegt hat, im Frühjahr nicht mehr da ist. »Ihr habt einen Haufen Probleme«, erklärte sie. »Das ist doch offensichtlich.«

»Haben wir nicht!«, widersprach Belle entrüstet. »Zwischen mir und Kieran ist alles wie immer. Mehr oder weniger.«

»Meinst du wirklich?«

Unter Clares forschendem Blick wurde Belle ganz unbehaglich zumute. »Also, ich … wir lieben uns!«

»Liebe ist nicht alles«, sagte Clare ernst. »Außerdem – bist du dir ganz sicher, dass Kieran für dich dasselbe empfindet wie du für ihn?«

Die Worte trafen Belle, als wäre sie mit der Nase voran gegen eine zuschlagende Tür gelaufen. »Was soll das heißen?«

»Diese ganze Sache mit Mona – jeder Trottel kann sehen, dass daran irgendetwas faul ist. Und du bist kein Trottel, Belle. Oder?«

Belle schwieg. Stimmte es wirklich? War sie bloß eine dumme

Gans, die Kieran alles glaubte, wenn er es nur oft genug behauptete? »Anfangs hatte ich meine Zweifel, aber …«

Triumphierend lehnte sich Clare auf ihrem Stuhl zurück und verschränkte die Arme vor der Brust. »Ich wusste es!«

»Nein! Doch nur, weil es … Es war nicht leicht für mich, zuzusehen, wie er sich mit einer anderen Frau anfreundet und so viel Zeit mit ihr verbringt – auch wenn sie meine Halbschwester ist. Vielleicht liegt es auch nur daran, dass sie viel hübscher ist als ich.«

»Du machst es ihm viel zu einfach«, sagte Clare. »Was bildet er sich überhaupt ein? Meint er, er kann tagein, tagaus mit einer anderen Frau durch die Gegend laufen und von dir erwarten, dass du jede Ausrede schluckst, die er dir dafür auftischt? Du lässt dich von ihm für dumm verkaufen.«

Das saß. »Ach was, du –«, protestierte Belle, aber Clare fiel ihr ins Wort. »Ich übertreibe *nicht,* Belle. Mach endlich die Augen auf. Er verbringt viel zu viel Zeit mit dieser Mona. Und jetzt ist sie auch noch schwanger und weigert sich zu verraten, wer der Vater ist. Du hast mir selbst erzählt, wie fürsorglich sich Kieran ihr gegenüber verhält. Begreifst du nicht, was los ist?«

O Gott, o Gott, bloß nicht darüber nachdenken!, dachte Belle panisch. Ich will es gar nicht wissen. »Kieran hat geschworen, das Baby sei nicht von ihm«, wehrte sie sich lahm.

»Wer würde das in seiner Lage nicht behaupten?« Clare nahm einen Schluck von ihrem Tee. »Er mag Kinder sehr, dein Kieran, nicht wahr? Er wollte so schnell wie möglich eine Familie mit dir gründen, oder?«

»Äh …«, stammelte Belle. Es stimmte. Er hatte sie wieder und wieder gedrängt. »Er möchte, dass wir gleich nach unserer Hochzeit ein Baby bekommen.«

»Aber du möchtest das nicht.«

»Ich will nur nichts überstürzen, das ist alles.«

Clare nickte bedächtig, als sei nun auch das letzte Teil des Puzzles an seinem Platz. »Also, nehmen wir einmal an – rein hypothetisch, versteht sich –, dass er sich automatisch zu jemandem hingezogen fühlt, mit dem er seinen Traum von einer eigenen Familie womöglich sofort erfüllen kann. Schließlich hat er selbst keine Verwandten, mit Ausnahme einer Schwester, die er so gut wie nie sieht. Das hast du selbst gesagt.«

»Sein Traum von …?« Belle spürte, wie alles Blut aus ihrem Gesicht wich. »Du meinst – mit *Mona*?«

Clare ergriff ihre Hand und drückte sie beruhigend. »Es ist lediglich eine Vermutung. Ich möchte nur, dass du auf alles gefasst bist.«

Kieran war auf dem Weg zu Belles Wohnung. Er hatte Neuigkeiten. Wie sie wohl darauf reagieren würde? Bestimmt würde sie sich eine Weile lang sträuben, aber im Grunde war sie ein einsichtiges Mädchen. Früher oder später würde sie sich schon damit anfreunden.

Das hoffte er wenigstens.

Als er die Wohnung betrat, fand er Belle zusammengekauert auf dem Bett vor. Sie sah fern, hielt ein Kissen vor den Bauch gepresst und hatte eine Flasche mit pinkfarbenem Likör neben sich stehen, den ihr jemand als Souvenir von einer Tschechienreise mitgebracht hatte. Knapp die Hälfte hatte sie bereits ausgetrunken.

»Hallo, Liebes.« Er küsste sie und setzte sich neben sie aufs Bett. Sie umarmte ihn nicht wie sonst.

Wahrscheinlich war sie müde von der Arbeit. »Was schaust du dir an?«

»Nichts.« Sie stach auf die Fernbedienung ein, und der Bildschirm wurde schwarz.

»Ach so. Na ja, so ist es mir auch lieber. Dann können wir uns ein bisschen unterhalten.«

»Worüber?«

»Einfach nur so. Wie man das halt so macht.« Er beugte sich zu ihr und schnüffelte an ihrem Glas. »Du liebe Zeit, Belle, was ist das für ein Teufelszeug?«

»Weiß nicht. Die Flasche stand im Schrank unter der Spüle. Ich brauchte dringend etwas zu trinken.«

»Sieht ganz so aus.« Vorsichtig tauchte Kieran einen Finger in die Flüssigkeit und leckte mit der Zungenspitze daran. Dann wischte er sich den Rest an seinem Hemd ab. »Widerlich. Wollen wir nicht lieber in den Pub gehen? Da kann ich dich zu einem anständigen Drink einladen.«

Belle schüttelte den Kopf. »Keine Lust.«

Allmählich begann sich Kieran Sorgen zu machen. »Bist du krank?«

»Noch nicht.« Sie warf einen vielsagenden Blick auf die Flasche. »Aber morgen vielleicht.«

»Habe ich ... habe ich irgendetwas angestellt?«

Sie musterte ihn mit feuchten Augen. »Ich weiß nicht, Kieran. Sag du es mir.« Sie kippte den Inhalt ihres Glases hinunter und schenkte sich nach. »Und? Wie geht es der entzückenden Mona heute?«

»Gut. Ich bin mit ihr ...« Kieran hielt inne, dann stöhnte er laut auf. »Nein! Fängst du schon wieder damit an? Ich habe dir doch erzählt, dass sie mich gebeten hatte, sie ins Krankenhaus zu fahren. Ich versuche nur, ihr zu helfen.«

»Das ist mir schon aufgefallen. Du bist ein richtiger edler Ritter.« Belle rülpste. Sie war auf dem besten Weg, sich einen Vollrausch anzutrinken, und das gefiel ihr.

»Was willst du damit sagen?«

Die Worte kamen ihr wie von selbst über die Lippen. »Ich will damit sagen, dass ich langsam die Schnauze voll habe. Wenn du der Vater von Monas Kind bist, warum gibst du es nicht einfach zu? Danach kann es mir auch nicht schlechter gehen als jetzt!«

Kieran starrte sie an. »Du bist betrunken.«

»Pah! Das ist noch gar nichts.«

»Wir haben das hundertmal diskutiert, Belle. Wie oft willst du es noch hören? Mona ist nichts weiter als eine gute Freundin.«

Belle winkte ab. »Ja, ja.« Sie hob den Blick. In ihren Augen glänzten Tränen. »Kieran, wenn du mit ihr zusammen sein willst, dann geh einfach, in Ordnung? Ich habe keine Lust mehr, mich von dir belügen und betrügen zu lassen.«

»Gleich platzt mir aber der Kragen!« Kieran sprang vom Bett. »Was ist los mit dir? Leidest du unter Verfolgungswahn? Halluzinierst du? Muss ich dir erst einen DNS-Test unter die Nase halten, damit du mich nicht mehr verdächtigst?«

Belle schwieg.

»Glaubst du mir denn gar nichts mehr?«

»Ich *möchte* dir ja glauben. Du weißt gar nicht, wie sehr.« Die Tränen, die Belle all die Zeit über zurückgehalten hatte, kullerten jetzt ihre Wangen hinab. »Und ich werde nie aufhören, dich zu lieben, niemals! Aber ich weiß einfach nicht mehr weiter.«

Kieran konnte sich nicht erinnern, wann er sich jemals so wütend gefühlt hatte – und so hundsmiserabel.

Krachend schlug er die Tür von Belles Wohnung hinter sich zu und floh die Treppen hinab. Während er die Straße entlangstapfte, verwünschte er Belle, den ganzen Rest der Welt und vor allem sich selbst. Warum musste immer alles schiefgehen? Womit hatte er das verdient? Erst der Ärger wegen Gerry, der ihrer Beziehung alles andere als gutgetan hatte. Dann der Streit um die Arbeit, um Monas Baby und den Hochzeitstermin. Und wer war schuld an allem? Belle! Wenn sie nicht darauf bestanden hätte, diesen lächerlichen Posten als stellvertretende Filialleiterin in ihrem Seifenladen anzunehmen, hätten sie viel mehr Zeit füreinander gehabt. Sie hätten Pläne geschmiedet, sich gemeinsam auf ihr neues Haus gefreut und Namen für ihr erstes Baby ausgesucht, statt sich gegenseitig bei jeder Gelegenheit anzugiften. Warum zum Teufel sollte seine Verlobte jeden Morgen um halb acht im Laden stehen und abends bergeweise Papierkram mit nach Hause schleppen? Nur damit sie ein paar Pfund mehr verdiente und einen wohlklingenden Titel bekam? Das war vollkommen irrational!

Dann dachte er an das, was Belle gesagt hatte. Bestand tatsächlich die Möglichkeit, dass er in Wirklichkeit mit Mona zusammen sein wollte?

Verärgert schüttelte er den Kopf. So ein Blödsinn!

Dennoch war er zornig aus der Wohnung gestürmt, ohne Belle mitzuteilen, weswegen er eigentlich gekommen war: Der Herausgeber einer Londoner Tageszeitung hatte ihm eine frei werdende Stelle als Feature-Autor angeboten. Es war eine schwerwiegende Entscheidung, zumal sie nach London würden ziehen müssen. Aber er hatte sich bereits sämtliche Argumente zurechtgelegt, mit denen er Belle überzeugen wollte, dass es der richtige Schritt war.

Und stattdessen? Stattdessen hatten sie sich wieder einmal gezankt, und er hatte kein Wort herausgebracht.

Kieran klappte seinen Mantelkragen hoch, um sich gegen den feinen Nieselregen zu schützen, senkte den Kopf und wappnete sich gegen den kalten Nordwind.

Vielleicht würde er es ihr morgen sagen.

Kapitel 17

Ein ruhiger Arbeitstag war das Letzte, was Belle wollte, aber am folgenden Morgen war Green Goddess so verlassen wie ein Gänsestall nach dem Weihnachtsfest.

»Wo sind sie denn?«, klagte Waylon, das Gesicht gegen die Schaufensterscheibe gepresst. »Wo sind alle meine schönen Kundinnen hin?«

»Es regnet«, sagte Lily weise. »Und es ist Dienstag. Dienstags kauft niemand Seife.«

Waylon drehte sich um und starrte sie an. »Wo haben Sie denn diesen Unfug her?«

»Das ist kein Unfug«, sagte sie nachdrücklich. »Ich habe es in einer Zeitungsumfrage gelesen.«

Belle stieß einen langen Seufzer aus und ließ den Kopf auf die Arme sinken. »Wenn das so ist, weckt mich, sobald es Mittwoch ist«, murmelte sie düster in ihren Ärmel.

Waylon begann ruhelos im Laden auf und ab zu tigern, die Regale zu überprüfen und Teile der Auslage hin- und herzurücken. Er hasste es, untätig zu sein.

»Was ist eigentlich mit Ihnen los?«, wandte er sich an Belle, während er zwei Flaschen Shampoo mit einem Körbchen voller rosafarbener Seifenostereier vertauschte und das Ergebnis mit kritischem Blick begutachtete. »Sie haben bisher kaum einen Mucks von sich gegeben, so kenne ich Sie gar nicht. Sie brüten doch nicht etwa eine Krankheit aus? Unterstehen Sie sich! Ich habe schon genug Personalprobleme, jetzt da unsere Lily schwanger ist.« Er funkelte sie an, als habe sie sich nur schwängern lassen, um ihrem Chef eins auszuwischen. »Neue Verkäuferinnen einzuarbeiten kostet Zeit und Geld!«

Lily ignorierte ihn. »Was ist los, Belle?«

Belle setzte sich auf. »Nichts. Ich komme heute bloß nicht recht in Schwung.«

»So geht es mir jeden Morgen«, sagte Lily heiter. »Und erst die Übelkeit! Kaffee? Oder darf ich dir einen meiner Kräutertees anbieten?«

»Also schön. Eine Tasse Kaffee kann wohl kaum schaden. Oh,

halt, eine Kundin!« Eine Frau ging zielstrebig auf die Ladentür zu, äugte durch die Scheibe, zögerte einen Moment lang, drehte sich schließlich wieder um und verschwand in die Richtung, aus der sie gekommen war. »Falscher Alarm. Na gut, her mit dem Heißgetränk.«

Während Lily im Pausenraum Kaffee aufsetzte und Waylon weiterhin die Auslage durcheinanderbrachte, blätterte Belle gedankenverloren durch die neueste Ausgabe des Newsletters, den die Zentrale jeden Monat herumschickte. Sie überblätterte die Seite mit dem Artikel über die Eröffnung einer neuen Filiale in Penzance und gelangte schließlich zu den internen Stellenausschreibungen. Sie hatte keine Ahnung, warum sie sie jeden Monat akribisch las, zumal dort nie etwas anderes angeboten wurde als »Leiter Einkauf« oder »Qualitätsmanager Bezirk Süd«. Sämtliche interessanten Posten im unteren Managementbereich wurden offenbar direkt in den Filialen besetzt – oder durch Beziehungen. Nicht umsonst bezeichnete sich Green Goddess mit Vorliebe als »traditionsreicher Familienbetrieb«.

Aber was war denn das? Belle richtete ihre Aufmerksamkeit auf eine Anzeige am unteren Ende der Seite. Dort stand:

Lieben Sie unsere Kosmetik?

Belle nickte.

Und unsere Kunden?

Nun ja: manche mehr, manche weniger. Hastig las sie weiter:

Wenn Ihr Wissen über unsere Produktpalette seinesgleichen sucht, Sie über einschlägige Erfahrung in der Filialleitung verfügen und die Kundenzufriedenheit bei Ihnen stets an erster Stelle steht, dann sind Sie der-/diejenige, den/die wir für die Stelle des Leiters/der Leiterin unserer neuen Abteilung Customer Relations in unserem Hauptbüro in Gloucester suchen …

Klingt nicht übel, dachte Belle. Aber wohl eher etwas für Waylon. Jemanden wie mich würden sie bestimmt nicht einmal zum Vorstellungsgespräch einladen.

Gerade wollte sie umblättern, als Lily, zwei Kaffeebecher in der Hand, hinter sie trat. »Was liest du da? Oh, Stellenanzeigen! Und? Ist irgendetwas dabei?«

»Eigentlich nicht. Nur …«

Mit gespenstischer Hellsicht zeigte Lily auf die betreffende Anzeige. »Kundenservice! Dafür wärst du wie geschaffen«, sagte sie und schob sich einen Keks in den Mund.

»Ich? Wie kommst du denn darauf?«

»Weil du gern mit Menschen arbeitest. Außerdem besitzt du diplomatisches Geschick. Du verlierst nie die Geduld – was man nicht von jedem hier behaupten kann.« Mit einem vielsagenden Kopfnicken wies sie auf Waylon, der sich gerade lauthals fluchend an einer verklemmten Schranktür zu schaffen machte.

»Natürlich verliere ich manchmal die Geduld.«

Lily schüttelte energisch den Kopf. »Ich habe es noch nie erlebt. Und einige unserer Kunden … die brauchen keinen Zufriedenheitsbeauftragten, sondern einen Tritt in den Allerwertesten!«

Belle lachte. »Ich glaube nicht, dass das zu meinen Aufgaben gehören würde.«

»Sei froh. Sonst würde ich mich nämlich auch auf die Stelle bewerben. Und gegen mich hättest du keine Chance.« Lily richtete sich wieder auf. »Du solltest es wirklich versuchen. Das Gehalt ist bestimmt auch nicht schlecht. Der einzige Haken sind wahrscheinlich die langen Arbeitszeiten. Kieran wäre vermutlich nicht gerade begeistert.«

Na und?, dachte Belle trotzig. Verschwendet er jemals auch nur einen Gedanken an *mich*, wenn er bis spät in die Nacht arbeitet, ohne vorher Bescheid zu sagen?

Nun, jammerschade, dass ich keinen Funken Ehrgeiz besitze. Und dass ich genau weiß, dass ich die Stelle nie im Leben bekommen würde. Sonst könnte ich es glatt versuchen …

Am Abend meldete sich Ros über die Webcam, und zum ersten Mal seit Wochen konnten sich die beiden Freundinnen ausgiebig unterhalten. Zwar war das flackernde Bild unscharf und verzerrt, aber dennoch gab es keinen Zweifel: Ros sah fabelhaft aus.

»Dann hast du die todbringende Fischmahlzeit also überlebt?«

Ros lachte. »Ja, aber am nächsten Tag habe ich mir bei einem Krabbensandwich Salmonellen eingefangen!«

»Trotzdem siehst du blendend aus.«

Ros' Antwort war gewohnt unverblümt. »Von dir kann man das nicht sagen.«

»Das liegt nur an der schlechten Bildqualität.«

»Blödsinn! Was ist los? Hast du die Grippe?«

»Ros, du kennst mich doch. Ich werde nie krank. Seit der Grundschule hatte ich nicht einmal mehr einen Schnupfen.«

»Aha.«

»Was soll das heißen – aha?«

»Das soll heißen: Dann ist es folglich der Stress. Geht es um deinen Vater? Oder hast du immer noch Ärger mit Mona? Oder … nein, sag bloß nicht, du hast dich mit Kieran gestritten?«

Belle stöhnte laut.

»Na los, sag schon!«

Du hast es so gewollt, dachte Belle und tat wie geheißen. Nicht das kleinste Detail ließ sie aus.

»Himmel, Arsch und Wolkenbruch«, kommentierte Ros, als ihre Freundin ihren Bericht abgeschlossen hatte. »Was für ein Kuddelmuddel! Aber du glaubst doch nicht ernsthaft, dass Kieran und Mona …?«

»Ich habe keine Ahnung! Nein. Vielleicht. Ach, verflixt!« Wie so oft in den letzten Tagen versuchte Belle, das Knäuel aus widersprüchlichen Gefühlen in ihrem Innern zu entwirren – und scheiterte. »Warum musste dieses Weibsstück überhaupt hier auftauchen?«, schimpfte sie.

»Aber strenggenommen geht es doch gar nicht um sie, stimmt's? Es geht um dich und Kieran. Bevor du eine Entscheidung über dein weiteres Vorgehen triffst, musst du zuerst zwei Fragen beantworten.«

»Und welche wären das?«, fragte Belle trübsinnig, obwohl sie es eigentlich gar nicht wissen wollte.

»Erstens: Liebst du ihn noch?«

»Natürlich!«

»Zweitens: Vertraust du ihm?«

Belles Schweigen sprach Bände.

»Können wir das Thema wechseln?«, fragte sie schließlich. Ihr

Herz hämmerte wild gegen ihre Rippen, und in ihrem Kopf drehte sich alles.

»Es hilft nichts, die Sache zu verdrängen«, warnte Ros.

»Ich weiß. Das will ich auch gar nicht.« Belle rieb sich die Stirn. Sie fühlte sich kalt und klamm an. »Aber im Moment möchte ich nicht darüber sprechen. Ich brauche Zeit, um mir über alles klar zu werden.«

»Ich wünschte, ich wäre da, um dir zu helfen«, sagte Ros aufrichtig bedrückt, und beinahe wäre Belle in Tränen ausgebrochen. Genau das wünschte sie sich auch.

»Ich muss es mit mir selbst abmachen«, sagte sie. Dann holte sie tief Luft und straffte die Schultern. »Aber wenn du mir einen Rat in Bezug auf Jax geben könntest, wäre ich dir sehr dankbar. Sie hat Probleme in der neuen Schule. Ich will ihr ja helfen, aber sie hat mir verboten, jemandem davon zu erzählen. Ich mache mir Sorgen. Wenn ich nicht bald etwas unternehme, geschieht noch ein Unglück.«

»Was? Du meinst, sie könnte sich etwas antun?«

»Nicht sich. Jemand anderem.«

Seit dem Umzug der Familie Craine war es in St. Jude ruhig geworden – zu ruhig nach Mrs Armitages Geschmack. Allmählich musste sie sich sogar eingestehen, dass sie die Craines vermisste. So sehr hatte sie sich an ihre tägliche Dosis Skandalgeschichten gewöhnt, dass es ihr nun schwerfiel, ohne auszukommen. Welsh Dave und seine Päckchen, die »zufällig in der Post beschädigt« worden waren und von deren Inhalt er ihr mit einem anzüglichen Grinsen berichtete, langweilten sie ebenso wie die Gespräche mit der Sprechstundenhilfe ihres Hausarztes, von der sie hin und wieder allenfalls ein bisschen lauwarmen Tratsch erzählt bekam. Nein – nichts von all dem reichte an die Schmierenkomödie heran, die so viele Tage lang direkt vor ihrer Haustür gespielt worden war.

Noch schlimmer war, dass sich Mrs Armitage im Besitz einer äußerst pikanten Information wusste und ihr die Person, der sie diese Information servieren wollte, einfach nicht über den Weg lief!

Aber nun war der Moment gekommen. Das Warten hatte ein Ende.

Der Zufall wollte es, dass sie zur selben Zeit in der Stadt einen Einkaufbummel unternahm, zu der Belle Craine Mittagspause machte. Solche Zufälle passierten natürlich nicht aus heiterem Himmel – man musste ihnen schon ein wenig auf die Sprünge helfen. Aber darin war Mrs Armitage bekanntlich eine Meisterin. Sie brauchte sich nur vor Seuss & Goldman auf die Lauer zu legen und Ausschau zu halten, wann das junge Ding aus der Einkaufspassage trat und ihren Lieblingsplatz ansteuerte …

Noch bevor Belles Hosenboden die Bank berührt hatte, saß Jean Armitage schon neben ihr. Für Belle, die sich auf eine gemütliche Dreiviertelstunde mit ihrem Hackbratensandwich und dem neuesten Roman von Fiona Walker gefreut hatte, war die Begegnung ein sehr unwillkommener Schock.

Mrs Armitage begann mit einer überschwänglichen Begrüßung. »Annabelle, meine Liebe, es muss Ewigkeiten her sein! Wie geht es Ihnen, mein Kind? Wie geht es Ihrem lieben Herrn Vater? Herrje, Sie sehen aber dünn aus, haben Sie abgenommen? Sie sind doch wohl nicht krank?«

Als sie innehielt, um Luft zu holen, rückte Belle diskret ein Stück von ihr ab. Sie hatte diese neugierige alte Schnepfe nie gemocht, und im Moment saß sie dermaßen nahe, dass Belle nicht nur ihr süßliches Parfüm riechen konnte, sondern ihren sauren Atem gleich mit.

»Es geht mir gut, danke«, sagte sie in betont neutralem Tonfall. »Und Ihnen?«

»Wie können Sie fragen, Kind? Der Abschied Ihrer Eltern aus unserer Gemeinde hat mir das Herz gebrochen!«, rief Mrs Armitage mit einer Inbrunst, die man fast für echt hätte halten können.

»Mögen Sie den neuen Pfarrer nicht?«, erkundigte sich Belle und fragte sich gleichzeitig, wann diese unausstehliche Person endlich von ihr ablassen würde.

»Doch, selbstverständlich. Damian« – sie machte eine kleine Pause, damit Belle nur ja nicht entging, dass sie den neuen Priester bereits beim Vornamen nannte –, »Damian ist überaus bemüht. Aber ich sage immer wieder, es gibt keinen Ersatz für jahrelange Erfahrung! Der Gute ist noch jung, und er hat keine Familie. Dabei ist es so *wichtig*, eine Familie zu haben! Nicht wahr, mein Kind?«

»Doch. Sicher.« Demonstrativ warf Belle einen Blick auf ihre Armbanduhr. »Ach du liebe Zeit, so spät ist es schon? Ich muss dringend noch etwas erledigen, bevor ich zurück an die Arbeit gehe, und …«

Mrs Armitage ließ ihre Hand auf Belles Arm sinken. Es fühlte sich an, als habe die alte Frau ihr Handschellen angelegt. »Warten Sie noch einen Augenblick, meine Liebe, ich wollte etwas mit Ihnen besprechen.« Sie lächelte unheilverkündend, und Belle drehte sich fast der Magen um. »Mir ist zu Ohren gekommen, dass Sie und Ihr Herr Verlobter die Hochzeit abgesagt haben?«

»Wir haben sie *verschoben*«, korrigierte Belle sie nachdrücklich.

»Ah, das freut mich zu hören. Es wäre zu traurig, wenn Sie sich diese abscheulichen Gerüchte allzu sehr zu Herzen nehmen würden. Der Klatsch, den man hört – die Boshaftigkeit der Leute! Manchmal kann ich es kaum fassen.«

Belle starrte sie argwöhnisch an. »Was für Gerüchte?«

Jean Armitage winkte ab. »Glauben Sie mir, Kindchen, das wollen Sie gar nicht wissen. Ich bin sicher, dass alles völlig aus der Luft gegriffen ist. Wie dumm von mir, es überhaupt zu erwähnen.«

»Sagen Sie es mir trotzdem. Bitte.«

Mrs Armitage beugte sich zu Belle hinüber. In ihren Augen erschien ein erregtes Funkeln. »Ich bewundere Sie für die ausgesprochen vertrauensvolle und … *offene* Beziehung, die Sie und Mr Sawyer führen. Er und diese Mona …«

Nicht schon wieder!, dachte Belle verzweifelt. »Die beiden arbeiten gelegentlich zusammen«, sagte sie knapp.

»Auch nachts?«, erkundigte sich Mrs Armitage mit einem unschuldigen Lächeln.

Der inzwischen altbekannte kalte Schauer kroch Belles Rücken empor. »Was meinen Sie damit – nachts?«

»Nun, vor einigen Tagen bin ich zufällig an der Wohnung Ihres Herrn Verlobten vorbeigekommen«, log sie schamlos. »Es war schon sehr spät, nach elf, wenn ich mich nicht irre. Und dort habe ich beobachten können, wie niemand anderes als Mona Starr das Haus betrat!«

Belle runzelte verwirrt die Stirn. »So spät hat Kieran ihr noch aufgemacht?«

»Aber nein, sie hatte einen Schlüssel. Unter uns gesagt, wirkte sie ein wenig … heimlichtuerisch, wenn Sie wissen, was ich meine. Nicht, dass ich der jungen Dame irgendetwas unterstellen möchte – aber man denkt sich seinen Teil.«

Mrs Armitage verstummte, während das wohlige Gefühl reinster Schadenfreude sie durchrieselte. Schiff versenkt – wenn nicht gar die ganze Flotte!

Belle holte Kieran von der Arbeit ab. Sie hatten sich auf einen Drink verabredet, aber inzwischen kamen ihr Zweifel, ob das wirklich eine gute Idee gewesen war. Sie wusste nicht, ob sie Kieran an diesem Abend überhaupt sehen wollte – ihre Gefühle änderten sich im Minutentakt. Noch vor wenigen Stunden hatte sie vor Ungeduld gebrannt. Sie hatte es kaum erwarten können, ihn endlich zur Rede zu stellen. Inzwischen jedoch fürchtete sie sich vor dem Augenblick ihres Zusammentreffens.

Kieran kam die Stufen des Redaktionsgebäudes hinabgeeilt. Er wirkte gänzlich unbekümmert. Vielleicht war er einfach kaltschnäuzig und ein begnadeter Schauspieler? Sofort verdrängte Belle diesen Gedanken aus ihrem Kopf. Jean Armitage, diese hinterhältige alte Giftnatter!

Gemeinsam machten sie sich auf den Weg zur Bar an der Ecke. Belle war geistesabwesend. Sie wurde die Bilder, die ihr seit ihrem nachmittäglichen Gespräch mit Mrs Armitage im Kopf herumspukten, einfach nicht los. Wieder und wieder stellte sie sich vor, wie sich Mona mit einem eigenen Schlüssel Zutritt zu Kierans Wohnung verschaffte. Hinterhältige alte Giftnatter hin oder her – das würde Kieran ihr erklären müssen.

»Geht es dir gut, Liebling?«, fragte er, nachdem er die Getränke besorgt hatte. Er setzte sich.

»Warum sollte es mir nicht gut gehen?«, fragte Belle zurück.

Verwirrt blickte er sie an. »Nur so. Du bist heute so still.«

Sie schwiegen.

»Du bist auch still«, bemerkte Belle. »Geht es *dir* gut?«

Er prostete ihr zu. »Zum Wohl. Ja, mir geht es gut. Allerdings … ich muss dir unbedingt etwas sagen. Eigentlich wollte ich es schon neulich tun, aber dann haben wir uns gestritten, und … Na ja, danach warst du nicht in der richtigen Verfassung, um mich anzuhören.«

Er wirkt so nervös, dachte Belle, und ihr Puls beschleunigte sich. O Gott, gleich wird er mir etwas Schreckliches gestehen! »Das klingt ja bedrohlich«, sagte sie und versuchte, es beiläufig klingen zu lassen. Ihr Mund war auf einmal ganz trocken.

Kieran lächelte. »Ist es aber nicht. Im Gegenteil: Es ist sogar eine ausgesprochen gute Nachricht – wenigstens nach meinem Dafürhalten. Ich hoffe, du siehst es genauso.« Er holte tief Luft. »Mir wurde eine Stelle beim *Daily Argus* angeboten. Unglaublich, es hat endlich geklappt! Ich würde deutlich mehr verdienen, und die Karriereaussichten sind fantastisch. Die Stelle wird erst in einigen Monaten frei, das gibt uns Gelegenheit, in aller Ruhe zu planen.«

Belle blickte in sein erwartungsvolles Gesicht und fühlte sich wie taub. »Der *Daily Argus* in London?«, fragte sie in der schwachen Hoffnung, es möge anders sein.

»Natürlich. Ha! Jemand wie ich gibt sich doch nicht auf Dauer mit einer zweitklassigen Provinzzeitung zufrieden!« Kieran ergriff Belles Hände und sah ihr in die Augen. »Das ist *die* Chance, Liebling, die Chance, auf die ich immer gewartet habe. Wenn ich diese Stelle annehme, dann … dann steht mir die Welt offen!« Er machte eine Pause. »Natürlich möchte ich vorher wissen, was du darüber denkst.«

»Herzlichen Glückwunsch«, sagte Belle ausdruckslos. »Das klingt … toll.«

Forschend sah er sie an. »Aber?«

»Aber ich kann unmöglich über solche Dinge nachdenken, wenn ich nicht einmal mehr weiß, ob du mich überhaupt noch liebst.«

Kieran riss die Augen auf. »Was sagst du da?«

»Jean Armitage hat gesehen, wie Mona eines Abends gegen elf Uhr in deine Wohnung gegangen ist. Sie hatte einen Schlüssel. Und jetzt frage ich mich: Wer könnte ihr den wohl gegeben haben?«

»Einen Schlüssel?« Kieran zog die Brauen zusammen. »Aber du bist die Einzige, die einen besitzt – außer mir natürlich.«

»Das dachte ich auch.«

»Es ist die Wahrheit! Und wieso sollte ich sie zu nachtschlafender Zeit in meine Wohnung bestellen?«

Belle befeuchtete mit der Zungenspitze ihre trockenen Lippen. »Das würde ich gern von dir erfahren.«

Jetzt endlich dämmerte es Kieran. »O nein! Du hast immer noch dieses Hirngespinst im Kopf, ich könnte eine Affäre mit ihr haben. Du weißt genau, dass das vollkommener Humbug ist.«

Belle seufzte. Sie war zu erschöpft und zu traurig, um wirklich zornig zu werden. »Nein«, sagte sie leise. »Das weiß ich eben nicht.«

»Vielleicht solltest du nicht auf jedes Wort hören, das dir giftige alte Schreckschrauben einflüstern!«

»Worauf soll ich denn sonst hören?«, gab sie zurück. »Du hast kaum noch Zeit für mich. Immer wenn ich etwas mit dir besprechen will, heißt es: ›Bedaure, ich muss zu einem wichtigen Termin‹ oder ›Entschuldige, Schatz, aber ich habe Mona versprochen, sie zu einem Interview zu begleiten‹. Jemand sieht, wie sich Mona in der Nacht Zutritt zu deiner Wohnung verschafft, und du machst dir nicht einmal die Mühe, es zu erklären! Du bestreitest einfach, dass es überhaupt passiert ist! Es tut mir leid, Kieran, aber ich werde das schreckliche Gefühl nicht los, dass ich mich schon viel zu lange von dir für dumm verkaufen lasse.«

Kierans Stimme war ein gefährliches Knurren. »Ich sage dir, was wirklich dumm ist: lächerlichen Gerüchten hinterherzulaufen, wenn du mir stattdessen dabei helfen solltest, unsere gemeinsame Zukunft zu planen!«

Belle ließ sich von seiner Wut nicht beeindrucken und sprach noch immer ruhig und leise. Sie wollte nicht herumschreien, und sie wollte sich nicht mit ihm streiten. Sie war die ganzen Auseinandersetzungen unaussprechlich leid. »*Unsere gemeinsame Zukunft* … Kieran, du wirst die Entscheidung doch ganz allein treffen. Egal, wie ich dazu stehe.«

»Irgendjemand muss ja planen, wo es langgeht. Wenn es nach dir ginge, würdest du noch mit sechzig in deiner winzigen muffigen Bude hocken!«

Eine Träne brannte in Belles Augenwinkel. »Ich möchte nur eins wissen: Warum hast du Mona einen Schlüssel zu deiner Wohnung gegeben? Und warum ist sie spät am Abend noch zu dir gekommen?«

»Ich habe ihr *keinen* Schlüssel gegeben, und sie ist *nicht* zu mir gekommen!« Inzwischen schrie er fast. Die übrigen Gäste in der Bar drehten sich um und musterten ihn in unverhohlener Neugier. Kieran war es egal. Er schob seinen Stuhl zurück und stand auf. »Ich dachte, du liebst mich!«

Mit feuchten Augen blickte sie zu ihm auf. »Begreifst du denn gar nichts? Natürlich liebe ich dich! Deswegen tut es mir so unsagbar weh, wenn du mich anlügst.«

Kieran warf ihr einen genervten Blick zu. »Ich habe die Nase voll, Belle. Ständig zweifelst du an mir. Jeden meiner Schritte hinterfragst du. Ich habe genug von deinen Vorwürfen und deinen Anschuldigungen. Was ich tue, wen ich treffe und ob ich mit Mona befreundet sein will oder nicht, ist ganz allein meine Angelegenheit!«

»Verbringen Freunde auch die Nacht zusammen?« Belle hatte keine Ahnung, wie sie diese Frage überhaupt über die Lippen bekommen hatte.

Mit einem Mal wirkte Kieran kalt wie ein Eisblock. »Warum soll ich mir die Mühe machen, es abzustreiten? Du glaubst mir ja doch nicht.« Er hielt kurz inne. »Zum letzten Mal, Belle: Werd endlich erwachsen.«

Etwas Dümmeres hätte er kaum sagen können. Belle erhob sich würdevoll, stellte ihr Glas ab und griff nach ihrer Handtasche. »Danke für den Ratschlag, Kieran«, sagte sie kühl. »Ich werde ihn mir zu Herzen nehmen.«

Sie strebte zwischen den Tischen hindurch auf den Ausgang zu. Kieran sah ihr nach. »Wo willst du hin?«

»Weg!«

»Bitte sehr«, sagte Kieran. »Gute Idee. Vielleicht werde ich genau dasselbe tun!«

»Hervorragend. Dann verschwinde doch. Geh dahin, wo der Pfeffer wächst – und vergiss nicht, möglichst lange zu bleiben. Viel Spaß in London.«

Belle schaffte es nach draußen, bevor die ersten Tränen zu fließen begannen. Sie vermischten sich mit dem Regen, der aus dem düsteren Himmel auf ihr Gesicht fiel. Niemand, der in diesem Moment zufällig an ihr vorbeiging, hätte ahnen können, dass ihre Welt soeben in tausend Scherben zersprungen war.

Kapitel 18

Ein endlos langer Tag verging, bevor Kieran es nicht mehr aushielt und Belle auf der Arbeit anrief.

»Alles in Ordnung?«

Belles Entschluss, sich ihm gegenüber kühl und distanziert zu verhalten, verpuffte in dem Augenblick, als sie durch den Hörer seine Stimme vernahm. »Nein«, sagte sie kleinlaut.

»Es tut mir schrecklich leid«, sagte er.

»Mir auch.«

»Abendessen?«

Eine Welle der Erleichterung durchflutete sie. »Ja, gern.«

Sie trafen sich in ihrer Lieblingspizzeria. Sie sehnten sich unwillkürlich nach einem vertrauten Ort, an dem sie sich sicher fühlen konnten. Das Essen war ihnen egal.

Zunächst war beiden sehr unbehaglich zumute. Während sich die Paare an den anderen Tischen mit klirrenden Gläsern zuprosteten, ausgelassen scherzten und lachten, stocherte Belle ohne großen Appetit in ihrem Salat herum. Sie spürte, wie Kieran jede ihrer Bewegungen verfolgte. Sein Blick lastete wie ein dumpfes Gewicht auf ihr.

Schließlich blickte sie auf. »Du machst mich ganz nervös«, sagte sie halb im Scherz. »Habe ich einen Pickel auf der Nase?«

»Wie bitte?«

»Du starrst mich die ganze Zeit an.«

»Oh.« Kieran sah betreten auf seinen Teller. »Ich muss nur immer daran denken, wie wunderschön du bist und dass ich es nicht ertragen könnte, dich zu verlieren.« Er beugte sich vor und legte seine rechte Hand auf ihre linke. »Oder habe ich dich schon verloren?«

Ihr Zögern dauerte nur eine Sekunde. »Nein, natürlich nicht. Es war nur ein Streit. Alle Paare streiten sich mal, davon geht die Welt nicht unter.«

»Heißt das, du glaubst mir endlich?«, fragte er und hielt ihren Blick fest.

Belle nahm einen Schluck Wein. Ihre Kehle war wie ausgedörrt. »Es ist nicht so, dass ich dir nicht geglaubt habe … oder … nun ja, vielleicht am Anfang nicht«, gestand sie. »Es ist so verflixt schwer, sich einen Reim auf etwas zu machen, wenn man von allen Seiten die widersprüchlichsten Dinge darüber zu hören bekommt.«

Einen Moment lang fürchtete sie, Kieran würde wieder wütend werden. Stattdessen zuckte er mit den Schultern und sagte: »Ich weiß. Und ich habe es noch schlimmer gemacht. Ich hatte nie Zeit für dich und habe mir nicht die Mühe gemacht, dir die Sache mit mir und Mona richtig zu erklären. Es tut mir leid. Ich war ein Esel.«

Zum ersten Mal an diesem Abend lächelte Belle. »Und *mir* tut es leid, dass ich dir gegenüber so misstrauisch war. Ich sollte nicht alles glauben, was mir andere sagen, und stattdessen lieber auf meine Instinkte hören.« Ihre Finger verschränkten sich mit seinen. »Schließlich haben sie mich bislang noch nicht getrogen.«

Kierans Augen funkelten im Licht der Kronleuchter. »Du bist so wunderschön, Belle«, flüsterte er heiser.

Sie errötete.

»Ich meine es ernst.« Er legte einen Finger unter ihr Kinn und hob ihren Kopf an. »Sag mir – warum sollte ich irgendeine andere Frau auf dieser Welt wollen, wenn ich dich habe?«

In diesem Augenblick trat die Kellnerin an ihren Tisch. »Hat es geschmeckt?«, fragte sie geschäftig und zog ihnen die Teller fort, ohne eine Antwort abzuwarten. »Kann ich Ihnen noch ein Dessert bringen? Tiramisu, Eis, Schokoladenkäsekuchen?«

»Im Moment nicht, danke«, antwortete Belle abwesend. Ihre Augen waren noch immer fest auf Kieran gerichtet. Wie hatte sie jemals an ihm zweifeln können? Was machte es, dass einiges noch immer keinen Sinn ergab? Dies war ihr Kieran, der Mann, den sie liebte, seit sie ihn das erste Mal gesehen hatte. Kieran, der sich in sie verliebt hatte, obgleich es auf der Welt unzählige Frauen gab, die klüger und schöner waren als sie. Das Einzige, wonach sie sich in diesem Augenblick sehnte, war seine Nähe, die berauschende Wärme seines Körpers an ihrem und die Hitze seines Verlangens.

Ihm schien es ähnlich zu gehen. »Ich glaube, wir sind satt. Wenn Sie uns bitte die Rechnung bringen würden.« Er lächelte die Kellnerin flüchtig an. »So schnell wie möglich. Wir haben in zehn Minuten einen Termin.«

Als sie fünf Minuten später Hand in Hand aus dem Restaurant

traten, drehte Belle sich zu Kieran um. »Und? Welchen geheimnisvollen Termin haben wir? Wo müssen wir denn jetzt sofort hin?«

Er schloss sie in die Arme und drängte sie sanft gegen die Mauer des Gebäudes. Dann küsste er sie lange und so leidenschaftlich, dass ihr ganz schwindlig wurde. Als er sich von ihr löste, raunte er zwei kurze Worte in ihr Ohr: »Ins Bett.«

Am nächsten Morgen trug Belle ein seliges Grinsen im Gesicht, das einfach nicht weichen wollte. Die ganze Welt sollte sehen, dass sie und Kieran sich am vergangenen Abend versöhnt hatten – und das gleich mehrere Male.

Clare schien nicht sonderlich erfreut über ihren Entschluss, Kierans Version der Geschehnisse zu akzeptieren, aber das lag – so viel wusste Belle – ausschließlich daran, dass ihre Freundin sie vor einer erneuten Enttäuschung bewahren wollte. Sie würde sicher ein Einsehen haben, sobald sie erkannt hatte, dass Kieran kein Lügner war.

Lily hingegen strahlte mit Belle um die Wette. Ihr fiel ein Stein vom Herzen, als sie sah, dass ihre Kollegin endlich wieder glücklich war.

Kurz nach der Mittagspause fiel Belle auf, dass in ihrer Handtasche einige wichtige Dinge fehlten. Ihr Portemonnaie war da, ebenso ihr Schlüsselbund, also war sie nicht bestohlen worden. Aber wo waren ihr Lieblingslippenstift, der Taschenkamm, die Rolle Pfefferminzbonbons … und der Dienstplan für den kommenden Monat, den sie am Vortag in stundenlanger Arbeit erstellt hatte? Wieder und wieder leerte sie ihre Tasche aus und wurde jedes Mal panischer. Irgendwo musste das Ding doch sein. Ausgerechnet der Dienstplan! Einmal, nur ein einziges Mal, vergaß sie, von geschäftlichen Unterlagen eine Fotokopie anzufertigen – und schon musste sich diese winzige Nachlässigkeit auf grausame Weise rächen.

Sie schloss sich auf der Angestelltentoilette ein und grübelte. Am vorigen Abend war der Zettel noch in ihrer Tasche gewesen, das wusste sie ganz sicher. Wann und wo hatte sie ihn zum letzten Mal gesehen? Als sie auf der Toilette im Restaurant ihr Makeup aufgefrischt hatte, kurz bevor sie mit Kieran nach Hause gegangen war …

Eine vage Erinnerung begann sich zu formen. Sie waren zur Tür hineingestolpert ... Sie hatte Tasche und Mantel aufs Sofa geworfen, um möglichst schnell die Hände frei zu haben, weil sie zu diesem Zeitpunkt bereits damit befasst gewesen waren, sich gegenseitig die Kleider vom Leib zu reißen.

Am nächsten Morgen ... hatte die Tasche da nicht auf dem Küchentisch gelegen?

Ein Anruf bei Kieran sollte Aufschluss bringen.

»Liebling?«

»Hm?«

»Hast du heute Morgen meine Handtasche vom Sofa genommen?«

Kieran unterdrückte ein Gähnen. »Kann sein. Ach ja, stimmt. Sie war offen, und alles Mögliche war rausgefallen, also habe ich alles wieder hineingepackt. Wieso? Fehlt irgendetwas?«

»Ja, mein Dienstplan! Du kannst dich nicht zufällig daran erinnern, ihn gesehen zu haben? Ein DIN-A4-Blatt, in der Mitte gefaltet?«

Kieran dachte nach. »Ich habe heute Morgen noch ein bisschen aufgeräumt ...«, sagte er schließlich.

»Und?«

»Ich fürchte fast, es ist in den Müll gewandert.«

Belle hatte noch zwei Überstunden, die sie abfeiern konnte, allerdings hatte sie nicht damit gerechnet, sie mit der Suche nach einem verloren gegangenen Stück Papier in Kierans Wohnung zu verbringen.

Wenigstens hielt er – untypisch für alleinstehende Männer – sein Apartment leidlich sauber. Die einzigen Anzeichen dafür, dass es sich um einen Junggesellenhaushalt handelte, waren ein halb zusammengebautes Rennrad, das im Wohnzimmer an der Wand lehnte, und eine der Besteckschubladen in der Küche, die aus unerfindlichen Gründen voll war mit Socken.

Belle steuerte schnurstracks auf das Sofa zu und riss sämtliche Polsterkissen herunter. Tatsächlich: Dahinter fand sie den Lippenstift, die Pfefferminzbonbons, den Kamm, darüber hinaus zwei Pfund und fünfzig Pence Kleingeld sowie ein altes klebriges Zitronenbonbon. Von dem Zettel allerdings war weit und breit keine Spur. Offenbar hatte Kieran recht gehabt – er hatte ihn tatsächlich in den Müll geworfen.

Missmutig machte sie sich daran, jeden Papierkorb zu durchwühlen – ohne Erfolg. Dann nahm sie sich den Treteimer in der Küche vor. Auch hier fand sie nichts, außer einer Portion verschimmelter Spaghetti Bolognese. Der Plan war und blieb verschwunden. Verdammt! Belle schleuderte die Gummihandschuhe in die Spüle und ließ sich an der Wand zu Boden sinken. Über eine Stunde hatte sie bereits gesucht. Ihr würde nichts anderes übrig bleiben, als den Dienstplan noch einmal zu schreiben.

Dann durchzuckte sie ein Geistesblitz: der Recyclingeimer! Genau der richtige Platz für einen Fetzen Altpapier. Hastig zog sie ihn unter der Spüle hervor und öffnete schwungvoll den Deckel. Mist. Das verdammte Ding war leer. Oder vielmehr: fast leer.

Am Boden des Kübels klebte eine dünne Schicht nasser Zeitungen. Als sie das Papier vorsichtig wegnahm, kam unmittelbar darunter etwas zum Vorschein, bei dessen Anblick Belle das Gefühl hatte, jemand packe mit eiserner Faust ihr Herz und drücke so unerbittlich fest zu, dass es jeden Moment zerquetscht werden würde. Schmerz stach in ihrem Innern, ein Schmerz, der so stark war, dass sie ihn kaum aushalten konnte. Wie versteinert starrte sie auf den unscheinbaren Gegenstand, der auf dem Grund des Mülleimers lag und von dort aus ihr gerade erst mühsam zurückgewonnenes Vertrauen zu verspotten schien.

Es war eine längliche Pappschachtel. Sie war flachgedrückt, aber die Aufschrift deutlich lesbar:

SCHWANGERSCHAFTSTEST stand darauf.

Wie ein Wirbelsturm kam Belle durch die Tür des Redaktionsbüros gefegt, dicht gefolgt von der ängstlich dreinblickenden Empfangsdame. »Es tut mir furchtbar leid«, japste diese. »Aber ohne einen Besucherausweis dürfen Sie nicht …«

»Keine Sorge, ich bleibe nicht lange«, warf Belle über die Schulter zurück. »Ich möchte meinem Verlobten nur ein kleines Geschenk überreichen!«

Die Arbeit an den umliegenden Schreibtischen erlahmte. Neugierig blickten die Redakteure auf, um zu sehen, wie die zierliche, allem Anschein nach fuchsteufelswilde junge Frau auf den Schreibtisch von Kieran Sawyer zumarschierte.

Kieran erhob sich langsam von seinem Drehstuhl. Als er Belles Miene sah, rutschte ihm das freudige Begrüßungslächeln im Nu vom Gesicht, und er fragte konsterniert: »Was ist los?«

»Nanu? Wo ist denn Mona heute Morgen? Ich dachte, ihr beide arbeitet fleißig zusammen!«

»Heute hat sie in der Royal Shakespeare Tavern zu tun. Ist irgendetwas passiert? Du bist ganz rot im Gesicht.«

»*Passiert*? Aber nicht doch«, erwiderte Belle. »Ich habe nur endlich herausgefunden, was wirklich zwischen euch gelaufen ist.« Mit diesen Worten schüttete sie eine Plastiktüte über Kierans Schreibtisch aus. Heraus purzelte die lädierte Verpackung des Schwangerschaftstests. »Herzlichen Glückwunsch, Daddy!«

»Was ist das?«, wollte Kieran wissen und studierte stirnrunzelnd die Packung.

»Bist du blind? Wie sieht es denn aus?« Belles Wangen brannten, und sie kochte innerlich vor Zorn und Scham, weil er sie so oft an der Nase herumgeführt und sie ihm jede einzelne seiner schändlichen Lügen geglaubt hatte, während er und Mona es hinter ihrem Rücken trieben und sich über ihre Dummheit ins Fäustchen lachten! »Verdammt noch mal, Kieran, wenn du schon meine Halbschwester schwängern musst, dann sei wenigstens ein Mann und gib es zu!«

»Was?« Kierans Gesicht wurde leichenblass. Um sie herum begannen die ersten Kollegen verstohlen zu kichern.

Sandra stand an ihre Bürotür gelehnt da und beobachtete die Szene aufmerksam. Ein süffisantes Lächeln umspielte ihre scharlachroten Lippen. »Na, na, Kieran, waren wir ungezogen?«

Er ignorierte die Bemerkung seiner Chefin, aber seine Augen sprühten förmlich Funken. »Was auch immer das zu bedeuten hat, Belle, ich habe damit nichts zu tun. Nicht das Geringste!«

Mit einem Mal fühlte sich Belle unaussprechlich müde. Ihre Emotionen schienen abgeschaltet, als sei in ihrem Innern eine Sicherung durchgebrannt, weil die Spannung zu groß gewesen war.

»Ich wünsche dir ein schönes Leben, Kieran.« Sie wandte sich ab und ging in Richtung Tür davon, an der Empfangsdame vorbei, die sie mit offenem Mund anstarrte, und hinaus in die kühle Ruhe der Lobby.

Donnernde Schritte erklangen hinter ihr, und plötzlich spürte sie, wie eine Hand ihre Schulter packte und sie herumriss. »Was fällt dir ein? Du kannst nicht einfach ... hier hereingestürmt kommen, eine Szene machen und dann mir nichts, dir nichts wieder abhauen!«

Belle schüttelte Kieran ab wie ein Hund, der sich einer lästigen Fliege entledigt. »Lass mich in Ruhe, Kieran.«

»Aber wir müssen reden!«

»Nein. Du hattest lange genug Zeit dazu. Vielleicht hast du mir etwas zu sagen, aber ich habe keine Lust mehr, dir zuzuhören. Damit ist endgültig Schluss. Lass mich gehen. Ich brauche Zeit zum Nachdenken.«

Er blieb stehen und sah ihr verdattert nach.

»Zeit? Wie viel Zeit?«

Belle antwortete nicht, sondern trat durch die Tür und ließ sie mit einem lauten Knall hinter sich ins Schloss krachen.

Kapitel 19

Einige Tage später bestellte Sandra Kieran zu sich ins Büro. Ihr Lächeln ließ ihn sofort wissen, dass sie etwas von ihm wollte.

»Wenn ich noch mehr Überstunden machen soll«, sagte er, bevor er sich auch nur gesetzt hatte, »vergessen Sie es. Ich habe im Moment schon genug am Hals.«

Sandras Lächeln wandelte sich zu einer Miene aufrichtigen Mitgefühls. »Ich habe davon gehört. Es tut mir leid, dass Sie und Annabelle sich getrennt haben.«

Kieran sackte auf seinem Stuhl zusammen. »Ich glaube, jeder in einem Umkreis von fünf Kilometern hat es mitbekommen«, murmelte er zerknirscht.

»Feinfühlig war ihr Vorgehen nicht gerade, das stimmt«, räumte Sandra ein und hockte sich in seiner Nähe auf die Schreibtischkante. »Aber reden wir nicht mehr davon. Meistens stellt sich später heraus, dass es das Beste war.«

Kieran schnaubte. Sandra nahm dies als Ermunterung fortzufahren.

»Sie haben in den vergangenen Monaten viel durchgemacht: die uneheliche Schwester aus Australien, die Streitereien, die Schwangerschaft, die Anschuldigungen ... und ich, Kieran, ich möchte Ihnen dabei helfen, so gut wie möglich darüber hinwegzukommen.«

»Ach ja? Und wie?«, fragte er argwöhnisch. Sandra als gute Samariterin? Das konnte er sich beim besten Willen nicht vorstellen.

»Indem ich Ihnen die Möglichkeit gebe, mehr zu arbeiten.«

»W...?«

»Harte Arbeit ist der beste Weg, emotionale Stresssituationen zu verarbeiten. Glauben Sie mir.« Wieder lächelte Sandra. »Daher habe ich gleich an Sie gedacht, als es darum ging, ein paar zusätzliche Aufgaben zu verteilen!«

Sandra war der einzige Mensch, aus dessen Mund die Androhung von Überstunden wie ein Privileg klang. »Was Sie eigentlich sagen wollen«, versetzte Kieran, »ist, dass Ihnen seit Evas Kündigung ein Journalist fehlt und Sie händeringend nach jemandem suchen, der ihre Arbeit übernimmt, bis Sie einen Ahnungslosen gefunden haben, der dumm genug ist, hier eine Stelle anzunehmen.«

Sandra schob die Unterlippe vor. »Sie müssen eine sehr schlechte Meinung von mir haben, Kieran.«

Kieran überraschte sich selbst mit seiner Antwort. »Ich bin nicht interessiert.«

»Na, kommen Sie«, drängte Sandra. »Denken Sie an all die Pluspunkte für gutes Betragen, die Sie bei mir sammeln würden ... und an das zusätzliche Geld.«

»Ich brauche weder das eine noch das andere«, sagte er, schob seinen Stuhl zurück und stand auf. »Und ehrlich gesagt habe ich es satt, ständig Gewehr bei Fuß zu stehen und Ihr Mädchen für alles zu spielen.«

Sandras Lächeln wirkte wie schockgefrostet. »Ich warne Sie. Es gibt auch andere Methoden, Sie zu überzeugen. Selbstverständlich wäre es mir lieber, wir könnten uns im Guten einigen.«

»Sie sollten gut nachdenken, bevor Sie mir drohen.«

»Ach herrje, und wieso? Weil Sie sonst mit dem Fuß aufstampfen und meine Bleistifte zerbrechen?«

»Nein. Weil ich sonst kündige.«

Nach dieser Ankündigung herrschte einen Moment lang vollkommenes Schweigen. Sandra blickte ihn mit versteinerten Zügen an. »Das würden Sie nicht wagen«, flüsterte sie, allerdings ohne rechte Überzeugung.

»O doch. Der *Courant* ist nicht die einzige Zeitung, die Interesse an mir hat. Ich bin Ihr bester Mitarbeiter und das ganze letzte Jahr über habe ich die Features-Redaktion praktisch allein geleitet. Wenn ich jetzt kündige, dann sitze nicht ich in der Tinte – sondern Sie.«

Damit verließ er das Büro und schloss die Tür lautlos hinter sich.

Bislang hatte sich Belle tapfer geschlagen. Sie hatte nur zweimal geheult, und da ohnehin jeden Tag ihre Periode fällig war, zählte das strenggenommen gar nicht. Die meiste Zeit fühlte sich ihr Inneres an wie betäubt. Es war ein bisschen so wie damals, als sie sich das Bein gebrochen hatte: Im ersten Moment hatte sie einen teuflischen Schmerz verspürt, dann war der Bruch angeschwollen, und eine angenehme Taubheit hatte von ihrem Bein Besitz ergriffen. Erst nachdem die Schwellung wieder abgeklungen war, hatten die Schmerzen erneut eingesetzt – aber daran wollte Belle jetzt noch nicht denken. Sie wollte einfach nur, so gut es ging, jeden einzelnen Tag hinter sich bringen.

Es ihren Eltern zu beichten war schrecklich gewesen: das besorgte Kopfschütteln ihrer Mutter, die fromme Schicksalsergebenheit ihres Vaters. Ihre Eltern liebten sie, und dafür war Belle unendlich dankbar, aber trotzdem wäre sie glücklicher gewesen, sie hätten die Sache einfach stillschweigend akzeptiert, statt sich in unbeholfenen Tröstungsversuchen zu ergehen. Sie wollte nicht mehr an Kieran denken. Nur so konnte sie weiterleben. Und sie wollte ihr Leid mit niemandem teilen. Deswegen hatte sie auch den Grund für ihre Trennung für sich behalten und ihre Eltern mit einigen vagen Andeutungen abgespeist – so gern sie auch Kieran als Erzeuger von Monas Baby entlarvt hätte.

»Wenigstens habt ihr es nicht erst nach der Hochzeit gemerkt«, sagte ihr Vater ermutigend, als Belle eines Nachmittags mit ihren Eltern zusammen im Wohnzimmer saß. »Du ahnst nicht, wie viele Paare es gibt, die viel zu spät feststellen, dass sie nicht zueinander passen. Glaub mir, ich erlebe es immer wieder.«

Belle verspürte den plötzlichen Drang, ihrem Vater zu widersprechen: Sie und Kieran hätten sehr wohl zueinander gepasst! Aber sie hielt sich zurück. Wenn man zueinander passte, betrog einen dann der Verlobte mit der eigenen Halbschwester?

»Ja, Dad«, sagte sie leise. »Der Kuchen ist wirklich lecker, Mum«, fügte sie in einem verzweifelten Versuch, das Thema zu wechseln, hinzu.

Brenda warf einen halb verächtlichen, halb wehmütigen Blick auf die Herrentorte, die einen Großteil des Platzes auf dem Sideboard einnahm. »Ich habe ihn extra für den Gemeindebasar gebacken«, sagte sie düster. »Aber es sind nur drei Leute gekommen.«

»Die Gemeinde hatte jahrelang keinen eigenen Pfarrer. Sie muss sich erst an uns gewöhnen.« Gerry drückte die Hand seiner Frau. »Gib ihnen ein wenig Zeit.«

Brenda widersprach ihm nicht, aber Belle sah an ihrem verkniffenen Gesicht, was sie von den tröstenden Worten ihres Mannes hielt. Gerry selbst wirkte allerdings auch nicht besonders optimistisch. Der Bluebell Estate war das kirchliche Gegenstück zum Wilden Westen. Um ihn zu erobern, würden sie mehr aufbieten müssen als guten Willen und hausgemachte Backwaren.

»Ach, Annabelle«, seufzte Brenda. »Kieran ist so ein netter junger Mann. Er war wie ein Sohn für mich.«

»Ja, Mum.« Bitte, können wir jetzt über etwas anderes sprechen? Wenn ich noch ein Wort darüber hören muss, was für ein wundervoller Mensch Kieran ist, schreie ich!

»Warum hättet ihr euch nicht trennen können, bevor wir die Hochzeit angekündigt haben? Erst musste ich Hunderte Einladungen verschicken, dann die Briefe, in denen die Gäste über den Aufschub informiert werden, und jetzt muss ich der gesamten Verwandtschaft mitteilen, dass es überhaupt keine Hochzeit geben wird!«

Belle spürte Ärger in sich aufwallen. »Mum! Glaubst du etwa, ich habe das absichtlich –«

»Was soll die Schneiderin jetzt mit dem halbfertigen Hochzeitskleid anfangen? Und dann ist da noch diese absonderliche Robe deiner Schwester. Ich habe sie bereits bestellt, sie wurde extra angefertigt.« Mit einem Gesichtsausdruck, der eines mittelalterlichen Märtyrers würdig gewesen wäre, reckte Brenda die Arme gen Himmel. »Ich werde mich um alles kümmern. So wie ich mich immer um alles kümmere.«

Langsam reichte es Belle. »Hör zu, Mum. Es tut mir wirklich leid, falls unsere Entscheidung dir ungelegen kommt. Mir ist durchaus bewusst, dass du in den letzten Monaten viel um die Ohren hattest, aber denkst du auch nur eine Minute darüber nach, wie ich mich fühle? Mein ganzes Leben ist ein Scherbenhaufen!«

Brenda schüttelte den Kopf auf eine Art und Weise, mit der ältere Menschen ihrem Gegenüber zu verstehen geben, dass sie ihm an Weisheit und Lebenserfahrung haushoch überlegen sind. »Werd nur nicht melodramatisch, mein Schatz. Du bist noch jung, es gibt genug andere Männer. Hier, iss noch ein Stück Torte.«

Ihr Vater legte ihr den Arm um die Schultern und drückte sie. »Das wird schon werden«, sagte er. »Es wird sich alles wieder einrenken. Wir müssen bloß Geduld haben.«

So ging es noch eine Weile lang weiter. Das einzig Erfreuliche an Belles jüngstem, äußerst deprimierenden Besuch im Pfarrhaus war, dass Mona bis jetzt noch nicht auf der Bildfläche erschienen war.

»Wo ist denn … Mona?« Nur mit Mühe konnte sie sich dazu bringen, den Namen auszusprechen. »Bei der Arbeit?«

»Sie ist oben in ihrem Zimmer und packt«, antwortete ihre Mutter. »Sie zieht aus.«

Das war Musik in Belles Ohren. »Sie zieht aus? Warum denn?« Dann durchzuckte sie ein schrecklicher Gedanke. »Zieht sie zu ihrem … zum Vater des Kindes?« Bitte, nicht zu Kieran!, flehte sie im Stillen.

»Soweit ich informiert bin, nicht. Sie sagte, sie und der Kindsvater seien momentan nicht zusammen.«

Erleichterung durchflutete Belle. »Aber warum will sie dann ausziehen? Habt ihr sie rausgeschmissen?«, fragte sie hoffnungsvoll.

»Wie kommst du denn darauf? Sie erwartet ein Kind. Selbst wenn es unehelich ist«, fügte Brenda in stark angesäuertem Tonfall hinzu, der ihren Zuhörern zu verstehen gab, was sie aus höflicher Zurückhaltung nicht aussprach.

»Dann geht sie zurück nach Australien?«

Ihr Vater schenkte sich eine weitere Tasse Tee ein. »Nein. Sie hat beschlossen, das Baby hier zur Welt zu bringen.«

Belle war überzeugt gewesen, dass ihre Laune bereits einen absoluten Tiefpunkt erreicht hatte. Doch diese entdeckte plötzlich einen Minenschacht und stürzte sich prompt hinein.

»Man würde meinen, eine junge Frau möchte zur Geburt ihres ersten Kindes ihre Mutter um sich haben«, warf Brenda ein. »Nun ja«, fügte sie mit einem vielsagenden Seitenblick auf Gerry hinzu, »uneheliche Kinder in die Welt zu setzen scheint jedenfalls in der Familie zu liegen.«

Gerry ließ die spitze Bemerkung an sich abprallen. »Man hat ihr eine kleine Wohnung über der Royal Shakespeare Tavern angeboten, mietfrei«, fuhr er fort. »In ein oder zwei Wochen kann sie dort einziehen. So ist sie etwas unabhängiger, wenn das Baby da ist. Wolltest du sie sprechen?«

Sie sprechen?, dachte Belle. Wohl eher kratzen, beißen, treten und ihr jedes Haar einzeln ausreißen! Aber nicht jetzt. Nichts wäre schlimmer, als diese hinterhältige Schlange, die sich meine Schwester schimpft, wissen zu lassen, dass sie gewonnen hat.

Selbige hinterhältige Schlange war oben in ihrem Zimmer und ordnete ihre wenigen Habseligkeiten, um sich auf den bevorstehenden Umzug vorzubereiten. Die Stimmen aus dem Erdgeschoss drangen nur gedämpft zu ihr herauf, aber sie konnte hören, dass Belle da war – und dass es ihr nicht gut ging.

Noch jemand, dem sie erfolgreich das Leben zur Hölle gemacht hatte! Doch so sehr Mona auch auf die befriedigende Schadenfreude wartete – wieder einmal blieb sie aus. Stattdessen kamen nur diese nagenden Schuldgefühle zum Vorschein. Ich werde sentimental!, dachte sie verärgert. Warum sollte mich ihre blöde Hochzeit interessieren? Oder ihr blöder Freund? Wenn Belle unbedingt glauben wollte, dass Kieran sie betrogen hatte – bitte sehr. Und wenn Kieran sich nicht die Mühe machen wollte, Belles Vertrauen zurückzugewinnen – nun, dann war Belle ohne ihn vielleicht wirklich besser dran.

Doch leider war Rache nicht halb so befriedigend, wie Mona es erwartet hatte. Im Gegenteil: Das einzige starke, überwältigende Gefühl, das sie im Moment empfand, war ein Heißhunger auf Sardinen.

Sie legte eine Hand auf ihren Bauch. Schlug dort drinnen wirklich ein klitzekleines Herz? Es war kaum zu glauben, dass sie – ein Mädchen, das selbst noch nicht richtig erwachsen geworden war – in wenigen Monaten Mutter werden würde. Und was würde Rena sagen, wenn sie erfuhr, dass sie Großmutter wurde?

Mona hockte sich auf die Fensterbank und blickte auf den Kirchhof hinab, auf dem sich einige Kinder balgten. Sie hatte bislang bewusst jegliche Gedanken an Renas Reaktion verdrängt, wurde aber das ungute Gefühl nicht los, dass sie nicht positiv ausfallen würde. Vermutlich würde sie jede Menge Vorwürfe zu hören bekommen, weil sie nicht nur nichts aus den Fehlern der Mutter gelernt, sondern sie sogar wiederholt hatte …

Hatten sie sich überhaupt noch etwas zu sagen? Bis vor einigen Jahren waren sie unzertrennlich gewesen – ehe Rena beschlossen hatte, nicht länger ihrem toten Mann nachzutrauern, sondern sich kurzerhand einen neuen zuzulegen. Dieser Neue – Chas – hatte von Anfang an keinen Zweifel daran gelassen, dass Mona ihm im Weg war, und Monas Gefühle ihm gegenüber hatten ähnlich ausgesehen. Rena hingegen himmelte ihn an. Sie hielt ihn für Gottes Gabe an die Menschheit und war gegen jeden seiner Fehler blind. Monatelang ging Mona den beiden aus dem Weg, bis sie schließlich den Entschluss gefasst hatte, Australien zu verlassen.

Das Zerwürfnis schmerzte sie noch immer. Es war, als würde ihr alles im Leben weggenommen. Erst der Vater, dann der geliebte Stiefvater und nun auch noch ihre Mutter. Vielleicht war es das, was Mona dazu getrieben hatte, um die halbe Welt zu fliegen und ihre andere Familie zu finden. Vielleicht war Rachedurst gar nicht der einzige Grund gewesen …

Aber was nutzte es, über all das nachzugrübeln? Sie war schwanger, übersättigt mit Hormonen und daher im Wesentlichen emotional unzurechnungsfähig. Außerdem ließ sich das, was sie getan hatte, nicht mehr rückgängig machen. Der Stein war ins Rollen gebracht. Sie konnte aus dem Hintergrund zusehen, wie sich die Familie Craine ganz allmählich selbst zerstörte.

Aber wollte sie das überhaupt noch?

Belle war entschlossen, Mona um jeden Preis aus dem Weg zu gehen, aber Clare hatte andere Vorstellungen.

»Du darfst dich nicht verkriechen«, sagte sie, als die beiden eines Abends in Clares Wohnung saßen, Baileys tranken und schnulzige Filme auf Video ansahen. »Geh überall dorthin, wo sie ist. Zeig ihr, dass sie dir nichts anhaben kann. Das wird sie rasend machen!«

»Und mich auch«, gab Belle zurück.

»Unsinn!« Clare schenkte Belles Glas so voll, dass man mühelos halb Dublin damit hätte betrunken machen können. »Du bist stark, du schaffst das. Und ich weiß auch schon genau, wie du es unter Beweis stellen kannst: Du wirst zum ›Dichter und Dirnen‹-Abend gehen.«

Belle verschluckte sich an ihrem Likör. »Was? In die Royal Shakespeare Tavern? Das ist morgen! Bist du übergeschnappt?«

»Du hast keine Wahl«, beharrte Clare. »Sonst denkt sie, du weichst ihr aus.«

»Da denkt sie richtig!«

Clare ließ nicht locker. »Willst du ihr kampflos das Feld überlassen? Soll sie glauben, dass sie dich besiegt hat?«

Clares Worte ließen Belle innehalten. Natürlich hatte sie eine Heidenangst davor, ihrer Widersacherin, der Frau, die ihr Leben zerstört hatte, leibhaftig gegenüberzutreten. Andererseits durfte sie sich auf keinen Fall eine Blöße geben. Sie schluckte schwer. »Also gut. Aber ich gehe nicht allein«, warnte sie. »Das bringe ich nicht fertig.«

Clare gab ihr einen schwesterlichen Klaps auf den Rücken. »Wo denkst du hin? Ich komme natürlich mit. So, und jetzt trink aus. Danach überlegen wir uns, was du anziehen wirst!«

»Muss das wirklich sein?«, fragte Oz nervös, als er und Kieran vor der Royal Shakespeare Tavern Halt machten.

»O ja. Wir haben es Mona zugesagt.«

Oz trat von einem Fuß auf den anderen und schob seine Brille auf der Nase nach oben. »Na schön. Aber um neun Uhr muss ich spätestens wieder zu Hause sein. Ich habe meiner Mutter versprochen, den Verband an ihrem Hammerzeh zu wechseln. Er ist vereitert.«

Kieran verzog angewidert das Gesicht. »Oz, du bist dreiunddreißig Jahre alt und stehst immer noch unter der Fuchtel deiner tyrannischen Mutter! Normalerweise würde ich nichts dagegen sagen, dass du sie so rührend pflegst – aber sie ist nicht einmal krank! Sie ist besser in Form als du. Kein Wunder, dass dir jede Frau schon nach der ersten Woche wegläuft.«

Oz senkte den Kopf. »Schon gut. Ich weiß es ja selbst. Aber meine Mutter hat viele Opfer gebracht, um uns ganz allein großzuziehen, nachdem Dad mit der Sekretärin durchgebrannt war.«

»Und das hat sie dich bis heute nicht vergessen lassen. Kein Wunder, dass deine Schwester mit sechzehn Jahren von zu Hause ausgezogen ist. Hättest du einen Funken Verstand im Kopf gehabt, wärst du mitgegangen.«

Oz errötete. »Bin ich aber nicht. Und jetzt lass mich in Ruhe. Können wir reingehen? Ich möchte es so schnell wie möglich hinter mich bringen.«

»Nur zu gern.« Kieran rückte sein Wams zurecht. Ihm stand ganz und gar nicht der Sinn nach Verkleidung und fröhlichem Gelage, aber versprochen war versprochen. Heute war ein großer Abend für Mona, und sie war darauf angewiesen, dass er ein Erfolg wurde. Denn wenn der Pub in Konkurs ging, würde sie ihren Arbeitsplatz verlieren – einen Arbeitsplatz, den sie als alleinerziehende Mutter in spe bitter nötig hatte. »Mit ein bisschen Glück lenkt mich das von ... anderen Dingen ab.«

»Hm«, machte Oz. Er fühlte sich in seinem Minnesängerkostüm furchtbar unwohl, zumal der Besitzer des Verleihs es lediglich aus diversen Einzelteilen zusammengeklaubt hatte, die – so vermutete Oz – den sieben Zwergen aus einer Schulaufführung von Schneewittchen gehört hatten. Eng genug war das Kostüm jedenfalls. Er versuchte, sein Spiegelbild im Kneipenfenster zu ignorieren, und stapfte missmutig hinter Kieran her.

Dieser gab im Gegensatz zu seinem Freund in seinem figurbetonten schwarzroten Wams, kombiniert mit passenden Strumpfhosen und einem wehenden Umhang, eine überaus stattliche

Figur ab. Die meisten Männer hätten in zweifarbigen Strumpfhosen bestimmt zum Schreien komisch ausgesehen, bei Kieran jedoch hatten die Beinkleider genau den gegenteiligen Effekt: Aus unerfindlichen Gründen wirkte er in ihnen unglaublich männlich.

Die Welt ist ungerecht, dachte Oz finster, während er seine zu kurze Kniebundhose zurechtzupfte. »Was möchtest du trinken?« Mit einem Kopfnicken wies er auf einen großen runden Eichentisch in der Mitte des Raumes, auf dem verschiedene Getränke aufgebaut waren. »Sollen wir den Met probieren? Oder wollen wir auf Nummer sicher gehen und uns ans Bier halten?«

»Feigling!«

»Schuldig im Sinne der Anklage.«

»Vermutlich werde ich es bereuen, aber lass uns den Met versuchen. Bier können wir schließlich jeden Tag trinken.«

Die Royal Shakespeare Tavern war kaum wiederzuerkennen. Sie war nun eine Absteige mit historischem Flair. Den Boden bedeckte eine zwei Zentimeter hohe Strohschicht, und statt Gläsern gab es heute tönerne Becher. Die wurmstichigen alten Deckenbalken hatte man gründlich entstaubt, und in der Ecke spielte eine kleine Musikantengruppe mit Lauten und Krummhörnern auf. Musik im engeren Sinne konnte man die Töne, die sie ihren Instrumenten entlockten, freilich nicht nennen: Die Spielleute hatten seit fünf Uhr nachmittags ununterbrochen gezecht, und dementsprechend näherten sich ihre eigenwilligen Interpretationen mittelalterlicher Tanzmusik langsam, aber sicher dem Free Jazz an. An Begeisterung jedoch mangelte es ihnen nicht, und falls ihre Darbietung noch unerträglicher werden sollte, konnten sich die Gäste mit der Aussicht auf einen Auftritt von Mad Dog McKindrick trösten, der Gerüchten zufolge später noch vorbeischauen wollte.

Oz' Miene hellte sich ein wenig auf, als er den Blick auf eine junge Frau in einem tief ausgeschnittenen Kleid erhaschte. Er stieß Kieran in die Rippen. »Über die Aussicht kann man sich jedenfalls nicht beklagen, was?«

»Hm.« Kieran versuchte, ein wenig Begeisterung aufzubringen, aber es gelang ihm nicht. Woher sollte sein Freund wissen, dass es ihn all seine Willenskraft gekostet hatte, an diesem Abend überhaupt hierherzukommen? Seit der Trennung von Belle vor einer Woche hatte er nichts anderes getan, als zu Hause zu sitzen und bis tief in die Nacht hinein auf seiner Spielkonsole rebellische Außerirdische in Stücke zu schießen. Dennoch wusste er, dass er sich nicht ewig verkriechen konnte. Das Leben – diese vollkommen überflüssige Einrichtung, die nur dazu da war, ihn zu quälen – ging weiter.

Mona stand hinter der Theke. Sie trug eine schulterfreie Bauernbluse und hatte ihre honiggoldenen Haare unter einem weißen Spitzenhäubchen verborgen. Als sie Kieran und Oz sah, winkte sie ihnen zu und lächelte strahlend. »Wie schön, dass ihr gekommen seid! Ich freue mich riesig. Wir unterhalten uns später, einverstanden?«

Kieran nickte. Oz wurde puterrot und starrte auf seine Schuhspitzen. »Ich glaube, ich habe den Herd angelassen«, murmelte er. »Ich sollte nach Hause fahren und nachsehen.«

Aber Kieran hörte ihn nicht. Sein Blick war quer durch den Raum gewandert und an zwei jungen Frauen hängen geblieben, die an einem der kleinen Ecktische saßen. Eine der beiden war Clare, die spitzzüngige Schwester von Belles psychotischem Exfreund. Die andere trug ein Korsett, darunter eine Bluse mit atemberaubendem Ausschnitt und war zum Sterben schön. Ihre dunklen Haare fielen ihr lose auf die nackten Schultern.

Belle.

Sie zu sehen war fast mehr, als Kieran ertragen konnte. Dennoch vermochte er den Blick nicht von ihr abzuwenden. Wie gebannt starrte er sie an – den Teil seines Lebens, den er für immer verloren hatte.

Belle hatte alles versucht: Sie hatte ihr Kostüm verlegt, eine Migräne vorgetäuscht und zum Schluss so lange, wie es nur irgend ging, getrödelt. Genutzt hatte es ihr jedoch nichts, denn Clare durchschaute jeden ihrer jämmerlichen Versuche, sich vor dem Besuch in der Royal Shakespeare Tavern zu drücken. Schließlich hatte sie es klipp und klar gesagt: Belle würde mit ihr gehen, und wenn sie sie an den Haaren dorthin schleifen musste!

Die Szenerie, die sich Belle beim Betreten des Lokals bot, war genau so, wie sie erwartet hatte – nur die Sache mit der Verkleidung hatten einige offenbar missverstanden. In den Horden bierseliger Männer gab es nämlich nicht nur einen walisischen Troubadour, drei William Shakespeares und zwei Merlins, sondern auch einen Batman mit seinem treuen Gefährten Robin an der Seite, eine Handvoll Bart Simpsons und zwei Astronauten. Einige der männlichen Gäste hatten sich – typisch! – gar nicht kostümiert, sondern waren in Jeans und Sweatshirt gekommen.

Die Frauen trugen allesamt tief ausgeschnittene Blusen und Push-up-BHs, was wahrscheinlich der Grund war, weshalb die Männer so glücklich dreinblickten. Im Hintergrund flackerte der Film *Robin Hood, König der Diebe* über eine Großleinwand, und ein seliger Engelbert rannte von Tisch zu Tisch, wo er heruntergefallene Brocken der Hackfleischpastete aufschleckte, während die Glöckchen an seiner rotgelben Narrenkappe munter klingelten.

Und wo Engelbert war, konnte Mona nicht weit sein.

»Da ist sie!«, zischte Clare, während sie und Belle sich in eine Ecke quetschten. »Dort hinten am anderen Ende der Theke. Hexe!«

Belle hatte Mona bereits gesehen. Sie verfolgte jede ihrer Bewegungen, seit sie den Pub betreten hatten. Sie wollte den Blick abwenden, konnte es aber nicht. Es war, als würde Mona geheime Signale aussenden, die Belles Kopf gegen ihren Willen immer wieder in ihre Richtung schwenken ließen.

Unbehaglich rutschte sie auf ihrem Stuhl hin und her. Ein Strohhalm war in ihre Stiefelette geraten, und es juckte wie verrückt unter ihrer Fußsohle. Darüber hinaus glotzte der Mann am Nebentisch nun schon seit einigen Minuten mit offenem Mund auf ihr Dekolleté. Wenn alle Frauen zu Shakespeares Zeiten so herumgelaufen sind, ist es ein Wunder, dass er überhaupt einen Satz zu Papier gebracht hat, dachte Belle.

Nach einer sehr langen, sehr ungemütlichen halben Stunde fasste Belle einen Entschluss. »Also schön, er kommt nicht mehr.« Sie stürzte den Rest ihres Mets hinunter und machte Anstalten aufzustehen. »Wir gehen.«

Clare ergriff sie am Arm und zog sie sanft, aber bestimmt auf den Stuhl zurück. »Nicht so hastig. Es ist noch nicht einmal halb neun. Die Party fängt gerade erst an.«

»Aber ich will nicht …«

»Zehn Minuten noch, einverstanden? Wenn er dann immer noch nicht hier ist, machen wir uns aus dem Staub.«

Belle wollte gerade sagen, dass sie durchaus *nicht* damit einverstanden sei, auch nur eine Minute länger zu bleiben, als sich die Tür der Kneipe öffnete und eine weitere Gruppe Gäste hereingestolpert kam. Sie hielt den Atem an … Kieran war nicht darunter. Zum Glück.

Kaum hatte sie erleichtert aufgeseufzt, als sie ihren Irrtum bemerkte. Oje, da war er. Kieran! Zum Glück hatte er sie nicht gesehen. Er blickte in die andere Richtung und diskutierte mit Oz.

Clare stieß ihr aufgeregt den Ellbogen in die Rippen. »Da drüben!«

»Ja doch.« Belle verfolgte Kieran und Oz mit den Augen. Die beiden schoben sich durch die Menge der Feiernden. Ihr Herz drohte zu zerspringen. Kieran war ihr so nahe, und doch hätte er ebenso gut am anderen Ende der Welt sein können. Für sie war er unerreichbar fern.

Gleich würde sie in Tränen ausbrechen, verdammter Mist!

Doch plötzlich geschah etwas sehr Merkwürdiges: Der Schmerz ließ nach, und für einen flüchtigen Moment wurde sie von einer seltsamen Empfindung durchströmt. Es war eine Art erregende Gewissheit: Sie war gar nicht einsam und verlassen – sie war *frei*. Nicht mehr die unscheinbarere Hälfte eines Paares, nicht mehr das unbedeutende Anhängsel eines erfolgreichen, attraktiven Mannes. Sie war ganz sie selbst.

Das Hochgefühl hielt nur wenige Sekunden an. Dann war es ebenso schnell verschwunden, wie es gekommen war, und Belle spürte, wie sich der Schmerz erneut in ihr ausbreitete. Sie beobachtete Kieran dabei, wie er an den Tresen trat.

»Sieh mal«, raunte Clare. »Er unterhält sich mit Mona.«

»Das sehe ich selbst.«

»Sie lacht. Dieses Miststück!«

»Ich komme auch ohne deine Kommentare zurecht.«

»Oh. Entschuldige. Ich wollte kein Salz in die Wunde streuen.« Clare nahm einen Schluck von ihrem Bier. »Warum glauben manche Frauen nur, dass sie tun können, was sie wollen – egal, wie sehr sie andere damit verletzen? Nur weil sie blonde Haare und dicke Titten haben? Ekelhaft!«

Belle schwieg. Wie hypnotisiert beobachtete sie Kieran und Mona. Sie sahen so glücklich zusammen aus, sie lachten und scherzten ... Als würden sie sich schon seit Ewigkeiten kennen. Der Einzige, der sich nicht pudelwohl zu fühlen schien, war Oz. Sein Kopf war unnatürlich gerötet und er versuchte krampfhaft, Monas Blick auszuweichen. Kieran hingegen wirkte vollkommen gelöst. Selbst das lächerliche Kostüm stand ihm ausgezeichnet.

Wieso bin ich überhaupt hier?, fluchte Belle im Stillen. Wieso habe ich mich von Clare herschleifen lassen? Wem ist geholfen, wenn ich hier herumsitze und mich fühle wie ein Haufen Dreck? Dreh dich bloß nicht um, Kieran!, flehte sie. Du siehst mich nicht. Bitte nicht umdrehen!

Natürlich tat er in diesem Augenblick genau das. Ihre Blicke trafen sich, und das Lächeln gefror auf seinen Lippen.

Er wirkte überrascht, schockiert sogar, aber weder schuldbewusst noch verärgert. In seinem Blick lag etwas Trauriges. Eine Spur Einsamkeit und ... Angst? Einen Moment lang glomm ein winziger Funke des Zweifels in Belle auf. Konnte sie sich geirrt haben? Bestand die Möglichkeit – wie klein sie auch immer sein mochte –, dass sie Kieran zu Unrecht verurteilt hatte?

Zögernd drehte sie sich zu Clare um. »Hätten Kieran und ich ... ich meine, glaubst du, dass wir unsere Beziehung hätten retten können? Wenn wir es ernsthaft versucht hätten?«

Clare blickte sie streng an und knallte einen randvollen Becher Met vor sie auf den Tisch. »Werd jetzt bloß nicht weich, Belle. Kieran ist ein Schwein. Er hat dich betrogen! Los, trink das. Damit du wieder zur Vernunft kommst.«

Kapitel 20

Am nächsten Morgen wachte Belle mit einem Kater auf, der schlimmer war als alles, was sie bisher erlebt hatte. Ihre Augäpfel schienen auf das Doppelte der normalen Größe angeschwollen zu sein, und irgendein bösartiger Kobold musste ihr im

Schlaf Abflussreiniger in die Kehle geschüttet haben, bevor er ihr mehrfach einen Morgenstern über den Schädel gezogen hatte.

Es half nichts: Sie griff zum Telefon, um sich zum ersten Mal seit Jahren krankzumelden. Dann taumelte sie zurück ins Bett, zog sich die Decke über den Kopf und fragte sich, wie lange das Leiden wohl andauern würde. Nie wieder Met, schwor sie sich, bevor sie eindöste. Nie wieder.

Das Läuten der Türglocke weckte sie mehrere Stunden später. Geblendet vom grellen Sonnenlicht, das durch einen Schlitz im Vorhang ins Zimmer fiel, tastete sie nach ihrem Wecker und warf blinzelnd einen Blick auf das Ziffernblatt. Halb zwei. Sie hatte den ganzen Vormittag verschlafen.

Wieder klingelte es, diesmal gefolgt von einem zaghaften Klopfen.

»Ist ja gut, ich komme schon! Eine Sekunde.«

Belle schlüpfte umständlich in ihren Bademantel und strich sich die zerzausten Haare aus der Stirn. Noch immer hatte sie den Geruch von Zigaretten und schalem Bier in der Nase, den ihr eigener Körper aus jeder Pore verströmte. Nicht gerade der passende Zustand, um Besuch zu empfangen.

Mit schweren Schritten schlurfte sie zur Tür und riss sie auf. Draußen stand ihre jüngere Schwester, die beinahe so elend aussah wie sie selbst.

Jax? Normalerweise besuchte sie Belle nur, wenn sie Geld erpressen oder Dinge borgen wollte, die sie nie zurückgab. Oder, um sich ein Alibi für ein nächtliches Stelldichein mit Razor zu verschaffen.

»Na?«, krächzte Belle und war überrascht, dass sich ihrer trockenen Kehle überhaupt ein Laut entrang.

»Wie siehst du denn aus?«, fragte Jax angewidert. »Und du stinkst, pfui Teufel! Kann ich reinkommen?«

»Wie könnte ich dir etwas abschlagen, wenn du so höflich bittest?« Belle ließ ihre Schwester eintreten und folgte ihr ins Wohnzimmer.

»Mein Gott, wie hältst du es überhaupt in dieser Bude aus?« Jax schleuderte ihren Rucksack auf das Bett. »Schweinetrog.«

»Du hast vollkommen recht«, sagte Belle. »Ich werde noch heute kündigen und eine Vierzimmer-Penthousewohnung anmieten. Bei meinem astronomischen Gehalt dürfte das kein Problem sein.«

Jax blickte sie finster an. »Musst du immer gleich sarkastisch werden?«

»Musst du immer so unhöflich sein?«

»Schon verstanden. Hätte ich mir denken können, dass es eine totale Zeitverschwendung ist hierherzukommen«, knurrte Jax. »Ich verzieh mich einfach wieder, dann kannst du in aller Ruhe über mich abkotzen.«

Sie wandte sich zum Gehen, aber Belle erwischte sie am Ärmel, zog sie zurück zum Bett und drückte sie in die Kissen. »Niemand, äh ... kotzt über dich ab«, sagte sie.

»Ach nein?«

»Worum geht es denn? Hast du immer noch Ärger in der Schule?«

»Was denkst du?« Jax fummelte am Schultergurt ihres Rucksacks herum – ein großes schwarzes Ungetüm aus Gummi mit schwarzen Stacheln, die es aussehen ließen wie einen riesigen Igel. »Neulich ... was du gesagt hast ... war das ernst gemeint? Dass du mir helfen willst?«

»Natürlich war es ernst gemeint.«

Jax blickte ihr geradewegs in die Augen. »In Ordnung. Dann tu es.«

Belle wusste einen Moment lang nicht, was sie sagen sollte. »Oh. Nun ... das kommt ein wenig überraschend, ich meine ... so einfach ist es nun auch wieder nicht, aber natürlich ...«

»Also hast du gelogen. Ich wusste es!«

Belle stieß einen müden Seufzer aus und legte ihrer Schwester den Arm um die Schultern. Dass sie sich nicht versteifte oder ihn abschüttelte, war ein gutes Zeichen. »Nein, Jax. Ich habe es genau so gemeint, wie ich es gesagt habe«, widersprach sie besänftigend. »Aber du kannst nicht erwarten, dass ich auf Kommando eine Lösung aus dem Hut zaubere. Ich muss erst gründlich über die Sache nachdenken.«

Jax betrachtete die Spitzen ihrer dickbesohlten schwarzen Stiefel. »Dann beeil dich«, sagte sie in einer kleinlauten Stimme, die gar nicht zu ihr passte. »Ich bin nämlich mit meinem Latein am Ende.«

Seit der Trennung von Kieran hatte Belle viel nachgedacht. Nicht, dass sie sich in fruchtlosen Grübeleien über das schreckliche Ende ihrer Liebe verstrickt hätte – nein, sie hatte sich bemüht, etwas Positives an ihrer Situation zu finden, das ihr wieder ein wenig Auftrieb gab. Etwas, das das gähnende Loch ausfüllen würde, das Kieran und all die zerstörten Hoffnungen hinterlassen hatten.

Vielleicht würde sie irgendwann wieder einen Mann finden, aber fürs Erste war sie ganz auf sich allein gestellt. Wenn sie Glück und Erfolg haben wollte, musste sie selbst dafür sorgen, denn es gab niemanden, der es ihr schenken würde. Diese Aussicht war erregend und beängstigend zugleich.

Eine wichtige Entscheidung hatte sie bereits getroffen: Es wurde Zeit, sich um ihre Karriere zu kümmern. Vielleicht war sie nicht clever genug, um wirklich etwas aus sich zu machen – aber sie musste es wenigstens versuchen.

Ursprünglich hatte Belle niemandem etwas von ihrer Bewerbung verraten wollen, aber Lily hatte sie dabei beobachtet, wie sie den großen Umschlag in die Hauspost gab. »Oh Belle!« Lilys Augen leuchteten vor Stolz und Aufregung. »Ist es das, wofür ich es halte?«

»Schon möglich«, sagte Belle. »Aber wenn du irgendjemandem auch nur ein Sterbenswörtchen davon verrätst, drehe ich dich eigenhändig durch den Fleischwolf und mache ganz viele kleine Hackbällchen aus dir!«

Lily zuckte die Achseln und lachte übermütig. »Keine Sorge.« Dann fügte sie in einem lauten Flüsterton, der die Aufmerksamkeit aller Kunden erregt hätte, wäre der Laden nicht im Augenblick leer gewesen, hinzu: »Meine Lippen sind versiegelt! Ist es die Stelle in der Customer-Relations-Abteilung? Ich wusste es! Glaub mir, dafür bist du wie geschaffen!«

Belle schmunzelte. »Nach allem, was passiert ist, musste ich einfach etwas unternehmen. Jetzt oder nie! Ich will endlich herausfinden, was in mir steckt.« Und vielleicht gelingt es mir auf diese Weise, meine Familie etwas zu besänftigen, dachte sie. Sie sollen stolz auf mich sein, weil ich aus eigener Kraft erfolgreich bin – nicht weil ich einen tollen Verlobten habe.

»Ich bin sicher, du bist für den Job absolut geeignet«, wiederholte Lily und stieg auf eine kleine Trittleiter, um etwas in die oberen Regalreihen einzusortieren. »Du schaffst alles, was du dir vornimmst.«

»Ich habe die Stelle doch noch gar nicht«, versuchte Belle den Enthusiasmus ihrer Kollegin zu bremsen. »Und höchstwahrscheinlich werde ich sie auch nicht bekommen.«

»O doch.« Lily wandte sich zu ihr um und warf ihr einen wehmütigen Blick zu. »Und wehe, du sorgst nicht für einen netten Ersatz hier im Laden! Ohne dich werde ich sonst schrecklich einsam sein.«

Schon oft hatte sich Gerry über die unergründlichen Wege des Herrn gewundert, aber niemals mehr als in den letzten Wochen. Gab es wirklich einen guten Grund, weshalb ihn das Schicksal in den Bluebell Estate verschlagen hatte? Oder ging es nur darum, ihn ein wenig aufzurütteln, nachdem er in St. Jude allzu bequem geworden war?

Er saß in seinem Bootsmannsstuhl, schaukelte langsam vor sich hin und schämte sich. Er schämte sich, dass ihn der Umzug nach St. Mungo dermaßen aus der Bahn geworfen hatte. Trotz all ihrer düsteren Vorahnungen hatte sich Brenda viel schneller mit der neuen Situation abgefunden als er. Vielleicht lag es daran, dass sie früher einmal hier gelebt hatte. Er selbst kam sich in seiner großbürgerlichen Anständigkeit völlig fehl am Platze vor. Kein Wunder, dass niemand in seinen Gottesdienst kam.

Er hörte nicht, wie Mona auf leisen Sohlen an der angelehnten Zimmertür vorbeischlich, zögernd stehen blieb und durch den Spalt lugte. Ihr tat es weh zu sehen, wie niedergeschlagen Gerry aussah. Mein Vater, dachte sie, und zum allerersten Mal traf sie die Wahrheit dieser Aussage bis ins Mark. Dieser arme, traurige Mann dort drinnen ist mein Vater. Und der einzige Grund, warum er so traurig ist, bin ich.

Er hat es schließlich nicht anders verdient, meldete sich eine Stimme in ihrem Innern. Er hat deine Mutter sitzenlassen, ihre Briefe ignoriert und sich einen Dreck um sie geschert, als sie schwanger war und ihn um Hilfe angefleht hat! Diesen Grund hatte sie bisher jedes Mal angeführt, wenn ihre Gefühle für ihn in Mitleid umzuschlagen drohten. Und nie war er ihr so fadenscheinig und kindisch vorgekommen wie jetzt. Hatte er nicht immer wieder beteuert, nichts von den Briefen gewusst zu haben? Er war Priester, und Priester logen nicht. Und statt sie, Mona, aus dem Haus zu jagen, hatte Gerry Craine sie sofort als seine Tochter anerkannt und in der Familie willkommen geheißen. Er hatte keine unangenehmen Fragen gestellt, als sie ihm von ihrer Schwangerschaft erzählte, und sich geweigert, im Trennungsdrama um Belle und Kieran gegen sie Front zu machen. Selbst Brenda, die normalerweise nicht mit ihrer Meinung hinterm Berg hielt, hatte geschwiegen und mit keinem Wort angedeutet, es wäre für alle Beteiligten besser, wenn Mona nicht nur in die Wohnung über der Royal Shakespeare Tavern, sondern gleich zurück nach Australien zöge.

Nein, Mona fand einfach keinen Geschmack mehr daran, Gerry Craine wehzutun. Im Gegenteil: Wie er jetzt mit gesenktem Kopf ins Leere starrte, wollte sie nichts lieber, als ihn ganz fest in die Arme zu nehmen und zu trösten.

Kurzentschlossen öffnete sie die Tür von Gerrys winzigem Büro ein Stück weiter und steckte ihren Kopf hinein. »Hallo! Was ist los mit dir? Du siehst ein wenig geknickt aus.«

Sofort setzte er sich auf und versuchte sich an einem unbekümmerten Lächeln. »Ach was, mir geht es gut. Ich habe nur nachgedacht.« Vage deutete er auf seinen Computerbildschirm. »Ich zerbreche mir gerade den Kopf über ein Thema für meine nächste Sonntagspredigt.«

Mona trat ein und schloss die Tür leise hinter sich. »Was du brauchst, sind ein paar Ideen, wie du die Bude – also, ich meine die Kirche – voll bekommst. Was für einen Zweck hat es, Predigten zu schreiben, wenn niemand da ist, der sie sich anhört?«

Gerry nickte trübsinnig. »Ich nehme jeden Vorschlag dankbar an. Ich habe bereits alles versucht – Basare, Kaffeekränzchen, Gesprächsrunden …«

Mona lachte gutmütig. »Ich bin mir nicht sicher, ob Basare und Kaffeekränzchen bei den Leuten hier im Viertel angebracht sind«, gab sie zu bedenken. »Ich wette, die meisten gehen lieber ein Bier trinken. He, ich hab's – du solltest in der Sakristei eine Kneipe eröffnen!«

Gerry sah sie entsetzt an. »Also, ich glaube wirklich nicht …«

»War nur ein Spaß«, beruhigte Mona ihn. »Aber eins sage ich

dir im Ernst: Durch meine Arbeit in der Royal Shakespeare Tavern habe ich gelernt, dass die Bedürfnisse der meisten Menschen ziemlich simpel sind. Und unsere Kundschaft ist sicher mit deiner Klientel hier zu vergleichen.«

»Was schlägst du vor?«, fragte er. Seine Neugier war geweckt.

»Bei uns gibt es im Wesentlichen zwei Dinge, die Gäste anlocken – und hier in der Gemeinde wird es nicht anders sein. Genaugenommen sind es sogar drei, aber ich glaube kaum, dass du eine Gruppe Stripperinnen anheuern möchtest, die in Strapsen aus dem Evangelium vorlesen. Bleiben noch zwei: billiger Alkohol und eine kostenlose Mahlzeit. Und da, so nehme ich an, Alkohol für deine Zwecke auch nicht infrage kommt, bleibt noch das Essen. Damit kriegst du sie bestimmt rum.«

»Aber wir *haben* doch schon mehrere Kaffeekränzchen veranstaltet«, warf Gerry ein. »Brenda hat tagelang gebacken, und kaum jemand ist gekommen.«

»Nein, ich meine nicht irgendein Zuckerwerk. Nichts gegen Brendas Backkünste, ich liebe ihre Kuchen, aber hier geht es um ganze Mahlzeiten. Gib ihnen die Möglichkeit, sich richtig vollzustopfen. Die meisten Menschen sind so gierig, wenn es etwas umsonst gibt, dass sie dir die Bude einrennen werden, glaub mir. Du köderst sie mit dem Essen, und sobald sie satt und zufrieden und wehrlos dasitzen, holst du die Keule raus und ziehst ihnen eins mit der Religion über den Schädel! Genial, oder?«

Gerry sah Mona an und brach schließlich zum ersten Mal seit Wochen in Gelächter aus. Es tat ihm unsagbar gut.

»Was ist so komisch daran?«, wollte sie wissen.

»Nichts«, sagte er, noch immer schmunzelnd. »Aber wenn du dich für eine Sache begeisterst … dann erinnerst du mich sehr an deine Mutter.« Er blickte seiner Tochter tief in die Augen. »Ich habe wirklich versucht, mit ihr in Kontakt zu bleiben«, sagte er ernst. »Ich weiß nicht, was passiert ist, aber ich schwöre dir, dass ich sie niemals im Stich gelassen hätte.« Er lächelte wehmütig. »Sie war meine erste große Liebe.«

Mona dachte immer noch über Gerrys Worte nach, als sie die Stufen zu ihrem Zimmer hinaufstieg. Dabei stieß sie aus Versehen mit Jax zusammen, deren Schultasche ihr aus der Hand glitt, sodass Bücher, Hefte und anderer Krimskrams durch die Diele flogen.

»Mensch, Mona!«, schrie Jax wutentbrannt, und fast dachte Mona, sie würde einem linken Haken ausweichen müssen. Aber zu ihrem großen Erstaunen sank Jax auf die Treppe und ließ den Kopf in die Hände sinken. »Ach, was soll's? Ist sowieso alles sinnlos.«

»Das ist doch nicht so schlimm«, versuchte Mona sie zu beruhigen. »Ich räume alles wieder ein. Und wenn irgendetwas kaputtgegangen ist, ersetze ich es dir natürlich.«

»Ich meine nicht die Schulsachen«, grummelte Jax. »Ich meine mein *Leben*. Ein absoluter Albtraum. Ich wünschte, ich wäre tot.«

Jax stieß diese Worte mit so viel ehrlicher Verzweiflung aus, dass sich Mona besorgt neben sie auf die Stufen hockte. »Was ist denn passiert?«

»Das interessiert dich doch gar nicht.«

»Wenn dem so wäre, hätte ich dann gefragt?«

Jax zögerte lange. Dann sagte sie: »Ich weiß gar nicht, ob ich dir noch vertrauen kann.«

»Du meinst ... wegen Kieran und Belle? Und weil ich schwanger bin?«

»Wenn es wahr ist, was Belle über dich und Kieran sagt ...«

Mona holte tief Luft. Obgleich Belle ihren Eltern gegenüber nichts von der angeblichen Affäre zwischen ihr und Kieran erwähnt hatte, lasteten die Verdächtigungen allmählich immer schwerer auf ihren Schultern. »Ich habe nicht mit Kieran geschlafen«, sagte sie. »Ich kann es nicht beweisen, und ich will auch nicht darüber reden, mit *wem* ich geschlafen habe, aber ich schwöre dir, dass ich die Wahrheit sage. Und ich will dich nicht dazu drängen, mir etwas zu erzählen, wenn du nicht magst. Du weißt ja, wo du mich findest.«

Sie machte Anstalten aufzustehen, aber Jax hielt sie am T-Shirt fest. »Schon gut. In Ordnung. Ich sage es dir.«

Mona setzte sich wieder. »Na dann – schieß los.«

Also erzählte Jax ihr von der neuen Schule, von den hämischen Bemerkungen ihrer Mitschüler, die sie über sich ergehen lassen musste, und von ihren Schwierigkeiten, Anerkennung oder gar Freunde zu finden.

»Siehst du! Du findest auch, ich rege mich wegen nichts auf«, stellte sie fest, als Mona nicht gleich antwortete. »Wusste ich es doch.«

»Ich habe nur gerade daran denken müssen, wie ich mich früher in der Schule gefühlt habe. Mit dreizehn hatte ich eine Zahnspange und riesige Pickel im Gesicht. Sieh mich nicht so an, es stimmt! Ich sah furchtbar aus, zum Weglaufen – wie eine Kreuzung zwischen Hannibal Lecter und der Mondoberfläche. Die anderen haben sich pausenlos über mich lustig gemacht.«

»Und dann? Was hast du dagegen unternommen?«

»Nichts. Ich habe geheult. Ich habe Schokolade in mich reingestopft. Und ich habe noch mehr geheult. Aber mit fünfzehn hatte ich dann so dicke Brüste, dass ohnehin niemand mehr auf mein Gesicht geachtet hat.«

Jax versank wieder im Trübsinn. »Du bist mir eine tolle Hilfe.«

»Wenn ich du wäre«, fuhr Mona fort, gerade als Jax sich trollen wollte, »würde ich über einen Imagewechsel nachdenken. Lass die schwarze Schminke weg, zieh dir andere Klamotten an, mach dich ein bisschen hübsch. Hast du nicht gesagt, du willst mit mir nach Australien gehen und Model werden?«

Jax errötete. »Das war doch nur Spinnerei. Außerdem sehe ich im Grunde doch ... scheißgewöhnlich aus.«

»Unsinn!«, widersprach Mona. »Wenn du deine Haare wachsen lassen und sie färben würdest – vielleicht in einem schönen Aschblond oder Kastanienbraun – und ich dir helfen würde, ein paar richtig schöne Klamotten auszusuchen, etwas Modisches, das dir wirklich steht ... dann würden die anderen bestimmt nicht mehr über dich lachen.«

Jax erwog den Vorschlag. »Dann wäre ich aber nicht mehr ich«, sagte sie.

Mona lachte. »Aber natürlich! Wieso denn nicht?«

Jax schüttelte den Kopf. »Nein. Das hier, das bin ich. Ich habe keinen Bock, mich zu verkleiden. Danke für deinen Rat«, sagte sie, während sie aufstand und anfing, ihre verstreuten Sachen einzusammeln. »Aber ich glaube, ich muss das auf meine Weise regeln.«

Auch Belle machte sich Gedanken über Jax. In jeder freien Minute zermarterte sie sich das Hirn, um für das Problem ihrer Schwester eine Lösung zu finden, die nicht auf »Erzähl alles Mum und Dad und frag sie, ob du die Schule wechseln darfst« hinauslief. Sie wusste, dass Jax einen solchen Vorschlag niemals akzeptieren würde, denn gleichgültig, wie viele schlechte Eigenschaften sie auch hatte – feige war sie gewiss nicht. Den Schwanz einzuziehen und klein beizugeben kam für sie nicht infrage. Belle konnte nicht umhin, ihre kleine Schwester für diese Haltung zu bewundern.

Es klingelte an der Tür, gerade als Belle den Rest ihres Kaffees hinuntergestürzt hatte. O nein, die Post! Verärgert schüttelte sie den Kopf. Ausgerechnet jetzt. Ich bin schon zehn Minuten zu spät dran, und wenn es ein Paket ist, muss ich bestimmt unterschreiben.

Sie öffnete die Tür und erschrak. Dort stand nicht ihr vertrauter Briefträger, sondern niemand Geringerer als Welsh Dave. Er hatte ein freches Grinsen im Gesicht, das seine nikotinfleckigen Zähne entblößte. »Einen schönen guten Morgen, Miss Annabelle. Ich wette, Sie haben nicht damit gerechnet, mich so bald wiederzusehen!«

»Da haben Sie recht«, sagte sie trocken. »Was für eine … nette Überraschung.«

»Stanley ist im Krankenhaus. Er hat es an den Ohren«, erklärte Dave munter. »Natürlich simuliert er bloß, ihm fehlt rein gar nichts, dem faulen Hund. Wie dem auch sei, jedenfalls habe ich fürs Erste seine Runde übernommen. Bestimmt möchten Sie jetzt Ihr Päckchen haben.« Er wog es prüfend in den Händen. »Ganz schön schwer. Aus Swindon, wahrscheinlich Post von Ihrem Buchclub, nicht wahr? Immer noch eine Freundin historischer Liebesromane?«

»Äh … ja, danke sehr.« Belle nahm das Päckchen entgegen und stellte es hinter sich auf dem Flurtischchen ab. »Wenn Sie mich jetzt bitte entschuldigen wollen. Ich komme zu spät zur Arbeit.«

»Warten Sie, hier ist noch ein Brief für Sie.« Dave kramte in seiner Tasche und zog schließlich einen leicht verknickten braunen Umschlag hervor. »Sieht wichtig aus«, bemerkte er und reckte den Hals, als sie den Poststempel zu entziffern versuchte.

»Warten Sie auf ein Untersuchungsergebnis aus dem Krankenhaus? Eine Vorladung vor Gericht?«

Bis zum unteren Treppenabsatz wich er Belle nicht von der Seite, wo zum Glück die Frau aus Nummer zwei ihn wegen ihres kaputten Briefkastens ansprach und Belle die Gelegenheit nutzte, ihm zu entschlüpfen.

Sie kam so spät zur Arbeit, dass sie erst während einer kurzen Pause Zeit fand, sich den Brief anzusehen, der noch immer ungeöffnet in ihrer Hosentasche steckte. In Gloucester abgestempelt. Eilpost. Das konnte nur bedeuten …

Sie hielt den Atem an, während sie den Umschlag mit zitternden Fingern aufriss. Die Buchstaben verschwammen vor ihren Augen. Nur ein Satz drang wirklich zu ihr durch:

Wir würden Sie gerne für den kommenden Donnerstag um zehn Uhr zu einem Vorstellungsgespräch einladen …

O mein Gott. Ich bin zum Vorstellungsgespräch eingeladen! Belle blinzelte und las den Brief ein zweites Mal, aber es stand immer noch genau dasselbe da. Schwarz auf weiß. Ihre Haut begann zu kribbeln. Gedanken zischten kreuz und quer durch ihren Kopf. Wieso um alles in der Welt habe ich mich nur beworben? Ich war mir doch ganz sicher, dass nichts daraus werden würde! Was mache ich denn jetzt? Ich werde mich bis auf die Knochen blamieren! Ich bin überhaupt nicht für die Stelle qualifiziert! Hilfe, man wird mich als Hochstaplerin entlarven …

Ich rufe an und sage ab.

Aber zwei Minuten später hatte Belle den Telefonhörer ans Ohr gepresst und hörte sich selbst dabei zu, wie sie der Sekretärin der Personalabteilung mitteilte, dass sie nichts lieber täte, als am Donnerstag zum gewünschten Termin vorstellig zu werden.

Kapitel 21

Er brach an: der Tag, von dem Belle nie geglaubt hätte, dass sie ihn jemals erleben würde. Ganze zwei Wochen nachdem sie den Brief mit der Einladung zum Vorstellungsgespräch erhalten hatte, war Belle Craine drauf und dran, ihrem geliebten Laden in der Einkaufspassage Adieu zu sagen.

Nach Geschäftsschluss fand eine kleine Abschiedsfeier statt. Lily war traurig und aufgeregt zugleich, die Samstagsaushilfen nutzten die Gelegenheit, sich mit einer Flasche Wodka ins Lager zurückzuziehen – nur Waylon verkraftete die Sache nicht besonders gut. Er war in Tränen aufgelöst.

»Verzeihen Sie«, schniefte er, nachdem die letzten Kunden gegangen waren und Belle zum letzten Mal die Ladentür abschloss. »Es ist nur …« In einer melodramatischen Geste warf er die Arme um sie. »Ich werde Sie so schrecklich vermissen!«

»Ich Sie auch«, sagte Belle und tätschelte ihrem ehemaligen Chef beruhigend den Rücken. »Ich habe wirklich gern hier gearbeitet und ich werde oft an Sie denken. Aber Sie wissen ja, wie es ist: Wenn sich eine Gelegenheit bietet, muss man sie ergreifen.«

»Ganz genau. Und wir sind alle sehr stolz auf dich. Kommen Sie, Waylon, trinken Sie noch ein Schlückchen.« Sanft, aber bestimmt löste Lily den schluchzenden Waylon von Belle, lotste ihn zu einem Stuhl, bat ihn, sich zu setzen, und drückte ihm sodann ein großes Glas Wodka in die Hand, in dem der Form halber eine kleine Orangenscheibe schwamm.

Waylon fasste sich. »Lily hat recht, wir sind stolz auf Sie. Jawohl, sehr, sehr stolz.« Seiner Aussprache nach zu urteilen, war es nicht sein erster Drink an diesem Tag.

»Auf dein aufregendes neues Leben!«, rief Lily. »Wie ich dich beneide!«

Belle winkte lachend ab. »Was ist mit *deinem* aufregenden neuen Leben? Du bekommst schließlich ein Baby.«

»Oh, aber denk nur an all die Angestellten, die du herumkommandieren darfst.«

»Es sind nur zwei.«

»Und du bekommst dein eigenes, nagelneues Büro!«

Belle sah sich im Laden um. »Es ist ganz schön schwer, Abschied zu nehmen«, sagte sie.

»Das verstehe ich«, bemerkte Lily mitfühlend. »Wenn man so lange hier gearbeitet hat wie du … Ich weiß genau, wie schwer es mir fallen wird, in die Babypause zu gehen. Aber ich bin überzeugt, dass unser Jerszy dich würdig vertreten wird. Er wird dir deinen Platz warm halten, solltest du irgendwann feststellen, dass du ohne uns nicht leben kannst. Nicht, dass du auch nur eine Sekunde lang daran denken solltest«, fügte sie streng hinzu.

»Natürlich nicht«, bestätigte Belle mit einer Spur Zweifel in der Stimme. Im Augenblick hatte sie derart große Angst vor dem, was ihr bevorstand, dass sie alles getan hätte, um ihre Entscheidung rückgängig zu machen.

Jerszy lächelte sie schüchtern an und bewies gesunden Menschenverstand, indem er ein zweites Glas Alkohol ablehnte. »Bin ich sehr erfreut, kennenzulernen Sie«, verkündete er. »Ich komme aus Dorf in der Nähe von dem Krakau. Ist es sehr schön hier, ja?«

Dankbar ergriff sie seine ausgestreckte Hand. Was für hübsche blaue Augen, dachte sie und stellte erschrocken fest, dass sie soeben zum ersten Mal seit ihrer Trennung von Kieran einen gut aussehenden Mann wahrgenommen hatte. Sicherlich ein Schritt in die richtige Richtung, oder?

»Cheltenham ist eine sehr schöne Stadt«, stimmte sie ihm zu. »Bestimmt wird es Ihnen hier gefallen. Aber warum kommt jemand den ganzen Weg aus Polen hierher, nur um als Verkäufer zu arbeiten?«

»Ich … nicht weiß die Wörter.« Hilfesuchend blickte er sich nach Lily um.

»Die Mutter von Jerszys Freundin braucht dringend eine Operation. Er ist nach England gekommen, um Geld dafür zu verdienen«, erklärte sie.

»Ich spare. Operation ist sehr, sehr teuer, und Geld viel höher hier als in Polen«, sagte er. »Ist schön hier, ja, aber ich vermisse meine Mascha.«

Waylon blickte verdattert auf. »Seine was?«

»Mascha ist Jerszys Freundin, das hat er Ihnen doch alles lang und breit erklärt«, erwiderte Lily mit einem ungehaltenen Seufzer. »Sie studiert Zahnmedizin«, fuhr sie an Belle gewandt fort.

»Damit hat sie natürlich gute Berufsaussichten, aber bis sie fertig ist, ist das Geld knapp. Deswegen greift Jerszy ihr und ihrer Mutter unter die Arme. Der Gute, er behält fast nichts für sich selbst. Sieh nur, wie dünn er ist. Ich wette, er isst nicht einmal anständig.«

»Mir ist wohl, ich esse gut!« Jerszy wurde rot bis an die Ohrspitzen.

Du liebe Zeit, dachte Belle. Ein echter Held und noch dazu bescheiden. Und ich dachte, alle Männer seien Lügner und Betrüger. Nun, wahrscheinlich nur die, mit denen ich ausgehe.

Der Tag neigte sich dem Ende zu. Während die anderen die Reste der Knabbereien forträumten und vergossenen Wodka vom Boden aufwischten, standen Belle und Lily am Schaufenster, aßen zwei übriggebliebene Schokoladenkekse und sahen zu, wie die letzten Einkäufer durch die Passage in Richtung Ausgang strebten.

»Ich freue mich wirklich riesig für dich«, sagte Lily zum wiederholten Mal. »Auch wenn es so aussieht, als wollte ich dich gar nicht gehen lassen.«

Belle nahm einen Bissen von ihrem Keks. »Das weiß ich doch. Wenn du nicht gewesen wärst, hätte ich mich nie auf die Stelle beworben.«

Im Mobilfunkladen gegenüber senkten sich die automatischen Rollläden herab, und Belles Magen machte unwillkürlich einen Satz. Ihr schien es, als würde in ihrem Leben ein Vorhang fallen. Sie drehte sich zu Lily um. »Ich habe Angst«, flüsterte sie.

Lily antwortete mit einem strahlenden Lächeln. »Das ist doch kein Wunder! Die besten Dinge im Leben machen einem Angst.«

»Wirklich?«

»Was meinst du, wie ich mich fühle, wenn ich an die Geburt denke?«

»Ach. Fürchtest du dich davor?«

»Und wie. Ich habe regelrecht die Hosen voll. Und um die Welt zu reisen, muss auch ganz schön viel Mut kosten. Frag deine Freundin Ros.«

Belle spürte einen Stich der Traurigkeit in ihrem Innern, weil sie Ros so sehr vermisste. Aber Ros und Angst haben? Sie lachte. »Ros hat nie vor etwas Angst«, sagte sie bestimmt.

»Jeder hat vor irgendetwas Angst«, beharrte Lily. »Aber wer

war es noch, der die weisen Worte sprach: Wer nicht wagt, der nicht gewinnt?«

Belle zuckte mit den Schultern. »Muss ein Klugscheißer gewesen sein.«

Lily steckte Belle den letzten Rest ihres Kekses in den Mund. »Niemand scheißt klüger als Sie, junge Frau. Also gehen Sie los und erobern Sie das Universum!«

Früh am Montagmorgen beschloss Brenda, einkaufen zu gehen. Sie fühlte sich seltsam nervös und gereizt und musste all ihre Willenskraft aufbringen, um Belle nicht auf dem Handy anzurufen und sie zu fragen, wie sie sich die ersten fünf Minuten bei ihrer neuen Stelle geschlagen hatte.

Das Gefühl erinnerte sie an Annabelles ersten Schultag, an dem Brenda ihre Tochter trotz ihrer herzerweichenden Bitten, sie nicht mit all den Fremden alleinzulassen, schweren Herzens vor der Klassentür abgesetzt hatte und nach Hause gegangen war.

Ach was, warum machte sie sich Sorgen? Annabelle war eine erwachsene Frau, und wenn sie sich in den Kopf gesetzt hatte, dass eine Karriere im Management das Richtige für sie war, dann würde Brenda, wie es sich für eine Mutter gehörte, sie mit ihrer ganzen Kraft unterstützen. Und falls ihre Tochter scheiterte, würde sie wie immer mit einem Paket Taschentücher und ein paar tröstenden Worten zur Stelle sein. Dennoch war sie erleichtert, dass Jacqueline ihr in dieser Hinsicht keinerlei Kummer bereitete – zwei verunsicherte Sorgenkinder wären im Moment wirklich zu viel gewesen.

Cost-U-Less war der einzige Supermarkt im Bluebell Estate, und mit dem Lebensmittelhändler, bei dem Brenda in ihrem früheren Leben am anderen Ende der Stadt einzukaufen pflegte, hatte er nicht viel gemein. Wäre es nach ihr gegangen, hätte sie nie auch nur einen Fuß in diesen Supermarkt gesetzt, aber Gerry hatte beschlossen, dass sie jede Anstrengung unternehmen mussten, sich in ihr neues soziales Umfeld zu integrieren – und dazu gehörte seiner Meinung nach auch, sich dem Verhalten der Bewohner möglichst gut anzupassen. Als Brenda daraufhin leicht säuerlich gefragt hatte, ob das auch bedeute, dass sie sich eine verschimmelte Matratze für den Vorgarten anschaffen sollten, hatte Gerry nicht geantwortet. Wie so oft war er in Grübeleien versunken, sodass er ihre Spitze gar nicht wahrnahm. Nun, wenigstens gab es Engelbert und Mona – sie mussten also keine Mühe mehr darauf verwenden, einen verlausten Köter oder eine schwangere unverheiratete Tochter aufzutreiben.

Während Brenda ihren Einkaufswagen durch die Gänge schob, wurde sie immer missmutiger. Dieser Saftladen nannte sich Supermarkt? Hier würde sie nicht einmal die Hälfte der fürs Abendessen benötigten Zutaten bekommen!

Nach einer Weile erspähte sie in der Obst- und Gemüseabteilung einen schlaksigen Jüngling, dessen magerer Hals wie der einer Schildkröte aus dem gestärkten Kragen seines viel zu großen Kittels hervorragte.

»Entschuldigen Sie, können Sie mir sagen, wo die frischen Kräuter stehen?«

»Die was?«

»Die frischen … sehen Sie her, *das* hier suche ich.« Sie hielt ihm ihren Einkaufszettel unter die Nase, den er mit zusammengekniffenen Augen verständnislos studierte.

»Hm.« Man hörte das Getriebe in seinem Kopf auf Hochtouren laufen, bis er plötzlich auf eine brillante Idee kam. »Ich hole den Filialleiter!«, verkündete er und machte sich schleunigst davon.

Wenige Minuten später trat ein etwas älterer, etwas weniger schlaksiger Jüngling im Anzug aus einer Tür mit der Aufschrift »Privat«. »Terry meinte, Sie haben eine Frage zu unserem Sortiment?«, sagte er. »Vielleicht kann ich Ihnen behilflich sein.«

»Ich suche nach frischen Kräutern.«

»Ah. So etwas führen wir nicht.«

»Was ist mit Kakifrüchten?«

»Wie bitte?«

Brenda unternahm einen letzten, verzweifelten Versuch: »Biocamembert?«

Dem Filialleiter war anzusehen, dass er seine liebe Mühe hatte, nicht in ungläubiges Gelächter auszubrechen. »Es tut mir wirklich leid, Madam, aber derart … ausgefallene Lebensmittel werden bei uns nicht nachgefragt.«

»Ausgefallen?«

Mit einem Schlag wurde Brenda klar, wie hoffnungslos bürgerlich sie geworden war: die Fleischwerdung all dessen, was sie als junges Mädchen verachtet hatte.

Es war keine besonders willkommene Einsicht.

»Ganz unter uns«, fuhr der Filialleiter fort, »selbst wenn wir Obst und Gemüse ganz aus den Regalen nähmen, würde es niemandem auffallen. Frischwaren sind einfach zu teuer, und die meisten hier wissen ohnehin nicht, wie man sie zubereitet.«

»Das ist nicht Ihr Ernst.«

»Glauben Sie mir, Madam. In dieser Gegend sind Fertiggerichte Trumpf. Hauptsache fettig, Hauptsache tiefgekühlt.« Er trat einige Schritte beiseite und angelte einen grellbunten Plastikbeutel aus einer Gefriertruhe. »Vielleicht kann ich Sie ja mit unserem Sonderangebot für panierte Hähnchenschnitzel locken? Zwei kaufen, eins bezahlen. Sie sind diese Woche unser Bestseller. Nun ja, eigentlich sind sie das jede Woche«, fügte er nach einer kurzen Pause hinzu.

Verkaufsdirektor Fraser Gillespie höchstpersönlich erwartete Belle, nachdem sie ihre Einführungstour durch das Unternehmen beendet hatte. Sie war schrecklich aufgeregt. Ein echtes Mitglied der berühmten Familie Gillespie, die die Geschicke von Green Goddess und die der Vorgängerfirma über ein Jahrhundert lang geleitet hatte! Fraser war sehr groß, besaß flammend rote Haare, einen dröhnenden Bass und grüne Augen, deren lodernder Blick Löcher in eine Stahlplatte hätte schmelzen können.

Belle versuchte, keine Miene zu verziehen, als er ihre Finger im Griff seiner riesigen Pranke schier zermalmte. »Und? Hat Ihnen der kleine Rundgang durch unser Unternehmen gefallen?«

»Und ob. Es war alles sehr interessant. Aber jetzt freue ich mich darauf, endlich mein neues Büro zu sehen und meine Mitarbeiter kennenzulernen.«

»Ausgezeichnet, ausgezeichnet. Natürlich.« Gillespie zeigte sich hocherfreut. »Die Gebäudeverwaltung hat mich wissen lassen, dass alles fertiggestellt ist. Ihr neues Büro wartet schon auf Sie.« Er öffnete eine Schreibtischschublade, nahm einen Schlüsselring heraus und ließ ihn in Belles offene Handfläche fallen. »So, das ist der Schlüssel zu Ihrem Reich. Zur Tür hinaus, die

Treppen hinunter, an der Empfangsdame vorbei, über den Parkplatz und bei der Verbrennungsanlage rechts. Sie können es gar nicht verfehlen!«

Seit Ewigkeiten hatte Brenda nicht mehr so viel nachgedacht. Sie saß auf der einzigen Bank im »Park« des Bluebell Estate, die noch eine – wenngleich zerkratzte und mit obszönen Parolen beschmierte – Sitzfläche besaß, und grübelte darüber nach, was alles geschehen war, seit sie der Heimat ihrer Jugend vor mehreren Jahrzehnten den Rücken gekehrt hatte.

Nicht nur äußerlich waren ihr, Brenda, die Jahre anzusehen. Trotz einer endlosen Reihe an Diäten und Fitnesskursen hatte sie das eine oder andere Pfund zugelegt. Was ihr aber viel mehr zu denken gab, war, wie sehr sich ihre Einstellung zum Leben gewandelt hatte. St. Jude und der Bluebell Estate waren so unterschiedlich wie Tag und Nacht, und wenn man von hier kam, bemühte man sich, diesen Umstand so schnell wie möglich zu vergessen.

Sie schämte sich. Nicht für ihre Herkunft, sondern dafür, wie bereitwillig sie ihre Vergangenheit verleugnet hatte – alles um Gerrys Karriere willen. Es war beinahe komisch, wie hart sie dafür gekämpft hatte, einem Mann, der hin und wieder vom Bischof auf einen Sektempfang eingeladen wurde, eine würdige Partnerin zu sein – nur um dann von eben jenem Bischof in die Hölle verbannt zu werden, aus der sie einst entkommen war. Ein Schritt vorwärts und zwei Schritte zurück. So war das Leben, oder so schien es ihr.

Sie dachte zurück an ihr Erlebnis im Supermarkt. Du dumme Gans!, schalt sie sich selbst. Wie konntest du erwarten, dort all jene feinen Dinge zu finden, die deine ehemaligen Freunde als zum Leben unentbehrlich betrachten? Das war einfach nur peinlich!

Bin ich selbst peinlich geworden? Jemand, der weder hier noch dort wirklich dazugehört? Jemand, der nirgendwo hinpasst?

Doch Brenda war kein Mensch, der sich allzu lange in fruchtlosen Grübeleien erging. Schon bald wandten sich ihre Gedanken praktischeren Belangen zu. Die Bemerkung des Filialleiters über die Essgewohnheiten der Menschen im Viertel hatte Brenda auf eine Idee gebracht. Sie wusste noch genau, wie oft es früher bei ihr zu Hause zum Abendessen Marmeladenbrote oder Pommes frites gegeben hatte, weil das Geld für etwas Besseres nicht da war. Und sie hatte die zahlreichen Fernsehsendungen verfolgt, in denen Jamie Oliver heldenhaft, aber vergeblich versuchte, seinen Mitmenschen ihre Vorliebe für fette, ungesunde Fertigmahlzeiten auszutreiben. Aber erst jetzt ging ihr auf, dass es immer noch Menschen gab, die so lebten. Und diese Menschen wohnten ganz in ihrer Nähe.

Schlagartig war ihre Tatkraft geweckt. Sie mochte nichts lieber als einen waschechten Kreuzzug, und ihre neue Aufgabe lautete: Gesundes Essen für die Menschen in St. Mungo! Eine Frau wie sie, die eigenhändig die »Kampf dem Holzwurm«-Initiative in St. Jude ins Leben gerufen hatte, würde wohl auch die hungrigen Massen mit Obst und Gemüse versorgen können!

Sie sprang auf und schlug die Richtung zum Pfarrhaus ein. Mit einem Mal fühlte sie sich leicht und beschwingt.

Belle war das Herz in die Hose gerutscht, und es machte keine Anstalten, selbstständig wieder nach oben zu klettern.

Fraser Gillespie hatte recht gehabt: Ihr neues Büro war nicht zu verfehlen. Warum? Weil es sich dabei um einen Container handelte, der keine zehn Meter von der Verbrennungsanlage entfernt mitten auf dem Personalparkplatz stand und der neben einem einzigen winzigen, halbblinden Fenster und einer Rampe vor der Eingangstür keinerlei sichtbare Annehmlichkeiten zu bieten hatte.

Das bedeutet es also, der »Verantwortung gegenüber unseren Kunden eine neue, greifbare Gestalt zu verleihen«, dachte sie außer sich. Ich arbeite in einem Blechkasten!

Wie festgefroren stand sie da und fragte sich, ob vielleicht die winzige, klitzekleine Chance bestand, dass es sich bei der Sache um ein Missverständnis oder einen – zweifellos geschmacklosen – Scherz handelte.

Plötzlich jedoch öffnete sich die Tür des Containers, und eine ältere Dame – das ergraute Haar in eine sturmsichere Dauerwelle gelegt, die Brille in Schmetterlingsform tief auf der Nase – erschien auf der Schwelle.

»Verzeihen Sie, sind Sie Ms Craine?«

»Äh … ja«, sagte Belle. »Und wer sind Sie?«

»Marilyn Granger, Ihre Sekretärin. Wären Sie so freundlich einzutreten? Ich möchte Ihnen nämlich meine Kündigung überreichen.«

Brenda hatte einen der Computerplätze am Informationsstand des Gemeindezentrums in Beschlag genommen und recherchierte emsig im Internet. Tatsächlich verhielt es sich so, wie sie vermutet hatte: Es gab keinerlei Ernährungsinitiativen im Bluebell Estate. Sie hatte freie Bahn.

In Brendas Kopf überschlugen sich die Gedanken: Vielleicht konnte man das Feld neben der Kirche in kleine Schrebergärten aufteilen? Landwirte und Einzelhändler der Umgebung dazu überreden, den Schulen Lebensmittel zu spenden? Oder sogar – sie schnippte mit den Fingern. Genau! Wie wäre es mit einem Frühstücksclub für Kinder und Jugendliche in der Kirche?

Sie war so tief in Gedanken versunken, dass sie fast zu Tode erschrak, als jemand ihr einen heftigen Schlag auf den Rücken versetzte.

»Ich will verdammt sein – die kleine Brenda Morris!«, rief eine tiefe, dröhnende Männerstimme. »Ich habe dich sofort wiedererkannt!«

Brenda wandte sich um. Vor Überraschung blieb ihr fast die Luft weg. Der Mann, der vor ihr stand, war ein wenig dicker, kahler und natürlich um einiges älter, als sie in Erinnerung hatte, aber … »Ken Tyler? Bist du es wirklich?«

Ein Vierteljahrhundert war vergessen, als sie den Blick seiner warmen grauen Augen auf sich spürte. Sie funkelten Brenda spitzbübisch an. Tatsächlich, es war Ken. Das Herz in ihrer Brust vollführte eine Rolle rückwärts, und mit einem Mal war sie wieder sechzehn und bis über beide Ohren in diesen Jungen verliebt, dessen Vater den Müllwagen fuhr.

»Na, wer sonst?«, entgegnete er mit einem breiten Grinsen. »Ich muss schon sagen, du siehst mächtig gut aus, Brenda. Schön, dass du etwas Fleisch auf den Rippen hast!«

Brenda errötete heftig und lotste ihn in die Eingangshalle, weg von den neugierigen Augen und Ohren der anderen Besucher. »Ich dachte, du bist ausgewandert!«

»Bin zurückgekommen. Habe mein altes Jagdrevier zu sehr vermisst. Dich übrigens auch«, fügte er augenzwinkernd hinzu.

»Red keinen Unsinn! Ich weiß doch genau, dass du – wie heißt sie noch? – die mit der großen Oberweite geheiratet hast.«

»Julie«, warf Ken ein. »Wir sind seit über zwanzig Jahren zusammen.«

»Herzlichen Glückwunsch. Siehst du?«, sagte Brenda schmunzelnd. »Ich war dir vollkommen gleichgültig.«

»Moment mal! Du warst vergeben. Du hattest deinen Priester. Worauf hätte ich warten sollen?«

Brenda nickte. »Ich habe oft an dich gedacht«, sagte sie dann und legte den Kopf schief. »Und mich gefragt, was du so treibst.«

»Ich habe dich auch nie ganz vergessen«, antwortete er. »Und seit ich wusste, dass du wieder hierherziehst – es stand in der Zeitung –, hab ich die ganze Zeit gehofft, dir irgendwann über den Weg zu laufen. Und jetzt ist es tatsächlich passiert.« Er schwieg für ein paar Sekunden. »Darf ich dich auf einen Kaffee einladen?«

Brenda fragte sich, ob es unangemessen war, wenn sich eine Pfarrersfrau in aller Öffentlichkeit mit ihrer alten Flamme sehen ließ – auch wenn diese Flamme während der letzten zwei Jahrzehnte erloschen gewesen war.

»Nun sag schon ja. Der alten Zeiten wegen.«

Sein Lächeln war so warm und herzlich, dass Brendas Bedenken dahinschmolzen. »Also gut, aber nur eine Tasse. Wegen der alten Zeiten.«

Als sie sich gemeinsam dem Ausgang zuwandten, hörten sie, wie eine Frau laut zu ihrer Bekannten sagte: »Sieh mal, dort drüben – das ist die Frau des neuen Pfarrers. Aus St. Jude. Ziemlich hochnäsige Kuh. Kein Wunder! Da, wo die herkommt, sind alle so.«

Ken blieb stehen, drehte sich zu der Sprecherin um und brachte sie mit einem strengen Blick zum Schweigen. »Du solltest nicht alles glauben, was du irgendwo aufschnappst, Tracey. Dieses Mädchen ist von hier.« Freundschaftlich drückte er Brendas Arm. »Unsere Brenda ist schwer in Ordnung.«

In einem kleinen Bürocontainer in Gloucester schlossen derweil drei andere Menschen miteinander Bekanntschaft.

»Es tut mir schrecklich leid«, sagte Marilyn. »Aber unter den gegebenen Umständen kann ich unmöglich länger hier arbeiten. Auf derart beschämende Weise zurückgestuft zu werden! Ungeheuerlich.«

Zak, ein liebenswerter Neunzehnjähriger im Rollstuhl, kam mit drei vollen Kaffeebechern auf dem Schoß zu Belles Schreibtisch gerollt. »Sie sind nicht zurückgestuft worden, Sie wurden nur ... horizontal versetzt«, korrigierte er Marilyn. »Was soll *ich* denn sagen? Ich darf überhaupt nur hier arbeiten, damit die Behindertenquote erfüllt ist. Die Geschäftsleitung denkt, wenn die Beine nicht funktionieren, muss es mit dem Hirn ähnlich stehen.«

»Aber *ich* war die persönliche Assistentin des Geschäftsführers. John Gillespie persönlich! Und jetzt wurde ich abgeschoben in diese ... *Wellblechhütte,* wo ich für ein junges Ding arbeiten muss, das bis vor Kurzem noch eine einfache Verkäuferin war!« Sie wandte sich an Belle. »Ich möchte nicht unhöflich sein, aber das musste mal gesagt werden.«

Belle zuckte mit den Schultern. »Schließlich ist es die Wahrheit. Im Übrigen«, fuhr sie fort und ließ ihren Blick über die Büromöbel schweifen, die aussahen, als habe man sie vor der Müllpresse gerettet, »habe ich *hiermit* auch nicht gerechnet.«

»Seien Sie froh. Vorher war es noch viel schlimmer«, bemerkte Zac heiter und reichte die Keksdose herum.

»*Noch* schlimmer?«

»Die Abteilung bestand nur aus mir und dem alten John Bowers. Wir mussten an einem wackligen Beistelltisch in einer Ecke der Poststelle sitzen. Die meisten Mitarbeiter wussten nicht einmal, dass unsere Abteilung überhaupt existiert – bis ein Beschwerdebrief von einem Kunden kam. Dann war auf einmal alles unsere Schuld. Immerhin haben wir jetzt unser eigenes Büro!«

Belle ließ sich in ihren »Chefsessel« sinken, dessen hydraulischer Wippmechanismus auf der Stelle seinen Geist aushauchte. »Ich verstehe das nicht. Wenn sich die Geschäftsleitung nie um die Abteilung gekümmert hat – warum wurde ich dann überhaupt eingestellt? Wieso auf einmal diese Kehrtwendung?«

»Das hatte mit dem alten Mr Gillespie zu tun«, erklärte Marilyn. »John senior. Er hat immer gesagt, wenn das Unternehmen anständig geführt würde, gäbe es auch keine Notwendigkeit für eine Beschwerdeabteilung oder dergleichen, weil alle Kunden zufrieden wären. Nach ihm hat John junior das Ruder übernommen, und zunächst blieb alles beim Alten. Aber dann gab es im letzten Jahr den Zwischenfall mit der toten Ratte, und nachdem wir eine Abmahnung vom Gesundheitsamt bekommen hatten, muss der Aufsichtsrat wohl beschlossen haben, dass es an der Zeit sei, die entsprechenden vertrauensbildenden Maßnahmen zu ergreifen – oder zumindest nach außen hin den Anschein zu erwecken.«

Belles Unmut wuchs. Trübsinnig starrte sie in die Tiefen ihrer Kaffeetasse. »Was für eine tote Ratte?«

»Schnee von gestern«, sagte Zak und hielt ihr erneut die Keksdose hin.

»Im Grunde«, fuhr Marilyn fort, »ist denen da oben diese Abteilung vollkommen egal. Sie existiert gewissermaßen nur zum Schein.«

»Unsere Arbeit besteht darin, Gutscheine an Kunden zu versenden, die etwas reklamiert haben«, erläuterte Zak weiter. »Und wenn wir einen Beschwerdebrief erhalten, in dem das Wort ›Anwalt‹ vorkommt, leiten wir ihn an das Management weiter. So einfach ist das.«

»Das ist *alles*?« Belle war wie vor den Kopf geschlagen. Sie dachte an den Vortrag zurück, den man ihr während des Vorstellungsgesprächs gehalten hatte … vielfältige, herausfordernde Aufgaben … verantwortungsreiche Tätigkeit …

Hut ab, Belle, dachte sie bitter. Von der Verkäuferin zur Hilfskraft in nur einem Schritt!

»Sie werden also verstehen«, meldete sich Marilyn wieder zu Wort, »dass ich gezwungen bin, die Konsequenzen zu ziehen. Wenn ich fürchten muss, mit derlei niedrigen Arbeiten betraut zu werden, kann ich nicht bleiben.«

Belle nickte langsam. Sie dachte nach. »Und wenn nicht?«

»Was meinen Sie?«

»Wenn Sie keine *niedrigen* Arbeiten verrichten müssten? Was, wenn ich versuchen würde, eine richtige Kundenabteilung auf die Beine zu stellen – mit richtigen Aufgaben? Ich kann nichts versprechen, aber versuchen möchte ich es auf jeden Fall. Natürlich hängt alles davon ab, ob wir mit der Unterstützung des Managements rechnen können.«

Marilyn zögerte. »In dem Fall könnte ich mich *eventuell* dazu durchringen zu bleiben«, sagte sie langsam. »Zumindest für eine Weile.«

»Ohne Ihre Hilfe werde ich es nicht schaffen«, betonte Belle. »Wir müssen sämtliche Register ziehen.«

»Endlich kommt Leben in die Bude!«, rief Zak, kippte den Rest seines Kaffees hinunter und knallte die leere Tasse auf den Tisch. »Wann fangen wir an?«

Belles erste Wochen bei ihrer neuen Arbeit waren eine Feuertaufe. Nie in ihrem Leben hätte sie sich vorstellen können, wie frustrierend es war, so hart zu arbeiten und gleichzeitig so wenig zu erreichen. Dennoch war sie erstaunt darüber, wie viel Kampfgeist sie besaß. Sie war nicht in Tränen ausgebrochen oder schnurstracks zu Waylon gelaufen, um ihn auf Knien anzuflehen, ihr die alte Stelle wiederzugeben. Sie hatte auch keine Angst mehr vor der Herausforderung – sie war nur noch stinkwütend. Weiß der Himmel, wieso ich mich jemals auf diesen Posten beworben habe!, dachte sie zähneknirschend, als sie am Freitagabend nach Cheltenham zurückfuhr. Aber jetzt habe ich ihn, und ich werde verdammt noch mal das Beste daraus machen. Ha, diese Anzugaffen, die mir das eingebrockt haben, werden sich noch umschauen!

Und noch etwas Gutes hatte die neue Arbeit: Die ganze Woche über hatte sie kein einziges Mal an Kieran gedacht.

Etwas musste sie an diesem Abend noch erledigen, bevor sie in ihre Wohnung zurückkehrte und das Wochenende verschlief: Ihre Unterredung mit Jax stand an.

Jax saß in ihrem Zimmer auf dem Fußboden und blätterte apathisch im Booklet eines Napalm-Death-Albums.

»Hallo«, sagte Belle von der Schwelle her. »Kann ich reinkommen?«

Jax musterte sie kalt von oben bis unten. »Wer sind Sie?«, fragte sie. »Und was machen Sie in unserem Haus?«

Belle beschloss, dies als Einladung aufzufassen, einzutreten und sich hinzusetzen. »Es tut mir wirklich leid, dass ich in den letzten Wochen keine Zeit hatte«, sagte sie.

»Pah«, lautete Jax' Antwort.

»Bitte glaub mir«, bat Belle. »Aber das heißt nicht, dass ich untätig war. Ich … hm … ich hoffe, es macht dir nichts aus, aber … ich habe letzte Woche deine Schulleiterin angerufen.«

Jax setzte sich kerzengerade auf. »Du hast *was?*«

»Keine Panik, ich habe ihr das Versprechen abgenommen, Mum und Dad nichts zu sagen. Sie war sehr hilfsbereit und meinte, vielleicht sei es das Beste, wenn sie sich einmal in aller Ruhe mit dieser Stacey unterhält, die dich immer …«

»Du blöde Kuh!«, schrie Jax. »In aller Ruhe unterhalten? Du hast wohl nicht alle Latten am Zaun! Weißt du, was sie jetzt alle von mir denken werden? *Sie ist nicht nur eine Missgeburt, sondern auch noch eine Heulsuse*!«

Belle rieb sich die pochenden Schläfen. »Wenn ich etwas falsch gemacht habe, entschuldige bitte.«

»Ich fasse es nicht!«

»Ich habe es doch nur gut gemeint.«

Jax funkelte sie mordlustig an. »Ach ja? Vielleicht solltest du dir angewöhnen, um Erlaubnis zu fragen, bevor du irgendetwas vollkommen Behämmertes tust. Du hast alles nur noch schlimmer gemacht, du taube Nuss!«

Belle fragte sich, ob sie gehen sollte. Egal, was sie sagte oder tat – ihrer Schwester schien sie es einfach nicht recht machen zu können. »Also schön. Ich wollte dir helfen, aber offensichtlich fange ich es völlig falsch an. Es wird das Beste sein, ich halte mich in Zukunft aus allem raus und lasse dich die Sache allein regeln.«

Jax' Gesicht fiel in sich zusammen. »Nein. Bitte nicht. Es … war nicht so gemeint.«

Es muss wirklich schlimm um sie stehen, dachte Belle besorgt. Jax entschuldigt sich sonst nie für etwas. »Ich würde alles tun, um dir zu helfen«, sagte sie sanft. »Aber meistens ist es wirklich besser, wenn der Betroffene selbst einen Ausweg findet.« Sie hob eine Hand, um der sarkastischen Bemerkung Einhalt zu gebieten, die ihre Schwester bereits auf den Lippen hatte. »Ich weiß, es klingt, als wolle ich mich drücken. So ist es aber nicht. Ich glaube nur, dass sich Mädchen wie Stacey nicht davon beeindrucken lassen, was *ich* sage oder tue. Wenn jemand sie dazu bringen kann, dich zu akzeptieren, dann bist du das.«

»Toll. Zurück zu Monas genialem Plan. Ich setze mir eine blonde Perücke auf, ziehe mir einen pinkfarbenen Jogginganzug an, und – simsalabim! Ich gehöre dazu! Ihr habt sie doch nicht alle.«

Die Vorstellung, wie Jax grimmig unter dem Pony einer blonden Haarmähne hervorblitzte, war zu komisch. Vergeblich versuchte Belle, ihr Schmunzeln zu unterdrücken.

»Ja, ja, macht euch nur alle über mich lustig. Immer hereinspaziert, meine Damen und Herren! Kommen Sie und pissen Sie auf Jax Craine! Familienangehörige zahlen die Hälfte.«

»Ich habe nicht über *dich* gelacht, nur über die Vorstellung, du könntest dich so zurechtmachen. Aber vielleicht hat Mona nicht ganz unrecht. Warum gibst du dir nicht ein wenig mehr Mühe, dich anzupassen?«

»Warum sollte ich?«

»Nicht alle deine Schulkameraden sind wie Stacey. Ich wette, einige von ihnen sind richtig nett. Wahrscheinlich haben sie einfach Angst vor dir.«

»So ein Schwachsinn!«

»Hast du in der letzten Zeit mal in den Spiegel gesehen?«

»Ich werde mich nicht verbiegen, nur um mich bei diesen Proleten einzuschleimen!«

Belle seufzte. »Das verlangt doch auch niemand von dir. Ich dachte nur … vielleicht solltest du dich stärker bemühen, Anschluss zu finden. Warum gehst du abends nicht aus, statt dich mit Razor in deinem Zimmer zu verkriechen? Besuch die Bars oder Diskos, in die Stacey und ihre Freundinnen gehen. Dann merken sie, dass du eigentlich genauso bist wie sie.«

»Ich gehe nicht in *Diskos*!«, sagte Jax verächtlich.

Belle zuckte mit den Schultern und erhob sich. »Es war nur ein Vorschlag. Natürlich ist es allein deine Entscheidung. Aber ich wette, du bist ziemlich einsam.« Ohne es zu wollen, platzte sie heraus: »Und ich weiß, wie mies sich das anfühlt.«

Jax riss die Augen auf. »Du? Du bist *nie* einsam. Du hast Tausende von Freunden. Alle lieben die nette, *normale* Annabelle Craine.«

»Tatsächlich? Ros kriecht irgendwo in der Weltgeschichte herum, meine Kollegen aus dem Laden sehe ich nicht mehr, Clare ruft seit Tagen nicht zurück, meine Halbschwester hat sich vermutlich von meinem Exverlobten schwängern lassen, ich arbeite in einem Bürocontainer mit zwei Angestellten, die mir jeden Tag aufs Neue mit der Kündigung drohen, und Kierans Freunde gehen mir aus dem Weg, als hätte ich die Pest! Und das ist vielleicht nicht weiter verwunderlich – schließlich tut er genau dasselbe. Aber du hast recht. Ansonsten geht es mir blendend.«

»Oh«, sagte Jax. Nach einer Weile fuhr sie fort: »Sag mal ... bist du dir eigentlich sicher – wegen Kieran und Mona?«

»Natürlich bin ich mir sicher!«

»Ganz, ganz sicher? Ich sehe sie nämlich kaum zusammen, und Mona spricht nie von ihm. Neulich habe ich sie darauf angesprochen, und sie hat mir hoch und heilig geschworen, sie sei nicht mit ihm zusammen.«

»Vielleicht hatte er genug von ihr und hat sie sitzenlassen«, spekulierte Belle. Der Gedanke war Balsam für ihre Seele.

»Wenn du meinst.« Belle spürte, dass Jax ihr nicht glaubte. Und Jax war nicht dumm.

Besteht tatsächlich die Möglichkeit, dass ich mich irre?, fragte sich Belle wieder einmal. Lieber Gott, hoffentlich nicht! Wie sollte ich einen solchen Fehler jemals gutmachen?

Als sie bereits an der Tür war, rief Jax ihr hinterher: »Wegen Anschluss suchen und so ... Also schön – ich versuche es, wenn du es auch versuchst.«

»Ich?«

Zum ersten Mal seit Wochen lächelte Jax. »Sieht ganz so aus, als sei ich nicht die Einzige, die jemanden gebrauchen kann, der ihr den Kopf geraderückt.«

Kapitel 22

Nach einer langen, anstrengenden Sitzung suchten die Aufsichtsratsmitglieder von Green Goddess Ltd. ihre Unterlagen zusammen und verließen nacheinander den Konferenzraum.

In den guten alten Tagen hatte keine Notwendigkeit für derlei offizielle Zusammenkünfte bestanden, weil alle Mitglieder des Aufsichtsrats miteinander verwandt waren und niemand es je gewagt hätte, John Gillespie senior zu widersprechen. Aber das war lange her. Damals hatte die Firma noch Gillespies Seifen und Scheuermittel Companie geheißen, und die Kunden waren sehr viel einfacher zufriedenzustellen gewesen als heutzutage. Dem Unternehmen einen neuen, zeitgemäßen Namen und eine neue Rechtsform zu verpassen mochte in mancher Hinsicht von Vorteil gewesen sein – aber es hatte eine nicht enden wollende Reihe langwieriger Familienstreitereien ausgelöst. Heutzutage konnte man sich keineswegs mehr sicher sein, dass ein Gillespie überhaupt noch mit dem anderen sprach, geschweige denn seine geschäftlichen Entscheidungen mittrug. Und seit auch noch die Frauen der Familie begonnen hatten, aktiv in der Geschäftsführung mitzuwirken, waren auch die letzten Reste an Ordnung und Disziplin verloren gegangen. Das war zumindest die Meinung von Roderick Gillespie, dem älteren Bruder des Firmenchefs John senior. Dass Frauen im Unternehmen nur Unglück brachten – das zeigten die jüngsten Entwicklungen nur allzu deutlich.

In der allgemeinen Unruhe des Aufbruchs gelang es Roderick, seinen Neffen John junior in eine Ecke des Raumes zu drängen.

»Wir müssen reden. Über dieses Frauenzimmer, das du zur Leiterin der Kundenabteilung gemacht hast.«

Amüsiert verschränkte John die Arme vor der Brust. »Annabelle Craine. Was ist mit ihr?«

»Mir sind erschreckende Gerüchte zu Ohren gekommen. Ist dir klar, dass wir uns eine Umstürzlerin ins Haus geholt haben? Sie stellt alles auf den Kopf. Das ist Insubordination!«

John schmunzelte. »Ungeheuerlich.«

»Tu bloß nicht so, als wüsstest du nichts davon. Weiß der Henker, was Fraser sich dabei gedacht hat, einen Besen wie sie einzustellen. Ich hatte meinen Standpunkt klargemacht: Was wir brauchen, ist ein nettes, junges Ding, das immer lächelt und die Sache so macht, wie wir es ihr sagen. Und was haben wir bekommen? Eine *Emanze*! Eine übereifrige Schreckschraube, die mir jeden Tag ein Memo schickt!«

John Gillespie lachte laut heraus. »Schreckschraube? So würde ich sie nicht beschreiben. Ganz und gar nicht.«

Dem alten Roderick jedoch stand angesichts der dramatischen Entwicklungen nicht der Sinn nach scherzhaftem Geplänkel. »Die

Lage ist ernst«, beharrte er und zog einen Stapel Papiere aus seinem Aktenkoffer hervor. »Schau dir das an: ›Betreff: Einrichtung einer Kundendatenbank‹. ›Betreff: Archivierung von Kundenbeschwerden‹. ›Betreff: Relaunch der Website‹. ›Betreff: Ausdehnung der Befugnisse dieser Abteilung‹. Du musst diesen ... diesen *Mist* doch auch bekommen haben!«

In liebevollem Spott musterte John seinen Verwandten. »Immer noch der alte Maschinenstürmer, was, Onkel Roddy?«

Roderick reckte seine Brust vor. »Dieses Unternehmen blickt auf eine jahrzehntelange Tradition zurück, und diese Tradition gilt es in Ehren zu halten. Wenn du mich fragst, dann hat der ganze Schlamassel angefangen, als wir uns entschlossen haben, ›Naturkosmetik‹ zu produzieren – Firlefanz! Überall radikale Veränderungen, Modernisierung – das bringt nur Unruhe ins Unternehmen, sonst nichts.«

»Wenn es nach dir ginge«, sagte John gelassen, »würden wir immer noch Kernseife und Scheuerpulver herstellen. Oder vielmehr – wir würden sie *nicht* herstellen, weil wir nämlich schon vor Jahren Konkurs gemacht hätten.«

»Papperlapapp!« Roderick stach seinem Neffen mit dem Zeigefinger unter der Nase herum. »Irgendjemand muss dieser Person sagen, wo ihr Platz ist, bevor sie noch mehr Unheil anrichtet.«

»Ich finde, sie ist bereits an ihrem Platz.«

»Wie kannst du nur so blind sein? Überall steckt das vorwitzige Ding seine Nase hinein, hinterfragt unsere Prinzipien, macht eigenmächtig Verbesserungsvorschläge. Sie will sogar Kundenumfragen durchführen und Fokusgruppen bilden, um Himmels willen! Sie ist schlimmer als die sieben Plagen.«

Lächelnd nahm John seinen Aktenkoffer auf. »Danke für deine Meinung«, sagte er. »Es ist gut zu wissen, dass wir genau die richtige Person für die Stelle ausgesucht haben.«

Was mit einem gemeinsamen Kaffee begonnen hatte, wurde rasch zum Wiederaufleben einer alten Freundschaft.

Natürlich konnte ihre Beziehung zu Ken Tyler nie wieder das sein, was sie einst gewesen war, aber sollten sie sich deshalb gegenseitig ihre Gesellschaft versagen? Kens Frau Julie schien ausschließlich an Seifenopern und den kleinen Kläffern interessiert, die sie züchtete, und was Gerry anging ... Die unverändert klägliche Zahl der sonntäglichen Kirchgänger deprimierte ihn dermaßen, dass er inzwischen sogar davon überzeugt war, das wichtigste seiner anstehenden Projekte, ein mehrwöchiger Gesprächskreis über die Grundlagen des Neuen Testaments, würde ein kompletter Reinfall werden. Scherte sich auch nur ein Bewohner des Bluebell Estate um die fundamentalen Prinzipien des Christentums? Gerry erschien dies immer unwahrscheinlicher. Er hatte sich so tief in seinen eigenen Sorgen und Ängsten vergraben, dass es ihm gar nicht einfiel, seine Frau zu fragen, was sie tat, wenn sie nicht gerade Kuchen für Gemeindefeierlichkeiten backte, zu denen niemand kam.

Außerdem, dachte Brenda, während sie mit Ken einige Poster am Bibliotheksrechner ausdruckte, halfen sie Gerry schließlich dabei, St. Mungo vor dem endgültigen Niedergang zu retten. Und falls ihr gelegentlich, wenn sich ihre und Kens Blicke über den Fotokopierer hinweg trafen, ein altbekannter wohliger Schauer über den Rücken lief – was bedeutete das schon? Sie hatte ein reines Gewissen.

»Das sollte reichen«, sagte Ken, während er die frisch ausgedruckten Poster zu einem säuberlichen Stapel zusammenlegte.

»Findest du nicht, dass es die falsche Jahreszeit für Fußball ist?«, fragte Brenda unsicher. »Es ist bald Sommer.«

»Aber wenn wir eine Kindermannschaft aufbauen wollen, müssen wir rechtzeitig mit dem Training anfangen«, argumentierte Ken. »Dann können wir sie pünktlich zur neuen Saison in der Jugendliga anmelden. Mach dir keine Sorgen«, fügte er mit einem breiten Grinsen hinzu. »Ich habe schon ganz andere Teams auf die Beine gestellt. Und du hast selbst gesagt, dass dem Pfarrer daran gelegen ist, die Sache so schnell wie möglich an den Start zu bringen.«

Brenda lächelte beruhigt. Was täte sie nur ohne Ken? Er war die gute Seele des Bluebell Estate und Brendas wichtigste Verbindung zu den Einheimischen. Mit Ausnahme weniger Jahre hatte Ken sein ganzes Leben hier verbracht. Er kannte jeden und wurde allseits respektiert. Mit einem Wort: Ken war das einzige bisschen Glück, das Brenda seit ihrem Umzug in die Gemeinde St. Mungo widerfahren war. Und sie war fest entschlossen, es zu nutzen.

»Dann haben wir also die Fußballmannschaft und den Frühstücksclub organisiert. Und wir haben dem Golden Valley Jazz Club angeboten, ihnen die Kirche jeden Montag als Proberaum zu überlassen. Fehlt nur noch ...« – Brenda legte die Stirn in Falten – »unser eigener Chor. Jede Kirche braucht einen Kirchenchor – findest du nicht?«

»Immer langsam«, lachte Ken. »Zuallererst brauchen wir eine Gemeinde. Aber vielleicht hast du recht. Womöglich könnten wir so noch mehr Kinder für das Gemeindeleben gewinnen.«

Brenda zupfte nachdenklich an einem ihrer Ohrringe. Sie hatte schon lange keine mehr getragen, weil sie Schmuck bei der Arbeit nicht besonders praktisch fand, aber in letzter Zeit hatte sie sich sogar neue gekauft. So fühlte sie sich weniger wie ein Arbeitsesel und mehr wie eine Frau – auch wenn sie Gerry natürlich nicht aufgefallen waren.

Ken allerdings waren sie sehr wohl aufgefallen. »Sehr hübsch«, sagte er. »Diese Tropfenform stand dir schon immer gut. Sie passt perfekt zu deinem Gesicht.«

Brenda errötete leicht. »Also«, murmelte sie hastig, »dann lass uns jetzt die Plakate aufhängen.«

Während sie systematisch die Siedlung durchstreiften, Handzettel verteilten und Poster an Zäune und Mauern klebten, tauschten sie eifrig weiter Ideen aus. »Was ist mit dem Gemeindesaal?«, fragte Ken. »Der wird so gut wie nie benutzt. Wenn ihr ihn vermieten würdet, wäre das ein hübscher Nebenverdienst.«

»Wer will schon einen Raum anmieten, in dem alle fünf Minuten ein Fenster eingeschlagen wird?«

»Die Jugendlichen hier langweilen sich bloß. Sie wissen nichts mit sich anzufangen, also lungern sie auf der Straße herum und randalieren. Man müsste ihnen die Möglichkeit geben, ihre Energie sinnvoll einzusetzen.«

»In einer Jugendgruppe?«

Ken rümpfte die Nase. »Jugendgruppe – klingt ziemlich angestaubt. Vielleicht reicht es schon aus, wenn man ihnen einen Ort zur Verfügung stellt, an dem sie sich treffen können ... einen Raum mit Pooltisch oder einen kleinen Skatepark auf dem Platz hinter der Kirche ... bestimmt finde ich jemanden, der Aufsicht führen könnte, damit es keine Schlägereien gibt und niemand dort Drogen nimmt. Ich kenne ein paar Kollegen ...«

Brenda lachte leise. »Gibt es irgendjemanden, den du nicht kennst?«

»Als Müllmann trifft man jede Menge interessante Leute«, erwiderte er bescheiden. Dann verstummte er und grübelte einen Moment lang. »Was hältst du von Yoga?«

»Wie bitte?«

»Yoga! Im Gemeindesaal. Das ist doch im Moment der letzte Schrei. Gerade bei euch Frauen.«

Brenda biss auf einem Fingernagel herum. »Mit christlicher Religion hat das aber nicht viel zu tun – schließlich sind wir keine Hindus …«

»Wenn es den Leuten aber gefällt«, beharrte Ken und nickte nachdrücklich. »Wer weiß? Einige von ihnen werden sich vielleicht entschließen, aus Neugier sonntags im Gottesdienst vorbeizuschauen …«

Belle fühlte sich mit jedem Tag einsamer.

Marilyn und Zak waren nette Kollegen und halfen ihr, wo sie nur konnten, dennoch war es frustrierend und kräftezehrend, gegen die Trägheit ihrer Vorgesetzten anzuarbeiten. Natürlich hätte sie sich einfach zurücklehnen und wie ihre Vorgänger ihre Arbeitszeit damit verbringen können, Gutscheine an unzufriedene Kunden zu verschicken. Auf diese Weise hätte sie vielleicht hin und wieder ein Lob von einem der alten Knacker in der Chefetage zu hören bekommen. Aber das wäre einem Eingeständnis ihres Scheiterns gleichgekommen – und der Einsicht, dass sie völlig umsonst den Job gewechselt hatte. Unter Waylons Kommando hatte sie immerhin mitreden und ihre eigenen Ideen einbringen dürfen. Außerdem brauchte sie nichts dringender als ein Ziel im Leben, und sie würde auf keinen Fall ihren Kampf aufgeben und mit eingezogenem Schwanz nach Hause laufen, nur damit die anderen mit einem wissenden Lächeln sagen konnten: »Hab ich es doch gleich gewusst.«

Dennoch linderte ihre Entschlossenheit, sich in ihrer neuen Position zu behaupten, nicht ihre Einsamkeit. Belle hatte aufgehört zu zählen, wie oft sie Clare in den vergangenen Wochen angerufen hatte, nur um ein ums andere Mal von der blechernen Stimme ihres Anrufbeantworters begrüßt zu werden. Der – so war sie sich sicher – musste irgendwie kaputt sein und speicherte ihre Nachrichten nicht richtig ab, denn Clare hatte fast nie zurückgerufen. Wenn sie sie doch einmal am Telefon erwischte, speiste ihre Freundin sie meistens mit einem knappen »Tut mir leid, ich habe schrecklich viel zu tun« ab.

Daran, dass Kierans alte Freunde sie mieden, hatte Belle sich fast schon gewöhnt. Ohnehin weckten die Begegnungen mit ihnen zu viele schmerzhafte Erinnerungen.

Und so zog es Belle an ihre alte Wirkungsstätte zurück, wann immer sie einen freien Tag oder eine Ausrede parat hatte, »geschäftlich« nach Cheltenham zu fahren. Lily freute sich jedes Mal, sie zu sehen, und auch mit Jerszy freundete sich Belle an. Geduldig hörte sie zu, wenn er Lobeshymnen auf seine Freundin in Krakau sang, und im Gegenzug zeigte er Mitleid, wenn Belle ihm gestand, wie allein sie sich fühlte.

An diesem Morgen begrüßte Jerszy sie mit einem stolzen Lächeln und einem Anstecker an der Brust, auf dem UNSER MITARBEITER DES MONATS zu lesen war.

»Das war Waylons Idee«, erklärte Lily. »Er ist der Meinung, es sei gut für die Arbeitsmoral, da du nicht mehr hier bist, um uns herumzuscheuchen. Und Jerszy ist Waylons Liebling, nicht wahr, Jerszy?«

»Glückwunsch, Jerszy!«, sagte Belle und wandte sich dann an Lily. »Ich habe euch doch nicht *herumgescheucht,* oder?«

»O doch«, entgegnete Lily und zuckte gutmütig mit den Schultern. »Jetzt kann ich dir ja die Wahrheit sagen: Du konntest richtig garstig sein. Eine wahre Tyrannin! Aber du musst kein schlechtes Gewissen haben. Wenigstens hat es dich auf deine jetzige Arbeit vorbereitet.«

Belle stöhnte. »Wenn du wüsstest! Die Mitarbeiter in meinem Büro muss ich gar nicht herumscheuchen, weil sie von selbst arbeiten, und alle anderen scheuchen *mich* herum. So sieht die traurige Wahrheit aus.« Sie wandte sich wieder an Jerszy. »Aber du scheinst sehr gut zurechtzukommen. Es ist lange her, dass ich jemanden gesehen habe, der so glücklich aussieht wie du heute Morgen.«

Sein Grinsen wurde noch breiter. »Ist es eine sehr gute Woche. Erst Mr Waylon gibt mir diesen Anstecker, und dann bekomme ich Nachricht von zu Hause. Geht es Maschas Mutter sehr viel besser, sodass sie vielleicht braucht doch keine Operation!«

Belle spürte deutlich, wie erleichtert Jerszy wirkte, und das riss sie aus ihrem Selbstmitleid. »Jerszy, das ist ja großartig. Ich freue mich so für dich!«, rief sie, und ehe sie es sich versah, lagen sie sich in den Armen. Es tat unsagbar gut, mal wieder die Berührung eines anderen Menschen zu spüren, und als Belle von Jerszy abgelassen hatte, umarmte sie vor lauter Übermut auch Lily trotz ihres wachsenden Babybauchs so lange und fest, bis sie beide in Gekicher ausbrachen.

»Was sollte das denn?«, fragte Lily schließlich keuchend.

»Ich weiß auch nicht«, japste Belle. Mit einem Mal fühlte sie sich so leicht und glücklich wie schon lange nicht mehr. »Das musste einfach sein.«

Ihr war, als sei sie endlich wieder bei sich angekommen.

Im Gegensatz zu Belle hätte Kieran viel für die Chance gegeben, endlich einmal allein zu sein. Wenn es nach ihm gegangen wäre, hätte die gesamte Menschheit vom Rand der Erde ins Nichts stürzen können – dann hätte er wenigstens endlich Zeit und Muße gehabt, in seiner Wohnung zu sitzen, zu schmollen und traurige Platten von Leonard Cohen zu hören.

Entsprechend missgestimmt reagierte er, als sein Telefon in der lauten Redaktion klingelte und die Empfangsdame des *Courant* ihm meldete, er habe Besuch.

»Für heute habe ich keine Termine ausgemacht«, sagte Kieran brüsk. »Wer ist es denn?«

»Eine Ms Levenshulme. Sie sagt, sie müsse Sie unbedingt sofort sprechen.«

Levenshulme? Kieran dachte angestrengt nach. Er kannte keine … Moment – war das nicht der Nachname von Belles Freundin Clare – die mit dem verrückten Bruder? Warum um alles in der Welt wollte sie ausgerechnet zu ihm?

»Sagen Sie ihr, ich habe zu tun«, befahl er. »Lassen Sie sich ihre Nummer geben, ich rufe zurück, sobald ich kann.«

Doch kaum hatte er sich wieder seiner Arbeit zugewandt, als die Tür zum Großraumbüro aufschwang und niemand anders als Clare Levenshulme hindurchstolziert kam. Sie trug ein figurbetont geschnittenes Kostüm im Stil der Vierzigerjahre und sehr elegante, sehr hohe Pumps.

»Kieran Sawyer?« Sie streckte ihm ihre Hand entgegen. »Natürlich, jetzt erkenne ich Sie wieder! Wie könnte ich jemals ein so attraktives Gesicht vergessen? Ich bin Clare.«

»Ich weiß, wer Sie sind«, erwiderte Kieran knapp. »Und ich glaube, es gab ein Missverständnis. Ich habe beim Empfang ausdrücklich darum gebeten, nicht …«

Clare legte ihm eine schlanke, perfekt manikürte Hand auf den Arm. »Die Gute trifft keinerlei Schuld, Kieran – ich darf Sie doch Kieran nennen? Ich habe mich einfach … nun ja, selbst vorgelassen. So bin ich nun mal.« Sie lachte auf. »Wenn ich etwas will, dann nehme ich es mir!«

»Aha«, sagte Kieran und musterte ihren verführerischen Aufzug. Er hatte sie sich viel furchteinflößender vorgestellt. Nun ja. Dass sie einen verrückten Bruder hatte, bedeutete nicht unbedingt, dass sie selbst auch verrückt war. »Wenn das so ist … kann ich Ihnen irgendwie helfen?«

Sie strahlte. »O ja, das will ich meinen! Ich erkläre es Ihnen: In meiner Firma leite ich die PR-Abteilung, und wir haben darüber nachgedacht, ein Advertorial im *Courant* drucken zu lassen. Vielleicht sogar eine vierfarbige Beilage zum Herausnehmen«, fügte sie hinzu und hob vielsagend die Brauen.

»Ich fürchte, das ist nicht mein Ressort«, erwiderte Kieran. »Dafür müssten Sie sich an die Werbeabteilung im Erdgeschoss wenden. Ich kann kurz durchrufen und Sie ankündigen.«

Wieder legte Clare ihre Hand auf seinen Arm, nur war ihr Griff diesmal fester. Fast konnte er spüren, wie sich ihre lackierten Nägel in seine Haut gruben. »Ich möchte mit *Ihnen* über die Sache sprechen. Mit Ihnen und mit niemandem sonst. Habe ich mich klar ausgedrückt?«

Er zuckte mit den Schultern. »Prinzipiell schon, aber …«

»Sie können sich alles aufschreiben und an die entsprechende Stelle weiterleiten.«

»Also gut. Wenn es unbedingt sein muss …«

Clares Miene entspannte sich. Gewinnend lächelte sie Kieran an. »Ausgezeichnet. Ich würde Sie für morgen gern zum Essen einladen, damit wir alles in Ruhe besprechen können.« Ihre Zungenspitze fuhr an ihrer Oberlippe entlang. »Sie haben doch nichts gegen ein kleines Tête-à-tête?«

Razor ergriff Jax' Hand, und ausnahmsweise entzog sie sie ihm nicht.

»Du siehst fabelhaft aus«, sagte er. »Absolut umwerfend. Meine wunderschöne dunkle Prinzessin.«

»*Königin*«, korrigierte Jax.

»Natürlich. Sie werden tot umfallen, wenn sie dich sehen.«

»Dann wäre die Welt jedenfalls um ein paar dumme Schlampen ärmer«, gab sie mit gespielter Gleichgültigkeit zurück.

»Vielleicht sollte ich doch –«, begann Razor, aber Jax fiel ihm sofort ins Wort.

»Hör schon auf damit. Wie oft willst du mir noch anbieten, sie ›dir vorzuknöpfen‹? Das ist wirklich lieb gemeint, aber du kannst nicht einmal eine Fliege totschlagen, ohne danach in Tränen der Reue auszubrechen. Gewalt ist einfach nicht deine Stärke, Razor. Der Mann fürs Grobe« – ein irres Grinsen huschte über ihr Gesicht – »bin ich.«

Sie stand vor ihrem Schlafzimmerspiegel und betrachtete ihre Ausgehuniform. Ihre Haare waren noch immer überwiegend blau, aber sie hatte ein wenig Silberfarbe hineingesprüht, um ihrer Frisur mehr Glamour zu verleihen. Als Oberteil trug sie ein schwarzes T-Shirt mit Glockenärmeln, auf dessen Vorderseite in dunkelroten zerlaufenden Buchstaben das Wort »Blood« prangte. Dazu hatte sie rote Lackhosen an und darüber einen schwarzen Minirock aus Netz. Ihre geliebten Stiefel hatte sie schweren Herzens – und um dem Anlass wenigstens halbwegs gerecht zu werden – gegen ein Paar mit Perlen bestickte marokkanische Schläppchen eingetauscht.

Razor hatte sich für ein historisch anmutendes Outfit im Stil des neunzehnten Jahrhunderts entschieden, irgendwo zwischen Heathcliff und Jack the Ripper. Er, dessen Herz so weich war wie ein Stück Fruchtgummi, sah darin aus wie jemand, der einem nichtsahnenden Passanten mit einem im Ärmel verborgenen Klappmesser die Eingeweide herausschneiden oder mit einer einzigen Handbewegung das Genick brechen konnte. Guter alter Razor, dachte Jax in einem Anflug von Zärtlichkeit. Du bist ein

Schaf im Wolfspelz. Ach was, Schaf – ein kleines neugeborenes Lämmchen.

»Wir müssen nicht gehen, wenn du Angst hast«, sagte er zaghaft. »Was kümmert dich die Meinung irgendwelcher blöden Tussis?«

Jax' Augen sprühten zornige Funken. »Ich *habe* keine Angst, kapiert?«

»Schon gut, schon gut. War ja nur ein Vorschlag ...«

»Halt die Klappe, du Kinderschnitzel. Und beeil dich ein bisschen! Wir müssen in die Disko.«

Jax und Razor waren nicht die Einzigen, die an diesem Abend große Pläne hatten. Während sie im Fond eines Taxis ihren nächtlichen Vergnügungen im Club Casablanca entgegenfuhren, saß Kieran am reservierten Tisch in einem noblen italienischen Restaurant und wartete auf Clare Levenshulme.

Nicht zum ersten Mal fragte er sich, wieso er die Einladung überhaupt angenommen hatte. Warum sollte er sich mit ihr über ein Advertorial unterhalten? Derlei Aufträge wurden von der Werbeabteilung bearbeitet. Aber Clare war eine forsche Frau, und eins wusste Kieran: Wenn er nicht mitspielte, würde aus der Sache nichts werden, und der *Courant* konnte sich ein beträchtliches Werbehonorar abschminken.

Außerdem war er neugierig. Er wollte herausfinden, warum sie darauf bestanden hatte, ausgerechnet mit ihm zu arbeiten, statt den Auftrag auf dem üblichen Weg abzuwickeln. Ihr Verhalten hatte natürlich auch seinen gesunden Argwohn auf den Plan gerufen: Clare war Belles Freundin – hoffentlich war sie nicht in Belles Auftrag hier, um ihm Vorhaltungen darüber zu machen, wie mies er seine Verlobte behandelt habe.

Lange hatte er nicht mehr Zeit, über ihre Motive und eventuelle Hintergedanken zu spekulieren, denn als er wenig später den Kopf hob, sah er, wie sie auf seinen Tisch zusteuerte. Umweht von der süßen Wolke ihres Parfüms trat sie neben ihn. Hypnotic Poison – der Name ist Programm, durchfuhr es Kieran unwillkürlich.

Ihre tiefroten wie gelackt wirkenden Lippen verzogen sich zu einem breiten Lächeln. »Kieran, hallo. Ich hoffe, Sie sind mit meiner Wahl zufrieden. Ich esse schrecklich gern hier, es ist eins meiner Lieblingsrestaurants.«

Kieran erwiderte ihr Lächeln, wenn auch etwas verhalten. »Mir soll es recht sein. Ich werde nicht oft zum Essen eingeladen.«

Clare bestellte eine Flasche Rotwein. »Wirklich nicht? Jammerschade. Ein attraktiver Mann wie Sie sollte sich nicht zu Hause verkriechen. Sie sind es dem Rest der Welt schuldig, sich so oft wie möglich zu zeigen.«

»Das ist ... vielen Dank für das Kompliment«, presste Kieran hervor.

Sie beugte sich über den Tisch und gewährte ihm einen tiefen Einblick in ihr üppiges Dekolleté. »Sie irren sich, das war kein Kompliment«, hauchte sie. »Ich habe nur die Wahrheit gesagt. Mit Komplimenten kommt man nicht weit. Und ich will sehr weit kommen. Sehr, sehr weit.«

Alarmglocken schrillten in Kierans Kopf. Flirtet diese Frau mit mir? Ach was, das kann nicht sein. Sie zieht mich nur ein bisschen auf, weil sie sieht, dass ich nervös bin. Oder? Warum schaut sie mich so an? Herrje, sie flirtet tatsächlich!

Er zupfte an seinem Hemdkragen. Ihm wurde immer heißer. »Dann, äh ... erzählen Sie mir doch von dem Advertorial, das Sie planen«, schlug er vor, um so schnell wie möglich das Thema zu wechseln.

»Aber nicht doch«, schnurrte sie. »Dafür ist später noch genug Zeit. Im Moment möchte ich mich lieber über Sie unterhalten.« Sie sah ihm tief in die Augen. »Oder besser gesagt: über uns beide.«

Kapitel 23

Sich zu amüsieren war manchmal Schwerstarbeit – diese bittere Erfahrung mussten jedenfalls Jax und Razor machen.

Der Türsteher des Casablanca warf nur einen einzigen abschätzigen Blick auf sie. »Bedaure. Keine Spinner.«

»Wir sind keine Spinner!«, protestierte Razor. Einige Meter

hinter ihnen in der Schlange stand Jax' Todfeindin Stacey und ließ ein meckerndes Lachen hören.

»Was denn sonst?«, entgegnete der Türsteher. »Glaubt ihr, da drinnen findet der Tanz der Vampire statt, oder was? So wie ihr ausseht, könnt ihr in der Geisterbahn auftreten.«

»Oder im Leichenschauhaus!«, rief Stacey schrill von hinten.

Mein Gott, sie ist um diese Uhrzeit schon betrunken, dachte Jax voller Abscheu. Man riecht ihre Fahne Meilen gegen den Wind.

Razor verhandelte indes weiter mit dem Türsteher, wobei er sein gesamtes diplomatisches Geschick aufwandte. »Bitte lassen Sie uns rein«, flehte er und zog den letzten Zwanzigpfundschein aus seinem Geldbeutel. »Bitte.«

»Wenn das so ist ...« Der Türsteher schnappte sich den Schein und steckte ihn ein. »Na schön.« Er zeigte mit einem Wurstfinger auf Jax. »Sie kann reinkommen, weil sie wenigstens ein hübsches Gesichtchen hat, aber du bleibst draußen. Typen wie du machen nur Ärger.«

»Was? Aber das geht nicht! Das können Sie nicht machen!«

»O doch. Also: einer rein oder beide raus?«

Razor legte den Arm um seine Freundin und wollte schon geschlagen den Rückzug antreten, als sie sich ihm unerwartet entzog. »In Ordnung«, sagte sie. »Ich gehe rein.«

Razor stand das Entsetzen ins Gesicht geschrieben. »Da rein? Ohne mich?«

»Ich komme schon zurecht.«

»Aber ... das kannst du nicht machen!«

»Sag mir nicht, was ich machen kann und was nicht.«

»Und wie willst du nach Hause kommen?«

Sie warf ihren blausilbernen Kopf zurück. »Ich nehme mir ein Taxi. Geh nach Hause, Razor. Diese Schlacht muss ich allein schlagen.«

Ich hasse diesen Schuppen!, war der erste Gedanke, der Jax durchzuckte, nachdem sie den Club betreten hatte. Die Inneneinrichtung sollte exotisch und afrikanisch aussehen, wirkte aber lediglich so, als hätte sich ein Blinder mit einer Stichsäge an mehreren Quadratmetern Sperrholz ausgetobt. An mannshohen Plastikpalmen baumelten viereckige, mit künstlichem Rost überzogene Laternen.

Stacey und ihre Truppe jedoch konnten sich offenbar nichts Schöneres vorstellen, als den Abend in dieser Oase des Schreckens ausklingen zu lassen. Na ja, dachte Jax, vielleicht würde ich mir auch vor Begeisterung in die Hose machen, wenn ich so besoffen wäre wie sie. Sie fragte sich, in wie viele Pubs die Clique auf dem Weg hierher wohl schon eingefallen war … und ob der Zustand fortgeschrittener Trunkenheit sie ein wenig zugänglicher machen würde.

Grimmig entschlossen schob sie sich durch das Gedränge. Stacey stand umringt von ihren Freundinnen da, die haltlos kicherten und gerade Bewertungen für die vorhandenen Männer abgaben. Stacey zeigte mit einem bereits leicht zitternden Finger auf ein besonders ansehnliches Exemplar. »Der da«, sagte sie und rülpste. »Wer wettet darauf, dass ich ihn bis zum Ende des Abends *nicht* rumkriege?«

Der Vorschlag wurde mit einem hysterischen Kreischen aufgenommen: Natürlich würde niemand dagegen wetten. Alle in der Runde wussten, dass Stacey *jeden* Mann haben konnte. Absolut *jeden*.

Als Jax sich zu ihnen gesellte, wurde das Gelächter der Mädchen noch ein bisschen schriller. »Oh, sieh mal!« Staceys Freundin Tray stieß ihr in die Rippen. »Da kommt die Missgeburt.«

»Hi«, sagte Jax und versuchte unter Aufbietung all ihrer geistigen Kräfte, nicht jetzt schon auszurasten und einem dieser Hühner einmal kräftig ins Gesicht zu applaudieren. »Und? Wie geht es euch so?«

Stacey starrte sie mit glasigem Blick an. »Du! Missgeburt.« Ihre Augen verengten sich zu Schlitzen. »Was hast du hier verloren?«

»Ich gehe tanzen. Wie ihr auch.«

»Die Missgeburt in einer Disko?« spottete Tray. »Wie kommt's? Wollten deine Gruftifreunde diesmal ohne dich die Blutbank ausrauben?«

Jax mahlte heftig mit den Kiefern, blieb aber ruhig. »Ganz genau. Wie man sieht, bin ich auf Bier umgestiegen.«

»Sehr witzig«, höhnte Stacey. »Und jetzt verpiss dich, Missgeburt. Ab in deinen Sarg. Hier stinkt es.«

Es war elf Uhr, und Jax langweilte sich zu Tode. Die letzte Stunde hatte sie allein an der Theke verbracht und versucht, mit dem Barkeeper ins Gespräch zu kommen. Leider hatte der beklagenswert wenig zu sagen gehabt.

Jemand tippte sie von hinten auf die Schulter. »Willst du tanzen?«

Ohne sich umzudrehen, grunzte sie ein barsches: »Nein.«

»Warum denn nicht?«

Diesmal drehte sie sich um und bedachte den Störenfried, einen schmächtigen Jüngling im Startrek-Pullover, mit einem Blick, der ihn in sich zusammenschrumpfen ließ wie eine Nacktschnecke, die in ein Salzfass gefallen war. »Ich habe *nein* gesagt!«

Der Jüngling trollte sich, und Jax ließ den Blick über die Tanzfläche schweifen, wo Stacey und ihre Freundinnen noch immer ausgelassen tanzten – oder besser gesagt: mit zunehmend unsicheren Schritten hin und her taumelten. Konnte sie jetzt noch einen Annäherungsversuch wagen? Ach, verflucht. Warum sollte sie überhaupt vor diesen Weibern zu Kreuze kriechen?

Jax stürzte den letzten Schluck ihres Biers hinunter und bemerkte aus dem Augenwinkel, wie Stacey und Tray an die Bar traten und sich demonstrativ bemühten, keinen Blick in ihre Richtung zu werfen.

»Noch zwei Wodkas. Doppelte«, sagte Stacey laut.

»Dreifache!«, schrie Tray übermütig. »Und du zahlst.«

»Scheiße.« Stacey kramte in ihrer kleinen silbernen Handtasche herum und kippte sie schließlich auf dem Tresen aus. Heraus fiel eine einzige Münze. »Ich bin pleite.«

»Dann lass mich«, erbot sich Tray, aber Stacey winkte ab.

»Gleich um die Ecke ist ein Geldautomat«, sagte sie. »Ich bin in fünf Minuten zurück.«

Jax sah ihr nach, wie sie langsam zum Ausgang wankte, dort ein paar Worte mit dem Türsteher wechselte und verschwand.

Also gut, dachte Jax. Entweder ich warte, bis sie zurückkommt und mir weiter auf die Nerven geht, oder ich verzieh mich nach Hause.

Nach Hause – selten hatten sich diese zwei Worte so vielversprechend angehört.

Clare fuhr ziellos durch die Straßen der Stadt. Nichts auf der Welt erfüllte sie noch mit Freude oder Wärme oder Verlangen. Die einzigen Gefühle, die sie hatte, waren unbändige Wut und Bitterkeit.

Der Abend hatte ihr großer Triumph werden sollen, der letzte Akt im Drama ihres sorgsam geplanten Rachefeldzugs, der in der endgültigen Vernichtung der Erzfeindin gipfelte. Annabelle, dieses selbstsüchtige, herzlose Biest! Nie würde sie vergessen, was sie dem armen Max angetan hatte. Er hatte eine glorreiche Zukunft vor sich gehabt. Die Welt hatte ihm offengestanden. Und sie hatte ihn aus purer Selbstsucht in den Dreck getreten. Niemals hätte er sein Medizinstudium abgebrochen, niemals hätte er eine Stelle bei einer Drogenberatung angenommen, wo er sich um dreckige, sabbernde Junkies kümmern musste, wenn Belle ihn nicht eiskalt hätte fallen lassen. Ohne sie wäre er inzwischen einer der erfolgreichsten Fachärzte Londons!

Überempfindlich und labil, so ein Unfug. Wie hatte Belle solche gemeinen Lügen über ihn verbreiten können? Und seine Beteuerungen, er habe endlich »sein soziales Gewissen entdeckt« und sich »gründlich darüber Gedanken gemacht, was im Leben wirklich zählt« – allesamt leere Floskeln, mit denen er sich über den Verlust hinwegtrösten wollte. Selbst nach all dem, was sie ihm angetan hatte, schützte er Belle, dieses Miststück, noch!

Aber Clare kannte ihren Bruder. Sein Geist war gebrochen. Er hatte nie etwas anderes gewollt als Liebe. Belles Liebe.

Auf diesen Moment hatte sie monatelang hingearbeitet. Über Wochen hatte sie den allmählichen Zerfall des ach so glücklichen, geordneten Lebens ihrer sogenannten Freundin genüsslich beobachtet. Stück für Stück hatte sie die Beziehung zwischen Belle und ihrem vollkommenen Kieran unterhöhlt. Und an diesem Abend hatte sie dem Ganzen die Krone aufsetzen wollen.

Was hätte schiefgehen sollen? Sie war unwiderstehlich. In Straßburg hatte sie die Männer wie Hunde behandelt. Zu ihren Füßen hatten sie gewinselt und sie angefleht, ihr zu Willen sein zu dürfen. Wieso sollte es mit Kieran anders verlaufen?

Aber er hatte den ganzen Abend von nichts anderem geredet als von Belle. Belle, Belle, Belle, die verfluchte, vermaledeite *Belle*! Und sobald er merkte, dass Clare an mehr interessiert war als an einer rein geschäftlichen Zusammenarbeit, hatte er eine jämmerliche Ausrede gestammelt und war geflohen.

Noch immer zitterte sie am ganzen Körper, wenn sie an die Erniedrigung dachte, in einem Restaurant sitzengelassen zu werden, wo alle Welt sie angaffen und sich an ihrem Scheitern weiden konnte.

Aber dies war noch nicht das Ende. So schnell würde sie nicht aufgeben. Sie würde Belle Craine einen letzten, vernichtenden Schlag versetzen, und wenn sie dafür über glühende Kohlen laufen musste.

Sie wusste genau, für wen sie es tat: für den einzigen Mann, den sie je wirklich geliebt hatte. Ihren Bruder Max.

Jax ließ sich an der Garderobe ihre Jacke aushändigen und strebte zum Ausgang. Als sie sich am Türsteher vorbeidrängte, packte dieser sie grob am Arm. »Ohne Stempel kommst du nicht wieder rein.« Er rieb Daumen und Zeigefinger der rechten Hand zusammen. »Das macht zehn Pfund, mein Schätzchen.«

»Nein danke.« Würdevoll entwand sie sich ihm. »Ich würde nicht einmal dann wiederkommen, wenn du *mir* zehn Pfund gibst.«

Als sie endlich aus der rauchgeschwängerten Disko in die kühle Nachtluft hinaustrat, nahm sie einen tiefen Atemzug. So viel zu Belle und ihren guten Ratschlägen. Ihre Schwester ging immer von den falschen Voraussetzungen aus: Sie glaubte an das Gute im Menschen. Wie sollte sie begreifen, dass man mit diesen dämlichen Tussen, die einen für Abschaum hielten, keine Freundschaft schließen konnte – schon gar nicht, wenn man sie selbst ebenfalls für Abschaum hielt?

Es half alles nichts. Sie würde ihre Eltern einweihen müssen. Sie war traurig und wütend. Jax Craine hasste es, klein beizugeben.

Sie zog ihre Jacke an und wollte sich gerade in Richtung Taxistand davonmachen, als ein grauenerregendes Geräusch die Stille der Nacht zerriss: der gellende Angstschrei eines Mädchens.

Da war er wieder, diesmal noch lauter und verzweifelter. Und ganz nahe.

Hört das denn niemand?, fragte sich Jax. Müsste nicht jemand eingreifen? Die Polizei zum Beispiel?

Aber nichts geschah. Rein gar nichts. Instinktiv eilte Jax dem

Geräusch nach, und als sie einige Sekunden später in die Mafeking Street abbog, sah sie, wo es herkam.

Stacey und ein Mann rangen verbissen vor dem Geldautomaten. Sie trat nach ihrem Angreifer und kreischte in den höchsten Tönen, aber er war stärker, entschlossener – und vor allem nüchtern. Jax zögerte. Dann sah sie, wie der Mann Stacey ihre Tasche entriss und das taumelnde Mädchen zu Boden stieß. Sie schlug mit dem Kopf gegen die Wand und sackte bewusstlos auf dem Gehweg zusammen.

Als sich der Mann zur Flucht wandte, erblickte er Jax, die ihn unverwandt anstarrte. Ihre Blicke trafen sich. Jax setzte zum Spurt an.

Kapitel 24

Stacey erwachte mit mörderischen Kopfschmerzen, die schlimmer waren als jeder einzelne der zahlreichen Kater, die sie im Laufe ihres jungen Lebens schon durchlitten hatte. Nichts in der Welt ließ sich mit dem Brummschädel vergleichen, der sie an diesem Morgen quälte.

Mühsam öffnete sie die Lider. Das gleißende Licht stach schmerzhaft in ihren Pupillen, als sie zur hellgrünen Zimmerdecke emporblinzelte.

Hellgrüne Zimmerdecke? War sie denn nicht in ihrem Schlafzimmer? Vielleicht hatte sie Glück gehabt und war mit diesem Kerl aus der Disko …

Sie rollte sich herum und übergab sich.

»So ist es brav, immer raus damit«, sagte eine Frau, die offenbar neben ihrem Bett gestanden hatte. Sie wischte ihr den Mund ab und deckte die mit Erbrochenem gefüllte Metallschüssel mit einem Papiertuch zu. »Danach geht es dir gleich besser.« Fürsorglich klopfte sie die Kissen unter Staceys Kopf zurecht. Sie sah aus wie … eine Krankenschwester. Und richtig:

»Du bist im General Hospital, Liebes. Deine Eltern sind gerade einen Moment vor die Tür gegangen, um frische Luft zu schnappen. Du hattest letzte Nacht einen kleinen Unfall.«

»Einen … Unfall?« Nur langsam lichtete sich der Nebel in Staceys Gedächtnis. Schwerfällig setzte sie sich auf. Erst jetzt nahm sie die dritte Person wahr, die auf einem Stuhl auf der anderen Seite des Betts saß und sie halb argwöhnisch, halb ängstlich beäugte.

Stacey schrak zurück und stöhnte, als ein pochender Schmerz durch ihren Schädel zuckte. *»Du?«* In fassungslosem Entsetzen wandte sie sich an die Schwester. »Was zum Teufel macht *die* hier?«

Die Schwester lächelte gütig. »Jacqueline hat die ganze Nacht bei dir gesessen«, sagte sie. »Wäre sie nicht gewesen, wärst du nicht so glimpflich davongekommen. Deine Freundin hat dir das Leben gerettet.«

»Was? *Die* da?« Stacey versuchte verzweifelt, die wirren Erinnerungsfetzen in ihrem Kopf zu ordnen. Plötzlich fiel es ihr wieder ein: die Disko, die Drinks, der Mann am Geldautomaten und … Jax.

»O Gott, nein«, stöhnte sie mit ersterbender Stimme, bevor die Bewusstlosigkeit sie erneut umfing.

Marilyn und Zak machten mitfühlende Gesichter und versuchten, Belle ein wenig Mut zuzusprechen. Mehr konnten sie nicht tun.

»Es musste irgendwann passieren«, sagte Zak. »Du bist auf zu viele Zehen getreten. Nicht, dass ich dich dafür kritisieren will«, fügte er hastig hinzu. »Ich für meinen Teil hatte noch nie so viel Spaß an der Arbeit.«

»Auch ich kann nur behaupten, dass meine Tätigkeit unter Ihrer Leitung wesentlich anregender geworden ist«, pflichtete Marilyn ihrem jungen Kollegen mit einem Hauch Wehmut in der Stimme bei. »Aber nun sieht es ganz so aus, als seien die fetten Jahre vorbei. Mit einer Vorladung bei John junior ist nicht zu spaßen.«

»Es hätte schlimmer kommen können«, versuchte Zak Belle zu trösten. »Wenn Roderick dich in seine Höhle bestellt hätte – dann könntest du sicher sein, dass du gefeuert wirst.«

Belle war merkwürdig unbeteiligt. Sie hatte sehr gern mit Zak und Marilyn zusammengearbeitet und war stolz auf das, was sie gemeinsam geleistet hatten. Aber sie wusste ebenso gut, dass sie in ihrer Position nicht damit rechnen konnte, auf Dauer ungestraft die Wichtigtuer in der Chefetage brüskieren zu dürfen – gleichgültig, ob sie damit dem Wohl der Firma diente oder nicht. Außerdem hatte ihr die Stelle von Anfang an nicht zugesagt, und mit genau dieser Einstellung hatte sie sich an die Arbeit gemacht. Hätte sie den Posten um jeden Preis behalten wollen, hätte sie darauf geachtet, auf keinen Fall negativ aufzufallen.

Sie zuckte mit den Schultern. »Wie du sagtest, es war nur eine Frage der Zeit. Ich habe mich schon gewundert, dass es nicht früher passiert ist.« Sie erhob sich von ihrem Schreibtisch und zog sich den Mantel über. »Ich ... also ...«

»Die Hoffnung stirbt zuletzt«, sagte Zak und reckte sein Baguette in die Luft wie ein Krieger sein Langschwert vor der Schlacht.

»Danke.« Belle lächelte. »Dann bis nachher.«

»Ja«, seufzte Marilyn, als die Tür des Containers sich hinter Belle schloss. »Wenn sie wiederkommt, um ihren Schreibtisch leer zu räumen.«

JOHN GILLESPIE JR., GESCHÄFTSFÜHRER stand auf dem Messingschild an der Tür.

»Gehen Sie gleich hinein«, bat die Sekretärin mit einem halb mitleidigen, halb spöttischen Lächeln, das ausdrücken sollte: Ich weiß genau, was Sie erwartet, Sie Arme.

Belle holte tief Luft, straffte die Schultern, klopfte kurz und trat ein. John Gillespie stand mit dem Rücken zu ihr am Fenster und blickte auf die Fertigungsanlagen hinaus.

»Ist Ihnen bewusst, seit wie vielen Jahren wir hier in diesem Unternehmen die Dinge auf eine ganz bestimmte Art und Weise handhaben?«, begann er ohne Umschweife.

»Äh ... seit *ziemlich* vielen, würde ich sagen«, antwortete Belle zögernd und blieb unschlüssig an der Tür stehen.

»Sie sagen es. Seit über einem Jahrhundert.« Der Geschäftsführer fuhr herum. »Und dann kommen Sie daher, und innerhalb weniger Wochen haben Sie alles umgekrempelt. Sie zwingen meine ehemalige Sekretärin, alle fünf Minuten ein Memo loszuschicken, und der junge Mann im Rollstuhl ruft beinahe täglich in der Produktionsabteilung an, um sich mit den Entwicklern über Kundenbeschwerden zu unterhalten! Einige der Vorstandsmitglieder fordern Ihren Kopf.«

»Das überrascht mich nicht.«

»Das ist alles? Sonst haben Sie nichts zu Ihrer Verteidigung vorzubringen?«

»Ich … also, es tut mir sehr leid, falls ich …«, begann Belle vage und hoffte, er würde ihr nicht anmerken, dass sie log.

»Ach was«, stieß Gillespie unzufrieden hervor. »Ihnen muss nichts leidtun. Sie sind das Beste, was dieser Firma je passiert ist.«

»Wie bitte?«, fragte Belle mit einer Stimme, die auf einmal ganz hoch und piepsig klang.

»Zweifelhafte Fertigungsmethoden, mangelnder Kundensupport, veraltete Technologien, die Verwendung nicht geprüfter Rohstoffe … allein die Tatsache, dass Roderick, der alte Kauz, Sie für ein Gezücht des Satans hält, zeigt deutlich, dass Sie alles genau richtig gemacht haben.« Johns finstere Miene wurde mit einem Schlag weicher, und er streckte Belle die Hand entgegen. »Lassen Sie sich zu einem fulminanten Einstand gratulieren!«

»Äh … danke.«

»Ich hoffe, Sie haben sich keine Sorgen gemacht, als ich Sie in mein Büro bestellt habe. Ich wollte mich nur bei Ihnen bedanken. Sie machen Ihre Sache großartig, und Sie haben bei Green Goddess zweifellos eine leuchtende Zukunft vor sich. Ganz unter uns, die Sache ist noch nicht spruchreif, aber ich plane einen Management-Buyout dieses Saftladens, und wenn es so weit ist, wird sicherlich eine hübsche Position für Sie frei werden. Wenn alles nach Plan läuft, wird Green Goddess schon bald weltweit am Markt sein!«

Belle schluckte schwer. »Das ist wirklich sehr freundlich von Ihnen«, sagte sie mit einem unsicheren Lächeln und löste ihre geplagten Finger aus seinem eisenharten Griff. »Aber …« Sie langte in ihre Manteltasche und zog einen weißen Briefumschlag daraus hervor. »Eigentlich bin ich gekommen, um Ihnen meine Kündigung zu überreichen.«

Als Belle an diesem Abend in ihrem alten Wagen heimwärts zockelte, empfand sie nichts als pure Erleichterung. Sie wusste, dass sie das Richtige getan hatte, auch wenn sie keine Ahnung hatte, was nun aus ihr werden würde.

Alle würden sie für verrückt erklären, weil sie einen Job aufgegeben hatte, den sie offenbar so gut machte, dass ihr schon nach wenigen Wochen eine Beförderung in Aussicht gestellt worden war. Vielleicht *war* sie verrückt – und wenn schon. Eine Arbeit gut zu machen war nicht dasselbe wie sie gern zu machen. Und je länger sie auf ihrem neuen Posten gesessen, je härter sie gekämpft hatte, desto deutlicher hatte sie gespürt, dass sie nicht mehr sie selbst war.

Sie hatte sich nicht freier oder selbstständiger oder gar glücklicher gefühlt. Sie war sich wie ferngesteuert vorgekommen.

Ja, Erleichterung war alles, was sie empfand. Sie durchflutete Belles ganzen Körper wie eine Droge. Vielleicht würde schon bald die Reue einsetzen – aber vielleicht auch nicht.

Mr Gillespie hatte sich sehr verständnisvoll gezeigt und ihr zugestimmt, dass Marilyn eine würdige Nachfolgerin für den Posten der Leiterin der Abteilung Customer Relations abgeben würde. Aber damit war ein Problem noch nicht gelöst: Was würde aus Belle selbst werden? Am liebsten hätte sie wieder als Filialleiterin gearbeitet – aber was, wenn die einzigen freien Stellen in Inverness oder Norwich zu haben waren? Sie konnte sich nicht vorstellen, so weit von zu Hause fortzuziehen. Zumindest war es früher immer so gewesen.

Gerade, als sie den Wagen vor ihrer Wohnung geparkt und den Motor abgestellt hatte, klingelte das Handy. Es war ihre Mutter.

Großartiges Timing, dachte Belle. Muss ich ihr wirklich jetzt schon beichten, dass ich soeben meine Karriere in den Sand gesetzt habe?

»Annabelle, du musst sofort kommen! Es geht um Jacqueline.«

»Jax? Was ist mit ihr?«

»Wenn ich das nur wüsste! Sie ist gestern nicht nach Hause gekommen, dann hat sie mich um zwei Uhr morgens angerufen, um zu sagen, dass es ihr gut geht – was auch immer das heißen sollte –, und als sie endlich heute Morgen mit Razor im Schlepptau hier auftaucht, was sehe ich da? Sie hat ein Veilchen und eine aufgeplatzte Lippe!«

Belle hob die Brauen. »Ach. Was sagt sie denn dazu?«

»Nichts!«, erwiderte Brenda in höchster Verzweiflung. »Das ist es ja gerade. Ich bekomme kein Wort aus ihr heraus!«

Mona war die allerletzte Person, die Belle zu sehen wünschte. Aber was sollte man tun? Auch wenn sie inzwischen in die Wohnung über der Royal Shakespeare Tavern umgezogen war, gehörte sie immer noch ... nun ja ... irgendwie ... zur Familie. Oder so.

Als Belle im Pfarrhaus ankam, saß Mona in Jax' Zimmer und versuchte bereits, ihrer jüngeren Halbschwester und ihrem Freund Informationen über die Geschehnisse der vergangenen Nacht zu entlocken. Aber wie sehr sie auch bohrte: Jax und Razor schwiegen beharrlich.

Als Belle eintrat, sah Jax missmutig auf. »O nein, nicht die auch noch! Hat Mum ganz Gloucestershire alarmiert?«

»Nur den Teil, der mit dir verwandt ist«, entgegnete Belle. »Also, was hast du diesmal angestellt? Dein blaues Auge ist übrigens sehr beeindruckend.«

Jax betastete es behutsam. »Ha! Du solltest sehen, wie der andere aussieht«, sagte sie mit grimmigem Vergnügen.

»Welcher andere?«, wollte Mona prompt wissen.

»Egal. Wie oft soll ich es noch sagen: Es hat sich alles erledigt.«

»Genau.« Razor nickte. »Alles ist in bester Ordnung. Könnt ihr sie nicht in Ruhe lassen?«

Belle und Mona zogen sich ins Wohnzimmer zurück, wo Brenda sie erwartete.

»Und?«, fragte sie nervös.

»Nichts«, antwortete Belle mit einem entschuldigenden Schulterzucken. »Ich denke, sie wird noch eine Weile brauchen.«

»Töchter!«, stieß Brenda hervor und marschierte die Treppe hinauf. »Hör mir gut zu, Jacqueline!«, rief sie weithin hörbar. »Ich bin deine Mutter, und du wirst keinen Fuß vor die Tür setzen, bis du mir nicht gesagt hast, in welche Geschichte du da hineingeraten bist!«

»Viel Glück«, sagte Mona mit einem schiefen Lächeln. »Wenn man ihr droht, wird sie bestimmt nicht den Mund aufmachen.«

»Was weißt du schon?«, fragte Belle barsch. Ganz allein mit ihrer Halbschwester in einem Raum zu sitzen machte sie aggressiv – umso mehr, als sie Monas Einschätzung der Lage zustimmen musste.

»So einiges«, stellte Mona ruhig fest.

Belle fuhr hoch. »Was soll denn das schon wieder heißen?«

Mona seufzte. »Gar nichts. Beruhig dich doch. Ich meine nur, dass ich schon seit einiger Zeit hier bin und die Familie ganz gut kenne. Auch dich.«

Belle funkelte sie an. »Ach ja? Und *woher* kennst du mich? Ach, wie dumm von mir! Wozu hast du denn den lieben Kieran? Er hat dir bestimmt alles über mich erzählt.«

»Nicht das schon wieder«, stöhnte Mona ungehalten. »Hör zu, ich werde nicht noch einmal versuchen, es dir zu erklären, weil du mir ohnehin nicht glauben wirst. Aber ich habe einen kleinen Tipp für dich: Warum rufst du Kieran nicht einfach mal an?«

Belle starrte sie fassungslos an. »Kieran anrufen? Warum sollte ich das tun? Damit er mich wieder belügen, betrügen und erniedrigen kann? Das hättet ihr wohl gern!«

»Belle, ich weiß, dass du mich nicht leiden kannst ...«

»Da hast du verdammt noch mal recht!«

»Aber – und das kann ich nur als Strafe für meine Sünden betrachten – ich kann *dich* leiden. Ich habe dich sogar ziemlich gern! Würdest du mir also den klitzekleinen Gefallen tun und mir fünf Minuten lang zuhören?«

Belle starrte Mona abermals mit offenem Mund an, sagte aber nichts.

»Herzlichen Dank. Hör zu, Belle: Kieran ist am Boden zerstört. Er leidet wie ein Hund. Die ganze Zeit spricht er nur von dir. Nichts würde ihn mehr freuen, als von dir zu hören. Glaub mir.«

Endlich fand Belle ihre Stimme wieder. »Wie rührend, Mona«, sagte sie. »Schade nur, dass es nicht zu dem passt, was andere Leute mir über ihn gesagt haben. Leute, denen ich *vertrauen* kann«, fügte sie gehässig hinzu.

»Und wer sind diese *vertrauenswürdigen* Leute?«

»Clare zum Beispiel.«

Mona schüttelte langsam den Kopf. »Vielleicht kennst du Clare nicht so gut, wie du glaubst«, sagte sie vorsichtig. »Könnte es nicht sein, dass sie ...«

»Wieso will alle Welt mir einreden, dass Clare ein schlechter Mensch ist?« Belle fühlte die ersten Tränen in ihren Augenwinkeln brennen. »Sie ist die einzige echte Freundin, die ich habe.«

»Wenn du meinst.«

»Ja, das meine ich! Warum sollte ich auf *dich* hören? Seit du hier angekommen bist, hast du nichts anderes getan, als in einem fort zu lügen!«

Am Abend saß Belle vor ihrem Computer und dachte gerade über ihre ungewisse Zukunft nach, als das Telefon klingelte. Es war Clare.

»Hallo, Belle! Na, meine Süße, wie geht es dir?«

»Ach …«

»Du hast heute gekündigt, nicht wahr? Gräm dich nicht, ich bin sicher, es war das Beste so.« Clare klang regelrecht entzückt. »Du bist einfach nicht dafür geschaffen, Karriere zu machen, habe ich recht?«

»Hm.« Belle stand nicht der Sinn danach, über ihre Kündigung zu sprechen – oder über irgendetwas anderes. Nach ihrer unerquicklichen Unterhaltung mit Mona hatte sie sich auf einen Abend einsamer, fruchtloser Grübeleien eingestellt. Konnte es sein, dass das, was Mona über Kieran gesagt hatte, wirklich stimmte?

»Weshalb ich anrufe … Ich möchte dir nur ungern die Laune verderben«, fuhr Clare in ihrer leisen, sanften Stimme fort, »aber es gibt etwas, das du wissen solltest.«

»Sag schon«, forderte Belle sie auf. Mieser als jetzt kann ich mich sowieso nicht fühlen, fügte sie im Stillen hinzu.

»Also … gestern bin ich an diesem italienischen Nobelrestaurant vorbeigekommen … du weißt schon, das auf der Suffolk Parade. Und ich fürchte … ach, nein, ich sollte nicht davon anfangen. Vergiss es einfach.«

»Was denn? Sag schon.«

Clare holte tief Luft. »Ich habe zufällig durchs Fenster geschaut und … Kieran gesehen. Mit einer Frau.«

Ein leichter Schauer ging durch Belles Körper. Ach was. Was hatte ein Abendessen schon zu bedeuten? »Vielleicht war sie eine Kollegin«, sagte sie lahm.

»Das glaube ich kaum«, entgegnete Clare. »Jedenfalls nicht nur. Du hättest sehen sollen, wie er sie geküsst hat! Verschlungen haben sie sich geradezu. Arme Belle, es tut mir so leid für dich. Aber ich fürchte, du musst der Wahrheit ins Auge sehen: Kieran hat eine neue Freundin.« Clare schwieg für eine Weile und fügte dann hinzu: »Es scheint ernst zu sein. Sie haben sich ganz verliebt in die Augen geschaut.«

Belle weinte nicht. Sie verlor auch nicht die Beherrschung. Eigentlich fühlte sie fast gar nichts, nur einen dumpfen Schmerz, der vorher bereits da gewesen war, aber nun noch tiefer zu sitzen schien.

Es gab eine neue Frau in Kierans Leben. Na und? Er war ein freier Mann, und entweder war Mona das hinterhältige Biest, für das Belle sie hielt, oder sie hatte sich gründlich geirrt. Wie auch immer – mit ihr, Belle, hatte das alles nichts mehr zu tun. Nicht das Geringste.

Um kurz nach zehn meldete sich Ros über das Internet. »Hallooooo! Wie geht es meiner daheimgebliebenen Lieblingsfreundin?«

»Mies. Erzähl mir bloß nicht, wie gut du es hast, sonst ziehe ich den Stecker.«

»Oje, klingt ja schlimm. Sieht ganz so aus, als müsste ich so schnell wie möglich zurück in die Heimat.«

Belle stutzte. »Du kommst nach Hause? Wann?«

»Sobald ich mir Australien angesehen habe. Langsam habe ich vom Vagabundendasein genug. Und du fehlst mir so! Aber Down Under steht noch auf dem Programm. Du wirst es nicht glauben: Ich habe mir sogar eine Einladung in die *Neighbours*-Studios erschlichen. Ach, übrigens: Ich könnte Nachforschungen anstellen, während ich dort bin. Du weißt schon – über ein gewisses Individuum.«

Kapitel 25

Das Thema Australien stand auch bei den Gästen der Royal Shakespeare Tavern ganz oben auf der Tagesordnung. Big Bob war gerade von einem Besuch bei seiner Tochter zurückgekehrt, die in Melbourne wohnte, und drohte nun damit, jeden in Reichweite mit Schnappschüssen seiner kleinen Enkelin zu Tode zu langweilen.

Während die Fotos die Runde machten, regte sich in Mona das Heimweh. Wehmütig dachte sie an ihre Lieblingskekse, die es nur in Australien zu kaufen gab, und an den gegrillten Barramundi, den sie an manch einem lauen Sommerabend am Strand von Sydney verspeist hatte. Bei der Erinnerung lief ihr das Wasser im Munde zusammen.

Dennoch wollte sie nicht nach Hause, nicht einmal zur Geburt ihres Babys. Ihre Mutter hatte nur ihren jungen Lover im Kopf und schien ihrer Tochter keine Träne nachzuweinen. Hier in Cheltenham hatte Mona eine neue Heimat gefunden und auf einen Schlag mehr Verwandte kennengelernt, als sie in Australien je besessen hatte. Und jeden Einzelnen hatte sie inzwischen von Herzen lieb gewonnen – recht merkwürdig, wenn man bedachte, dass sie nur nach England gekommen war, um das Leben ihres leiblichen Vaters und seiner Familie zu zerstören, und ihr dies gründlich gelungen war.

Am anderen Ende der Theke verteilte Big Bob Mitbringsel an seine Freunde: Der eine bekam ein aufblasbares Krokodil, der andere einen ledernen Hut. Für Mona hatte Big Bob einen Plüschkoala erstanden, der, wie er augenzwinkernd beteuerte »so süß aussah, dass er mich gleich an dich erinnert hat«. Für seinen besten Freund Larry hingegen hatte Bob etwas ganz Besonderes mitgebracht: ein australisches Herrenmagazin mit dem vielversprechenden Titel *Zügellose Outback-Babes*.

Larry war zutiefst gerührt. »Danke, Mann. Das ist wirklich toll!«

»Für deine Sammlung, du alter Sauhund. Hättest sehen sollen, wie ich beim Zoll geschwitzt habe!«

Larry und seine Freunde blätterten bereits eifrig in dem grellbunten Heft. »Bob! Das musst du dir unbedingt ansehen.«

»Nein, danke.« Big Bob nahm einen Schluck Bier. »Nicht mein Stil. Ich brauche Frauen mit großem Balkon, wenn ihr wisst, was ich meine. Das bringt mich richtig in Wallung.«

Die Männer lachten, verstummten jedoch urplötzlich. »O mein Gott«, hauchte Larry. Der Mann neben ihm pfiff durch die Zähne, legte den Kopf schief und sagte: »Mich laust der Affe.«

»Ist sie es wirklich?«

»Wer denn sonst?«

»Das kann nicht sein.«

»Hast du keine Augen im Kopf?«

»Äh ... Mona?« Mit bebenden Fingern nahm Larry das aufgeschlagene Heft und reichte es wie einen kostbaren Schatz an Mona weiter. »Wären Sie wohl so freundlich, einen Streit zu schlichten?«

»Worum geht es denn?«

»Um sexy Sheila, zwischen deren – ich zitiere – ›heißen Schenkeln selbst die wildesten Mustangs zahm werden‹. Das sind doch ... *Sie,* oder?«

Alle Blicke ruhten auf Mona, die schlagartig so weiß wurde wie ein frisch gebleichtes Laken.

Es war Freitagabend, und Belle traf ihren Vater in der Kirche an, wo er mit Vorbereitungen für eine Trauung am nächsten Morgen beschäftigt war.

Sobald sie das Kirchenschiff betreten hatte, fielen ihr die Veränderungen ins Auge. Zwar waren die defekten Orgelpfeifen noch immer mit einer Plastikplane bedeckt, aber an den vormals tristen nackten Betonwänden hingen bunte Bilder und Collagen, die Kinder der nahe gelegenen Grundschule im Kunstunterricht gebastelt hatten. Die Graffitis waren entfernt oder überstrichen worden, und überall roch es nach Bohnerwachs und frischen Blumen. Die riesige, kahle Halle verwandelte sich langsam, aber sicher in eine echte Kirche zurück.

»Die erste Hochzeit seit Ewigkeiten!«, sagte Miss Findlay beglückt, während sie mit Feuereifer den Messingadler wienerte, der als Buchstütze diente. »Jason und seine Freunde haben sich bereit erklärt, heute hier zu übernachten, damit sich niemand am Blumenschmuck vergreift.«

»Sie wollen hier schlafen?« Belle fragte sich, wie abenteuerlustig – oder leidensfähig – man sein musste, um eine ganze Nacht an einem unheimlichen Ort wie diesem zu verbringen. »Ist das nicht ein bisschen unbequem?«

»Was sein muss, muss sein«, erwiderte Miss Findlay. »Es sind gute Jungs, vor allem, seit sie in der neuen Fußballmannschaft spielen. So kommen sie nicht auf dumme Gedanken. Schade nur, dass wir noch keine anständige Sportausrüstung haben, aber der Herr wird schon für alles sorgen.« Sie beugte sich ganz dicht zu

Belle hinüber. »Ihr Vater ist ein wundervoller Mann«, sagte sie leise.

Belle lächelte. »Ich weiß.«

»Und Ihre Mutter erst! Ein wahrer Engel. Und so patent – es ist ihr sogar gelungen, einige Leute zusammenzutrommeln, die ihr dabei helfen wollen, für die Reparatur des Kirchendachs zu sammeln. Ich hätte nie gedacht, dass ich so etwas noch erleben würde.«

»So ist meine Mutter. Nur glücklich, wenn sie etwas organisieren kann.«

Miss Findlay lachte. »Nun, offenbar kommen Sie ganz nach ihr.«

»Ich?«

»Na, soweit ich gehört habe, besitzen Sie doch auch jede Menge Organisationstalent. Haben Sie nicht eine wichtige Stelle in einem Kosmetikunternehmen? Im Kundenservice, richtig?«

»Ach, äh … das ist doch nichts Besonderes«, widersprach Belle hastig. »Meine Schwester ist die Ehrgeizige in der Familie.« Ihr wurde plötzlich ganz unwohl. Offenbar hatte ihr Vater es sich nicht nehmen lassen, die Nachricht von ihrem Karrieresprung in der Gemeinde zu verbreiten. Was würde er sagen, wenn sie ihm die Wahrheit beichtete? In der Annahme, er würde verständnisvoller reagieren als ihre Mutter, hatte sie beschlossen, zuerst ihm von ihrer Kündigung zu berichten. Doch was, wenn er ebenso enttäuscht war?

»Ihr Herr Vater ist jedenfalls mächtig stolz auf Sie«, sagte Miss Findlay nachdrücklich. »Gerry!«, rief sie quer durch das ganze Kirchenschiff, sodass der Name von den hohen Wänden widerhallte. »Kommen Sie her und sagen Sie Ihrer Tochter, dass sie viel zu bescheiden ist!«

Gerry erschien im Türrahmen zur Sakristei, einen Stapel Papiere in der Hand. Bei Belles Anblick erhellte sich sein Gesicht. »Du bist es. Wie schön!« Er schloss sie zur Begrüßung fest in die Arme. »Ich wusste gleich, dass es nicht Jax sein kann«, sagte er mit einem schelmischen Augenzwinkern, »als Miss Findlay das Wort ›bescheiden‹ wählte. Setz dich doch eine Weile zu mir und erzähl mir von deiner Arbeit. Ist sie immer noch so aufregend wie am Anfang?«

Er nahm einen Haufen orangefarbener und violetter Taftgewänder von einem Stuhl. »Die sind für den Chor«, erklärte er, als Belle ihn fragend ansah. »Der Gospelchor in Gloucester hat neue angeschafft und uns die alten überlassen. Der Bekannte deiner Mutter, Ken – wie heißt er noch? – hat sie ganz billig bekommen. Er ist wirklich ein tüchtiger Mann. Hat jede Menge nützliche Beziehungen.«

Belle runzelte die Stirn. »Sind sie nicht ein bisschen sehr ... bunt?«

Gerry lachte leise. »Ja«, gestand er im verschwörerischen Flüsterton. »Aber ich hoffe fest darauf, dass die Gemeinde von der Farbenpracht dermaßen geblendet sein wird, dass niemandem auffällt, wie miserabel der Gesang ist. Unter uns, die meisten Kinder können überhaupt keinen Ton halten. Aber sie sind eifrig bei der Sache«, fügte er hinzu. »Vor allem, seit ich ihnen eröffnet habe, dass sie für Hochzeiten und Beerdigungen sogar bezahlt werden.«

»Darf ich auch mitmachen?«, fragte Belle mit einem schiefen Lächeln. »In den nächsten Wochen werde ich jeden Penny gebrauchen können.«

»Du hast Geldsorgen?« Gerry runzelte die Stirn. »Ich dachte, du arbeitest so viel. Wirst du nicht fürstlich dafür bezahlt, dass du anderer Leute Unternehmen auf den Kopf stellst?« Er schmunzelte.

Belle erwiderte sein Lächeln nicht, sondern wandte den Blick ab.

»Belle? Stimmt irgendetwas nicht?«

»Ach, eigentlich ...«, begann sie nach einem kurzen Schweigen. Dann zwang sie sich, ihrem Vater ins Gesicht zu blicken. »Es ist nur ... Nun, du weißt ja, dass ich anfangs skeptisch war ...«

Er nickte. »Du hattest Angst, dass du der Aufgabe nicht gewachsen sein könntest. Aber ich habe gleich gewusst, dass du es schaffst! Du besitzt jede Menge verborgene Stärken.«

»Leider sind sie so verborgen, dass nicht einmal ich sie finden kann.«

»Mach dich nicht immer klein, Belle. Du bist eine kluge junge Frau. Du musst nur endlich anfangen, an dich zu glauben.«

Belle atmete tief ein. Der Duft alter Soutanen und stockiger Gesangbücher umfing sie wie eine Umarmung. »Jedenfalls hattest du recht. Der Geschäftsführer hat mich in sein Büro bestellt, um mich für meine Leistungen zu loben.«

»Aber?«, fragte Gerry.

Plötzlich platzte alles aus ihr heraus. »Ach, Dad, ich habe den Job gehasst wie die Pest! Ich vermisse meine alte Arbeit im Laden – die Menschen, die Kollegen ... Ich bin für Büroarbeit einfach nicht geschaffen. Immerzu wird politisiert und gekungelt, und man muss aufpassen, dass man niemandem auf den Schlips tritt. Sicher, ich könnte es schaffen, wenn ich wollte, das weiß ich jetzt – aber ich *will* einfach nicht. Deswegen ... deswegen habe ich gekündigt«, stieß sie hastig hervor. Unsicher sah sie zu ihm auf und wartete auf seine Reaktion.

Er ließ sich in seinen Stuhl zurücksinken, kratzte sich am Ohr und faltete die Hände auf dem Schoß. »Aha«, sagte er. »Na. Es gibt Schlimmeres.«

Belle traute ihren Ohren kaum. »Dad, hast du mir überhaupt zugehört? Ich habe den Job meines Lebens sausen lassen!«

»Du hast es selbst gesagt: Er hat nicht zu dir gepasst«, stellte er ruhig fest. »Du hast die richtige Entscheidung getroffen. Willst du etwa, dass ich dir Vorwürfe mache? Das werde ich nicht tun.« Aus seinem gütigen Gesicht strahlte Belle ein Verständnis entgegen, von dem sie nicht wusste, ob sie es verdient hatte. »Schau, Liebes, das Einzige, was wirklich zählt, ist, dass du das tust, was du für richtig hältst. Weißt du eigentlich, dass ich dich immer bewundert habe?«

»*Mich* bewundert? Weshalb denn, um Himmels willen?«

»Weil du schon als kleines Kind unumstößliche Prinzipien hattest. Du hast nie etwas getan, von dem du wusstest, dass es jemand anderem wehtun würde. Streiche hast du gehasst. Erinnerst du dich nicht daran, dass du mit sechs Jahren einem Jungen fast die Nase gebrochen hast, weil er einem Käfer die Beine ausgerissen hatte? Der Schuldirektor hat von dir verlangt, dass du dich vor der ganzen Klasse bei ihm entschuldigst, und du hast dich geweigert.«

Belle nickte betreten. »Wie peinlich. Ich war eine echte Plage.«

Gerry warf den Kopf zurück und lachte. »Belle, du warst mein Sonnenschein! Manchmal, wenn ich einen schlechten Tag hatte, wenn ich über alles nachgedacht, an allem gezweifelt habe ...«

»Gezweifelt? Du?«

»Ja, ich. Ich bin nicht immun dagegen, nur weil ich Priester bin. Es gab Zeiten ...« Er schüttelte den Kopf. »Aber ich musste dich nur ansehen, und schon ging es mir besser. Du warst anders. Du wusstest immer genau, was richtig und was falsch ist. Aber nicht weil du fromm warst, du hattest einfach eine Art untrüglichen Instinkt. Ich sehe, daran hat sich bis heute nichts geändert.«

»Ach, Dad«, stöhnte Belle. »Du weißt ja gar nicht, wie unrecht du hast. Ich kenne mich überhaupt nicht mehr! Im einen Augenblick stehe ich kurz vor der Hochzeit, ich bereite mich darauf vor, ein Haus zu kaufen und eine Familie zu gründen. Im nächsten habe ich mich von Kieran getrennt und tue so, als müsste ich unbedingt Karriere machen ... Es ist einfach alles aus den Fugen geraten. Nichts stimmt mehr, und ich habe keine Ahnung, wer oder was ich bin. Was soll ich bloß tun?«

»Ach, Schätzchen.« Er umarmte seine Tochter, so wie er es früher getan hatte, als sie sich noch vor Ungeheuern unter ihrem Bett fürchtete. »Du wirst das tun, was du immer getan hast«, sagte er sanft. »Hör einfach auf dein Herz. Dann wird alles gut werden. Ganz bestimmt.«

»Also schön, also schön!«, rief Mona, die sich über dem aufgeregten Gebrüll in der Royal Shakespeare Tavern Gehör zu verschaffen versuchte. »Ihr hattet euren Spaß, aber jetzt möchte ich etwas sagen. Wärt ihr also so freundlich, einen Augenblick lang den Mund zu halten?«

Ein Tag war seit der Entdeckung von sexy Sheila, dem zügellosen Outback-Babe, verstrichen, und noch immer amüsierte man sich köstlich über die Angelegenheit. Natürlich war man übereingekommen, dass die Frau auf den Fotos nicht *wirklich* Mona war – Mona war schließlich ein echtes Model gewesen, das hatte sie immer wieder gesagt –, aber die verblüffende Ähnlichkeit zwischen der barbusigen, Lasso schwingenden Sheila und Mona reichte aus, um unter den Gästen des Pubs für anhaltende Heiterkeit zu sorgen.

Umso überraschender war es, als Mona unter die Theke langte, eine Mappe mit Zeitungsausschnitten und Fotos hervorholte und auf den Tresen knallte. »Da habt ihr es, Jungs: ein Fotokalender, ein halbes Dutzend Herrenmagazine, eine Anzeige für Läuseshampoo und ein Spielkartenset mit erotischen Motiven.«

»Was ist das?«, wollte Bob wissen.

»Das« – Mona ließ ihren Blick langsam durch die Bar schweifen – »ist meine Modelkarriere.«

Aufgeregtes Gemurmel erhob sich.

Mona reckte trotzig das Kinn vor. »Ganz genau. Ich bin sexy Sheila ... außerdem Lily das Luder und die rollige Rita sowie Miss Juli und Miss November im Kalender der Klempnerinnung von New South Wales.«

Einen Moment lang war es in der Kneipe vollkommen still. Alle waren zu schockiert, um etwas anderes zu tun, als Mona mit offenem Mund anzustarren. Schließlich brach Big Bob das Schweigen. »Aber was ist mit deinen Modeshootings?«

Mona seufzte erschöpft. »Es gab keine Modeshootings!« Sie zeigte auf ihre ausladende Oberweite. »Habt ihr schon mal ein Model mit solchen Möpsen gesehen?« Ihr überraschtes Publikum nickte langsam, als fiele ihm erst jetzt auf, dass sie – zum Glück! – nicht gerade wie Kate Moss aussah.

»Welche Frau, die ihre Brötchen damit verdient, ihre Brüste vor der Kamera zu entblößen, würde die Wahrheit nicht etwas ausschmücken – zumal wenn ihr Vater Pfarrer ist?«

»Verstehe«, sagte Big Bob.

»Du lieber Schwan«, murmelte Larry.

»Zwei Bier und eine Tüte Schweinekrusten«, meldete sich ein Mann am hinteren Ende des Raumes und hielt einen Geldschein in die Höhe.

Wieso habe ich das getan?, fragte sich Mona, als langsam wieder Ruhe einkehrte und sie sich daranmachte, die durstigen Horden zu bedienen. Das wird wie ein Lauffeuer durch die Stadt gehen, und Gerry und Brenda werden mich verstoßen! Trotzdem fühlte sie sich irgendwie erleichtert. Wenigstens musste sie sich nicht länger verstellen.

Wenig später, nachdem sämtliche Gäste Monas Bilder ausgiebig studiert hatten, trat Big Bob an sie heran. »Könnten wir uns kurz unterhalten? Mir ist da gerade eine Idee gekommen.«

»Das glaube ich gern«, erwiderte sie kühl, während sie ungerührt weiter ein Bierglas polierte. Engelbert, der auf der Theke lag und damit vermutlich gegen mehrere Dutzend Hygienebestimmungen verstieß, hob kurz seinen struppigen Kopf und knurrte, als wolle er die Aussage seines Frauchens bekräftigen.

»Nicht *so* eine Idee«, sagte Bob. »Es ist rein geschäftlich. Ein Freund von mir ist Fotograf …«

»Was du nicht sagst.« Monas Stimme troff vor Sarkasmus.

»*Ehrlich.* Er ist Profi. Er hat schon für *Gloucester Life* und ein paar Sonntagsbeilagen gearbeitet. Und diesen Maurer-Kalender, den die Cotswolds Baugenossenschaft letztes Jahr herausgegeben hat, den hat er auch fotografiert.«

»Und weiter?«, wollte Mona wissen.

»Ich dachte, vielleicht könnten wir drei uns zusammentun und gemeinsam einen Mona-Starr-Kalender produzieren. Natürlich alles ganz künstlerisch – nichts Zweideutiges«, beeilte er sich zu betonen.

»Und wieso dann wir *drei*?«

Bob grinste breit. »Schließlich brauchst du einen Agenten, nicht wahr? Damit dich niemand über den Tisch zieht.«

Gerade wollte Mona ihm sagen, wohin er sich seinen Kalender stecken solle, als ihr eine Idee kam. Schon lange hatte sie nach einer Möglichkeit gesucht, ihr geplagtes Gewissen zu beruhigen – nun, hier war sie.

»Ich bin schwanger«, wandte sie ein.

»Das sieht man doch kaum. Wenn wir sofort anfangen, wird es nicht auffallen. Kommt alles auf die Pose an, hat mein Freund gesagt.«

Sie legte das Geschirrtuch weg und stellte das Glas an seinen Platz. »Also gut, einverstanden«, sagte sie. »Wenn dein Freund wirklich ein Profi ist, dann mache ich mit.«

Um ein Haar wäre Big Bob vor lauter Überraschung rückwärts gekippt. »W-was?«, stammelte er.

»Ich sagte, ich bin einverstanden. Aber nur unter einer Bedingung.«

»Und die wäre?«

»Alle Einnahmen werden gespendet. Und zwar für die Renovierung der Kirche von St. Mungo.«

Soso. Mona war also doch kein Model. Zumindest keines, das Kleider vorführte.

Belle nahm die Neuigkeit gelassen auf. Hatte sie nicht von Anfang an geahnt, dass irgendetwas an ihrer Halbschwester nicht stimmte? Kein Wunder also, dass niemand sich erinnern konnte, sie je auf dem Titelblatt der *Vogue* gesehen zu haben: Sie war vollauf damit beschäftigt gewesen, sich für die Klempnerinnung knapp bekleidet im Schaum zu aalen. Einige E-Mails hatten ausgereicht, und schon hatte Ros weiteres kompromittierendes Fotomaterial ausgegraben. Eigentlich hätte Belle sich ins Fäustchen lachen sollen, weil die perfekte Mona endlich am eigenen Leib zu spüren bekommen hatte, wie es war, ausgelacht und gedemütigt zu werden. Aber tief in ihrem Innern verstand Belle, warum sie die Wahrheit über ihren Beruf für sich behalten hatte. Wer hätte schon den Mumm, in einer piefigen Kleinstadt wie Cheltenham zu verkünden, dass man erstens die uneheliche Tochter des Pfarrers und zweitens ein Nacktmodell war?

Belle saß vor einem Café in der Sonne, einen fast erkalteten Latte Macchiato und ein unberührtes Kreuzworträtsel vor sich. Es war ihr freier Tag, und sie hätte irgendetwas Interessantes, Aufregendes unternehmen sollen. Aber was? Und mit wem? Clare hatte sich in der letzten Zeit immer mehr von Belle zurückgezogen. Ein Besuch im Fitnessstudio? Bloß nicht! Das würde sie zu sehr an den Kurs erinnern, den sie einst in Vorbereitung auf ihre Hochzeit belegt hatte. Ein Einkaufsbummel? Der hätte sie unweigerlich an ihrer alten Wirkungsstätte, der Green-Goddess-Filiale in der Einkaufspassage, vorbeigeführt, und auch das wollte sie um jeden Preis vermeiden. Sie hätte sich gefühlt wie ein herrenloses Tier, das wehmütig sein altes Revier durchstreift.

Außerdem würde alles, was sie tat, sie nur von der Entscheidung ablenken, die sie treffen musste. John Gillespie hatte ihr eine einfache, klare Frage gestellt, die einer einfachen, klaren Antwort bedurfte: War sie bereit, die erste freie Stelle als Filialleiterin anzunehmen – egal, wo? Oder bestand sie weiterhin darauf, in der Heimat zu bleiben?

Wenn sie sich für Letzteres entschied, würde sie unter Umständen lange warten müssen. Was hatte sie, nun, da Kieran aus ihrem Leben verschwunden war, überhaupt noch hier verloren?

Wollte sie wirklich in dieser Stadt bleiben, wenn sie doch wusste, dass sie ihm jeden Augenblick Arm in Arm mit seiner neuen Flamme über den Weg laufen konnte? Wer war die Frau bloß? Wie sie wohl aussah?

Ach was, eigentlich wollte Belle es gar nicht wissen.

Ihr Handy klingelte, als sie gerade einen Schluck von ihrem Kaffee nehmen wollte.

»Craine.«

»Hier ist John Gillespie. Hören Sie, ich hatte Ihnen versprochen, sofort Bescheid zu sagen, wenn wir eine offene Stelle haben, und tatsächlich ist mir gerade etwas auf den Schreibtisch geflattert. Da wäre nur ein Problem: Sie müssen sich sofort entscheiden.«

Kapitel 26

Die ganze Nacht über tat Belle kaum ein Auge zu, und am folgenden Morgen machte sie sich noch vor dem Frühstück auf den Weg zum Bluebell Estate. Sie musste dringend mit ihrem Vater sprechen ... notfalls auch mit ihrer Mutter – solange diese sie nicht wieder über den Schuster und seine Leisten belehren würde.

Sie drehte den Hausschlüssel im Schloss herum, öffnete die Tür und kündigte mit einem betont heiteren »Mum, Dad! Ich bin es!« ihr Erscheinen an.

Der Einzige, der darauf reagierte, war Engelbert. Er hatte zuvor hingebungsvoll an einem alten Lammknochen genagt, den er irgendwo in der Nachbarschaft aus einer Mülltonne stibitzt haben musste. Mit vor Liebe überquellenden Augen blickte er zu Belle auf, während der nach verrottetem Fleisch stinkende Speichel von seinen Lefzen auf den Teppich troff.

»Brav, Engelbert.« Belle streichelte ihn zaghaft. »Was machst du denn hier? Warum bist du nicht in der Kneipe bei Mona?«

Eine Stimme antwortete vom oberen Treppenabsatz. »Weil Mona hier ist.«

Überrascht blickte Belle auf. Mona erschien in Schlafanzug und

Pantoffeln auf der Treppe. Ihre blonden Haare standen in alle Richtungen von ihrem Kopf ab, und ungeschminkt sah sie sehr blass aus. Sie gähnte herzhaft. »Sie sind für ein paar Tage verreist«, verkündete sie. »Am Montag kommen sie zurück.« Langsam und schwerfällig kam sie die Treppe heruntergeschlurft.

»Mum und Dad sind weggefahren?«

»Mit Jax. Sie wollten deine Tante June in Norfolk besuchen, weil sie dieses Jahr noch keinen anständigen Urlaub gemacht haben. Hat dir niemand Bescheid gesagt?«

Belle schmollte. Dann erinnerte sie sich vage daran, dass ihre Mutter vor einigen Tagen etwas von einem Verwandtenbesuch erwähnt hatte. »Doch, doch«, sagte sie rasch. »Es war mir bloß entfallen. Dann hältst du hier so lange die Stellung?«

»Ich und Engelbert, genau.« Sanft zwang Mona die Kiefer des Tieres auseinander, zwischen denen inzwischen eins von Brendas geliebten Porzellanfigürchen klemmte. Mona polierte sie an ihren Pyjamahosen und stellte sie wieder an ihren Platz auf der Heizung im Flur. »Engelbert ist ein fabelhafter Wachhund, nicht wahr, Engelbert?«

»Abschreckend ist er auf jeden Fall«, räumte Belle ein. Ihr war sehr unbehaglich zumute, dennoch wollte es ihr nicht gelingen, sich mit einem schnellen »Dann bis irgendwann einmal!« zu verabschieden und zu gehen. »Und ... wie geht es dir so?«

Mona zuckte mit den Schultern, während sie Belle voran in die Küche ging. »Ganz gut. Hin und wieder ist mir ein bisschen übel. Von sexy Sheila hast du ja bereits gehört, nehme ich an.«

»Mir sind einige Gerüchte zu Ohren gekommen.« Die Tatsache, dass sie dank der Nachforschungen ihrer emsigen Freundin Ros besser über den Beruf ihrer Halbschwester Bescheid wusste als jeder andere in der Stadt, ließ Belle wohlweislich unerwähnt. Sie schluckte. Aus unerfindlichen Gründen fühlte sie sich schuldig. »Das muss dir ziemlich peinlich gewesen sein.«

Mona lächelte sie an. »Vor allem habe ich mir Sorgen gemacht, wie Gerry darauf reagieren würde, aber er hat es sehr gelassen aufgenommen. Vor allem, als ich ihm von dem Wohltätigkeitskalender erzählt habe.«

»Was für ein Wohltätigkeitskalender?«, fragte Belle, während Mona Wasser aufsetzte und zwei Tassen aus dem Schrank nahm.

Bereitwillig erläuterte Mona das Projekt, das Big Bob an sie herangetragen hatte.

Belles Augen weiteten sich. »Du? Nackt? Um Geld für St. Mungo zu sammeln?«

»Es wird alles sehr geschmackvoll, das kann ich dir versichern«, sagte Mona lachend. »Natürlich müssen wir uns beeilen. Lange kann ich das Kleine hier nicht mehr verbergen.« Sie tätschelte sich den Bauch, der – so fand Belle nicht ohne Neid – nicht stärker gerundet war als ihr eigener an einem ganz normalen Tag.

»Und Dad hat nichts dagegen?« Belle kam aus dem Staunen nicht mehr heraus.

»Nun, er kennt noch nicht sämtliche Details«, räumte Mona ein. »Das Endergebnis soll eine Überraschung sein.«

Und was für eine, dachte Belle.

»Außerdem wird der Kalender nicht offiziell von St. Mungo herausgegeben. Wir spenden lediglich den Verkaufserlös.«

Belle ließ sich auf einen Küchenstuhl sinken. »Mut hast du jedenfalls«, bemerkte sie widerwillig.

»Aber du hältst nichts von der Idee, stimmt's?«

»Spielt das eine Rolle?«

»Natürlich. Du bist meine Schwester!« Mona schüttete Cornflakes in eine Schüssel und goss Milch darüber. »Schon gefrühstückt?«

»Noch nicht, aber ehrlich ges…«

Mona stellte die Schüssel vor sie hin und drückte ihr einen Löffel in die Hand. »Hier. Ich hole mir eine neue.« Dann musterte sie Belle forschend. »Herrje, du siehst kreuzelend aus. Hast du dir einen Virus eingefangen?«

Belle stach mit dem Löffel auf ihre Frühstücksflocken ein. »Nein. Ich bin nur müde. Und ich … mache mir Sorgen«, fügte sie hinzu.

»Worüber?«

»Über alles.« Eigentlich hatte sie Mona nichts von ihren Problemen sagen wollen – wahrscheinlich würde sie nichts als Häme ernten –, aber schon waren ihr die Worte entschlüpft. »Es geht um meine Arbeit.«

Mona zog sich einen Stuhl heran und setzte sich. »Du musst es mir nicht erzählen, wenn du nicht willst. Aber im Augenblick bin ich die Einzige weit und breit, die dir zuhören kann.«

Blöde Kuh, musst du denn immer recht haben?, dachte Belle. Muss es dich überhaupt geben? Doch dann öffnete sie den Mund, und alles sprudelte aus ihr hervor.

Mona kaute bedächtig ihre Cornflakes. »Liverpool also?«

Belle nickte düster. »Dort ist eine Stelle als Filialleiterin frei. Wenn ich sie will, gehört sie mir.«

»Und wenn nicht?«

»Gehe ich zurück in meinen alten Laden, aber nur als stellvertretende Filialleiterin. Und nur, solange Lily in der Babypause ist.«

»Strenggenommen hast du also gar keine Wahl«, stellte Mona fest.

»Eben. Ich wäre verrückt, den Job in Liverpool nicht anzunehmen.«

»Und? Wirst du es tun?«

Eine Flutwelle der Trübsal schwappte über Belle hinweg. Mit nackter Verzweiflung im Blick sah sie zu Mona auf. »Warum sollte ich in Cheltenham bleiben? Was soll ich noch hier? In Liverpool hätte ich wenigstens die Möglichkeit, neu anzufangen. Wenn ich hier bleibe, gelingt mir das vermutlich nie. Ich sehe mich schon, wie ich in fünfzig Jahren immer noch meiner verpfuschten Vergangenheit nachweine!«

Mona rührte in ihrer Kaffeetasse. »Verstehe. Es geht um Kieran.«

Belle sah ihr geradewegs in die Augen. Sie war zu traurig und zu erschöpft, um noch Wut auf ihre Halbschwester zu empfinden. »Das solltest du am besten wissen«, sagte sie leise.

Mona hielt ihrem Blick stand. Arme Belle. Noch vor einem halben Jahr hätte ich bei der Vorstellung, ich würde sie einmal so leiden sehen, die Korken knallen lassen …

Aber die Zeiten hatten sich geändert. Ja, Belle Craine gab allzu oft das verhuschte, brave Mäuschen, ihre biedere, selbstgerechte Art war nervtötend, aber hatte sie es deshalb verdient, so zu leiden? Und vor allem: Wollte Mona den Rest ihres Lebens mit einem schlechten Gewissen durch die Welt gehen, weil sie das Lebensglück so vieler Menschen zerstört hatte?

»Weißt du, wann ich Kieran das letzte Mal gesehen habe?«, fragte sie.

Belle zuckte mit den Schultern. »Kann ich etwas dafür, dass du dich mit einem Mann einlässt, der dir den Laufpass gibt, sobald er dich geschwängert hat?«

Mona stieß ein langes, frustriertes Knurren aus. »Also schön. Du hast es nicht anders gewollt. Ich werde es dir sagen. Alles. Von Anfang bis Ende. Die ganze Wahrheit. Vielleicht gibst du dann Ruhe.«

»Und was, wenn ich keine Lust habe zuzuhören?«, gab Belle bockig zurück.

»Tu, was du willst«, sagte Mona und begann.

Belle lauschte fassungslos. Eigentlich hätte sie jeden Grund gehabt, wütend zu sein, aber sie fühlte sich lediglich wie betäubt.

»Alles nur aus Rache?«, flüsterte sie, als Mona geendet hatte.

Mona nickte. »So ist es. Nur deswegen bin ich nach Cheltenham gekommen.« Sie lächelte matt. »Meine Mutter weiß allerdings nichts davon. Ich habe ihr gesagt, ich würde eine Rucksacktour durch Europa machen.«

»Und du hast es trotzdem getan?«

»Ich *musste* es einfach tun. Ich habe die ganze Sache einfach nicht aus meinem Kopf gekriegt. Ich war felsenfest davon überzeugt, dass Gerry meine Mutter absichtlich hat sitzenlassen, sobald er wusste, dass sie schwanger war. Dass er ihre Briefe nicht beantwortet hat, weil er mit ihr und mir nichts mehr zu tun haben wollte, verstehst du? *Er* war daran schuld, dass ich nie einen richtigen Vater hatte. *Er* hatte mir die Kindheit versaut. Und vielleicht habe ich auch gehofft, meine Mutter wäre stolz auf mich, wenn sie erführe, was ich getan habe. Aber dann habe ich euch kennengelernt, und Gerry ... ich konnte einfach nicht glauben, dass er ein mieser Feigling ist, der mir, ohne mit der Wimper zu zucken, mitten ins Gesicht lügt.«

»Natürlich ist er das nicht!«, sagte Belle, und in ihrer Stimme schwangen Zorn und Empörung mit. »Mein Vater ist der ehrlichste Mensch der Welt.«

»*Unser* Vater«, sagte Mona. »Das weiß ich inzwischen. Aber meiner Mutter glaube ich auch. Wie oft hat sie mir von den Briefen erzählt, die sie ihm geschrieben hat? Irgendjemand lügt. Aber wer?«

Belle dachte einen Augenblick lang darüber nach. »Vielleicht keiner von beiden«, sagte sie dann. »Vielleicht ist noch eine dritte

Person in die Sache verwickelt. Jemand, der den beiden schaden wollte.«

»Mag sein. Aber eigentlich wollte ich dir noch etwas ganz anderes sagen. Manchmal treibst du mich in den Wahnsinn, aber immerhin bist du meine Schwester, und ich will nicht, dass du wegen mir unnötig leiden musst. Und deswegen werde ich dir jetzt verraten, wer der Vater meines Kindes ist.«

»Meine Güte, das weiß ich doch längst«, schnappte Belle. »Die ganze Welt weiß es. Du musst es nicht noch schlimmer machen.«

Mona raufte sich die Haare. »Kannst du nicht einmal, nur für einen kurzen Moment, deine große Klappe halten?«, rief sie, am Ende ihrer Geduld. »Kieran Sawyer ist *nicht* der Vater meines Kindes! Sag mir, worauf ich schwören soll – auf die Bibel, auf das Leben meines Babys, was auch immer du willst.« Sie strich sich liebevoll über den Bauch. »Dieses kleine Wurm hier drin hat nichts mit Kieran zu tun. Ich habe ihn nicht einmal geküsst, geschweige denn mit ihm geschlafen.«

Warum tut sie mir das an?, fragte sich Belle verzweifelt. Warum kann sie es nicht einfach zugeben? »Erwartest du allen Ernstes, dass ich dir das abkaufe?«

»Das ist dein Problem«, gab Mona zurück. »Ich sage dir nur die Wahrheit.«

Belle fummelte am Henkel ihrer Tasse herum. Mona hatte so geradeheraus und eindringlich gesprochen – es war unmöglich, ihre Worte einfach als Lüge abzutun. »Also schön.« Belle räusperte sich. »Nehmen wir also an, ich glaube dir. Aber wenn Kieran nicht der Vater ist, wer ist es dann?«

Sie blitzte Mona herausfordernd an, und zu ihrer immensen Überraschung wurde ihre Schwester feuerrot. Ein langes unbehagliches Schweigen folgte, und dann …

»Oz«, wisperte Mona und machte dabei ein Gesicht, als wünsche sie, der Erdboden möge sich auftun und sie auf der Stelle verschlingen.

»Oz?«, rief Belle mit schriller Stimme und verschluckte sich fast. »Soll das ein Witz sein?«

Mona schrumpfte immer weiter in sich zusammen. »Meine Güte, Belle, denk nach! Glaubst du wirklich, ich würde sagen, dass Oz der Vater ist, wenn es nicht der Wahrheit entspräche?

Kannst du dir auch nur im Entferntesten vorstellen, wie mordsmäßig peinlich mir die ganze Sache ist?«

Belle war wie vor den Kopf geschlagen. »Meinen wir beide denselben Oz? Kierans verklemmten Käferfreund? Den hilflosen Trottel, der mit seinen dreiunddreißig Jahren immer noch bei seiner Mutter lebt?«

Mona nickte stumm.

»Aber das – das ist vollkommen absurd! Warum sollte eine Frau wie *du* einen Mann wie *ihn* auch nur ansehen? Er züchtet Termiten in seinem Keller!«

»Ich habe auch keine Erklärung dafür«, sagte Mona kleinlaut. »Es hat einfach zwischen uns gefunkt. Irgendeine magnetische Anziehungskraft ... ich weiß es nicht. Außerdem schien er auf den ersten Blick ein ganz normaler, netter Mann zu sein. Und davon gibt es nicht allzu viele.«

Letzteres mochte stimmen. Aber »magnetische Anziehungskraft«? »Nein«, sagte Belle entschieden und schob ihre Schüssel von sich. »Ich glaube dir kein Wort. Was ist mit dem Schwangerschaftstest, den ich in Kierans Wohnung gefunden habe?«

Mona zwirbelte den Gürtel ihres Bademantels zwischen den Fingern. »Du weißt doch, dass sich Oz manchmal Kierans Wohnung borgt, damit er sich dort mit Frauen treffen kann?« Belle nickte. »Nun, eine dieser Frauen war ich. Und als ich gemerkt habe, dass ich vielleicht schwanger bin, wollte ich sofort einen Test machen – aber irgendwo im Geheimen, verstehst du? Stell dir vor, einer von euch hätte ihn gefunden. Also habe ich mir von Oz Kierans Wohnungsschlüssel geliehen.« Sie seufzte. »Wer konnte denn damit rechnen, dass du den Müll durchwühlst ...«

»Ich habe den Müll nicht durchwühlt«, widersprach Belle. »Es war nur, weil ich versehentlich ... Heißt das, Kieran wusste nichts von all dem?«

»*Ich* habe ihm bestimmt nichts gesagt. Und Oz auch nicht. Er hat eine Riesenangst davor, dass seine Mutter erfahren könnte, dass er sich mit Frauen trifft. Er würde es nicht einmal unter Folter gestehen.«

Belle grübelte. Irgendetwas passte da nicht zusammen. »Wenn seine Mutter wirklich ein solcher Drachen ist«, sagte sie zögerlich, »dann wird sie ihm doch spätestens jetzt die Hölle heiß machen.«

»Das *würde* sie wohl«, bestätigte Mona. »Wenn sie Bescheid wüsste.«

Belle stutzte. »Seine Mutter weiß nichts von dem Baby?«

»Sie weiß nicht einmal etwas von mir. Wie hätte Oz ihr auch sagen sollen, dass ich schwanger bin? Er hat ja selbst keine Ahnung. Wir haben uns schon eine ganze Weile nicht mehr gesehen … Die ganze Heimlichtuerei wurde mir zu kompliziert. Und ich fand es lächerlich. Ich habe ihm den Laufpass gegeben, weil ich die Scharade nicht mehr mitmachen wollte. Jämmerlicher Feigling.«

Belle ließ sich in ihren Stuhl zurücksinken. Sie war vollkommen durcheinander. »Du bekommst ein Baby von ihm und hast ihm noch nichts davon gesagt?«

»Durch sein Verhalten hat er mehr als deutlich signalisiert, dass er für eine dauerhafte Bindung noch nicht reif ist. Du kennst ihn doch. Anfangs habe ich noch gedacht, ich könnte ihn vielleicht ändern, aber das war reiner Selbstbetrug. Warum also sollte ich ihm davon erzählen? Wahrscheinlich würde er bloß hysterisch werden.«

»Man kann nie wissen«, murmelte Belle.

»O doch, man kann.«

»Also schön. Aber hat er nicht trotzdem ein Recht darauf, es zu erfahren? Und was ist mit dem Kind? Gerade du müsstest doch …« Sie ließ den Rest des Satzes in der Luft hängen.

Das saß. Belle sah den Schmerz in Monas Gesicht. »Es ist nicht immer so einfach«, sagte sie mit einer Spur Bitterkeit in der Stimme.

Eine Weile lang saßen sie schweigend da. Belle wusste nicht, was sie denken sollte. Sie war verwirrt, erleichtert und gleichzeitig von einer panischen Angst erfüllt. Wenn Mona tatsächlich die Wahrheit gesagt hatte … dann hatte sie, Belle, Kieran für etwas verantwortlich gemacht, woran er keinerlei Schuld trug. Und noch schlimmer: Sie hatte eine wundervolle Beziehung, vielleicht die Liebe ihres Lebens, einfach weggeworfen!

Sie sah zu Mona auf. »Und wie … sieht dein jetziges Verhältnis zu Oz aus?«

Mona wand sich unbehaglich. »Ungefähr so wie deins zu Kieran, würde ich sagen.«

Belles Herz setzte einen Schlag lang aus. »Was soll das heißen?«

»Dass ich immer noch in einen bindungsunfähigen, infantilen

Trottel verliebt bin, genau wie du immer noch in Kieran verliebt bist. Mach dir keine Mühe, es abzustreiten«, sagte sie müde. »Ein Blinder kann es sehen.«

Die schützende Fassade des Gleichmuts, die Belle mühevoll um sich herum errichtet hatte, fiel mit einem Schlag in sich zusammen. Mona hatte recht, es hatte keinen Sinn, es zu leugnen. Ihre Liebe zu Kieran mochte einige schwere Schläge hingenommen haben, aber sie war immer noch da.

»Vielleicht ist gerade das der Grund, weshalb ich die Stelle in Liverpool annehmen sollte«, sagte sie schließlich.

»Wieso? Du liebst ihn doch. Ich habe dir gesagt, dass zwischen uns nie etwas war. Warum um alles in der Welt willst du dich noch von ihm fernhalten?«

Es kostete Belle schier übermenschliche Kraft, es auszusprechen. »Weil er mich nicht liebt.«

Mona blinzelte sie verdattert an. »Aber ... das ist kompletter Schwachsinn!«

»Und wieso hat er dann eine neue Freundin?«

»Das kann nicht sein!«

Belle berichtete ihr, was Clare erzählt hatte. Sie beschrieb auch den leidenschaftlichen Kuss im Restaurant. »Du siehst, es ist besser, wenn ich ihn mir aus dem Kopf schlage.«

Mona runzelte die Stirn. »Glaubst du alles, was man dir auftischt?«

»Natürlich nicht! *Dir* habe ich ja auch nicht geglaubt, oder?«

»Das stimmt. Aber wie steht es mit anderen Menschen? Clare zum Beispiel?«

»Clare ist meine Freundin.«

»Das behauptet *sie*. Wann hat sie sich das letzte Mal bei dir gemeldet?«

»Es ist schon ein paar Wochen her«, gab Belle widerwillig zu, »aber ...«

»Nichts aber«, fiel Mona ihr ins Wort. »Lass dich nicht veralbern, Belle! Ich weiß genau, wie es sich anfühlt, wenn man nicht mehr weiß, wem oder was man noch glauben kann – denk an die Geschichte mit Gerry und meiner Mutter und den mysteriösen Briefen, die angeblich nie angekommen sind. Sieh dich vor, dass dir nicht dasselbe passiert wie mir!«

Kapitel 27

Mit jedem Tag, den Belle wieder in ihrer alten Filiale von Green Goddess arbeitete, erschien ihr das Zwischenspiel in Gloucester mehr wie ein verrückter Traum.

Dennoch hatte sich einiges verändert. Da Lily – die den Posten als stellvertretende Filialleiterin von ihr übernommen hatte – bald den Mutterschutz antreten würde und Waylon oft unterwegs war, trug Belle nun deutlich mehr Verantwortung als früher. Sie machte sich mit Feuereifer an ihre neuen Aufgaben, auch wenn nicht feststand, ob sie die Stelle dauerhaft würde behalten können. Zwar hatte Lily ihr versichert, sie habe keineswegs die Absicht, wieder ganztags zu arbeiten, wenn das Baby da war, aber falls sie ihre Meinung wider Erwarten änderte, würde Belle entweder wieder als einfache Verkäuferin arbeiten oder die Stelle ganz aufgeben müssen. Dann stünde sie sogar noch tiefer auf der Karriereleiter als ihr ehemaliger Protegé und guter Freund Jerszy, der vor Kurzem einen Posten als Verkaufsleiter in der nagelneuen Filiale in Cardiff angetreten hatte. Das war der Preis, den man dafür bezahlte, wenn man auf der Straße des beruflichen Erfolgs falsch abbog. Schön dämlich war ich, dachte Belle reumütig. Wenn ich in Cheltenham geblieben wäre, statt zu versuchen, bei albernen Machtspielchen im Management mitzumischen, wäre ich inzwischen Filialleiterin.

Mehr hatte sie schließlich nie gewollt.

Tag für Tag fragte sie sich, ob sie wenigstens diesmal die richtige Entscheidung getroffen hatte. Ihr Verstand sagte ihr, sie hätte die Chance ergreifen, nach Liverpool gehen und in ihrem Leben den längst fälligen Neuanfang wagen sollen. Stattdessen spukte sie nun weiterhin in Cheltenham herum.

Und wozu das alles? Den ganzen Sommer über hatte sie kaum mehr als zwei Worte mit Kieran gewechselt – und das auch nur, weil sie sich zufällig über den Weg gelaufen waren und ein Zusammentreffen nicht hatten vermeiden können.

Normalerweise war Belle nicht so unachtsam. Sobald sie Kieran sah, huschte sie um die nächste Ecke oder suchte Deckung in einem benachbarten Geschäft – aber nicht etwa, weil sie nicht mit ihm sprechen wollte, sondern weil ihr Verlangen danach beinahe übermächtig war. Aber ihm inmitten all der Menschen gegenüberzustehen, mit Stummheit geschlagen und voller Scham, während sich die Welt um sie herum weiterdrehte, als wäre nichts passiert, war mehr, als sie hätte ertragen können.

Sollte sie Mona bitten, mit ihm zu sprechen? Mehr als einmal hatte sich ihre Halbschwester erboten, zwischen Belle und Kieran zu vermitteln. Aber Belle wollte sie nicht belasten: Mona hatte genug eigene Sorgen – sie musste sich auf die Geburt ihres Kindes und auf ihr Leben als alleinerziehende Mutter vorbereiten. Außerdem hatte Belle trotz allem noch einen Funken Stolz im Leib. Wenn sie tatsächlich versuchen wollte, ihre Beziehung zu kitten, würde sie es ganz allein tun. Falls sie jemals den Mut dazu aufbrachte. Das war ja nie Belles Stärke gewesen …

Aber war es die Sache überhaupt wert? Sie hatte ihr eigenes und Kierans Leben schon einmal in heilloses Chaos gestürzt. Vielleicht wäre es besser, ihn einfach in Ruhe zu lassen, damit auch er neu anfangen konnte – diesmal mit jemandem, der ihm wirklich vertraute.

Und dennoch … Belle tastete in ihrer Jackentasche nach dem Schlüssel zu seiner Wohnung, den sie nie zurückgegeben hatte – er hatte sie bis jetzt nicht danach gefragt. War es Zeit für einen allerletzten Versuch? Oder hatte sie zu lange gezögert?

Die ganze Welt lag Jax zu Füßen. Oder wenigstens die ganze Schule.

Seit jener schicksalhaften Nacht im Casablanca hatte sich viel verändert. Stacey und ihre Clique waren Jax gegenüber urplötzlich richtig freundlich oder zollten ihr zumindest zähneknirschend Respekt. Einige der anderen Schüler wiederum hatten eine sehr nützliche Eigenschaft an Jax entdeckt: Sie war blitzgescheit. Egal um welches Fach es ging, sie wusste alles. Natürlich war ihr wertvoller Sachverstand nicht umsonst zu haben – hier war Jax ganz Geschäftsfrau, und sie war immer wieder erstaunt, wie groß der Markt für alle Arten schulischer Dienstleistungen war, vom Aufsatzschreiben über die Erledigung der Mathematikhausaufgaben. Schon bald hatte sie sich so eine Verdienstquelle erschlossen, die stetig sprudelte.

»Und? Wie war deine letzte Prüfung?«, fragte Demi sofort, als Jax und ihre Clique zur Hardrock-Nacht im Hairy Newt eintrafen.

Jax hauchte auf ihre glitzernd blau lackierten Fingernägel und polierte sie an ihrem schwarzen Top. »Ein Kinderspiel. Es sind aber ohnehin nur zwanzig Prozent der Endnote, und für den Rest des Kurses habe ich meine Note schon. Eins plus«, fügte sie in aller Bescheidenheit hinzu.

Snooker seufzte. »Du bist widerlich. Ich habe mir einen Wolf gelernt, und wozu? Für eine glatte Vier. Ich kann von Glück reden, wenn ich nicht durchfalle.«

Razor hingegen platzte fast vor Stolz und zeigte dies, indem er einen Arm um Jax' Schultern legte und sie liebevoll drückte. »Tja, ihr Lieben, meine Lady ist klüger als der ganze Rest der Stadt zusammen.«

»Und ob«, sagte Jax. »Außerdem habe ich festgestellt, dass der Schulwechsel für mich durchaus einige entscheidende Vorteile gebracht hat.«

Demi sah sie verdattert an. »Aber ... bist du verrückt geworden? Bis letzten September hat sogar die Polizei den Schulhof kontrolliert. Um ein Haar wäre der Laden dichtgemacht worden!«

»Und genau das kommt mir jetzt zugute.« Jax blickte ausgesprochen selbstzufrieden in die Runde. »Heutzutage bevorzugen Universitäten Bewerber aus sozial schwachen Verhältnissen. Für Schüler, die sich gegen alle Widrigkeiten ihrer bildungsfeindlichen Umgebung durchgesetzt haben, gibt es jede Menge Stipendien. Und die werde ich abgreifen. Ha!« Sie kippte ihr Bier hinunter und wischte sich mit dem Handrücken über den Mund. »Ihr werdet sehen, ich schaffe es bis ganz nach oben. Vielleicht sogar nach Oxford oder Cambridge!«

»Ich habe euch doch gesagt, dass sie schlau ist«, bemerkte Razor strahlend. »Was Frauen angeht, habe ich einen super Geschmack, nicht wahr, meine kleine dunkle Prinzessin?«

»Königin!« Jax rollte genervt mit den Augen, als er sie auf die Nasenspitze küsste, aber unter ihrem weißen Make-up glühten ihre Wangen vor Freude. »Und jetzt hör auf, dich wie ein Mädchen zu benehmen, und hol die nächste Runde! Du zahlst.«

»Wie romantisch!«, sagte Demi schmunzelnd, als Razor mit einem seligen Lächeln auf dem Gesicht zur Theke abzog. »Ihr seid ja zwei richtige kleine Turteltäubchen.«

Jax lachte gutmütig.

»Da wir gerade vom Turteln sprechen«, warf Snooker ein. »Wäre diesen Monat nicht eigentlich der Hochzeitstermin deiner Schwester?«

»Stimmt!« Erst jetzt fiel es Jax wieder ein. »Nächsten Samstag. Hm, das hatte ich ganz vergessen ... arme Belle«, sagte sie leise.

Ihre Freunde stutzten. »Entschuldige«, meldete sich Demi, »hast du gerade ›arme Belle‹ gesagt? Mitleid mit deiner Schwester geäußert? Das ist ja etwas ganz Neues.«

Jax verzog das Gesicht. »Sie ist halt eine spießige Schnarchnase. Aber immerhin hat sie versucht, mir mit Stacey zu helfen, und das mit Kieran tut mir wirklich leid. Sie haben gut zueinander gepasst.«

»Weil er auch eine spießige Schnarchnase ist?«, erkundigte sich Demi.

»Du sagst es.« Jax grinste. »Aber die ganzen Gerüchte über ihn und Mona ... meiner Ansicht nach ist die Vorstellung, er könne sie geschwängert haben, vollkommen lächerlich. Mona hat gesagt, das ist alles ein riesiges Missverständnis, und ich glaube ihr. Trotzdem verstehe ich, warum Belle so wütend ist. Wenn ich in der Wohnung meines Freundes einen Schwangerschaftstest gefunden hätte ... Es hätte ein Blutbad gegeben.«

»Vielleicht kommen sie wieder zusammen?«

»Nach allem, was passiert ist? Niemals. Eher wird Razor zur Miss Universum gewählt.«

Langsam, aber sicher erblühte die Gemeinde von St. Mungo. Die Fußballmannschaft war vollzählig, wöchentlich konnte der Chor neue Mitglieder verzeichnen, und jeden Sonntag entdeckte Gerry Craine in den Bankreihen seiner Kirche neue Gesichter, die den Weg in den Gottesdienst gefunden hatten. Damit, dass viele aus reiner Neugier kamen, weil sie den Skandalpfarrer mit eigenen Augen sehen wollten, hatte er sich längst abgefunden.

Auch Brenda strotzte nach Monaten des stummen Leidens wieder vor Tatendrang. Sie rührte in allen Töpfen gleichzeitig und kommandierte Heerscharen von Freiwilligen – und ein paar Unfreiwillige – herum, wie sie es auch früher mit Leidenschaft getan hatte. So konnte Belles Vater wieder aufatmen. Nun, da Brenda das Ruder wieder fest in der Hand hielt, war ihm eine schwere Last von den Schultern genommen. Endlich musste er nicht mehr all seine Termine und Verpflichtungen selbst im Kopf behalten. Die immense Erleichterung war ihm deutlich anzusehen.

»Liebling«, sagte er vom Sofa aus, wo er seine Predigt für den kommenden Sonntag durchging, während seine Frau, Belle und Mona in trauter Eintracht Broschüren für den bevorstehenden Bibelkurs falteten. »Was war noch diese Geschichte am Dienstagabend?«

Über den Rand ihrer Lesebrille hinweg warf Brenda ihm einen halb ungehaltenen, halb liebevollen Blick zu. »In der Kirche zur Heiligen Dreifaltigkeit in Nailsworth findet der ökumenische Gottesdienst der Diözesangemeinde statt. Der Bischof hat sich angekündigt, das heißt, du musst dein bestes Hemd anziehen und vorher unbedingt noch zum Frisör.«

Belle kicherte, und Engelbert, der es sich auf ihren Füßen gemütlich gemacht hatte, hob neugierig den Kopf. »Mum, du klingst, als wäre Dad ein kleines Kind, das du für den Schulfotografen herrichten musst.«

»Bischof Grove?«, rief Mona empört aus. »Pah, den schauen wir doch nicht mehr mit dem Hintern an. Dieser miese alte Kerl!«

»Mona!« Brenda warf ihr einen schockierten Blick zu. Dann brach sie in schallendes Gelächter aus. Engelbert fiel heulend und schwanzwedelnd mit ein.

»Es interessiert mich nicht die Bohne, wie mein Hemd aussieht«, verkündete Gerry, der gerade aufmerksam ein Loch in seinem Lieblingspullover untersuchte. »Für Thaddeus Grove werde ich mich bestimmt nicht herausputzen.« Dann stutzte er und sagte unvermittelt: »Nachtisch. Wieso schwirrt mir das Wort ›Nachtisch‹ im Kopf herum?«

Brenda schickte ein Stoßgebet gen Himmel. »Für den Bibelkurs, Schatz! Weißt du denn nicht mehr? Ich habe dich gebeten, die Gemeindevorsteherin zu fragen, ob ich Mousse au Chocolat oder Sherry-Trifle nach dem Shepherd's Pie reichen soll.«

»Ich glaube, eine Mousse ist besser«, sagte Belle. »Ich habe gehört, dass Familie Armstrong kommen will. Du weißt ja, wie sie sind, wenn man sie auch nur in die Nähe von Alkohol lässt. Selbst die Großmutter hat ein Untersuchungsverfahren wegen Trunkenheit am Steuer am Hals, und sie ist sechsundsiebzig.«

Brenda wurde blass. »Die Armstrongs? Dieselben Armstrongs, die für neunundneunzig Prozent der gesamten Verbrechen in Cheltenham verantwortlich sind?«

»Das halte ich für stark übertrieben«, warf Mona ein. »Die Sullivans sind schließlich auch noch da.«

»Sitzt Ricky Armstrong nicht noch im Knast, weil er einen Supermarkt überfallen hat?«, grübelte Belle laut.

»Er ist vor zwei Wochen auf Bewährung entlassen worden.«

Brenda betupfte sich die Stirn mit ihrem blütenweißen Taschentuch. »Nun, solche Prüfungen dienen nur dazu, uns stärker zu machen. Ich hoffe bloß, dass die Sullivans nicht auch kommen ...«

Mona schüttelte nachdrücklich den Kopf. »Auf keinen Fall. Die beiden Sippen sind seit Jahren verfeindet. Außerdem ist St. Mungo das Revier der Armstrongs. Sie würden jeden Sullivan in Stücke reißen, der es wagen sollte, ihnen in die Quere zu kommen.«

»Du liebe Güte«, sagte Belle. »Das ist ja wie in einem dieser alten Milieukrimis mit Vinnie Jones!«

»Der bekommt auch keinen Sherry-Trifle«, verkündete Brenda streng.

In diesem Augenblick schellte die Türglocke. Belle war schon aufgestanden und auf dem Weg in den Flur, als sich ihre Mutter geschwind an ihr vorbeischlängelte. »Lass nur, Schatz, ich gehe schon. Ich erwarte ... Besuch.«

»So? Wen denn?«

»Jemanden, der mit den Broschüren helfen will. Du wirst schon sehen. Und jetzt husch zurück ins Wohnzimmer!«

Belle tat wie geheißen und setzte sich wieder. »Ich wette, es ist Ken«, flüsterte sie Mona zu. »In der letzten Zeit redet sie nur noch von ihm.«

Mona nickte. »Wem sagst du das.« Dann senkte auch sie die Stimme, sodass Gerry sie nicht hören konnte. »Glaubst du, er und deine Mutter ... du weißt schon – ob es da in der Kiste gerappelt hat?«

Belle zuckte vor Schreck zusammen. »Igitt, hör auf! Hast du den Verstand verloren?«

»Das müsstest du doch inzwischen wissen«, sagte Mona lachend. »Aber ganz abwegig ist der Gedanke trotzdem nicht ...«

Sie verstummten, als sie Stimmen im Flur hörten. Gleich darauf wurde die Wohnzimmertür geöffnet.

Belle sah zunächst nicht von ihrer Arbeit auf, aber Mona stieß vor Schreck ein ersticktes »Heiliges Kanonenrohr!« hervor, schlug sich sofort die Hand vor den Mund und murmelte: »'tschuldige, Gerry.«

Als Belle den Blick hob, traf sie beinahe der Schlag.

Dem Neuankömmling schien es ähnlich zu gehen.

»Kieran?«

Belle starrte ihn an, und Kieran starrte Belle an, und einige Sekunden lang waren beide wie vom Donner gerührt. Dann drehte er sich zu Brenda um und sagte anklagend: »Du hättest mich ruhig vorwarnen können, dass Belle auch hier ist.«

»Stimmt«, erwiderte Brenda liebenswürdig. »Aber dann wärst du nicht gekommen.« Sie schnippte energisch mit den Fingern. »Gerry, Mona – mir nach! Ich möchte euch oben etwas zeigen.«

Gerry begriff nicht. »Aber wir haben es uns gerade so gemütlich gem...«

Brenda seufzte und schüttelte den Kopf. »Nach oben, Gerry. Sofort! Ich glaube, die beiden jungen Leute haben einiges zu besprechen. Und zwar unter vier Augen.«

Nachdem Brenda die Tür zum Wohnzimmer hinter sich geschlossen hatte, starrten sich Belle und Kieran noch eine Weile lang schweigend an.

Er hasst mich, dachte Belle, als sie in seine leeren, kalten Augen blickte und sich daran erinnerte, wie viel Liebe und Wärme ihr einst aus ihnen entgegengefunkelt hatte. Er hasst mich, und wer könnte es ihm verübeln? Ich bin vermutlich die letzte Person auf diesem Erdball, mit der er in einem Raum festsitzen möchte.

Vielleicht sollte sie einfach nach oben rennen und sich im Badezimmer einsperren, bis er fort war? Nein. Vermutlich würde ihre Mutter die Tür eintreten und sie wieder nach unten schleifen.

Nach einer scheinbaren Ewigkeit platzte Kieran heraus: »Es tut mir leid, dass ich hier so hereingeschneit bin, Belle. Ich wollte nicht … deine Mutter hat mich gebeten, ein paar Broschüren abzuholen.« Unschlüssig sah er zu Boden. Die meisten Männer hätten in Kierans Situation wahrscheinlich jeden Kontakt zu ihren früheren Beinahe-Schwiegereltern abgebrochen. Nicht so Kieran. Er konnte sich einfach nicht von der einzigen richtigen Familie lossagen, die er je gehabt hatte. Jetzt stand er stumm da und hoffte, dass Belle ihn verstand.

»Meine Mutter ist die Mata Hari von St. Mungo«, sagte Belle so gleichmütig wie möglich.

Kieran stand noch immer in der Nähe der Tür. »Soll ich wieder gehen?«

Belle zuckte mit den Schultern. Sie täuschte Gleichgültigkeit vor, obgleich die Gefühle in ihrem Innern ganz anders aussahen. Aber sie durfte nicht zulassen, dass er merkte, was sie empfand. Auf gar keinen Fall. »Wegen mir nicht.«

»Dann bleibe ich vielleicht«, sagte er leise. »Und vielleicht entschuldige ich mich bei der Gelegenheit auch gleich dafür, dass ich so ein arroganter Trottel gewesen bin.«

Mit einem Mal wurden seine Augen weicher. Aber wie konnte sie wissen, was wirklich in seinem Kopf vorging – oder in seinem Herzen? Gott, ich hasse diese Verstellung! Aber was soll ich tun?

»Ich muss mich auch entschuldigen«, sagte sie schließlich. »Zum Teil ist das schließlich alles meine Schuld.« Sie hielt inne. »Vielleicht bleibst du wirklich noch ein bisschen. Ich muss dir nämlich etwas sagen.«

»Ja?«

»Würde es dir etwas ausmachen, dich hinzusetzen? Du machst mich ganz nervös, wenn du so vor mir … aufragst.«

Kieran sah sie verdutzt an, ließ sich aber gehorsam in einem der Sessel vor dem Kamin nieder. Er folgte Belle mit dem Blick, die inzwischen auf dem zerschlissenen Kaminvorleger auf und ab tigerte. »Jetzt machst *du* mich nervös.«

»Was? Ach so. Natürlich.« Sie hockte sich auf die Sofakante. Dort saß sie und starrte ihre wippenden Schuhspitzen an. Wie oft hatte sie diese Rede schon vor dem Schlafzimmerspiegel geprobt? Sie sollte einfach drauflos plappern. Aber die Worte wollten um keinen Preis aus ihrem Mund heraus. »Ich weiß alles«, entfuhr es ihr schließlich. »Ich weiß, dass Monas Kind nicht von dir ist.«

Er sah auf. »Ach ja?«

Sie nickte stumm. Noch nie im Leben hatte sie sich so geschämt.

»Und wieso … was ist plötzlich anders?«

»Ich.«

»Du hast noch einmal über alles nachgedacht?«

»So ähnlich.« Sie holte tief Luft. »Ich habe mich mit Mona unterhalten. Ich weiß jetzt, wie dumm ich gewesen bin.«

»Nicht dümmer als ich.«

Aber Belle ließ sich nicht mehr aufhalten. Sie wollte keine Geständnisse hören – sie wollte selbst gestehen. Und zwar alles. »Wenn du wüsstest, wie leid es mir tut, dass ich dir so lange nicht geglaubt habe«, fuhr sie fort und sah ihn flehentlich an. »Ich weiß, das macht nichts ungeschehen … ich möchte nur, dass du es weißt. Was passiert ist, ist passiert. Wahrscheinlich habe ich einfach kein Talent für Beziehungen.« Sie verstummte stockend. »Das war es eigentlich schon. Was soll ich noch sagen?«

»Gar nichts.«

»Du hast recht. Ich halte lieber den Mund, bevor ich mich endgültig um Kopf und Kragen rede.«

Kieran lachte. »So sehr hast du dich also doch nicht verändert. Du rechnest noch immer mit dem Schlimmsten. Bitte mach dir keine Vorwürfe«, fuhr er ernster fort. »Was glaubst du, wie ich mich fühle? Wie der letzte Idiot. Ständig bin ich dir aus dem Weg gegangen, weil ich zu stolz war, dir gegenüberzutreten. Und weil ich zu viel Angst hatte.«

Belle sah ihn verblüfft an. »Angst? Du?«

»Und ob. Ich war so sauer, weil du mir nicht geglaubt hast! Doch statt zu versuchen, dich von meiner Unschuld zu überzeugen, habe ich mir einfach gesagt: ›Soll sie mir doch den Buckel runterrutschen!‹ Irgendwann ist mir aufgegangen, wie dämlich das war. Aber da war es schon zu spät.«

Belle zögerte. »Ich bin dir auch aus dem Weg gegangen«, gestand sie. »Einmal, da …« Sie errötete.

»Sag schon.«

»Einmal war ich mit meiner Mutter in diesem großen Gartencenter in Bourton. Ich habe dich aus dem Augenwinkel gesehen und …«

»Und?«

Belle verzog das Gesicht. »Ich war so in Panik, dass ich mich in einem der ausgestellten Geräteschuppen versteckt habe.«

»Das ist noch gar nichts. Ich wollte zur Videothek, und die einzige freie Parklücke war direkt neben deinem Wagen. Also habe ich an der Straße im Halteverbot geparkt und mir prompt einen Strafzettel eingehandelt.«

Belle sah zu Kieran auf, und einen Augenblick lang herrschte Schweigen. Dann fingen beide mit einem Mal an zu glucksen. Immer lauter lachten sie, so lange, bis die schreckliche Anspannung zwischen ihnen vollkommen verflogen war.

»Wie jämmerlich«, sagte Belle kopfschüttelnd und wischte sich die Lachtränen mit dem Ärmel ihres Pullovers fort.

»Irgendeine Moral hat die Geschichte bestimmt«, stellte Kieran fest und fügte dann beinahe triumphierend hinzu: »Aber ich glaube nicht, dass wir sie je entdecken werden.«

»Wir könnten es versuchen«, sagte Belle zaghaft. »Ich meine, Freunde zu sein«, fügte sie hastig hinzu, für den Fall, dass er sie falsch verstanden hatte. »Schließlich kennen wir uns schon fast vier Jahre …«

Kieran rieb sich das Kinn. »Du hast recht«, sagte er. »Außerdem haben wir ja nie aufgehört … einander zu mögen, stimmt's? Das sollten wir nicht einfach wegwerfen.«

Kierans Worte schmerzten. Er mag mich, dachte Belle. Aber er liebt mich nicht mehr. Er möchte, dass wir uns zur Begrüßung freundschaftlich umarmen und keusch auf die Wange küssen. Er möchte, dass ich zu seiner Hochzeit komme, zur Taufe seiner Kinder.

»Genau«, sagte sie und zwang sich zu einem Lächeln. »Aber deine neue Freundin magst du bestimmt noch ein bisschen lieber als mich«, fügte sie scherzhaft hinzu, sodass es wie eine Neckerei klang, nicht wie der bittere Vorwurf, den sie ihm zu gern an den Kopf geschleudert hätte.

Zu Belles Ärger runzelte Kieran fragend die Stirn. »Welche neue Freundin?«

Sogleich kochte Wut in ihr hoch. »Hör auf damit, Kieran, nicht schon wieder so ein Spielchen!«

»Was für Spielchen? Ich habe keine Freundin. Seit unserer Trennung habe ich mich mit keiner einzigen Frau getroffen.«

Belle verschränkte die Arme vor der Brust. »Und was ist mit der Blondine mit den dicken Titten, die du neulich in diesem italienischen Nobelschuppen abgeschleckt hast?«

Kieran blickte immer verdatterter drein. »Im La Primavera? Du weißt doch genau, dass ich mir ein derart teures Lokal nicht leisten kann ... und welche Blondine? Ich habe niemanden abgeschleckt! Ich sagte doch gerade, dass ich seit unserer Trennung ...«

»Ja, ich weiß. Ich bin nicht taub.« Urplötzlich war Belles Zorn in Resignation umgeschlagen. Sie seufzte tief. »Jemand hat dich gesehen, Kieran. Warum streitest du es ab? Schließlich *betrügst* du mich ja nicht mit ihr.«

»Eben! Warum sollte ich es also abstreiten – es sei denn, es ist gar nicht passiert?« Seine Augen verengten sich. »Wer hat dir davon erzählt?«

Belle scharrte unbehaglich mit den Füßen auf dem Teppich. »Ist das wichtig?«

»O ja. Wenn jemand Lügen über mich verbreitet, dann wüsste ich zu gern, wer es ist.«

Nach einem kurzen Zögern sagte Belle: »Clare.«

»*Clare*!«

Belle stutzte. Kierans Gesichtsausdruck war nicht die Miene eines Mannes, dem soeben bewusst geworden war, dass man ihn beim Lügen ertappt hatte. Er wirkte ehrlich überrascht ... nein, geradezu erschüttert.

»Sie hat mich angerufen und mir erzählt, wie sie zufällig eines Abends an dem Restaurant vorbeigekommen ist. Sie hat dich zusammen mit einer blonden Frau gesehen. Ihr habt euch geküsst. Sehr heftig. Sie hat es mir nur erzählt, weil sie fand, ich solle es lieber gleich erfahren – bevor ich euch beiden über den Weg laufe.«

»Ich muss schon sagen ...« Kieran pfiff leise durch die Zähne. »Dass sie so weit gehen würde, hätte ich nicht gedacht.«

»Was soll das heißen?«

Er warf den Kopf in den Nacken und starrte an die Zimmerdecke. »Das soll heißen, dass ich bis jetzt nur ein einziges Mal in meinem Leben im La Primavera war – und rate mal, mit wem? Mit deiner sogenannten Freundin Clare.«

Belle öffnete den Mund, um zu widersprechen, aber Kieran hob die Hand. »Und bevor du an die Decke gehst – es war rein geschäftlich.« Er sah Belle direkt in die Augen. »Das dachte ich zumindest.«

Alle möglichen widersprüchlichen Gedanken wirbelten in Belles Kopf umher. »Könntest du das bitte genauer erklären?«, bat sie gepresst.

»Mit Vergnügen.« Kieran berichtete von Clares Anruf in der Redaktion, davon, wie sehr sie ihn gedrängt hatte, sich mit ihr zum Abendessen zu treffen, um das geplante Advertorial zu besprechen, er schilderte ihre wenig feinsinnigen Versuche, ihn zu becircen ... und ihren plötzlichen Sinneswandel, als sie hatte erkennen müssen, dass er ihre Vorstellungen von einem »Geschäftstreffen« nicht teilte.

Belle war fassungslos. »Clare soll sich an dich herangemacht haben, woraufhin du ihr einen Korb gegeben hast und gegangen bist? *Das* soll ich dir glauben?«

Kieran antwortete mit einem Schulterzucken.

»Aber – das würde sie niemals tun! Ich dachte ... sie ist doch meine Freundin!«

Ich dachte ... ich dachte ... Wieder und wieder hörte Belle das Echo der Worte in ihrem Kopf nachhallen. Ist denn in meinem Leben noch *irgendjemand* derjenige, der er zu sein vorgibt? Sagt Kieran die Wahrheit? Bin ich von meiner eigenen Freundin belogen worden?

»Es tut mir leid«, sagte Kieran. »Aber was auch immer du von mir glauben magst, ich würde dich niemals anlügen. Und eingebildet habe ich mir ihre Annäherungsversuche auch nicht. Die Frau ist mir beinahe auf den Schoß geklettert.«

»Warum sollte sie das tun?«, fragte Belle erneut. »Warum sollte jemand, der sich als meine Freundin bezeichnet, mir so etwas antun?«

»Ich weiß es nicht«, sagte Kieran, auch wenn seine Miene darauf schließen ließ, dass er durchaus den einen oder anderen Gedanken dazu parat hatte. »Es gibt nur eine Person, die dir darüber Aufschluss geben kann. Und das ist Clare selbst.«

Der folgende Nachmittag war heiß und schwül, und Mona spürte ihre Schwangerschaft sehr, während sie die Zapfhähne polierte. Fünf Monate lagen noch vor ihr, aber schon jetzt fühlte sie sich wie ein prall gefülltes Luftschiff auf Beinen. Noch dazu eins, das ständig müde war.

Gerade als sie zur Eingangstür gehen und absperren wollte, öffnete sie sich und ein Kopf erschien im Spalt.

»Entschuldigen Sie.« Der Kopf gehörte, wie sich herausstellte, zu einer mageren jungen Frau mit fahlem, abgespanntem Gesicht und dunklen Ringen unter den Augen. Ihre unregelmäßig gesträhnten Haare hatte sie mit einem Gummiband zu einem unordentlichen Pferdeschwanz zurückgebunden. »Ich komme wegen des Aushangs im Postamt. Sie suchen eine Putzfrau?«

Monas Miene erhellte sich. Ihre Gebete waren erhört worden! Seit mehr als einer Woche war dies die erste Rückmeldung auf ihre Stellenanzeige. Sie hatte sich langsam schon gefragt, ob es sämtlichen Einwohnern Cheltenhams so gut ging, dass sich niemand fand, der bereit war, Pissoirs zu schrubben und mit Brandflecken übersäte Kneipentische abzuwischen.

»Kommen Sie doch rein.« Sie trocknete sich die rechte Hand an der Hose ab und streckte sie zur Begrüßung aus. »Hallo. Ich bin Mona.«

»Cindy. Könnten Sie mir rasch einen Bewerbungsbogen geben? Ich bringe ihn morgen ausgefüllt vorbei, wenn ich die Kinder von der Vorschule abhole.«

»Das ist nicht nötig, kommen Sie einfach kurz herein, dann können wir uns gleich über alles unterhalten.« Auf keinen Fall werde ich sie entwischen lassen! Sie ist bestimmt meine einzige Chance. »Ich führe Sie kurz herum, damit Sie sich ein Bild davon machen können, was Sie erwartet. Danach besprechen wir bei einer Tasse Tee die Einzelheiten.«

Cindy warf einen gehetzten Blick auf ihre Armbanduhr. »Um halb muss ich aber spätestens gehen – meinen Jüngsten abholen, er ist bei seinem Vater. Der wird fuchsteufelswild, wenn er die Blagen länger als nötig am Hals hat.«

»Wie viele haben Sie denn?«, erkundigte sich Mona.

»Vier.«

Vier Wadenbeißer! Mona schwindelte. Unvorstellbar. »Das ist ja … toll«, sagte sie schwach.

»Ganz im Gegenteil«, entgegnete Cindy entschieden. »Es ist zum Kotzen.«

»Oh.« Ausnahmsweise fiel Mona keine schlagfertige Antwort ein.

»Wenn ihre Erzeuger wenigstens nicht allesamt totale Versager wären! Na ja, selbst schuld, nicht wahr?« Cindy seufzte. »Habe mein erstes Baby mit fünfzehn bekommen, und seitdem ging es munter weiter.«

»Wirklich? Wie alt sind Sie denn jetzt … wenn ich fragen darf?«

Cindy sah ihr unverwandt in die Augen. »Zweiundzwanzig.« Sie musste die Miene ungläubigen Entsetzens auf Monas Gesicht gesehen haben, denn sie fuhr fort: »Ich weiß, ich sehe aus wie vierzig. So ist das als alleinerziehende Mutter.«

Eine unangenehme Kälte kroch in Mona hoch. »Aber es ist doch schön, Kinder zu haben, oder? Sie haben doch bestimmt ganz viel Freude an Ihren Kleinen. *Oder?*«

Cindy ließ ein trockenes Lachen hören. »Man merkt sofort, dass *das* da« – sie zeigte auf Monas leicht gerundeten Bauch – »Ihr Erstes ist! Verstehen Sie mich nicht falsch«, fuhr sie etwas sanfter fort, »ich liebe die kleinen Scheißer über alles. Und wenn man einen Ehemann hat, der gutes Geld verdient, ein gemütliches Haus und ein hübsches kleines Auto, dann ist Muttersein bestimmt das Schönste auf der ganzen Welt. Aber wenn man auf sich allein gestellt ist … nein, das kann ich weiß Gott niemandem empfehlen.«

Mona schluckte. Ihre Kehle war wie zugeschnürt. »Nicht?«, krächzte sie.

»Was wäre Ihnen denn lieber? Tagein, tagaus stinkende Klos zu schrubben, um irgendwie über die Runden zu kommen, oder gemütlich im Kinderzimmer zu sitzen, während Ihr Mann das Geld nach Hause bringt?« Sie schüttelte den Kopf und fasste sich an die Stirn. »Tut mir leid, ich weiß gar nicht, weshalb ich Sie so angreife. Sie haben sich bestimmt einen anständigen Mann gesucht, bevor Sie sich entschlossen haben, ein Kind zu bekommen«, sagte sie. »*Sie* sind viel zu gescheit, um sich mit irgendeinem verantwortungslosen Nichtsnutz einzulassen!«

Etwa eine halbe Stunde, nachdem Cindy den Pub verlassen hatte, saß Mona immer noch an einem der Tische nahe der Tür, starrte in die Tiefen eines halb ausgetrunkenen Glases mit alkoholfreiem Bier und lauschte auf das laute Ticken der Uhr an der Wand.

Irgendwann schob sie das Glas von sich, zog ihr Handy aus der Handtasche und wählte.

»Oz? Bist du es? Ja, natürlich spricht hier Mona! Wer denn sonst, du Hornochse? Hör zu, können wir uns treffen? Ich muss dir unbedingt etwas sagen. Es ist sehr wichtig.«

Kapitel 28

Grimmig erklomm Belle die Stufen des Bürogebäudes, in dem Clare arbeitete.

Die adrett gekleidete Dame am Empfang sah auf und schenkte ihr ein höfliches Lächeln.

»Kann ich Ihnen helfen?«

»Annabelle Craine. Ich habe einen Termin bei Clare Levenshulme in der Marketingabteilung.« Die Lüge war einfach so herausgerutscht.

Die Frau griff nach dem Telefon. »Wenn Sie bitte einen Moment warten würden? Ich rufe rasch durch und melde Sie an.«

»Nicht notwendig«, sagte Belle, die bereits auf dem Weg zum Aufzug war.

Bevor die Empfangsdame die Verfolgung aufnehmen konnte, schlossen sich die Türen des Fahrstuhls. Belle drückte auf den Knopf für den fünften Stock. Sie hatte schreckliche Angst, und ihre Handflächen waren schweißfeucht. Gleichzeitig jedoch war sie fest entschlossen und empfand sogar etwas wie … Vorfreude. Die Konsequenzen ihres Handelns waren ihr gleichgültig. Hauptsache, sie konnte sagen, was sie zu sagen hatte.

Mit einem sanften »Ping!« hielt der Lift im fünften Stock. Belle trat auf den Gang hinaus und wandte sich nach rechts. Sie war erst einmal in diesem Gebäude gewesen, konnte sich aber noch genau an den Weg zu Clares Büro erinnern. Sie arbeitete in einem durch Glaswände abgetrennten Raum am Rande eines Großraumbüros.

Festen Schrittes marschierte Belle über den blauen Teppichboden. Niemand hielt sie auf. Die meisten der Angestellten sahen nicht einmal hoch. Sie hatte das anthrazitfarbene Kostüm angezogen, das sie sich für ihr Vorstellungsgespräch bei Green Goddess gekauft hatte und in dem sie hier nicht weiter auffiel.

Kurz darauf hatte sie Clares Büro erreicht. Hinter der Scheibe erspähte sie ihren blonden Haarschopf. Sie war nicht allein. Umso besser.

Als Belle noch etwa zwei Meter von der Bürotür entfernt war, sah Clare plötzlich auf.

Nie in ihrem Leben würde Belle ihren Gesichtsausdruck vergessen.

Leider trat im selben Augenblick jemand von hinten an Belle heran und legte ihr die Hand auf den Arm. »Entschuldigung.«

Belle wirbelte herum.

»Es tut mir leid«, sagte eine junge Frau mit grellorangefarbenem Lippenstift und einem überlangen Pony, der ihre Augen fast vollständig verdeckte. »Sie können jetzt nicht zu Ms Levenshulme. Sie ist in einer Besprechung.«

»Da komme ich gerade recht«, sagte Belle seelenruhig und ließ mit einer einzigen lässigen Bewegung die Schiebetür aufgleiten. Um den Tisch ins Clares Büro herum saßen mehrere Leute, die erstaunt aufblickten.

»Hallo, Clare. Lange nicht gesehen.«

»Wer ist das?«, fragte ein älterer Herr, der zu Clares Rechten saß.

»Niemand Wichtiges.« Clare erhob sich langsam. »Belle, was machst du hier? Siehst du nicht, dass ich beschäftigt bin? Lass uns ein andermal plaudern, mir passt es gerade überhaupt nicht.«

»Aber *mir* passt es ganz ausgezeichnet«, gab Belle ungerührt zurück. »Was sollte ich tun? Zu Hause erreicht man dich nie.« Sie lehnte sich gegen den Türrahmen und verschränkte die Arme vor der Brust. »Es gibt etwas, was ich dir sagen muss, und ich werde nicht gehen, bevor ich es getan habe.«

Der ältere Herr streckte die Hand nach dem Telefon aus. »Soll ich den Sicherheitsdienst rufen?«

Clare winkte ab. »Das wird nicht nötig sein. Hören Sie, meine Damen und Herren, würde es Ihnen etwas ausmachen, eine Minute zu warten, während ich und diese ... meine Freundin uns kurz unterhalten?«

Ohne die Zustimmung ihrer Kollegen abzuwarten, marschierte sie aus dem Büro und schob die Tür mit einem Knall hinter sich zu. »Was hast du dir dabei gedacht?«, fauchte sie Belle an. »Was soll dieser kindische Auftritt?«

»Ich möchte dir nur das Leben ein wenig schwer machen. So wie du es bei mir getan hast.« Belle schenkte Clare ein liebenswürdiges Lächeln. »Oder wirst du jetzt sagen, dass ich mir deine Intrigen nur eingebildet habe? Wer weiß, vielleicht bin ich hysterisch. Was meinst du?«

Clare sah sich verstohlen um. Einige Angestellte hatten bereits in ihrer Arbeit innegehalten und beobachteten die beiden mit wachsender Neugier. Auch die Kollegen in ihrem Büro reckten die Hälse. Auf Clares Gesicht und Hals erblühten deutlich sichtbar rote Flecken. »Komm mit«, zischte sie und stakte davon in Richtung Pausenraum. Belle folgte schweigend. Sie hatte keine Angst mehr. Alles, was sie fühlte, war Wut.

Clare schloss die Tür hinter sich. »Also? Was soll der Unsinn?«

»Ich freue mich, dass wir uns endlich einmal wieder in aller Ruhe unterhalten können«, sagte Belle. »Wie lange ist es her, seit du einen meiner Anrufe beantwortet hast?«

»Ich habe dir doch gesagt, ich hatte zu tun.«

»Ja, richtig.« Belle holte tief Luft und fixierte Clare mit starrem Blick. »Du hast mich angelogen, Clare. Ich will wissen, warum.«

Ein paar Sekunden lang war es still. Dann brach Clare, sehr zu Belles Überraschung, in gellendes Gelächter aus. »Mein Gott, Belle, du bist wirklich noch dümmer als ich dachte! Hast du wirklich so lange gebraucht, um es herauszufinden?« Sie betupfte sich die tränenden Augen. »Du kannst einem beinahe leidtun – wenn du nicht so ein erbärmliches Mäuschen wärst.«

Belle war sprachlos. Ihre Freundin war wie verwandelt. Hatte sie ihre Boshaftigkeit so geschickt hinter ihrer Maske der Freundschaft verborgen gehalten? Vielleicht bin ich wirklich dumm, dachte sie. Aber vielleicht ist es auch ganz besonders leicht, einen Menschen zu täuschen, der sich verzweifelt nach einer Freundin sehnt. Entschlossen, sich nicht durch den Schmerz der Zurückweisung in ihrem gerechten Zorn bremsen zu lassen, fiel sie Clare ins Wort. »Du kannst mich beleidigen, soviel du möchtest. Ich will nur wissen, warum du es getan hast. Warum musstest du eine Beziehung zerstören, von der du genau wusstest, wie viel sie mir bedeutete?«

»Kapierst du es wirklich nicht?« Clare schenkte ihr ein hohntriefendes Lächeln. »Genau *das* ist der Grund! Ich musste sie zerstören, *weil* sie dir so viel bedeutet hat. Auge um Auge, Belle Craine.«

»Auge um Auge? Aber was habe ich dir jemals getan?«

Schlagartig war jede Heiterkeit aus Clares Miene verschwunden. Zurück blieb eine kalte Maske puren Hasses. »Wie kannst du es wagen? Du hast das Leben meines Bruders ruiniert!«

Damit hatte Belle nicht gerechnet. »Ich habe ... es ging die ganze Zeit um *Max*? Aber das ist Jahre her!«

»Er hat dich geliebt, und was hast du getan? Du hast ihn nur benutzt. Und dann hast du ihn in den Dreck gestoßen, ihm eiskalt das Herz gebrochen. Weißt du, wie es ihm jetzt geht? Nein, natürlich weißt du das nicht. Du hast nicht einmal daran gedacht, nach ihm zu fragen! Nach allem, was du ihm angetan hast ...«

In Belles Kopf begann sich alles zu drehen. *Wie es ihm jetzt geht* ... was um alles in der Welt wollte Clare damit sagen? Hatte Max etwa ... O nein, sie würde sich kein zweites Mal von dieser Schlange einwickeln lassen. »Hör zu, Clare, es tut mir leid, dass die Trennung Max so schwer zu schaffen gemacht hat. Aber das ist ein uralter Hut!«

Clare funkelte sie an. »Er hat dich *geliebt*. Alles, was er von dir wollte, war, dass du seine Liebe erwiderst.«

»Ganz so einfach ist es nun mal nicht.«

»Wenn du nicht so egoistisch und kaltblütig gewesen wärst, dann wäre er jetzt glücklich und nicht ... nicht dort, wo er jetzt ist.«

Clares melodramatischen Worten zufolge hätte man annehmen können, dass Max im Gefängnis saß oder in der geschlossenen

Psychiatrie vor sich hin vegetierte. »Was faselst du da? Er ist in London! Und was zum Geier ist so schlimm daran, dass er im sozialen Dienst tätig ist? Du solltest dich freuen, dass er eine Arbeit gefunden hat, in der er aufgeht – dass er etwas tut, um anderen zu helfen.«

Clare sah sie mit unverhohlenem Hass an. »Mich *freuen?* Bist du übergeschnappt? Max hätte einer der größten Ärzte des Landes werden können, er war der beste Student seines Jahrgangs. Dann bist du dahergekommen, und jetzt ist er nur noch von röchelnden, kranken Junkies umgeben! Darüber soll ich mich *freuen?*«

»Mein Gott, Clare«, sagte Belle leise. »Du hast das alles nur getan, weil du ein Snob bist?«

Ein Klopfen ertönte, und das Mädchen mit dem überlangen Pony steckte den Kopf zur Tür herein. »Mr Carter lässt ausrichten, er müsse in zehn Minuten gehen. Er hat noch einen Termin in London.«

Clare drehte sich nicht um. »Sagen Sie ihm, ich bin gleich da.«

Die Tür schloss sich wieder, aber die Spannung im Raum war gebrochen.

»In Zukunft werde ich mir meine Freunde sorgfältiger aussuchen«, sagte Belle. An der Tür drehte sie sich noch einmal um. »Und übrigens – ich weiß von deinem lächerlichen Versuch, Kieran zu verführen. Damit bist du ganz schön auf die Nase gefallen, was? Ich kann gar nicht fassen, dass ich eine Zeitlang sogar ein bisschen Angst vor dir hatte. Eigentlich sind Menschen wie du bloß bedauernswert.«

»Entschuldigen Sie, Miss! Bitte bleiben Sie stehen, Sie haben vorhin …«

Belle stürmte durch die Lobby, ohne sich umzudrehen. Sie wollte nur fort von hier. Raus aus diesem Gebäude und an die frische Luft. Als sie die Schwingtüren aufstieß und auf den Gehweg hinaustrat, befürchtete sie einen Moment lang, gleich von einer Horde Sicherheitsbeamter gepackt und zurückgeschleift zu werden. Aber das einzige Lebewesen weit und breit war eine Taube, die emsig Brotkrümel aus den Ritzen zwischen den Pflastersteinen pickte.

Belle blieb einige Minuten lang stehen, bewegungslos wie ein Fels, der aus einem Flussbett aufragte. Gratulation, sagte eine Stimme in ihrem Innern. Du hast es geschafft! Du hast eine Szene gemacht – deine erste echte Szene. Du kannst stolz auf dich sein.

»Ich kann stolz auf mich sein«, wiederholte sie laut. Aber noch bevor sie das letzte Wort ausgesprochen hatte, schossen ihr die Tränen in die Augen. Warum – das hätte sie nicht sagen können. Vielleicht war es der Schock oder die Erleichterung oder aber die furchtbare Traurigkeit, die in ihr hochstieg, als ihr klar wurde, wie tief es sie getroffen hatte, von einer falschen Freundin so schändlich betrogen worden zu sein.

Still weinte sie vor sich hin, bis ein vorbeieilender Geschäftsmann stehen blieb und sich besorgt nach ihrem Befinden erkundigte. Sie winkte ab, murmelte, es gehe ihr gut, nahm jedoch sein Taschentuch dankend entgegen. Und als sie mit aller Kraft hineinschnäuzte, stellte sie fest, dass es tatsächlich stimmte.

Ich könnte jetzt zu ihm gehen, dachte sie. Ich könnte zu Kieran gehen und ihm alles erklären. Ihm sagen, dass ich einen Fehler gemacht habe. Dass ich ihn liebe. Vielleicht könnte ich ihn sogar fragen, ob es möglich wäre, dass wir noch einmal von vorn anfangen …

Nein, das ging nicht. Ihre Beziehung war ein für allemal zerstört – und das war nicht allein Clares Schuld, sondern auch ihre eigene. Sie hatte ihm und seiner Liebe nicht genug vertraut.

Mona sah zum fünfzehnten Mal auf ihre Armbanduhr. Sie war schrecklich nervös. Sie hatte sich mit Oz für elf Uhr verabredet, und es war noch nicht einmal zehn vor. Was jetzt? Sollte sie noch einen kurzen Spaziergang um den Block machen?

Unruhig trat sie von einem Fuß auf den anderen. Hoffentlich hielten die Passanten sie nicht für eine Prostituierte, die neben dem Wartehäuschen der Bushaltestelle auf Kundschaft lauerte. Um sich abzulenken, begann sie, die Fahrpläne zu lesen. Als sie diese gründlich studiert hatte, wandte sie sich dem Schaukasten der Stadtverwaltung zu, in dem unter anderem ein Kammerjäger seine Dienste anbot.

Ach, verflixt! Sie rückte den Riemen der Handtasche auf ihrer Schulter zurecht. Was ist so schlimm, wenn ich ein paar Minuten zu früh bin? Je eher Oz weiß, was los ist, desto schneller habe ich es hinter mir.

Mit gesenktem Kopf, die Hände tief in den Taschen, machte sie sich auf den Weg.

Der Teesalon Churchill lag in einer stillen Ecke des exklusiven Stadtteils Montpellier. Zu seinen Stammkunden zählten vor allem die Seminaristinnen der nahegelegenen Frauenuniversität und ihre wohlhabenden Eltern, außerdem Touristen auf der Suche nach ein wenig Lokalkolorit sowie einheimische Damen in Tweed. Der Salon bediente jedes nur erdenkliche britische Klischee: An der Tür stand eine Bulldogge aus Gips, in eine Frackjacke im Muster der britischen Flagge gekleidet. Die Kellnerinnen trugen schwarze Kleider, weiße Schürzen mit Rüschen und passende Häubchen, und von der Wand über dem massiven marmornen Kaminsims blickte Winston Churchill, die Zigarre im Mundwinkel, mit stechenden Augen auf die Besucher herab, als wolle er sie mahnen, nur ja nicht Marmelade auf die weißen Damasttischtücher zu kleckern.

Mona war erstaunt gewesen, als Oz ihr das Lokal als Treffpunkt für ihre Aussprache vorgeschlagen hatte. Normalerweise ließ er sich nur in schmierigen Imbissen blicken, in denen immerhin die Möglichkeit bestand, dass er in seinem Essen Überreste einer Schabe fand, die in altem Frittierfett einen grausamen Tod gestorben war.

Sobald sie zur Tür hereintrat, fühlte sich Mona seltsam unbehaglich. Sekunden später wusste sie, woran das lag: Oz saß bereits an einem Tisch am Fenster. Und man musste kein Genie sein, um herauszufinden, weshalb er so belämmert aussah.

»Scheiße«, zischte Mona zwischen zusammengebissenen Zähnen hervor, als sie die kleine, verkniffen dreinblickende Frau gewahrte, die neben Oz saß. »Ich fasse es nicht. Der Idiot hat doch tatsächlich seine Mutter mitgebracht.«

Dolores Hepplewhite konnte eine Heiratsschwindlerin auf zehn Meilen Entfernung erkennen. Nicht, dass es bei ihrem Oswald viel zu erschwindeln gegeben hätte. Aber bei seinem Genius war es schließlich nur eine Frage der Zeit, bis er ein reicher Mann war. Und bis zu dem Tag, an dem er die Welt der Wissenschaft mit seinen bahnbrechenden entomologischen Entdeckungen in Staunen versetzen würde, sah sie es als ihre heilige Pflicht an, ihn vor allem zu beschützen, was ihn von seiner glorreichen Bestimmung hätte ablenken können. Bis jetzt hatte sie noch jede erblühende Beziehung ihres Sohnes zu einem Frauenzimmer erschnüffelt, und bei dieser hier war es nicht anders gewesen.

Seit Monaten hatte sie bereits Verdacht gehegt, da Oz wieder und wieder »Überstunden im Labor« gemacht hatte. Einige Anrufe und ein eindringliches Verhör brachten schließlich die Wahrheit ans Licht: Genau wie Dolores befürchtet hatte, steckte ein Weibsbild dahinter. Und noch dazu eines aus den Kolonien! Und gerade als es so aussah, als könnte Dolores Hepplewhite endlich aufatmen, weil sich das Paar getrennt hatte und sie ihren Sohn in Sicherheit wusste, da tauchte sie wieder auf, diese schamlose Person, um ihn zu einem geheimen Stelldichein zu verleiten.

Das Flittchen würde sein blaues Wunder erleben!

Es hatte nicht viel Einsatz gebraucht, um die Einzelheiten über die bevorstehende Zusammenkunft aus Oz herauszupressen und ihn dazu zu bringen, als Treffpunkt ihr Lieblingscafé vorzuschlagen. Und nun, da sie sich den entscheidenden Heimvorteil gesichert hatte, würde Dolores Hepplewhite verdammt sein, wenn sie dieser australischen Dirne nicht gründlich den Marsch blies.

»Hi«, sagte Mona.

Dolores schüttelte sich.

»Hallo«, sagte Oswald mit einem gequälten Lächeln. Er verdrehte die Augen, als wolle er sagen: »Ich konnte nichts tun – sie ist einfach mitgekommen.«

Seine Mutter warf ihm einen Blick zu, und er welkte dahin wie ein Blättchen Salat auf einer heißen Herdplatte. »Pfff«, machte sie und musterte Mona über die Spitze ihrer langen Nase hinweg. »Ich nehme an, Sie sind Mona Starr.« In diese sieben kleinen Wörtchen quetschte sie alles an Verachtung, was ihre Stimme hergab. »Ich muss sagen, Sie sind genau so, wie ich Sie mir vorgestellt habe.«

Zu ihrer herben Enttäuschung schien dies Mona nicht weiter zu beeindrucken: Sie sank nicht in sich zusammen, sie fuhr nicht zurück, nicht einmal ihre Unterlippe begann verräterisch zu zittern. Nein, dieses unverfrorene Geschöpf zog sich einfach einen

Stuhl heran, als sei es hier zu Hause, nahm am Tisch Platz und bestellte seelenruhig ein Kännchen Tee!

»Und Sie sind dann wohl Oz' Mutter.«

»Ich bevorzuge es, als Mrs Hepplewhite angesprochen zu werden, vielen Dank«, sagte die Frau mit einer säuerlichen Stimme.

»Ist mir auch recht, Mrs Hepplewhite.« Mona streckte ihr die Hand entgegen. »Oz hat mir schon viel von Ihnen erzählt.«

»So, hat er das?« Wieder warf Dolores ihrem Sohn einen vernichtenden Blick zu. Monas Rechte ignorierte sie. »Nun, Miss Starr, wie ich höre, haben Sie Verkehr mit meinem Sohn gehabt?«

»Mutter, bitte!« Oz stöhnte entsetzt auf und bedeckte sein Gesicht mit den Händen.

»So habe ich selbst es bisher noch nie ausgedrückt«, erwiderte Mona leicht belustigt. »Aber wie auch immer Sie es nennen möchten – wir tun es bereits seit einigen Monaten nicht mehr.«

Dolores war sichtlich erleichtert. »Ich bin außerordentlich froh, das zu hören. Das Leben meines Oswalds gehört ganz der Wissenschaft. Er hat keine Zeit für Tändeleien.«

Mona begegnete dem verächtlichen Blick der älteren Frau mit einem zuckersüßen Lächeln. »Sie haben vollkommen recht, die Trennung war unvermeidlich. Wie soll man eine ernsthafte Beziehung mit einem Mann führen, der sämtliche Kurzwahltasten seines Telefons auf die Nummer seiner Frau Mutter programmiert hat?«

Oz sah mit jeder Sekunde unbehaglicher drein. Was hatte sie je in diesem Jammerlappen gesehen? Mona wandte sich angewidert ab, stellte jedoch verärgert fest, dass ein kleiner Teil von ihr nach wie vor darauf hoffte, ihr ehemaliger Geliebter möge eine Wunderheilung durchlaufen, seiner Mutter einen Sahnewindbeutel in den vorlauten Mund stopfen, Mona in die Arme reißen und mit ihr in den Sonnenuntergang entschwinden.

Offenbar stimmte es, was man immer wieder in einschlägigen Illustrierten lesen konnte: Schwangere Frau waren unzurechnungsfähige, sentimentale Wracks.

»Wir hätten doch über alles sprechen können«, meldete sich Oz. Es klang, als habe er die Floskel irgendwo aufgeschnappt. »Vielleicht hätten wir einen Weg gefunden …«

»Mach dich nicht lächerlich, Oswald!«, herrschte seine Mutter ihn an. Dann wandte sie sich wieder Mona zu, und plötzlich, als sie den sanft gerundeten Bauch unter der losen Leinenbluse bemerkte, verengten sich ihre Augen zu winzigen Schlitzen. »Miss Starr, wenn, wie Sie sagen, die flüchtige Liaison zwischen Ihnen und meinem Sohn vorbei ist – wieso waren Sie dann so erpicht darauf, ihn wiederzusehen?«

Mona hatte in ihrem Leben bereits mehrere herrschsüchtige Mütter kennengelernt, aber nie eine Megäre wie Dolores Hepplewhite. Eins musste man der alten Fuchtel lassen, sie besaß Stil und jede Menge Feuer. Wäre ihre Lage nicht so ernst gewesen, hätte Mona es durchaus genossen, sich mit ihr zu messen.

Aber unter den gegebenen Umständen fehlte ihr dazu der Kampfgeist.

»Wenn Sie es denn unbedingt wissen wollen …«, sagte sie. Ihre Kiefer schmerzten, so sehr musste sie sich bemühen, nicht mit den Zähnen zu knirschen. »Ich bin gekommen, um Oz etwas zu sagen. Etwas *Persönliches*.«

»Oswald hat keinerlei Geheimnisse vor mir.«

»Das sehe ich«, bemerkte Mona und fügte halblaut hinzu: »Armes Schwein.« Nach einer kurzen Pause fuhr sie fort: »Dennoch glaube ich, dass er in diesem Fall vielleicht eine kleine Ausnahme machen und die Neuigkeit für sich behalten möchte.«

Schlagartig veränderte sich Oz' Gesichtsausdruck. Die Miene ängstlicher Unterwürfigkeit verschwand und machte einer Fratze blanker Panik Platz. Er setzte sich kerzengerade auf. »Für mich behalten? Wieso? Was denn? Was meinst du?«

Mona öffnete den Mund, aber zu ihrer Überraschung kam Dolores ihr zuvor. »Oswald Hepplewhite«, sagte sie mit einem resignierten Kopfschütteln. »Wie kannst du nur dermaßen naiv sein?«

Oz zog verwirrt die Nase kraus. »Was meinst du?«

Seine Mutter verdrehte die Augen zur Decke. »Bist du blind, Junge? Die Frau ist schwanger, und jetzt will sie dir weismachen, du seist der Vater, damit du sie heiratest und vor der Schande bewahrst, einen Bastard zur Welt zu bringen!«

»Schwanger?«, schluckte Oz. »Was soll das? Ist das ein Witz?«

»Nicht so laut!«, zischte seine Mutter. »Willst du, dass die ganze Stadt davon erfährt?«

»Schwanger …«, sagte Oz erneut. Es war kaum mehr als ein ersticktes Gurgeln.

Seine Mutter schnaubte. »Ein uralter Trick.« Sie lehnte sich zurück, befriedigt, dass es ihr endlich gelungen war, die Contenance dieser dreisten Weibsperson ein wenig zu erschüttern. »Glauben Sie bloß nicht, dass ich Sie nicht durchschaue.«

In diesem Augenblick trat die Kellnerin mit einem Teller voller Tortenstücke an ihren Tisch. »Es tut mir unendlich leid, die Herrschaften, aber ich fürchte, unsere hausgemachten Eclairs sind aus. Unser Confisier empfiehlt allerdings die Erdbeer-Millefeuilles, und natürlich haben wir auch noch unseren Kokosnuss-Kirsch …«

Erst jetzt fiel der Kellnerin auf, dass keine der Personen am Tisch auch nur die geringste Notiz von ihr nahm. Der dünne junge Mann starrte die große Blondine mit aufgerissenen Augen an. Die große Blondine blickte verärgert auf ihren Teller. Und die alte Hexe mit der Pudeldauerwelle hatte ein Lächeln aufgesetzt, das ihr ganzes Gesicht zu einer grotesken Grimasse verzerrte. Niemand bewegte sich. Es war, als sei sie in ein Tableau in Madame Tussauds Wachsfigurenkabinett hineinspaziert.

»Darf ich den Damen oder dem Herrn vielleicht ein Törtchen anbieten?«

Noch immer bekam sie keine Antwort. Stocksteif blieb sie stehen und überlegte, was zu tun sei, während das diensteifrige Lächeln langsam von ihrem Gesicht zu rutschen begann. Niemand sagte ein Wort, und schließlich hielt sie es nicht länger aus. »Vielleicht überlegen Sie noch ein wenig, und ich komme später wieder«, sagte sie. Dann stellte sie den Kuchenteller schwungvoll auf den Tisch und eilte kopfschüttelnd davon.

»Nun?«, sagte Dolores nach einer sehr langen, sehr spannungsgeladenen Pause.

»Schwanger?«, wimmerte Oz. »Sag, dass das nicht wahr ist, Mona. Du bist … wirklich richtig schwanger? Das kann doch nicht sein!«

Monas Beherrschung war am Ende. »Meine Güte, Oz, ich erwarte ein Kind. Das ist wohl kaum das achte Weltwunder.«

Sie hätte sich in den Hintern beißen können vor Wut! Wie hatte sie nur so unendlich dumm sein können, sich mit ihm zu treffen? Besaß sie überhaupt noch einen Funken Verstand? Hier hockte sie nun und musste sich das feige Gesabber dieses Wurms und die Hasstiraden seiner Mutter anhören. Sie hätte ihm einen höflichen Brief schreiben und zurück nach Australien gehen sollen, damit sie ihn nie wiedersehen musste. Oder noch besser: Sie hätte ihn einfach auf ewig in seliger Unwissenheit belassen sollen. Wie war sie bloß auf den absurden Gedanken gekommen, dass Oz einen auch nur halbwegs brauchbaren Vater abgeben würde? Er – ein Mann, der die geistige Reife einer frisch geschlüpften Fruchtfliege besaß!

»Es stimmt«, sagte sie. »Ich bin schwanger. Ja, Oz, es ist von dir. Nein, ich will nicht, dass du mich heiratest.« Langsam kam Mona in Fahrt. »Glaub mir, ich würde dich nicht einmal heiraten, wenn du ein Eimer Wasser wärst und mein Arsch in Flammen stünde.«

Oz sah aus, als würde er jeden Augenblick in Tränen ausbrechen. Dolores war alle Farbe aus dem Gesicht gewichen, und die Haare an ihrem Kinn zitterten vor mühsam unterdrückter Wut. »Wie können Sie es wagen, so mit meinem Oswald zu sprechen?«

Mona ignorierte sie, nahm ihre Handtasche und stand auf. »Wenn ihr mich jetzt entschuldigen würdet. Ich muss zur Arbeit.«

Doch so leicht ließ sich Dolores nicht abservieren. Sie folgte Mona bis zu der mit Spitzengardinen verzierten Eingangstür. Sie würde dieses australische Flittchen an seinen Platz verweisen, zum Teufel mit der Diskretion!

»Ich weiß nicht, was Sie im Schilde führen, junge Frau, aber ich bin sicher, dass mein Sohn nicht der Vater Ihres …« – Dolores' Lippen verzogen sich zu einer gehässigen Grimasse – »Ihres *Wechselbalgs* ist!«

»Nun, ich kann mit gutem Gewissen das Gegenteil behaupten«, gab Mona zurück. »Und es ist kein *Balg*, es ist ein unschuldiges Baby.« Ihr Blick wanderte durch das Lokal zurück zum Tisch, an dem sie eben noch gesessen hatte. Oz hockte dort, apathisch wie ein Komapatient. Für einen kurzen Augenblick tat er ihr beinahe leid. Der Arme, mit einer solchen Mutter gestraft zu sein. Einen Drachen wie sie hätte man seinem ärgsten Feind nicht an den Hals gewünscht. Mona dachte an die Momente der Schwäche zurück, in denen sie sogar geglaubt hatte, sie sei kurz davor, sich in ihn zu verlieben. Dann sah sie die schäumende Dolores an. Sie konnte heilfroh sein, dass sie noch einmal davongekommen war!

»Mein Oswald ist viel zu anständig, um sich in derlei schmutzige Possen verwickeln zu lassen«, beharrte Dolores. »Er ist ein Wissenschaftler. Sein Geist strebt nach Höherem!«

Mona lachte trocken. »Sein Geist vielleicht. Sein Schritt nicht.«

Eine Frau an einem Tisch in der Nähe verschluckte sich an einer Scheibe Rosinenkuchen und musste sich von ihrer Freundin auf den Rücken klopfen lassen.

»Ohne Vaterschaftstest werden Sie keinen Penny aus ihm herausbekommen!«, kreischte Mrs Hepplewhite fortissimo.

Mona blieb gelassen. »Keine Bange, ich will sein Geld nicht. Ich kann selbst für mich sorgen.«

Dolores musterte sie. Verwirrung und Argwohn spiegelten sich in ihrem Blick. »Was wollen Sie dann?«

Mona zuckte mit den Schultern. »Ach, wissen Sie ... ich habe diese ganz und gar irrwitzige Auffassung, dass ein Kind das Recht hat, seinen Vater kennenzulernen und umgekehrt. Verrückt, nicht wahr? Vielleicht sollte ich mich in Therapie begeben.«

Einen Augenblick lang entspannte sich Dolores' Miene unmerklich. Dann war ihr altes triumphierendes Lächeln zurück. »Nun, bald werden Sie sowieso keine Gelegenheit mehr haben, ihn in Ihre Klauen zu bekommen. Ab nächste Woche ist er außer Landes!«

Mona stutzte. »Ach? Wieso das?«

Mrs Hepplewhite warf ihrem Sohn einen Blick zu. »Oswald, komm her! Mein Oswald wurde auserwählt, an einem wissenschaftlichen Austausch mit einem Forschungszentrum in San Diego teilzunehmen«, verkündete sie mit stolzgeschwellter Brust. »Nicht wahr, Oswald?«

Oz duckte sich hinter seiner Mutter wie ein verängstigtes Tier, das in einem Sandsturm verzweifelt hinter einem Felsen Schutz sucht. Er nickte. Sein Gesicht war leichenblass. »San Diego«, sagte er mit ersterbender Stimme.

Mona war, als habe sie einen Wackerstein verschluckt, der ihre Magengrube nun ganz, ganz tief nach unten zog. Eigentlich hätte ihr diese Nachricht nichts ausmachen dürfen – nicht ein bisschen. In ihrem Innern jedoch schien sich ein gähnender Schlund aufzutun, und eine eisige Kälte stieg daraus empor. »Du fliegst nach Amerika? Für wie lange denn?«

Oz öffnete den Mund, aber Dolores kam ihm zuvor. Ihr Lächeln war inzwischen so breit, dass es ihr beinahe das Gesicht zu spalten drohte. »Oh, das wird Wochen dauern, vielleicht Monate … oder sogar noch länger.« Ihr war anzusehen, dass es ihr immenses Vergnügen bereitete, Mona zu quälen. »Wer weiß? Wenn es ihm dort drüben gefällt, bleibt er vielleicht für immer …«

Einige Abende später hockte Belle bis zu den Ellbogen in Staub und Spinnweben, weil sie die Fertigteilbaracke putzte, die der Gemeinde St. Mungo seit nunmehr dreißig Jahren als Gemeindezentrum diente. Wieder einmal hatte ihre Mutter sie für die Vorbereitungen einer ihrer Kirchenveranstaltungen rekrutiert. Und wieder einmal war auch Mona nicht davongekommen.

Beide hatten sich »freiwillig« gemeldet, den Saal zu entrümpeln und gründlich zu säubern. Sie wollten ihn für das Abendessen auf Vordermann bringen, das in der folgenden Woche stattfinden sollte, um den Beginn des Bibelkreises zu feiern. Ob überhaupt jemand auftauchen würde, um sich mit anderen Gläubigen beim Hackbraten über Gottes frohe Botschaft und den eigenen Glauben auszutauschen, darüber herrschten allerdings nach wie vor starke Zweifel.

Die Säuberungsaktion erwies sich als langwierige Angelegenheit, und mehr als einmal kam Belle der Gedanke, dass es effizienter gewesen wäre, das Gebäude einfach niederzubrennen und an seiner Stelle ein neues zu errichten. Noch nie in ihrem Leben hatte sie so viel Dreck auf so wenig Raum gesehen.

»Alles klar da unten?«, rief sie zu Mona hinunter, die es auf sich genommen hatte, den Kriechboden unter der alten Holzbühne auszumisten. »Vielleicht sollten wir lieber tauschen? Mir ist nicht ganz wohl bei dem Gedanken, dass du …«

Eine Falltür im Bühnenboden öffnete sich, und Monas Kopf erschien. »Pass bloß auf«, warnte sie. »Falls du es wagen solltest, die Worte ›in deinem Zustand‹ in den Mund zu nehmen, erwürge ich dich, das schwöre ich dir.« Sie wischte sich vertrocknete Fleischfliegenkadaver aus den Brauen. »Ich bin schwanger, nicht behindert!«

»Aber stell dir vor, die Wehen fangen an, während du dort unten herumkriechst. Zwischen all dem Gerümpel werden wir das Baby niemals finden!« Belle bückte sich und ergriff Monas Hand. »Komm schon hoch. Wir haben uns beide eine kleine Pause verdient. Ich habe eine Flasche Saft in meiner Tasche. Und Schokolade.«

»Überredet.« Mona schlängelte sich durch die Falltür und schleuderte Belle ein schwarzes haariges Etwas vor die Füße.

Erschrocken machte Belle einen Satz rückwärts. »Igitt! Was ist das denn? Sieht aus wie ein altes Toupet!«

Mona drehte es mit dem großen Zeh um. Angstvoll wartete Belle darauf, dass es plötzlich zum Leben erwachen, auf pelzigen Beinen über die Bühne davonhuschen und in einer dunklen Ecke verschwinden würde. »Ich glaube, es ist ein Plüschtier. Eine Spinne wahrscheinlich, aber sie hat nur sechs Beine.«

»Wahrscheinlich ein altes Requisit von einem Theaterstück.« Vorsichtig hob Belle das Tier an einem Bein in die Höhe und wedelte damit vor Monas Gesicht herum. Beide niesten gewaltig.

»Es ist eine wahre Fundgrube da unten«, sagte Mona und ließ sich am vorderen Bühnenrand nieder. »Du glaubst gar nicht, was dort alles rumfliegt: Stühle ohne Beine, Kisten über Kisten mit alten Büchern, sogar ein ausrangierter Kühlschrank! Wahrscheinlich haben die Bewohner den Ort die letzten Jahrzehnte über als Müllkippe benutzt.«

»Vielleicht finden wir einige Sachen, die wir für die Tombola beim Sommerfest gebrauchen können. Wir brauchen dringend noch Preise.«

Mona lachte schallend. »Bitte sehr, mein Herr. Dreißig Jahrgänge einer alten Tageszeitung. Herzlichen Glückwunsch!«

»Dann sind wir wohl doch auf Tante Maureen mit ihren gestrickten Püppchen angewiesen. Und auf Mums selbstgebackene Kuchen.«

»Vergiss nicht die Wahrsagenummer deiner Schwester«, warf Mona ein. »Das wird bestimmt der Renner.«

Belle stöhnte. »Jax ist wirklich jede Ausrede recht, sich wie ein Mitglied der Addams Family auszustaffieren. Außerdem«, fuhr Belle fort und grinste, »kann sich all das nicht mit deinem Pornokalender messen.«

»Es ist kein Pornokalender«, sagte Mona streng. »Es ist ein *erotischer* Kalender. Es gibt nicht eine einzige nackte Brustwarze. Übrigens, Ken hat mich dazu überredet, Küsse zu verkaufen, auch wenn ich mir ehrlich gesagt nicht vorstellen kann, warum sich irgendjemand von mir küssen lassen wollte – *in meinem Zustand.*«

»Warte nur ab«, sagte Belle. »Du wirst nicht einmal Zeit haben, nach Luft zu schnappen!«

Sie ließ sich neben Mona auf die Bühnenbretter nieder, wo sie sich schwesterlich die Schokolade teilten und die Saftflasche hin- und hergehen ließen.

»Du bist so still heute«, sagte Belle irgendwann. »Geht es dir nicht gut?«

»Hör schon auf, dir Sorgen zu machen!« Mona baumelte lustlos mit den Beinen. Ihre Fersen schlugen mit einem hohlen, dumpfen Klang gegen die hölzerne Verschalung.

»Aber?«, hakte Belle nach.

»Wer hat etwas von ›aber‹ gesagt?«

»Ich. Also?«

Mona sah sie in gespielter Verzweiflung an. »Du neugieriges Stück! Du kannst nichts auf sich beruhen lassen, was?«

»Ich bin die Tochter meiner Mutter«, sagte Belle, verschmitzt lächelnd. »Also, was ist los?«

»Ach, nichts, es ist nur … Ich habe Oz gesagt, dass er Vater wird.«

»Was? Ich dachte …«

»Ja, ich weiß. Eigentlich wollte ich ihm nichts verraten, aber dann habe ich meine Meinung geändert. Ich fand, er hätte ein Recht, es zu erfahren. Kein Kind soll ohne den Vater aufwachsen müssen und so weiter – also habe ich mich mit ihm in einem Café verabredet, um es ihm zu sagen. Ein Moment geistiger Umnachtung.«

»Er war nicht begeistert …«

Mona lachte auf. »Schlimmer: Seine Mutter hat herausgefunden, dass wir uns treffen wollten, und sich ihrem lieben Sohnemann kurzerhand angeschlossen. Und während sie mir erzählt, ich sei eine ordinäre Schlampe und ihr teurer Filius könne unmöglich der Vater meines Wechselbalgs sein, sitzt Oz die ganze

Zeit da und macht ein Gesicht wie ein Schaf, das einen Tauchsieder im Allerwertesten sitzen hat!«

»Oh«, sagte Belle. »Dann ist das wohl das Ende der Geschichte?«

»Auf Blumensträuße und Pralinen nach der Geburt kann ich jedenfalls lange warten. Es sei denn, es ist eine Venusfliegenfalle, und die Schokolade ist mit Arsen vergiftet.« Mona ließ den Kopf hängen. »Ich bin wirklich ein Dummkopf.«

»Was kannst du dafür, dass Oz ein feiger Hund ist und seine Mutter ein Drachen? Aber bestimmt hat er dich trotzdem gern«, fügte Belle zaghaft hinzu.

Mona grunzte spöttisch. »Dann hat er aber eine höchst eigenwillige Art, es mir zu zeigen. Ach, was soll's, es interessiert mich auch gar nicht mehr.« Sie tätschelte liebevoll ihren Bauch. »Von jetzt an gibt es nur noch Junior und mich. Meine Mutter kann mir auch gestohlen bleiben. In der ganzen Zeit hat sie nicht ein einziges Mal versucht, mich zu erreichen.«

»Wirklich nicht?«

Mona nickte und schüttelte dann den Kopf, als wolle sie alle trüben Gedanken daraus vertreiben. »Vielleicht liegt es daran, dass *ich* mich nicht gemeldet habe ... egal! Ich schaffe das auch allein.«

»Du bist nicht allein«, widersprach Belle sanft. »Du hast uns: mich, Jax, Dad – sogar Mum will dir helfen.«

Zum ersten Mal an diesem Abend lächelte Mona. »Ich weiß. Ich werde nur gerade ein wenig sentimental. Ihr seid so gut zu mir. Wenn ich daran denke, wie gemein ich zu euch war ... eigentlich habe ich das alles gar nicht verdient.« Nachdenklich drehte sie die leere Saftflasche hin und her und knibbelte an einer Ecke des Etiketts.

»Ach was, du gehörst zur Familie.« Belle lachte. »Und als Familienmitglied kannst du dir die größten Dummheiten erlauben. Schau dir Jax an – sie ist das beste Beispiel dafür!«

»Wenn das so ist ...«, sagte Mona und sah Belle forschend von der Seite an. »Es ... es gibt da nämlich etwas, worum ich dich bitten wollte. Einen Gefallen. Du kannst natürlich nein sagen, wenn du nicht möchtest – das ist schon in Ordnung.«

»Was für einen Gefallen?«

»Es hat mit der Geburt zu tun.« Mit einem Mal wirkte Mona unbeholfen, fast scheu. »Ich dachte, du könntest vielleicht ...

wenn ich dich ganz freundlich bitte, würdest du … möchtest du vielleicht bei der Geburt dabei sein?«

Belle war sprachlos. Eine ganz Weile lang glotzte sie ihre Halbschwester mit offenem Mund an. Sie wurde erst aus ihrer Erstarrung gerissen, als am anderen Ende des Saals knarrend die Tür aufschwang und eine bekannte Gestalt im Türrahmen erschien.

»Hallo allerseits!«, rief Kieran und stellte ein zwei Meter langes Stück Regenrohr ab, das zu allerlei wunderlichen Schnörkeln verbogen und an einem hölzernen Rahmen befestigt war. »Wo sind die anderen? Brenda meinte, wir würden heute Abend alle gemeinsam den Saal putzen.«

Belle und Mona tauschten einen Blick. »Ich fürchte, man hat dich schon wieder hereingelegt«, sagte Belle und sprang von der Bühne. »Du wirst mit uns vorliebnehmen müssen.«

»Was um alles in der Welt ist *das*?« Mona zeigte auf das merkwürdige Regenrohr.

Kieran warf sich in die Brust. »Dies ist mein Beitrag zum Sommerfest«, verkündete er, während er den wackligen Apparat behutsam gegen die Wand lehnte. »Für mein Spiel. *Hau die Ratte.*«

»Aha«, sagte Mona. »Und was ist *Hau die Ratte*?«

Belle antwortete für Kieran. »Man lässt oben eine Ratte in das Rohr hineinfallen – keine echte natürlich. Der Kandidat bekommt einen Cricketschläger in die Hand gedrückt und muss versuchen, das Tier zu treffen, wenn es unten herausgeschossen kommt.«

»Es gibt nur ein Problem«, bemerkte Kieran. »Meine Ratte ist weg.«

»Ach, Kieran, wie oft habe ich dir gesagt, du sollst besser auf deine Plüschtiere aufpassen?«, sagte Belle mit einem gespielten Seufzer.

»Denkst du etwa, das hätte ich mir nicht zu Herzen genommen? Deine Mutter hat sie in den Müll geworfen, als sie neulich bei mir war.«

»Meine Mutter war bei dir?« Typisch Mum, dachte Belle. Sie kann Kieran einfach nicht loslassen. Wahrscheinlich klammert sie sich noch immer an die Hoffnung, wir würden uns früher oder später wieder zusammenraufen.

Aber insgeheim war Belle froh darüber. Denn auch wenn es schmerzte, mit einem Mal zu Kierans Ersatzschwester degradiert worden zu sein, hätte es noch ungleich mehr wehgetan, wenn er sich ganz aus ihrem Leben verabschiedet hätte.

»Ja, sie hat mich am Wochenende besucht. Ich hatte die Ratte schon bereitgelegt. Das arme Vieh sah ein wenig mitgenommen aus, nachdem es letztes Jahr in St. Jude in den Kuhfladen gefallen war. Sie – also, deine Mutter, nicht die Ratte – hatte Angst, ich könnte mir Staphylokokken einfangen.« Ihre Blicke trafen sich. »Ich glaube, Brenda ist der Ansicht, dass meine Hygienestandards ein wenig nachgelassen haben, seit wir … na ja.«

Belle spürte ihre Wangen brennen. Sie wollte wegsehen, konnte ihren Blick aber nicht von Kierans Gesicht abwenden. »Hm.«

Mona rettete die Situation. »Nun, dann wirst du eben improvisieren müssen«, sagte sie laut.

»Das werde ich wohl.« Der Bann war gebrochen. »Und? Möchte eine von euch beiden Hübschen zufällig einen kleinen Teddybär spenden? Am besten einen, der bei euch in Ungnade gefallen ist. Dem Armen wird übel mitgespielt werden.«

»Der Zufall will es, dass wir etwas Passendes für dich hinter der Bühne gefunden haben – hier.« Belle warf ihm die sechsbeinige Spinne zu.

Er fing das Tier mit der Leichtigkeit eines geübten Sportlers in der linken Hand. Belle schluckte. Genau diese Lässigkeit hatte sie an ihm immer so attraktiv gefunden.

Kieran hielt das Tier in die Höhe. »Perfekt! Das wird den kleinen Kindern richtig Angst einjagen. Was auch immer es ist …«

»Mona meint, es sei eine Spinne«, erwiderte Belle. »Ich hingegen bin überzeugt, es handelt sich um ein mutiertes Toupet.«

Kieran setzte es sich probehalber auf den Kopf. »Definitiv. Sehr angenehm zu tragen. Du solltest es deinem Vater anbieten, für die Kanzel. Damit seine Glatze in der Höhe keinen Zug bekommt.«

Belle gluckste. »Bestimmt ist es ein Killertoupet und hat seinen letzten Besitzer gefressen.«

»Du hast recht. Wir sollten vorsichtig sein.« Kieran warf einen raschen Blick auf die Wanduhr im Saal und stopfte seinen Rattenersatz oben in das Regenrohr hinein. »Also … wenn sich sonst niemand mehr zum Helfen blicken lässt, sollte ich vielleicht auch lieber gehen?«

Mona hatte ihn am Ellbogen gepackt, bevor er sich auch nur

einen Zentimeter bewegen konnnte. »So leicht kommst du uns nicht davon. Es gibt noch jede Menge zu tun, und ich habe genau die richtige Aufgabe für dich.«

»Ach ja?«, fragte er argwöhnisch.

»Ihr beide könntet das restliche Gerümpel unter der Bühne aufräumen.«

»Aber ich dachte, du wolltest …«, meldete sich Belle zu Wort.

Mona zwinkerte ihr verschwörerisch zu. »Wie soll ich mich denn auf derart engem Raum anständig bewegen? Außerdem ist es stockduster da unten. Willst du etwa, dass ich *in meinem Zustand* auf allen vieren durch die Gegend rutsche? Nein, ich werde jetzt nach Hause fahren und mich in die Badewanne legen. Ihr schafft das auch ohne mich.«

Und bevor Kieran und Belle Zeit hatten, ein einziges Wort des Protests zu äußern, hatte sie schon ihren Mantel angezogen und war auf halbem Weg zur Tür.

»Wir sehen uns morgen früh!«

Nachdem sich die Tür geschlossen hatte, herrschte lange Schweigen. Belle und Kieran standen da und sahen sich an.

»Also«, begann Kieran schließlich und trat von einem Fuß auf den anderen.

Belle klopfte das Herz bis zum Hals. »Ja?«

»Und wie … ich meine, wie geht es dir so?«

Sie zuckte mit den Schultern. »Ach. Ganz gut. Ja. Und dir?«

»Hm … passabel. Ich kann nicht klagen.«

Kieran sah ihr tief in die Augen, und für den Bruchteil einer Sekunde war sich Belle sicher, der Augenblick sei gekommen, in dem er ihr etwas Bedeutsames eröffnen würde.

Da piepste urplötzlich der Alarm an Kierans Armbanduhr los, und er schrak heftig zusammen. »Oh. Nanu? So spät schon? Tut mir schrecklich leid, aber ich muss gehen. Ich habe Oz versprochen, ihn zur Feier seines Abschieds auf ein Bier einzuladen.«

»Oh. Ach so. Dann bis … irgendwann mal.«

Er nahm Belles Hand und drückte sie flüchtig. »Wir sehen uns. Bald, hoffe ich.« Kurz darauf war er fort.

Belle wusste nicht recht, ob sie enttäuscht oder erleichtert sein sollte.

Es hatte lange gedauert, aber am Freitag war es endlich so weit: Das Willkommensessen des Bibelkreises stand bevor.

Überall im Bluebell Estate hingen riesige Plakate, und sogar der Lokalradiosender Chelt FM hatte über den Kurs berichtet. Es gab niemanden in der Gemeinde, der nicht Bescheid wusste. Die Frage aller Fragen lautete nun: Hatten die Werbemaßnahmen auch Wirkung gezeigt? Würden die Menschen kommen?

»Aber natürlich!«, sagte Belle entschieden. Sie saß zusammen mit ihrer Mutter in der Küche, wo sie Pappteller und Plastikbecher abzählten. »Es gibt hausgemachten Shepherd's Pie und Mousse au Chocolat. Wer würde sich so ein Festmahl entgehen lassen?«

»Dein Optimismus in allen Ehren«, sagte ihre Mutter mit einem hörbaren Seufzer. »Aber wir beide wissen, dass der Bluebell Estate nicht gerade ... nun ja, der frommste Ort auf Erden ist.«

»Ach was. Es gibt überall Leute, die ein anständiges Streitgespräch zu schätzen wissen.« Belle faltete Papierservietten zu Dreiecken und legte sie in einen Karton. »Ken meinte jedenfalls, dass es heute Abend bestimmt voll wird.«

»Hm.« Brendas Gesicht nahm einen träumerischen Ausdruck an, und nicht zum ersten Mal fragte sich Belle, ob Mona vielleicht doch recht gehabt hatte. War es möglich, dass sich ihre Mutter in den Mann verguckt hatte? Einen Mann, der Trainingshosen zur Messe trug, die Nationalhymne durch seine Zahnlücken pfeifen konnte und der von nichts anderem zu leben schien als von Ravioli aus der Dose?

Auf keinen Fall! Wo hast du deinen Verstand gelassen, Belle? Deine Mutter, die lieber sterben würde, als sich auf öffentlichen Toiletten hinzusetzen, und die selbst ihre Socken bügelt, bevor sie sie nach Farben sortiert in die Schubladen verstaut, soll sich mit diesem Mann im Heu wälzen? Niemals.

»Normalerweise hat er doch recht mit seinen Einschätzungen«, sagte Belle.

»Was? Ach so.« Im Nu kehrte Brenda ins Hier und Jetzt zurück. Der glasige Ausdruck in ihren Augen war verschwunden. »Richtig. Ich wünschte nur, es gäbe nicht all diese höchst beunruhigenden Gerüchte über die Sullivans und die Armstrongs. Stell dir vor, es kommen tatsächlich beide Familien und fangen vor aller Augen eine Prügelei an. Im Bibelkurs! Wahrscheinlich werden sie das gesamte Gemeindezentrum in Trümmer legen.«

Belle tätschelte ihre Hand. »Ich bin sicher, es sind wirklich nur Gerüchte. Wenn eine Sippe auftaucht, wird die andere bestimmt nicht kommen.«

»Das hoffe ich. Aber sollte man vielleicht trotzdem die Polizei informieren? Nur für den Fall der Fälle?«

An der Haustür ertönte ein lautes Klopfen, und wenige Sekunden später tauchte Jax in der Küchentür auf. »Habt ihr Mona gesehen?«

»Ich glaube, sie ist mit Engelbert Gassi gegangen.«

»Oh. Da draußen steht nämlich ein Riese mit einem Bolzen in der Nase. Er will unbedingt mit ihr sprechen. Sagt, es geht um die Sicherheitsmaßnahmen für heute Abend. Keine Ahnung, was er damit meint.«

Mickey »das Gebiss« Sullivan war voller Vorfreude: Nach langer Zeit hatte er endlich wieder eine Verabredung. Nur zog es ihn diesmal ausnahmsweise nicht in die Innenstadt, wo er ein Dutzend Bierchen tanken, einen Nachtclub zerlegen oder ahnungslose Passanten vermöbeln konnte. Nein, an diesem Abend – und das hatte in der ganzen Siedlung für Aufregung gesorgt – ging Mickey in die Kirche.

Mit einem zufriedenen Grinsen im Gesicht musterte er sich im Badezimmerspiegel. Sein metallener Zahnersatz blitzte und funkelte. Er war sein Markenzeichen – und zugleich seine gefährlichste Waffe. Als ihm bei einer Prügelei mit den Armstrong-Brüdern die Schneidezähne ausgeschlagen worden waren, hatte er aus der Not eine Tugend gemacht und sich nagelneue Beißer in Maßanfertigung einsetzen lassen: gehärtetes Titan, überzogen mit zwanzigkarätigem Gold. Mit einer solchen Kauleiste ausgestattet, benötigte er nur noch selten eine andere Waffe, und so machte Mickey ausgiebig Gebrauch von ihr. Erst vor wenigen Tagen war er aus dem Gefängnis entlassen worden, wo er achtzehn Monate gesessen hatte, weil er einem Polizisten während eines Handgemenges ein halbes Ohr abgebissen und es verschluckt hatte.

Nirgendwo war es so öde wie im Knast. Umso mehr freute sich Mickey auf den heutigen Abend – oder vielmehr: auf eine anständige Prügelei, denn das Abendessen und das fromme Gequatsche im Eierkarton waren nichts weiter als der Anlass für ihn und all die anderen Sullivans, ihren Feinden, den Armstrongs, ihr ganz eigenes Evangelium zu predigen. Es war unter ihresgleichen ein offenes Geheimnis, dass sich beide Sippschaften seit Wochen auf das vorbereiteten, was die nächste Runde in ihrer nicht enden wollenden Fehde zu werden versprach.

»Ich bin dann weg, Gran!«, rief er und eilte, ein fröhliches Liedchen pfeifend, die Treppen ins Erdgeschoss hinab. »Du weißt schon – beim Bibelkreis.«

»Mein guter Junge!«, rief seine Großmutter ihm liebevoll nach.

»Warte nicht auf mich, es kann spät werden. Ach – und falls die Bullen anrufen, sei so lieb und sag ihnen, dass ich den ganzen Abend hier war.«

Dann kann es ja losgehen, dachte er zufrieden und stellte den Kragen seines Jacketts auf. Er hatte es vor vielen Jahren für seine erste Gerichtsverhandlung gekauft. Zwar hatte es ihm damals kein Glück gebracht, dennoch war es ein Erinnerungsstück, von dem er sich niemals trennen würde, auch wenn es inzwischen hier und da etwas spannte.

Egal. Lange würde er es an diesem Abend gewiss nicht anbehalten. Schließlich brauchte er maximale Bewegungsfreiheit.

Es war sechs Uhr abends, und im Gemeindesaal von St. Mungo herrschte reger Betrieb. Gerry lief umher wie ein aufgescheuchtes Huhn, um in allerletzter Minute noch diverse Dinge zu »organisieren«, was natürlich nur bedeutete, dass er ständig im Weg stand und Miss Findlay, Albert und die anderen Unerschütterlichen ihm nachlaufen und das Chaos, das er in seinem Kielwasser hinterließ, wieder in Ordnung bringen mussten. Brenda leitete währenddessen die Essensausgabe von der winzigen Saalküche aus, und Belle betätigte sich als Platzanweiserin.

»Darüber, dass niemand kommt, hättest du dir wirklich keine Sorgen machen müssen«, sagte Belle zu ihrem Vater, als sie ihn vorüberhuschen sah. »Im Gegenteil: Wenn es noch voller wird, müssen wir den Saal verrammeln und ein Schild aufstellen: ›Wegen Überfüllung geschlossen‹.«

Gerry hielt kurz an, um einen Blick auf die voll besetzten Stuhlreihen zu werfen. »Du liebe Zeit«, sagte er. »Du hast recht. Oje, bestimmt werden alle furchtbar enttäuscht sein.«

»Aber nicht vom Shepherd's Pie«, sagte Mona, die mit einem Tablett voller dampfender Teller vorbeigeeilt kam. »Gierhälse!« Sie verdrehte kurz die Augen, und schon war sie wieder verschwunden.

Ja, es lief alles reibungslos. Bis zu dem Augenblick, an dem Belle Albert bitten wollte, die Saaltüren zu schließen.

Als sie dem Küster mit den Blicken folgte, sah sie ihn im Eingang stehen: einen großen, breitschultrigen Mann, dessen Zähne im Lampenschein wie goldene Rasiermesser blitzten.

O nein. Belle sah sich panisch um und packte Mona, die gerade mit dem nunmehr leeren Tablett zurückkam, am Arm. »Da drüben. Hast du die Zähne gesehen? Das ist Mickey Sullivan!«

Mona nahm es gelassen. »Sieht ganz so aus. Hoffentlich mag er Shepherd's Pie.« Sie lachte auf.

»Aber ... ach du heiliger Strohsack!« Belles Stimme wurde schrill. »Er hat alle seine Brüder mitgebracht!«

»Je später der Abend ...«

»Du glaubst doch wohl nicht, dass sie aus Sorge um ihr Seelenheil hergekommen sind?«

Als Mona weiterhin schmunzelte, warf Belle ihr einen prüfenden Blick zu. »Weißt du etwas, was ich nicht weiß?«

Mona zwinkerte. »Jede Menge. Und jetzt hol dir ein Stück Pie, solange noch etwas da ist.«

Dazu jedoch sollte Belle keine Gelegenheit bekommen. Denn wenige Sekunden, nachdem sich Mickey und seine Brüder einen Weg in den Saal gebahnt hatten, öffnete sich die Tür erneut und ... die Familie Armstrong trat ein.

Jetzt ist alles aus, dachte Belle. Viel Spaß beim Weltuntergang. Ich sehe schon die Schlagzeilen vor mir: FROHE BOTSCHAFT À LA CRAINE: MASSAKER IN ST. MUNGO.

Bitte, lieber Gott, betete sie im Stillen, während sie furchtsam die Armstrongs beobachtete, die die Sullivans beobachteten, welche wiederum die Armstrongs misstrauisch beäugten. Ich weiß, dass ich mich lange nicht bei dir gemeldet habe, aber wenn du dich vielleicht dazu durchringen könntest, ein *kleines* Wunder zu vollbringen, wäre ich wirklich sehr, sehr, sehr dankbar ...

Auch die übrigen Gäste hatten die Neuankömmlinge bemerkt und alle hielten den Atem an. Wer würde als Erster zuschlagen?

Doch dann passierte etwas sehr Merkwürdiges. Wie aus dem Nichts tauchte ein Dutzend hünenhafter junger Männer in nietenbesetzter schwarzer Lederkluft auf und kesselte die beiden Sippen ein. Belle versuchte zu entziffern, was auf der Rückseite ihrer Jacken geschrieben stand: *Wir bremsen nur für Jesus.*

Der Furchterregendste von ihnen nahm seinen Motorradhelm ab und trat auf Mickey Sullivan zu, der mit einem Mal gar nicht mehr so groß und breitschultrig und gemeingefährlich aussah. »n'Abend«, sagte er mit einem Lächeln, das so bedrohlich wirkte, dass selbst dem hartgesottenen Mickey unwillkürlich ein leises Wimmern entschlüpfte. »Schön, dass Sie sich bei uns eingefunden haben. Dort drüben gibt es noch einige freie Plätze.« Mit einer riesigen behandschuhten Pranke deutete er auf die erste Reihe.

Mickey gestikulierte abwehrend mit den Händen. »Ach, machen Sie sich unseretwegen keine Umstände. Wir ... wir wollten gerade wieder gehen, nicht wahr, Jungs?«

Hilfesuchend blickte er sich zu seinen Verwandten um. Sämtliche Sullivans nickten hastig.

Die Armstrongs hatten derweil beschlossen, das Heil in der Flucht zu suchen, und schoben sich bereits unauffällig auf den Ausgang zu, der zu ihrem Leidwesen jedoch verschlossen war und gut bewacht wurde.

Der riesige Motorradfahrer ließ seine Fingerknöchel krachen. »Aber nein, wir können auf gar keinen Fall erlauben, dass Sie uns so bald schon wieder verlassen.«

Stumm schüttelten seine Kameraden die behelmten Köpfe.

»Also.« Wieder wies er auf die erste Stuhlreihe. »Bitte setzen Sie sich.« Er hielt inne und lächelte erneut sein bedrohliches Lächeln. »Wenn Sie so freundlich wären.«

Belle sah mit offenem Mund zu, wie die Sullivans gehorsam zu ihren Stühlen trotteten und sich schweigend darauf niederließen. Sie wandte sich zu Mona um und stellte fest, dass diese über das ganze Gesicht grinste. »Wusste ich doch, dass du dahintersteckst!«

Mona zuckte bescheiden mit den Schultern. »Es kann nie schaden, viele Bekannte zu haben. Big Bob betreibt nebenbei einen kleinen Sicherheitsdienst. Er hat sogar schon für Mad Dog gearbeitet. Der Große da mit dem silbernen Totenkopfhelm ist sein Bruder Knuckles. Ein außerordentlich gläubiger Mensch. Ich bin sicher, ihm und seinen Freunden wird es großes Vergnügen bereiten, die Diskussionsrunden zu leiten.«

Dann steckte sie zwei Finger in den Mund und stieß einen gellenden Pfiff aus.

Die Gäste schraken zusammen. Das Geplauder, das nach der vorherigen Szene gerade wieder in Gang gekommen war, verebbte, und tiefe Stille senkte sich über den Saal.

»Also schön.« Mona rieb sich die Hände. »Einige von euch sind wahrscheinlich die verbohrtesten Heiden unter der Sonne. Das macht gar nichts, mir geht es nämlich genauso. Aber nichtsdestotrotz werden wir jetzt alle brav sitzen bleiben und zuhören, während unser lieber Pfarrer seinen Vortrag hält. Nicht wahr?«

Ein nervöses Gemurmel der Zustimmung erhob sich.

Mona zeigte Gerry ihren in die Höhe gereckten Daumen. »Dann mal los, Gerry. Rock den Laden. Jede Menge Feuer und Schwefel, wenn ich bitten darf!«

Diese für einen Bibelkurs recht unorthodoxe Begrüßungsansprache zeigte Wirkung. Weder die Sullivans noch die Armstrongs ließen bis zum Ende von Gerrys Vortrag auch nur einen Pieps von sich hören, und dank der Anwesenheit der finsteren Lederjünger schlug keine der anschließenden Diskussionen, obschon teilweise überraschend lebhaft, in einen Krawall um. Selbst bei der Ausgabe des Kaffees drängelte niemand in der Schlange.

»Mona, du bist unglaublich«, flüsterte Belle, als sie fassungslos mit ansah, wie ein Mitglied der Familie Armstrong einem Sullivan höflich lächelnd die Zuckerdose reichte. Mona winkte lachend ab, aber Belle blieb beharrlich. »Ich meine es ernst«, sagte sie. Und dann sprach sie den Satz aus, den sie noch vor wenigen Monaten niemals über die Lippen gebracht hätte.

»Ich bin wirklich stolz, eine Schwester wie dich zu haben.«

Kapitel 29

Lily schüttelte energisch den Kopf. »Du lügst doch wie gedruckt. Niemand, der es wagt, den Armstrongs so etwas anzutun, wäre am nächsten Tag noch am Leben, um darüber zu berichten. Dasselbe gilt für die Sullivans. Sie sind schlimmer als die Gebrüder Kray!«

»Das wollen sie aller Welt weismachen. Aber gestern Abend haben sie ihren wahren Charakter offenbart. Sie waren brav wie Lämmchen, ich habe es mit eigenen Augen gesehen.« Belle fuhr damit fort, mehrere Dosen Körperpuder zu einem Turm zu stapeln. »Diese schwarzledernen Apostel – unglaublich! Solche Ideen hat nur Mona.«

»Man möchte fast meinen, du findest langsam Gefallen an deiner großen Schwester«, bemerkte Lily. »Stimmt's? Und was ist mit der Wachspuppe, die du sonst dabeihattest? Du weißt schon – die, die aussah wie sie und in die du immer diese kleine Nadeln gepikst hast.«

Belle streckte ihr die Zunge heraus. »Habe ich dir schon gesagt, dass du unheimlich altklug bist? Das muss an der Schwangerschaft liegen. Wenn du nicht aufpasst, wirst du zu einer richtigen Matrone.«

Lily sah sie mit vor Schreck geweiteten Augen an. »Einer *was*? O Gott, das klingt, als sei ich tausend Jahre alt und so dick wie ein Omnibus!«

»Zumindest wie ein stattlicher Geländewagen ...« Belle begutachtete den enormen Bauch ihrer Kollegin. »Bist du sicher, dass du nicht doch Vierlinge erwartest? Du bist zweimal so dick wie Mona, und *sie* ist schon ein wahres Schlachtschiff.«

Statt etwas darauf zu erwidern, versetzte Lily ihrer Freundin mit einer langstieligen Massagebürste einen Klaps aufs Hinterteil. »Du vorlautes Stück! Warte nur ab, bis es dich eines Tages erwischt. Jetzt kannst du noch in schicken Kostümen herumlaufen und jeden Abend auf die Piste gehen, aber bevor du weißt, wie dir geschieht – hoppla! – heißt es: Nanu, wo kommt denn der dicke Bauch her, und wieso kann ich meine Füße nicht mehr sehen? Wenn dich ein Mann erst einmal richtig in seinen Klauen hat, gute Nacht.«

Das übermütige Lächeln rutschte Belle vom Gesicht. »Ja«, seufzte sie geknickt. »Ich weiß.«

Es dauerte einige Sekunden, bis Lily begriff. »Ach, Belle, du weinst doch nicht etwa immer noch deinem Kieran hinterher? Du hast gesagt, du seist längst über ihn hinweg!«

»Das bin ich auch«, bekräftigte Belle, erhob sich von den Knien und klopfte sich das Körperpuder vom Rock. »Wir sind … gute Freunde, und vielleicht ist es das Beste so. Nach allem, was passiert ist, haben wir uns beide sehr stark verändert. Ich mich jedenfalls. Findest du nicht?«

Lily legte den Kopf schief und sah Belle einige Sekunden lang sinnend an. »Kann schon sein«, sagte sie schließlich. »Aber auf jeden Fall zum Besseren.«

»Wirklich?« Belles Miene hellte sich auf.

»Glaub mir. Eine altkluge Matrone wie ich muss es schließlich wissen.« Lily warf einen Blick auf die große Wanduhr über der Ladentür. »Hast du nicht gesagt, du müsstest heute eine Stunde früher Schluss machen? Was hast du überhaupt vor, wenn ich fragen darf? Doch nicht etwa ein romantisches Tête-à-tête?«

»Nicht ganz. Ich habe mich breitschlagen lassen, bei den Vorbereitungen für das Sommerfest morgen zu helfen.«

Lily schüttelte tadelnd den Kopf. »Belle Craine, wie wirst du jemals den Mann deiner Träume finden, wenn du dein Leben ausschließlich auf Gemeindefesten und auf Teepartys in der Gesellschaft stadtbekannter Krimineller verbringst?«

Belle lächelte. »Wer war es noch, der mich gerade eben davor gewarnt hat, aus Unachtsamkeit einem fortpflanzungswütigen Mann in die Arme zu laufen?«

Sie verschwieg, dass ihr Hauptbeweggrund dafür, sich zum häuslichen Arbeitseinsatz zu melden, Kieran war. Hätte sie nicht gewusst, dass er ebenfalls kommen würde, hätte ihre Mutter bestimmt länger gebraucht, um sie zu überreden.

Und wenn schon – sie musste sich für nichts rechtfertigen. Kieran war ihr Freund, und es war ganz selbstverständlich, dass man gern Zeit mit seinen Freunden verbrachte, oder etwa nicht? Aber wenn sie versuchen wollte, Lily dies zu erklären, würde die ihr nur wieder sämtliche Worte im Mund herumdrehen und ihr eine Romanze mit ihrem Verflossenen unterstellen.

Romanze – von wegen! Das war nun wirklich das Letzte, was Belle im Kopf hatte.

Jawohl.

Ein herrlich warmer Samstag dämmerte herauf. Winzige Wattewölkchen zierten hier und dort wie hingetupft den Himmel, als wollten sie sein allzu stechendes Blau ein wenig mildern. Es war einer jener strahlenden Augusttage, an denen es schien, als würde der Sommer ewig dauern.

Nachdem Belle aufgewacht war, blieb sie noch für eine Weile im Bett liegen, genoss die sommerliche Wärme und den sanften Wind, der durch die offenen Fenster hereinwehte und mit den Vorhängen spielte, und dachte an den vergangenen Abend zurück, an dem sie gemeinsam mit Kieran und ihrer Mutter kleine Geschenke für die Wundertruhe eingepackt hatte.

Es war genau wie in alten Zeiten gewesen, und zeitweise hätte man sogar den Eindruck haben können, sie und Kieran seien noch immer ein Paar und ihre Liebe würde genau wie der Sommer niemals enden.

Belle wusste, dass es nicht das Klügste war, beharrlich Kierans Gesellschaft zu suchen. Sie konnte noch so oft versuchen, sich einzureden, dass es ihr ausschließlich um Freundschaft ging, aber tief in ihrer Seele hatte sie erkannt, dass sie sich damit in die eigene Tasche log. In Wirklichkeit tat sie nichts anderes, als sich mit Bildern und Vorstellungen einer gemeinsamen Zukunft zu quälen, die es niemals geben würde. Sie mochten ihre Beziehung so gut es ging wieder repariert haben, aber sie würde nie wieder das sein, was sie einst gewesen war.

Aber war es wirklich besser, in Kieran einen guten Freund zu haben, als sich endgültig von ihm zu verabschieden? Wäre es auf Dauer nicht viel weniger schmerzhaft, ihn loszulassen? Warum akzeptierte sie ihre Niederlage nicht einfach und wandte sich neuen Dingen zu? Vermutlich war es genau das, was er sich für sie wünschte.

Mehrmals hatte sie sich schon vorgenommen, mit ihm darüber zu sprechen. Aber sobald sie unter sich waren, wandte sich ihre Unterhaltung wie von selbst trivialen Kleinigkeiten zu, und sie umschifften alles, was in irgendeiner Form mit ihren Gefühlen zu tun hatte. Vielleicht geschah es aus Feigheit oder vielleicht in stiller Übereinkunft, nicht das zarte Pflänzchen der Zuneigung zu zertrampeln, das wieder zwischen ihnen spross. Aber Belle wusste eins: Ewig konnte dieser Zustand nicht dauern.

Sie drehte sich auf die Seite und blickte aus dem Fenster ihrer Wohnung hinaus auf den begrünten Innenhof. Er war vom goldenen Morgensonnenschein durchflutet, und in der Vogeltränke flatterten zwei Spatzen in einem Wirbel aus glitzernden Tropfen. Selbst Belle musste einsehen, dass der Tag zu schade war, um ihn mit trübseligen Gedanken zu vergeuden.

Sie streckte sich und sprang aus dem Bett. Auf zum Sommerfest. Sie hatte ihren Eltern versprochen, gleich zu Beginn dort zu sein, um den Eintritt zu kassieren oder beim Eselreiten auszuhelfen.

Doch es gab in Wahrheit nur einen einzigen echten Grund, weshalb sie sich dermaßen beeilte, zum Sommerfest von St. Mungo zu kommen. Und dieser trug den Namen Kieran Sawyer.

Die unkrautüberwucherte Wiese hinter der Kirche, die jahrelang brachgelegen hatte, war nicht wiederzuerkennen.

Jeder, der das früher von Abfall, Schutt und einer Sammlung alter Einkaufswagen übersäte Stück Ödland kannte, wäre noch vor wenigen Monaten in schallendes Gelächter ausgebrochen, hätte jemand behauptet, man könne daraus ein Fußballfeld machen. Brenda, Ken und einer Hand voll tatkräftiger Eltern war es zu verdanken, dass das Wunder Wirklichkeit geworden war.

Und nun war diese einstmals traurige Wüste der Schauplatz des ersten Gemeindefestes von St. Mungo.

Brenda hatte eine Armee von Hobbyköchen rekrutiert, die gemeinsam genügend Köstlichkeiten gezaubert hatten, um den gesamten Bluebell Estate unter dem Gewicht der schwerbeladenen Tische in der Erde versinken zu lassen. Bereits seit den frühen Morgenstunden tummelten sich durstige Besucher im Bierzelt, einer Außenstelle der Royal Shakespeare Tavern, oder vergnügten sich damit, den Rektor der Gesamtschule mit nassen Tafelschwämmen zu bewerfen und für jeden Treffer Preise einzuheimsen.

Bereits um zwei Uhr nachmittags war der Platz brechend voll. Belle hatte gerade ihre Schicht am Einlass beendet – die ledernen Apostel hatten ein wachsames Auge auf die Kasse – und schlenderte zum Bierzelt, wo sie sich mit angelegten Ohren und eingezogenem Bauchnabel mühsam einen Weg zur Theke bahnte. Mona begrüßte sie mit einem fröhlichen »Hallo!« und einem Glas Bier auf Kosten des Hauses.

»Ah, das tut gut«, seufzte Belle und nippte an dem kühlen, schäumenden Getränk.

»Wir haben es speziell für den Anlass brauen lassen, in dieser kleinen Brauerei in Bishop's Cleeve. Es gibt übrigens auch Met im Angebot, wenn du etwas Ausgefalleneres möchtest.«

Belle hob abwehrend die Hand. »Danke. Seit dem ›Dichter und Dirnen‹-Abend mache ich um das Teufelszeug einen großen Bogen.« Sie fischte einen Schein aus ihrer Hosentasche. »Ich nehme noch ein Glas für Kieran mit. Er kann bestimmt eine Erfrischung brauchen.« Während sich Mona am Zapfhahn zu schaffen machte, stellte sich Belle auf die Zehenspitzen, reckte den Hals und sah sich im Gedränge um. »Wo ist Dad eigentlich?«

»Schwirrt herum wie eine Bremse im Kuhstall«, sagte Mona lakonisch. »Dass der Bischof kommt, hat ihn ganz nervös gemacht. Mir ist schleierhaft, warum er ihn überhaupt eingeladen hat. Warum muss ausgerechnet der widerliche alte Schleimer unser Fest eröffnen?«

»Vielleicht will Dad ihm zeigen, wie viel sich hier verändert hat.«

Mona nickte langsam. »Ich hoffe, er schmiert es ihm richtig dick aufs Brot.« Sie reichte Belle Kierans Bier. »Wenn wir Glück haben, verschluckt er sich vielleicht dran.«

Brenda und Ken arbeiteten an der Losbude. Das war schwieriger, als es sich anhörte, denn Ken musste ein wachsames Auge auf die Preise haben, um zu verhindern, dass sich geschickte Langfinger daran vergriffen. Brenda wiederum musste in regelmäßigen Abständen im Teezelt vorbeischauen, um zu prüfen, ob man dort noch ausreichend mit Sandwiches und Kuchen versorgt war. Und dann war da noch Engelbert. Nachdem man vergeblich versucht hatte, ihn vor dem Zelt anzuleinen, streifte er nunmehr auf der Suche nach halb aufgegessenen Hamburgern und kleinen Kindern mit Eiswaffeln herrenlos über den Platz. Für ein zweites Paar Augen am Hinterkopf wäre Brenda sehr dankbar gewesen.

»He! Ich habe gewonnen!« Ein Junge hielt triumphierend einen rosafarbenen Losschein empor und sah Ken auffordernd an. »Nummer fünfundsechzig, sehen Sie? Die Flasche Whisky.«

Ken beugte sich über den Tresen der Bude und schob sanft, aber bestimmt den Daumen des Jungen beiseite. Darunter kam eine weitere Ziffer zum Vorschein. »Ich bin nicht von gestern«, sagte er. »Bitte sehr, *zweihundert*fünfundsechzig.«

Der Junge murrte irgendetwas, das sich wie »alter Sack« anhörte, zog sich seine Kapuze tiefer ins Gesicht und schlurfte, die Fäuste in den Taschen, von dannen.

»War das nicht Shane Armstrong?«, fragte Brenda, sobald er in der Menge verschwunden war. »Wahrscheinlich läuft er jetzt schnurstracks zu seinen großen Brüdern, um sich zu beschweren, und kommt dann mit Verstärkung zurück.«

»Soll er nur kommen«, entgegnete Ken entschieden. »Hier wird nicht geschummelt und basta.«

Brenda lächelte zu ihm auf. »Mein tapferer Held«, sagte sie schmunzelnd.

»Ach …«, murmelte er und wurde rot.

»Nur nicht so bescheiden.«

Ken räusperte sich verlegen. Konnte es sein, dass sie das Kompliment vielleicht ein klein wenig ernst gemeint hatte? Verstohlen musterte er Brenda von der Seite. Sie sah so jung und hübsch aus mit ihren goldenen Haaren, die sie ausnahmsweise hochgesteckt trug.

»Julie hat mich nie so genannt«, brummte er schließlich. Ein Schauer durchrieselte ihn, als er Brendas Hand auf seinem Arm spürte.

»Es tut mir wirklich leid, dass es aus ist zwischen euch.«

Ken sah auf seine Zehen hinab, die nackt und schorfig aus den Sandalen hervorlugten. »Ich bin nicht gerade ein Hauptgewinn«, sagte er. »Sie hat etwas Besseres gefunden.«

»Unsinn«, widersprach Brenda sanft. »Mit besser oder schlechter hat das nichts zu tun, sie ist nur … vielleicht passen sie einfach besser zusammen.« Sie zögerte. »Aber womöglich könntet ihr es noch einmal miteinander versuchen …«

Er sah ihr direkt in die Augen. »Nein. Wir haben uns redlich bemüht, aber es hat nie besonders gut funktioniert. Es war nicht ihre Schuld«, fügte er rasch hinzu. »Julie ist ein nettes Mädchen, aber ... sie ist nicht wie ... du.«

An der Geschwindigkeit, mit der sich Brenda abwandte, erkannte er, dass er etwas sehr Leichtsinniges getan hatte. Er wusste, dass es klüger gewesen wäre zu schweigen, hatte sich aber nicht bremsen können.

Brenda schnappte sich den Loseimer und nahm die nächstbesten Passanten aufs Korn. Sie drängte ihnen ein Bündel Lose auf, die sie auf ihr Geheiß an Ort und Stelle öffneten. »Oh, sehen Sie nur, Sie haben gewonnen!«, rief sie überschwänglich. »Hier, eine Dose mit selbstgebackenen Keksen. Herzlichen Glückwunsch, lassen Sie es sich schmecken!«

Die glücklichen Gewinner zogen weiter, und Brenda kehrte an Kens Seite zurück. »Wenn das so weitergeht«, sagte sie und schob sich eine Haarsträhne aus dem erhitzten Gesicht, »wird nichts mehr übrig sein, wenn der Bischof kommt – außer diesem abscheulichen Gartenzwerg, der aller Welt seinen blanken Hintern entgegenreckt.«

Ken schnaubte. »Sieh nur zu, dass du die Whiskyflasche gut versteckst. Der Küster schwört Stein und Bein, Grove habe bei seinem letzten Besuch in St. Mungo eine ganze Kiste Messwein mitgehen lassen.«

Brendas Hand flog an ihren Mund, und sie versuchte verzweifelt, sich das Lachen zu verkeifen. »Das kann doch nicht sein.«

»Jeder weiß, dass Thaddeus Grove ein alter Schluckspecht ist.« Dies sagte Ken so laut, dass sich einige der Festbesucher neugierig umdrehten.

»Pst!«, zischte Brenda. »Um Himmels willen! Er kann jeden Augenblick hier sein ... was, wenn ihm jemand erzählt, dass hier solche Dinge über ihn verbreitet werden?«

»Was sollte er schon tun? Dich und Gerry ein zweites Mal strafversetzen? Wohin denn? Es gibt keine schlimmere Gegend als diese.«

»Das würde ich so nicht sagen.« Brenda erwiderte Kens Blick mit einem Lächeln. »Wie sich herausstellt, hat das Leben hier durchaus seine Vorzüge. Ganz besonders einen.«

Er wollte seinen Ohren kaum trauen. »Was ...?«

Sie lächelte immer noch – ein wenig scheuer vielleicht als zuvor, aber immer noch warm und … einladend. »Du hast genau gehört, was ich gesagt habe«, gab sie leise zurück.

Das hatte er. Langsam bewegten sich ihre Finger aufeinander zu. Ohne sich zu berühren, lagen sie dicht nebeneinander. Keiner zog seine Hand fort. Und dann trafen sich erneut ihre Blicke, und in Kens Herz begannen Springbrunnen zu sprudeln und Feuerwerke zu explodieren und …

»Ich bin so froh, dass ich dich wiedergetroffen habe«, sagte er. »All die Jahre … Ich habe nie aufgehört, an dich zu denken.«

Brenda schluckte. Ihre Lippen fühlten sich seltsam trocken an. »Wenn ich das vor fünfundzwanzig Jahren gewusst hätte, dann wäre ich vielleicht …«

Eine Männerstimme riss sie unsanft aus ihrem gemeinsamen Traum. »Ken, alter Junge, willst du die Pfarrersfrau vernaschen oder mir ein Los verkaufen?«

Brenda erstarrte vor Schreck. Ken wandte sich zu der Stimme um. Sie gehörte Geordie, dessen Söhne in der Fußballmannschaft den Ton angaben. Geordie Collins mit der dicken Brieftasche und der noch dickeren Klappe. Er hatte ein lüsternes Grinsen im Gesicht und winkte mit einem Geldschein. »Aber ich wollte euch nicht unterbrechen. Ich warte gern auf mein Los. Es gibt nichts Schöneres als die Liebe.« Er zwinkerte. »Aber was wohl der Herr Pfarrer dazu sagen wird?«

»Geordie, was soll das?«, stieß Ken wütend hervor. »Ich weiß nicht, wovon du sprichst.«

»Ihr steht da und schmachtet euch an wie zwei liebeskranke Teenager.«

»Wenn hier einer krank ist, dann du.« Ken bedachte ihn mit einem drohenden Blick. »Du und deine schmutzige Fantasie!«

»Ich? *Ihr* habt doch …« Geordie betrachtete erst Kens finstere Miene, dann Brendas vor Verlegenheit gerötete Wangen und versuchte zu begreifen, was hier vor sich ging. Schließlich gab er auf. »Schon gut. Du kennst mich doch. Habe nur Spaß gemacht.«

»Mach ihn gefälligst nicht auf unsere Kosten.«

Vielleicht hätte Geordie etwas erwidert, aber gerade in diesem Moment kam ein langer, blau glänzender Mercedes auf den Festplatz geschossen. Der Fahrer schenkte weder den aufgeregt gestikulierenden Parkeinweisern noch den großen gelben Hinweisschildern Beachtung, sondern fuhr mitten über die Wiese, wobei er die verdatterte Menge mit einem ungeduldigen Hupen teilte. Nachdem er einen großen Bogen vollführt hatte, hielt er unmittelbar vor dem Podium, wo gerade die Preisverleihung für den Schwanzwedelwettbewerb stattfand.

Der Bischof war da. Und jeder sollte es wissen.

Kieran hatte an seinem Stand alle Hände voll zu tun. Zwar hatte er das Spiel offiziell von *Hau die Ratte* in *Pfui, mach das weg!* umgetauft, aber der Spielfreude der Besucher tat das keinen Abbruch.

Belle, die zusah, wie ein Kandidat nach dem anderen sein Glück versuchte, lachte so sehr, dass sie mehr von ihrem Bier verschüttete, als sie trank. Aber schließlich wurde man nicht jeden Tag Zeuge, wie ein Mann, der im hinteren Teil eines Kuhkostüms steckte (soeben hatte er zusammen mit seiner Vorderhälfte den ersten Preis für das beste Kostüm entgegennehmen dürfen) eine sechsbeinige Spinne mit einem gewaltigen Schlag quer über die Wiese und das Dach des Gemeindesaals beförderte. Nachdem der begeisterte Applaus verebbt war, wurde sofort ein Suchtrupp losgeschickt, der das Tier schließlich aus den obersten Zweigen eines Baumes barg. Kieran und Belle nutzten die Wartezeit, um auf zwei umgestülpten Plastikkisten vor dem Bierzelt eine wohlverdiente Verschnaufpause einzulegen.

»Sieh nur, was du angerichtet hast«, schimpfte Belle, während sie sich die Nase putzte und versuchte, sich die Bierflecken vom T-Shirt zu wischen. »Wie ich aussehe!«

»Es geschieht nicht oft, dass sich eine Frau wegen mir nass macht.«

Belle versetzte ihm eine Kopfnuss.

»Autsch! Was soll das?«

»Wenn du dich nicht anständig benimmst, verrate ich meinem Vater, dass du ein Gewicht in die Spinne eingenäht hast«, drohte sie, noch immer leicht atemlos vom vielen Lachen. »Das ist Betrug.«

»Das würdest du nicht wagen!«

»O doch. Ein Blinder sieht, dass du schummelst! Das Vieh ist viel zu schnell. Ich frage mich, wie es der Kuh überhaupt gelungen ist, es zu treffen.«

»Ich wollte das Spiel lediglich etwas stimulierender gestalten.«

»Ha! Damit du keine Preise ausgeben musst.«

»Also schön. Ich ertrage den Gedanken einfach nicht, mich von diesen possierlichen Plastiktrollen trennen zu müssen, die deine Mutter beim Ausverkauf des Restpostenladens erstanden hat.« Er nahm eine der grotesken Puppen aus der Auslage und wackelte damit vor Belles Gesicht herum. »Schau mal, wenn man ihn schüttelt, klimperte er mit den Augen.«

»Lass das!«, rief sie in gespieltem Entsetzen. »Steck sofort das Monstrum weg!«

»Ach ja«, seufzte Kieran. »Das sagen alle Frauen zu mir.«

Sie warf ihm einen raschen Blick zu. Seine Augen funkelten vor Vergnügen. Er schien so ausgelassen und so fröhlich, dass sich Belles Herz zusammenkrampfte. »*Ich* habe so etwas nie gesagt«, platzte sie heraus.

»Was gesagt?« Schlagartig hörte Kieran auf zu lachen und sah sie an. »Ach so. Ich verstehe, was du …« Umständlich räusperte er sich. »Das stimmt. Jedenfalls nicht, als wir noch … hm, nein.«

»Oje. War das dumm von mir?«

»Nein, überhaupt nicht.«

»Doch, das war es. Wir haben gelacht und Spaß gehabt, und auf einmal … du siehst aus wie ein kleiner Junge, dessen Luftballon geplatzt ist.«

»Unsinn.« Er lächelte. »Aber du – du schmollst.«

Indigniert blitzte sie ihn an. »So eine Frechheit! Ich schmolle nie.«

»O doch. Du schmollst in diesem Augenblick. Deine Unterlippe ist so weit vorgeschoben, dass ein Hubschrauber darauf landen könnte.«

Sie musste lachen. »Lieber nicht!«

»Stimmt. Das würde mir den Blick auf dein Gesicht versperren.«

Belle spürte, wie ihre Wangen erglühten. Ihre Blicke trafen sich abermals. Die Wärme und das Lachen und der leichte Alkoholrausch schienen sie wie eine Wolke einzuhüllen. Millimeter um Millimeter bewegten sie sich aufeinander zu. Für den Bruchteil einer Sekunde dachte Belle: Jetzt könnte es passieren. Doch der Augenblick war ebenso schnell vorbei, wie er gekommen war. Kieran war aufgesprungen und blickte angestrengt über den Platz, wobei er seine Augen mit der Hand beschattete. »Verflixt und zugenäht! Wer ist denn der Idiot in dem blauen Benz? Was hat er vor, will er halb Cheltenham niedermähen?«

Im Nu war Belle wieder in der Wirklichkeit angekommen. Sie folgte seinem Blick und erkannte den Wagen sofort. Das Herz rutschte ihr bis in die Schuhspitzen hinab. »Thaddeus Grove«, knurrte sie und erhob sich. »Dann werde ich mal gehen und meinem Vater Bescheid sagen, dass der Zorn Gottes auf ihn wartet.«

Belle atmete erleichtert auf. Alles in allem lief es ziemlich gut. Zwar war nicht zu übersehen, dass Gerry und Bischof Grove sich gegenseitig verabscheuten – aber immerhin taten sie dies mit tadellosen Manieren. Thaddeus Grove besichtigte den Festplatz, ließ dabei einige wohlklingende Sätze über »höchst ermutigende Entwicklungen in der Gemeindestruktur« vom Stapel und schaffte es sogar, sich einen Fluch zu verkneifen, als er dazu gezwungen wurde, den Schuldirektor mit Schwämmen zu bewerfen. Gleich danach bekleckerte er seinen erlesenen klerikalen Zwirn mit der kalten Bohnensuppe, die man ihm aufgedrängt hatte.

Gerry hingegen hatte alle Mühe, ein Schmunzeln zu unterdrücken, als er seinem Gast die nunmehr komplette Fußballmannschaft vorstellte, die vor Kurzem Verstärkung durch aus der Jugendhaft entlassene Sullivans erhalten hatte, dazu den neuen Chor mit seinen abenteuerlichen Gospelgewändern sowie die St. Mungo Twirlinggruppe. Gemeinsam mit dem Bischof bestaunte er eine Darbietung des neu gegründeten Yogakurses, dessen Teilnehmerinnen es zusammen auf ein stolzes Alter von neunhundertundsechsundsiebzig Jahren brachten.

»Ich freue mich wirklich außerordentlich, dass Sie Ihr neues Wirkungsfeld mit solchem Elan erschlossen haben, Gerry«, log der Bischof und zeigte dabei ein Lächeln, das so dünn war, dass es glatt für Christian Dior über den Laufsteg hätte stöckeln können. Dann beschenkte er den Pfarrer mit einem flüchtigen Händedruck. »Ich möchte Sie deshalb um Verzeihung bitten. Ich hätte schon viel früher erkennen sollen, dass Ihre wahre Berufung darin liegt, im Herzen unserer Gesellschaft tätig zu werden, wo Sie ganz nahe an den … Menschen sein können.«

»Zweifellos hatten Sie nie etwas anderes vor, als mich durch die Versetzung meiner wahren Bestimmung zuzuführen«, sagte Gerry liebenswürdig.

Wie nicht anders zu erwarten, prallte der Sarkasmus dieser Bemerkung am Bischof ab. »In der Tat«, nickte er. »Ja, so ist es wirklich.« Er rieb seine speckigen Hände aneinander. »Nun, wollen wir uns jetzt der Preisvergabe widmen? Die Marmeladenkönigin und so weiter? Nicht, dass ich mich hier inmitten dieser ... großartigen Leute nicht *prächtig* amüsiere, mein Lieber – aber ich muss in einer halben Stunde in Chester sein. Ein dringender Termin.«

Belle, die zusammen mit Kieran in der Nähe stand, beugte sich zu ihm und raunte ihm ins Ohr: »Golfturnier.«

»Was sonst?«, flüsterte er zurück.

Bischof Grove erklomm das hölzerne Podium und nahm neben Gerry und den beiden Hälften der preisgekrönten Kuh (inzwischen wieder vereint und mit einer farbigen Rosette geschmückt) Aufstellung. Die Kuh vollführte eine kleine Stepptanzeinlage und wurde mit donnerndem Applaus belohnt. Der Bischof hingegen musste sich mit deutlich verhaltenerem Beifall zufriedengeben.

»Was ist dieses ... Vieh?«, raunte er Gerry aufgebracht zu, wobei er die Hand über das eingeschaltete Mikrofon hielt.

»Das ist eine Kuh. Keine echte natürlich.«

»Das sehe ich, Craine. Was hat sie auf meiner Bühne zu suchen?«

Gerry seufzte. »Sie ist der Gewinner des Kostümwettbewerbs, Eure Exzellenz, und wurde ausgewählt, um Ihnen zu assistieren. Sie hält die Namen der Gewinner der übrigen Wettbewerbe im Maul«, erklärte er und deutete auf ein Bündel Umschläge, das die Kuh zwischen den Lippen hielt. »Ich ziehe einen, lese vor, was auf dem Zettel steht, und Sie übergeben den Preis.«

»Infantil«, lautete der Kommentar des Bischofs, der ungehalten auf seine Uhr sah. »Können wir jetzt endlich anfangen? Ich muss um drei im Clubhaus – ich meine, im Konferenzzentrum sein.«

Nacheinander erklommen die Gewinner die Bühne und nahmen ihre Preise entgegen. Gekürt wurde unter anderem die beste Gesichtsbemalung (Darth Vader), das fetteste Haustier (ein kapitaler Stallhase, der fünfzehn Kilogramm auf die Waage brachte) und das engagierteste Gemeindemitglied (ein sichtlich gerührter Ken). Die Preise waren relativ bescheiden, mit Ausnahme desjenigen in der letzten Kategorie, die bereits mit Spannung erwartet wurde: das Tortenraten.

Die Torte, deren Gewicht es zu schätzen galt und die gleichzeitig dem Sieger winkte, war eine der prachtvollsten, die Belle je gesehen hatte. Ihre Mutter hatte sie mit viel Liebe, einem Zentner Zuckerguss, Dutzenden von Fondantrosen und silbernen Liebesperlen verziert, sodass sie im Sonnenlicht blitzte und funkelte. In jedem Fall war sie groß genug, um einer Familie über mehrere Tage hinweg Nahrung zu liefern. Es gab niemanden auf dem Platz, der sie nicht gewinnen wollte.

»Und nun zu dem Augenblick, auf den wir alle gewartet haben. In wenigen Sekunden wird Bischof Grove diejenige Person auf die Bühne bitten, die mit ihrer Schätzung am nächsten an das tatsächliche Gewicht dieses Meisterwerks herangekommen ist.« Mit einer dramatischen Geste wies Gerry auf die Torte, die, flankiert von zwei stämmigen Aufpassern, auf einem Sockel thronte.

»Faseln Sie nicht rum, Craine«, murrte der Bischof, nicht ahnend, dass seine Hand das Mikrofon nicht mehr vollständig bedeckte. »Es ist doch bloß ein Kuchen!«

Ein Raunen ging durch die Menge.

Gerry blieb gelassen und wandte sich an die Kuh. »Daisy – würdest du mir nun bitte den Umschlag mit dem Namen des Gewinners reichen?«

Die Kuh rieb ihren Kopf an der Schulter des Pfarrers und ließ dabei den goldenen Umschlag geschickt aus ihrem Maul in seine Hand fallen. Die Spannung stieg. Engelbert jaulte und zerrte an seiner Leine. So viel köstliches Fressen um sich zu haben, so nah und zugleich unerreichbar fern, war mehr, als sein kleiner Hundeverstand verkraften konnte.

»Aus, Engelbert!«, zischte Mona. »Dad hält sich gut«, sagte sie gleich darauf an Belle gewandt. »Ich glaube, er hat Spaß daran, den alten Hund vorzuführen.«

Belle und Kieran lachten leise. »Verdient hat er es auf alle Fälle.«

Brenda hingegen sah mit wachsendem Unbehagen zu. »Hört auf, Kinder! Es fehlt bloß noch, dass euer Vater vor dem Bischof eine Szene macht.«

Tatsächlich war das, was kurz darauf geschah, in keinerlei Hinsicht die Schuld des nichtsahnenden Gerry, der soeben den Siegerumschlag geöffnet hatte und die Karte mit dem Namen des Siegers in die Höhe hielt.

»Und der Gewinner ist ...« Er stieß dem Bischof diskret mit dem Ellbogen in die Seite. »Bischof Grove, wenn Sie so freundlich sein wollen? Die Torte.«

»Was? Ach so. Also schön.« Widerwillig und nicht ohne beträchtliche Anstrengung hob der Bischof den Kuchen an.

»Der Gewinner lautet ...«

Engelbert hielt es nicht mehr aus. Schließlich hatte auch die Selbstbeherrschung eines Hundes ihre Grenzen, und es war nur natürlich, dass ihn die verführerische Nähe der Torte (oder war es der Anblick des Gewinnerhundes aus dem Schwanzwedelwettbewerb, der schnüffelnd das Podium umrundete?) zur Raserei brachte. Urplötzlich hatte er sich mit einer geschickten Drehung seines dürren Halses des Halsbandes entledigt und machte einen Satz in Richtung Bühne.

»Er lautet ...«

Doch bevor Gerry den Namen über die Lippen brachte, drängte sich eine Frau durch die Menge nach vorn und trat auf ihn zu. »Hallo, Gerry«, sagte sie. »Überraschung! Ich hoffe, du erinnerst dich noch an mich.«

»Ach, du grüne N... – nein. Nein, das ist völlig unmöglich!« Gerrys Kinnlade fiel herunter wie eine defekte Zugbrücke, deren Seile man gekappt hatte, und seine Augen schienen förmlich aus ihren Höhlen zu treten, als weigerten sie sich zu glauben, was sie da sehen mussten.

»Rena? *Rena Starr?*«

Sämtliche Farbe war aus seinem Gesicht gewichen. Wie von einem Schlag getroffen, begann Gerry zu schwanken. Wäre er nach rechts geschwankt, hätte die kostümierte Kuh den Aufprall abfangen können, ohne selbst körperlichen Schaden zu nehmen. Wäre er nach vorn geschwankt, wäre es Engelbert bestimmt gelungen, sich rechtzeitig durch einen Sprung zur Seite aus der Gefahrenzone zu retten. Doch Gerry schwankte nach links – und stieß geradewegs mit Thaddeus Grove zusammen, der prompt das Gleichgewicht verlor und, in dem verzweifelten Versuch, nicht kopfüber von der Bühne zu stürzen, das Einzige tat, was ihm übrig blieb: Er ließ die Torte fallen.

»Oooh!«, machte die Menge, als das prachtvolle Stück den bischöflichen Händen entglitt und den Sinkflug antrat.

Um auf seiner Reise hinunter zur Grasnarbe des Gemeindeplatzes einen kleinen Zwischenhalt auf Engelberts Schädel einzulegen.

Kapitel 30

Rena Starr.

Erst war Gerrys älteste Tochter ungebeten in ihrem Leben aufgetaucht und nun auch noch seine Jugendliebe. Und das ausgerechnet an einem Tag, an dem sie sich zum ersten Mal seit Langem wieder erlaubt hatte, ein wenig Glück zu empfinden.

Heute, ausgerechnet heute, hatte diese Person vom Himmel fallen müssen, um mit einem Lächeln Brenda all die Schande der letzten Wochen ins Gesicht zu schleudern.

Seltsam distanziert stand sie da und beobachtete das Chaos, das um sie herum wogte. Seit dem vergangenen Herbst war ihr so viel Unglück widerfahren, dass sie inzwischen gelernt hatte, mit stoischer Ruhe zu reagieren, wenn ein weiterer Schicksalsschlag sie traf. Aber welche schreckliche Schuld hatten Gerry und sie wohl auf sich geladen, um all das zu verdienen?

Was habe ich getan?, fragte sie sich wieder und wieder, während die Menschen aufgeregt tuschelten, ein Fotograf des *Courant* aus dem Nichts auftauchte, jedem in Reichweite das Objektiv seiner Kamera ins Gesicht drückte und ein leicht benommener Engelbert sich über seinen Unfall hinwegtröstete, indem er Stück um Stück der zermatschten Torte verschlang.

Was habe ich Schlimmes getan? Die ganzen Jahre über habe ich meine Pflichten als Pfarrersfrau ohne Murren erfüllt, auch dann, wenn ich die Aussicht auf einen weiteren Basar oder ein weiteres Teekränzchen mit einer Horde geschwätziger Biedermänner kaum ertragen konnte. Ich habe alles getan, was von mir verlangt wurde, und alles, was ich mir im Gegenzug erbeten habe, war, ein respektables Leben führen zu dürfen.

Nur undeutlich nahm sie wahr, dass Stimmen nach ihr riefen.

Sie marschierte los, immer weiter in die entgegengesetzte Richtung. Diesmal würden die anderen ohne ihre Hilfe zurechtkommen müssen. Sie hatte genug.

In einer Ecke des nunmehr menschenleeren Teezeltes standen sich Mutter und Tochter Starr gegenüber.

»Was zum Teufel sollte dieser Auftritt, Mum?« Mona kochte förmlich vor Wut. »Wie konntest du vor dem Bischof eine derart peinliche Szene hinlegen? Und wieso bist du überhaupt in England? Ich dachte, du willst nichts mehr von mir wissen.«

»Ich? Das sagt gerade die Richtige. *Du* warst doch diejenige, die mir ein Ultimatum gestellt und verkündet hat, sie würde keinen Fuß mehr in mein Haus setzen, bis ich Chas nicht den Marschbefehl gegeben habe. *Du* bist einfach abgehauen und hast dich die ganze Zeit kein einziges Mal gemeldet. Nicht einmal eine lumpige Postkarte habe ich von dir bekommen!«

Oje, dachte Belle, die den Schlagabtausch zwischen Mutter und Tochter mit wachsendem Unbehagen verfolgte. Hätte ich Ros bloß nicht diese E-Mail geschickt ... was hatte ich noch gleich geschrieben? »Wenn du in Melbourne bist, könntest du doch versuchen, etwas über Monas Mutter in Erfahrung zu bringen. Wer weiß, vielleicht findest du ja sogar heraus, wo sie wohnt ...«

Gut gemacht, Belle, sagte sie sich und tat ihr Bestes, nicht so schuldig auszusehen, wie sie sich fühlte. Wenn heute Abend jemand in St. Mungo von einer Amok laufenden Australierin gemeuchelt wird, trägst du die Verantwortung.

Wenigstens sind wir Bischof Grove rechtzeitig losgeworden, dachte sie erleichtert und pflückte sich letzte Fondantstückchen aus dem Haar. Zweifellos grübelte er noch immer darüber nach, wer wohl diese Wahnsinnige gewesen sein mochte und weshalb man ihn urplötzlich und ohne jedes Abschiedszeremoniell in sein Auto verfrachtet hatte. So hatten sie sich immerhin eines Störenfrieds entledigt. Belle erschauerte bei dem Gedanken, was passiert wäre, wenn Seine Exzellenz mitbekommen hätte, worum es bei dem Aufruhr ging.

Die Frau mit dem strohblonden Haar und mit einer Haut, die in ihrem knappen halben Jahrhundert viel zu viel Sonne abbekommen hatte, ließ sich von den Vorwürfen ihrer Tochter nicht im Mindesten beeindrucken. »Nur damit du es weißt: Ich wollte meinen großen Auftritt haben. Ha! Ich habe diesem Schlappschwanz Gerry einen gehörigen Schrecken eingejagt, was? Und ich hätte noch mehr gesagt, wenn mich die beiden da« – sie warf einen abschätzigen Blick auf Belle und Kieran – »nicht weggeschleift hätten. Wer sind die Witzfiguren überhaupt?«

»Kieran Sawyer«, sagte Kieran. »Und das hier ist Belle Craine. Gerrys Tochter.«

»Ich bin Monas Halbschwester«, fügte Belle hinzu.

Das erregte Renas Interesse. »Unsinn, Kindchen. Du bist viel zu klein, und dein Hintern ist zu dick.« Sie trat einen Schritt vor und beäugte Belle eingehender. »Ich werd verrückt. Sie hat Gerrys Augen.«

»Ich, äh … freue mich trotzdem, Ihre Bekanntschaft zu machen«, stammelte Belle tapfer. »Mona hat mir viel von Ihnen erzählt.«

Rena schnaubte wie ein Dromedar mit Nasennebenhöhlenentzündung. »Soso, hat sie das? Das wäre ja etwas ganz Neues. *Mir* hat sie nämlich von all dem hier kein Sterbenswörtchen verraten.« Sie fixierte ihre Tochter mit einem durchdringenden Blick. »Nicht wahr, mein Schatz?«

Mona ging sofort zum Angriff über. »Du hast mich ja auch nicht gefragt! Monatelang war ich weg, und du hast dir nicht einmal die Mühe gemacht, dich mit mir in Verbindung zu setzen. Kein Brief, keine E-Mail, kein Anruf – nichts!«

»Wenn wir schon über einen Mangel an Kommunikationsbereitschaft reden – was ist dann *damit?*« Anklagend zeigte Renas scharlachrot lackierter Fingernagel auf den Bauch ihrer Tochter, dessen sanfte Wölbung unter ihrem kurzen Top nicht zu übersehen war. »Sollte ich davon auch nichts erfahren? Oder war es dir zwischenzeitlich entfallen?«

Mona verschränkte die Arme vor der Brust. Ihre Augen blitzten. »Ich habe dich nicht gebeten hierherzukommen, um mir Vorwürfe zu machen«, knurrte sie. »Ich habe dich *überhaupt* nicht gebeten zu kommen.«

»Stimmt genau. Es musste erst ein kleines Vögelchen an meinem Fenster vorbeiflattern und mir zuzwitschern, dass meine Tochter, die dümmer ist als zwei Meter Feldweg, sich hat schwängern lassen!«

»Was für ein Vögelchen?«, wollte Mona stirnrunzelnd wissen. »Welches Schwein hat mich verpetzt?«

Belle wünschte, der Erdboden möge sich auftun und sie verschlingen. Irgendwann würde sie alles gestehen müssen, auch wenn ihre Halbschwester sie dafür grün und blau prügeln würde. Aber für den Augenblick war es das Klügste zu schweigen – und sich so unauffällig wie möglich zu verhalten.

»Na los!«, forderte Rena ihre Tochter auf. »Sag mir, dass du nur ein paar Pfunde zugelegt hast, weil du dich tagein, tagaus mit dem fettigen Fraß vollstopfst, den die Leute hier Essen nennen.«

Mona richtete sich zu ihrer vollen Größe auf. »Nein, Mum«, entgegnete sie. »Ich bin wirklich und wahrhaftig schwanger. Im Dezember ist es so weit. Zufrieden?«

»Zufrieden? *Zufrieden?* Machst du dich über mich lustig, du dumme Gans? Im einen Moment stehe ich an der Haustür und winke dir nach, weil du angeblich auf eine Rucksacktour in den Himalaja aufbrichst, und im nächsten finde ich dich in diesem erbärmlichen Kaff am Arsch der Welt, und was sehe ich? Du hast dich anstechen lassen!«

»Das scheint in der Familie zu liegen«, versetzte Mona trocken.

Ihre Mutter ignorierte die Spitze. »Und darüber hinaus weißt du nichts Besseres mit deiner Zeit anzufangen, als nach Leichen im Keller deiner Familie zu stöbern und sie, ohne mich auch nur um Erlaubnis zu fragen, in unserem Vorgarten auszustellen, damit alle Welt sie bewundern kann.«

»*Ich* bin nicht schuld daran, dass *du* Leichen im Keller hast. Und ich brauche gewiss nicht *deine* Einwilligung, um *meine* Familie zu suchen!«

»*Ich* bin deine Familie. Chas ist deine Familie.«

Angeekelt schürzte Mona die Oberlippe. »Dein Freund Chas ist ein stinkfauler Schmarotzer, der dich bis auf den letzten Penny aussaugt. Habe ich übrigens schon erwähnt, dass er mich einmal im Keller befummelt hat?« Der saftige Fluch, den Rena ausstoßen wollte, kam als ein röchelndes Husten heraus. »Nein? Dann tue ich es jetzt. Außerdem hätte ich gedacht, du freust dich, dass sich deine Tochter entschlossen hat, den Mann zur Verantwortung zu ziehen, der dich damals mit einem Baby hat sitzenlassen.«

Rena sank wortlos auf einem Plastikstuhl zusammen.

»Mum?«, fragte Mona nach einigen Sekunden des Schweigens unsicher.

Rena sah zu ihr auf. »*Deswegen* bist du nach England geflogen? Um eine vollkommen unwichtige Dummheit in Ordnung zu bringen? Einen Fehler, den irgendjemand vor fast dreißig Jahren begangen hat?«

Mona riss verdutzt die Augen auf. »Dummheit? Ich dachte, die Sache mit Gerry hat dein ganzes Leben ruiniert! Ich wollte ein für allemal die Wahrheit ans Licht bringen und …«

Ihre Mutter sah sie mitleidig an. »Bist du als Baby aus dem Kinderwagen gefallen? Oder liegt es an den englischen Genen, dass dein Spatzenhirn so langsam arbeitet? Hör zu, Mona – sicher kam es mir ein wenig ungelegen, als ich so jung schwanger wurde …«

»Ein wenig *ungelegen*!«

»Aber letzten Endes war es doch alles halb so schlimm. Ich und dein Stiefvater Eddie waren damals schon zusammen. Wir wollten heiraten. Ja, ich war enttäuscht, weil Gerry meine Briefe nicht beantwortet hat – aber das war vor allem gekränkte Eitelkeit. Schließlich waren wir nicht Romeo und Julia.«

»Nicht?« Belle versuchte, sich die beiden als verliebte Teenager vorzustellen – diese harte, abgebrühte Frau und ihren sanftmütigen Vater. Es war ziemlich schwierig, aber dann erinnerte sie sich an all das, was Mona ihr erzählt hatte. »Ich hatte den Eindruck …«

»Ich aber auch!«, fiel Mona ihr empört ins Wort.

»Dass Dad … nun ja, dass er die Liebe Ihres Lebens war. Oder so ähnlich.«

»Gerry?« Rena schnaubte. »Die Liebe meines Lebens? Wisst ihr, was ich damals von ihm dachte? Typisch Brite! Gießt sich bis zur Halskrause voll, fummelt an der nächstbesten Frau herum, die er in die verschwitzten Pfoten kriegt, und dann ist er natürlich zu feige, mir zu antworten, sobald er weiß, dass ich schwanger bin. Deswegen konnte ich einfach nicht widerstehen, als ich erfuhr, dass mein Töchterchen hier ist. Ich wollte ihm einen gehörigen Schrecken einjagen. Als eine Art Rache. Ein bisschen spät, aber immerhin.«

»Entschuldigung?«

Gerry Craines sanfte Stimme ließ alle herumfahren. Sichtlich verunsichert stand er im Eingang des leeren Zeltes und wagte nicht, näher zu kommen – ganz so, als täte es ihm leid, andere Leute zu stören, wenn sie gerade damit beschäftigt waren, über ihn herzuziehen.

»Dad«, sagte Belle. »Hast du Mum gefunden?«

Er schüttelte den Kopf. »Keine Spur von ihr. Wo sie bloß stecken mag?« Sein Blick wanderte zu Rena. »Du hast dich gar nicht verändert«, sagte er und trat auf sie zu.

»Und ich dachte, ein Pfaffe darf nicht lügen«, gab Rena säuerlich zurück.

»Es ist keine Lüge. Ich habe dich sofort wiedererkannt. Es sind deine Augen – immer noch das gleiche funkelnde Blau. Mona hat sie von dir geerbt. Deswegen war ich auch so sicher, dass sie deine Tochter ist, als sie damals vor der Tür stand.«

Rena schüttelte den Kopf. »Immer noch die alte Laberzirrhose, Gerry Craine. Du solltest den Mund halten und dich schämen.«

Er runzelte die Stirn.

»Für das, was du getan hast! Weißt du, wie viele Briefe ich dir geschrieben habe? Keinen einzigen hast du beantwortet. Keinen.«

Gerry stand nun neben ihr. Belle sah die beiden an und erwartete, zwischen ihnen die magischen Funken erotischer Energie fliegen zu sehen. War die erste Liebe nicht mächtiger als alles, was danach kam? Aber während sich die beiden beäugten, spürte Belle nichts als eine verhaltene Neugier. Es stimmt, dachte sie erleichtert. Sie waren wirklich nie Romeo und Julia gewesen – oder Abélard und Héloïse. Sie wünschte, ihre Mutter wäre da, um die Wahrheit zu sehen. Bestimmt hätte sie die Situation dann leichter ertragen können.

»Ich habe deine Briefe nie beantwortet, weil ich sie nie bekommen habe«, erwiderte Gerry.

»Hör doch auf, Gerry. Deine Lügen nimmt dir niemand ab.«

»Ich lüge nicht, Rena. Tatsache ist, dass ich dir über Wochen jeden Tag geschrieben habe. Ich war vernarrt in dich, aber als ich nie eine Antwort erhielt ... Es hat mir fast das Herz gebrochen, und es hat lange gedauert, bis es geheilt war. Ich dachte, du wärst zu dem Schluss gekommen, ich sei nur ein dummer Junge, mit dem du dich nicht länger abgeben wolltest. Mutter meinte natürlich, es sei das Beste ... aber so sind Mütter nun mal.«

»Ja«, bestätigte Rena leise. »Meine war genauso. ›Vergiss ihn, er war nicht der Richtige für dich. Andere Mütter haben auch schöne Söhne.‹ Sie ist vor Freude fast tot umgefallen, als ich Monas Stiefvater geheiratet habe.« Sie blickte Gerry in die Augen. »Wenn du mir irgendwelche Märchen auftischst«, drohte sie, »brate ich mir deine hübschen kleinen Pfaffeneier zum Frühstück.«

»Er lügt nicht«, sagte Kieran hastig.

»Natürlich nicht«, bekräftigte Belle. »Dad lügt nie. Er weiß gar nicht, wie das geht.«

Rena musterte sie von oben bis unten. »Du scheinst dir ja sehr sicher zu sein, was richtig und was falsch ist, Fräulein.«

»Sie ist die Tochter ihres Vaters«, warf Mona ein und hakte sich bei Belle unter. »So wie ich auch.«

Ken wusste genau, wo er Brenda suchen musste.

Er fand sie bei den verfallenen Fahrradschuppen hinter der Gesamtschule. Sie saß zusammengesunken da, fest in ihre Strickjacke gewickelt, und unterbrach ihr herzzerreißendes Schluchzen nur, um hin und wieder an ihrer Zigarette zu ziehen. Ken fand, sie sah aus wie vierzehn, zerbrechlich und verloren.

»Du rauchst? Ich dachte, du hättest schon vor Jahren aufgehört.«

»Der Augenblick schien passend, wieder damit anzufangen.« Sie sah auf, schniefte und wischte sich eine schwarze Schliere von der Wange, die ihre verlaufene Wimperntusche hinterlassen hatte. Ihre Hand zitterte. Sie ließ die Zigarettenkippe zu Boden fallen und trat sie mit ihrem Absatz aus. »Du hast mich also gefunden«, sagte sie.

»Natürlich. Das hier war doch unser geheimer Ort. Erinnerst du dich noch, wie oft wir die Schule geschwänzt haben, um hier zusammen … du weißt schon.«

Brenda sah sich in ihrer trostlosen Umgebung um und lachte trocken auf. »So besonders ist er nun auch wieder nicht.« Sie schüttelte resigniert den Kopf. »Genau wie der Rest meines Lebens. Vorhin auf dem Fest … Das war die Frau, von der ich dir erzählt habe. Monas Mutter. Gerrys *Ausrutscher*.«

»Ah.«

»Sie ist extra aus Australien hergekommen, nur um mir das Leben zu versauen.« Brenda fuhr sich mit der Hand durch ihre schweißfeuchten Haarsträhnen. »Ich dachte, ich hätte alles wieder einigermaßen im Griff. Und dann muss *sie* auftauchen.« Sie zog die Nase hoch und blinzelte eine Träne fort. »Glaubst du, er liebt sie immer noch?«

»Möglich wäre es«, räumte Ken ein. »Aber er schien nicht gerade hocherfreut, sie zu sehen.«

Brenda stieß einen langen Seufzer aus. »Was heißt das schon? Selbst wenn sie die Liebe seines Lebens wäre – er würde sich niemals etwas anmerken lassen. Er würde sich nie von mir trennen, ganz egal, wie sehr er es sich vielleicht wünscht. Ich bin seine Frau, in guten und in schlechten Tagen, und nichts ist Gerry wichtiger im Leben, als immer das Richtige zu tun. Das, was Ehre und Anstand gebieten.« Eine Spur Bitterkeit kroch in ihre Stimme, als sie hinzufügte: »Manche Leute werden eben mit einem Heiligenschein geboren.«

Ein kurzes, unangenehmes Schweigen folgte. Dann räusperte sich Ken.

»Brenda, was du über dein Leben gesagt hat – dass es nichts Besonderes ist … Ich hoffe, du nimmst es mir nicht übel, aber das war totaler Unsinn.«

»Ach ja?«

»Für mich wirst du immer etwas ganz Besonderes sein, Brenda. Ich dachte, das hätte ich dir inzwischen gezeigt. Du bist das Beste, was mir je passiert ist, und wenn ich als Siebzehnjähriger auch nur einen Funken Verstand gehabt hätte, hätte ich dich niemals gehen lassen.« Er machte einige Schritte in ihre Richtung, blieb dann aber stehen. »Es gibt etwas, was ich gern tun würde«, sagte er. »Allerdings weiß ich nicht, ob es eine gute Idee ist.«

Brenda sah ihn fragend an. »Was denn?«

»Das«, sagte er, trat zu ihr, hockte sich vor sie hin, nahm ihr Gesicht in seine Hände und küsste sie ganz sanft auf den Mund.

»Ken, lieber nicht …«, murmelte sie. Trotzdem erwiderte sie den Kuss.

»Du hast recht«, flüsterte er. »Lieber nicht.«

Noch lange danach saßen sie einander gegenüber und sahen sich an. Keiner der beiden brachte es über sich zu gehen, auch wenn sich beide bewusst waren, dass sie sich früher oder später würden trennen müssen.

»Ich könnte Gerry niemals verlassen«, wisperte Brenda, der erneut Tränen in die Augen traten. »Niemals. Er wäre verloren ohne mich. Und außerdem …«

Ken unterbrach sie, bevor sie den Satz beenden konnte. »Du liebst ihn.« Er war froh, dass sie die tiefe Traurigkeit in seinen Augen nicht sehen konnte. Das hätte alles nur noch schwerer gemacht. »Das merkt selbst ein grober Klotz wie ich.«

»Das bedeutet nicht, dass ich dich nicht auch liebe …«

Ken vergrub sein Gesicht in ihren duftenden Haaren. »Ist schon gut, Brenda. Ich weiß, wenn ich einen Kampf nicht gewinnen kann. Versprich mir nur eins.«

Sie entzog sich ihm und sah ihn fragend an. »Was?«

»Falls du jemals deine Meinung über Gerry ändern solltest, vergiss nicht, dass es jemanden gibt, der alles dafür geben würde, eine zweite Chance zu bekommen.«

Brenda lächelte unter Tränen. »Wie könnte ich das je vergessen?«

»Das reicht mir.« Ken richtete sich auf, fischte ein zerknittertes Stofftaschentuch aus seiner Hosentasche und hielt es Brenda hin. »So. Und jetzt bringen wir dich wieder auf Vordermann und machen uns auf die Suche nach deinem Göttergatten«, sagte er mit einer Munterkeit, nach der ihm ganz und gar nicht zumute war. »Ich finde, er hat eine Menge zu erklären.«

Kapitel 31

Wenige Wochen später, als der Sommer langsam in einen sonnigen Frühherbst überging, kehrte Oswald Hepplewhite heimlich, still und leise nach Cheltenham zurück.

Zwar trug er weder einen falschen Schnurrbart noch Perücke, aber statt sich direkt nach Hause in die Arme seiner wartenden Mutter zu begeben, war er kurzentschlossen früher von der Autobahn abgefahren und hatte sich in einem anonymen Motel am

Stadtrand eingemietet. Nicht einmal Mona wusste von seiner Heimkehr – und so sollte es auch bleiben.

Nicht, dass sie sich auch nur einen Deut um ihren ehemaligen Liebhaber geschert hätte – jedenfalls wurde sie nicht müde, dies zu beteuern. Sie hatte mit ihrer Mutter bereits genug Ärger am Hals. Rena hatte sich ein Zimmer in einer Pension genommen und machte keinerlei Anstalten, in ihre Heimat zurückzufliegen. Im Gegenteil: Sie schien die neugierigen Blicke, mit denen man ihr nachsah, wann immer sie durch den Bluebell Estate spazierte, vollauf zu genießen, ebenso wie die bis zum Zerreißen gespannte Atmosphäre im Pfarrhaus, wo sie hin und wieder auf ein Tässchen Tee – aus dem dann meistens eine ganze Kanne wurde – und eine ihrer »Familienplaudereien« vorbeischaute.

»Oz kann mir gestohlen bleiben«, verkündete Mona eines Abends. Sie war nach Ladenschluss mit Belle allein im Pub, wo diese ihr dabei half, die leeren Gläser einzusammeln. »Ich will ihn nie wiedersehen. Und wenn diese jämmerliche kleine Kröte auf den Knien zu mir gekrochen käme und mich anflehen würde, es noch einmal zu versuchen – ich würde … ich würde ihm sagen, er soll den Kopf in den Ofen stecken!«

Zu gern hätte Belle ihr geglaubt. Leider wusste sie aus eigener Erfahrung, wie schwer es war, sich einzureden, man sei über eine alte Liebe hinweg. Das hatte sie mit Kieran schließlich zur Genüge versucht – und geklappt hatte es bislang nicht. Aber wenigstens waren sie und Kieran aus ihrer Trennung als gute Freunde hervorgegangen. Und Freundschaft war besser als nichts.

Oder war sie etwa noch geschickter als Mona darin, sich selbst zu betrügen?

Es war Samstagmorgen in der Redaktion des *Cheltenham Courant*, und Chefredakteurin Sandra hatte ein verräterisches Funkeln in den Augen.

»Moment mal«, protestierte Kieran, als sie sich die eilig hingekritzelten Notizen von seinem Schreibtisch schnappte. »Ich habe den Anruf entgegengenommen. Das ist mein Artikel!«

Mitleidig blickte sie auf ihn herab. »Kieran, Sie Armer – hat Sie nie jemand darüber aufgeklärt, dass in der Liebe und im Journalismus alles erlaubt ist? Hier gibt es keine Regeln. Ich bin der

Boss, ich mache, was ich will. Dies hier ist *mein* Artikel.« Sie stopfte den Zettel in ihre Hosentasche und strebte zur Tür. »Die Story kann ich mir auf keinen Fall entgehen lassen. Vielleicht ist sie meine Fahrkarte in die große weite Welt – endlich raus aus diesem jämmerlichen Kuhkaff.«

Kieran sah ihr nach, bis die Tür hinter ihr ins Schloss gefallen war. Verdammt, verdammt, verdammt! Da bekam man einen anonymen Tipp, dass der angeblich geläuterte Mad Dog McKindrick dabei fotografiert worden sei, wie er sich die Nase mit Kokain vollzog, und dann schnappte einem dieses Biest die Sache vor der Nase weg. Das bedeutete nicht nur, dass ihm eine brandheiße Story durch die Lappen gegangen war, sondern auch, dass er nun stattdessen einen Auswärtstermin würde wahrnehmen müssen, vor dem er sich um jeden Preis hatte drücken wollen: die Hochzeitsmesse im Kongresshotel am Stadtrand.

Als er sich nach langem inneren Kampf endlich aufgerafft hatte, war es Mittag. Das hat mir gerade noch gefehlt, dachte er, als er missmutig zu seinem Wagen stapfte. Etwas, das mich an die schlimmste Niederlage meines Lebens erinnert. Gab es eine anregendere Art, seinen Samstag zu verbringen?

Die Veranstaltung war bereits in vollem Gange, als Kieran im Hotel eintraf. Hoffentlich gab es wenigstens Kanapees und das eine oder andere Gläschen Sekt, das ihm die Sache ein wenig erträglicher machen würde. An potenziellen Interviewpartnern herrschte jedenfalls kein Mangel: Besucher, die darauf brannten, ihr Glück der Welt mitzuteilen, gab es in Hülle und Fülle.

Eine Stunde, mehr nicht, beschloss Kieran, während er den Models hinterherschaute, die, in weiße und cremefarbene Rüschenungetüme verschiedener Art und Größe gehüllt, auf dem Weg zum Laufsteg an ihm vorbeieilten. Danach noch zehn Minuten für Fotos und dann schnurstracks zurück in die Redaktion. Wenn er sich mit dem Schreiben beeilte, schaffte er es vielleicht sogar noch rechtzeitig in die Whaddon Road zum Fußballspiel des Cheltenham Town FC.

Bereits in der Hotellobby waren mehrere Messestände aufgebaut, und Kieran beschloss, sich die Aussteller näher anzusehen. Gerade hatte er einen Stand ins Visier genommen, dessen Auslage von unzähligen herzförmigen Ballons umrahmt wurde, als etwas – oder vielmehr: jemand – am Rande seines Blickfelds seine Aufmerksamkeit erregte.

Seltsam, dass einem wildfremde Menschen manchmal bekannt vorkommen, dachte er und wandte den Blick nach rechts. Der Typ dort drüben an der Bar zum Beispiel. Der sieht tatsächlich genauso aus wie …

Kieran trat einen Schritt näher.

»Oz?«

Der Mann machte vor Schreck einen solchen Satz, dass er fast von seinem Barhocker gepurzelt wäre, und fuhr herum. »Was?«, würgte er erstickt hervor, um gleich darauf laut aufzuseufzen. »Gott sei Dank, *du* bist es nur. Ich dachte schon, es wäre jemand … Wichtiges.«

»Wie charmant«, bemerkte Kieran. »Was machst du auf einer Hochzeitsmesse? Wieso bist du nicht in Amerika?«

Oz packte ihn am Ärmel und zog ihn mit sich ans hintere Ende des langen Bartresens. »Ich bin nicht auf einer Hochzeitsmesse.«

»Doch, das bist du. Sieh dich um.«

»Nein! Es ist ganz anders. Ich bin nur rein zufällig vorbeigekommen … zum Kuckuck! Also schön: Ich wohne hier im Hotel. Aber verrate um Himmels willen niemandem etwas davon, dass ich in der Stadt bin, hörst du? Nicht auszudenken, was passiert, wenn meine Mutter spitzkriegt, dass ich nicht mehr in San Diego bin.«

Kieran hustete. »Deine Mutter weiß nicht, dass du wieder hier bist? Aber was soll das? Wieso …«

Oz rutschte auf seinem Hocker hin und her. »Ich brauche ein bisschen Freiraum«, sagte er unwillig. »Zeit zum Nachdenken. Ohne dass mich ständig jemand angreift.«

»*Jemand* – damit meinst du Mona?«, erkundigte sich Kieran höflich.

Das angstverzerrte Gesicht seines Freundes wurde noch bleicher. In seinen untertassengroßen Augen spiegelte sich das nackte Entsetzen. »Du sagst ihr doch nichts?«, flehte er heiser. »Bitte verrat ihr nicht, dass ich hier bin!«

Kieran zuckte mit den Schultern. »Wenn du unbedingt willst. Aber du kannst dich nicht ewig verkriechen. Früher oder später fliegst du auf.«

»Ich weiß«, stöhnte Oz und senkte den Blick. »Und ich mag gar nicht darüber nachdenken, was dann passiert.«

Etwa zur selben Zeit betrat Belle das elterliche Heim, nur um festzustellen, dass ihre Mutter kurz vor einem Nervenzusammenbruch stand.

»Was zum Teufel soll ich jetzt machen?«, rief Brenda aufgebracht. »›Ein kleines bisschen kurzfristig!‹ – dass ich nicht lache! Warum nimmt niemand zur Abwechslung einmal ein winziges bisschen Rücksicht auf *mich*? Aber nein, mit *mir* kann man es ja machen!«

Belle stellte ihre Einkauftüte auf dem Küchentresen ab. »Was ist denn los, Mum? Was ist passiert?«

»Ach, nichts. Rein gar nichts! Dein Vater hat lediglich seine liebenswerte Mutter zu einem ›netten kleinen Beisammensein‹ eingeladen.«

»Ach ja, ich erinnere mich«, sagte Belle. »Dienstag ist Nannas fünfundachtzigster Geburtstag. Ich habe ihr Geschenk gestern mit der Post geschickt.«

»Nun, sie wird es nicht bekommen«, schnappte Brenda, »weil nämlich morgen in aller Herrgottsfrühe ihr Flieger landet und ich, wie es den Anschein hat, nach Birmingham fahren werde, um sie abzuholen. Und das erfahre ich heute Morgen beim Frühstück. Es war deinem Vater *entfallen.*«

»Ich kann verstehen, dass du sauer bist«, sagte Belle mitfühlend. »Aber du kennst ihn doch. Wenn ihm viel im Kopf herumgeht, ist er schnell ein bisschen zerstreut. Soll ich mir den Vormittag frei nehmen und sie abholen?«

Brenda schüttelte den Kopf. »Danke für das Angebot, aber du hast Wichtigeres zu tun.« Missmutig zerschlug sie Eier über einer Schüssel. »Tja, kochen, einkaufen, waschen, putzen und dass mir bitte keine Klagen kommen – so sieht das Leben einer Pfarrersfrau aus. Wunderbar!«

»Bestimmt möchte Dad nicht, dass du so über dich denkst«, sagte Belle fest. »Es ist sicher nicht richtig, dass er alles, was du für ihn tust, als selbstverständlich hinnimmt, aber du weißt genau, dass er dich über alles liebt.«

Brenda seufzend ungehalten. »Ja, ja, das weiß ich.«

Langsam fand Belle das Verhalten ihrer Mutter ernsthaft besorgniserregend.

»Das allein wäre nicht so schlimm«, fuhr Brenda fort, während sie mechanisch im Kuchenteig rührte. »Aber ich komme mir vollkommen missachtet und überflüssig vor – bis es irgendwo eine Krise gibt. Dann heißt es: ›Keine Sorge! Brenda wird es schon richten. Brenda schafft das schon. Wie immer.‹« Über den Küchentisch hinweg sah sie ihre Tochter an. »Manchmal möchte ich alles einfach hinschmeißen.«

»Aber wir sind doch auch noch da. Wir können dir helfen. Ach, Mum.« Belle umrundete den Tisch und schlang die Arme um ihre mehlbestäubte Mutter. »Du bist die Allerbeste. Die beste Mutter und die beste Köchin und das allerallerbeste ...«

Brenda knurrte etwas Unverständliches. »Mädchen für alles. Danke.«

»Du bist ein Genie.« Belle tunkte ihren Finger in die Teigschüssel. »Es gibt nichts, was du nicht hinbekommst. Nicht jeder könnte einfach so einen Yogakurs für Rentner leiten.«

Daraufhin musste Brenda nun doch lachen. »Ich auch nicht! Ich mache es nur übergangsweise – bis wir jemanden auftreiben, der tatsächlich den Lotussitz vom Sonnengruß unterscheiden kann.«

»Hör auf, dich kleinzumachen. Wir glauben an dich! Und du solltest es auch tun.«

Vermutlich hatte Brenda bereits eine beißende Erwiderung auf den Lippen. Allerdings kam sie nicht dazu, sie auszusprechen, denn in diesem Augenblick tauchte Jax, ihren schwarzen Gummirucksack hinter sich herschleifend, im Türrahmen auf.

»Mum, wo ist mein Top?«

»Welches Top, Schatz?«

»Mann, du weißt schon. Mein *Top!*« Jax fuchtelte ungehalten mit den Armen in der Luft herum. »Razor und ich gehen heute Abend zum *Blutrausch*-Konzert im Pittville Park, und dafür brauche ich mein Top!«

»Warum brauchst du unbedingt *das* Top?«, fragte Belle, um ihre jüngere Schwester ein wenig zu ärgern. Sie konnte sich noch genau daran erinnern, dass sie sich früher einmal eine Woche lang geweigert hatte, das Haus zu verlassen, nachdem die Waschmaschine Löcher in ihre Lieblingsjeans gefressen hatte.

Jax verzog die scharlachroten Lippen. Die sorgsam gezupften Brauen über den schwarz umrahmten Augen (sie sah aus wie eine Kreuzung aus einer Geisha und einem Pandabär) zogen sich drohend zusammen. »Weil es mein Lieblingstop ist! Also, Mum, wo ist es? Ich habe es gestern Abend zum Waschen rausgelegt und finde es nicht in meinem Schrank.«

Brenda füllte den Kuchenteig in die Backformen. »Das liegt daran, dass es noch im Wäschekorb liegt«, erwiderte sie.

»Du hast es noch nicht gewaschen?« In Jax' Miene spiegelte sich ungläubiges Entsetzen. »Aber – Mum!«

»Jax.« Belle fand, es sei an der Zeit einzuschreiten. »Welche Farbe hat das Top?«

»Schwarz.«

»Welche Farbe haben *alle* deine Tops?«

»Schwarz natürlich – warum?«

»Zieh einfach ein anderes an und lass Mum in Ruhe. Siehst du nicht, dass sie genug zu tun hat?«

»Aber das – das geht nicht!«, protestierte Jax. Und zu Belles großer Überraschung begann ihre Unterlippe zu zittern. »Es ist wegen *ihm,* stimmt's? Mum hat die Nase voll von Dad, und jetzt will sie ausziehen und mit ihm zusammensein und uns alle im Stich lassen!«

»Wie bitte? Wovon redest du?«, wollte Belle wissen. Sie warf einen Seitenblick auf ihre Mutter, aber Brendas Augen blieben fest auf ihre Backformen gerichtet. »Wen meinst du mit *ihm*?«

In Jax' Augen glänzten Tränen. »Ich habe recht, oder? Es ist dieser Prolet, dieser Ken, mit dem sie sich immer herumtreibt. Stimmt's, Mum?«

»Jax, halt den Mund!«, rief Belle erschrocken und viel zu spät.

»Du brauchst mir gar nicht den Mund zu verbieten. Wir wissen es doch alle! An jeder Ecke tratschen sie schon darüber.«

»Sie tratschen ...« Brenda schlug sich eine zitternde Hand vor den Mund.

»Hör nicht auf sie, Mum«, wiegelte Belle ab. »Jax redet blanken Unsinn – wie üblich. *Niemand tratscht.* Nicht wahr, Jax?«

Ein langes, angespanntes Schweigen folgte. Schließlich stieß Jax einen Laut aus, den man mit ein bisschen gutem Willen als »Nein« hätte interpretieren können.

Nacheinander trug Brenda die Kuchenformen zum Ofen und stellte sie auf den Rost, ohne ein Wort zu sagen. Sobald sie die Ofentür geschlossen hatte, drehte sie sich um und wischte sich mechanisch die Hände an der Schürze ab.

»Nur zu eurer Information«, sagte sie dann mit stiller Würde. »Ken ist ein guter Freund von mir. Ein sehr guter Freund, und nichts weiter, hört ihr? Außerdem wird er sowieso bald umziehen. Er hat irgendwo im Norden eine Stelle angenommen.« Ihre Stimme schwankte unmerklich. »Und ich freue mich für ihn.«

Dann drehte sie sich um, verließ die Küche und schloss leise, aber bestimmt die Tür hinter sich.

Als Mona den Telefonhörer abnahm, erwartete sie Belle am anderen Ende der Leitung, die anrufen wollte, um letzte Details zu Nanna Craines großer Geburtstagsfeier durchzugeben. Obgleich nicht gerade bekannt für ihre liberale Einstellung, hatte sich Nanna Craine einige Tage zuvor dennoch herabgelassen, mit Kuckuckskind Mona persönlich in Kontakt zu treten und ihr zu melden, dass sie und ihre Mutter ebenfalls eingeladen seien, damit sie als Oberhaupt der Sippe die beiden »gründlich in Augenschein nehmen« könne. Selbstverständlich schlug man Nanna niemals einen Wunsch ab, und so hatte sich Mona bereiterklärt, sich ihr vorführen zu lassen. Sie wusste, dass Gerry und Brenda es noch immer nicht geschafft hatten, die alte Frau wegen der abgesagten Hochzeit zu besänftigen, und war bereit, das ihre zu tun, um die schwierige Dame zu besänftigen. Nun wartete Mona auf Instruktionen von Belle, die versprochen hatte, ihr genau zu sagen, was sie anziehen und wie sie sich benehmen sollte.

Doch es war nicht die Stimme ihrer Halbschwester, die ihr aus dem Hörer entgegenschallte.

Sondern die von Oz.

»Hallo, Mona, ich … hm. Ich wollte fragen, wie es dir geht.«

Pause.

»Mona. Bist du noch dran?«

Endlich fand Mona ihre Sprache wieder. »Du hast dich in den letzten zwei Monaten nicht ein einziges Mal bei mir gemeldet«, sagte sie schneidend. »Was willst du ausgerechnet jetzt?«

»Bitte sei nicht böse auf mich«, jammerte Oz. »Ich habe viel an dich gedacht, während ich drüben war – also, seit ich drüben bin, meine ich. Hier. In Amerika«, fügte er, für den Fall, dass sie es vergessen haben sollte, hinzu.

»Wie rührend.« Monas Kopf begann zu pochen. Na los! Sag ihm, er soll sich zum Teufel scheren!, forderte eine Stimme in ihrem Innern. Etwas anderes in ihr – diese lästigen Hormone vermutlich – drängte sie jedoch, sich wieder mit ihm zu versöhnen. Ob es ihr passte oder nicht, er war der Vater ihres Kindes.

»Hm … also. Wie geht es dir?«

»Ich bin immer noch schwanger, falls du das meinst.«

Darauf wusste er nichts zu sagen. Ein bleiernes Schweigen senkte sich über sie, das Mona schließlich brach. »Die Verbindung ist wirklich gut. Du klingst, als würdest du von der anderen Straßenseite aus anrufen.«

Oz ließ ein nervöses Lachen hören, das sich rasch in ein Husten verwandelte. »Tja, die Technik heutzutage! Irre, nicht wahr? Sag mal, würdest du … ich meine, sobald ich wieder da bin, hättest du Lust … wollen wir uns vielleicht treffen?«

»Das muss ich mir gründlich überlegen«, erwiderte Mona kühl, nur um gleich darauf einzulenken: »Also schön, von mir aus. Bei der Gelegenheit können wir uns gleich darüber unterhalten, ob alle Frauen in deiner Familie zu versnobten Kühen heranwachsen. Falls ja, kann ich nur hoffen, dass das Kind ein Junge wird.«

»Oh«, sagte Oz verdattert. »Wenn du meinst. Also dann …«

»Eins noch.«

»Ja?«

»Lass diesmal deine Mutter zu Hause.«

Rena hatte sich inzwischen bei ihrer Tochter häuslich eingerichtet. Als das Telefon klingelte, war sie gerade in Monas kleiner Küche damit beschäftigt, Tee aufzubrühen. Und wie jede andere Mutter hatte auch sie schon vor langer Zeit hochempfindliche Fledermausohren entwickelt, die selbst den Klang eines aufschnappenden BH-Verschlusses zwei Straßen weiter hätten auffangen können. So fiel es ihr nicht schwer herauszufinden, mit wem ihre Tochter im angrenzenden Zimmer telefonierte. Es konnte nur der Kindsvater sein.

Hatte der geile kleine Wurm also endlich den Kopf aus seinem Loch gereckt.

Sobald Mona aufgelegt hatte und nach unten in die Kneipe verschwunden war, schlich Rena ins Wohnzimmer und nahm den Hörer auf. Rasch ging sie den Rufnummernspeicher durch, und ein listiges Lächeln breitete sich auf ihrem Gesicht aus. Wie sie vermutet hatte: eine Nummer aus Cheltenham.

Deine Tage sind gezählt, du Würstchen!, dachte sie zufrieden, bevor sie den Hörer wieder an seinen Platz legte.

Am nächsten Morgen traf Nanna Craine ein. Im Gepäck hatte sie eine große Dose voller Bücklinge und genügend warme Pullunder, um die nächsten sechs Monate in der Antarktis zu überstehen.

Hettie Craine war eine kleine, füllige Witwe mit üppiger Oberweite und einem eigenwilligen, für Außenstehende fast unverständlichen Akzent. Sie war Engländerin, hatte jedoch in jungen Jahren einen wohlhabenden Mann von der Isle of Man geheiratet, der auf sein wikingisches Erbe sehr stolz war. Sie hatte das letzte halbe Jahrhundert auf der Insel verbracht und nur in seltenen Fällen Abstecher aufs Festland unternommen – wann immer sie ihren Vorrat an Strickjacken aufstocken oder ihren Verwandten vorhalten wollte, wie sehr sie in der Zwischenzeit aus dem Leim gegangen waren.

Obgleich sie selbst klein und rund und Gerry groß und dünn war, war die Ähnlichkeit zwischen ihnen unverkennbar. Beide hatten die gleichen großen, dunklen Augen, die ihr Gesicht dominierten und eine geradezu magnetische Anziehungskraft ausstrahlten. Allerdings beschränkte sich die Ähnlichkeit tatsächlich auf äußerliche Merkmale, denn während Gerry freundlich und umgänglich war, verfügte Hettie über eine Seele aus purem Felsgestein.

In Hetties Weltbild gab es richtig, falsch und nichts dazwischen. Gute Manieren gingen ihr über alles, eine Frau, die nicht stricken konnte, war die Luft nicht wert, die sie atmete, und wenn es nach ihr gegangen wäre, hätte die Menschheit eine nutzlose Erfindung wie das Mobiltelefon sofort im Mülleimer der Geschichte verschwinden lassen – zusammen mit geschnittenem

Brot in Tüten, dem Gemeinsamen Markt (sie weigerte sich standhaft, den Begriff »Europäische Union« zu benutzen), dem metrischen Maßsystem, Stringtangas und Tiefkühlmenüs. Wo immer sie einkaufen ging, hinterließ sie eine Spur hysterisch schluchzender Verkäuferinnen, und wenn man zu ihr zu Besuch kam, musste man damit rechnen, gleich an der Haustür mit den Worten empfangen zu werden: »Herzlich willkommen. Ich hoffe, ihr bleibt nicht zu lange.« Und dennoch war sie in ihrer Familie nicht nur hoch angesehen – die meisten mochten sie sogar. Belle hatte früh die wichtigsten Regeln im Umgang mit ihrer launenhaften Großmutter gelernt und erinnerte sich mit Freude an ihre Kindheit zurück, als sie im Dunkeln auf dem Bett ihrer Großeltern gesessen und schauerlichen Geschichten über finstere Trolle und den Moddey Dhoo, den schwarzen Geisterhund von Peel Castle, gelauscht hatte. An sonnigen Nachmittagen hatte sie am Strand von Port St. Mary in den kleinen Gezeitentümpeln nach Seeanemonen und Krebsen gesucht.

Ja, Hettie Craine war in jeder Hinsicht eine beeindruckende Persönlichkeit.

Und sie steckte voller Überraschungen.

Nach einer diskreten Unterredung mit ihrem Vater konnte Belle ihn davon überzeugen, die Familienfeier ins Treakles zu verlegen, ein Restaurant, auf dessen Speisekarte all diejenigen typisch englischen Köstlichkeiten standen, die Großmutter Craine bevorzugte. So war Brenda wenigstens ein Teil der Last von den Schultern genommen. Schon unter normalen Bedingungen wäre es kein Leichtes gewesen, ein viergängiges Menü samt Braten und diversen Beilagen für die ganze Verwandtschaft zu zaubern, zumal Gerrys Schwester Rose an einer unüberschaubaren und ständig wachsenden Anzahl von Allergien litt, die selbst die versierteste Köchin vor Probleme stellte.

Dennoch machte sich Belle Sorgen. Ihre Mutter war seltsam angespannt, und Belle hatte den Verdacht, dass dies nicht ausschließlich mit dem Besuch von Hettie Craine zusammenhing. Aber jedes Mal, wenn sie sich nach ihrem Befinden erkundigte, wischte Brenda ihre Anteilnahme mit einem ungeduldigen »Nicht jetzt, Schatz, ich habe zu tun« beiseite.

Erst eine halbe Stunde vor Beginn der Feier, als sich die übrigen Gäste bereits zum Restaurant aufgemacht hatten, gelang es Belle, ihre Mutter zu stellen.

»Du siehst zauberhaft aus, Mum«, sagte sie und schloss vorsorglich die Schlafzimmertür hinter sich, um ihr den Fluchtweg abzuschneiden. »Das grüne Kleid steht dir wirklich gut.«

Ihre Mutter lächelte sie im Spiegel an. »Danke, Annabelle. Deine Großmutter meinte, ich sähe darin aus wie eine überfahrene Zucchini.«

»Du kennst Nanna doch. Wenn sie ihre Familienmitglieder nicht beleidigen kann, fühlt sie sich nicht wohl. Man muss ihr nur genügend Likör zu trinken geben, und schon ist sie brav wie ein Lämmchen.«

»Da hast du recht«, bestätigte Brenda und trug eine letzte Schicht Lipgloss auf. »Ein paar Gläser süßen Sherry, und sie ist sogar nett zu deiner Cousine Trixie, und das, obwohl sie ein ›loses Ding‹ ist.«

Belle schmunzelte. Trixie, die Tochter ihrer Tante Rose, war laut und schrill und scherte sich kein bisschen um Grenzen des Anstands und guten Geschmacks. »Die Arme. Nanna hat ihr nie verziehen, dass sie sich Haarverlängerungen hat machen lassen.« Belle lachte, doch das Gesicht ihrer Mutter blieb unbewegt. »Mum, irgendetwas stimmt mit dir nicht. Hast du dich mit Dad gestritten?«

Brenda fuhr auf. »Aber nein, wo denkst du hin? Es ist nichts«, sagte sie hastig. »Zerbrich dir bitte nicht den Kopf darüber, Liebling.«

»Aber ich mache mir Sorgen um dich. Ich weiß doch genau, dass dich irgendetwas bedrückt.«

Brenda zögerte einen Augenblick lang, dann drehte sie sich auf ihrem Stuhl herum. »Also schön, ich werde es dir sagen. Aber du darfst es niemandem verraten, hörst du? Versprich mir das.«

Belle ließ sich auf der Bettkante nieder. »Natürlich, Mum. Was ist denn nur los?«

Brenda senkte den Kopf. »Es ist wegen Ken. Er hat Cheltenham heute verlassen. Und er wird nicht wiederkommen.«

»Oh.« Belle wusste nicht recht, wie sie auf diese Nachricht reagieren sollte. Was sagte man, wenn man nicht sicher war, ob die eigene Mutter eine Affäre gehabt hatte? »Und hast du ... ich meine ... wolltest du ...«

Brenda schien ihre Gedanken lesen zu können. »Ob ich mit ihm gehen wollte? O ja.« Entsetzen durchzuckte Belle wie ein elektrischer Schlag. »Ungefähr dreißig Sekunden lang habe ich darüber nachgedacht«, fuhr Brenda fort. »Bis mir einfiel, dass sich die Realität nicht wegleugnen lässt.«

»Du meinst – Dad?«

Brenda ergriff die Hand ihrer Tochter. Es war eine sehr gefühlvolle Geste. »Ich liebe deinen Vater sehr«, sagte sie und blickte Belle mit ernsten Augen an. »Ich liebe ihn, und ich achte ihn, und ich würde ihm niemals wehtun. Belle, das zwischen Ken und mir ist Vergangenheit. Wir waren noch jung damals. Wir lieben einander zwar immer noch auf eine gewisse Art, aber es ist nicht die Liebe zwischen Erwachsenen – die Liebe, die ich für deinen Vater empfinde.«

Erleichterung durchflutete Belle. »Nur Freunde? Du meinst, du und Ken – ihr wart gar nicht ...« Belle wurde feuerrot. »Ihr habt nicht ...«

»Miteinander geschlafen?« Brenda hob missbilligend die Augenbrauen, und Belle wäre am liebsten im Boden versunken. Wie hatte sie es wagen können, ihrer eigenen Mutter eine solche Frage zu stellen?

»Entschuldige, Annabelle, aber ich denke nicht, dass ich dir Rechenschaft schuldig bin.«

»Es tut mir leid, ich hätte nicht ... das war vorlaut von mir.«

»Ist schon gut.« Brenda drückte die Hand ihrer Tochter. »Die Antwort ist nein. Wir hatten keine Affäre. Aber es hat nicht viel gefehlt ...«

Sie blickte noch eine Weile nachdenklich ins Leere, während Belle leise aus dem Zimmer schlüpfte.

Als sie, mit einer guten halben Stunde Verspätung, im Restaurant ankamen, saßen alle anderen bereits am Tisch, und Nanna Craine war mit ihrem zweiten Sherry beschäftigt. »Brenda! Wo warst du so lange?«, herrschte sie ihre Schwiegertochter an.

»Schatz, da bist du ja.« Gerry lächelte zu seiner Frau empor und wartete, bis sie auf dem Stuhl neben ihm Platz genommen hatte. »Einen Moment lang dachte ich schon, du wärst auf und davon.«

Belle verspürte einen schmerzhaften Stich. Wenn er wüsste!, dachte sie. Dann sah sie ihn genauer an und bemerkte etwas in seinen Augen. Vielleicht hatte es gar kein Scherz sein sollen?

Belle hatte den Überblick verloren, wie oft man Nanna Craines Glas bereits nachgefüllt hatte, aber sie musste genug getrunken haben, um einen Sumoringer fällen zu können. Dennoch machte sie keine Anstalten, die Segel zu streichen, vielmehr schien zwischen ihr und Rena, die sich zu jedermanns Überraschung prächtig mit der barschen alten Dame verstand, ein Trinkwettbewerb entbrannt zu sein. Wie Hettie es beim Dessert formulierte: »Mit einer aus den Kolonien kann ich allemal mithalten!«

Vielleicht lag es am Alkohol. Womöglich war auch Hetties Lieblingsbeschäftigung – andere Menschen vor den Kopf zu stoßen – daran schuld. Oder eine Mischung aus beidem. Jedenfalls lenkte sie irgendwann die Unterhaltung auf Rena und Gerry und darauf, was zwischen den beiden vor all den Jahren vorgefallen war.

»Meinst du nicht, es wäre besser, wenn …«, hob Gerry an, wurde aber sofort von den anderen zum Schweigen gebracht.

»Sei kein Spielverderber, Gerry«, drängte seine Schwester Rose. »Wir wollen endlich erfahren, was damals wirklich passiert ist!«

Zustimmendes Gemurmel erhob sich am Tisch, woraufhin Rena erneut begann, sich darüber zu beklagen, dass Gerry ihr niemals geschrieben habe. Erwartungsgemäß folgte darauf Gerrys vehementer Protest, er habe ihr sehr wohl geschrieben, jeden Tag und das mehrere Wochen lang, ohne von ihr auch nur ein Sterbenswörtchen zu hören.

»Wir sollten die Sache auf sich beruhen lassen«, sagte Mona schließlich. »Vermutlich werden wir die Wahrheit nie erfahren.«

Mit diesem weisen Schlusswort hätten sich alle zufriedengegeben – aber Hettie hatte andere Pläne. Sie blickte in die Runde, leerte ihr Glas und fing lauthals an zu lachen. »Wenn ihr euch sehen könntet! So viele Menschen und kein bisschen Grips. Ist euch Schafsnasen nie der Gedanke gekommen, dass jemand anderes seine Finger im Spiel gehabt haben könnte?«

Rena und Gerry sahen erst einander an, dann Hettie. »Was soll das heißen?«, fragte Rena.

Hettie schüttelte den Kopf und seufzte. »Auch damals gab es schon Telefone, Rena. Sobald Ihre Mutter wusste, was los war, hat sie sich mit mir in Verbindung gesetzt.«

»Was?«, rief Rena. »Das hat sie mir nie erzählt!«

»Selbstverständlich nicht. Sie sollten ja nichts davon wissen. Wie dem auch sei«, fuhr Hettie fort, »wir beide, Ihre werte Frau Mutter und ich, heckten einen Plan aus: Sie wollte Gerrys Briefe an Rena abfangen, und ich versprach, dasselbe mit Renas Briefen zu tun. Wir haben sie einfach verschwinden lassen, und – Bingo!«

Gerry starrte seine Mutter fassungslos an. »Bingo? Was soll das heißen, *Bingo*? Mutter, willst du allen Ernstes behaupten, dass ihr uns absichtlich auseinandergebracht habt? Dass ich wegen dir niemals erfahren habe, dass ich Vater einer Tochter bin?«

»Hast du mir nicht zugehört?« Zufrieden lehnte sich Hettie in ihrem Stuhl zurück. »Wir waren uns einig: Ihr habt nicht zueinander gepasst.«

»Wie konnten Sie es wagen!«, explodierte Rena und hieb mit der Faust auf den Tisch. »Wollen Sie etwa behaupten, ich war nicht gut genug für Ihren teuren Sohn?«

»Ich denke, die Frage beantwortet sich von selbst«, erwiderte Hettie würdevoll. »Außerdem war auch Ihre Mutter nicht gerade begeistert von der Angelegenheit. Sie wollte unbedingt, dass Sie Ihren Verlobten heiraten. Was starren Sie mich so an? Am Ende hat sich doch alles zum Besten gewendet.«

Niemand sagte ein Wort, bis Belle irgendwann das Schweigen brach. »Du warst es also. Die ganze Zeit über haben wir uns gefragt, wer wohl dahintergesteckt haben mag.«

»Es war das einzig Richtige«, beharrte Hettie Craine mit jeder Menge Sherry im Blut und heiliger Überzeugung in der Stimme. Dann hielt sie ihr Glas in die Höhe, um sich nachschenken zu lassen. »Jetzt macht nicht solche miesepetrigen Gesichter! Wir sind hier, um zu feiern!«

Kapitel 32

Und dann sagt sie mitten beim Essen: ›Ach, übrigens, Renas Mutter und ich haben eure Briefe abgefangen. Wir wollten nicht, dass ihr in Kontakt bleibt.‹«

Lily, die zusammen mit Belle im Pausenraum von Green Goddess saß, riss die Augen auf. »Nein!«

»Doch.« Belle schaltete den Wasserkocher ein und kramte in dem schäbigen Hochschrank nach Pulverkaffee. »Die beiden waren übereingekommen, dass eine Romanze zwischen meinem Vater und Rena nicht infrage kam, und das war's. Baby hin oder her.«

»Deine Großmutter – eine skrupellose Intrigantin. Wer hätte das gedacht?« Mühevoll versuchte Lily, es sich mit ihrem dicken Bauch auf dem kleinen Hocker bequem zu machen, den sie wie die meisten anderen Möbel im Raum auf dem Sperrmüll aufgelesen hatten. »Und was geschah dann?«

»Plötzlich wurde es mucksmäuschenstill, und eine Minute lang habe ich geglaubt, es würde anschließend ein Tumult ausbrechen und Rena würde meiner Großmutter an die Gurgel gehen. Du hast sie ja gesehen. Doch dann fing sie plötzlich schallend an zu lachen und meinte, Nanna hätte ihnen beiden einen riesengroßen Gefallen getan. Wenn sie tatsächlich geheiratet hätten, hätten sie sich bestimmt innerhalb kürzester Zeit die Köpfe eingeschlagen.«

»So kann man es auch betrachten.« Lily rieb sich den Rücken und verzog das Gesicht. »Ich weiß nicht, ob es am Stuhl oder am Baby liegt, aber ich werde diese vermaledeiten Rückenschmerzen einfach nicht los.«

Belle stellte die Kaffeetassen ab und ließ sich auf dem anderen Stuhl nieder.

»Da hilft nur eins«, verkündete sie. »Du musst dir sofort einen großen Schokoriegel kaufen. Ein besseres Schmerzmittel gibt es nicht.«

»Ah, Schokolade. Wenn ich das Wort nur höre, fühle ich mich gleich besser.« Lily lehnte sich mit halbgeschlossenen Lidern und einem seligen Gesichtsausdruck zurück. »Es gibt überhaupt nur einen einzigen Vorteil an einer Schwangerschaft«, sagte sie. »Man darf ungestraft fett werden. Wann sonst in ihrem Leben wird eine Frau auch noch dafür gelobt, dass sie wie eine Seekuh aussieht?«

»Warte ab, bis das Baby auf der Welt ist und du deine Schwungmasse immer noch nicht los bist«, warf Belle ein. »Und deine Brüste weiter und weiter nach unten sacken, bis sie aussehen wie Tennisbälle, die man in zwei Socken gestopft hat. Dann ist es vorbei mit den Schmeicheleien.«

Lily streckte ihrer Kollegin die Zunge heraus. »Vielen Dank! Und ich hatte mich fast davon überzeugt, dass ich mich darauf freue, Mutter zu werden. Aber warte nur, bis du dran bist. Deine Füße werden zu solcher Größe anschwellen, dass du dein restliches Leben in Badelatschen verbringen musst.«

»Dazu bräuchte ich erst einmal ein Sexleben.«

»Na, dann mal los! Kieran ist schließlich nicht der einzige Mann auf der Welt.«

»Das weiß ich ja. Trotzdem wirst du mich nicht so schnell in Umstandskleidung sehen. So weit kommt es noch.«

»Wie weit?« Waylon steckte seinen Kopf zur Tür herein.

»Belle ist einsam«, sagte Lily. »Sie sucht verzweifelt nach einem Mann, der sie aus dieser Hölle hier rettet.«

»Gar nicht wahr!« Belle stieß Lily in die Rippen.

»Ich würde mich ja anbieten, Sie zu heiraten«, sagte Waylon und fuhr in bedauerndem Tonfall fort: »Aber ich habe zu viele Geliebte. Wir wollen ja nicht riskieren, dass eine von ihnen eifersüchtig wird, oder?« Er grinste. »Übrigens – nicht dass ich Sie aufscheuchen möchte, aber vor wenigen Sekunden ist eine ganze Busladung japanischer Touristen in den Laden eingefallen, und draußen sind nur Millie und Dan.«

»Wir haben Pause!«, jammerte Lily. »Belle hat gerade erst Kaffee gekocht.«

»Wenn es weiter nichts ist.« Waylon nahm Belle die Tasse aus der Hand. »Gehen Sie zwei nur nach vorn. Ich kümmere mich um den Kaffee.« Er hob die Tasse und prostete den beiden zu. »Zum Wohl!«

»Mistkerl«, schimpfte Lily und drehte sich ein letztes Mal erbost zu ihrem Chef um – nur um zu sehen, dass dieser, als er es sich auf einem der klapprigen Stühle bequem machen wollte, mitsamt dem Möbelstück zur Seite krachte und schmerzhaft auf dem Hosenboden landete.

Ein geheimes Doppelleben zu führen war anstrengender und komplizierter, als Oz gedacht hätte. Aber noch war Kieran zum Glück der Einzige, der wusste, dass er sich in Cheltenham aufhielt. Seine Mutter ging noch immer davon aus, ihr Sohn weile aufgrund »unvorhergesehener Entwicklungen« länger als geplant in den Vereinigten Staaten. Im Labor glaubte man, er habe zwei Wochen Urlaub genommen und durchforste nun, die Machete schwingend, den brasilianischen Regenwald auf der Suche nach seltenen Käfern. Die Wahrheit hätten sie niemals geglaubt: dass er sich in einem billigen Tagungshotel am Rande von Cheltenham verschanzt hatte und dort verzweifelt versuchte, sich darüber klar zu werden, was er für Mona empfand.

Und für das Baby. O Gott, das Baby! Allein beim Gedanken daran erblühte auf seinem ganzen Körper eine Gänsehaut, die minutenlang anhielt. Er sah sich in einem Nebel permanenter Unsicherheit gefangen, aus dem nur eine einzige Erkenntnis deutlich hervortrat: Für das Dasein eines Familienvaters war er noch nicht reif. Noch lange nicht.

Von hilfloser Unruhe erfasst, schaltete er den Fernseher lauter, warf sich aufs Bett und schloss die Augen, zum wiederholten Male in der eitlen Hoffnung, wenn er aufwachte, würde sich vielleicht alles als schrecklicher Albtraum erweisen.

Etwa dreißig Sekunden später hörte er ein Klopfen an der Tür. Er hatte ein Schild an die Klinke gehängt, mit dem er signalisierte, dass er nicht gestört zu werden wünsche, also ignorierte er das Geräusch einfach. Es wurde für kurze Zeit still, aber dann ging das Klopfen erneut los. Verärgert stand Oz auf und stapfte zur Tür. Konnten die Zimmermädchen nicht lesen? Waren ein bisschen Ruhe und Frieden zu viel verlangt?

Er hatte die Tür kaum einen Spalt geöffnet, als ein Wirbelwind an ihm vorbei ins Zimmer gestürmt kam. Krachend fiel die Tür ins Schloss, und Oz stand ein paar Sekunden lang wie zur Salzsäule erstarrt mit offenem Mund da.

Der ungebetene Gast, eine Frau Mitte vierzig mit einem unversöhnlichen Gesichtsausdruck, hatte es sich inzwischen auf seinem Bett gemütlich gemacht, wo sie seelenruhig saß, die Arme vor der Brust verschränkt, und ihn anblickte, als sei *er* derjenige, der nichts in diesem Zimmer zu suchen hatte.

»Entschuldigen Sie«, begann Oz, »das hier ist *mein* Zimmer.«

Die Frau musterte ihn kritisch von oben bis unten. »Nun, wenigstens verfügen Sie über eine gute Beobachtungsgabe«, bemerkte sie. Sie hatte einen seltsamen Akzent, der Monas ganz ähnlich war. »Wenn auch sonst nicht viel an Ihnen dran zu sein scheint«, fuhr sie fort. »Ein Strich in der Landschaft, nichts weiter. Der Himmel weiß, was Mona an Ihnen findet.«

»Mona?« Oz zuckte zusammen, als habe er versehentlich den Finger in die Steckdose gesteckt.

»Meine Tochter«, erwiderte die Frau ungehalten. »Ich bin Rena Starr, und wenn ich mich nicht irre, sind Sie das Schwein, das ihr erst einen Braten in die Röhre geschoben hat und dann nach Amerika abgehauen ist.«

Oz schluckte schwer, taumelte einige Schritte und fiel in einen Sessel. »O Gott, Sie sind Monas Mutter!«

»So weit waren wir bereits.«

Ein Gedanke zuckte in ihm auf. »Woher wissen Sie, dass ich hier bin? Hat Kieran es Ihnen verraten?«

»Niemand hat mir irgendetwas verraten. Ich habe es ganz allein herausgefunden, bin schließlich nicht von vorgestern. Wissen Sie, Oswald – du liebes Lieschen, Ihre Eltern müssen Sie wirklich gehasst haben –, nicht alle Frauen sind so dumm und leichtgläubig wie meine Tochter.«

»Was wollen Sie von mir?«, fragte Oz schwach, während er immer weiter vor ihr zurückwich. Vermutlich würde sie sich gleich mit dem Satz »Dich zusammenschlagen, du Wicht!« auf ihn stürzen. Diese Frau wirkte um einiges kräftiger als er.

Rena fixierte ihn mit einem mörderischen Blick. »Sie warnen: Halten Sie sich in Zukunft von Mona fern.«

Das hatte er gewiss nicht erwartet. »Aber – wieso denn das?«

»Weil es offensichtlich ist, dass Sie nur Ihren Spaß wollten und keinerlei Interesse daran haben, Verantwortung als Vater zu übernehmen. Und weil ich nicht will, dass Sie Monas Leben noch mehr ruinieren, als Sie es bereits getan haben. Kapiert?«

»Ja … ich meine – nein!«, widersprach Oz. »Was, wenn ich mich gar nicht von ihr fernhalten *will*?«

Rena hob spöttisch eine Augenbraue. »Für solche Gefühlsregungen ist es ein wenig spät, meinen Sie nicht?«

»Ich bin nicht nach Amerika *abgehauen*!«, beteuerte er in höchster Not. »Mein Institut hat mich hingeschickt. Ich konnte mich nicht dagegen wehren.«

»Ihr Institut hat Ihnen bestimmt auch untersagt, während Ihres Auslandsaufenthalts meine Tochter anzurufen.«

Oz schoss die Röte ins Gesicht. »Es war alles nicht so einfach. Ich war … durcheinander. Und dann ist da noch meine Mutter. Manchmal mangelt es ihr ein wenig an der nötigen … Gelassenheit.«

»Durcheinander. Sicher.« Aus Renas Mund klang das Wort, als gäbe es keine verabscheuungswürdigere Eigenschaft.

Vielleicht hat sie sogar recht, dachte Oz.

»Deswegen wohne ich ja jetzt hier«, fuhr er fort. Aus irgendeinem Grund wollte er diese furchteinflößende Frau unbedingt davon überzeugen, dass er kein verantwortungsloser Schwächling war. »Ich habe beschlossen, alles gründlich zu überdenken. Damit ich entscheiden kann, was ich tun soll.«

Rena erhob sich. Sie war über einen Kopf größer als Oz, und mehr Muskeln hatte sie auch. »Nun, ich denke, damit ist es ein für allemal geklärt.«

»Was denn?«

»Wenn Sie tatsächlich darüber *nachdenken* müssen, was zu tun ist, sind Sie noch weniger Mann, als ich befürchtet habe. Wie ich sagte, halten Sie sich von Mona fern. Und von dem Baby.«

Oz folgte ihr zur Tür. »Aber vielleicht möchte ich das gar nicht!«, wiederholte er, diesmal noch verzweifelter. »Was, wenn …« Hastig unterbrach er sich.

»Ich höre.«

Voller Scham starrte Oz auf die Spitzen seiner karierten Pantoffeln. »Was, wenn ich sie liebe?«, nuschelte er fast unhörbar.

»Ich kann Sie nicht verstehen«, sagte Rena. »Sie müssen etwas lauter sprechen.«

Er räusperte sich. »Ich sagte, was ist, wenn ich … wenn ich Mona liebe? Wenn ich verliebt in sie bin?«

»Ob das einen Unterschied macht?«, fragte Rena kühl, die Hand auf der Türklinke. »Ich glaube nicht. Was zählt, ist nicht, ob Sie sagen, dass Sie sie lieben. Was zählt ist, ob Sie sich entsprechend verhalten.«

Am nächsten Abend rief Kieran bei Belle an und fragte sie, ob sie Lust habe, mit ihm »rein freundschaftlich« eine Pizza essen zu gehen. Belle antwortete, ja, sie habe durchaus Lust dazu. Natürlich ließ sie unerwähnt, dass sie noch mehr Lust hätte, wenn ihre Verabredung mehr als nur »rein freundschaftlich« wäre. Doch solche sinnlosen Kommentare hätten ihr nur Ärger (und jede Menge Herzleid) eingebracht.

Bei einer extrascharfen Peperonipizza berichtete Kieran ihr von dem verzweifelten Notruf seines Freundes Oz. »Sie hat ihm ein Ultimatum gestellt«, sagte er, während er sich die feurige Tomatensauce von den Fingern schleckte. »Entweder er steht zu seiner Verantwortung, oder er sieht Mona nie wieder. Es sei denn, er hat Lust, sich den Kopf von einer wild gewordenen australischen Amazone abreißen zu lassen.«

Belle verzog das Gesicht. Trotz seiner täppischen Art und seiner offenbar unheilbaren Feigheit mochte sie Oz und hätte ihm ein solches Schicksal – ob nun durch Rena oder seine eigene Mutter – wirklich nicht gewünscht. Andererseits hatte sie auch Mona gern und konnte ihre Enttäuschung nur zu gut verstehen. »Und was wird er jetzt tun?«, fragte sie.

Kieran zuckte mit den Schultern. »Du kennst Oz. Sobald man ihn unter Druck setzt, ist er hoffnungslos überfordert. Wahrscheinlich wird er einfach den Kopf in den Sand stecken.«

»Dann verliert er Mona und das Baby.«

»So wird es wohl sein.«

»Aber er hat dir doch gesagt, dass er sie liebt.«

»Das ist richtig.« Kieran winkte der Kellnerin und bat um einen weiteres Bier für sich sowie ein Glas weißen Hauswein für Belle. »Und ich bin sicher, dass es stimmt. Aber er hat die Hosen voll – nicht nur wegen seiner Mutter. Er schreckt vor der Verantwortung zurück.«

Belle spielte mit dem Stiel ihres Weinglases. »Da ist er wohl nicht der Einzige«, murmelte sie betreten.

Kieran antwortete mit vollem Mund. »Mir hat die Vorstellung nie etwas ausgemacht«, sagte er. »Du weißt schon – Heirat, Familie und so weiter.«

»Ich weiß. Vermutlich lag es an mir. Ich war so unsicher und habe mich ständig gefragt, ob ich nicht irgendetwas verpasse. Ich wollte wissen, wie es ist, beruflich Erfolg zu haben.« Sie sah zu ihm auf. »Tja, das ist wohl gründlich danebengegangen.«

»Du hast deine Arbeit großartig gemacht«, widersprach Kieran. »Sonst hätte dein Chef nicht versucht, dir die Kündigung auszureden.«

»Aber ich habe es gehasst ... und du hast mich gehasst.«

Eine Weile lang blieb er stumm, dann räumte er ein: »Ich glaube, ich habe mich wie ein Neandertaler benommen.«

Belle schmunzelte, als sie seine betretene Miene sah. »Nur ein bisschen. Eigentlich hattest du recht: Macht, Erfolg und Nadelstreifen – das steht mir nicht.«

Schweigend aßen sie weiter. In der gegenüberliegenden Ecke des Restaurants spielte ein Geiger für ein Pärchen auf. Halb entzückt, halb peinlich berührt, legte die Frau ihre Hände an die geröteten Wangen. Draußen hatte es angefangen zu regnen. Die Wassertropfen funkelten im Schein der Straßenlaternen.

»Lily ist jetzt im Mutterschutz. Weißt du schon, was du tun wirst, wenn sie zurückkommt?«

»Entweder ich bleibe im Laden und arbeite als Verkäuferin, oder ... oder ich gehe woandershin. Gillespie hat mir schon einmal eine Stelle angeboten. Du erinnerst dich – in Liverpool.«

»Ah«, machte Kieran.

»Stimmt etwas nicht?«

»Nein, nein, alles bestens. Mir geht es ausgezeichnet. Und dir?«

»Ausgezeichnet«, echote Belle. »Allerdings muss ich sagen, dass ich ein wenig überrascht war, dass du ausgerechnet dieses Restaurant vorgeschlagen hast. Hier waren wir bei unserem ersten Date.«

Fast befürchtete sie, er würde vor Schreck die Hand vor den Mund schlagen und rufen: »Ach du Scheiße, das hatte ich ganz vergessen!« Aber das tat er nicht. Stattdessen sah er ihr tief in die Augen und sagte: »Ich weiß. Deswegen habe ich es ausgesucht. Ist es dir unangenehm?«

Belle hätte gern geantwortet, wie wenig unangenehm es ihr war, aber irgendwie brachte sie die Worte nicht über die Lippen. Also sagte sie nur: »Nein. Mir gefällt es hier.«

»Ich muss dir nämlich etwas beichten«, sagte Kieran.

Das klang so unheilverkündend, dass Belle unwillkürlich ein kalter Schauer über den Rücken lief. O nein! Er hat eine neue Freundin! Sie will bei ihm einziehen. Nein, noch schlimmer: Sie kaufen gemeinsam ein Haus und wollen heiraten. Oder sie ist schwanger …

»Was denn?«, fragte sie. Ihre Stimme war nur noch ein furchtsames Flüstern.

»Ich war letzte Woche in London und habe mich mit dem Chefredakteur der Tageszeitung getroffen, bei der ich als neuer Feature-Autor im Gespräch war.«

Belle hielt den Atem an und wappnete sich. Das war's, dachte sie. Er wird Cheltenham verlassen, und es ist zu spät, irgendetwas dagegen zu tun. »Und weiter?«, fragte sie und bemühte sich nach Kräften, das Zittern in ihrer Stimme zu unterdrücken.

»Ich habe mir alles angesehen und mich lange mit ihm unterhalten. Eigentlich war alles perfekt, aber … ehrlich gesagt hat mir die Atmosphäre in der Redaktion überhaupt nicht gefallen.«

»Wie bitte?« Belle riss die Augen auf.

»Eifersucht, ständiges Gemecker, furchtbare Arbeitszeiten und dann noch das Gefühl, dass dir permanent jemand im Nacken sitzt. Von Kollegialität keine Spur. Ich habe gründlich darüber nachgedacht. Und dann habe ich abgelehnt.«

»Aber du …«

»Es gibt noch andere Jobs, Belle.«

Sie hatte Mühe zu begreifen, was Kieran da gerade gesagt hatte. »Was für andere Jobs? Auf eine Chance wie diese hast du doch die ganze Zeit gewartet! All die Jahre hast du davon geträumt.«

»Vielleicht habe ich mich geirrt. Außerdem ist es gut möglich, dass in absehbarer Zukunft eine geeignete Stelle beim *Courant* für mich frei wird. Es ist noch nicht spruchreif, aber die Chancen stehen gut. Cheltenham gefällt mir. Weil du hier lebst.«

»So lange, bis man mir wieder eine Stelle in Liverpool anbietet«, bemerkte Belle vorsichtig.

»Und würdest du sie annehmen?«

Belle wusste, wie viel von ihrer Antwort abhing. Aber sie musste ehrlich sein. Das war sie ihm schuldig. »Ich weiß es nicht, Kieran. Ich weiß es wirklich nicht. Vielleicht.«

»Was auch immer geschieht, ich weiß, dass ich die richtige Entscheidung getroffen habe«, sagte Kieran fest. »Es gibt Wichtigeres als Geld und mein Kürzel im *Daily Argus.*«

»Wichtigeres?«

Wieder sah er ihr tief in die Augen. Sein Blick war so intensiv, dass sie ihm beinahe nicht standgehalten hätte. »Ich möchte dich gern ganz neu kennenlernen. Ich möchte, dass unsere Beziehung wieder so wird wie früher. Ich möchte dich lieben, bis ich sterbe. Dir all das geben, was du verdient hast.«

»Aber was, wenn … *ich* umziehen muss? Wegen der Arbeit?«

Er lächelte sie ruhig an. »Von einer solchen Kleinigkeit würde ich mich nicht abhalten lassen. Selbst wenn ich in Cheltenham wohnen würde und du auf dem Mars. Wo ein Wille ist, ist auch ein Weg.«

Belle versuchte, das Gefühl von Euphorie zu unterdrücken, das plötzlich in ihr emporwallte. Nein, nein, sagte sie sich. Das ist nichts weiter als ein alberner romantischer Impuls, den er schon am nächsten Morgen bitter bereuen wird. Aber sie war machtlos gegen die Glücksgefühle. Es war, als sei in ihrem Herzen soeben die Knospe einer dicken roten Rose aufgeblüht. »Aber du und ich, wir …«, stammelte sie. »Unsere Beziehung, ich meine – die ist doch ein für allemal vorbei, oder nicht?«

Zaghaft streckte Kieran die Hand aus, bis seine Fingerspitzen die ihren berührten. »Das liegt ganz an dir.«

Dieser Herbst war der merkwürdigste, den Belle je erlebt hatte. Dass Kieran erneut um sie warb, verursachte in ihr ein Gefühl, als seien sie sich gerade erst begegnet, und doch war er der Mann, den sie schon einmal geliebt und verloren hatte. Konnte die Liebe beim zweiten Mal wirklich so anders sein? Wäre sie diesmal von Dauer? Hatten sie den Pfad zum Glück nicht schon einmal beschritten und sich dabei hoffnungslos verirrt?

Niemand vermochte die Zukunft vorauszusagen, aber Belle hatte einen Entschluss gefasst, und Kieran wusste, dass sie nicht davon abweichen würde: Wohin auch immer sie ihre gemeinsame Reise verschlagen mochte, es gab einen Ort, an den sie keinen Fuß setzen würde: vor den Altar. Nach allem, was sie im vergangenen Jahr mitgemacht hatte, verspürte Belle keine Eile, sich ein zweites Mal dieser schauderhaften Scharade zu unterziehen.

Nein, bevor sie auch nur darüber nachdachte, sich ein Leben lang an jemanden zu binden, musste sie als Erstes lernen, sich in ihrer Haut wohlzufühlen. Vielleicht würde aus ihr nie eine kühne Abenteurerin wie Ros werden, aber das bedeutete nicht, dass sie sich wie Angsthase Oz vor allem, was sie nicht kannte, verkriechen musste. Oder dass sie werden musste wie ihre Mutter, die, statt ihren Jugendtraum von einer Boutique im West End zu verwirklichen, die unterforderte Frau eines Pfarrers geworden war.

Schließlich ist man nur einmal fünfundzwanzig!, dachte Belle. Und was habe ich bisher erlebt? Nicht viel.

Das Leben hielt sicher noch viele Überraschungen für sie bereit. Sie musste sich nur die passenden heraussuchen.

»Gütiger Himmel!« Gerry Craine lugte über seine Lesebrille hinweg auf die enorme Pyramide aus Konservendosen, die in der Eingangshalle des Pfarrhauses aufgebaut war. »Was ist das?«

Jax steckte den Kopf aus der Wohnzimmertür. »Dosen. Gulasch, Möhrchen mit Erbsen sehr fein … und ein paar Paletten Obstsalat.«

»Das sehe ich, Schatz. Aber was machen sie hier?«

»Ein Mann hat sie heute Morgen vorbeigebracht, während du auf dem Revier warst, um die Kaution für die Sullivans zu hinterlegen«, gab sie zurück und grinste. Mittlerweile waren solche Aufgaben für den Pfarrer von St. Mungo zur Routine geworden. Und da die Sullivans diesmal gewissermaßen in Ausübung gottgefälliger Dienste verhaftet worden waren – sie hatten einen jungen Mann aus der Nachbarsiedlung gestellt, der schon mehrmals Kircheneigentum zerstört hatte –, war Gerry Craine bereitwillig zu ihrer Rettung geeilt. »Er hat gesagt, es sei eine Spende von den Armstrongs für das Erntedankfest am Sonntag.«

Gerry kratzte sich am Kopf und musterte skeptisch die Büchsen. »Die Etiketten sind alle auf Polnisch.«

Jax gesellte sich zu ihm in den Flur. »Mach dir keine Sorgen, sie sind nicht geklaut, und das Haltbarkeitsdatum ist auch noch in Ordnung. Das hat er mir mehrfach versichert. Wir sollen bloß keine Fragen über die Einfuhrzölle stellen.«

»Sieh an«, sagte Gerry. »Ich bin stolzer Besitzer von Schmuggelware.«

»Na und? Du willst sie doch nicht etwa zurückschicken, oder?«

Gerry lachte. In seinem früheren Leben in der heilen Welt von St. Jude hätte er beim geringsten Anzeichen einer fiskalischen Unregelmäßigkeit sofort die Ordnungshüter alarmiert. Aber St. Jude war eine Pfarrei, in der die Gemeindemitglieder zum Erntedankfest Kumquats und biologisches Pesto spendeten und Dosengulasch allenfalls an ihre Hunde verfütterten.

»Einem geschenkten Gaul ins Maul schauen? Wo denkst du hin? Das Obdachlosenheim wird sich freuen.« Er lachte leise. »Wer weiß? Vielleicht spricht sich die Großzügigkeit der Armstrongs herum, sodass sich die Sullivans gezwungen sehen nachzuziehen, um nicht das Gesicht zu verlieren. Ein bisschen Pudding wäre zum Beispiel nicht schlecht.«

Der Sonntagmorgen dämmerte neblig und milde herauf. Die Kirche war mit Feldfrüchten und Blumen geschmückt, und in der Sakristei stapelten sich Büchsen voller polnischem Rindergulasch.

Nach den Ereignissen auf dem Sommerfest überraschte es niemanden, dass sich der Bischof entschlossen hatte, nicht persönlich zum Erntedankfest zu erscheinen – oder auch nur in einem freundlichen Brief sein Wohlgefallen darüber auszudrücken, dass es der nimmermüden Gemeinde endlich gelungen war, genug Geld zu sammeln, um mit der Sanierung des maroden Kirchendachs zu beginnen. Da die Kirche zum ersten Mal seit dreißig Jahren bis auf den letzten Platz besetzt war, vermisste ihn auch niemand – obschon es sicherlich unter den Gläubigen ganz und gar unfromme Schadenfreude ausgelöst hätte, wäre ihnen bekannt gewesen, *was* genau ihn daran hinderte, an der Feier teilzuhaben.

Bischof Thaddeus Grove stand nämlich zur selben Zeit vor dem prunkvoll geschnitzten Kamin in seinem Büro und spuckte Gift und Galle.

»Der Pfarrer von St. Jude hat *was* gesagt?«, brüllte er den Erzdiakon an.

Dieser duckte sich wie unter einem Schlag. »Er sagte, sein Gewissen erlaube es ihm nicht, länger zu schweigen. Offenbar hat er beschlossen, sich ähm … beim nächsten Sonntagsgottesdienst der Gemeinde zu offenbaren.«

»So. Und wann ist das?«

»Heute, fürchte ich.«

Das Gesicht des Bischofs nahm die ungesunde Farbe von eingelegter Roter Bete an. »Wir müssen ihn aufhalten! So etwas dulde ich nicht in meiner Diözese!«

Der Erzdiakon seufzte. »Leider können wir nichts mehr tun, Eure Exzellenz. Wie es den Anschein hat, hat er bereits in mehreren, hm, Interviews mit gewissen, äh, Tageszeitungen und anderen … Publikationen die … die Katze aus dem Sack gelassen. Es gibt Fotos. Und nach dem Gottesdienst heute Morgen will er, dass seine Gemeinde ihn so sieht, wie er … nun einmal, äh, ist. In einem … wie soll ich es sagen? In einem Kleid.«

Wutentbrannt wirbelte der Bischof herum und schlug mit der Faust auf den marmornen Kaminsims ein, wobei er sich empfindlich an der Hand verletzte. »Erst habe ich einen Pfarrer, der auf der anderen Seite der Erde uneheliche Kinder zeugt und nach seiner Strafversetzung eine Wandlung zum salbadernden, gefühlsduseligen Gutmenschen erlebt«, kochte er, während er sich das Blut von den Fingerknöcheln leckte. »Und jetzt habe ich jemanden, der darauf besteht, nur noch Frauenkleider zu tragen und sich *Elsie* zu nennen?«

»Ganz so schlimm ist es nicht, Exzellenz, er hat lediglich …«

»Mund halten, Atkins! Die Tatsache bleibt, dass dieses Amt – ach, was rede ich, die gesamte Kirche! – schon wieder in den Schmutz gezogen wurde. Schon wieder bin ich konfrontiert mit einem Gottesmann, der seine abnormen Triebe in meiner Diözese auslebt. Er muss verschwinden. Sofort.«

»Aber Eure Exzellenz, in den Kirchenstatuten steht nichts über den Umgang mit …«

Bischof Grove fixierte den Erzdiakon mit einem Blick wie Lava. »Dann werden wir eben etwas hineinschreiben!«, knurrte er zwischen zusammengebissenen Zähnen hervor und fuhr sich mit dem Handrücken über die schweißnasse Stirn. »Ich sage Ihnen, diese Gemeinde ist verflucht. Verflucht!«

Daraufhin sank er mit einem tiefen Stöhnen in seinen ledernen Ohrensessel. Nicht auszudenken, was die armen gebeutelten Gemeindemitglieder von St. Jude dazu sagen würden, dass ihr guter Hirte ein Transvestit war. Wenn er die Augen schloss, glaubte er, Jean Armitage vor sich zu sehen, die geifernd nach seinem Blut schrie.

An diesem Sonntagmorgen, ungefähr zur selben Zeit, da sich die Menschen des Bluebell Estate auf den Weg in die Kirche machten und der Bischof seine Wut am Erzdiakon ausließ, saß Sandra, die Chefredakteurin der Features-Redaktion des *Cheltenham Courant,* kerzengerade im Bett und führte ein höchst unerfreuliches Telefonat mit ihrem Herausgeber.

»Aber«, protestierte sie, während sie den nackten Muskelprotz zum Schweigen brachte, der sich neben ihr im Bett räkelte. »Ich habe doch nur …«

Die erboste Stimme am anderen Ende der Leitung unterbrach sie. Offenbar hatte ein von ihr verfasster Artikel das Missfallen des Sprechers erregt. Der Name Mad Dog McKindrick fiel, ebenso wie die unschönen Worte »üble Nachrede« und »Verleumdungsklage«.

Am Ende des Telefonats war Sandras gute Laune futsch.

Genau wie ihr Job.

Belle und Kieran standen ganz hinten in der Kirche – und das nicht etwa aus freien Stücken. Der riesige Eierkarton war zum ersten Mal, seit die Gemeinde ihn in einem Rausch von Nachkriegsoptimismus hatte erbauen lassen, bis zum Bersten gefüllt.

»Warum sind nur alle in der Gegend urplötzlich so fromm geworden?«, flüsterte Kieran.

Belle unterdrückte ein Kichern. »Vermutlich hat das mit dem Bankett und der Apfelweinverkostung im Anschluss an die Messe zu tun.«

Noch während sie sprach, stimmte der Chor sein nächstes Lied an.

Kieran schürzte die Lippen. »Wegen des Gesangs können sie jedenfalls nicht gekommen sein.«

In der Tat, für Liebhaber guter Musik war die Kirche von St.

Mungo an diesem Erntedanksonntag nicht der geeignete Ort. Dass es jemals auch nur eine einzige Chorprobe gegeben hatte, schien unvorstellbar, denn die Sänger grölten selbst die besinnlichen Hymnen so laut heraus, dass sie klangen wie Fangesänge im Fußballstadion. Gleichzeitig aber legten sie sich derart ins Zeug, dass nicht nur Belles Mutter, eine eingefleischte Opernliebhaberin, unwillkürlich mit den Füßen im Takt wippte, sondern Jax ihrem Freund Razor sogar ein verliebtes Lächeln zuwarf.

Selbst Belle ließ sich von der ausgelassenen Stimmung mitreißen. Und mittendrin stand Gerry mit strahlenden, feuchten Augen, als gäbe es für ihn nichts Schöneres, als zusammen mit dieser großen Horde den Herrn zu preisen.

»Dad ist glücklich«, raunte Belle.

Sie spürte, wie sich Kierans Hand um ihre schloss. »Er ist nicht der Einzige.«

Nach dem Gottesdienst begann der Exodus in Richtung Gemeindezentrum. Nicht nur belegte Brote und Apfelwein lockten die Massen an – es wurden auch Eintrittskarten für das Festessen am Abend verteilt. Da kaum ein Bewohner des Bluebell Estate Brendas legendäre Kochkünste nicht wenigstens vom Hörensagen kannte, herrschte wie erwartet großer Andrang.

Mona allerdings war nicht in Feierlaune. Sie stand allein in einer Ecke des Saals und fragte sich gerade, ob jemand merken würde, wenn sie sich heimlich davonstahl, als ihre Mutter sie im Gewimmel entdeckte und direkt auf sie zusteuerte.

»Du trinkst nichts?« Rena beäugte Monas Sandwich und das Glas wässrige Orangenlimonade, das sie in der Hand hielt.

»Der Bauch verträgt keinen Apfelwein«, sagte Mona. »Außerdem bin ich bei der Arbeit tagein, tagaus von Alkohol umgeben. Da wird er einem mit der Zeit verleidet.«

Rena kippte einen großzügigen Schluck hinunter. »Alles Ammenmärchen, wenn du mich fragst. Ich habe gesoffen wie ein Loch, als ich mit dir schwanger war. Wen interessiert schon, was die Ärzte sagen? Ich war froh über jedes bisschen Alkohol, dessen ich habhaft werden konnte. Wer will schon stocknüchtern neun Monate Hölle durchmachen?«

»Hm«, murmelte Mona unbestimmt und starrte mit leeren Augen an ihr vorbei.

»Hörst du mir überhaupt zu?« Rena musterte das Gesicht ihrer Tochter. »Was ist los mit dir?«

Mona schrak auf. »Was? Ach, nichts. Nichts ist los, Ma.«

Rena spitzte die Lippen. »Ich kenne diesen Blick. Du schmachtest. Nach diesem Schlappschwanz Oswald!«

»Er heißt Oz, Ma. Und ich schmachte nicht. Ich ... denke bloß nach.«

Nachgedacht hatte Mona eine ganze Menge, seit Belle auf die Stimme ihres Gewissens gelauscht und Mona erzählt hatte, sie habe »zufällig mitbekommen«, dass Oswald wieder in der Stadt sei. Als Mona sie fragte, woher diese Information stamme, hatte Belle zwar eisern geschwiegen. Aber was zählte, war nicht, woher Belle es wusste, sondern dass Oswald nicht zu ihr, Mona, gekommen war – ja, dass er sich seit jenem Telefongespräch, bei dem er so getan hatte, als sei er noch in Amerika, nicht einmal bei ihr gemeldet hatte.

Die Botschaft war unmissverständlich. Und deshalb hatte sich Mona auch gar nicht erst die Mühe gemacht herauszufinden, wo er sich aufhielt. Sieh den Tatsachen ins Auge!, hatte sie sich gemahnt. Es war nur eine kurze Affäre, und falls du geglaubt hast, dass jemals mehr daraus werden würde, dann hast du dich gründlich getäuscht. Hör schon auf, dich zu belügen. Du hast ihn ohnehin nie sonderlich gemocht, das weiß ich ganz genau. Also Schluss mit dem Gequengel. Reiß dich am Riemen! Du hast eine Familie, du hast deine Mutter, und bald hast du ein Baby. Was willst du noch?

Rena, die wie alle Mütter die Gedanken ihrer Tochter lesen konnte, legte eine Hand auf Monas Arm. »Hör zu, Mo. Ich kann uns gleich für morgen früh einen Flug nach Australien buchen – was meinst du? Vergiss diesen Nichtschwimmer. Schreib ihn ab. So wie er es mit dir gemacht hat.«

Obwohl es sie mehr wurmte, als sie hätte ausdrücken können, war Mona gefährlich kurz davor einzugestehen, dass ihre Mutter ausnahmsweise recht hatte.

Während sich Kieran mit Belle und Jax unterhielt, wanderten seine Augen immer wieder quer durch den Saal zu Mona. Obschon ihre Mutter bei ihr war, wirkte sie geknickt und einsam.

Belle hatte das Richtige getan, als sie ihrer Halbschwester von Oz erzählte. Was jedoch keine der beiden wusste, war, dass Oz vor ein paar Tagen in heller Aufregung bei Kieran angerufen hatte, um sich zu erkundigen, wie viel wohl ein Flug nach Mexiko kostete ...

Arme Mona, dachte er und fühlte sich in seinem neugefundenen Glück mit Belle fast ein wenig schuldig. Du hast es wahrlich schon schwer genug. Und ich fürchte fast, es kommt noch schlimmer.

Brenda hielt sich im Hintergrund und überließ es Gerry, das Lob und den Dank seiner Gemeindemitglieder entgegenzunehmen. Er hatte es redlich verdient. Er hatte hart arbeiten müssen, um wieder Leben in die vernachlässigte Pfarrei zu bringen – annähernd so hart wie Brenda selbst, aber das war nun einmal der Lauf der Welt, wenn man sich entschloss, die Frau eines Geistlichen zu werden. Man schuftete und schuftete, ohne dass irgendjemand Notiz davon nahm.

Eine Zeitlang war sie enttäuscht gewesen. Wütend und verbittert. Verzweifelt hatte sie nach einer Fluchtmöglichkeit gesucht – nach etwas oder jemandem, der ihr wenigstens für kurze Zeit das Gefühl gab, nicht nur gebraucht, sondern auch geliebt zu werden. Daran war nichts Ungewöhnliches. Viele Frauen in einem gewissen Alter wandten sich anderen Männern zu, um einer Ehe zu entkommen, die sich stets auf denselben eingefahrenen Gleisen bewegte. Dass sie sich zu Ken hingezogen gefühlt hatte, bereitete ihr keine Gewissensbisse. Außerdem lag all das endgültig in der Vergangenheit. Ken Tyler war fort.

Umso größer war ihr Schock, als sie ihren Blick zufällig durch den Gemeindesaal schweifen ließ und ihn unter den Gästen erspähte. Ken! Er plauderte angeregt mit einigen Teilnehmern des Bibelkreises. Als er sich zu ihr umdrehte, erwartete sie, jeden Moment wieder ein aufgeregtes Flattern in der Magengrube zu spüren.

Merkwürdigerweise jedoch blieb das Gefühl aus. Der Zauber zwischen ihnen schien gebrochen. Sie empfand nichts.

Er lächelte ihr zu, und sie lächelte höflich zurück. Dann wandte sie sich ab.

»Ist das nicht Ken dort drüben?«, fragte Gerry.

»Wo? Ja, ich glaube, du hast recht.«

»Möchtest du zu ihm gehen? Ihr zwei seid doch dicke Freunde.«

Brenda blickte in das ehrliche, vertrauensvolle Gesicht ihres Mannes. Nicht eine Spur von Argwohn oder Eifersucht lag in seiner Stimme, und dennoch sah sie in diesem Moment etwas in seinen Augen aufflackern: Er wusste Bescheid.

»Eigentlich nicht«, erwiderte sie wahrheitsgemäß. Ich bleibe viel lieber hier bei dir.«

Liebevoll hakte sie sich bei ihm unter. Vielleicht fehlte noch immer etwas in ihrem Leben, aber endlich hatte sie begriffen, wie dumm sie gewesen war zu glauben, dieses Etwas habe mit ihrer Ehe zu tun.

Kierans warme Finger hielten Belles Hand sicher umschlossen. Nachdenklich sah sie zu ihm auf. Im Augenblick war sie so glücklich, dass es fast wehtat, aber gleichzeitig war sie ständig auf der Hut, weil sie fürchtete, dieses wunderbare Märchen könne jeden Moment enden.

Denn enden musste es, dessen war sie sich sicher. Seit dem letzten Jahr mit all seinen Schrecknissen hatte Belle den Eindruck, als seien die Craines mit einem Fluch belegt, und somit war es nur eine Frage der Zeit, wann etwas passieren würde, das ihr Glück zerstörte. Wann würde sie wieder anfangen, Kieran auf die Nerven zu gehen? Wann würde er begreifen, dass er einen kolossalen Fehler gemacht hatte, als er seinen Traumjob in London hatte sausen lassen? Wann würde er sich von ihr abwenden und anfangen, nach einem Ausweg aus der Beziehung zu suchen?

Plötzlich wurde sie durch die Ankunft eines bärtigen Mannes aus ihren Grübeleien gerissen, der sich unter Geklingel seiner großen Glocke und lauten »Höret! So höret, ihr Leut!«-Rufen einen Weg durch die Menge bis zur Mitte des Saals bahnte. Er trug das Kostüm eines mittelalterlichen Stadtschreiers.

»Was soll das denn?«, fragte Mona, die ihrer Mutter einen argwöhnischen Blick zuwarf.

»Sieh mich nicht so an. Ich habe nichts damit zu tun. Vermutlich ist es irgendein absonderlicher alter Brauch, der hierzulande gepflegt wird.«

Der Stadtschreier entrollte ein Pergament und verkündete: »So höret! Mr Oswald Hepplewhite wünscht kundzutun, dass er sich in letzter Zeit wie ein verachtenswerter Feigling, ein Erzschurke und Lump der übelsten Sorte benommen hat und dass er sich darob in Grund und Boden schämt. Er wünscht, die Dame Mona Starr aufrichtig um Vergebung zu bitten, ist jedoch allzu verängstigt, es in persona zu tun – und dies nicht etwa, weil er befürchtet, es könne ihr einfallen, ihn mit der Faust niederzustrecken, was er zweifellos verdient hätte, sondern weil er ein elender Versager ist, schon gar in der Kunst des Aneinanderreihens von Wörtern, auf dass ein jeder ihren Sinn verstehe!«

Mona sah ihre Mutter an, deren Miene noch immer wie versteinert war. »Er ist ein Weichling und ein Versager, Mona!«, zischte sie beschwörend.

»Ja, ich weiß. Aber …«

»Kein Aber!«

Der Stadtschreier räusperte sich und fuhr fort: »Darum wäre Mr Oswald Hepplewhite ewiglich dankbar, würde Miss Starr die Güte haben, sogleich aus dem Saale hinauszutreten, da er ihr etwas zu zeigen gedenkt.«

Ein Kichern ging durch die Menge.

»Das glaube ich gern«, grollte Rena. »Wehe, du setzt einen Fuß vor die Tür. Du darfst ihn auf keinen Fall ermutigen!«

Aber alle Ermahnungen waren vergebens, denn nicht nur Mona, sondern die gesamte Gästeschar drängte sogleich durch die Flügeltüren nach draußen. Alle brannten darauf, mit eigenen Augen zu sehen, wer dieser Mr Hepplewhite eigentlich war und was er Mona zeigen wollte.

Oz, der draußen auf der Wiese stand, wurde mit jeder Sekunde, die verstrich, nervöser. Sein Blick klebte förmlich an seiner Armbanduhr. »Es wird nicht klappen! Es wird nicht klappen! Sie kommt zu spät. Oje, wenn sie sich doch nur beeilen würde … sitzt alles? Du lieber Gott, warum habe ich Kieran bloß nicht eingeweiht …«

Er war kurz davor, die Hoffnung aufzugeben, als die Menschen aus dem Saal zu strömen begannen. Unter ihnen erspähte er Mona, deren Mutter vergeblich versuchte, sie am Ärmel zurückzuhalten. Ihre Blicke trafen sich, und bei seinem Anblick weiteten sich ihre Augen.

Mona löste sich aus der Menge und trat auf ihn zu. Ihr wunderschöner Mund stand offen vor Staunen. »Oz, was geht hier vor? Wie siehst du überhaupt aus? Ein Smoking? Die Fliege, eine neue Frisur ... mein Gott, Oz, du bist ja richtig ... sexy!« So wie sie das Wort aussprach, wurde deutlich, dass sie es noch nie zuvor mit Oz in Verbindung gebracht hatte. »Aber was soll das alles? Der Stadtschreier mit seinem Pergament ... Was hast du vor?«

»Ich ... hm. Oje ...« Verzweifelt rang Oz nach Worten wie ein ungeschickter Jongleur, der in panischer Hast versucht, rechtzeitig alle seine bunten Bälle aus der Luft zu pflücken, bevor sie um ihn herum auf den Boden prasseln. »Ich kann das nicht so gut, weißt du, und ...«

Ein entferntes Brummen ließ ihn ein Dankesgebet gen Himmel schicken. Am Horizont tauchte ein kleiner Doppeldecker auf, schwarzgelb gestreift wie eine Wespe. Er zog ein Banner hinter sich her.

»Seht nur!«, rief jemand aus der Menge und zeigte in den Himmel. »Da steht etwas drauf!«

Mona sah Oz fragend an. Sein Gesicht war verzerrt vor Angst und Nervosität.

»Bitte lies es«, flehte er. »Es drückt meine Gefühle viel besser aus, als ich es jemals könnte.«

Und sie sah auf in den Himmel. Als das Flugzeug vorüberzog, las sie die Worte, die für alle sichtbar in großen Lettern darauf geschrieben waren:

ICH LIEBE DICH, MONA. BITTE HEIRATE MICH!

Mit Tränen in den Augen senkte Mona den Blick wieder und sah, dass Oz inzwischen vor ihr kniete und ihr eine geöffnete rote Samtschachtel entgegenhielt, in der ein Diamantring steckte. »Und? Sagst du ja?«, fragte er mit bebender Stimme.

»Natürlich nicht!«, rief Rena empört, die energischen Schrittes auf die beiden zumarschiert kam. »Sie ist doch nicht lebensmüde!«

»Halt den Mund, Ma.« Mona blickte Oz in die Augen. »Meinst du es ernst? Liebst du mich wirklich?«

»Von ganzem Herzen.«

»Sogar mehr als … deine Käfer?«

»Hundert- und tausendmal mehr.«

»Du hast mich angelogen.«

Oz ließ den Kopf hängen. »Es tut mir unendlich leid. Ich schwöre, ich werde dich nie wieder belügen. Ich hatte einfach nur Angst. Ich habe noch nie in meinem Leben Verantwortung tragen müssen. Ich bin schon überfordert, wenn ich mich entscheiden muss, welche Socken ich morgens anziehen soll.«

»Wenn du mich heiraten willst, reicht das nicht«, merkte Mona trocken an.

»Umso besser. Es ist höchste Zeit, dass ich erwachsen werde.«

»Deine Mutter hasst mich«, wandte Mona ein.

»Das macht nichts«, erwiderte er mit einem schiefen Lächeln. »Mich hasst sie auch. Als sie erfahren hat, dass ich in einem Hotel abgestiegen bin, weil ich nicht nach Hause wollte, hat sie gesagt, ich solle mich nie wieder bei ihr blicken lassen.«

»Und wo wohnst du jetzt?«

»Im Labor. Ich habe einen Schlafsack. Ich bin auf der Suche nach einer eigenen Wohnung.«

Rena konnte nicht länger schweigen. »Du kommst auf der Stelle mit zurück nach Australien, mein Fräulein«, sagte sie barsch. »Chas und ich können uns um dich und das Kleine kümmern. Diesen … diesen gebratenen Igel heiratest du nur über meine Leiche!«

»Sie hat recht«, seufzte Oz. »In Australien wärt ihr viel besser aufgehoben, du und das Baby. Ich bin keine besonders gute Partie.«

Ein unangenehmes Schweigen folgte. Oz schwankte, während er versuchte, auf einem Knie das Gleichgewicht zu halten. Da streckte Mona ihm ihre Hand entgegen. »Um Himmels willen, Oz, nun steh schon auf.«

»Wieso? Was hat das jetzt noch für einen Sinn?«

»Weil ich mich in meinem Zustand nicht so gut bücken kann, und wenn du nicht aufstehst, wie willst du mich dann küssen? Es ist doch Brauch in England, dass man seine Verlobte küsst, oder irre ich mich?«

Einige Sekunden lang verharrte Oz stocksteif in seiner Position. Er war zu schockiert, um sich zu rühren. Dann sprang er auf, warf die Arme um Mona und küsste sie mit solch hemmungsloser Verzweiflung, als habe er Angst, sie könne sich jeden Augenblick in Luft auflösen.

Wenig später standen Belle und Kieran zusammen auf dem Parkplatz. Noch immer schüttelten sie angesichts dessen, was sie gerade miterlebt hatten, fassungslos die Köpfe.

»Das war sehr mutig von Oz«, sagte Belle. »Hast du gesehen, wie er geschlottert hat?«

»Und ich habe fest damit gerechnet, er würde bis ans Ende seiner Tage im Gästezimmer seiner Mutter hausen.«

»Stattdessen wird er Vater! Und er nimmt Mona mit nach Mexiko, um dort die Schmetterlingswanderungen zu beobachten. Ist das nicht romantisch?«

Kieran seufzte. »Wenn das so weitergeht, bin ich bald der einzige Junggeselle in Cheltenham.« Er schaltete sein Handy an. »Auch das noch, ein Anruf aus der Redaktion. Irgendetwas ist mit Sandra. Sie wollen, dass ich sofort komme.« Er sah Belles enttäuschtes Gesicht. »Natürlich könnte ich lügen und behaupten, ich sei gerade mit einer wunderschönen Frau im Bett. Das würde sogar fast stimmen. Du bist wunderschön, und ich hätte tatsächlich nicht übel Lust, dich ins Bett zu zerren.«

Er liebkoste ihre Wange, und sie ergriff seine Hand und küsste sie zärtlich. »Das wäre nicht schlecht«, bestätigte sie. »Das wäre sogar ganz ausgezeichnet ...«

Kieran ließ sich das nicht zweimal sagen. Eifrig wählte er die Nummer der Redaktion.

» ... aber ich finde, du solltest trotzdem hinfahren. Du hast das Angebot aus London ausgeschlagen, aber ich weiß, dass dir deine Arbeit sehr wichtig ist. Ich möchte dir nicht im Weg stehen.«

»Willst du mir damit andeuten, dass *ich* dir bei *deiner* Arbeit auch nicht im Weg stehen soll?«, erkundigte er sich.

Hm, dachte Belle. Ist es so? »Nein, nicht direkt ... na ja, vielleicht. Ich weiß nicht«, gestand sie und lachte auf. »Eine zweite Anita Roddick werde ich bestimmt niemals, aber das bedeutet nicht, dass ich den Rest meines Lebens damit verbringen will, Windeln zu wechseln.«

»Ich kann dich also nicht dazu überreden, mich zu heiraten?«

Ein leichter Schauer, halb Furcht, halb Erregung, rann Belles Rückgrat hinab. Ganz beiläufig hatte er die Worte ausgesprochen, von denen sie geglaubt hatte, sie würde sie wohl nie wieder hören.

»Im Moment nicht«, antwortete sie. Diese drei Worte waren die schwersten, die Belle je über die Lippen gebracht hatte. »Vielleicht irgendwann später. Ja, später vielleicht.«

Hand in Hand schlenderten sie zu Kierans Wagen. Als Belle ihm nachblickte, wie er davonfuhr, fragte sie sich, wie sie es jemals wieder würde ertragen können, von ihm getrennt zu sein, nicht jeden Morgen neben ihm aufzuwachen und abends in seinen Armen einzuschlafen.

Aber tief im Innern wusste sie, dass sie keine Angst zu haben brauchte. Denn hätten sie und Kieran auch an entgegengesetzten Enden der Welt leben müssen – ihre Seelen waren im Einklang miteinander, sodass sie in Wahrheit nie mehr als einen Herzschlag voneinander entfernt waren.

Kapitel 33

In der Woche vor Weihnachten traten Oz und Mona in St. Mungo vor den Altar. Die Szenerie hätte – bis auf das Kirchengebäude selbst – für eine Winterhochzeit nicht schöner sein können. Selbst das Wetter hatte ein Einsehen gehabt und dem Brautpaar eine leichte Schneedecke, fein wie Puderzucker, zum Geschenk gemacht.

Für jemanden, der am Morgen nach seinem Junggesellenabschied splitterfasernackt im Insektenhaus des Zoos aufgewacht war, wirkte Oz bewundernswert gefasst. Seine Entomologenkollegen aus dem Labor hatten Stein und Bein geschworen, ihre Finger nicht im Spiel gehabt zu haben, aber Trauzeuge Kieran hatte dennoch ein scharfes Auge auf sie. Darüber hinaus hatte er Big Bob und Sean, den Braumeister, gebeten, das Hochzeitsbuffet nach allem abzusuchen, was mehr als zwei Beine hatte und sich noch bewegte.

Mona sah wunderschön aus. Ihr Bauch war unbeschreiblich dick und sie trug ein entzückendes, mit Pelz gesäumtes Minikleid mit schwingendem Saum, in dem sie aussah wie ein übergroßes, sehr wohlgenährtes Vögelchen.

Sicher war es nicht gerade eine herkömmliche Hochzeit: Die Zeremonie wurde vom Vater der Braut geleitet, die Männer trugen allesamt seltene fleischfressende Orchideen aus Südamerika am Revers, die Füße der Braut steckten in Uggboots, weil sie so geschwollen waren, dass sie partout in keine Pumps passen wollten, und eine der Brautjungfern war ein räudiger Hund. Gebadet und großzügig mit Flohpuder bestäubt, sah Engelbert einigermaßen präsentabel aus, wenn ihm auch der rosafarbene Rüschenkragen, den er tragen musste, nicht recht zu behagen schien. Die andere Brautjungfer – Belle – stand jedoch direkt neben ihm und war bereit, ihn niederzuringen, sollte er einen Fluchtversuch wagen. In einer Hand hielt sie die Hundeleine, in der anderen den Blumenstrauß. Jax saß in der ersten Reihe, trug wie immer Latex und dicke Stiefel und dankte dem Schicksal, dass sie noch einmal davongekommen war.

Belle kam es seltsam vor, mit Kieran am Altar zu stehen, während ihr Vater eine Trauung vollzog, die nicht ihre eigene war. Doch als Kieran, kurz bevor Mona und Oz ihr Gelübde sprachen, sich zu ihr umwandte und ihr für die Umstehenden unhörbar zuflüsterte »Ich liebe dich«, hätte ihr Herz vor Glück zerspringen wollen. Was machte es, ob sie verheiratet waren oder nicht? Alles, was zählte, war, dass sie sich liebten. »Ich dich auch«, hauchte sie, über das ganze Gesicht strahlend, zurück. Als sie sich wieder umdrehte, erhaschte sie den Blick ihrer Freundin Ros, die amüsiert schmunzelte. Ros war vor wenigen Wochen heimgekehrt und saß in einer der vorderen Bänke zwischen Nanna Craine und ihrem neuen schwedischen Freund Lars. »So ist das mit Abenteuerreisen«, hatte Ros mit einem Augenzwinkern gesagt. »Man weiß nie, was man sich unterwegs einfängt!«

Aber nicht alle Hochzeitsgäste waren zum Lachen aufgelegt. Rena Starr ließ es sich nicht nehmen, Oz die ganze Zeit über mit einem schneidenden Blick zu durchbohren, der zu sagen schien: »Eine falsche Bewegung, und ich werde dir bei lebendigem Leibe dein pochendes Herz herausreißen!« Der Empfänger dieser Drohung bekam allerdings davon nichts mit. Oz war vollauf damit beschäftigt, sein Gelübde zu verstottern, den Ring fallen zu lassen, mit offenem Mund seine Braut anzugaffen und sein breites, einfältiges Grinsen purer Glückseligkeit spazieren zu führen.

Wenig später verließ das strahlende Paar das Gotteshaus, vorbei an einer Abordnung der ledernen Apostel, die auf der Kirchentreppe Spalier standen, und begab sich zur Hochzeitskutsche, einem alten Brauereiwagen der Royal Shakespeare Tavern, der von einem Gespann Kaltblüter gezogen wurde. Oz benötigte mehrere Anläufe, um seine Braut in ihren Sitz zu hieven, aber mit Kierans tatkräftiger Hilfe und den Anfeuerungsrufen der Hochzeitsgesellschaft gelang es ihm schließlich. In gemächlichem Tempo machte man sich auf den Weg zum Empfang.

»Und? Wie fühlt man sich als verheirateter Mann?«, rief Kieran seinem Freund nach, als die Kutsche anzog.

Oz reckte den Daumen in die Höhe. »Großartig. Ich kann es nur empfehlen.«

»Sobald mich jemand haben will«, murmelte Kieran zu sich selbst. Aber es gab nur eine einzige Kandidatin für die Rolle der Mrs Sawyer, und wenn die sich beharrlich weigerte, würde er wohl sein Leben lang Junggeselle bleiben müssen.

Die morschen Deckenbalken der Royal Shakespeare Tavern waren nicht mehr so durchgeschüttelt worden, seit der berühmte Barde selbst noch ein Junge gewesen war. Der Gesellschaftsraum im ersten Stock war derart überfüllt, dass Belle überzeugt war, jeden Moment müsse der Boden unter ihren Füßen nachgeben und einstürzen.

»Ach, ich *liebe* Hochzeiten«, sagte Nanna Craine entzückt, während sie sich an ihrem dritten Sherry labte. »Und für ein uneheliches Mädchen aus Australien ist sie gar nicht mal so übel.«

»Die hübschen Kleider und die romantische Stimmung, das ist wirklich schön«, stimmte Ros ihr höflich zu.

Nanna Craine ließ ihr meckerndes Lachen hören. »Wo denken Sie hin, Kindchen! Das Einzige, was mich so richtig in Fahrt bringt, ist das Getratsche, die Trunkenheit und die Familienstreitigkeiten. Und natürlich die Frage, mit welcher Brautjungfer sich der männliche Trauzeuge wohl ins Heu wirft, ehe die Nacht rum ist.«

»Ich nehme doch schwer an, dass ich diejenige sein werde«, bemerkte Belle mit einem kritischen Blick auf Engelbert, der mit großen Augen zu ihr emporsah. Er gähnte und hüllte sie in eine Wolke seines übelriechenden Atems ein. »Aber vielleicht hast du recht, Engelbert«, fügte sie mit einem wehmütigen Seufzer hinzu. »Wie könnte er dir widerstehen? Ich sollte mir keine Hoffnungen machen.«

Plötzlich und zu jedermanns großer Erleichterung verstummte die Band. Die Katzenmusik des Streichquartetts, das Bobs Kumpel Larry vom Freund eines Freundes für einen Spottpreis empfohlen worden war, hatte bereits stark an den Nerven der Gäste gezehrt.

»Oh, seht nur!« Aufgeregt ergriff Belle den Arm ihrer Freundin. »Oz will eine Rede halten!«

Sichtlich verlegen trat Oz ans Mikrofon. Er pustete hinein, woraufhin die Anwesenden erschrocken die Hände auf die Ohren pressten, und klopfte ein paar Mal mit seinem Finger darauf. »Ist es an?« Als Antwort ertönte das schrille Pfeifen der Rückkopplung. »Ah, in Ordnung. Also gut. Nun, ich bin … äh … ich meine, wir sind … also ich und meine wunderbare neue Frau Mona … verflixt, was wollte ich noch gleich sagen … ich kann das nicht besonders gut …«

Mona schenkte ihm einen Blick voll liebender Verzweiflung, küsste ihn auf die Wange und nahm ihm das Mikrofon aus der Hand. »Mein Mann möchte euch sagen«, begann sie und lächelte ihren verschämten Gatten an, »dass …« Urplötzlich veränderte sich Monas Gesichtsausdruck. Sie krümmte sich zusammen, presste die Hände auf den Bauch und keuchte ins Mikrofon: »Scheiße, Oz, ich glaube, die Wehen fangen an!«

Die Hebammen im Cotswold General zeigten sich sehr verständnisvoll, blieben aber eisern. Der Kreißsaal sei für entbindende Frauen und ihre Partner gedacht – keinesfalls für Hochzeitsgesellschaften, ob nun mit oder ohne Streichorchester.

»Aber dann verpasst Mona ihren eigenen Empfang!«, protestierte Braumeister Sean, der viel freundlicher geworden war, seit Mona ihm erlaubt hatte, jeden Freitagabend in der Royal Shakespeare Tavern Platten aufzulegen.

»Genau«, pflichtete Big Bobs Freund Larry ihm bei. »Können wir ihr nicht wenigstens eine Flasche Schampus und ein paar Salzstangen reinreichen?«

»Bedaure«, entgegnete die Hebamme bestimmt. »Ich muss Sie bitten, sich in den Warteraum zu begeben. Das gilt für Sie alle«, betonte sie zur Sicherheit.

»Spielverderber«, grummelte Larry, während die enttäuschten Gäste abzogen und sich mitsamt der Champagnerflaschen, die sie als Wegzehrung mitgenommen hatten, ins Treppenhaus drängten. »Dann können wir gleich nach Hause gehen.«

Ros jedoch hatte die rettende Idee. »Warum halten wir den Empfang nicht einfach hier ab – im Warteraum?«, schlug sie vor.

Belle sah sie mit offenem Mund an. »Das geht doch nicht!«

»Warum nicht? Ein bisschen Blubberwasser und eine Platte Schnittchen stören doch niemanden. Wenn wir nicht allzu viel Lärm machen, werden sie uns schon nicht an die Luft setzen. Also – wer hat ein Auto und kann das Essen holen?«

Während sich die Unverwüstlichsten unter den Partygästen im Warteraum Kanapees einverleibten, tigerte Gerry Craine aufgeregt im Korridor vor dem Kreißsaal auf und ab.

Brenda trat zu ihm und versuchte, ihn dazu zu bewegen, sich hinzusetzen, aber er konnte einfach nicht stillhalten.

»Was ist denn los, Liebling?«

Er wich ihren Blicken aus. »Ach, Brenda, du hältst mich bestimmt für einen Trottel.«

Sanft nahm sie sein Gesicht in beide Hände und zwang ihn, sie anzusehen. »Einen Trottel? Wieso denn das?«

»Ich habe solche Angst.«

»Um Mona und das Baby?«

Er nickte. »Ich weiß, sie ist jung und gesund, und heutzutage ist eine Geburt keine große Sache, aber irgendwie ... ach, es ist einfach etwas anderes, wenn es« – er wandte den Blick ab – »das eigene Kind ist.«

»Das denke ich mir.«

»Ich kann einfach nicht aufhören, daran zu denken, was alles schiefgehen könnte.«

»Deswegen bist du doch kein Trottel«, tadelte Brenda ihn sanft. »Weißt du nicht mehr, was für ein Schock es für uns war, als ich mit Annabelle in den Wehen lag und die Ärzte uns sagten, dass sich die Plazenta vorzeitig abgelöst habe? Alles ging so schnell, dass ich kaum Zeit hatte, mir Sorgen zu machen, aber ich kann mich noch genau an dein Gesicht erinnern, als sie mich in den OP bringen wollten. Du warst kreidebleich.« Sie drückte seine Hand. »Du musst dir nicht dumm vorkommen. Es ist nur natürlich, dass man Angst hat.«

»Es ist mir klar, dass ich nicht von dir erwarten kann, dass du dasselbe für Mona empfindest«, fuhr Gerry fort. »Warum solltest du auch? Es ist schon ein Wunder, dass du sie nicht aus tiefster Seele hasst – und mich gleich dazu. Du hast dich wirklich wundervoll verhalten, Brenda. Du bist unvergleichlich. Niemand auf der ganzen Welt könnte dich jemals ersetzen.«

»Ich bin deine Frau«, sagte sie schlicht.

»Aber das bedeutet nicht ...«

Wieder nahm sie sein Gesicht in ihre Hände und küsste ihn. »Doch. Genau das bedeutet es. Es bedeutet mehr, als du dir jemals vorstellen kannst. Und was Mona angeht, hast du unrecht. Ich verstehe dich sehr gut. Mona ist vielleicht nicht mein Kind, aber sie ist jetzt Teil dieser Familie und damit auch Teil von mir. Wir können uns nicht aussuchen, wen wir lieben, nicht wahr?« Sie lachte leise. »Himmel, sogar ihre stinkende Töle ist mir inzwischen ans Herz gewachsen!«

Er blickte sie nachdenklich an. »Wenn du noch einmal die Wahl hättest, würdest du mich dann wieder nehmen?«

Sie küsste ihn. »Immer wieder. Und jetzt komm und setz dich. Wer weiß, wie lange wir noch warten müssen.«

Nicht lange, wie sich herausstellte.

Mit ihrer Gabe für das Unverhoffte entband Mona in Rekordzeit und ohne dass der Arzt Zeit hatte, die Spritze mit der PDA aufzuziehen. »Der Doktor meinte, es liegt daran, dass ich so durchtrainiert bin. Meine Bauchmuskeln«, sagte sie strahlend, während sie und Oz stolz den Familienzuwachs herumzeigten.

Alle waren sie um das Bett versammelt: Gerry und Brenda, Belle und Kieran, Razor und Jax, Rena und Nanna Craine. Es war so voll in Monas Zimmer, dass Belle befürchtete, jeden Moment würde die Oberschwester hereingerauscht kommen und sie voller Entrüstung davonjagen.

»Wie soll sie denn heißen?«, wollte Belle wissen, die kaum wagte, ihre Nichte, dieses winzige, zerbrechlich aussehende Geschöpf, anzufassen.

Oz und Mona tauschten einen Blick. »Nun ja, wir haben über Annabelle und Jacqueline nachgedacht … und Brenda und Rena natürlich«, begann Oz.

»Aber dann haben wir uns für Geraldine entschieden«, führte Mona seinen Satz zu Ende. »Kurz Gerry. Na? Was meinst du dazu, Gramps?«

Gerry antwortete nicht gleich. Er nahm seine winzige Enkeltochter auf den Arm, so behutsam, als sei sie aus feinstem Porzellan. Er spürte, wie sich ihre Faust um seinen Finger schloss, und hob sie an seine Lippen. »Hallo, Geraldine«, flüsterte er. »Ich bin dein Großvater. Und diese wundervolle Dame hier ist deine Großmutter Brenda. Herzlich willkommen im Leben.« Als er aufsah, glänzten Tränen in seinen Augen, und seine Lippen bebten. »Jetzt gebe ich dich mal deiner Mutter zurück, Kleines«, sagte er mit heiserer Stimme. »Sonst heule ich dich noch voll.«

In einer Ecke des Krankenzimmers standen Nanna Craine und Rena zusammen und unterhielten sich über das Aussehen des Babys.

»Sie hat die Augen ihrer Mutter«, befand Rena.

»Und Gerrys Haare«, sagte Nanna Craine, die sich nicht ausstechen lassen wollte.

Rena blickte sich um, senkte die Stimme und wisperte Nanna Craine ins Ohr: »Aber die Nase – die ist von meinem Eddie.«

Nanna Craine brauchte nur eine Sekunde, um Renas Andeutung zu begreifen. »Von Ihrem verstorbenen Ehemann? Wollen Sie damit etwa sagen …«

»Ich bin mir *ziemlich* sicher, dass Mona Gerrys Kind ist. Aber beschwören kann ich es nicht … schließlich waren Eddie und ich schon zusammen, als ich meine … Begegnung mit Gerry hatte. Selbst damals konnte man von einem jungen Paar wohl kaum erwarten, dass es nichts tut außer keusch Händchen zu halten.«

Nanna Craine schnaubte. »Ihre Mutter hatte recht«, sagte sie spitz.

»Recht womit? Was hat sie gesagt?«

»Das möchten Sie lieber nicht wissen, meine Gute. Etwas über läufige Hündinnen, wenn ich mich recht erinnere.«

»Ich muss doch sehr bitten!«

Gerrys Mutter zuckte gleichmütig mit den Schultern. »Die Frage ist nur, was Sie jetzt zu tun gedenken. Der frischgebackene Großvater sieht sehr glücklich aus, nicht wahr?«

Rena machte ein betretenes Gesicht. »Das stimmt. Vielleicht sollte ich es ihm lieber nicht sagen? Das mit Mona?«

»Wenn Sie klug sind, halten Sie hübsch den Mund. Ihre Familie hat schon genug Chaos angerichtet. So. Ich für meinen Teil möchte mich jetzt meiner neuen Urenkelin vorstellen. Ich gehe jede Wette ein, dass sie nach mir kommt.«

Nach einer Weile verließ Belle die Entbindungsstation, um draußen auf der Terrasse ein wenig frische Luft zu schnappen. Langsam spürte sie die Anstrengung des vergangenen Tages in den Gliedern. Aber bevor sie nach Hause ging, musste sie noch die gesamte Craine-Sippe anrufen, um ihnen die frohe Botschaft mitzuteilen. Das hatte sie ihrer Mutter versprochen.

Als sie ihr Mobiltelefon einschaltete, blinkte ein kleiner Briefumschlag auf dem Display. Eine neue Textnachricht. Belle beschloss, einen kurzen Blick darauf zu werfen, und war sehr überrascht, als sie sah, wer sie geschickt hatte:

John Gillespie.

Bitte schnellstmöglich melden, habe hochinteressantes Angebot für Sie! JG.

Ein aufgeregtes Kribbeln ging durch Belles Körper und ließ die Haare in ihrem Nacken zu Berge stehen. Dennoch dauerte es eine Weile, bis sie sich dazu durchgerungen hatte, zurückzurufen. Ein Teil von ihr – der Teil, der heilfroh war, endlich wieder ein Leben an Kierans Seite führen zu dürfen –, wollte rein gar nichts von irgendwelchen hochinteressanten Angeboten wissen.

Fast hätte dieser Teil die Oberhand gewonnen. Aber nur fast …

Sie wählte die Nummer ihres Arbeitgebers, tauschte einige Höflichkeiten mit ihm aus und lauschte seinem Vorschlag. Er hatte nicht übertrieben, der Vorschlag war in der Tat hochinteressant. Geradezu ... abenteuerlich. Zu abenteuerlich für sie? Sie würde nicht nur ihrem guten alten Cheltenham den Rücken kehren, sondern sogar ins Ausland ziehen müssen.

Ich!, dachte sie. Ins Ausland!

»Also, was meinen Sie?«, fragte John Gillespie. »Ich brauche Ihre Antwort, so schnell es geht. Sind Sie dafür zu haben oder nicht?«

Und bevor sie noch Zeit hatte, darüber nachzudenken und zu kneifen, hörte Belle sich sagen: »Selbstverständlich. Ich bin dabei!«

Epilog

Ein Jahr später …

Ein Jahr war eine lange Zeit, und dennoch schienen die letzten zwölf Monate wie im Flug vergangen zu sein.

Nicht in ihren kühnsten Träumen hätte sich Belle je vorstellen können, dass sie einmal für Green Goddess um den halben Globus reisen würde, um dem frischgebackenen Firmenchef John Gillespie nach seiner geglückten Übernahme dabei zu helfen, neue Filialen im Ausland zu eröffnen. Begonnen hatte sie mit Standorten, die nicht allzu weit von ihrer Heimat entfernt lagen: in Frankreich, Belgien und Irland. Hier kam ihr vieles bekannt vor, und es fiel ihr leicht, die Trennung von Kieran zu ertragen, denn sie wusste, dass ein langes Wochenende mit ihm nur einen Billigflug entfernt war.

Ihr Selbstvertrauen war rasch gewachsen, und schon bald schickte man sie an Orte, die sie zuvor nicht einmal auf einer Landkarte hätte ausfindig machen können. Es ging nach Krakau – hier unterstützte sie Jerszy bei der Eröffnung seiner eigenen Filiale –, dann nach Prag und sogar nach Estland.

Und jetzt war sie in Hongkong.

Während sie am Fenster ihres kleinen, aber hübschen Apartments stand und auf das Gewimmel auf den Straßen unter sich blickte, dachte sie an Kieran, der Tausende Kilometer weit weg in Cheltenham war. Sie war glücklich, weil sie eine Aufgabe gefunden hatte, die ihr Freude bereitete, und weil sie Erfolg hatte. Dennoch vermisste sie Kieran schmerzlich, und manchmal war ihr, als habe die Trennung an der Stelle, wo eigentlich ihr Herz hätte sitzen sollen, ein großes gähnendes Loch aufgerissen. Sie liebte ihn so sehr, aber sie hatte diese einzigartige Chance nicht vergeben dürfen. Die Chance, endlich mehr zu sein als die stinknormale, berechenbare Belle Craine.

Sollte sie sich von ihm trennen? Sollte sie sich ein Herz fassen und ihn freigeben, so wie man einen wunderschönen Vogel fliegen ließ, wenn man wusste, dass er woanders ein glücklicheres Leben führen konnte? Sollte sie es tun?

Konnte sie es überhaupt?

Es war noch sehr früh am Morgen, als Belles Telefon klingelte. Mit trüben Augen warf sie einen Blick auf den Wecker, der vier Uhr und drei Minuten anzeigte, stöhnte und tastete widerwillig nach dem Hörer.

»Ja?«

»Belle, bist du das?«

Sie saß kerzengerade im Bett. Urplötzlich war sie hellwach. »Kieran! Es ist mitten in der Nacht.«

»Oje, wirklich? Ich kann mir das mit der Zeitverschiebung einfach nicht merken. Es ist nur – ich bin ganz aufgeregt und musste es dir unbedingt sofort sagen!«

»Was denn?«

»Dass ich meine Stelle beim *Courant* gekündigt habe! Ist das nicht großartig?«

»Gekündigt? Aber Kieran, was willst du denn jetzt machen?«

»Mit dir zusammen um die Welt reisen! Ich habe für Dienstag einen Flug nach Hongkong gebucht.«

Ein kurzes, fassungsloses Schweigen folgte.

»A-aber … was ist mit deiner Arbeit?«, stammelte Belle.

»Mach dir keine Sorgen. Ich finde schon etwas.« Und dann sagte er etwas, wovon sich Belle nie hätte träumen lassen, es jemals aus seinem Mund zu hören. »Die Arbeit ist schließlich nicht alles im Leben.«

»Moment mal! Das war doch mein Text.«

Kieran zögerte. »Habe ich … etwas Dummes gemacht? Sagst du jetzt gleich, dass du mich gar nicht mehr haben willst?«

Belle wusste nicht, ob sie lachen oder weinen sollte. Schließlich tat sie beides auf einmal. »Kieran, du Idiot. Natürlich will ich dich haben. Und wie!«

Sobald sie den Hörer aufgelegt hatte, begann Belle, vor lauter Freude hemmungslos zu schluchzen.

Zwei Jahre später …

In Dubai brannte die Sonne auf den weißen makellosen Sand des Strandes nieder. Ihr gleißendes Licht spiegelte sich in den glänzenden Glasfassaden der nagelneuen Hochhaustürme auf dem künstlich angelegten Archipel vor der Küste der Stadt.

Im Erdgeschoss eines dieser luxuriösen Türme lag die neuste Filiale von Green Goddess, deren Leitung zurzeit in den fähigen Händen von Belle Craine lag. Auf der anderen Seite der Insel, in einem der mittleren Stockwerke eines nicht minder luxuriösen Turms, lag die Redaktion des *International Running Monthly,* wo ein Journalist namens Kieran Sawyer sich einen Namen – und ein nettes steuerfreies Gehalt – als erstklassiger Feature-Autor verdiente. Und in einem dritten Turm, auf der Nachbarinsel, lag das wunderschöne Apartment, in dem Belle und Kieran wohnten und in dem sie jeden Morgen gemeinsam zum sanften Rauschen der Meereswellen und mit der Aussicht auf einen weiteren herrlichen Tag erwachten.

Oz stapfte in Flipflops durch den Sand und rieb sich einen großzügigen Klecks Sonnencreme auf die leuchtend rote Nase. »Ich glaube, das Klima hier ist nichts für meinen Teint«, sagte er. »Aber Mona gefällt es, nicht wahr, Schatz?«

»Darauf kannst du wetten, Süßer.« Mona kam auf ihn zugewankt. Sie trug einen enormen Babybauch vor sich her und ein schreiendes Kleinkind unter dem Arm. »Kannst du Gerry einen Augenblick halten, Ozzie? Ich habe ihr Töpfchen im Auto vergessen.«

Oz sah ihr nach. Er machte ein Gesicht wie jemand, der sein Glück kaum fassen konnte.

Kieran tätschelte den Bauch seines Freundes. »Was ist denn das, Oz? Stellvertreterschwangerschaft?«

»Wohl eher zu viel gutes Essen«, klagte Oz.

»Du solltest mit Kieran joggen gehen.« Mit einem lüsternen Blick drückte Belle Kierans Bizeps.

»So weit kommt es noch. Du bist seine Frau. Dafür bist du zuständig.«

»Ich und laufen?« Belle lachte schallend. »Bin ich denn verrückt geworden?«

Mona kehrte zurück, das Töpfchen in der Hand, und bald hatte sich die kleine Geraldine wieder beruhigt.

»Also, Gerry«, sagte Oz zu seiner Tochter, die damit beschäftigt war, einen ihrer Schuhe mit Sand zu füllen, »dann wollen wir uns mal um die Webcam kümmern, was? Sonst können Granny und Grandad und Tante Jax und all die anderen zu Hause gar nicht mit angucken, wie sich Tante Belle und Onkel Kieran endlich das Jawort geben.«

Noch am Nachmittag ließen sich Belle und Kieran vom örtlichen Standesbeamten am Strand trauen. Mona war die Brautjungfer, Oz der Trauzeuge und die kleine Geraldine das Blumenmädchen. Wieder einmal war es Jax gelungen, sich der Pflicht, als Brautjungfer aufzutreten, zu entziehen. Sie war nach Oxford gezogen. Razor hatte sich dort vorher einen Ausbildungsplatz bei seinem Onkel erbettelt, der ein Autohaus besaß, weil Jax sich rundheraus geweigert hatte, Cheltenham ohne ihn zu verlassen.

Es war eine schlichte Zeremonie, aber deswegen nicht weniger feierlich. Belle hätte sich nichts Schöneres vorstellen können, als ganz – oder zumindest fast – allein an einem weißen Sandstrand dem Mann, den sie liebte, ewige Treue zu schwören. Und auch Kieran war tief bewegt. In ihrem Kleid aus schimmerndem blassgoldenen Stoff sah seine Braut aus wie eine Märchenfee. Sie war so überirdisch schön, dass er kaum glauben konnte, dass sie wirklich war.

Die kirchliche Trauung würde warten müssen, bis Braut und Bräutigam einen kurzen Urlaub für eine Reise nach England nutzen konnten, wo Gerry in St. Mungo die Zeremonie leiten wollte. Das würde auch Brenda und Nanna Craine ein wenig besänftigen, die sich zum nunmehr zweiten Mal um eine große Hochzeitsfeier betrogen fühlten. Doch bis dahin mussten sich Familienmitglieder und Freunde damit begnügen, die Feier über eine Webcam zu verfolgen. Selbst Ros und Lars konnten ihnen mit einem Emaillebecher heißer Schokolade von ihrem Basislager im Himalaja aus zuprosten.

Nach der Trauung stießen sie mit eisgekühltem Guavensaft an und labten sich an einem Mahl aus dem frischesten Fisch, den sie je gekostet hatten. Belle allerdings brachte kaum einen Bissen herunter. Sie war zu aufgeregt. Kieran und sie hatten in der Vergangenheit so viel Pech gehabt, aber jetzt endlich war ihnen das Wichtigste geglückt: Sie waren Mann und Frau.

»Wollt ihr in Dubai bleiben?«, fragte Oz. »Immerhin habt ihr es hier schön warm.«

»Allemal besser als Cheltenham im Dezember«, sagte Mona. »Außer natürlich an unserem Hochzeitstag«, fügte sie rasch hinzu. »Den möchte ich jedes Jahr im Schnee feiern.«

»Wer weiß?« Kieran schmiegte sich an Belle, die ihren Kopf auf seine Schulter gelegt hatte. »Einige Monate bestimmt. Vielleicht auch ein bisschen länger. Wir haben es nicht eilig, uns dauerhaft irgendwo niederzulassen, und mit dem Kinderkriegen wollen wir auch noch für eine Weile warten. Wir haben einfach sehr viel vor.«

»Wenn ich will, kann ich hierbleiben und die Filiale leiten«, sagte Belle. »Wir nehmen die Dinge, wie sie kommen, nicht wahr, Liebling?«

»So ist es.«

Sie küssten sich.

»Also«, begann Mona schließlich, »nie im Leben hätte ich geglaubt, Belle irgendwann einmal sagen zu hören, sie wolle ›die Dinge nehmen, wie sie kommen‹. Früher hast du dir über alles Gedanken gemacht und wolltest bloß nur ja kein Risiko eingehen. Und jetzt – jetzt kommst du aus den Abenteuern gar nicht mehr heraus!«

Und das größte von allen haben wir gerade erst begonnen, dachte Belle später, als sie mit Kieran zusammen im Bett lag und durch die offenen Balkontüren zu den Sternen hinaufsah. Endlich bin ich verheiratet.

Das nenne ich Abenteuer!

Lisa Tucker

Zum Glück fehlt nur die Liebe

Roman

ISBN 978-3-548-28043-1
www.ullstein-buchverlage.de

Matthew Connelly ist ein hartherziger Karrierist ohne jeden Funken Moral – jedenfalls in den Augen seiner Exfreundin Amelia, die entschlossen ist, ihn beruflich zu vernichten. Als Matthew auf der Straße von dem zehnjährigen Danny und seiner kleinen Schwester angebettelt wird, sieht er die Chance gekommen, sich Amelia als guter Mensch zu präsentieren und so ihre Attacken abzuwenden. Er und Danny schließen einen Deal. Doch Matthew rechnet weder mit der Cleverness des Zehnjährigen noch damit, dass er sein Herz tatsächlich an die beiden Kinder verlieren könnte.

»Lisa Tucker hat einen tiefen Sinn für die Geheimnisse des menschlichen Herzens.«
Publishers Weekly

UB509

ullstein

Louise Candlish

Seit du nicht da bist

Roman

ISBN 978-3-548-28058-5
www.ullstein-buchverlage.de

Rachel, Mariel und Jenny geben einander ein Versprechen, als kurz nacheinander ihre Töchter geboren werden: Sollte einer von ihnen je etwas zustoßen, werden sich die beiden anderen um deren Kind kümmern wie um ihr eigenes. Sechs Jahre später ist Rachels kleine Tochter tot. Und Rachel flieht aus London und vor dem Glück ihrer Freundinnen nach Santorin. Wird sie jemals wieder einen Menschen von ganzem Herzen lieben können?

»Eine berührende Erzählung von Freundschaft und Familie – traurig und herzerwärmend zugleich. Man kann das Buch nicht schnell genug verschlingen.«
Cosmopolitan

»*Seit du nicht da bist* ließ mich weinen, weinen und weinen, mehr als jedes andere Buch zuvor, einschließlich *Vom Winde verweht*. Fantastisch gut!«
Elle

UB511

ullstein

Dorothy Koomson

Von nun an für immer

Roman

Deutsche Erstausgabe

ISBN 978-3-548-26488-2
www.ullstein-buchverlage.de

Als Kamryn einen Brief von Del bekommt, will sie ihn zunächst nicht öffnen. Zu tief sitzt die Wut und die Trauer über den vermeintlichen Verrat ihrer einstmals besten Freundin. Doch als sie ihn liest, ist sie wie vom Donner gerührt: Del ist todkrank! Sie bittet Kamryn, die Vergangenheit ruhen zu lassen und sich um Tegan, ihre kleine Tochter, zu kümmern …

»Wunderbar geschrieben, ich musste abwechselnd weinen und lachen.« *Cosmopolitan*

UB371

ullstein